影响的焦虑：
T. S.艾略特与R.威廉斯文化思想比较研究

李兆前　著

商务印书馆
创于1897　The Commercial Press
2019年·北京

图书在版编目（CIP）数据

影响的焦虑：T. S. 艾略特与R. 威廉斯文化思想比较
研究 / 李兆前著. — 北京：商务印书馆，2019
ISBN 978-7-100-17452-7

Ⅰ. ①影… Ⅱ. ①李… Ⅲ. ①埃利奥特 (Eliot, Thomas
Stearns 1888-1965)—文学研究②雷蒙·威廉斯—文学
研究 Ⅳ. ①I561.065

中国版本图书馆CIP数据核字（2019）第085421号

影响的焦虑：
T.S.艾略特与R.威廉斯文化思想比较研究

李兆前 著

商 务 印 书 馆 出 版
（北京王府井大街36号 邮政编码 100710）
商 务 印 书 馆 发 行
三 河 市 尚 艺 印 装 有 限 公 司 印 刷
ISBN 978－7－100－17452－7

2019年9月第1版 开本 710×1000 1/16
2019年9月第1次印刷 印张 25 1/2

定价：80.00 元

国家社科基金后期资助项目出版说明

后期资助项目是国家社科基金设立的一类重要项目，旨在鼓励广大社科研究者潜心治学，支持基础研究多出优秀成果。它是经过严格评审，从接近完成的科研成果中遴选立项的。为扩大后期资助项目的影响，更好地推动学术发展，促进成果转化，全国哲学社会科学工作办公室按照"统一设计、统一标识、统一版式、形成系列"的总体要求，组织出版国家社科基金后期资助项目成果。

全国哲学社会科学工作办公室

目　录

下篇　文化与政治

绪　论

　　美国社会哲学家刘易斯·芒福德（Lewis Mumford，1895～1990）在《褐色年代》开头说道："历史最常见的规律是每一代人都在反叛他们的父亲，而与他们的祖父做朋友。"[①] 如果用当代美国著名"耶鲁学派"批评家哈罗德·布鲁姆（Harold Bloom，1930～）的影响理论评价雷蒙德·威廉斯和 T. S. 艾略特的学理关系，我们就得将芒福德的这句话改为"文学和文化史最常见的规律是每一代人都在反叛他们的父亲，而试图与他们的孩子们做朋友"。这说明威廉斯的文化批评和文化研究理路在反叛前辈 T. S. 艾略特的基础上面向未来，为后辈开辟了新道路，创建了新领域，而不是简单地重新耕耘祖父乃至曾祖父留下来的田地。由于威廉斯的成功反叛，如果我们说 20 世纪上半叶英美文学文化批评是"T. S. 艾略特的时代"[②]，那么 20世纪下半叶就是"雷蒙德·威廉斯的时代"，因为他们各自扮演着终结一个批评模式而开始另一个批评模式的角色。从引领 20 世纪上半叶的诗歌、文学和文化批评潮流的现代主义诗人、"批评家中的批评家"[③]、社会评论家 T. S. 艾略特（T. S. Eliot，1888～1965）的出生，到引领 20 世纪下半叶文学和文化批评潮流的文学和文化评论家、社会活动家、英国文化研究之父雷蒙德·威廉斯（Raymond Williams，1921～1988）的谢世，整整跨越了一个世纪，一个百年周期，这是从 19 世纪晚期开始的百年庆典活动演变过来的一个对过往进行盖棺论定的常规的历史断代时间跨度。[④] 两人的物理时间年龄正好相差一代，在因特网出现前，这是一个恰好显现代沟、产生反

[①]　Lewis Mumford, *The Brown Decades: A Study of the Arts in America, 1865-1895*, New York: Harcourt Brace, 1931, p. 3.

[②]　Jewel Spears Brooker, ed., *T. S. Eliot: The Contemporary Reviews*, Cambridge: Cambridge University Press, 2004, p. xiii.

[③]　Ibid., p. 198.

[④]　艾瑞克·霍布斯鲍姆：《帝国的年代：1875～1914》，南京：江苏人民出版社，1999 年，第 1 页。

叛的时间距离：艾略特成熟了（1921 年艾略特完成他的成名作《荒原》的最初版本），威廉斯出生了；艾略特离别了，威廉斯成熟了（1958 年威廉斯的成名作《文化与社会》发表，1958 年艾略特的最后一部作品《政界元老》在艾丁堡音乐节上演）。这简直是无巧不成书，历史的衔接竟然如此天衣无缝，文学和文化也将如此这般永不停息地向前发展。

作为自觉自己社会使命的文人，艾略特和威廉斯有意地反抗最近过去（immediate past）的前辈们以及他们的思想[1]：艾略特之于浪漫主义传统，威廉斯之于剑桥传统（在学理上与艾略特有着千丝万缕的联系）和马克思主义。哈罗德·布鲁姆在他那本"敲了一下所有人的神经"的《影响的焦虑：一种诗歌理论》（1973）一书中说，为了摆脱父辈（传统）影响形成的"忧郁症或焦虑原则"，为了能在与父辈（传统）的殊死斗争和对抗中削弱甚至是摧毁他们，保护并张扬自我，实现个性化，成为新的强者而崭露头角，晚辈们通常采取六种方式或方法，即布鲁姆所说的六种"修正比"，六种"重新审视"、"否定"和"推翻"前辈们（传统）的模式：

1. "克里纳门"（Clinamen），意为"诗的误读或者有意误读"（misreading or misprision）；

2. "苔瑟拉"（Tessera），意为"续完和对偶"（completion and antithesis），即有针对性地对前驱诗的续完；

3. "克诺西斯"（Kenosis），意为"重复和不连续（discontinuity）"，即打碎与前驱的连续的运动；

4. "妖魔化"（Daemonization）或"逆崇高"（Counter-Sublime），意为朝着个性化方向的"逆崇高"运动，是对前驱之"崇高"的反动，抹煞前驱诗作中的独特性；

5. "阿斯克西斯"（Askesis），是一种旨在通过自我净化（selfpurgation），达至唯我状态的想象孤独，与前辈分离，从而缩削前辈的天赋；

---

[1]　C. K. Stead, *Pound, Yeats, Eliot and the Modernist Movement*, London and Basingstoke: The Macmillan Press, 1986, p. 196.

6. "阿波弗里达斯"（Apophrades），意为"死者的回归"（the return of the dead），到了最后一个"修正"境界，新诗的成就使前驱诗在我们眼中仿佛不是前驱者所写，倒是迟来的诗人自己写出了前驱诗人那颇具特色的作品。[①]

虽然上面布鲁姆总结的是新一代诗人们在对抗前辈的过程中达到自立的六种方式，但是它们同样适用于文学和文化批评家以及理论家等的自我实现：在吸收、逆反和创造性修正中成熟，即后来者在创造性误读先行强者的过程中生产新的强势作品，成为新一代强者。当然对先行者的对抗往往是以上多种方式的综合。雷蒙德·威廉斯的传记作者英格里斯说："反抗是植根于威廉斯性格中的习惯。"[②]特里·伊格尔顿更是在评论自己的老师威廉斯与前辈的关系时说："威廉斯不仅忘恩负义，甚至是恩将仇报，而且他的好斗性随着年岁的增长而不断提高。"[③]威廉斯自己也曾公开申明："我的《文化与社会》原本就不打算创建新话题，而是一部反抗作品"；"我完全了解我的写作是为了反对艾略特、利维斯以及围绕在他们身边的所有的文化保守主义者们——他们抢占了这个国家的文化和文学"[④]。为了成为强者，威廉斯"忘恩负义"地唱衰前辈们的成就，毅然决然地断绝与前辈们"不可救药的连续性传统"之关系。[⑤]当然这种断绝并不意指斩断一切联系。威廉斯对艾略特的反抗从文学和文化等多方面展开，以多种方式进行，例如，威廉斯的共同文化观、传统观等无不是对艾略特"不露声色的剽窃"以及进一步的升华，是对艾略特理论的"自觉误释，创造性修正"；威廉斯的"文化是一整套生活方式"显然是对艾略特的概念的续完和对偶；等等。

---

① Harold Bloom, *The Anxiety of Influence: A Theory of Poetry*, London, Oxford and New York: Oxford University Press, 1975, pp. 14-16.

② Fred Inglis, *Raymond Williams*, London and New York: Routledge, 1995, p. 197.

③ Terry Eagleton, ed., *Raymond Williams: Critical Perspective*, Cambridge, UK and Maiden, MA: Polity Press, 2007, p. 5.

④ Raymond Williams, *Politics and Letters: Interviews With New Left Review*, London: Verso, 1981, pp. 97-98, 112.

⑤ Harold Bloom, *The Anxiety of Influence: A Theory of Poetry*, London, Oxford and New York: Oxford University Press, 1975, p. 62.

　　作为"在写作形式上激进的先驱，当今诗歌风格整个革命的创始人"①，艾略特在 1948 年获得诺贝尔文学奖。虽然他是由于卓越的诗歌创作成就而站在了文学的最高领奖台上，但是他的文学批评、社会—文化批评同样成就斐然，不但"抢占"了 20 世纪上半叶的文学和文化批评领地，影响了 20 世纪下半叶的文学和文化批评，而且令一代又一代的后辈文学和文化批评家以及理论家们因为无法超越其影响（或者说束缚）获得自立而焦虑不安。威廉斯是典型的深受艾略特的思想影响的后辈，但最终能挣脱他的束缚而成为锋芒毕露的强者。

　　紧跟潮流，与时俱进，大概是每一个社会人所具有的向日葵特性，而在不同的领域在不同的社会—历史语境中有着不尽相同的潮流。20 世纪的英美文学和文化批评领域如果以 1950 年为界，可以说出现了两种主要潮流：T. S. 艾略特的文学批评及其理论风靡 20 世纪上半叶；雷蒙德·威廉斯的文化研究及其理论则引领着 20 世纪下半叶的潮流。如果说 20 世纪上半叶的文学批评言必称艾略特，那么 20 世纪下半叶无论是文学批评还是文化批评则都言必称威廉斯。然而，言说威廉斯的文化批评必定提及他对阿诺德、艾略特和利维斯的自觉反抗。潮流是一种时尚，正如法国当代作家让-路易·居尔蒂斯（Jean-Louis Corties，1917～1995）所说，"是一种老得最快的东西"，同时，片面地追赶潮流，众多潮流之外的同等重要、同样具有创建价值的东西往往就会被忽略，事物的多样性被抛弃，社会趋向单一化，社会个体趋向单维度。国内外的艾略特研究和威廉斯研究在趋向他们各自最为潮流的一面时，在一定程度上呈现出单维度倾向：追捧作为诗人和文学批评家的艾略特，忽略作为文化（社会）批评家的艾略特；追捧作为文化批评家和文化研究家的威廉斯，忽略作为文学批评家的威廉斯。

　　虽然综合一些学者的艾略特研究能够全面地定位 T. S. 艾略特：诗人、戏剧家、文学评论家和社会思想家②，但是每当提起 T. S. 艾略特时，"现代主义文学革命的领导者"③ 的定位是必然，是称赞，而他的社会思想家的身

---

① 托·艾略特：《四个四重奏》，裘小龙译，桂林：漓江出版社，1985 年，第 281 页。
② A. G. George, *T. S. Eliot: His Mind and Art*, London: Asia Publishing House, 1962, p. ix.
③ F. O. Matthiessen, *The Achievement of T. S. Eliot: An Essay of the Nature of Poetry*, 3rd ed., London, Oxford and New York: Oxford University Press, 1976, p. xi.

份往往要么被忽略，要么被指责，他被称为"文化保守主义者"、"平庸（或者说是劣等）的思想家"①，饱受抨击。当提起雷蒙德·威廉斯时，首先想到的是"文化研究之父"的定位，因而他的文化研究广受关注，然而，他对传统高雅文化（戏剧、小说等）的研究和贡献常常被看成是文化研究的附属品，被当成他的教学工作的一部分，没有得到应有的重视，人们对他的文学研究方面的著述，颇多微词。当然，有些批评家注意到了这一点，并及时加以纠正，例如，威廉斯的权威研究者南非开普敦大学（University of Cape Town）的英语教授希金斯（John Higgins）倡导给威廉斯的文学研究更多的关注。② 可喜的是，中国近年连续出版了两本有关雷蒙德·威廉斯的文学研究的专著：李兆前博士的《范式转换：雷蒙德·威廉斯的文学研究》（2011）、刘进博士的《文学与"文化革命"：雷蒙德·威廉斯的文学批评研究》（2007）。③ 有关威廉斯的文学和文化研究，英国米德塞克斯大学（Middlesex University）的雷纳德·杰克逊（Leonard Jackson）博士作了较为公正的判断，认为威廉斯的文学研究和他的文化研究同等重要，并把他的文化研究成就总结为三笔遗产：对利维斯高雅文化传统提出的另一种解读方式；创建了一个重要的马克思主义流派，或者是造就了一批自称为文化唯物主义者的后马克思主义批评家；创建了一门新学科：文化研究。④

事实上，文化研究是雷蒙德·威廉斯和 T. S. 艾略特共同的学术爱好，威廉斯虽然学生时代主修文学，但是后来因开创了学科意识的文化研究而闻名于人文学术界，而艾略特虽然主修哲学，但是文化批评是他更为自然

---

① Jewel Spears Brooker, ed., *T. S. Eliot: The Contemporary Reviews*, Cambridge: Cambridge University Press, 2004, p. xxvii.

② Dennis Dworkin, "John Higgins—Raymond Williams: Literature, Marxism and Cultural Materialism", *Left History* 8.1 (2002): 111-117.

③ 李兆前博士的《范式转换：雷蒙德·威廉斯的文学研究》主要从雷蒙德·威廉斯的文化理念、戏剧研究、小说研究和文学理论研究等方面阐述他的文化唯物主义的理论内涵、方法论意义以及实际的文学批评操作，从而阐明威廉斯的文学研究方法范式完成了文学研究从人本主义范式和文本主义范式向文化唯物主义范式的转换。刘进博士的《文学与"文化革命"：雷蒙德·威廉斯的文学批评研究》以文化革命为切入点，主要介绍和研究了威廉斯的文学批评，主要内容包括文学批评与威廉斯的思想形成、威廉斯文学批评所涉及的主要文学形式、威廉斯文学批评所体现的空间意识、威廉斯文学批评所体现的文学观念等。

④ Leonard Jackson, *The Dematerialization of Karl Marx: Literature and Marxist Theory*, London and New York: Longman, 1994, p. 211.

的学术倾向。[①] 本著作将尽量避开既往研究的窠臼，分析和对比艾略特与威廉斯的文化批评以及理论建构，挖掘艾略特的文化批评实质，呈现他的社会忧患意识，以及走向"面对公众发言"的公共知识分子的过程，带给大家一个颠覆了"迂腐的书呆子"[②] 形象的艾略特。同时，在对比分析过程中，阐明威廉斯对前辈的反抗方式和方法，以及从对抗的角度阐明他的相应的文化研究的具体内容。

　　本著作分五章，从五个方面对比研究 T. S. 艾略特和雷蒙德·威廉斯的文化思想。第一章主要对比研究艾略特和威廉斯的文化定义和文化类型说。笔者首先通过梳理阿诺德、利维斯、艾略特和威廉斯的文化定义，找出艾略特和威廉斯文化定义的渊源以及他们的文化定义的异与同。威廉斯虽然继承了艾略特的"文化是一整套生活方式"的定义，但是摒弃了其中的文化等级观，提出了大众和民主的文化观。同时，威廉斯在利用历史语义学方法对英语中文化定义进行整理的过程中，提出了文化的多义性概念。接下来，笔者论述了他们在文化分型方面的异与同。艾氏和威氏的文化分类都采取了常见的三分法。艾氏的三分法因随意而成为一种不贴切的分类法，威氏从文化本体、社会—历史、文化政治等角度采取了多向度的分类法，从而凸显文化本体内容的丰富性、具体文化类型的社会历史性、动态发展性以及政治性。从对比研究的结果以及迄今为止他们的文化研究成果在学术界的实际接受情况可知，威廉斯从文化定义和文化分型角度对前辈进行的"借尸还魂"式以及"续完和对偶"式反抗是成功的。

　　第二章主要对比研究艾略特和威廉斯的文化价值观。他们虽然都从本体价值和社会价值两方面对文化进行分析，但是他们的文化本体价值观是相互对抗的，而他们的文化本体价值观又延伸至各自的文化社会价值观，因此他们的社会文化价值观也差异悬殊。艾略特认为，文化本体是多样的和具有等级的，其中高雅文化为标准，引导众多的低俗文化健康发展；文化的社会价值在于文化的生态发展，生态的文化是社会稳定与和谐的基

[①] John Xiros Cooper, *The Cambridge Introduction to T. S. Eliot*, Cambridge: Cambridge University Press, 2006, p. 29.

[②] C. B. Cox and Arnold P. Hinchliffe, eds., *The Waste Land: A Casebook*, London: The Macmillan Press, 1978, p. 98.

础，因而艾略特的文化生态是以传统、等级制等为基础的和谐与稳态。关于文化本体价值，威廉斯试图倡导平常的、民主的文化以消解艾略特的等级制文化。关于文化的社会价值，威廉斯申明他的文化唯物主义立场，强调文化与经济同样是"社会的、物质的生产过程"，是"物质的、实际的意识"①，社会文化过程与社会政治、经济过程平等地构成社会整体；文化发现、转换、革新和创造真正确实的社会——历史生活过程，起社会导向作用；文化尽管批判社会生活，但是一定社会中真正占主导地位的文化是为统治阶级服务的。艾略特和威廉斯都强调文化的社会价值，但是他们的观念是对立的，分别形成和代表着20世纪上半叶和下半叶的主流文化价值观，从而说明威廉斯文化价值观对艾略特文化价值观的"非连续性"的反抗是创造性的。

第三章主要从家庭的文化传播和学校正规教育的文化传播两方面对比了艾略特和威廉斯的文化传播观。本章首先从文化的家庭传播进行比较研究。艾略特认为家庭是文化传播首要和最重要的方式，威廉斯的观点不同，尽管家庭的文化传播使威廉斯受益匪浅，尤其是他的社会主义文化观的形成可以说最早源于父母的言传身教，但是他并没有像艾略特那样重视家庭的文化传播作用。关于文化的学校教育传播，笔者通过梳理和分析阿诺德、利维斯、艾略特和威廉斯的教育理念，说明威廉斯对艾略特代表的精英主义文化教育观的批评、解构和重构。艾略特认为，学校在传播文化的过程中应该实行等级制教育，教育目的应该多元化，教育应该接受基督教生活哲学的指导，等等，从而保证文化的高雅性和社会导向作用。然而，威廉斯认为，全民民主教育是文化传播的最好方式，因为只有实行民主教育，才能使人人具有理解文化、传播文化和建设文化的能力，从而赋予文化无尽的生命力，赋予社会无尽的生命力。威廉斯用"逆崇高"的方式修正了艾略特的学校教育文化传播观，威廉斯式的学校教育文化传播模式在当今世界已成为主流，因而威廉斯又一次成为了强者。

第四章主要探讨和论述艾略特的保守主义政治文化观。笔者首先以艾略特的文化政治和政治文化定义为起点，简要介绍政治文化、文化政治的

---

① Raymond Williams, *Marxism and Literature*, Oxford: Oxford University Press, 1977, p. 94.

概念，与政治文化观相联系的意识形态的概念，以及与艾略特的政治文化观相关的保守主义政治意识形态的概念。由于艾略特认为自己的保守主义思想与柏克以及早期英国温和派保守主义是一脉相承的，所以笔者着重对柏克、柯勒律治、卡莱尔、迪斯累利等艾略特之前的英国保守主义思想家的思想进行了梳理和分析，然后详细挖掘和论述了艾略特崇尚传统和权威，倡导等级制社会秩序和基督教社会模式等保守主义政治意识形态的主要内涵，艾略特对自由主义和民主的反对，以及这些思想形成的原因。艾略特不是政治家，也并不热心政治实践活动，但是他有颗忧国忧民忧世之心。他针砭当时社会的自由主义／激进主义、民主、极权主义（集权主义）政治意识形态，建构和畅谈自己理想的政治意识形态以及以此为基础的社会模式，希望为战后欧洲重建提供可供参考的理论依据。

第五章主要探讨和论述威廉斯的社会主义政治文化观。笔者首先以威廉斯的社会主义定义为起点，介绍了既有的社会主义概念和英国社会主义传统的形成，从而凸显英国社会主义与其他社会主义的异与同，凸显威廉斯所继承的社会主义思想的主要内涵。然后，笔者介绍了在英国社会主义传统影响下的威廉斯如何继承和反抗传统，形成自己独特的社会主义思想的过程。20 世纪六七十年代，雷蒙德·威廉斯在对既有社会主义进行批判的基础上，开始追求、思考以及从理论上建构替代性社会主义，并积极响应和参加各种新社会运动。1981 年他接受"社会主义环境和资源协会"的邀请，出任该组织的副主席，同时发表了有一百多名生态社会主义者参加的就职演说，后整理成文章《生态学与社会主义》出版，标志着他的生态社会主义思想形成。另外，他在生态批评实践过程中形成的生态思想是他的生态社会主义的源泉和基础，因此，在论述和总结威廉斯的生态社会主义思想之前，笔者通过细读他的一些与生态批评有关的文本，具体分析和研究他的动态的和关联主义的自然观念史，以具体的英国文学文本为例，阐明威廉斯所认为的文学作品中自然承载的怀旧、普通意识形态和帝国主义等隐喻意义。

第四章和第五章所论述的艾略特的保守主义政治意识形态与威廉斯的社会主义政治意识形态在通常意义上是水火不相容的，而具体到他们两人的观念也是在多层面上相互对抗的，因为他们的政治意识形态建构的理想社会模式一个是向后的 —— 基督教社会（艾略特），一个是向前的 —— 生态社会主义社会（威廉斯）。由于威廉斯社会主义思想从童年开始萌芽，所以我们不能简单地把二者的政治文化观差异看成是威廉斯的有意反抗。尽管如此，政治意识形态是文化的，尤其是标志着威廉斯和艾略特思想成熟的政治文化观是与他们各自的其他文化观缠绕在一起的，他们的政治文化观是整合了的文化观，因而我们可以说，在一定程度上威廉斯由于对艾略特的政治文化观的继承与反抗而成就了独立的自我，这一点是毋庸置疑。

上篇　文化的界定

第一章　艾略特与威廉斯文化概念之比较

　　英国学者马克·史密斯（Mark J. Smith）认为，在 20 世纪下半叶的学术界恐怕没有什么比"文化"更为流行、更受关注了。文化成为众多学科的宠儿，现代社会科学所有领域不约而同地转向文化，"文化概念虽然重要，但同时混乱而不可靠"；尽管学者们给出了各式各样的定义，但谁都没有指出文化的真正含义，对文化的再认知使得我们好像压根儿就不懂得文化。[①] 社会科学变成了文化批评场所[②]，文化成为当今社会科学中最具挑战性的概念之一，当然这样的困境不是 20 世纪下半叶才开始的，早在 1909 年美国教育家洛厄尔（A. Lawrence Lowell）在他任哈佛大学校长的就职演说词中就曾说："我被托付一项困难的工作，就是谈文化。但是，在这个世界上，没有别的东西比文化更难捉摸。我们不能分析它，因为它的成分无穷无尽，我们不能叙述它，因为它没有固定形状。我们想用语词来概括它的意义，却像试图把空气抓在手里似的；当我们去寻找文化时，它除了不在我们手里以外，无所不在。"[③]

　　时至今日，文化已成为一个宏大的能指，既空泛而又高度抽象，意义模糊得让人沮丧，谈起来让人无所适从，以至于大家压根儿无法清晰地定义文化，有的只是公说公有理、婆说婆有理的众声喧哗，以至于一些学者选择避免使用"文化"这个词语。[④] 当然，文学界从来就不缺知难而上的勇者，英国当代著名文学批评家和文化理论家特里·伊格尔顿（Terry

---

　　① 马克·史密斯：《文化：再造社会科学》，张美川译，长春：吉林人民出版社，2005 年，"序言"。Mark J. Smith, *Culture: Reinventing the Social Science*, Buckingham and Philadelphia: Open University Press, 2000, "Prologue" & p. 4.

　　② Adam Katz, *Postmodernism and the Politics of "Culture"*, Colorado: Westview Press, 2000, p. 34.

　　③ A. L. Kroeber and Clyde Kluckhohn, *Culture: A Critical Review of Concepts and Definitions*, Cambridge, Mass.: The Peabody Museum, 1952, pp. 4-5.

　　④ Ibid., p. 5.

Eagleton，1943～）在他的《文化的概念》（*The Idea of Culture*，2000）中就试图区分、辨明当代不同的文化概念意义，以及各种概念意义之间的关系和围绕它们的一些论争。从伊格尔顿的著述可知，"文化"不仅仅成为英语语言中两到三个最为复杂的词语之一，而且尽管从古到今向来不乏文化的概念和意义论述，但是对"文化"本身以及"文化理念"的真正自觉研究却是 20 世纪 50 年代从文学学科内开始，尔后以新的面貌回到人类学和社会学等，并重新拓展到像传媒学、翻译学等学科领域的一系列文化批评和文化研究活动，并且从此之后由于对"文化"的过度的自觉开发，导致文化的概念空泛、模糊而没有太多意义，从而引发文化在人文学科内的信任危机。① 不管文化的定义如何因变化多端而不可捉摸，给文化本体下定义的需要却是不变的；研究文化本体的定义成为文化研究或者文化批评的首要任务②，也因此将文化批评（文化研究）与文学研究区别开来。

现当代意义的有记录的文化研究 / 文化的研究 / 文化批评（cultural studies/the study of culture/cultural criticism），大致可以说是随着现代报刊杂志的兴起而兴起，从此以后不断发展壮大。18 世纪初小品文作家史提尔（Richard Steele，1672～1729）创办的《闲谈者》杂志以及他与另外一个小品文作家爱迪逊（Joseph Addison，1672～1719）共同创办并主编的《旁观者》（*The Spectator*）杂志既刊登旨在提高公众鉴赏力的古典和现代的散文，也刊登有关科学理论、哲学、政治、道德、宗教、娱乐等方面的文章以及一些大众文学作品③，文化批评与其他各种批评不加区分地混杂在一起。之后，一些文学大家将文化单独列出，著书立说，从不同的角度进行文化批评，形成各具特色的文化观，例如，19 世纪诗人阿诺德（Matthew Arnold，1822～1888）的《文化与无政府状态》（1869）等、20 世纪上半叶的英国现当代文学批评奠基人之一利维斯（F. R. Leavis，1895～1978）的《大众文明和少数人文化》（1930）、T. S. 艾略特的《文化定义札记》，等等。

---

① Terry Eagleton, *The Idea of Culture*, Massachusetts: Blackwell, 2000, p. 32.

② Vincent B. Leitch, *Cultural Criticism, Literary Theory, Poststructuralism*, New York: Columbia University Press, 1992, p. x.

③ 安德鲁·桑德斯：《牛津简明英国文学史》（上），北京：人民文学出版社，2000 年，第 435～438 页。

与上面提到的 18 世纪初至 20 世纪上半叶的文化研究相比，20 世纪 50 年代萌发了学科自觉的文化研究 / 文化批评，一般称之为大写的文化研究（Cultural Studies）。学科自觉的文化研究以英国文学教授理查德·霍加特（Richard Hoggart，1918 ～ 2014）、雷蒙德·威廉斯和英国历史学家 E. P. 汤普森（E. P. Thompson，1924 ～ 1993），以及他们的代表作品《文化的用途》（*The Uses of Literacy*，1957）、《文化与社会 1780 ～ 1950》（*Culture and Society 1780-1950*，1958）、《英国工人阶级的形成》（*The Making of the English Working Class*，1963）为先声，以英国伯明翰大学当代文化研究中心（Centre for Contemporary Cultural Studies at the University of Birmingham）1964 年的成立为合法的学科开端。伯明翰大学当代文化研究中心成立之后围绕它所进行的一系列文化的研究活动通常被称为大写的文化研究，从而与传统的文化研究或者文化批评（cultural criticism）活动区别开来。

无论是传统的文化研究还是学科意义的文化研究基本都是从文学研究内部开始的，当文学领域的文化的研究对象自觉地扩展到"文化不仅仅指智力和想象性作品；它也指，并且本质上指整个的生活方式"①，即传统的文化研究演变成大写的文化研究之时，文学研究和文化研究开始在人文学科各领风骚，虽然"对智力和想象性作品"的研究依然属于文学研究，但是此刻"文化研究成为解读文化文本的一种方法"②；对"整个生活方式"的研究则成为"一种新的学科"（a new academic discipline）③，那就是大写的文化研究。不过，如此宽泛的研究对象只是表明"跨学科"是文化研究的最基本特征。实际上，学科意义的文化研究主要是："对抗 20 世纪中叶文学研究主要研究方法中普遍存在的审美主义、形式主义、反历史主义、反政治主义而产生的一种政治倾向，这种对抗主要来源于马克思主义、非-马克思主义以及后-马克思主义左派知识传统。文化研究的倡导者们偏爱积极

---

① Raymond Williams, *Culture and Society 1780-1950*, England and New York: Penguin Books, 1976, p. 311 (first published by Chatto & Windus in 1958).

② Ben Agger, *Cultural Studies as Critical Theory*, New York: Routledge, 2014, p. 2.

③ Vincent B. Leitch, *Cultural Criticism, Literary Theory, Poststructuralism*, New York: Columbia University Press, 1992, p. x.

介入社会争斗问题。"①具体来说，文化研究学科研究电视、电影、广告、摇滚乐、杂志、少数文学和流行文学（惊险小说／电影／戏剧、科幻片、传奇故事、西部片和哥特式小说）等文化现象，以研究这些东西的生产、流通和消费为其特点②，从而区别于传统的文化研究。

另外，20 世纪 60 年代建立的学科自觉的大写的文化研究，还必须与另外一种自觉的学科意义上的文化研究区别开来，那就是文化人类学，因为人们时常会把这门学科随意地称为"文化研究"。首先让我们看看一些文化人类学的书名，它们足以从封面上与当前大写的文化研究相混淆，下面列举几本常见的容易造成混乱的人类学文化研究书目：

1. E. B. 泰勒（Edward Burnett Tylor，英国人类学家）：《原始文化》（1871）。

2. 露丝·本尼迪克特（Ruth Benedict，美国人类学家）：《文化模式》（1943）。

3. 布朗尼斯劳·马凌诺斯基（Bronislaw Malinowski，波兰人类学家）：《文化论》（或《科学的文化理论》）（1944）；《文化变迁的动力学》（1945）。

4. L. 克罗伯（Alfred L. Kroeber，美国人类学家）和克莱德·克鲁克洪（Clyde Kluckhohn，美国人类学家）：《文化：关于概念和定义的探讨》（1952）。

5. 朱利安·斯图尔德（或史徒华［Julian H. Steward］，美国人类学家）：《文化变迁的理论》（1955）。

6. 克利福德·格尔茨（Clifford Geertz，美国人类学家）：《文化的解释》（1973）。

7. 马文·哈里斯（Marvin Harris，美国人类学家）：《人类学理论的兴起：文化理论的历史》（1968）；《文化的起源》（1978）；《文化唯物主义：为文化科学而战》（1979）。

8. 埃德蒙·利奇（Edmund Leach，英国人类学家）：《文化与交流》（1976）。

---

① Vincent B. Leitch, *Cultural Criticism, Literary Theory, Poststructuralism*, New York: Columbia University Press, 1992, p. x.

② Vincent B. Leitch, et al., *The Norton Anthology of Theory and Criticism*, New York and London: W. W. Norton & Company, 2001, pp. 26-27.

9. 夏建中（中国学者）：《文化人类学理论流派：文化研究的历史》（1997）。

上面只是挑选了本书作者能找到的几本常见的人类学文化研究的著作，其中中国学者夏建中干脆把自己的书命名为"文化研究的历史"。美国人类学家哈里斯同样干脆把自己的书命名为"文化理论的历史"，而且他的另一本书的名字"文化唯物主义"则成为了他之后的大写的文化研究之父雷蒙德·威廉斯对自己的学术理论的总结性术语（1976）。更有趣的是，哈里斯1956年出版过一本《巴西的城市与乡村》（*Town and City in Brazil*）的书，而威廉斯1973年也出版过《乡村与城市》（*The Country and the City*）的书。文化研究之父与文化人类学家的种种关联性应该不纯粹是巧合，因为威廉斯在1958年出版的成名之作《文化与社会》中提到自己的"文化是一整套生活方式"的概念原本是20世纪备受瞩目的人类学的文化定义，并说自己受到了20世纪人类学和社会学的影响。同时，他还说，社会人类学（social anthropology，美国习惯称之为文化人类学）倾向于继承和充实对一个社会和一种共同生活的观察方式[①]，这说明威廉斯对哈里斯所从事的文化人类学领域是了解和关注的。虽然从常识以及文化的定义上看，这两种文化研究存在交叉，容易造成混乱，但是当落实到具体的学科概念、研究对象和研究方法等方面时，由于从属不同的学科范畴，大写的文化研究与人类学的文化研究的区别显然不证自明。

上面从研究对象方面把当前的文化研究与传统的文化研究大略地区别开来，接下来的论述将用分析和对比的方法，从文化的概念、文化的传播、文化与社会、文化与宗教、文化与教育、文化与政治等方面阐明 T. S. 艾略特的传统文化研究和雷蒙德·威廉斯具有学科意义的文化研究的区别，从而进一步说明不同社会—历史语境下的文化研究的不同含义，阐明在这些问题上威廉斯之于艾略特所隐含的继承与创新模式。

---

① Raymond Williams, *Culture and Society 1780-1950*, New York: Doubleday & Company, 1960, p. 249.

一、文化的定义：从阿诺德到威廉斯

人们通常认为第一次工业革命给世界带来高度物质文明的同时，由于社会对财富的过度追求造成社会道德的沦丧，因而从 19 世纪中期开始，英国一批文学志士启动了文化批评或者说文化研究的按钮[①]，试图用文化制衡工业的专制。发展到今天，文化批判或者说文化研究成为现当代各学科最为热门的话题，尤其是人文学科学者们开口闭口都是"文化"，因而就现当代的文化语义史而言，文化的概念含混而多元是现实必然。美国文化人类学家 A. L. 克鲁伯（1876～1960）和 C. 克拉克洪（1905～1960）在 1952 年发表的《文化：概念和定义的批判性回顾》（*Culture: A Critical Review of Concepts and Definitions*）一书中，列举的从 1871 年到 1951 年 80 年间有关的文化定义多达 164 种，而且他们还只是收集了人类学、社会学、心理学等少数几个学科的一些定义。[②]文化的定义虽多，但是英语文化一词的词源学的起源大致有两个：一是拉丁语单词"cultura"，一是法语单词"cult"，它们在 15 世纪早期融入英语，意义逐步固定，通常指"耕种或者田间自然作物的管理"。在固定的英语意义出现之前，法语与拉丁语的文化出现过其他的多种含义：居住、种植、保护、崇敬和崇拜神，等等。[③]从 17 世纪开始，"文化"一词在英语里面出现另外一个意义，即人类思想的培育和管理。17 世纪英国政治哲学家托马斯·霍布斯（Thomas Hobbes，1588～1697）在他著名的《利维坦》（*Leviathan*，1651）中谈论自然（nature）与文化（culture）的关系时说：投在土地上的劳动，称为培育（culture），那么，与此相似，教育孩子们则是对他们的心灵的培育（a culture of their mindes ［原文如此］）。[④]在此，霍布斯论述了"文化"与表

---

① Lesley Johnson, *The Cultural Critics: From Matthew Arnold to Raymond Williams*, London, Boston and Henley: Routledge & Kegan Paul, 1979, p. vii.

② A. L. Kroeber and Clyde Kluckhohn, *Culture: A Critical Review of Concepts and Definitions*, Cambridge, Mass.: The Peabody Museum, 1952, p. 149.

③ T. F. Hoad, ed., *Oxford Concise Dictionary of English Etymology*, Shanghai: Shanghai Foreign Language Education Press, 2000, p. 108.

④ Thomas Hobbes, *Leviathan*, reprinted from the edition of 1651 with an essay by the late W. G. Pogson Smith, Beijing: China Social Sciences Publishing House Chengcheng Books, 1999, p. 279.

示人或者客观世界的内在特性的"自然"对立的一面，强调了人类文化的必然性和必要性，因而可知，在工业革命到来之前，文化是一种社会活动，文化与社会平等互惠，相辅相成。

随着工业革命的来临，文化的概念也同样发生了革命性的变化。18世纪下半叶，英国著名的发明家詹姆斯·瓦特（James Watt，1736～1819）的双动蒸汽机诞生（1781），很多以前依赖人力与手工完成的工作自蒸汽机发明后被机械化生产取代。与此同时，伴随1709年亚伯拉罕·达比一世（Abraham Darby I，1678～1717）焦炭技术的发明，以及通过达比二世（Abraham Darby Ⅱ，1711～1763）、达比三世（Abraham Darby Ⅲ，1750～1791）的努力，使得炼铁、炼钢的质量大幅度提高和产量大幅度增长，人类不仅进入了蒸汽时代，也跨入了钢铁时代。蒸汽机的发明和不断改进，钢铁业的飞速发展以及18世纪后期和19世纪早期其他一系列技术革命引起了社会生产从手工劳动向动力机器生产转变的重大飞跃，现代化大生产形成，人类社会实现从传统农业社会转向现代工业社会的重要变革。在1830年左右，各阶层人们意识到工业革命带来的巨大以及永久性变革，1850年左右，英国一个新的社会阶层形成：乐观的中产阶级。[1] 中产阶级的兴起带来了现当代意义上的大众文化的兴盛。

工业革命不仅仅是技术的变革，更重要的是社会的变革[2]、社会生产的变革。工业革命为人类文明做出巨大贡献的同时不可避免地带来了人类并不期待的恶果。工业革命给19世纪中叶的英国带来工业和贸易经济、人口、城市规模等的急剧增长的同时，造成社会贫富的悬殊、社会等级差异更加明显。工业化大生产使经济活动成为了社会的中心，资本主义的经济活动方式是以社会分工的高度等级化和精细化为特征的，与此相应的是，人文学科和自然科学的各分支也逐步细化、独立，成为学术学院建制，并一步步专业化和专门化。在此种情况下，原本担负传播人类文化主要任务的人文学科却陷入"知识真空"[3]，从而文化与生活、文化与政治、文化与宗

---

[1]　Kenneth O. Morgan, *The Oxford History of Britain*, Beijing: Foreign Language Teaching and Research Press, 2007, p. 470.

[2]　周一良、吴于廑：《世界通史：近代部分》（上册），北京：人民出版社，1972年，第119页。

[3]　R. E. Proctor, *Education's Great Amnesia: Reconsidering the Humanities From Petrarch to Freud With a Curriculum for Today's Students*, Bloomington: Indiana University Press, 1988, p. 144.

教、文化与经济等从表述上开始相互分离，总的说来，文化与社会相互分离，曾经和谐的文化与社会关系陷入危机；原本意义基本重叠的文化与文明开始表述不同层面的社会发展状态。

第一次工业革命之后，工业文明在促进社会进步的同时带来许多没有预料到的负面效果，"文明"一词第一次出现某些否定意义：独立性的丧失，满足欲求（wants）而不是基本生活需要（needs）的创造，单调、狭隘的机械的理解力，不平等和无可救药的贫穷，等等。[①] 文学或者文化则是积极的、进步的，能用它的"整体性、一致性"对抗工业文明带来的"生活体验的分裂"和社会的分裂，文化或者文学成为了提升社会道德、促进社会进步的标杆。[②] 一言以蔽之，当第一次工业革命在英国顺利完成，当历史发展到 19 世纪下半叶之际，即英国的第二次工业革命时期，在一定程度上工业文明开始冲击传统秩序，导致了社会内部的衰退和分崩离析，社会处于一种极端的不稳定状态：没有什么是扎实的、是以坚定的信仰为基础的，传统被抛弃，大家为明天而活[③]，文明第一次成为了罪恶的象征。与此同时，文化（文学）成为救世主，被抬高到信仰的地位，成为堕落的社会乃至社会民众的拯救者，成为社会发展的理想标准，文化与社会不再是霍布斯生活的 17 世纪所认可的"互惠互利"的关系，文化成为治疗工业社会疮疤的良药。

文化拯救社会的文化观中的文化是保守主义的。文化保守主义者认为文化是鉴别好坏的标准，是高雅艺术，是超越现实的，而传统是文化的生命力。[④] 同时，保守主义者们认为，文化是单一和整合的，是经典的代名词（经典的文学作品、古代的文明等），是永恒不变的、普世的社会道德标准。在威廉斯论及的文化保守主义群体中，与艾略特和他自己关系最为密切的代表人物应该非马修·阿诺德和 F. R. 利维斯莫属了，只不过通常认为艾

---

① Raymond Williams, *Keywords: A Vocabulary of Culture and Society* (revised edition), New York: Oxford University Press, 1983, p. 58 (first edition in 1976 in Great Britain by Fontana paperbacks).

② Pamela McCallum, *Literature and Method: Towards a Critical of I. A. Richards, T. S. Eliot and F. R. Leavis*, Dublin: Gill and Macmillan, 1983, pp. 28-33.

③ 弗里德里希·尼采：《权力意志：重估一切价值的尝试》，张念东、凌素心译，北京：商务印书馆，1991 年，第 129 页。

④ Daniel Bell, *Cultural Contradictions of Capitalism*, New York: Basic Books, 1978, p. 15. 丹尼尔·贝尔：《资本主义的文化矛盾》，赵一凡、蒲龙、任晓晋译，北京：生活·读书·新知三联书店，1989 年，第 24 页。

略特是他们的同盟军，而威廉斯是他们的颠覆者而已。其实，无论是"以文化守成自居，以旧抗新、拒新"的文化保守主义者①，还是像威廉斯等那样"以文化进步自居，以反对文化保守主义者为己任，全身心地拥抱新文化"的文化唯物主义者，我们不能轻易地下结论说谁优谁劣，他们只是在展开一场文化话语权的争夺：前者为少数人，而后者是为社会大众争夺文化话语权。但是不管怎样，作为不同群体的代表，他们首先必须自己成为文化话语权争夺战中的强者，夺得话语权，脱颖而出，然后代表自己的群体，向社会发言，进而影响和改变社会。在寻求利用文化改造社会的方法时，阿诺德、艾略特和利维斯选择了向后看，而威廉斯则选择了立足当前面向未来，但是不管方式怎样，他们都是在自己的领域奋斗不息的真正的学者，都是不辱使命、具有强烈的现实关怀、时刻牢记自己应该"为社会服务"的伟大学者。②

虽然仅仅凭借《多佛海滩》、《学者—吉卜赛》等诗歌作品，马修·阿诺德在英国文学史上的地位就已经牢不可破，但是目前让他真正居于"英语世界文化中心"的是他的自觉的文化和社会批评，尤其是 1869 年发表的代表作《文化与无政府主义》对他之后的有关"文化与政治的关系"论争产生了深远的影响③，因而被特里·伊格尔顿称为"维多利亚时代最后一代文化伟人"④。阿诺德可以说是一名典型的文化保守主义者（即威廉斯所说的文化精英主义者），他认为，文化是"通过了解世界上最优秀的思想和言论，在一切我们最为关切的方面，追求全面的完美"；"文化是，应该是研究和追求完美；它所追求的完美的主要特质是美和知识，或者说，甜美和智力"。⑤更具体地说，"完美最终应是构成人性之美和价值的所有能力的和谐发展，是文化以完全不带偏见的态度研究人性和人类经验后所

---

① 沈卫威：《回眸"学衡派"：文化保守主义的现代命运》，北京：人民文学出版社，1999 年，第76 页。

② 费希特：《论学者的使命·人的使命》，梁志学、沈真译，北京：商务印书馆，2008 年，第42 页。

③ Matthew Arnold, *Culture and Anarchy and Other Writings*, Ed. Stefan Collini, Beijing: China University of Political Science and Law Press, 2003, p. ix.

④ 马修·阿诺德：《文化与无政府状态：政治与社会批评》，韩敏中译，北京：生活·读书·新知三联书店，2002 年，第 7 页。

⑤ Matthew Arnold, *Culture and Anarchy: An Essay in Political and Social Criticism*, London: Smith, Elder & Co., 1909, pp. viii, 33.

构想的完美；某一种能力过度发展而其他能力则停滞不前的状况，不符合文化所构想的完美"①。在他看来，只有崇尚理想和践行风范的希伯来文化（hebraism）以及崇尚美和追求美的希腊文化（hellenism）传统是完美的，是"甜美和智力"的化身，我们应该把希伯来文化对实践和正确行为的关心，对义务和良心的严格性、对美德的追求，以及希腊文化对知识和正确的思想的关心，对智力的自发与富于启发性、对智慧的追求结合起来，即结合希伯来文化的行动观与希腊式文化的思想观，并以此为标准，塑造"最优秀的自我"（best-self），然后最优秀的我们和谐一致，抱成团，成为国家健全理智的代表，组成国家的权威，主导英帝国社会文化向着美好的方向前进，以批判和抵制"机械时代"②信仰崩溃、价值观混乱等无政府主义状态。因此，在阿诺德看来，甜美、充满智力的文化"为人类肩负着重要的职责"，"能帮助我们摆脱当前的困境"。美国学者卡罗尔解释说，马修·阿诺德试图凭借文化"跨越旧世界和新世界的鸿沟，并将两者连接起来，也就是保存过去的精神遗产，并用以统一振兴现代世界"③。在阿诺德看来，真正的文化能帮助个人和社会树立完美的精神标准：对美好和光明更加向往，帮助当时的人们"看清事物本质"，认识到财富只是手段，只是工具，认识到"唯利是图和功利至上"的机械文明正腐化他们的心智，摧毁他们的道德信仰等，使社会处于危难境地。而且，能拯救社会于危急时刻的只能是文化，必定是"世界上曾想过的和说过的最好的东西"④，具体的表现形式就是像古希腊那样的"最好的艺术和诗歌"，是"诗歌精神"或者"诗歌理念"——能克服人类动物性所带有的明显的缺陷的理念；从道德方

---

① Matthew Arnold, *Sweetness and Light*, New York and Boston: Thomas Y. Cromwell & Company, 1890, p. 14.

② 托马斯·卡莱尔在描述他和阿诺德所处的时代特征时说："假如我们需要用单个形容词来概括我们这一时代的特征的话，我们没法把它称为'英雄的时代'或'虔诚的时代'，也没法把它称为'哲思的时代'或'道德的时代'，而只能首先称它为'机械的时代'。"（Thomas Carlyle, "Signs of the Times", *The Works of Thomas Carlyle*, Vol. 14, New York: Peter Fenelon Collier, 1897, p. 465）

③ Joseph Carroll, *The Cultural Theory of Matthew Arnold*, Berkeley: University of California Press, 1982, p. 17.

④ Matthew Arnold, *Culture and Anarchy*, Ed. J. Dover Wilson, Cambridge: Cambridge University Press, 1963, p. 6.

面说，是人类本质的完美之理念。^①而且，能承担这种责任的行动主体只是在高雅文化的熏陶下成长起来的少数"完美的人"组成的群体，因为社会大众是"粗鄙和未开化的"（raw and unkindled）。

我们完全可以说，没有像马修·阿诺德那样的精英主义文化观就没有当代的文化研究，以雷蒙德·威廉斯为先锋的学院学科意义上的文化研究也不会诞生，因为学院学科意义上的文化研究很大一部分是以反抗过去一个时代的先辈们的精英主义文化观为己任的：分析和推崇文化保守主义者们大肆贬斥的大众文化；关注文化的具体历史—社会意义，证明所谓的高雅/低俗文化之分只是一种意识形态策略，从而摧毁文化等级观。如果借用美国文学评论家弗雷德里克·卡尔（Frederick R. Carl，1927～2004）研究英国当代小说采用的断代原则^②，那么当代文化研究应该从20世纪的30年代初开始。20世纪30年代正是 F. R. 利维斯学术思想形成的年代^③，因此利维斯可以说是英国当代文化研究的发起者。利维斯不仅在集中了他的文化批判思想的《大众文明与少数人文化》的开篇以阿诺德的《文化与无政府主义》中的一段话作为题词，而且还说："当我被问及什么是文化时，我可能（会）向读者推荐《文化与无政府主义》；但是我知道文化包含比那更多的东西。"^④从利维斯自己的言语中可知，他是一个主动的"前喻文化"^⑤接受者，一个具有自我意识的"前喻文化"接受者：自愿地向前辈学习，接受前辈的文化观；主动地根据自己的社会—历史语境修正和发展前辈的文化思想，而对同辈文化和后辈文化怀有一定的敌意。

---

① Matthew Arnold, *Culture and Anarchy and Other Writings*, Ed. Stefan Collini, Beijing: China University of Political Science and Law Press, 2003, p. 67.

② Frederick R. Carl, *A Reader's Guide to the Contemporary English Novel*, Beijing: Foreign Language Teaching and Research Press, 2005, p. 18.

③ Michael Bell, *F. R. Leavis*, London and New York: Routledge, 1988, p. vii.

④ F. R. Leavis, *Education and the University: A Sketch for an 'English School'*, London, New York and Melbourne: Cambridge University Press, 1979, p. 143.

⑤ 美国女人类学家马格丽特·米德（Margaret Mead，1901～1978）在《文化与承诺：一项有关代沟问题的研究》一书中将人类文化划分为三个基本类型：前喻文化（prefigurative culture）、并喻文化（cofigurative culture）和后喻文化（postfigurative culture）。前喻文化，是指晚辈主要向长辈学习；并喻文化，是指晚辈和长辈的学习都发生在同辈人之间；而后喻文化则是指长辈反过来向晚辈学习。马格丽特·米德：《文化与承诺》，周晓虹、周怡译，石家庄：河北人民出版社，1987年，第27页。Margaret Mead, *Culture and Commitment: A Study of the Generation Gap*, N.Y.: Natural History Press, 1970, p. 1.

作为阿诺德的忠实追随者，利维斯界定文化时说：

> 在任何时代，文学与艺术的富有洞识的鉴赏都依赖于极少数人（very small minority）；仅仅只有少数人能有自发的、第一性的判断（除了那些简单的与熟悉的情况之外），虽然有更多的一些人能够通过真正的个人反应去认同那些第一性的判断，他们仍然是很少的一些人。可接受的评价是一种建立在比率很小的黄金基础上的通币。在任何时代，美好生活的可能性都与这种通币的状况有紧密的关系……依赖于这些少数人，我们才能从过去的最好的人类经验中得益，在他们的身上活生生地保留着传统中最精微、最脆弱的部分。他们代表了一个时代更好的生活标准，是时代的中心和前进的方向。[1]

通过这段论述可知，阿诺德对利维斯的影响清晰可辨。利维斯在一定程度上顺应了阿诺德的文化概念，因为在利维斯的概念里文化依然属于少数人即最优秀的精英集团，文化在属性上也还是指"最好的"："最好的人类经验"，"最精微、最脆弱的"那部分传统，是"美好生活的标准"。虽然利维斯结合了自己独特的社会—历史语境，进一步具体化了阿诺德的文化概念，而且由于对"大众文明"的忧虑，他开启了一个新的传统，开创了先河，形成了大众文化批判中的利维斯主义，但是就文化的概念来说，他始终没能够完全超越阿诺德，更多的只是前辈概念的继续，没有形成完全独立的自我，因此作为一个文化批评家，利维斯始终在前辈阿诺德的庇护下活动，成为文化批评界一个不太成功的"弑父"实例之一。

从文化批评方面来说，利维斯具体化了阿诺德的概念是不争的事实，这也正是他的独到之处，因为他把文化批评与其生活的具体的社会—历史事件结合起来了，在一定程度上拓宽了阿诺德的文化观，尽管他的文化批评仍然着重否认现在，敬拜过去的辉煌，并试图以此建立永恒的、静止的标准。随着在 19 世纪末英语作为一门课程引进大学、1917 年引进英语学

---

[1]　F. R. Leavis, "Mass Civilization and Minority Culture", *For Continuity*, New York: Books for Libraries Press, 1968, pp. 13-15.

位和 1926 年剑桥英语荣誉学位考试改革，1927 年加入剑桥教师行列的利维斯不得不寻找一种更严谨、更具体的英语（即英语文学）研究方法，而且利维斯倾向于把文学与文化等同起来。他把阿诺德所说的代表"人类社会所思和所说的最好的"文化范畴具体到"但丁、莎士比亚、多恩、波德莱尔和康拉德"等文学对象，因为他们的作品蕴含"民族意识"（the consciousness of the race），是过去最好的人类经历，是传统中最精妙、最具生命力的部分，是维护一个时代更好的生活秩序的标准。[①] 利维斯之所以这样具体地说，那是因为他所生活于其中的社会文化形态与阿诺德的时代相比更加多样化、社会化和大众化。

需要说明的是，阿诺德和利维斯的精英文化自觉都与他们所身处的社会—历史情势有着密切的关系。19 世纪中下半叶，工业革命带来物质和科学技术文明、新潮思想的同时，也带来了城市与乡村的分裂、无产阶级和资产阶级的两个对立阵营的自觉，即少数人与大众的分裂；社会的物质创造热情扼杀了人们的道德追求，人们对财富的追求超过了对自身的精神提升。虽然那依然是一个信心百倍、乐观情绪洋溢的时代，但是也是一个对前途忧心忡忡、充满怀疑的时代。[②] 所以，阿诺德在 1869 年说，工业革命的负面后果把文化和社会推向危险的境地。[③] 而在利维斯眼里，在 20 世纪 30 年代的社会—历史语境下，"文化危机已是常态"[④]。当时的文化危机可以说是二次工业革命发展以及第一次世界大战带来的恶果，然而，在利维斯看来，文化危机更是战后电影、低俗杂志和报纸等大众文化兴起的恶果。

18 世纪末至 19 世纪中期第一次工业革命之后，"传统的人文和道德教育逐步被商业教育或者企业技能培训所替代"[⑤]，对物质文明的追求代替

---

① F. R. Leavis, "Mass Civilization and Minority Culture", *For Continuity*, Cambridge: The Minority Press, 1933, pp. 13-46.

② J. P. T. Bury, ed., *The New Cambridge Modern History. Volume X: The Zenith of European Power, 1830-1870*, Cambridge: Cambridge University Press, 1960, pp. 1-21.

③ Matthew Arnold, *Culture and Anarchy and Other Writings*, Ed. Stefan Collini, Beijing: China University of Political Science and Law Press, 2003, p. 63.

④ F. R. Leavis, *Education and the University: A Sketch for an 'English School'*, London, New York and Melbourne: Cambridge University Press, 1979, p. 145.

⑤ Kenneth O. Morgan, *The Oxford History of Britain*, Beijing: Foreign Language Teaching and Research Press, 2007, p. 609.

以往的道德追求，成为浸透社会各个阶层的情感结构。物质文明的不断进步，是以科学技术的不断发展为基础动力的，因此，为了适应新的社会生活模式，年轻的一代不再也不能简单地只是从祖父母、父母亲等前辈那里习得文化，而是"以如今流行的行为模式作为自己的行为标准"，与同辈们共同探索、相互学习，创建与前辈们不同新的生活模式、新的文化。此时"并喻文化"代替"前喻文化"，传统的生活模式和文化理念遭受冷遇，也就是阿诺德和利维斯等文化保守主义者所说的文化衰退，乃至文化危机。1914 年 7 月爆发的第一次世界大战在摧毁社会物质存在和人类生命的同时，"文化生活的结构似乎也已经腐化变质"，造成"文化和心理上的支离破碎感"①，因而从一战之后到二战之前不到 20 年的时间内，欧美一直处在一种不安定的紧张氛围之中，特别是经济在 1929 年随着纽约股市的瘫痪而崩盘，"文化变得不确定"，摇摇欲坠，也随时都可能随之坍塌。如此看来，利维斯处在一个"焦虑的时代"（an age of anxiety）：战争摧毁了过去的一切，生活变了，政治局势变了，甚至是欧洲的国家版图都变了，经济瘫了，人们没有了重建生活的标准，焦躁不安充斥着社会的每一个角落。②

　　虽然物质文明的进程和第一次世界大战加深了文化的危机，但是在利维斯看来，被他称之为大众文明的大众文化的兴起对文化的危害更大。随着 20 世纪的来临，不但文学和艺术各领域争先恐后地打破传统的规则，开辟新的道路（印象派、后印象派、达达主义、超现实主义、新现实主义等），而且正如尼采所说的那样，"上帝死了"，面向大众的传统权威文化中介"宗教"死了，流行报纸、无线电广播、电影、电视等大众传媒取而代之成为大众的文化媒介。20 世纪 20 年代之后，大众传媒在西方逐步兴起，而后迅猛发展，文化生产、流通和消费的目标对象从之前的受过良好教育的、享有特权的少数精英分子转向普通大众，大众成为经济、政治和文化等各界竞相争夺的新宠。以与普通大众日常生活和日常阅读关系相对疏远的科学期刊杂志的发展为例，17 世纪中期伊始，欧洲各科学院开始对

---

① 安德鲁·桑德斯：《牛津简明英国文学史》（下），北京：人民文学出版社，2000 年，第 751～752 页。

② Nathan Barber, *The Complete Idiot's Guide to European History*, London: Penguin Books, 2006, pp. 339-340.

科学期刊文献进行统计，据 1921 年统计 1900 ～ 1921 年间有 25000 种科学期刊杂志发行，1933 年再统计时上升到 36000 种，从 1921 年到 1933 年的 12 年间就总共增加了 11000 种[①]，而这正是利维斯大众文化批判所聚焦的时间段。由此我们不难充分感受到此期间大众传媒的发展速度，以及它们可能给社会和社会大众带来的影响。大众传媒巨大的传播能力导致文化活动的大众转向，使现代大众文化形态逐步自由而且多样化，大众文化传播渠道步步拓展和覆盖面急剧扩张，大众文化消费越来越廉价、方便和随意等。随着社会文化活动的进一步大众化，铺天盖地的大众文化、拥有相对更多自由和民主的大众看起来似乎成为了文化的主流，往日的高雅文化受到威胁。害怕失去或者说正在失去文化主导地位使得一贯把文化封为只有"少数人享有和负责维护"[②] 的利维斯集团精英主义者们焦躁不安，社会大众的生活和阅读习惯的转变带来的思想改变让他们忧心忡忡："电影、广播、大批量流通的报刊和杂志的标准化力量毁灭了传统文化和地区文化差异……普通人已经远离文学……听收音机和留声机，一字不漏地通读报刊杂志，观看电影、商业足球赛以及各种汽车和自行车赛事，这是现代城市居民懂得的唯一消遣方式。"[③]

利维斯们认为，报纸、电影、广播、广告等大众文化形式的"低水平童话"、"标准化"、"廉价的情感诱惑"、"被动、催眠式的接受"正导致"生活水准的下降"、"国民品位下降"、"有知识的、有修养和有辨别能力的少数人群体的消失"[④]，从而陷入悲观、怀旧的情绪之中。悲愤之余，强烈的使命感让 F. R. 利维斯旗帜鲜明地倡导用人类文化精粹救社会和文化于危亡之际，即通过确立文学的崇高和核心地位，由极少数人构成高雅文化圈，出污泥而不染，自觉行动起来，抵制低劣和庸俗的大众文化，延续美好的文化传统，引导社会走出当时的文化困境。

---

① C. L. Mowat, ed., *The New Cambridge Modern History*. Volume XII: *The Shifting Balance of World Forces, 1898-1945*, London and New York: Cambridge University Press, 1968, pp. 110-111.

② F. R. Leavis, "Mass Civilization and Minority Culture", *For Continuity*, Cambridge: The Minority Press, 1933, p. 38.

③ Q. D. Leavis, *Fiction and the Reading Public*, London: Chatto & Windus, 1939, pp. 193, 209.

④ F. R. Leavis, "Mass Civilization and Minority Culture", *For Continuity*, Cambridge: The Minority Press, 1933, pp. 13-44.

如果说利维斯主要通过社会历史语境化和削减阿诺德的文化概念范畴的手法延续阿诺德的文化观的话，那么我们可以说与利维斯生活在同样的社会—历史环境里的 T. S. 艾略特则试图通过借助和无限扩大更久远的传统的手法"吞噬"阿诺德的文化概念。不过，尽管 T. S. 艾略特的"文化是一整套生活方式"的文化定义字面上确实淹没了阿诺德的文化定义，使在阿诺德看来关系碎裂的社会和文化重修旧好，但是对永恒的少数传统文化和自觉的少数人的文化主导作用的强调，使得艾略特仍没有能够摆脱阿诺德的观念范畴。像他的同代人利维斯一样，从文化批评方面来看，他没有摆脱他们的"遮蔽天使"（Covering Cherub）阿诺德，没有能够成为文化研究领域独具一格的强者。这也难怪雷蒙德·威廉斯会把他们三人绑在一块，作为一个纵向的文化团体，一个文化批判传统，一个前辈，公开进行批判和反对。①1958 年威廉斯的《文化与社会 1780～1950》的出版标志着这种批判和反抗的成功，标志着他成为建立了又一个文化批判（文化研究）模式的强者。由于《文化与社会 1780～1950》是以艾略特的《文化定义札记》（1948）为反叛的直接目标对象，因此下面将逐一对比和分析他们所涉及的文化话题：文化的定义、文化的本体分析、文化与宗教、文化与教育、文化与政治、大众文化等，揭示威廉斯是如何采用对偶（对抗式）批评方法（当然，这种方法是作者根据布鲁姆的理论总结出来的，不是威廉斯的方法论自觉），借助艾略特的文化观，独立成为文化研究强者的，在这个过程中凸显当代两种文化研究的差异性。当代文化研究可以按照时间划分为两种，一是指前学科自觉的文化研究（也可以称之为"小写的文化研究"），一是指学科自觉的文化研究（也可以称之为"大写的文化研究"），艾略特的文化研究属于前者，而威廉斯的属于后者。

虽然自从 E. B. 泰勒 1871 年提出人类学文化定义之后，文化研究在人类学以及社会学领域就一直如火如荼地展开，文化人类学和文化社会学相继诞生，但是把 T. S. 艾略特定位为当代文学界全面展开文化研究的第一人决非言过其实。这是因为，虽然"文化是一整套生活方式"的文化定义不是艾略特首创的，英国作家、历史学家和哲学家托马斯·卡莱尔（Thomas

---

① Raymond Williams, *Politics and Letters: Interviews With New Left Review*, London: Verso, 1981, pp. 97, 112.

Carlyle，1795～1881）等早在他之前曾提出过相同的文化定义①，但是后来被尊为大写的文化研究之父的威廉斯把艾略特作为文化批判的起点，而且使威廉斯和学科自觉的文化研究开始声名远播的文化定义就是直接从艾略特而来，尽管彼此的具体内涵迥然不同。现在看来，他们的文化定义表面上的重复并不仅仅使后辈以强者姿态胜出，而是一种双赢的文化现象：后辈的光芒照亮和凸显了前辈。把 T. S. 艾略特定位为当代文学界全面展开文化研究的第一人也不仅仅是因为他回答和分析了文化研究的首要问题（即文化的定义），更主要的还是因为他的文化研究启动了大写的文化研究的一些基本话题：文化与政治、精英文化与大众文化，等等。与艾略特一样，威廉斯首先重复了前驱们的概念，只不过接下来他有意予以对抗性误读，最终成就自我，脱颖而出，反抗者与被反抗者秤不离砣地被载入文化研究名人录。

在《文化定义札记》开篇，艾略特表明自己写作的目的是为了定义当时由于被"滥用"而遭受"毁灭"的"文化"一词，不过，他的目的并没有完全实现，因为尽管他多次尝试给文化下定义，但是这些定义要么空洞无物，要么大而无当，与实际论述不合。首先看他最为著名的定义"文化是一整套生活方式"。其中，艾略特最为肯定地给出的文化定义是："我的论点是，文化不仅仅是几个活动的总加，而且是一种生活方式。"② "几个活动的总加"应该是前面尝试给文化下定义中提到的那些活动，而一种生活方式则是他较为详细论述的社会文化的等级模式。在这个定义之前，他说：宗教是一个民族的一整套生活方式，那种生活方式也是它的文化，紧接其后，他又说，"文化包含一个民族所有具有特色的活动和兴趣：赛马日、亨利国际赛船大会、考斯（威特岛之海港，为一胜地）、八月十二日（狩猎松鸡的开始日）、锦标赛决赛、赛狗、弹球戏台、镖靶、文斯德勒奶酪、煮熟的洋白菜、醋泡甜菜根、19 世纪哥特式教堂、艾尔加的音乐"③。由上可知，在这个定义中，艾略特的文化只是"典型的英国式休闲方式：运动、食物

---

① Raymond Williams, *Culture and Society 1780-1950*, London and New York: Penguin Books, 1976, pp. 95, 229.

② T. S. Eliot, *Notes Towards the Definition of Culture*, London: Faber and Faber, 1948, p. 41.

③ Ibid., p. 31.

以及一点点艺术"①。艾略特的"文化是一整套生活方式"的定义徒有其表，不但抽空了与柯勒律治等前辈的字面意义相同的概念，而且也抽空了他在文中多次提到以及并没有表示反对的 E. B. 泰勒和马修·阿诺德等的定义，更是与他自己的等级文化观的内涵相抵触。

　　不过应该注意的是，不但在给文化下定义时艾略特几乎清空了前辈们的定义内涵（稍后将对比分析），在批评阿诺德的社会阶层以及对应的文化分类时由于缺乏"语境"使得他的"文化定义单薄无力"的情况下，艾略特还提出，除了阿诺德所提到的文化之外，文化还应该包含以下几种文化活动：礼貌和礼仪（urbanity and civility）的学习、学问和传统智慧（learning and wisdom of the past）的习得、广义哲学（philosophy in the widest sense）的掌握、艺术（the arts）活动，而且在一定的社会结构中，这些活动必须融入社会结构当中，相辅相成，形成文化整体。因为他认为，礼貌没有教育、知识或者艺术是微不足道的自动行为；学识没有礼貌或者艺术敏感是迂腐；智力没有更多的人性特征是象棋神童般的卓越；艺术没有知识是虚荣。② 如此看来，在艾略特的眼里，文化应该是整个社会的活动，他同时还列出了与上面提到的文化活动相对应的文化执行者名单，他们分别为：某一阶层的优秀个体、学者、知识分子、艺术家和业余艺术爱好者。从他的文化执行者名录来看，艾略特补充的文化并不是每个社会个体能参与的，他与他的批评对象阿诺德一样，认为真正的文化（高雅文化）是少数人的专利。

　　前面提到艾略特的"文化是一整套生活方式"的文化定义几乎清空了前辈们的文化定义内涵，下面将举例说明之前此种文化定义原来包含的内容，从而揭示艾略特的自杀性自我否定、自我清空。"文化是一整套生活方式"的文化定义可以从柯勒律治（Samuel Taylor Coleridge，1772 ～ 1834）以及 E. B. 泰勒（Sir Edward Burnett Tylor，1832 ～ 1917）等前辈那里找到源头。早在 1830 年，柯勒律治就解释说，文化是指"代表人性的所有特质与能力的和谐发展"，它包含了"所有的人文知识和科学（更具体地说包

---

① Raymond Williams, *Culture and Society 1780-1950*, London and New York: Penguin Books, 1976, p. 230.

② T. S. Eliot, *Notes Towards the Definition of Culture*, London: Faber and Faber, 1948, pp. 22-23.

括：法律法规、医药和生理学、音乐、军事、民用建筑、各物理科学和各数学学科等）、组成一个国家的文明的所有东西以及其应用，还有神学"①。与柯勒律治相比，艾略特的文化只是一点点"文明"的实践活动。

E. B. 泰勒是英国人类学的奠基人，古典进化论的主要代表人物，他最早把野蛮人的生活方式当作一种文化类型来研究。1871 年在其成名作《原始文化》中，他提出了一种广义的文化概念，指出"从广义的人种志意义说，文化或者文明是一个复杂的整体，包括知识、信仰、艺术、道德、法律、习俗及作为社会成员的人所获得的任何其他能力及习惯"②。泰勒通常被认为是在科学意义上第一个为"文化"下定义的人③，因而他的文化定义成为经典，成为他之后各领域文化研究学者的宠儿；我们也可以据此把泰勒作为现当代文化研究的开端。与泰勒相比，艾略特的定义只是泰勒提到的"风俗"中的那么一点点。

从上面的两个例子可知，显然，与前辈们的文化定义相比，T. S. 艾略特那种削足适履的自残式自我独立毋庸置疑只能以失败告终。他的文化定义整个被前辈们具体而真实之魅力所掩盖，理应随时间的流逝而消亡。但是由于威廉斯指名道姓的"借尸还魂法"，使得艾略特的文化定义奇迹般地焕发生机、熠熠生辉。然而威廉斯之所以选择艾略特"借尸还魂"更多是出于艾略特作为诗人和文学评论家无可争议的强者身份，这样一来，被艾略特几乎清洗干净、没有什么内容的"文化是一整套生活方式"的文化定义便具有了某种重要性，以至于不管威廉斯在这个已经虚空的定义框架中填入任何东西，都是独立的，都是真正自我的，都是强强之争中的胜者。按照布卢姆的说法，虽然在前辈的光辉笼罩下，在柯勒律治和泰勒等等庇护天使的阻隔下，已经"逝去"的艾略特经过威廉斯的修正，不但成就了威廉斯的独立和风格（"文化是一整套生活方式"的文化定义变成了威廉斯的），而且艾略特实在不怎样的文化定义也因依附于威廉斯融入强势文化的

---

① Samuel Taylor Coleridge, *On the Constitution of the Church and State, According to the Idea of Each With Aids Toward a Right Judgment on the Late Catholic Bill*, London: Hurst, Chance and Co., 1830, pp. 43, 47.

② Edward B. Tylor, *Primitive Culture: Researches Into the Development of Mythology, Philosophy, Religion, Language, Art, and Custom*, Vol. 1, London: John Murray, 1920, p. 1.

③ 夏建中：《文化人类学理论学派：文化研究的历史》，北京：中国人民大学出版社，1997 年，第 20 页。

定义之流而生存下来。当然我们可以这样说，此时的艾略特"死了"，威廉斯则诞生并且成熟了，成为了"弑父"成功的文化批评之强者，正因为如此，威廉斯高调而又骄傲地宣布："在这个定义上，我与艾略特彻底地不一样"①，即我就是我，不是任何人；这个概念是我的，不是任何他者的。

"文化是一整套生活方式"的共同定义表明威廉斯和艾略特都认为，文化是一个复杂的整体，他们也都列举了一些具体的文化内容，那么，威廉斯为什么说他的定义与艾略特是彻底地不同呢？总的说来，威廉斯认为，文化在现当代有过三个定义："1. 从 18 世纪以来，文化作为一个独立、抽象名词用以描述知识、精神和审美发展过程；2. 文化作为一个独立的名词表示一个民族或者一个时期或者一个群体或者整个人类的一种独特的生活方式；3. 文化作为一个独立、抽象名词描述知识活动的作品和实践，特别是艺术活动的作品和实践。"② 借用艾略特的文化定义外壳，综合上述现当代文化定义，更准确地说应该是综合他自认为的从事文化批判的前辈强者集团（阿诺德、艾略特和利维斯）的文化定义，威廉斯认为，"文化不仅仅指整个的知识和想象性作品，它也是，并且本质上是一整套生活方式"③。"整个的知识和想象作品"既是阿诺德文化概念中的"诗歌和最好的艺术、古希腊罗马文化"，也是利维斯心目中的至高无上的文学，更是通常所公认的美好的传统经典文化作品。至于"一整套生活方式"，除了 T. S. 艾略特所提到的"英式休闲活动和一点点艺术"外，还应该加上大众日常生活体验和实践的所有文化活动，这其中揭示了他与他所反抗的强者集团最大的区别：威廉斯认为流行报纸、电影、电视等所传播的文化是与"整个的知识和想象性作品"平等的不折不扣的文化形态，而这些在阿诺德、利维斯和艾略特看来是危害他们心目中的高雅文化的罪魁祸首，应该加以铲除或者改造。不过，有一点不可忽略，艾略特和威廉斯都认为，因为生活体验随社会—历史的变化而变化，因此文化将随着生活方式的改变而呈现不同的

---

① Raymond Williams, *Culture and Society 1780-1950*, London and New York: Penguin Books, 1976, p. 237.

② Raymond Williams, *Keywords: A Vocabulary of Culture and Society*, New York: Oxford University Press, 1983, p. 90.

③ Raymond Williams, *Culture and Society 1780-1950*, London and New York: Penguin Books, 1976, p. 311.

形态，文化在不断地发展。① 文化是社会历史的，是动态发展的。

除了"文化是一整套生活方式"的文化定义外，艾略特还认为，"文化"（culture）在一定范围内与"文明"（civilization）的意义是重叠的，即："在一定的语境中，二者常常可以互换"，文化就是文明。当然，情况不总是这样，"在很多语境下，适合用这个词的，另外一个词就不一定适合了"。不错，从18世纪末开始，由于工业文明带来种种社会弊端，一直以来意义基本相同的文化与文明出现分歧，不再完全等同。在此，艾略特在《文化定义札记》开篇就给读者抛出了这样一个常识性话题，然而当读者的胃口被吊了上来，等待下文时，艾略特却采取回避的态度，不予回答，并给出一个令人难以置信的理由："在这个讨论中，将有足够多的不可避免的难题了，再也没有必要提出其他一些不必要的难题了。"② 可以说，"文化"与"文明"的关系问题是艾略特在书中提出的第一个问题，而且由于"文化"与"文明"两个词使用频率相当高而又常常不加区别地互换使用，所以如果要弄清楚"文化"与"文明"的关系，就必须对二者加以明确地定义或者界定和区分，但是不知他为什么会如此轻率地放弃。

面对前辈的这种无厘头的论述，威廉斯没有采取前面提到的"整合、续完"的修正方法，这次，他采取方法上的偏离，形成独立的"文化"和"文明"关系论，再一次实现自己的目标：完成对前辈的反抗，把被前辈"抢占的"话语权夺了过来。关于"文明"，威廉斯采取历史语义学的方法梳理了"文明"一词在英语语言中大约五种意义的发展和变化过程③，从而间接地将它与"文化"区别开来。

其一，英语中的"文明"一词由"civil"和"civilize"演变而来，18世纪才以"civilization"的形式出现，14世纪至16世纪，通常用来表示社会组织结构形式，指与上帝之国相对应的"世俗社会"。英国16世纪著名的神学家理查德·胡克（Richard Hooker，1554～1600）在论述统治阶级

---

① T. S. Eliot, *Notes Towards the Definition of Culture*, London: Faber and Faber, 1948, pp. 28-29. Raymond Williams, *Culture and Society 1780-1950*, London and New York: Penguin Books, 1976, pp. 318-323.

② T. S. Eliot, *Notes Towards the Definition of Culture*, London: Faber and Faber, 1948, p. 13.

③ Raymond Williams, *Keywords: A Vocabulary of Culture and Society*, New York: Oxford University Press, 1983, pp. 57-60.

的局限性时说：每一个家庭以父亲为管理者，而所有家庭组成的世俗社会（civil society）则以国王为他们的统治者，天父（Father）则是这些管理者的创造者。[①] 胡克所说的世俗社会是与上帝之国相对的整个凡人社会，这与后来指称"个体、家人、家庭的活动和关系，独立于国家政治结构或者在一些方面与国家政治结构相对"的市民社会（civil society）[②] 完全不是一回事。

其二，到 17、18 世纪时，"civil"和"civilize"出现另外两个形态"civility"和"civilization"，至此开始"文明"表示社会秩序和社会文雅状态。18 世纪法国思想家相对于"野蛮状态"提出文明的观点[③]，"文明"与"野蛮"相对而生，成为一种历史或者说文化自觉。英国作家、批评家塞缪尔·约翰逊（Samuel Johnson，1709 ~ 1784）1775 年出版的《英语语言词典》对上述四个词当时意义的解释为我们提供了最好的证明。约翰逊博士的词典虽然不是英语史上的第一本词典，但是他给出的词义都是从之前的著名作家作品中摘录和总结而来，出版后的 150 年一直被认为是最权威的英语词典，直到 1928 年《牛津英语词典》面世。在他的词典中，约翰逊博士收集的四个词的含义揭示了 19 世纪前文明的语义史：

civil：文明一词的源词（civil）到那时为止出现过 11 种含义，其中第 3、8、9 和 10 种分别为：3. 非秩序；非野蛮；有规则或者组织。8. 不是刑事的；是民事诉讼，不是刑事诉讼。9. 不野蛮的。10. 优雅的；有良好教育的；行为举止优雅。

Civility（源于 civil）：含义有三个：1. 不再野蛮；优雅的状态。2. 礼貌；优雅的行为。3. 体面原则和礼貌惯例。

Civilize（源于 civil）：作为动词理所当然表示：1. 放弃野蛮和残暴。2. 获得有组织的生活的技巧，而由它演变而来的"civilizer"则

---

① Richard Hooker, *The Works of That Learned and Judicious Divine Mr. Richard Hooker: With an Account of His Life and Death by Isaac Walton*, Oxford: Oxford University Press, 1845, pp. 242-243.

② Tony Bennett, Lawrence Grossberg and Meaghan Morris, eds., *New Keywords: A Revised Vocabulary of Culture and Society*, Malden, MA: Blackwell, 2005, p. 328.

③ 塞缪尔·亨廷顿：《文明的冲突与世界秩序的重建》，周琪、刘绯、张立平、王圆译，北京：新华出版社，1998 年，第 23 页。

指放弃野蛮生活的人或者是教授规矩和礼仪习俗的人。

　　Civilization（源于 civil）：把刑事诉讼民事化的司法行为或者法律
条文。①

　　其三，18 世纪末到 19 世纪早期，"文明"既表示社会秩序和精致的状
态，也表示到达这种状态的社会发展过程，"一种走向精致和秩序、脱离野
蛮和蛮荒的活动"。同一时期，"文化"被选用来表示人类社会发展的其他
方面以及用来作为衡量人类幸福的其他标准。"文化"和"文明"呈现一种
模糊的相对。这时在德文中，文明常有贬义，文化常有褒义。"文明"指有
关温文尔雅和文质彬彬，而"文化"则多用于表达人类人性和创造性智能、
艺术和精神产品。②

　　其四，从 19 世纪早期开始，"文明"获得现代意义：它既指优雅的
礼仪和行为，也指社会秩序和有组织的知识。从此以后，文化和文明或
相互交叉重叠，或互换使用，或相互对立。E. B. 泰勒在他的《原始文化》
（1871）开篇直接说"文化或者文明，从广义的人种志意义说，是指……
（Culture or civilization, taken in its wide ethnographic sense, is...）"③，这里的
文化和文明是同义的，是一回事儿。不过，"文化"和"文明"的区别从
19 世纪早期之后确实已经成为社会—文化自觉，威廉斯认为，这种自觉的
决定性时间为 19 世纪 30 年代，因为在此期间英国哲学家和经济学家 J. S.
密尔（J. S. Mill，1806 ~ 1873）以及浪漫主义诗人柯勒律治等都自觉地对
"文明"发展的某些方面进行了激烈的抨击，从而自觉地把"文化"和"文
明"区别开来。1830 年，柯勒律治在《论英国教政制度》一书说，"虽然文
明意味着持续和进步，但是文明不过是一种混杂的美好，会有堕落、疾病

---

　　① Samuel Johnson, *A Dictionary of the English Language: In Which the Words are Deduced From Their Originals, and Illustrated in Their Different Significations by Examples From the Best Writers. To Which are Prefixed, a History of the Language, and an English Grammar*, Vol. 1, 6th ed., London: J. F. and C. Rivington, 1785, p. 387.

　　② 约翰·汤普森：《意识形态和现代文化》，高铦等译，南京：译林出版社，2005 年，第
137 ~ 138 页。

　　③ Edward B. Tylor, *Primitive Culture: Researches Into the Development of Mythology, Philosophy, Religion, Language, Art, and Custom*, Vol. 1, London: John Murray, 1920, p. 1.

等，生活在这种社会状态下的人民与其说是文雅的（polished），倒不如说是经过粉饰了的（varnished），因为文明没有以文化为根基，没有与性情和能力等人类本质特征的和谐发展过程相一致"。显然，在柯勒律治看来，文明和文化是有区别的，文化高于文明，对社会文明的发展起着导向作用，但是这并不代表二者是对立的，因为"文化和文明的区别是永久的，而二者的对立是偶尔的……一个国家的文化发展永远都不会太多，而很容易变得过度文明，而一发不可收拾"①。

1836 年 J. S. 密尔在《论文明》一文中明确表示，文明表示"人类普遍的进步或者某一方面的进步"，它有两方面的含义："其一，指一个国家更文明，更进步；指人和社会最好的特质更加突出；更完美；更幸福、高贵和更聪明。其二，指一个国家财富的增加和力量的壮大，从而把文明人和野蛮人区别开来，也因此带来罪恶或者灾祸。"②这些罪恶或者灾祸包括贫穷的加剧、个体的迷失、高尚思想作用的消退、欺诈的增长，等等。同时，他还指出进步和堕落是文明发展过程中不可避免的两个方面，不过，"文学"能够有效对抗文明带来的不良影响，在此密尔的"文学"与文化是同一的。之后，马修·阿诺德在《文化与无政府主义》、F. R. 利维斯在《大众文明和少数人文化》中承袭了密尔关于文化与文明的差异、文学／文化的社会功能之观念。1840 年，密尔在《论柯勒律治》一文中，把文化看成是内在的、精神的，而文明更多是外在的、物质的。③这种外在的物质的文明后来被利维斯称为"技术逻辑—边沁主义文明"，并把它看成是对文化的一种威胁。另外值得一提的是，在《论文明》一文中，密尔对"文明"与"野蛮"的关系也有精彩的论述。密尔之后，对现代文明的批判最为激烈的莫过于尼采，由于痛恨现代文明"使得一切美好的东西（荣誉、奖赏、美人）都归于弱者了"，"败坏了我们的道德"④，以至于对现代文明表现出极度

---

①　Samuel Taylor Coleridge, *On the Constitution of the Church and State, According to the Idea of Each With Aids Toward a Right Judgment on the Late Catholic Bill*, London: Hurst, Chance and Co., 1830, pp. 43, 50.

②　John Stuart Mill, *Dissertations and Discussions: Political, Philosophical, and Historical*, Vol. 1, Reprinted Chiefly from *The Edinburgh and Westminster Reviews*, London: John W. Parker and Son, 1859, p. 160.

③　Ibid., pp. 427-431.

④　Friedrich Wilhelm Nietzsche, *The Dawn of Day*, Trans. J. M. Kennedy, London: G. Allen and Unwin, 1924, pp. 163-154, 167.

的恐惧。①

其五，总的说来，在现代英语里，"文明"指普遍的条件或者状态：一种确立的社会秩序或者生活方式，与"野蛮"相对，与现代意义上的"文化"有着一种复杂而又颇具争议的关系。关于二者的关系，学者们各执一词，争论尚在继续。美国政治家塞缪尔·亨廷顿认为，"文明与文化都涉及一个民族全面的生活方式，文明是放大了的文化……一个文明是一个最广泛的文化实体……文明是人类最高的文化归类，文化认同的最广范围，人类以此与其他物种相区别"②。他总结说，现如今的人类社会总共只有七八种文明，相比之下，文化种类繁多，因为"乡村、宗教、种族群体、民族、宗教群体都在文化异质性的不同层次上具有独特的文化"。以他所说的中国文明为例，仅从民族文化方面来说，中国五十六个民族都有自己的独特文化，而且即使是同一民族内又包含各种不同的特色文化。

总结上述定义，可以说"文明"既是人类发展的状态，也是发展过程；这种状态和过程既有美好的一面，也不乏丑恶的一面。而"文化"通常是指人类发展过程中创造的美好的事物，而不美好的事物则归结为文明带来的后果。与文明相比较，文化更多是精神层面的概念，更具本真性。马修·阿诺德就曾说，文化是甜美的和光明的，而文明是有缺陷的。③利维斯和丹尼斯·汤普森认为"在当前恶劣的环境中，文化和文明即将成为相互对立的术语"④。在他们的时代，文化成为消除社会弊端、促进社会发展的动力，这就是劳伦斯·哈里森（Lawrence E. Harrison）所说的"以文化为中心的发展范式，或者人类进步范式"这种新的文化研究范式表述的文化观。⑤

---

① Alfred Weber, *Farewell to European History or the Conquest of Nihilism*, London: K. Paul, Trench, Trubner, 1947, pp. 114, 139, 140, 142.

② 塞缪尔·亨廷顿：《文明的冲突与世界秩序的重建》，周琪、刘绯、张立平、王圆译，北京：新华出版社，1998 年，第 24～26 页。Samuel P. Huntington, *The Clash of Civilizations and the Remaking of World Order*, New York: Simon and Schuster, 1996, pp. 41-43.

③ Matthew Arnold, *Civilization in the United States: First and Last Impressions of America*, Boston: Cupples and Hurd Publishers, 1888, pp. 84-85.

④ F. R. Leavis and Denys Thompson, *Culture and Environment*, Connecticut: Greenwood Press, 1977, p. 26.

⑤ 劳伦斯·哈里森：《文化为什么重要》，载塞缪尔·亨廷顿和劳伦斯·哈里森主编：《文化的重要作用：价值观如何影响人类进步》，北京：新华出版社，2002 年，第 7 页。

　　当然，这种流行的看法并不能排斥其他的观点。例如，20世纪20年代末，美国人类学家罗伯特·路威（Robert H. Lowie，1883～1957）教授在他的《文明与野蛮》（*Are We Civilized? Human Culture in Perspective*，1929）一书中仍然把"文化"和"文明"看成是一回事儿，"文化"同时与"野蛮"相对 [①] 而不是最初表示"开垦自然"之意的"文化"与未经开垦的"自然"相对。与路威教授观点不同的人也不在少数。德国哲学家奥斯瓦尔德·斯宾格勒（Oswald Spengler，1880～1936）在1918年首次出版的《西方的没落》中谈到，文化与文明既相互区别又相互对立，如同心灵之于才智、心灵的活生生的实体之于心灵的干尸。[②] 德国社会学家和文化理论家阿尔弗雷德·韦伯（Alfred Weber，1868～1958）曾试图明确地把"文化"和"文明"区别开来，他把文化分为两种：有价值的文化、现实的文化，文明即与现实的文化相对应。美国社会学家麦克维尔（Robert Morrison MacIver，1881～1970）认为，"文明只是文化的工具、外壳，甚至是文化的外衣，通过政治、经济和技术表征自己，而文化通过艺术、文学、宗教和道德表征"[③]。法国社会学家让·卡泽纳弗（Jean Cazeneuve，1915～1995）认为，"文明都表现为文化的一种特殊类型，或者说，表现为文化的一种形态"[④]。

　　在中国，现代文学家、哲学家胡适（字适之，1891～1962）在《我们对于西洋近代文明的态度》一文中说："文明是一个民族应付他的环境的总成绩；文化是文明所形成的生活方式"[⑤]，这说明"文明"的范畴大于"文化"，与上面提到的法国社会学家让·卡泽纳弗的观点正好相反。不过二者的观点都说明文明与文化水乳交融，你中有我，我中有你，也就是说，文化和文明既有共性，又相互区别，威廉斯和艾略特都认同这种看法。

　　在论述文化与文明的关系方面，威廉斯没有采取论述文化的定义时所用

---

　　① 罗伯特·路威：《文明与野蛮》，吕叔湘译，北京：生活·读书·新知三联书店，1992年，第1～15页。

　　② Oswald Spengler, *The Decline of the West: Vol. 1 Form and Actuality*, Trans. Charles Francis Atkinson, New York: Alfred A. Knopf, 1928, pp. 32, 252, 353.

　　③ R. M. MacIver, *The Modern State*, London: Oxford University Press, Humphrey Milford, 1932, p. 325 (first edition, 1926).

　　④ 让·卡泽纳弗：《社会学十大概念》，杨捷译，上海：上海人民出版社，2003年，第19页。

　　⑤ 胡适：《胡适文集（4）》，欧阳哲生编，北京：北京大学出版社，1998年，第3页。

的修正方法：整合和续完艾略特等前辈的定义（当然，威廉斯的成功得益于艾略特已经帮他清空了定义的内涵），而是采取方法上的偏离：用历史语义学的历时定义法，而不是去历史的共时定义法。事实表明，威廉斯正因为有意地用动态而多义的定义模式取代艾略特的静态而唯一的定义模式，才造就了新的文化概念，从而成功地将自己打造成新一代的文化研究强者。

二、艾略特的文化类型说

文化类型是对人们在特定的地理环境和长期的历史生活中形成的文化形态特征进行分类的术语。文化的现代意义以及把文化作为一个独立的话题自觉地加以讨论通常认为是从 18 世纪末到 19 世纪初伴随着工业文明的兴盛而萌发的，而德国哲学家赫尔德（Johann Gottfried Herder，1744 ～ 1803）在他的《人类历史哲学观念》（1784 ～ 1791）中的文化论则被认为在现当代文化批判或者说文化研究中起着决定性作用[1]，因为他主张文化本身是含糊的，是复数的，不同的群体、国家和时期的文化各有其特点。[2] 文化本身意义的含糊不定以及多样性为文化分类研究提供了可能，T. S. 艾略特把这种可能付诸实践。在文化分类分析方面，威廉斯对艾略特的对偶性修正表现得更为突出：利用相同的概念术语，灌注相反的内涵。T. S. 艾略特对文化的分类剖析包括：文化的多个三分法剖析（文化的三种用法、文化的三个条件等）、社会等级文化制度、文化理想等。社会等级文化制度中包含文化等级、精英文化、亚文化、共同文化等概念。与艾略特的文化分析相比，威廉斯的分析更详尽，首先他对文化也进行了更多个三分法的剖析，同样使用了精英文化、共同文化等概念术语，不仅如此，他还从葛兰西引进了文化霸权的概念，这是学科意识的文化研究与传统文化研究又一个主要的区别点。

毋庸置疑，在当今社会，"文化"是一个被用滥了的词语，其分类可谓是五花八门，人们耳边每时每刻都充斥着各种畅谈不同种类文化的声音，

---

① Raymond Williams, *Keywords: A Vocabulary of Culture and Society* (revised edition), New York: Oxford University Press, 1983, p. 88.

② 约翰·汤普森：《意识形态和现代文化》，高铦等译，南京：译林出版社，2005 年，第 139 页。

例如：

日常生活的：美食文化、烟草文化、酒文化、茶文化、服饰文化、街头文化、行旅文化；

个性特征的：青年文化、老年文化、壮年文化、身体文化、男（女）同性恋文化；

学科分类的：文化人类学、文化生态学、文化语言学、文化社会学、文化地理学；

社会构成的：社会义化、政治文化、经济文化、公民文化①、工业文化、物质文化；

大众传媒的：传媒文化、电视文化、电影文化、报刊文化、广告文化、网络文化；

文学文化的：书本文化、文学文化、剧院文化、戏剧文化、诗歌文化、小说文化；

地理和方位的：西方文化、东方文化，中国文化、英国文化、美国文化、亚洲文化；

阶级或阶层的：资产阶级文化、无产阶级文化、中产阶级文化、贵族文化、大众文化；

宗教的：基督教文化、新教文化、佛教文化、伊斯兰教文化、异教文化；

文化本体的：高雅文化、通俗文化，肯定文化、否定文化，主体文化、客体文化。②

---

① 美国政治学家加布里埃尔·亚伯拉罕·阿尔蒙德提出，公民文化是英国科学家和作家 C. P. 斯诺所说的科技文化和人文文化外的第三种文化，基于交流和说服的多元主义文化，一种共识和多样性、理性主义和传统主义共存的文化，一种允许有节制性的变革的文化。Gabriel Abraham Almond, Sidney Verba, *The Civic Culture: Political Attitudes and Democracy in Five Nations*, California: Sage, 1989, p. 6.

② G. 齐美尔在分析生命与形式的关系时，提出了主体文化和客体文化的概念。参见齐美尔：《文化的本质论》，载《桥与门》，周涯鸿、陆莎等译，上海：上海三联书店，1991 年，第 92 ～ 93 页。中国学者刘小枫在为齐美尔的论文集《现代人与宗教》一书所作的编者导言中解释说：现代性文化危机因此是主体文化（生命演化的内形式的紊乱）与客体文化的分离。本来主体文化创造客体文化，客体文化又通过内在同化，使人的主体素质向完善演化。主体文化与客体文化的分离，使人的主体素质向完善演化的进程中断了。（西美尔：《现代人与宗教》，曹卫东等译，北京：中国人民大学出版社，2003 年，第 22 ～ 23 页）

　　上面仅仅列举了耳熟能详的一些不同种类的文化名称，实际的文化类型言说要比这更杂乱无序。为了对文化有个整体的把握，文化研究学者们总是试图用不同的视角，从庞杂的文化整体当中辨别出不同的具体文化类型，或者是通过分析一种文化的组成成分，从而进一步认清文化，了解文化与社会、文化与日常生活的关系，以及文化自身发展、文化与人类社会发展之关系的基本规律。不同的领域利用不同的文化观察视角，因而产生不同的文化类型说。例如，文化地理学根据空间概念将文化分为：高雅文化、民间文化和日常生活文化。[①] 英国科学家和作家 C. P. 斯诺（C. P. Snow，1905～1980）在 20 世纪 50 年代从社会知识学的角度，指出科技与人文正被割裂为两种文化：科学文化和人文文化。[②] 美国政治学者加布里埃尔·阿尔蒙德（Gabriel A. Almond）和西德尼·维伯（Sidney Verba）认为，应该在斯诺的两分法之上再加上第三种文化：公民文化；公民文化能使前两种文化在并不相互毁灭或并不两极分化的情况下相互影响、相互变换。[③] 自从第一次世界大战开始文化成为英语流行词以来，文化就是人类学"唯一的研究对象"[④]，人类学家们通常喜欢按文化区的概念对一定区域的人进行分群，也就是说根据他们的文化特点进行分群，文化区概念的创造者美国人类学家克拉克·威斯勒（Clark Wissler，1870～1947）把北美分为 10 个文化区，把南美分为五个文化区[⑤]，换句话说，威斯勒认为美洲存有 15 种文化。社会人类学家布朗尼斯劳·马凌诺斯基（1884～1942）采取二分法，他认为文化可以划分为物质文化和精神文化两种。[⑥] 社会学家倾向于以社会构成元素或社会学研究对象为标准对文化进行分类。美国社会学家 P. A. 索罗金（P. A. Sorokin，1889～1968）辨别出五种"纯粹"的文化系统：（1）语言、（2）科学技术、（3）宗教、（4）艺术、（5）伦理或者法规

---

　　① 迈克·克朗：《文化地理学》，杨淑华、宋慧敏译，南京：南京大学出版社，2003 年，第 3 页。

　　② 查·帕·斯诺：《对科学的傲慢与偏见》，陈恒六、刘兵译，成都：四川人民出版社，1987 年，第 6 页。

　　③ 加布里埃尔·A. 阿尔蒙德、西德尼·维伯：《公民文化：五个国家的政治态度和民主制》，徐湘林等译，北京：华夏出版社，1989 年，第 6～7 页。

　　④ Robert H. Lowie, *Culture and Ethnology*, New York: Douglas C. McMurtrie, 1917, p. 5.

　　⑤ Clark Wissler, *The American Indian: An Introduction to the Anthropology of the New World*, 2nd ed., New York: Oxford University Press, 1922, pp. 217-257.

　　⑥ 马凌诺斯基：《文化论》，费孝通译，北京：华夏出版社，2001 年，第 104 页。

和道德，由这五种文化系统又衍生出哲学、经济和政治三个最为著名的混合系统或者说派生系统。① 德国社会学家和哲学家齐美尔（Georg Simmel，1859～1918）则把文化分为主观文化和客观文化两种。② 而另外一位德国哲学家奥斯瓦尔德·斯宾格勒在其名著《西方的没落》以文化民族作为分门别类的基本单位，把世界文明史分割为八种自成体系的伟大文化，即埃及文化、巴比伦文化、印度文化、中国文化、古希腊罗马文化、墨西哥的玛雅文化、西亚和北非的伊斯兰教文化和西欧文化。法兰克福学派左翼主要代表新左派哲学家马尔库塞（Herbert Marcuse，1898～1979）也同样把文化分为物质文化（material culture）和精神文化（intellectual culture）两种，只不过他认为，二者关系紧张。③

从上可知，各学科领域往往采取不同的标准对文化进行分类，美国人类学家克鲁伯（A. L. Kroeber）和克拉克洪（Clyde Kluckhohn）虽然在《文化：概念和定义的批判性回顾》一书中，将文化的各种概念划分为九个大类：哲学的文化概念、艺术的文化概念、教育的文化概念、心理学的文化概念、历史的文化概念、人类学的文化概念、社会学的文化概念、生物和生态学的文化概念，但是根据他们的调查与研究结果，文化分类最多见的还是三分法，三分法框架下的文化分别为物质文化（material culture）、社会文化（social culture）和精神文化（spiritual culture）三大板块。④ 不管是艾略特还是威廉斯都选择了常见的三分法框架模式，只不过也都替换了框架里的内容。通过文化分析三分法，他们都在试图寻找文化的组织结构，如果说他们的"文化是一整套生活方式"的文化定义是从人类学角度表明文化是整体，是"方式"，是标准，那么，艾略特的文化分类更多是一种社会学尝试，从社会行为主体的角度划分文化，而威廉斯的分类法试图从本体论、社会学以及政治学的角度分析文化，既有文化类型的划分，也有文

① P. A. Sorokin, *Society, Culture and Personality, Their Structure and Dynamics: A System of General Sociology*, New York: Harper, 1947, chapter 17-18.

② Georg Simmel, *The Philosophy of Money*, Beijing: China Social Sciences Publishing House Chengcheng Books, 1999, p. 449.

③ Herbert Marcuse, *Soviet Marxism: A Critic Analysis*, New York: Columbia University Press, 1969, p. 124.

④ A. L. Kroeber and Clyde Kluckhohn, *Culture: A Critical Review of Concepts and Definitions*, Cambridge, Mass.: The Peabody Museum, 1952, p. 97.

化组成成分的划分，这是威廉斯的文化分析出现多个三分法的原因。

艾略特认为，文化有三种意义，即三个类型。他说，文化包括个体的（of an individual）、群体或者阶级／阶层的（of a group or class）、整个社会的（of a whole society）三种意义。其中个体依赖群体、群体依赖社会而成立，因此社会文化是基础。[①] 他指出，所谓个体文化是指"个体的自我修养"，而且举例说，马修·阿诺德所说的文化是个体文化，因为阿诺德认为文化使个人达到完美。显然，个体文化的概念太过牵强，因为文化首先是一定社会或者团体（society）的，它不是个体的[②]，阿诺德所谓的个人的完美只是文化的功用之一，不是文化或者文化种类的概念。文化类型是由众多的文化要素构成的文化体系，因而个体文化不是通常意义上的文化类型。

艾略特谈到的第二种和第三种文化（即群体或者阶级文化、社会文化）也同样并不太妥当。其一，群体和阶级／阶层并不是同一范畴的概念：通常群体是一种中性的社会划分方法；阶级／阶层是根据社会地位的高低进行的社会分群，是更具倾向性的社会群体。一个群体可以包容一个阶级／阶层，甚至是多个阶级／阶层，一个阶级／阶层可以分散到不同的群体之中。其二，社会本身是一个较大意义上的人类群体[③]，从政治地理意义上说，它可以是英国的某个郡（可能更小），可以是整个英国或者其他任何国家，可以是整个欧洲，也可以是整个地球，即"全球社会"（global society），表示人类联系的最高形式。[④] 不过通常来说，社会以国家为单位，这也是艾略特书中的所指意义。

艾略特曾说，"诗人借鉴他人，不成熟的诗人模仿，成熟的诗人偷窃；坏诗人糟蹋所借鉴的作品，好诗人把别人的作品弄得更好，或者至少弄得不一样"[⑤]。如果用他自己的言说为标准，艾略特的"个人、群体／阶级和

---

① T. S. Eliot, *Notes Towards the Definition of Culture*, London: Faber and Faber, 1948, p. 21.

② Albion W. Small, *General Sociology: An Exposition of the Main Development in Sociological Theory From Spencer to Ratzenhofer*, Chicago: The University of Chicago Press, 1905, p. 59.

③ Raymond Williams, *Keywords: A Vocabulary of Culture and Society*, New York: Oxford University Press, 1983, p. 291.

④ Tony Bennett, Lawrence Grossberg and Meaghan Morris, eds., *New Keywords: A Revised Vocabulary of Culture and Society*, Malden, MA: Blackwell Publishing, 2005, p. 329.

⑤ T. S. Eliot, "Philip Massinger", *The Sacred Wood: Essays on Poetry and Criticism*, New York: Alfred A. Knopf, 1921, p. 114.

社会"文化三分法可以说是蹩脚地模仿了英国著名的哲学家和经济学家 J. S. 密尔的观点（不管这种模仿是有意识的，还是无意识的），此种文化分类法使他在一定层面上成为一位蹩脚的文化批评者。密尔在探讨欧洲如何保持前进趋势而不致陷于僵化时，认为"个体、阶级以及国家"三个截然不同的层面保持各自独特的个性和文化（character and culture），坚持走自己的路，并彼此宽容，吸纳他方的优点，欧洲当不断进步、不断发展。[①] 艾略特对密尔的思想是相当了解的，因为他在 1917 年 9 月 12 日写给母亲的信中说，他正在准备有关"19 世纪思想的创造者"的系列讲座，密尔是其中之一。[②] 因此我们可以说，艾略特把密尔的社会三级分层的概念涂改为文化的三种意义，把广阔的社会分群概念微缩成文化分型概念，这样既糟蹋了密尔的概念，也糟蹋了文化的概念。不知是幡然醒悟还是无意中为之，艾略特在提出文化的这三种意义，或者说三种类型后，他自己又马上加以否定，他说："我们放宽眼界寻找文化，我们不可能从个体或者由个体组成的任何群体那儿找到文化；我们最后只能在整个社会结构中才能找到文化。"[③] 也就是说在他看来，无论是个体文化还是群体文化都是文化片段，不能说是独立的文化，只有社会文化才是文化整体，是真正的能够独树一帜的文化，但这又与他的等级文化观相矛盾。因为他说，一个复杂的社会必定有一些不同层级的文化：高级文化和多种低级文化。如此说来，艾略特并不认为社会文化是铁板一块，一定社会的文化形态多种多样。无论是被艾略特称之为高级文化的主流文化还是被他称为低级文化的次级文化、次-次级文化等都分别属于不同的社会群体，由此推知，他所说的文化的三种意义表明的显然是三种社会互动模式，而这三种社会互动模式虽然受一定社会文化的影响，但是它们表明的是"社会关系和社会分组"，而不是"行为方式结构系统"[④]，因此它们是社会范畴，不是文化范畴。这样我们可以说，艾略特有关文化的三种意义说混淆了文化和社会的概念，因为尽管文

---

① John Stuart Mill, *On Liberty*, London: Longman, Green, Reader and Dyer, 1880, p. 42.

② T. S. Eliot, *The Letters of T. S. Eliot*, Vol. I, 1898-1922, Ed. Valerie Eliot, San Diego and New York and London: Harcourt Brace Jovanovich, 1988, p. 194.

③ T. S. Eliot, *Notes Towards the Definition of Culture*, London: Faber and Faber, 1948, p. 23.

④ Siegfried Frederick Nadel, *The Foundations of Social Anthropology*, London: Cohen and West, 1951, pp. 29, 79-80.

化和社会紧密相连，但毕竟它们代表了同一东西的两个不同层面。艾略特的文化三分法是一次失败的社会文化组织层次意义上的文化类型划分。

三、威廉斯的文化类型说 [①]

与艾略特不成功的文化社会学分类相比较，威廉斯的文化三分法则是多方位的。早在 1961 年发表的《漫长的革命》一书中，**从文化本体角度**，威廉斯提出任何特定文化必然包含理想的、文献的和社会的三部分内容。[②] "理想文化"是人类自我完善的过程，是对永恒价值的追求，强调文化是永恒的、普世的，是社会完善的试金石。这与阿诺德"希伯来文化和希腊文化"和利维斯的"少数人文化"是一致的，与艾略特提到的礼仪、学识和智慧、哲学和艺术等文化活动一脉相承。非裔美国女作家艾丽丝·沃克（Alice Walker）的短篇小说《外婆的日常家当》把祖先手工制作的两床百衲被作为小说的中心隐喻，象征美国黑人的文化遗产——具有普适性和能作为标准的理想的文化遗产。小说中母女三人对两床百衲被子的不同态度反映出她们对于自己的民族文化传统的不同态度及对文化遗产传承问题的看法。

威廉斯提到的一种具体文化的第二部分内容是文献，有选择地承载人类社会的思想、情感和经历的知性和想象性作品属于这一范畴。这与上面提到的理想文化有部分的重叠，因为威廉斯所说的文献文化不仅是阿诺德的诗歌和高雅艺术以及利维斯的文学，更是指所有的印刷作品，相当于特定社会的历史记录。例如，作为现代主义宣言书的 T. S. 艾略特的诗歌《荒原》（*The Waste Land*，1920）在一定层面上记载着世界大战后精神支柱坍塌的西方人行尸走肉般的生活体验，同时，诗歌也传达出西方社会对重建社会和重建信仰的渴求和追寻。当然，摩根的《二十世纪英国历史》更是从历史的角度，更直接、更客观地描述了从第一次世界大战到新千年伊始

---

① 此部分前期曾发表相关论文，参见李兆前：《论雷蒙德·威廉斯的文化分类》，《河南科技大学学报（社会科学版）》2013 年第 3 期，第 38～42 页。

② Raymond Williams, *The Long Revolution*, New York: Columbia University Press, 1961, p. 41.

英国军事、经济、政治、文化、社会生活和国际地位等方方面面的兴衰和变迁及其深刻的原因。这些都是文献文化。

最后，威廉斯提出，要完整地把握一种文化，还需从社会维度定义文化，即文化描述着"独特的生活方式"①以及社会经历，从而说明一定社会—历史时期的文化是独一无二的。例如，叶芝的诗歌《第二次圣临》（*The Second Coming*，1919）不但探讨了人类永恒的价值，也间接地暴露和记载了第一次世界大战后西方社会衰败的景象：万物崩溃，中心不能维系，唯有混乱泛滥世界。②20 世纪 60 年代以摇滚史上最伟大的音乐家之一约翰·列侬（John Lennon，1940 ～ 1980）和音乐创作家保罗·麦卡特尼（James Paul McCartney，1942 ～）为主的"披头士"乐队（The Beatles，又译甲壳虫乐队）的音乐不但成为流行音乐和流行文化的标志，同时也成为了英国文化和英国历史的一个商标，因为它们几近真实地再现了当时英国青年一代对社会事件、人际交往、家乡、和平友爱、药物体验、性解放等社会生活各方面的态度。在一定程度上，"披头士"乐队的音乐从青年文化侧面反映了世界大战之后社会重建期英国民众对传统文化持有的不同态度。最近中国各媒体大肆报道了 2008 年 10 月 5 日清史研究学者在进行签名售书活动时被掌掴的事件，因为此事确实是反映了当前大众中的一些具备一定文化辨别能力的个体对中国当前"学术超男、学术超女"等文化现象的批判。关于事件中的年轻人选择这种批判方式的原因，他自己是这样说的："我觉得这是精英话语权和草根话语权的严重不对等，我的掌掴就是这种不对等的结果。"③ 面对当前由于权威媒体和学术权威的强势乃至强迫性文化传播所导致的话语权极度不平衡，这也许是处于弱势地位的他所能想到的最好发言方式以及引起社会关注和反思这种不平衡的最好途径。

从上面文化内容三范畴的定义和阐释可知，应用威廉斯的文化分析方法，我们不但能通过文化发现社会的终极理想，而且能通过文化辨明特定的

---

① 　Raymond Williams, *The Long Revolution*, New York: Columbia University Press, 1961, p. 41.

② 　W. B. Yeats, "The Second Coming", in Wang Zuoliang, ed., *An Anthology of English Verse*, Shanghai: Shanghai Translation Publishing House, 2000, p. 684.

③ 　胡晓（记者）：《男子掌掴阎崇年 接受采访称打人为引起外界关注》，2008 年 10 月 21 日，http://www.chinanews.com.cn/cul/news/2008/ 10-21/1419102.shtml，来源：四川在线－华西都市报。

社会生活方式，弄清楚具体社会的思想和情感以及它们的变迁过程和模式，乃至社会和文化的发展规律，从而了解千姿百态的文化和社会。因此说，文化是社会的，只有在社会中文化才有意义，在概念框架上威廉斯和艾略特是一致的，区别在于对文化的具体内容结构有着完全不同的观察方式。

对于分析文化必须涵盖三大范畴的言说，威廉斯进一步指出，虽然从文化分析操作上有一定的合理性，它们并不能穷尽文化的内涵，特别是对传统文化的了解，主要依赖文献，而文献之外的当时社会生活的其他方方面面是无法知道的，想要完全重建过去的某一文化是不可能的。而且他认为，"任何一个合宜的文化理论都包含这三个范畴的内容，相反，任何排除某一范畴的文化理论都是不恰当的"[1]。也就是说，文化分析应注重分析三者之间的关系，因为三者实际上相辅相成，互相依赖，互相渗透，共同赋予文化意义和价值，赋予文化具体的社会生活内涵："一定历史时期的文化反映当时的社会情感结构，也就是，构成社会整体的各元素具体活动的结果。"[2] 社会整体通常可以用不同的方式，切割成不同的方面，所以一定社会的情感结构是复数的。又因为不同的个体、群体或者社团对社会整体的体验和把握程度不一，他们即使是对生活其中的社会情感结构也不可能全都知晓，更不用说对传统文化的了解和对未来文化趋向的预测，即完全历时地把握文化。

为了整体历时地把握文化，威廉斯**从社会—历史的角度**提出"三层级文化"的概念：亲历的文化（the lived culture，具体的社会历史语境中，正在被体验的文化）、记录的文化（the recorded culture）和选择性的文化传统（the selective tradition）。[3] 亲历的文化即特定时间、特定场所的文化，是实际生活中的文化，与记录的文化和选择性的文化传统相比更多样而千变万化，也因此更复杂。只有生活其中的人才能完全理解特定的亲历文化。社会主义国家一切为了人民大众的一系列价值观和实践活动，正是我们亲身经历的文化氛围，只有我们这些生活其中的人才能体味其真正的内涵，外面的人就如柏拉图所憎恶的诗人，只知其外在的表象，因为生活在其外的人，

---

[1]　Raymond Williams, *The Long Revolution*, New York: Columbia University Press, 1961, p. 43.

[2]　Ibid., p. 48.

[3]　Ibid., pp. 48-49.

最好的也只不过是通过大量地阅读各种资料、报道或者别人的口传等等了解它。文献资料本身只能承载和反映一定时代的文化理念、社会特性、活动和价值模式以及情感结构等，根本无法穷尽社会文化的全部，任何人的阅读都不可能穷尽哪怕是一个时代的记录，更何况任何记录都会带有记录者本人的倾向性以及当时社会意识形态的操纵痕迹。因此，亲历的文化具有一定的时效性和地域性，当超越一定的时空范围，曾经亲历的文化就会部分消失，部分以文献的形式（记录的文化）或者其他文化形式保留下来，而且这些存活下来的部分文化通常又必定通过历史的不断选择和阐释后，或被淘汰，或保留下来成为传统文化代代相传，形成人类文化传统的一部分。

　　威廉斯提到的文化的第二个社会—历史层级就是记载下来的文化，即记录文化，是对过去各种亲历文化的提炼和书面记载，与上面提到的文献文化的内容基本相同，只不过在这里威廉斯更强调记录文化／文献文化的社会—历史意义。相对于被记载的时代的亲历文化来说，记录文化是"文本化了的历史"，不是不证自明的客观的单纯的"语言构造物"，而是持有"政治参与态度"的记录者们的"主观构造物"，是携带着社会权力关系和个人反叛意志等多种文化信息的话语活动，而这一构造物从它开始踏入下一个历史时期那一刻起就获得了新生，并且将随着历史的发展不断变换，形成一个被选择和再选择、被阐释和重新阐释的动态过程。因为不同时代，不同群体对于同一存活下来的记录文化通过"参与、协商和挪用"等，赋予其不同的意义，记录文化不断变化而形成为"开放的、变异不居的、矛盾的话语……成为一个意义增值的文本"①。艾略特极为喜爱的玄学派诗歌文本意义的变迁很好地阐明了记录文化的社会历史价值。

　　诞生于英国 17 世纪上半叶，以约翰·多恩（John Donne，1572 ～ 1631）、乔治·赫伯特（George Herbert，1593 ～ 1633）、安德鲁·马韦尔（Andrew Marvell，1621 ～ 1678）、理查德·克拉肖（Richard Crashaw，1612/13 ～ 1649）、约翰·克利夫兰（John Cleveland，1613 ～ 1658）、亨利·沃恩（Henry Vaughan，1621 ～ 1695）、亚伯拉罕·考利（Abraham Cowley，1618 ～ 1667）等为主要诗

---

① 王岳川主编：《后殖民主义与新历史主义文论》，济南：山东教育出版社，1999 年，第 184 页。

人的玄学派诗歌（Metaphysical Poetry），以别具匠心的妙喻（conceits）、陌生的悖论（paradoxes）和牵强的意象（far-fetched images）表达了当时的文化和神学概念，因此在诗人们生活的17世纪玄学派诗歌备受追捧。例如，同时代的诗人托马斯·加莱（Thomas Carew，1594～1639？）在悼念多恩的诗歌《悼圣保罗教堂教长约翰·多恩博士之死》中，把多恩比作诗人之王。[①] 虽然20世纪20年代随着多恩、克拉肖、考利和其他玄学诗人的"被伦敦的一些批评家们重新发现"[②]，随之在20世纪再度受到狂热追捧，但是从17世纪主要代表诗人的相继过世到20世纪之前的这段时间内，人们对玄学派诗歌贬斥多于褒奖。尽管通常认为"玄学派诗歌"一词是18世纪英国批评家塞缪尔·约翰逊首先正式用于描绘一种写作风格或者一个诗歌流派[③]，而真正首先使用这一词语评判玄学派诗歌的是活动在17世纪下半叶的诗人、批评家约翰·德莱顿（John Dryden，1631～1700）。在《论讽刺的起源和发展》一文中，德莱顿在批判多恩时说"不仅仅在他的讽刺诗中，而且在他的艳情诗中，本应是自然本性流露的地方，他玩弄玄学；当应该用爱的柔情蜜意吸引和取悦女性时，他却用哲学思辩把她们搞得晕头转向"[④]。18世纪古典主义诗人重视规范，19世纪浪漫派诗人强调自然，在18世纪与19世纪初期玄学诗歌备受冷落是理所当然的。塞缪尔·约翰逊贬斥玄学诗歌说："思想新但是不自然。他们的诗晦涩而且不公正。""不同的思想被强行套在一块儿。""常常为了奇特而不考虑情感的统一。"[⑤] 当然，在19世纪初期对玄学派的评价也不全是否定，英国浪漫主义文学的奠基人之一塞缪尔·泰勒·柯勒律治就在《文学传记》（1817）中对玄学派诗歌大加赞赏："在多恩的诗中，我们找得到最富幻想、最离奇的思想，而且是用最纯洁、最地道的母语写成的。"[⑥] 当历史进入20世纪时，玄学派诗歌由于

---

① 王佐良：《英国诗史》，南京：译林出版社，1997年，第124页。

② T. S. Eliot, *The Varieties of Metaphysical Poetry*, New York: Harcourt Brace & Company, 1993, p. 3.

③ 安德鲁·桑德斯：《牛津简明英国文学史》（上），谷启楠、韩加明、高万隆译，北京：人民文学出版社，2000年，第314页。

④ Patricia Beer, *An Introduction to the Metaphysical Poets*, London: The Macmillan Press, 1980, pp. 1-2.

⑤ Vincent B. Leitch, ed., *The Norton Anthology of Theory and Criticism*, New York: W. W. Norton & Company, 2001, p. 481.

⑥ Ibid., p. 675.

T. S. 艾略特等的大力推崇，广为传布。艾略特认为，玄学派诗人"把思想和情感统一起来"，是"统一的感受性"的典范。[1]20 世纪 30 年代"新批评派"其他各批评家也都不约而同地推崇玄学派诗风，认为玄学派诗歌将思想和情感完美结合，表现了丰富的想象力和艺术独创性，英美文学评论界对玄学派的兴趣至今未衰。作为记录文化的玄学派诗歌文本的意义正随着人类社会历史的发展不断增加。

从上可知，同一文化记录在不同的历史时期获得不同的文化意义，在同一历史时期同样会因阅读人不同而被赋予不同的文化意义。假如把文艺复兴之后的社会历史分割成一千个片段，对于彰显了文艺复兴时期人文特色的莎士比亚的《哈姆莱特》，不同时期的一千个人会有不同的理解，从而《哈姆莱特》获得一千个不同的历史意义。然而，每一个历史意义又是无数共时意义的综合，也就是说，同时代的一千个人同样能读出一千个哈姆莱特。例如，当精神分析方法被引进文学分析时，奥地利精神分析学家弗洛伊德（Sigmund Freud，1856 ～ 1939）的弟子厄内斯特·琼斯（Ernest Jones，1879 ～ 1958）认为哈姆莱特出于恋母，娶母不成而弑母（1910 ～ 1949）。[2]同一历史时段的英国文艺评论家考德威尔（Christopher Caudwell，1907 ～ 1937）用马克思主义理论考察认为，《哈姆莱特》"显示出了当局者迷的资产阶级所不能企及的'封建透视'，以至人类以掌握自然规律（剧中是以假想的魔术）操纵自然（即从'必然王国'到'自由王国'）那么一点远景（1937）"[3]。"王子这一角色非常清楚地表明了资产阶级的幻想，就像在现实社会中，王子是实现资产主义扩张条件的必要工具。为了打破封建社会模式和从封建主手里攫取资本需要一位强悍、不屈不挠的专制君主。"[4]可见，记录文化有选择性地记录下特定的活生生的文化（即

---

[1]　T. S. Eliot, *The Varieties of Metaphysical Poetry*, New York: Harcourt Brace & Company, 1993, p. 58.

[2]　厄内斯特·琼斯 1910 年在《美国心理学杂志》上发表 "The Oedipus Complex as an Explanation of Hamlet's Mystery"，1923 年加以修改，编入他的论文集《实用心理分析》第一章，题为 "A Psycho-Analytic Study of Hamlet"，1949 年发展成书 *Hamlet and Oedipus*。Ernest Jones, *Hamlet and Oedipus*, New York and London: W. W. Norton & Company, 1976, pp. 79-80, 143.

[3]　莎士比亚：《莎士比亚悲剧四种：哈姆莱特、奥瑟罗、里亚王、麦克白斯》，卞之琳译，外国文学名著丛书编辑委员会编，北京：人民文学出版社，1997 年，第 12 页。

[4]　Christopher Caudwell, *Illusion and Reality: A Study of the Sources of Poetry*, Bombay: People's Publishing House, 1946, p. 62.

亲历的文化），在某一历史时期它的意义与当时的意识形态密切相关，相对稳定。随着历史的发展，在反对、认知和接受的过程中，没有被历史淘汰的记录文化的内涵意义将不断地增加，形成意义之流。这样，不同时代的、同时代而不同种类的存活下来的记录文化以及以传统生活方式、传统制度等方式存活下来的文化形式共同形成了动态的文化传统。从上也可知，只有经过历史的陶冶和筛选的传统文化才能存活下来，所以动态的文化传统是不断地被选择的传统文化变体汇成的文化长河，这就是威廉斯所说的文化分析需包含的第三个历史层级：选择性（文化）传统。

文化传统不是传统文化，不是"社会结构中无生命的历史化了的板块"①，而是有生命的、积极参与社会形构的处于激活状态的文化历史元素组成的连续体，是不断更新的生长体。文化传统是各种各样的亲历文化经由各种具体社会构成要素参与、相互协商、选择和确定下来并开始传承而形成的新的传统文化综合体。新的、旧的传统文化在不同历史时期被重新阐释、重新选择，或被淘汰，或获得新的意义随文化历史的车轮无限地滚滚向前，共同汇集成广为认可的具有生命力的传统文化之流，即文化传统。关于文化传统，威廉斯认为，它具有高度的选择性，起于一定的社会历史时期，随着社会历史的车轮在选择性过程中滚滚向前。当然，选择性文化传统的形成不但与文化艺术运动和倾向（即文化形态）紧密相关，同时依赖于社会文化、经济和政治机构和制度。近现代英国的现实主义、浪漫主义和现代主义等文学艺术运动在社会文化、政治、经济制度和机构的排斥与拒绝、监督与协助下，发生、发展和成熟，然后再进一步经过社会—历史的淘洗和沉淀之后，已分别成功地融入英国文化传统之流，成为英国文化传统的有机节点，在一定时期内以及一定程度上左右着艺术文化传统的发展方向。

选择性（文化）传统不仅仅是文化分析的一个层级概念，更重要的是它折射出威廉斯的整个文化理念，从此我们可以推导出他有关文化本质、文化历史和文化政治等方面的看法和观点。选择性文化传统阐明文化反映一定社会的情感结构，并大多以文献、民俗和社会制度等各种形式生产和

---

① Raymond William, *Marxism and Literature*, Oxford: Oxford University Press, 1977, p. 115.

保存下来，展示了人类成长的基本轮廓[1]，构成人类生活和成长的必要部分，具有物质性的一面。人是社会的，更深层次地说，他 / 她是文化的。以记录文化的物质生产发展为例，从约翰尼斯·根斯弗雷希·古登堡（Johannes Gensfleisch Gutenberg，1398～1468）在 15 世纪中叶发明印刷机开始，很多记录文化逐步因印刷术的变革而发生革命性的变化，从早期的少数人（如僧侣教士、抄书匠）的秘密扩展到现当代与其他商业物资形式并驾齐驱的平常消费物资，只不过它们是文化，兼顾物质性和精神性。在古登堡的印刷技术发明之前，在欧洲有文明以来的总的存书量大概是 3 万册，主要是一些圣经和经典。在他的发明之后的 50 年中用这种新方法总共也才印刷了三万种印刷物，共 1200 多万份印刷品。然而在科技日新月异的今天，相对边缘化的《圣经》这一种读物近十年来中国内地每年的印刷量就高达 250 万本之多。再者，文化传统的各传统文化因子各自反映了一定社会的情感结构，社会历史的发展使它的内容持续更新，容量持续扩大；同时，不同历史时期对各传统文化因子的重新选择和重新阐释，促使文化自身的意义内涵随历史变迁。因此，在一定程度上，传统文化就是社会历史；文化传统发展史就是社会发展史。文化也好，文化史也好，都是人类能动的产物，文化历史实际是文化传统的发展史，是人类发展史的写照。人类的能动性使得文化传统必定得经受人类自身的精挑细选和千琢百磨，因此，文化传统是以选择和再选择为源泉和动力的生长体。

　　随着文化研究对社会日常生活的关注、研究和传播，文化不是纯粹的植物般的"有规律和自发的生长"[2]的观点众所周知，更重要的是，不是所有的人都有能力和权力选择什么样的文化能成为传统，什么样的不能，最起码到现在为止，文化面前人人平等是一个比法律面前人人平等更美丽的传说。虽然众多因素决定着文化传统的选择，但是，威廉斯以及他之后的众多文化批评家都认为，文化的选择更多是占主流地位的社会集团决定的，选择性的文化传统在很大程度上反映了不同历史时期主流集团的利益和价值观。因此，文化是"一个冲突因素的竞技场"[3]，文化从来都不是价值中立

①　Raymond Williams, *The Long Revolution*, New York: Columbia University Press, 1961, pp. 49-59.

②　Ibid., p. 51.

③　爱德华·汤普森：《共有的习惯》，沈汉、王加丰译，上海：上海人民出版社，2002 年，第 5 页。

的，而是一种意识形态，是一种政治。① 中国书法一直被认为反映了人作为
主体的精神、气质、学识和修养，是男女老少皆宜的文化，然而查查中国
书法文化传统中各朝各代的书家名录可以看出，新中国成立以前，男人统
治和独占着中国书法文化传统，几千年的中国书法文化传统的生长和发展
是男性的，没有一丝一毫的"女色"。社会主义中国之前的中国书法文化传
统是最纯粹的男权政治产物，是文化的政治性最完美的一个侧面写真。

　　威廉斯有关文化传统的论述同样是对艾略特的观点的修正，是有意的
偏离、对抗和削减。艾略特也曾提出传统文化的传播是有选择的，文化在
选择中发展，因而文化是动态的。可是，艾略特认为，文化的选择更多是
一种个人行为。文化个体应该总是能量体裁衣，"根据自己的能力尽可能选
择最高水平的文化"，提升自己，发展文化。还有，他认为个人的文化选择
通常是无意识的，只有少数高雅文化群体的文化选择是自觉的，从而指导
大众和社会的文化发展方向。艾略特接着论述说，由于不同历史时期的文
化是不同的，因此文化的选择必定是失去与补充相随，一些传统文化会在
选择中被淘汰而消失，但是新的社会生活经历又会增加新的文化元素，文
化的这些"失与得可以想象和理解，但是无法确定"②。对比艾略特和威廉
斯的文化选择观可以发现，威廉斯用社会占主导地位的利益集团取代艾略
特的高雅文化占有者集团，使之成为传统文化的自觉选择者，文化传统发
展方向的决定者；艾略特从非政治的眼光看文化，威廉斯则正好与之相反；
艾略特说文化史具有不确定的一面，威廉斯也曾说正处于生活中的文化有
些是不可知的，有些是无法实现的，因此，文化实质上是无法计划的，我
们只能对它的自然生长加以管理③，也就是说，在写《文化与社会》的时候，
威廉斯与艾略特一样，认为文化的发展更多是自发的。从上面文化分析对
比来看，如果硬要给《文化与社会》时期的文化研究者威廉斯的文化思想
定位的话，我们可以说它是特里·伊格尔顿定义的"左派利维斯主义"，也
可以称它为"左派艾略特主义"。

---

① Terry Eagleton, *The Idea of Culture*, Oxford: Blackwell, 2000, p. 4.

② T. S. Eliot, *Notes Towards the Definition of Culture*, London: Faber and Faber, 1948, p. 25.

③ Raymond Williams, *Culture and Society 1780-1950*, London and New York: Penguin Books, 1976, pp. 320-323.

　　除了"理想的、文献的和社会的"文化本体三分法以及"亲历的文化、记录的文化和选择的文化"社会—历史三分法外，威廉斯综合自己的文化本体论和文化社会—历史论，**从政治学角度**提出另外两种三分法：残留文化、主流文化、新兴文化；文化传统、文化制度、文化形态。① 后两种分类与威廉斯乃至学科意识的文化研究所关注的文化权力关系密切相关，文化权力关系即通常所说的"文化霸权"，"文化霸权"是文化政治的核心词。值得注意的是，文化政治（cultural politics）与政治文化（political culture）不是同一个概念，它们不但概念不同，而且学科分类也不一样。文化政治是文化研究中牵涉价值、意识形态和权力等政治性话题的部分，通常包括三方面的内容：（1）文化作品或者文本本身的政治性质及影响；（2）文化政策制定者、资助机构或者是管理者的政治性质或者影响；（3）文化理论和分析的政治目标。② 文化政治是文化研究学科的一个问题框架，而政治文化研究是当代政治学领域的重要分支。政治文化是什么？在众多的政治文化的定义中，美国政治学家阿尔蒙德（Gabriel Abraham Almond，1911～2002）的最为经典，他之后的所有定义都没有偏离他最初划定的基本范围。③ 阿尔蒙德解释说，

　　　　政治文化一词表示的是特殊的政治取向，即对政治系统和系统各个部分的态度，以及对系统中自我角色的态度。……它是可用于特殊社会现象和过程的一整套取向。……当我们提到一个社会的政治文化时，我们所指的是：作为被内化（internalized）于该系统居民的认知、情感和评价之中的政治系统。……一个民族的政治文化，是政治对象的取向模式在该民族成员中的特殊分布。④

　　虽然文化政治研究中的文化霸权的概念源自意大利共产主义行动家兼

---

① Raymond Williams, *Marxism and Literature*, Oxford: Oxford University Press, 1977, pp. 121, 115.

② 彼得·布鲁克：《文化理论词汇》，王志弘、李根芳译，台北：巨流图书有限公司，2003 年，第 86 页。

③ 王乐理：《政治文化导论》，北京：中国人民大学出版社，2000 年，第 19 页。

④ 加布里埃尔·A. 阿尔蒙德、西德尼·维伯：《公民文化：五个国家的政治态度和民主制》，徐湘林等译，北京：华夏出版社，1989 年，第 14～16 页。

哲学家安东尼·葛兰西（Antonio Gramsci，1891～1937），但是政治领域的霸权概念由来已久。英语中的霸权"Hegemony"一词源于古希腊语，是一个中性词，与"领导者"（leader）同义，之后由法语（hēgemón）传入英语，不过在19世纪之前并不是一个常用词。[1] 可是，19世纪之后它不但常用，而且出现明显的政治含义，通常意味着政治上的强势和支配权。马克思主义意义上的霸权或说领导权概念引人注目。"普列汉诺夫和阿克雪里罗德在对俄国革命由工人阶级来担任未来领导这点进行战略性讨论时，首先使用了这一术语"[2]，之后，它的含义主要经历了四次重要的变化，其中以苏联马克思主义革命家和政治理论家列宁（V. I. Lenin，1870～1924）与安东尼奥·葛兰西的最为著名。1901～1902年，列宁撰写了《怎么办？我们运动中的迫切问题》一书，倡导在俄国建立一个能领导工人阶级进行科学的社会主义革命的先进革命党，并提出了很多俄国革命的全面而具体的计划，其中最重要的是他号召"我们的党"必须取得领导权，团结一切力量，组织全方位的政治斗争。[3]

　　早期的葛兰西曾援用列宁的无产阶级领导权概念。1926年他在《论南方问题》中说："都灵共产党人具体地提出了'无产阶级领导权'的问题，即无产阶级专政和工人国家的社会基础问题。当无产阶级成功地建立一个能动员劳动群众大多数去反对资本主义和资产阶级国家的阶级联盟制度时，它能成为市级领导和同志的阶级。"[4] 与列宁的无产阶级专政下的"阶级联盟"的政治领导权概念相比，葛兰西的"领导权"逐步从政治概念扩大到政治、文化与社会的概念[5]，从领导权的概念发展到霸权的概念，从无产

---

[1] T. F. Hoad, *Oxford Concise Dictionary of English Etymology*, Shanghai: Shanghai Foreign Language Education Press, 2000, p. 213.

[2] 佩里·安德森：《西方马克思主义探讨》，高铦、文贯中、魏章玲译，北京：人民出版社，1981年，第101页。

[3] V. I. Lenin, *What is to Be Done? Burning Questions of Our Movement*, Peking: Foreign Languages Press, 1973, pp. 105-106.

[4] Antonio Gramsci, *Gramsci: Pre-Prison Writings*, Ed. Richard Bellamy, Beijing: China University of Political Science and Law Press, 2003, p. 316. 葛兰西：《葛兰西文选（1916—1935）》，中共中央马克思恩格斯列宁斯大林著作编译局国际共运史研究所编译，北京：人民出版社，1992年，第229页。

[5] Ernesto Laclau and Chantal Mouffe, *Hegemony and Socialist Strategy: Towards a Radical Democratic Politics*, 2nd ed., London and New York: Verso, 2001, p. 66.

阶级的霸权扩展到一般意义的统治阶级的霸权[1]，其中最具变革意义的是用文化霸权代替政治领导权的理念。葛兰西的文化霸权包含了双重含义：领导同盟和统治敌对方。葛兰西曾指出，在"一战"之后的历史语境中，与军事和政治领导权相比，通过文化领导和支配而取得霸权地位显得更加重要；夺取文化优势是建立一个新型政体的前提和基础，政权的维持依靠文化的统一（the cultural unity）[2]，这里的文化统一不是指多种文化的一致性，而是统治阶级文化的独霸天下。他认为，文化霸权的实现离不开政治社会（politic society）之外的市民社会（civil society），即必须充分利用家庭、媒体、宗教、期刊杂志、图书馆、学校、各种协会和俱乐部，甚至是建筑、街道的布局和命名等形形色色的政治社会之外的"私人行为、品味和价值观以及有组织的文化体制和文化机构"[3]，通过它们使大众在无意识状态下认同和接受本阶级的意识形态，更新社会"常识"心灵状态，从而支配大众思维，自觉地领导大众，使之成为有利于自己的积极的政治动力。当然，葛兰西的文化霸权理论并不是世界主义的，仍然是为无产阶级服务的。第一次世界大战之后，意大利乃至世界无产阶级运动由于没有与时俱进的理论指导而导致无产阶级革命者阶级意识贫乏，使一度成功的无产阶级运动转入低迷状态，葛兰西自己也因此被夺取了国家政权的以墨索里尼为首的法西斯分子逮捕入狱。在狱中，他提出"无产阶级应该利用权力建构代表自己利益的共享文化，利用知识和道德发挥领导作用，组织建构某种共享的观念、价值、信仰和意义系统，达到全民共识，收编他者"[4]，在文化领域或者说是在上层建筑层面上获取领导权并以此维护领导权的合法性。葛兰西的文化霸权概念不但为当时的无产阶级革命者在新历史时期的政治实践活动提供了及时而有效的理论指导，而且现在已经成为当今世界格局发展趋势的风向标之一。

---

[1]　John Hoffman, *The Gramscian Challenge: Coercion and Consent in Marxist Political Theory*, New York: Basil Blackwell, 1984, p. 55.

[2]　Antonio Gramsci, *Prison Notebooks*, Vol. II, Trans. and Ed. Joseph A. Buttigieg, New York: Columbia University Press, 1996, pp. 31, 46.

[3]　Steve Jones, *Antonio Gramsci*, London and New York: Routledge, 2006, p. 32.

[4]　李兆前：《雷蒙德·威廉斯的"文化"概念透视》，载《文学前沿》（第 10 期），北京：学苑出版社，2005 年，第 62～72 页。

葛兰西之后，雷蒙德·威廉斯借用和发展了文化霸权的概念，把文化霸权用于社会（文化）批判，用于文化分析，把葛兰西的文化霸权扩展成为了一个世界主义的学院范畴。而在威廉斯之后，后马克思主义的代表人物厄内斯特·拉克劳（Ernest Laclau，1935～）和尚塔尔·墨菲（Chantal Mouffe，1943～）冲破葛兰西的阶级束缚和以威廉斯为代表的文化主义的文化霸权概念的束缚，把文化霸权的观照对象拓展到"社会差异体系之中任何位置"[①]，因为他们认为，一旦稳定的社会体系中的任何一点遭遇否定、抵抗或者颠覆，霸权力量就必须行使权力，结合（articulation）各种民主要求，使社会恢复稳态。[②]可是，他们真正对这些"否定、对抗和颠覆"以及霸权的考察只是在具体的话语分析层面展开，即在女权运动、反种族主义、同性恋运动、生态主义运动、边缘群体和学生运动等话语领域的文化政治分析。因此，拉克劳与墨菲使曾经革命的、社会—文化批判的实践性文化霸权理论萎缩为"抽象的、先验的、形式的模式"、"一种'伪造无限性的逻辑'"、"某种霸权的空的能指，仅仅只是内容在变化"[③]。

20世纪70年代是威廉斯学术生涯的成熟期，他接受和发展了葛兰西的文化霸权理论。二者差异性首先表现为理论侧重点不一样。如果说葛兰西认为政治控制和文化控制对建立和维护统治及社会统一性同等重要的话，那么威廉斯则认为当今社会主要是通过控制文化传播来领导和支配或统治大众思想意识，从而达到政治霸权的目的。如果说葛兰西的文化霸权着重它的社会—历史实践作用，威廉斯的文化霸权更多是一个用于文化分析的认知概念。与葛兰西相比，威廉斯文化霸权概念中进行支配或统治地位之争的主体不再是自带政治标签的阶级，取而代之的是不同的利益群体，明显削弱了原概念中的阶级观和阶级斗争性，即传统的政治性。葛兰西通过细致地考察当时西方资本主义社会运作方式推导出文化霸权在社会发展中的重要性，而威廉斯主要通过分析文化和文化概念，说明文化霸权在文化

---

① 恩斯特·拉克劳、查特尔·莫菲：《领导权与社会主义的策略：走向激进民主政治》，尹树广、鉴传今译，哈尔滨：黑龙江人民出版社，2003年，第148页。

② Ernesto Laclau and Chantal Mouffe, *Hegemony and Socialist Strategy: Towards a Radical Democratic Politics*, 2nd ed., London and New York: Verso, 2001, p. 189.

③ 朱迪斯·巴特勒、欧内斯特·拉克劳、斯拉沃热·齐泽克等：《偶然性、霸权和普遍性：关于左派的当代对话》，胡大平等译，南京：江苏人民出版社，2004年，第112页。

和文学领域的具体运作以及与社会其他元素之间的互动关系。显然，威廉斯的文化霸权范畴比葛兰西的要窄而更具体。可喜可贺的是，威廉斯利用"削减"的方式战胜了葛兰西，建立了独特的文化霸权概念，为他在文化研究领域建立独特的地位起到添砖加瓦的作用。

再者，关于文化霸权概念本身，虽然葛兰西也提到了霸权与反霸权之间的动态平衡，但他始终强调的是在统治阶级单一统治下的平衡，因而隐含着胁迫性。威廉斯似乎更强调霸权和反霸权过程中各团体之间的收编和颠覆关系，认为霸权文化和非霸权文化的之间一如既往的如火如荼的收编 / 反收编和颠覆 / 反颠覆的斗争导致霸权地位的更替，从而使文化霸权始终处于动态发展过程中，推动文化乃至社会向前发展。因此，威廉斯的文化霸权是多样复杂的和动态发展的过程①，而且各方力量之间多了些可竞争性，少了些外在的剑拔弩张之势，多了一点民主，少了点专制。威廉斯认为，文化霸权渗透社会生活的方方面面，随着各种社会关系、社会活动的变化而变化，为了维护霸权地位，霸权文化必须不断地更新、修正和重构以对抗其他文化的抵抗、限制，甚至颠覆。威廉斯提出用"反文化霸权"和"选择性文化霸权"等概念来定义这些对抗霸权文化活动中的各方力量，强调文化霸权形态的多元特性。为了更好地说明文化霸权的历史具体性，他倡议用"'文化霸权的'和'支配的'代替简单而抽象的'文化霸权'和'支配'"②，说明文化霸权是日夜不息的动态斗争过程，霸权地位是活动不居的。在这一层面上，通过"扩大"葛兰西的霸权观，威廉斯使自己的霸权概念更加独特和清晰。总的说来，威廉斯通过窄化葛兰西的霸权概念的框架范围（即把葛兰西的霸权概念从政治、文化领域缩小到文化领域）、"扩大"内涵的方法（即具体化和细化文化霸权的形态和过程），形成了自己的优势，建构了自己独特的霸权概念。

威廉斯的文化霸权理论表现了文化权力在社会各阶层的不平等分布关系，是威廉斯在文化研究和文学研究过程中对文化和文学表征出的权力关

---

① Raymond Williams, *Marxism and Literature*, Oxford: Oxford University Press, 1977, p. 112.

② 李兆前：《雷蒙德·威廉斯的"文化"概念透视》，载《文学前沿》（第 10 期），北京：学苑出版社，2005 年，第 62 ～ 72 页。Raymond Williams, *Marxism and Literature*, Oxford: Oxford University Press, 1977, p. 113.

系的理论总结。正是有文化霸权理论为基础，使他从政治学角度进行的文化分类即文化过程社会释义三分法（文化传统、文化制度和文化形态）和文化过程本体三分法（残存的、主流的和新兴的）在人文学科领域广为接受和传播。

　　其实在一定程度上，威廉斯的文化霸权是一个整体概念，因为他认为，文化霸权把在社会文化活动和社会秩序中具有独立意义、价值和实践活动的不同文化过程的不同层面组织和联合起来，形成社会文化整体，因此他的文化霸权如同福柯的权力，成为整体化社会的又一收纳网袋。威廉斯提出文化霸权整合文化而在一定程度上统一社会的主要运作机制是"收编"（incorporation）。为了更好地揭示文化霸权在文化发展过程中的具体运作，他将文化过程切割成三方面展开讨论，即文化传统、文化制度和文化形态（tradition, institution, and formation），并说明三方面相互联系、相辅相成，而把三方面有机地联系起来的是隐藏在文化过程中的社会强势群体对弱势群体的支配关系以及潜在的"收编"关系。

　　"传统"是那种几乎天天挂在嘴上而熟得不需要说明的词语，正因为如此，一旦真要说明它时，才发现它是那样的复杂，似乎无论如何也说不清，道不明。要说明传统是什么，必须把它还原到一定的社会—历史语境或者某一个人的定义。"传统"通常被简单理解为代代相传的承载着特定历史意义的人类的智慧结晶，是清晰而确定的，这种看法显然忽略了随着历史变迁传统意义和价值的起起落落以及在代代相传过程中，人们对传统的创造和超越，"传统变成了传统主义"[1]。更重要的是，静态的"传统主义"没有阐明"传统的形成是一个由社会—历史所决定的选择和排除过程"[2]，忽略了隐藏在这一变迁过程背后的人为权力操作。针对"传统主义"的传统观，威廉斯提出，传统不是死的，而是活的，是"选择性的传统"[3]，是社会不同团体主动对传统进行的有意选择、阐释和利用以及再选择、再阐释（再创

---

　　[1]　乔治·麦克林：《传统与超越》，干青松、杨凤岗译，北京：华夏出版社，2000年，第12页。

　　[2]　John Guillory, "Canon", *Critical Terms for Literary Study*, Ed. Frank Lentricchia and Thomas McLaughlin, Chicago: University of Chicago Press, 1995, pp. 233-249.

　　[3]　Raymond Williams, "Tradition, Institution, and Formation", *Marxism and Literature,* Oxford: Oxford University Press, 1977, p. 115.

造）和再利用，如此循环反复的过程，因此传统是随着社会关系的变化不断地被选择和被重建的连续体。传统过程不是自发的，更不是"无邪"的实践、创造和积累过程，而是拥有统治地位的社会群体常常根据自己的需要收编和阐释传统的过程，是占统治地位的社会群体选择性利用传统价值观证明自己当前霸权行为以及与之对应的社会秩序的合法性的过程。当然，"哪里有统治和被统治，哪里就有反抗和颠覆倾向"，有意和有益的选择行为总会被反霸权团体所发觉和揭露，如果反霸权取得成功，由于统治团体地位的变更，先前的传统可能被再度主流化，也可能被边缘化，甚至被遗弃。总而言之，文化传统并不是纯洁的，在一定程度上隐含着社会各团体之间的权力之争，能服务于当前的传统才是合法的，"能够肯定或者彰显主流意识形态的传统"才会相对地有更强的生命力。① 例如，文化霸权的强大文化建构能力在中国书法传统的形成过程的每一个阶段都能找到典型的例证。唐太宗由于个人喜好，利用皇权、儒家的中和中庸美学观以及三纲五常的伦理道德观，举大王（王羲之）而抑小王（王献之），而使书法造就各有千秋、不相上下的父子二人，硬是父贵于子，导致小王书法作品不被重视而遭销毁，流传作品少之又少，使得大王独尊的思想影响至今。尽管不少学者认为，宗教的领域是在个体的内心精神生活，而不在个体的社会生活领域，然而人是社会动物，因而宗教必定是社会的，是政治的，宗教文化传统始终在社会各种权力关系中运行和发展②，一些宗教信仰一直在主流意识形态中，因而能经久不衰。在中国历史上的"三武一宗"的灭佛运动都祸起国家利益团体与宗教团体之间对社会经济、政治和文化控制权的争夺，因而中国佛教文化传统被烙上了鲜明的霸权和反霸权的印记。因此，选择性文化传统潜藏着占主流或霸权地位的文化的强制性和局限性，说明文化霸权具有强大的社会现实操纵性和收编能力。

收编"为霸权操作的实例，即社会、意识形态和论述力量的协商操弄，

---

① Trevor Ross, "Canon", *Encyclopedia of Contemporary Literary Theory: Approaches, Scholars, Terms*, Ed. Irena R. Makaryk, Toronto: University of Toronto Press, 1993, pp. 514-516.

② Arnold J. Toynbee, *A Study of History*, Vol. 2, Beijing: China Social Sciences Publishing House Chengcheng Books, 1999, pp. 91-103.

从而维系和争夺权力"①。收编的过程既是文化传统形成的过程，也是文化的社会化过程，是主流群体通过语言、家庭、教育系统、教会和传播系统等市民社会组织和社团，把他们认可的文化价值、意义和实践等有意地和有选择性地灌输给接受者，左右大众思想意识，把他们纳入自己的支持者阵容。要达到收编异己者，有效统一的正规文化体制必不可少。文化体制包括文化的"决策、管理、评判、监督等各个环节"②，以及"其所遵循的法规"，"文化体制涉及的范围，包括教育（学校教育、群众教育和党校教育等）、文学艺术、科学技术新闻广播、出版事业等各个方面"③，根据威廉斯的观点，教堂、各行各业的协会和工作团体等也是必不可少的文化体制。统一的文化体制"在一定程度上决定文化传统的有效确立"④，影响着文化形成过程和文化社会化过程，从而影响社会发展方向，当然，这并不意味着否定政治和经济等其他社会制度的作用。虽说统治者能够借助有效的文化体制条条框框领导和支配他者，但是接受者并不都是被动的，不会总是囿于条条框框，而是具有一定的能动性，对外界输入不一定全盘接受，往往会进行一些反抗性选择，因而与主流文化产生冲突。可是，有效的主流或霸权文化制度应该总是能够通过协商，使反对者和反抗者主动认可和接受它们的文化形式，即通过文化的社会化过程使其他社会群体内化主流文化，变被支配为主动接受和认可，即便不能使其在社会化过程中进行有效内化，也应该让大众认为主流文化是无法避免的或必需的而主动地接受收编。文化在选择、收编和协商的过程中往往呈现出多样化态势。威廉斯把这种多样性、动态性和等级性的"文化霸权"形成过程称为"有机霸权"，因为各种文化与自然有机体一样遵循"适者生存"的原则，只不过，为了适应不断变化的社会—历史环境，各文化团体能动地不断修正和更新自己的文化，促使其不断地成长。但是，生长过程中也有可能发生变异，甚至是突变，而文化的变异或者突变很多时候是自觉的，霸权文化随时都有可

---

① 彼得·布鲁克：《文化理论词汇》，王志弘、李根芳译，台北：巨流图书有限公司，2003年，第215页。

② 田丰：《文化进步论：对全球进程中的文化的哲学思考》，广州：广东高等教育出版社，2002年，第103页。

③ 马闪龙：《苏联文化体制沿革史》，北京：中国社会科学出版社，1996年，第2页。

④ Raymond Williams, *Marxism and Literature*, Oxford: Oxford University Press, 1977, pp. 117-118.

能被其他文化颠覆，被取而代之。文化形成过程是一个不断社会化的过程，一个不断斗争的过程，一个不断被建构的过程。

威廉斯文化过程分析的另一方面是与文化传统、文化制度和机构紧密相连的文化形态。文化形态指自觉的文学、艺术、哲学或者科学运动和倾向 [1]，例如，15 世纪盛行于欧洲的文艺复兴运动，18 世纪的新古典主义运动，以及滥觞于 19 世纪下半叶而盛行于 20 世纪的女权主义运动，等等；文艺复兴是人对神的反动，新古典主义是理性对感性过度的反动，而女权主义是女权对男权的反动。因此，文化形态是历史的，在"社会阶级斗争"过程中萌发和成形 [2]，当把各种文化形态还原于它们所发生发展的具体的社会历史进程中，特别是社会物质进程中时，我们不难发现每一种新的文化形态往往是对既有正统的文化体制衍生的文化形态的反动；而当它自己成为正统时，必定遭遇相同的命运，被后来的新文化形态抵制和反抗，甚至是颠覆，成为历史。正统文化形态的霸权与新兴文化形态的反霸权并不是非得你死我活，它们往往互相吸收、互相收编，构成多样复杂的社会文化形态活动图景。

从威廉斯对社会文化过程的剖析可知，社会文化过程不是自发的运动和倾向，而是拥有主流文化即霸权文化的群体的自觉建构。社会主流群体往往选择与他们倡导的意义、价值和实践相吻合的传统文化因子，占据主导地位的正统文化制度理所当然充当着选择和捍卫文化传统的重要角色。正统文化体制下的文化形态肯定不能穷尽丰富多彩的社会经验和复杂多变的社会结构，各种替代性的甚至是对抗性的文化形态似乎总是以反动者的身份同时在场，因此，文化形态有主流的，就有替代性的和对抗性的。例如，在资本主义社会里，不管占统治地位的资产阶级文化意识形态如何强大，工人阶级文化依然"经常处于分离和不可渗透的状态" [3]，表现出自己应有的独立性以及对抗姿态和替代性可能。既然主流文化形态的收编是有限的，不是所有的文化形态都能被制度化，为正统文化制度服务，主流文化

---

[1]　Raymond Williams, *Marxism and Literature*, Oxford: Oxford University Press, 1977, p. 119.

[2]　Tony Bennett, Lawrence Grossberg and Meaghan Morris, eds., *New Keywords: A Revised Vocabulary of Culture and Society*, Malden, MA: Blackwell Publishing, 2005, p. 41.

[3]　Stuart Hall, Tony Jefferson, eds., *Resistance Through Ritual: Youth Subculture in Post-war Britain*, London: Hutchinson, 1976, p. 41.

形态始终就只能说是"霸权的",而不是一劳永逸的"霸权"。

应该说最能阐明威廉斯文化霸权理论的是他对一个实际文化过程本体内部动态关系的剖析。根据一个文化过程中各元素之间的主导和被主导的关系,他把这一过程分割为残留的、主流的和新兴的三部分或者节段(dominant, residual, and emergent)①,这种分割法既是共时的,也是历时的。无论是残留的,还是新兴的,都是相对于主流的而言;三者始终处于动态的和辩证的关系变换之中。主流的就是暂时处于霸权地位的,残留的和新兴的可能被主流的收编,成为主流的一部分;主流的也可能逐渐边缘化,成为残留的;新兴的和残留的均有可能击败主流的,成为新一代主流。同时,三者本身也是各自独立的文化形态合成体,自身也在不断更新,是一个动态的发展过程。

威廉斯的所谓"残留的"并不是指多余而无用的,而是指过去的但依然活在现在、对现在和未来社会活动产生影响的传统文化。以各种方式存活下来的传统文化常常部分地被主流文化重新阐释、淡化、投射、选择或收编,融入主流文化,成为文化传统长河中的朵朵浪花,换句话说,统治阶级有目的地激活、拔高和修正一定的传统文化,充当他们的统治和管理工具,利用文化效度为他们的统治和管理的合理和合法性提供证明和支持。例如,中国的儒家学说自汉武帝罢黜百家、独尊儒术之后,逐渐成为中国封建社会文化的主流,但是每一个朝代的统治阶级都会根据自己的需要对儒家学说进行敬拜、改良与创新。如在两汉,有以董仲舒和马融、郑玄等为代表的谶纬之学以及今古文经学;在魏晋,有王弼、何晏以老庄思想解释儒经,援道入儒,儒、道交流结合而成的玄学;在唐代,有韩愈为尊儒排佛而宣称恢复孔孟儒学的"道统"说;在宋代,儒学再次顺应新的社会—历史主流,创造又一新形态,即经周敦颐、邵雍、程颢、程颐,到南宋朱熹,一个哲理化的程朱理学问世;在清代龚自珍、魏源等力图建立一种经世致用的新式儒学,等等。② 儒家学说由于其入世性、忠诚与依附于

---

① Raymond Williams, "Dominant, Residual, and Emergent", *Marxism and Literature*, London and New York: Oxford University Press, 1977, pp. 121-127.

② 丁伟志:《儒学的变迁》,载李绍强主编:《儒家学派研究》,北京:中华书局,2003 年,第41～54 页。

统治阶层的本质特征，被各朝各代的社会主导集团巧加利用，成为他们更好地控制社会大众的工具。能融入主流文化的残留文化毕竟有限，大部分的残留文化常常作为主流文化的补充、替代和对抗面而存在。例如，当前英国社会中有组织的各种宗教派别和活动、乡村共同体概念的沿用、名义上的君主制等非主流文化形态虽然与现代乃至后现代的社会结构和运作模式格格不入，但是依然为社会主流认可，以维护社会秩序和保持社会统一。而从另一方面来看，民间有组织的宗教以及乡村共同体意识的留存也不失为对抗主流化的有效模式，并有效地保持了文化的多样性。

　　威廉斯所说的一个文化过程的另一个部分或者阶段是指新兴的文化。新兴的也就是"不断地正在被创造的新的意义、价值、实践、关系和关系类型"①。它包含着两方面的意思：一方面是指作为主流文化的对抗面的正处于形成阶段的全新的文化；另一方面也指主流文化的不断的自我更新，自我完善。实际上，当新的文化涌现时，它是主流文化的新阶段还是作为主流文化的替代或对抗的新兴文化并不那么容易区分。马克思主义者认为，在阶级社会里，新兴文化伴随着新型阶级的产生而出现。15 世纪至 18 世纪是西欧资本主义开始兴起的时期，也是无产阶级及其文化逐步形成的时期。在西欧从 15 世纪开始出现了单纯靠出卖劳动获取收入的劳动者，即现代意义上的无产者，尔后随着工业的发展，无产阶级队伍不断壮大，到 19 世纪现代无产阶级形成，无产阶级意识应运而生，无产阶级文化成熟。无产阶级文化最主要的特点之一是，从一开始它就以反抗资产阶级主流文化的面貌出现。虽然资产阶级在不同的历史时期尝试用各种不同的方式试图收编这种新兴文化，但是资产阶级和无产阶级在思想意识上是根本对立的，是一种你死我活的关系，因而资产阶级文化根本无法完全收编无产阶级文化，当无产阶级文化成熟为一种与资本主义文化相对立的主流文化形态时，也是如此。这说明"没有任何生产方式、没有任何一种主流社会秩序、没有任何一种主流文化实际上能穷尽人类所有的实践活动、力量和意图"②。新兴文化通常形态多样，新兴阶级带来的新兴文化只是众多新兴文化中的一

---

① Raymond Williams, *Marxism and Literature*, Oxford and New York: Oxford University Press, 1977, p. 123.

② Ibid., p. 125.

种，是一种敏感文化，相对来说容易被统治阶级所觉察，从而成为统治阶级下大力气想要进行收编的文化或者说想要消灭的文化。相反，其他更多新兴社会意识和新兴文化实践活动往往不容易被关注，往往较能形成一种稳固的文化形式，从而可能联合部分残留文化，共同与主流文化进入显性的收编与反收编、霸权与反霸权的拉锯战。还有，随着主流文化认可、在一定程度上的接受和收编新兴文化，新兴文化也在不断地重复、更新和反收编的过程中确立其应有的地位，或融入主流，或成为文化传统中的一支，或消亡。然而，随着社会—历史的发展变化，社会秩序以及社会政治经济等总会发生相应的改变，主流文化得以更新，社会体验、实践和意义价值得以更新，于是必定又会出现新兴文化形式，如此变化无穷，生生不息。

　　总结艾略特和威廉斯的文化类型说，首先，他们都采取了一种全景式的分类法，即把文化看成一个整体，然后或从社会学，或从文化学等角度把文化整体切割成互相依赖的三个板块，其中艾略特的社会学文化三分类法是一种失败的尝试。使威廉斯最终战胜前辈、脱颖而出的显然不在于社会学全景式分类的成败，而在于他把文化看成一个整体，"描绘成一个过程"①，然后或从文化本体、或从社会学、或从历史学、或从政治学等角度把文化整体分别切割成互相依赖的形态各异的三个板块。他的文化分类进一步说明了文化多样复杂，是文本的、社会—历史的、动态发展的，更是政治的。他的文化分类和阐释模式不但为文化研究及其他人文学科研究提供了新的视角和方法论，也为我们更有效和更好地建设社会主义文化强国提供了一种思维方式和实践途径。

---

① Gayatri Chakravorty Spivak, *Death of a Discipline*, New York: Columbia University Press, 2003, p. 106.

第二章　艾略特与威廉斯文化价值观之比较

　　文化的价值不容置疑。澳大利亚裔英国哲学家萨缪尔·亚历山大（Samuel Alexander，1859～1938）认为，"价值是宇宙构造中的本质特征"，"是某种美好的神秘之物"[①]。美国哲学家佩里（Ralph Barton Perry，1876～1957）也同样抽象地说，"价值的通常意义或者肯定意义是指事物的美好的方面"[②]。他认为，价值存在于一切令人感兴趣（interest）的事物之中[③]；他还说，价值既有肯定的，也有否定的；有高级的，也有低级的；有正确的，也有错误。通过自己辛勤的劳动创造更多的价值是积极的，是肯定的，通过掠夺他人而创造价值是消极的，是否定的。有肯定价值的东西往往排斥无价值或者是具有否定价值的东西，获得大众和社会的认可而盛行。从上面两位当代哲学家的价值定义可以看出，价值其实已经是一个无限大而空泛的概念，价值的概念被应用到知识、社会和生活的各个层面，成为一个意义含混的口头禅，例如，常常提及的主要价值系统有：道德价值、宗教价值、经济价值、政治价值、社会价值、审美价值、日常生活价值、个人价值，以及本部分要讨论的文化价值，等等。不过，在所有美好的价值当中，真善美三位一体亘古以来就是价值的至高点，是一切人类活动的终极指向。也就是说，有价值的文化必须具备真善美之特性。

　　真善美只是一个宽泛的价值判断标准，对于具体事物的价值评估需要更具体的东西，由于价值的本质特征相对稳定，有一些原则可以帮助我们认识价值以及进行更具体的价值判断。公认的价值本质特征有四点：（1）

---

　　① 萨缪尔·亚历山大：《艺术、价值与自然》，韩东晖、张振明译，北京：华夏出版社，1999年，第70页。

　　② Ralph Barton Perry, *General Theory of Value: The Meaning and Basic Principles Construed in Terms of Interest*, Massachusetts: Harvard University Press, 1950, p. 20.

　　③ Ibid., pp. 115-116.

价值有不同的种类（kinds）；（2）价值体验有不同的强度（intensity）；
（3）价值体验有或肯定或否定（positive or negative）、或讨人爱或讨人
厌（attractive or repellent）之分；（4）价值有不同的等级（scale）。[①] 萨缪
尔·亚历山大提出，谈论"价值"有两个命题原则可供参考：一方面"事
物的价值本质上是相对人的，从而在某种意义上是人的创造，善和美并不
属于事物，而属于它们与人的关系"，另一方面"价值是相对于人的，但
它们可以在事物的本性中发现，而且不是任意的"[②]，事物价值还在于它自身
的"真"。因此，价值既是事物的本体特征，也是人类的认知产物，反映人
与认知客体之间的关系。

　　既反映文化外部关系特征又体现其本性的文化价值观念是文化构成的
必要条件，是文化生存和发展的必要条件；具备真善美的文化必定被发扬
光大，反之则必定消亡。价值赋予文化意义，影响文化的结构方式，是我
们理解文化的必然途径。有价值是文化的本质特征，文化的价值多样而相
对。[③] 所谓文化价值的相对性，首先指一种文化的价值是相对另外一种价值
而言，例如，艾略特认为，基督教文化是积极的，而他所生活于其中的放
弃了基督教文化的社会文化是消极的。[④] 另外，一种文化的价值因观察它
的主体不同而出现差异，例如，F. R. 利维斯把流行报纸、电影、电视等表
述的大众文化视为洪水猛兽，祸患无穷，应不遗余力地加以抵制，而美国
传播学教授约翰·菲斯克（John Fiske）则认为，大众文化可以是积极快乐
的、随意休闲的、进步的，"总能创造出大众的快乐"，从而使大众体验巨
大的快感。[⑤] 还有，一种文化的价值会随历史的变化而改变，例如，中国古

[①]　A. Campbell Garnett, *Reality and Value: An Introduction to Metaphysics and An Essay on the Theory of Value*, London: George Allen and Unwin, 1937, p. 158.

[②]　萨缪尔·亚历山大：《艺术、价值与自然》，韩东晖、张振明译，北京：华夏出版社，1999 年，第 66 页。

[③]　A. L. Kroeber and Clyde Kluckhohn, *Culture: A Critical Review of Concepts and Definitions*, Cambridge, Mass.: The Peabody Museum, 1952, pp. 171-172.

[④]　T. S. Eliot, *Christianity and Culture: The Idea of a Christian Society and Notes Towards the Definition of Culture*, New York: Harcourt, Brace and Company, 1949, p. 10.

[⑤]　约翰·菲斯克：《解读大众文化》，杨全强译，南京：南京大学出版社，2001 年，第 2 页。约翰·费斯克：《理解大众文化》，王晓珏、宋伟杰译，北京：中央编译出版社，2001 年，第 190、210 页。John Fiske, *Reading the Popular*, London and New York: Routledge, 2000, p. 2. John Fiske, *Understanding Popular Culture*, London and New York: Routledge, 1992, pp. 50, 161, 178.

代妇女必须遵守的圣人之教 —— "三从四德"，在现代中国则被看成是迫害女性的糟粕而被彻底摒弃。

不管文化价值的意义怎样多而不确定，文化的价值还是可以分析和认知的。总结萨缪尔·亚历山大的价值分析原则，我们可以从两个方面分析和理解文化价值：文化的本体价值、文化的社会价值。事物本体价值的高低形成人们通常所说的等级观（order of rank or hierarchies）[1]，由于每一种文化都有其独特的价值系统，形成各自独特的文化结构，高雅文化和低俗文化之分实际上就是相对地对不同文化作出的价值判断。文化的本体价值判断伴随着"文化"一词的诞生而出现，但是所谓的文化本体价值始终是社会主体的认知评价产物，不是没有生命的纯粹客体。文化定义从一开始的农作物的培育，到人的思想的开发，再到人类精神财富等的嬗变，正像阿诺德所说的那样，文化本身或多或少总是指人类创造的"好东西"，文化的发展与社会发展相一致。资本主义的兴起和进一步发展，以及 19 世纪首先在英国开始的工业革命，"建立和扩大了资本主义的生产逻辑：对数量增加的工人的剥削和越来越多的商品的生产。一极是不停的财富积累，另一极是贫困的增多和加重"[2]。资本主义的生产逻辑造成的极端不平等导致各种激烈的思想冲突，美国思想家丹尼尔·贝尔（Daniel Bell，1919 ～ 2011）认为，工业极端文明的资本主义社会分裂成相互区别，甚至是相互冲突的三个独立板块：社会结构、政治和文化，因此文化再也不能黏合社会，文化与社会分裂，文化与社会机械文明和物质文明等相区别。由于资本主义经济倡导"效率"，资本主义社会政治倡导"平等"，资本主义文化倡导"个人实现（或者个人满足）"，文化自身分裂，一些文化成为了远离社会、远离生活的"白日梦"，一些文化变得粗鄙而微不足道了。[3] 总之，文化的本体价值总是通过一定社会活动凸显出来的，也就是说文化的本体价值和它的社会价值紧密相连，不可分割。

文化的社会价值分析可以从不同的角度展开，其中根据文化主体间的

---

① Alfred Stern, *Philosophy of History and the Problem of Values*, The Hague: Mouton & Co. 1962, p. 103.

② 米歇尔·博德：《资本主义史：1500 ～ 1980》，吴艾美、杨慧玫、陈来胜译，北京：东方出版社，1986 年，第 90 页。

③ Daniel Bell, *Cultural Contradictions of Capitalism*, New York: Basic Books, 1978, pp. xxx, xxii, xxvii.

关系，文化的社会价值可以分为个体价值和集体价值。① 从古罗马开始衰败起，崇尚"人人为自己的情感和实践"的个人主义精神代替公众主义精神（public spirit），并左右着后来西方社会的价值观②，因此有关文化的个体价值的论述不在少数。英国文化评论家马修·阿诺德的"文化使人变得完美"是最理想化的文化的个体价值论。与阿诺德同时代的文化批评家均张扬文化的个体价值。苏格兰散文家和历史学家卡莱尔（Thomas Carlyle，1795～1881）认为，"文化塑造一个人的思想"③；"足够多的知识文化能够弥补任何缺点"④，等等。英国著名哲学家和经济学家密尔（John Stuart Mill，1806～1873）用自己的生活体验说明"在我的思想的进步上，诗歌文化作用最大"⑤。英国生物学家赫胥黎（Thomas Huxley，1825～1895）对于文化的个人价值也有独特的看法："对于每个人来说，文学或者艺术文化都是取之不尽，用之不绝的快乐源泉，它不会随时间枯萎，也不会因为使用过多而变得陈旧，更不会因个人的不愉快而变得苦涩。"⑥

　　文化的社会价值是不言而喻的，因为可以说有了人类社会，就有了文化；如果未来某一天文化消失了，人类社会必定倒退，回归野蛮状态。因此，文化不断促进社会进步⑦，而且能"帮助我们摆脱当前社会困境，使我们的社会趋向完美"⑧。文化是社会的黏合剂，"真正把人联系起来的是他们共同拥有的思想观点和标准，即文化"⑨。一系列常见的文化术语无不诉说着

① 　A. L. Kroeber and Clyde Kluckhohn, *Culture: A Critical Review of Concepts and Definitions*, Cambridge, Mass.:The Peabody Museum, 1952, p. 172.

② 　Charles Horton Cooley, *Human Nature and the Social Order*, New York and Chicago and Boston: Charles Scribner's Sons, 1922, p. 40.

③ 　Thomas Carlyle, "Jean Paul Friedrich Richter", *The Work of Thomas Carlyle (Complete): Critical and Miscellaneous Essays*, Vol. 14, New York: Peter Fenelon Collier, 1897, p. 19.

④ 　Ibid., p. 17.

⑤ 　Charles W. Eliot, ed., *John Stuart Mill: Autobiography, Essay on Liberty & Thomas Carlyle: Characteristics, Inaugural Address, Essay on Scott* (the Harvard classics vol. 25), New York: P. F. Collier & Son, 1909, p. 76.

⑥ 　Thomas H. Huxley, *Science and Culture, Essays*, New York: D. Appleton and Company, 1899, p. 157.

⑦ 　Thomas Carlyle, *The Work of Thomas Carlyle (Complete): Critical and Miscellaneous Essays*, Vol. 14, New York: Peter Fenelon Collier, 1897, p. 150.

⑧ 　Matthew Arnold, *Culture and Anarchy: An Essay in Political and Social Criticism*, London: Smith, Elder & Co., 1909, p. viii.

⑨ 　Ruth Benedict, *Patterns of Culture*, with a new preface by Margaret Mead, Boston: Houghton Mifflin, 1959, p. 16.

文化的这种社会价值，例如，欧洲文化、亚洲文化、美洲文化等，英国文化、美国文化、中国文化、印度文化等，家庭文化、公司文化、社区文化、省文化等，汉族文化、苗族文化、白族文化等，老年文化、青年亚文化，等等。文化是联系世界、国家、地区、民族、公司、家庭、男女老少等的强有力纽带。当然，关于文化价值，无论是文化的个体价值还是社会价值，在此只是举例说明，并没有以偏概全的意思。

一、艾略特的文化价值观

T. S. 艾略特和雷蒙德·威廉斯对文化价值的讨论不外乎上面所谈到的基本要点，下面将通过分析和对比二者的文化价值观揭示威廉斯如何反抗自己的前辈，从前辈手中夺回"被霸占"的话语权，从而形成独特的文化价值观。关于文化的价值，艾略特主要从文化的本体价值和社会价值两方面展开，文化的本体价值主要指他的等级文化观，而文化的社会价值主要与他的文化生态观相关联。与自己所反抗的前辈相同的是，威廉斯关于文化的价值也主要从文化的本体价值和社会价值两方面展开，不同的是，关于文化的本体价值，威廉斯选择了民主文化观，否认文化的等级性；关于文化的社会价值，威廉斯选择通过有意误读达到反抗和自立的目的。然而，艾略特的文化社会价值论由于其系统性和现实针对性而具有独立的学术品格，并没有因为威廉斯的误读而减弱其影响，因此在此点上威廉斯并没有成为比艾略特更强的强者。

（一）艾略特的文化本体价值观

艾略特曾说："我们不会认为这个阶级（一个'比较高级的阶级'）的文化是应该由其他所有的阶级来平等分享的东西。"由此可以推断艾略特有关文化本体价值的观点：文化本身有高低、雅俗之分，社会文化整体由不同等级的文化组成。他还说，等级文化是维护等级社会的基础，井然有序的等级社会确保等级文化的健康发展，无论是等级社会还是等级文化都是必须的，因为"完全的文化平等意味着普遍的不负责任……责任平等的民主意味着对认真负责的人和放纵的人来说都是一种压迫"①，换句话说，在艾略特看来，完全的民主社会实际上造就的是不公平和社会混乱，因为每个人的本质和资质并不相同，所能从事的社会事业以及所能承担的社会责任必定不尽相同，从而形成天然的等级差异。艾略特所谈到的民主观可以从被其奉为文化葵花宝典的古希腊思想那里找到源头。古希腊哲学家柏拉图（Plato，前 427 ～前 347）在《理想国》中借苏格拉底的嘴说，民主就是指"穷人取得胜利后，把敌方的一些人处死，把另一些人流放国外，然后赋予其他公民同等的自由和权利"；而且说"虽然民主制看起来是种令人喜悦的统治形式，……但是实际上是一种无政府的混乱状态，因为民主把平等不加区别地给予了本身具有差异性的每一个人"②。

　　虽然民主思想起源于古希腊，而且公元前五世纪克利斯提尼创建的部落制度，连同 500 人会议、公民大会、行政官制度和整个军事架构证明民主制度确实深入了古希腊的雅典社会和政治生活，雅典成为西方民主体制运作的先锋③，但是真正让民主思想在西方得以广泛传播而广为人知的是法国大革命，是其"自由、平等和博爱"的口号。法国大革命之后，民主已经在西方的文化、社会、政治、经济等各领域扎根，公民之间的平等或者平等主义观点和意识成为了民主得以存在的基础④，艾略特先后生活的美国和英国均以民主国家典范自居。但是，在艾略特主要的文化批评著作《文化定义札记》成书期间，人类遭遇了第二次世界大战史无前例的大屠杀；"二战"之前和之后以美国为首，伙同苏联、英国、法国等，凭借科学技术和经济力量的优势，用新殖民主义代替英、法的老殖民主义争夺第三世界国家，争夺世界霸权。⑤因此，艾略特生活的时代还像 19 世纪法国著名的哲学家皮埃尔·勒鲁（Pierre Leroux，1791 ～ 1871）一百多前在《论平等》（1838）一书中所说的那样，"现在的社会，无论从哪一方面看，除了平等

---

① T. S. Eliot, *Notes Towards the Definition of Culture*, London: Faber and Faber, 1948, pp. 35, 48.

② Plato, *The Republic*, Trans. Benjamin Jowett, M. A., Cleveland: Fine Editions Press, 1946, pp. 302, 303-304.

③ 约翰·索利：《雅典的民主》，王琼淑译，上海：上海译文出版社，2001 年，第 21 ～ 57 页。

④ 霍华德·威亚尔达主编：《民主与民主化比较研究》，格远译，北京：北京大学出版社，2004 年，第 6 页。

⑤ 刘绪贻、韩铁、李存训：《战后美国史 1945—2000》，北京：人民出版社，2002 年，第 11 页。

的信条外，再没有别的基础，但这并不妨碍我们认为：不平等仍然占统治地位"①。"二战"前后的西方社会虽然喊着"民主"的口号，打着"民主"的旗帜，但是等级制依然是它们的主要社会结构方式。地位、财富、种族、性别不平等依然比比皆是。《文化定义札记》成书于第二次世界大战结束后不久，那时无论在经济上还是在军事上，美国都已经成为世界上独一无二的超级大国，其控制欧洲、称霸全球的目标更加明显，但此时因战争衰弱的英国并不甘心，于是在中东与美国进行了公开的对抗与争夺。无论是美国还是英国都只是把世界其他国家看成是本国利益链上的一个链接，民主一定程度上只是掩盖他们追求本国利益本性的华丽外衣。如此看来，艾略特倡导等级制而批判民主是在对当时的英美等社会现实发言。

社会等级的形成是社会不平等的必然产物。法国哲学家卢梭曾说：

> 我认为在人类中有两种不平等：一种，我把它叫作自然的或生理上的不平等，因为它是基于自然，由年龄、健康、体力以及智慧或心灵的性质的不同而产生的；另一种可以称为精神上的或政治上的不平等，因为它是起因于一种协议，由于人们的同意而设定的，或者至少是它的存在为大家所认可的。第二种不平等包括某一些人由于损害别人而得以享受的各种特权，譬如：比别人更富足、更光荣、更有权势，或者甚至叫别人服从他们。②

上面卢梭所说的两种不平等一是天生的，一种是人为的；一种是天生才质、地理环境等自然条件造成的不平等，是无法避免的，一种是人类社会造成的不平等，是可以避免的，只不过是社会的上层不愿意放弃既有的地位，反而有意而为之，不断深化社会的不平等。的确，人类个体间的不平等的根源与个人天赋或者能力有关，即个体间的本质特征差异是不平等的最原初的因素③，但是作为有别于动物的人类，对平等的追求同样是最原

---

① 皮埃尔·勒鲁：《论平等》，王允道译，北京：商务印书馆，1991 年，第 5 页。

② 卢梭：《论人类不平等的起源和基础》，李常山译，北京：商务印书馆，1997 年，第 70 页。

③ Jean-Jacques Rousseau, *Discourse on the Origins and the Foundations of Inequality Among Men*, Trans. with an introduction and notes by Maurice Cranston, Beijing: China Social Sciences Publishing House, 1999, p. 77.

初的理想。美国人类学家马格丽特·米德通过考察发现，仍然生活在我们这个时代，还停留在史前状况的新几内亚（New Guinea）的阿拉陪赤人（Arapesh）通过举行宴会以及赠送，消耗因为庄稼收成超过平常带来的盈余，消除与部落其他成员之间的财富差异，从而防止个人积聚财富导致不平等。[①]当然，我们不能武断地说这种追求是自觉的或是不自觉的，只是诸如此类的事例说明人类的不平等的起源以及人类对平等的追求在一定程度上同样可以说是人类的本质性特征。然而，人类社会的真正不平等是社会形成后的产物。社会不平等的真正原因不是"天生"的，而是伦理的，或者说是政治的，是"违反人类的本质特征的"[②]。当社会形成，法律建立，个体间的不平等逐渐被认可和保护，成为社会的显著特征以及痼疾，至今愈演愈烈；史前就有的平等成为人类社会可望不可及的理想，成就了各式各样的乌托邦，例如，柏拉图的理想国、莫尔的乌托邦、康帕内拉的太阳城、培根的新大西岛、莫里斯的乌有乡，等等。

由于财富、社会地位、权力和个人能力的不同造成了社会个体之间的不平等，当社会个体的不平等因为被制度化而得到固定和加强，自觉的社会不平等产生并发展，社会分化成不同等级的社会群体，等级制成为有序可循的社会组织结构模式之一，例如，10世纪至13世纪的欧洲社会通常包含上层贵族和下层平民，二者又分别由不同的社会群体组成：贵族主要由战士和神职人员等不同的社会群体组成；平民主要由佃农和自由人等社会群体组成。18世纪后期出现社会中等阶层（middle rank/middle class）的概念，英国国教牧师和诗人托马斯·吉斯伯恩（Thomas Gisborne，1758～1846）在其1795年写成的《论大不列颠上层和中层阶级的义务》中介绍著作主要内容时说："之后将根据种属、职业和就业分布情况区别这个国家的上层和中层阶级（the upper and middle classes）。首先谈论他们的共同特征以及他们各自的独特之处，然后说明各自不同的义务和可能遭遇

---

① Margaret Mead, "The Arapesh of New Guinea", *Cooperation and Competition Among Primitive Peoples*, New York and London: McGraw-Hill Book Company, 1937, p. 29.

② Jean-Jacques Rousseau, *Discourse on the Origins and the Foundations of Inequality Among Men*, Trans. with an introduction and notes by Maurice Cranston, Beijing: China Social Sciences Publishing House, 1999, p. 137.

的诱惑。当然不可能期待在这种著作中会用独立的篇章谈论社会的下层 /
最底层（the lowest ranks）。"① 在吉斯伯恩的年代，上、中、下的社会等级
概念广为人知。然而，随着 1815 年英国空想社会主义思想家罗伯特·欧文
（Robert Owen，1771 ～ 1858）提出"受雇于制造业的生产部门的工人阶级
（working class）"② 的概念，一种政治经济模式的社会分群模式产生。欧文
之后，马克思和恩格斯根据政治经济模式对社会进行了分群，他们把一定
社会形态的个体主要划分为两个对立的阶级，例如，封建社会的地主阶级
和农民阶级，资本主义社会的资产阶级和工人阶级。之后，政治经济模式
社会分群模式与其他社会等级分群模式并存。

　　无论社会被怎样划分，无论民主被怎样倡导和付诸实践，到现在为止，
社会依然是不平等的，而社会不平等的首先受益者就是能控制社会势力的
个人或者集团，这样的集团也就是通常所说的统治阶级。因为：

　　　　在所有的社会中 —— 从那些得以简单发展的，刚刚出现文明曙光
　　的社会，直到最发达、最有实力的社会 —— 都会出现两个阶级，一个
　　是统治阶级，另一个是被统治阶级。前一阶级总是人数较少，行使所
　　有社会职能，垄断权力并且享受权力带来的利益。而另一阶级，也就
　　是人数更多的阶级，被第一个阶级以多少是合法的，又多少是专断和
　　强暴的方式所领导和控制。③

"所以，我们看出，在整个历史上社会不平等都结晶成为阶级的不平等。"④
无论从阶级还是阶层的角度看，在艾略特生活的社会乃至于当前的社会，
不平等是普遍存在的，因此消除阶级，消除等级划分，从而消除社会的不

---

　　① Thomas Gisborne, *An Inquiry Into the Duties of Men in the Higher and Middle Classes of Society in Great Britain*, Vol. 1, London: B. & J. White, 1797, pp. 3-4.

　　② Robert Owen, *Observations on the Effect of the Manufacturing System: With Hints for the Improvement of Those Parts of It Which are Most Injurious to Health and Morals*, London: Hurst, Rees, Orme and Brown [etc.], 1817, p. 7.

　　③ Gaetano Mosca, *The Ruling Class*, Trans. Hannah D. Kahn, New York and London: McGraw Hill Book Company, 1939, p. 50. 加塔诺·莫斯卡：《统治阶级》（又译为《政治科学原理》），贾鹤鹏译，南京：译林出版社，2002 年，第 97 页。

　　④ 埃内斯特·曼德尔：《社会进化和人类出路》，向青译，香港：新苗出版社，2001 年，第 13 ～ 14 页。

平等，"建立一个没有阶级的社会"，在艾略特生活的时代被认为是"义不容辞的职责"，因为不管不同的个人或者团体出于何种目的，这都是对回归人之本性的美好追求。

然而，艾略特与当时"民主平等"的主流思潮背道而驰，他提出，不管社会怎样的发展，个体素质的差异必须承认，社会就应该由一些"卓越的人"（superior individuals）形成合适的群体，并赋予他们权力，管理社会公共生活。这些群体通常包含艺术家群体、科学家群体、哲学家群体以及社会活动家群体，艾略特把这些群体统称为"精英集团"。艾略特所认为的精英集团不但是社会公共生活的领导者，同时是"更自觉的文化的创造者"，他们所创造的高级文化不但有其自身的价值，更重要的是能丰富低级文化，促进文化循环发展[①]，这就是艾略特的有机的文化等级观。值得一提的是，艾略特最为理想的精英集团是他所说的区别于英国浪漫主义诗人柯勒律治的知识阶层（clerisy）[②]的基督徒团体（the Community of Christians），即包含了"具有卓越的智力天赋和／或精神天赋的神职人员和俗人，以及包含了通常被称之为（而且不总是怀着奉承目的）知识分子的人"[③]。

要理解艾略特的等级文化观，还必须了解他的"精英或者精英集团"的概念。艾略特认为，"精英"的产生首先源于人与人之间的智识差异，本身具有高一等的智识的人应该成为社会的精英，成为社会和文化的领导者，即我们必须顺应人类本身的特点，维护这种自然的等级社会秩序和文化秩序，因为社会注定分化为不同的等级，文化亦如此。不过，精英不仅仅是艾略特所说的达尔文式的，更是人为的价值判断。精英一直以来的确是所谓的"社会客观标准"的代名词，一些人始终坚持"思想有优劣之分，贡献有大小之异，成就有高低之别"的等级立场。[④] 不管目前的绝对平等主义

---

① T. S. Eliot, *Notes Towards the Definition of Culture*, London: Faber and Faber, 1948, p. 37.

② 事实上，艾略特精英集团的内涵与柯勒律治的知识阶层的区别并不像他所说的那样明显，因为柯勒律治的知识阶层成员同样指的是少数的出于社会顶层并起指导作用的知识分子，神职人员也只是其中的一部分，并且这少数人阶层是社会的统治阶层。Samuel Taylor Coleridge, *On the Constitution of the Church and State, According to the Idea of Each With Aids Toward a Right Judgment on the Late Catholic Bill*, London: Hurst, Chance, and Co., 1830, pp. 43-47.

③ T. S. Eliot, *The Idea of a Christian Society*, London: Faber and Faber, 1948, pp. 37-38 (first edition, 1939).

④ 威廉·亨利：《为精英主义辩护》，胡利平译，南京：译林出版社，2000 年，第 3 页。

如何不顾"好坏优劣"，倡导"把一切拉平"，但是"精英"从来都以在大众之上的少数而存在，例如，以民主国家代表自居的美国无论如何也不可能否认其政府官员是些高于一般人的德才兼备的"最优秀者"。

英语中"精英"的概念源自宗教，表示为上帝选中的人，是分别为圣、与其他人相区别的义人。从 18 世纪中期到 19 世纪早期，精英相当于"最好的"和"重要的"，20 世纪精英的概念则更具体一点："精英是最强有力、最生机勃勃和最精明能干的人，而无论是好人还是坏人"[1]，因此，勒纳博士把"通过组织管理、宣传和暴力"获得权力的纳粹党领导者称为精英，只不过与旧有体制下德高望重的精英相比，他们是"革命精英"（revolutionary elite），是"反-精英"（counter-elite）。[2] 可见，虽然精英阶层处于社会的高层，但是与传统的社会上层概念大为不同，以艺术领域为例，艺术精英的判断标准"不再是种族、财富和社会地位等，而是技能和想象力"[3]。也就是说，任何人只要有能力，没有传统的世袭的社会地位和财富等也没有关系，凭借自己的才智和努力，就能达到社会的顶层，成为社会的精英分子，这也是民主的平等思想所认可的。艾略特强调个体智识的差异，反对用阶级的眼光观察社会，赞成自然精英观，因为他认为，社会阶级分化最终将被自觉地消除已成为社会共识，而人类"有些差别与生俱来。人与人不仅有社会阶层和地位上的差别，还有智力高低、勤奋与否的差别。这些方面只能自己提高，而不能由别人强加"[4]，因此在艾略特看来，只要人类社会存在，社会可以无阶级，但决不可能会没有精英阶层。

那么作为少数人的"精英"有着怎样的社会组织形式，怎样的社会功能呢？这都与艾略特的上层文化的概念息息相关。西方精英理论的肇发者意大利哲学家帕累托（Vilfredo Pareto，1848 ～ 1923）认为，精英往往是一定阶级的最上层部分，资产阶级有自己的精英层，无产阶级也一样，而且在阶级冲突中，新兴的阶级将联合部分旧阶级的精英，组成社会统治阶级，

---

① 韦尔弗雷多·帕累托：《精英的兴衰》，刘北成译，上海：上海人民出版社，2003 年，第 13 页。

② Daniel Lerner, *The Nazi Elite*, with the collaboration of Ithiel de Sola Pool and George K. Schueller, introduced by Franz L. Neumann, California: Stanford University Press, 1951, pp. iii, 1, 26.

③ Robert Hugh, *Culture of Complaint: The Fraying of America*, Oxford: Oxford University Press, 1993, p. 201.

④ 威廉·亨利：《为精英主义辩护》，胡利平译，南京：译林出版社，2000 年，第 30 页。

并如此循环往复，推动精英循环，推动社会更替和发展，因而帕累托的精英集团主要是指现在的统治阶级和未来的统治阶级的最上层。[①] 总而言之，少数优等的、有组织的精英即统治者决定着不同民族的政治类型和文明水平，决定社会大多数的命运。[②] 与帕累托的相对单一的政治精英观相比较，率先把精英理论输入英国的德国社会学家卡尔·曼海姆（Karl Mannheim，1893～1947）把单一的精英阶层扩展为精英集团的概念：

> 我们区别下列主要的精英类型：政治的、组织的、智力的、艺术的、道德的和宗教的。如果说政治和组织精英的目的在于整合大量的个人意志，那么升华那些在日常的生存斗争中，社会未完全耗尽的精神能量则是智力、美学和道德—宗教精英的功能。该精英以此种方式促进客观的知识以及内向、内省、沉思、反思的倾向。虽然没有这些知识和倾向，社会便不能存在，但如果没有或多或少的有意识控制和指导，他们在我们目前的发展阶段将不能充分发挥其作用。[③]

关于精英的社会作用，除了上面提到的以外，曼海姆认为，知识精英的首要任务是"推动文化生活，给它以形式，并在社会各个领域创造生机勃勃的文化"[④]，简而言之，他认为除政治和组织精英外的精英是创造性精英，他们的首要任务是创造文化。

艾略特坦言自己的文化观从曼海姆那儿受益匪浅。[⑤] 正如艾略特自己所言，他不但像曼海姆那样从社会学的角度研究文化与社会，而且他的精英文化理论是在曼海姆的影响下的焦虑的产物，是"一个忧郁的后辈对一个

[①]　Vilfredo Pareto, *The General Form of Society,* Volume four of *The Mind and Society*, Ed. Arthur Livingston, Trans. Andrew Bongiorno and Arthur Livingston, with the advice and active cooperation of James Harvey Rogers, New York: Harcourt, Brace and Company, 1935, pp. 1788, 1814.

[②]　Gaetano Mosca, *The Ruling Class*, Trans. Hannah D. Kahn, New York and London: McGraw Hill Book Company, 1939, p. xxxvii.

[③]　卡尔·曼海姆：《重建时代的人与社会：现代社会结构的研究》，张旅平译，北京：生活·读书·新知三联书店，2002 年，第 72 页。

[④]　同上书，第 72 页。Karl Mannheim, *Man and Society in an Age of Reconstruction: Studies in Modern Social Structure*, Trans. Edward Shils, London: Kegan Paul, Trench, Trubner & Co., 1946, pp. 82-83.

[⑤]　T. S. Eliot, *Notes Towards the Definition of Culture*, London: Faber and Faber, 1948, p. 9.

前辈压迫者的诡诈的反叛的表征"①。关于精英集团的范畴，艾略特只是削减了曼海姆的"社会阶级"的概念，把"无阶级社会"的公众理想纳入自己的精英理论，从而让曼海姆成为过去，而自己成为超越当前、超越现实的代言人，自己的理论成为新生力量、新的强势。关于精英的社会作用，艾略特借用了曼海姆的"精英是社会文化创造者"的说法，只不过他赋予精英和文化创造者新的意义。艾略特说，文化创造者是社会的每一个成员，他们参与不同的或者说不同等级的文化创造活动，但是只有社会精英是自觉文化的创造者。②艾略特对曼海姆的误读尚不仅仅局限于此，他对曼海姆有关精英的形成和发展的看法也进行了批判。

有关精英的形成和发展的观点最有名的就是帕累托的精英循环论。所谓精英循环，就是随着社会的变迁，一类精英被另一类精英所代替的政治现象。按照帕雷托的精英理论，社会中的人可分为两个阶层：精英阶层和非精英阶层；精英阶层又可分为执政的精英阶层和不执政的精英阶层。③当一些统治精英越来越不适合统治，非统治精英开始崛起，通过革命，一些原来的精英衰落进入非精英的行列中来，而那些非统治的精英补充到统治精英行列中来，如此循环。一言概之，根据帕累托的精英循环论，历史上的政治变迁不过是不同类别的精英之间的恒久性流动，社会的发展过程就是政治精英的无限循环过程。对帕累托的循环精英论最显著的反动可以说是与曼海姆同时代奥匈帝国出生的经济学家和政治科学家熊彼特（Joseph Alois Schumpeter，1883～1950）等的民主精英理论，即社会统治阶层由精英构成，而精英又由民主程序产生。应该注意的是，熊彼特的民主精英论中的"民主"不是指人人都有平等的成为精英的权利，而是一种选举社会领导者的"政治方法"④，因此无论是以帕累托为代表的还是以熊彼特为代表

---

① John Xiros Cooper, *The Cambridge Introduction to T. S. Eliot*, Cambridge: Cambridge University Press, 2006, p. 90.

② T. S. Eliot, *Notes Towards the Definition of Culture*, London: Faber and Faber, 1948, pp. 37-38.

③ Vilfredo Pareto, *The General Form of Society*, Volume four of *The Mind and Society*, Ed. Arthur Livingston, Trans. Andrew Bongiorno and Arthur Livingston, with the advice and active cooperation of James Harvey Rogers, New York: Harcourt, Brace and Company, 1935, pp. 1552, 1788.

④ Joseph A. Schumpeter, *Capitalism, Socialism & Democracy*, with a new introduction by Richard Swedberg, London and New York: Routledge, 2003, p. 243 (first published in UK in 1943).

的精英观，都是以社会等级制为基础的，精英阶层与统治阶级总是心照不宣地相互重合。

关于精英的形成与发展，曼海姆显然是赞同以帕累托为代表而不是以熊彼特为代表的精英观。曼海姆赞同传统的按"血统、财产和成就"原则，从社会各个阶层选拔精英，对现代大众社会的精英选拔大加抨击。他认为，在现代大众社会"消极自由主义"和"消极民主"症状出现之前，精英的"升华"过程即形成和发展过程一直都是顺畅的，但是之后，由于自由民主的文化危机，导致精英的形成和发展受阻，或者说精英的衰落。具体地说，自由民主的社会秩序，导致社会精英数量越是增加，精英越是趋于丧失作为领导的功能和影响；由于精英数量的增加，导致精英的排他性的崩溃，即才能、创造性和首创精神的减少；由于传统精英选拔原则的变化或者说被抛弃，导致精英鱼目混珠，对社会统治集团造成影响，如果不能形成新的有效的精英选拔原则，"大众社会必定堕落为法西斯主义"；精英阶层的"土著要素"和"流动要素"（即地方要素和国际主义要素）保持一定的冲突（或者说张力）一直以来是西方文明发展的方式并决定着西方文明的发展方向，但是在自由民主的大众社会，由于"地方"与"国际"的相互排斥，精英的选拔不再源于"升华"，而是"退化"，"混乱而未受到训导的精神要素愈来愈明显地转化为公开，社会不是倾向在人类文明的征途上再前进一步，而是倾向于"倒退"，倾向于"再野蛮化"①。

关于精英的形成与发展，艾略特批判了曼海姆的精英的选择原则和发展观，更重要的是反击了曼海姆悲观的精英论调，把目光投向未来，从而联合昔在、此在和将在，形成连续的精英传统、连续的社会过程。关于精英的形成和发展，艾略特没有像曼海姆那样由于对现实的失望而转向传统，而是呼吁着眼社会整体，根据当前社会情势，根据不同的情势目的选拔精英，因为"这种有限的目的也使选拔精英成为可能，因为我们知道选拔精英的目的。但是我们为了不明确的将来，而寻求选拔适当人选已构成各种精英的方式，我们将依据何种机制来进行呢？如果我们的'目的'只是从

---

①　Herbert Spencer, *Facts and Comments*, New York: D. Appleton and Company, 1901, pp. 172-188. 卡尔·曼海姆：《重建时代的人与社会：现代社会结构的研究》，张旅平译，北京：生活·读书·新知三联书店，2002 年，第 73 ～ 80 页。

社会各个阶层中去寻找最佳人选，那么我们则缺乏一种确定最佳人选的标准；而如果我们强制推行某种标准，则会压制新生事物"[1]。艾略特的目的精英论既体现了第二次世界大战结束前后重建时期的社会必须，也是艾略特重建社会的创造性设想，更重要的是反映了艾略特的社会忧患意识，尽管他的精英等级观被指责为倒退：试图倒回至贵族统治的封建社会[2]，但时至如今，无论是社会主义国家还是资本主义国家，谁又能否认精英依然主宰着各自的国家和社会，等级制比比皆然的现实？

艾略特有关文化的探讨大约始于 1943 年，1944 年开始在报刊杂志上发表，有关精英的论述 1945 年 10 月发表在《新英语评论》上，这些文章与 1946 年完成的一些文章共同汇集成《文化定义札记》一书。在艾略特开始思索文化的意义的 1943～1944 年间，伦敦街上已经没有了"悬在空中的灰尘"（Dust in the air suspended，FQ，II: 3）、没有了"带着白炽的恐惧之焰火／俯冲而下的德国轰炸机"（The Dove descending breaks the air / With flames of incandescent terror，FQ，IV: 1-2）[3]，英国乃至欧洲战争形势正趋好转。1943 年英国的民众正纷纷举行集会，促使政府在欧洲开辟第二战场；1944 年 4 月英国和美国在法国的诺曼底登陆，第二战场的胜利之战拉开了序幕，登陆的成功"把曾经不可一世的希特勒逼上了他的先人们走过的地狱之途"。1945 年 5 月 9 日，前德国最高统帅部参谋长凯特尔元帅、前海军总司令弗里德堡上将和空军上将施通普夫签署了德国无条件投降书，当日 23 时整，欧洲全面停火，欧洲战场战争结束。1945 年 8 月原子弹在日本长崎和广岛爆炸，第二次世界大战随之宣告全面结束。战后首先要解决为战争所造成的大批流离失所的人重返家园，问题是战争的创伤使绝大部分的人不愿回家，不愿面对曾经血腥的家园，更重要的是，心灵的创伤胜过身体和物质的创伤。战时肆无忌惮的人类大屠杀导致维持人类社会的基

---

① T. S. 艾略特：《基督教与文化》，杨民生、陈常锦译，成都：四川人民出版社，1992 年，第 121～122 页。

② Lesley Johnson, *The Cultural Critics: From Matthew Arnold to Raymond Williams*, London, Boston and Henley: Routledge & Kegan Paul, 1979, p. 125.

③ T. S. Eliot, "Four Quartets", *T. S. Eliot: The Complete Poems and Plays*, London and Boston: Faber and Faber, 1969, pp. 192-196.

本伦理道德的崩溃，"现代文化还剩下什么"成为新时期之问。[①] 战争毁灭了一切，也改变了一切，欧美一些国家引以为自豪的民主制度在枪声炮火中灰飞烟灭，"战争伊始，参战各国的领导者以及他们的所建立的社会系统就毁于一旦"[②]。战后的世界格局已经改变，各国需要新的社会秩序，民众需要重新找到自己的社会位置，重建社会秩序需要全新的理念。战后重建，匹夫有责，文人骚客自然不会例外，背负强烈忧患意识的艾略特自然更是如此。

关于战后重建，已经没有可用的既成模式，但是当时苏联国家计划策略的成功，使得战后的欧洲确信唯有国家"计划"（plans and planning）能够挽救民主的危机[③]，尽管谁都不知道如何根据自己的社会情势去"计划"。艾略特的精英社会秩序观、精英社会文化观是当时欧洲社会这种总体情感结构的产物之一。

艾略特对社会平等／不平等、对社会精英的探讨和设想与其说是社会的，不如说是文化的，更具体地说，等级和精英是艾略特文化本体价值观的两个核心词。我们也可以这样说，在艾略特的概念里，精英就是等级的代名词，据此，艾略特把社会分为两个等级：高层的精英、低层的大众。与此社会等级相应，艾略特倡导等级文化，强调文化有高低之分：精英创造高级文化，是自觉的文化；民众创造低级文化，是无意识的文化；精英群体创造的高级文化引导社会和文化的发展方向。他同时指出，一个健康的社会以及一个健康的民族的文化整体应该有高低之分，这不仅有其现实意义，而且也是合理的。艾略特生活的时代文化是有等级之分的，他之前之后的文化又何尝不是？试问人类社会成立以来，谁体验过真正平等的社会和文化？不可否认的是，莎士比亚之后，迄今为止，以莎士比亚等为代表的文学文化在任何时候以及任何人眼中基本上都是高级的，而流行报纸、电影、广告等都是低级的文化形式。人们倾向以精英的立场为标准反对大众文化和青年文化，认为它们是低级的，以广告为例，从诞生之日起，在

---

① Joanna Bourke, *The Second World War: A People's History*, Oxford and New York: Oxford University Press, 2001, pp. 214-215.

② Tony Judt, *Postwar: A History of Europe Since 1945*, New York: The Penguin Press, 2005, p. 63.

③ Ibid., p. 67.

英国任何时候无论是左派还是右派都有一大批广告反对者，认为"广告是美国文化殖民的最好实例，就像长在'真正'的英国文化秀丽的脸蛋上的丑陋的疔疮"①。从学理上说，艾略特的文化高级和低级之分显然受到他所熟知的英国著名哲学家密尔的文化高低等级划分模式的影响，而德国社会学家曼海姆的等级文化观则是其直接来源。

另外，要理解艾略特的文化等级观，我们首先必须认清艾略特对两种常见偏见的批判。他所批判的第一个偏见是，文化并不只是拥有高级文化的少数人创造的，文化是大家共同创造的，艾略特自己直接声明这是对前辈曼海姆的直接反叛修正 —— 曼海姆认为文化是社会知识阶层创造的。他所批判的第二个偏见是，不能说高级文化的拥有者更有文化，低级文化的拥有者文化不多，不能以文化的多少来区分文化的高低，文化高低之分主要在于功能的不同。他认为，高级文化之所以高级是因为高级文化的创造活动更自觉、更专业，高级文化的创造者们更自觉地"领导"文化以及民族、国家、社会不断向前发展，不断进步，因此文化的等级差同时表现为权力差，创造高级文化的少数人与创造低级文化的社会大多数拥有同等多的权力，甚至更多。等级社会、等级文化和等级权力的这种对应关系是艾略特所认可和倡导的，他认为这是社会健康以及文化健康的保障。

我们常常简单地把艾略特的精英主义等级文化观看成是倒退返祖现象，把他看成是文化保守主义者，威廉斯更是如此。威廉斯不但如此看，更是身体力行地大加反对。之所以会如此，更多的是我们太过相信艾略特自己给自己贴的标签：文学上的古典主义者，政治上的保皇派，宗教上的英国国教徒。②与他自己贴的标签大为不同的是，从艾略特对战后社会和文化的思考看，把他称为文化激进活动分子在一定程度上决不牵强。从他的等级文化观可以得知，艾略特并不是守旧的文化保守主义者，因为他的社会与文化批评始终着眼于他所生活的社会情势，始终面向未来，反映了他高度的社会责任感。第二次世界大战使"自由主义和民主崩溃"以及使"人的心理、伦理和文化崩溃"，邪恶的战争使社会秩序和人的心理发生彻底的变

---

① Peter Childs and Mike Storry, eds., *Encyclopedia of Contemporary British Culture*, London: Routledge, 1999, p. 7.

② T. S. Eliot, *For Lancelot Andrewes: Essays on Style and Orders*, London: Faber & Gwyer, 1928, p. ix.

化，战争期间所采用的专制的强制方法只是一些国家解决突然面临的具体困难的慌乱尝试①，战后已经不再适用。战争结束了，传统已崩溃，现实精神世界已成荒原，未来该怎样重建"塌陷的伦敦桥"、怎样恢复"泰晤士河往日的甜美"、怎样医治"丽尔的过早衰老"、怎样"留住心爱的人"？②各种不平等充斥着艾略特所生活的现实社会，他所倡导的没有阶级的纯粹精英主导的等级社会和等级文化正是他为社会重建提出的方法和策略。

（二）艾略特的文化社会价值观

文化的高低雅俗之分是艾略特认可的文化本体价值，那么对文化的社会价值他又有怎样的观点？前面提到我们可以把文化的社会价值分为个人价值和集体价值（艾略特更愿意称之为群体价值）。关于文化的个人价值，艾略特的论述显然有点荒谬可笑，他说："任何宗教当它存在时，它会按自己的水准赋予生活显著的意义，给文化以框架结构，防止民众陷于厌烦和绝望。"他又说："一个民族的文化是其宗教的体现。"③也就是说，在艾略特看来，文化之于个人，只是解闷和失望之时的"打气筒"。不过仔细想来，也不难理解，因为艾略特有意无意中，总在"逃避个人情感"。文化的集体价值（艾略特所说的群体价值）不再是说明文化与个体的关系，而是说明文化与社会群体之间的关系。在艾略特看来，文化结构与社会结构是同构的，因此更具体地说，他通过论述文化群体之间、文化群体与文化整体之间的关系，从而折射出文化与社会的关系。文化是社会的核心，良好的文化本体生态环境意味着和谐、统一的文化，进而和谐统一的社会，这就是艾略特所认知的文化的社会价值。艾略特倾向于把社会各种文化比拟成一个生态圈，把它们之间的关系比拟成生物的共生关系，从而形成他的文化生态观，即社会生态观；稳定的文化生态彰显着文化的社会价值：维护社会的稳定与和谐。虽然"文化保持社会稳定"④的文化社会价值观是传统的，

---

① 卡尔·曼海姆：《重建时代的人与社会：现代社会结构研究》，张旅平译，北京：生活·读书·新知三联书店，2002 年，第 6 页。

② 这些可都是战后不可回避的现实。T. S. Eliot, *The Waste Land and Other Writings*, introduction by Mary Karr, New York: The Modern Library, 2001, pp. 38-51.

③ T. S. Eliot, *Notes Towards the Definition of Culture*, London: Faber and Faber, 1948, pp. 33-34.

④ Karl Mannheim, *Essays on the Sociology of Knowledge*, London: Routledge & Kegan Paul, 1952, p. 125.

但是他提出了相当新颖的文化生态（the ecology of cultures）[①] 的概念。

艾略特的文化生态学概念（文化本体生态观）[②]

作为学科名称的"生态学"是德国动物学家海克尔（Ernst Haeckel，1834～1919）于 1869 年首次使用，直到 1895 年才被再次提及。之后众多学者给生态学下过一些大不相同的定义，但总的来说，"生态学是研究生物与环境、生物与生物之间相互关系的一门生物学基础分支学科"；"生态学是研究以种群、群落和生态系统为中心的宏观生物学"[③]。也就是说，生态学家应该关注的是生物与它所生存的环境之间的关系，而当代生态学家更多关注生物群体之间的各种力量的动态互动。[④] 各学者往往根据不同的分类标准将生态学划分为不同的类型，例如，根据生物分类类群划分：动物生态学、植物生态学、昆虫生态学、微生物生态学和人类生态学；按照研究生物的组织水平划分：个体生态学、种群生态学、群落生态学、生态系统生态学以及全球生态学，等等。随着"公众性的生态运动"从 20 世纪五六十年萌芽到 21 世纪的今天正成为一种"全球性文化"，"生态"逐步成为公众话语，生态学备受宠爱而得以蓬勃发展，其中一大特点就是应用生态学在 20 世纪 70 年代迅速发展，"其方向之多，涉及领域和部门之广，与其它自然科学和社会科学结合点之多，真是五花八门，使人感到难以给与划定范围和界限"[⑤]。由此，生态学越过学科边界，扩展到社会、政治、法律、经济、哲学、伦理、美学等领域，形成了"泛生态学化"的态势，出现了社会生态学、生态哲学、生态伦理学、生态美学、生态文艺学、生态政治学以及与本书论题有关的文化生态学和文学生态学等各种跨学科生态学。

文化生态学是 20 世纪 50 年代以来美国人类学的一项专门研究。美国新进化主义者斯图尔德（Julian H. Steward，1902～1972）1955 年在他的

---

① T. S. Eliot, *Notes Towards the Definition of Culture*, London: Faber and Faber, 1948, p. 58.

② 此部分前期曾发表相关论文。见李兆前：《论 T. S. 艾略特的文化本体生态观》，《外语与外语教学》2011 年第 6 期，第 83～86 页。

③ 孙儒泳、李博、诸葛阳、尚玉昌编：《普通生态学》，北京：高等教育出版社，1993 年，第 2 页。

④ George L. Clarke, *Elements of Ecology*, New York: John Wiley & Son and London: Chapman & Hall, 1954, p. vii.

⑤ 孙儒泳、李博、诸葛阳、尚玉昌编：《普通生态学》，北京：高等教育出版社，1993 年，第 8 页。

《文化变迁的理论》一书中，为了解释"文化变迁的动力"，首次明确提出文化生态学（cultural ecology）的概念，因此他的《文化变迁的理论》通常被认为是文化生态学正式诞生的标志。[①] 可是，斯图尔德并没有给文化生态学下定义的意向，他只是解释说："文化生态学与人文生态学及社会生态学不同之处在于它所追求的是存在于不同的区域之间的特殊文化特质与模式之间的特殊文化特质与模式之解释"；"文化生态学根据以上所述是一项方法上的工具，以确定文化对其环境的适应将如何引发若干变迁"[②]。中国大陆学者董欣宾和郑奇认为，斯图尔德的文化生态学是一种理论，虽然注重"各种文化的比较"，并把文化类型与当时当地的自然环境联系起来，找出它们的内在相关性，但是斯图尔德认为"文化本身并不具有生态"[③]。而中国台湾学者张恭启认为斯图尔德的文化生态学既是一种研究理论也是一种方法。张先生认为，斯图尔德（史徒华）文化生态学研究方法包括：基本法（分三步）、比较法（跨文化的比较和异时限的比较两种）和整合层次法（家庭层次、队群层次、部落层次、国家层次）；而他的文化生态学理论包括：生态适应决定论和多线演化论。[④]

　　显然，斯图尔德的"文化本身并不具有生态"以及"生态环境适应决定论"的观点应该重新加以思考。因为文学和文化等人文社会学科领域常常借用生态学隐喻阐释文学或者文化、文学（文化）之间以及文学（文化）与环境之间的关系。从古希腊以来一直就把文学文化或者文化比喻为有机体，这是文化生态学隐喻的合法前提。古希腊哲学家亚里士多德（Aristotle，前 384 ～前 322 ）把一首诗歌比喻成一个有机体，他认为，"一首诗歌模仿一个整体行动，如果改变或者除去其中任何一部分，整体性都将被改变或者被破坏"；悲剧模仿一个完整的行动，完整意味着有开头、中间和结尾；一个由部分组成的悲剧整体应该像一个动物（animal）一样有

　　① 黄育馥：《20世纪兴起的跨学科研究领域：文化生态学》，载杨雁斌、薛晓源编选：《流变与走向：当代西方学术主流》，北京：社会科学文献出版社，2001年，第317页。

　　② 张恭启：《导言》，载史徒华：《文化变迁的理论》，张恭启译，台北：远流出版事业股份有限公司，1989年，第44～45、52页。

　　③ 董欣宾、郑奇：《魔语：人类文化生态学导论》，北京：文化艺术出版社，2001年，第46～47页。

　　④ 张恭启：《导言》，载史徒华：《文化变迁的理论》，张恭启译，台北：远流出版事业股份有限公司，1989年，第1～18页。

序地生长，给人带来美感。① 英国启蒙运动时期古典主义诗人亚历山大·蒲柏（Alexander Pope，1688～1744）曾把古希腊游吟诗人荷马的作品比作一座生机勃勃、万物茂盛、井然有序的花园：在荷马的花园里，一切都在发育，在生长，在运动中，而且在这座花园里，蕴含着无数的种子和成熟的植物，晚辈诗人只要选取与自己天赋相符的一些植物加以培植，定能成就又一伟大的诗人。②T. S. 艾略特和雷蒙德·威廉斯同样把文化比喻成生长的植物。艾略特说："文化是某种必须不断生长的东西，你不可能制造一棵树，你只能栽种一棵树苗，看管它，等待它在适当的时候成熟；并且当它成长时，如果你发现一粒橡子长成一棵橡树，而不是一棵榆树，对此你不能抱怨。"③ 威廉斯也把文化的概念看成一个隐喻："扶持自然的成长"，"而且重要的是成长"；他还说，"在生长过程中，文化必然表现出非同寻常的多样性和复杂性"④。艾略特谈到欧洲文化时，更是直接将其比喻成有机体："精神有机体"；把自己看成"一名社会生物学学生"⑤。

从上述可知，艾略特的文化生态学概念从文化的生长性隐喻开始，也就是说文化本体能如同有机体一样生长发育，是不断进化（或演变）和不断壮大的。当然，这种认知不是艾略特独创的，而是在他之前已经经历了一个漫长的形成过程，并在一定范围内成为一种共识。从 15 世纪后半叶的文艺复兴到 18 世纪是近代自然科学形成和发展的时期，这期间不变论在科学界占统治地位。然而，1858 年 7 月 1 日 C. R. 达尔文与 A. R. 华莱士在伦敦林奈学会上宣读了关于物种起源的论文。1859 年 11 月达尔文经过 20 多年研究而写成的科学巨著《物种起源》终于出版了，进化论取代了不变论。《物种起源》一书系统地阐述了达尔文的进化学说。在书中，他旗帜鲜明地提出了"进化论"的思想：所有物种都从某一母型演化而来，物种遵循自

---

① Aristotle, *Aristotle's Poetics, Literally Translated, With Explanatory Notes and an Analysis*, London: G. & W. S. Whittakers, 1819, pp. 19, 22.

② Alexander Pope, "Preface", *The Iliad of Homer*, translated by Alexander Pope, London: W. Bower, 1715, pp. 13-14.

③ T. S. Eliot, *Notes Towards the Definition of Culture*, London: Faber and Faber, 1948, p. 119.

④ Raymond Williams, *Culture and Society 1780-1950*, New York: Doubleday & Company, 1960, pp. 355-356.

⑤ T. S. Eliot, *Notes Towards the Definition of Culture*, London: Faber and Faber, 1948, pp. 119, 122.

然选择的规律，逐步地由低级到高级、由简单到复杂地演变，但是有少数的物种不是向前进化，而是倒退，以及有些物种的进化并不遵循逐步发展的规律，而是突变。①《物种起源》的出版标志着进化论的正式确立。达尔文的进化论经过赫伯特·斯宾塞的努力得到普及。斯宾塞倡导一种宇宙进步体系，其中包括生命向着更高形式的必然进化，进步进化论的含义以一种截然不同的方式保留了下来。

尽管进化论从一开始出现到现在由于不同原因一直遭受误解和诘难②，但是科学史学家经常将"达尔文革命"与"哥白尼革命"相提并论，"进化论早就冲破科学的边界，渗透到人类生活和活动的方方面面，理解进化论成为所有受过教育的人的知识的一部分"③。仅从常见的一些话语我们就不难体会到进化论的应用之广，例如，社会进化论、文化进化论、文学进化论、宗教进化论、道德进化论，人的进化、世界的演变、文明的演变、革命的演变、现代资本主义的演变、新芬党的演变、教师的演变，等等。可以说，在科学史上，没有人像达尔文那样受到那么多关注和批评。

进化论不仅仅用来解释世界万物的发展，进化论自己也在进化，在发展。20 世纪中叶，在美国人类学领域出现了一个新的理论流派：新进化论。美国人类学家怀特（Leslie A. White）、斯图尔德等是新进化论的代表人物。尽管文化的发展与生物的发展有很大的差异，但自从达尔文的生物进化论创立，人类学开始用生物进化的模式分析和解释文化变迁的规律，称之为文化进化论。根据斯图尔德的观点，迄今为止文化进化论历经三次转变：

> 第一，平行演化（unilinear evolution），这是十九世纪的古典理论，研究的对象是个别的文化，并将它们置于一个普同的演化序列之各个阶段中。第二，普同演化（universal evolution），泛指现代对单线

---

① Charles Darwin, *The Origin of Species*, with introduction, notes and illustrations, New York: P. F. Collier & Son, 1909, pp. 258-259, 523-524.

② Eugenie C. Scott, *Evolution vs. Creation: An Introduction*, foreword by Niles Eldredge, Connecticut and London: Greenwood Press, 2004, p. xi.

③ Paul Amos Moody, *Introduction to Evolution*, New York: Harper & Brothers, 1962, p. ix.

演化的修正，关注的是人类文化而非个别文化。第三，多线演化，乃是比前二者谦逊的一个取向，与单线演化一样也讨论发展的序列，但其独特之处在于追寻的是发生频率有限的平行演化，而不是普同的演化过程。[①]

生物的进化发展是外在环境和内在的生理机制共同决定的，既然文化如同生物一样是生长发育的，是进化的，是发展的，那么决定文化的生长、发育和发展的就既有外在环境的因素，也有内在的原因；文化不但与外部环境构成宏观生态，各种文化之间的关系也构成一个微观生态，因此，文化生态学不仅要研究文化与环境之间的关系，也研究文化之间的关系。而 T. S. 艾略特早在斯图尔德的文化生态学之前所关注的文化生态正是一定范围内各种文化之间的生态关系，即文化的本体生态。

一些生态学家喜欢用"多层同心圈"的系统模式描绘地球上的生态景观，他们通常把地球自然环境分为五大圈：岩石圈、水圈、大气圈、土壤圈以及生物圈，其中生物圈兼容其他四个圈。借鉴生态学的"圈"的概念，法国生物学家和哲学家戴哈尔特·德·夏尔丹（Pierre Teilhard de Chardin）明确地提出"精神圈"（Noosphere）的概念，认为精神圈或者说思想圈即"人类精神品质形成的高层次联合"[②]。真正把"精神圈"变成一个流行词汇的是苏联著名科学家维尔纳茨基（Vladimir Ivanovich Vernadsky，1863 ～ 1945），而 20 世纪伟大的哲学家波普尔（Sir Karl Raimund Popper，1902 ～ 1994）则称之为"第三个世界"，即由有关科学、文化、艺术、语言、概念等的理论体系组成的客观思想世界。[③] 生物圈也好，精神圈也好，都是大圈里面有小圈，环环相扣。根据波普尔的第三世界概念我们可以说，精神圈里有科学圈、文化圈、艺术圈、语言圈、概念圈等客观知识圈。

文化和文学等人文社会学科领域常借用隐喻修辞[④]，把生态学的研究模

---

① 史徒华：《文化变迁的理论》，张恭启译，台北：远流出版事业股份有限公司，1989 年，第 19 页。

② Pierre Teilhard de Chardin, *On Love and Happiness*, New York: Harper & Row, 1973, pp. 15, 22.

③ Karl R. Popper, *Objective Knowledge: An Evolutionary Approach*, New York: Oxford University Press, 1994, pp. 106-107.

④ Greg Garrad, *Ecocriticism*, New York: Routledge, 2004, pp. 6-7.

式引入文化和文学研究形成文化和文学的生态隐喻，例如，艾略特的"群体文化"概念显然是生态群落的隐喻。借用生态隐喻，文化圈内由于分类方法的不同，又可划分为不同的次级圈，这样的次级圈就是一个个文化群落。例如，如果从文化地理学的角度把整个欧洲文化看成一个圈，那么希腊文化、意大利文化、英国文化、法国文化、波兰文化、德国文化、瑞典文化和白俄罗斯文化等则是次级文化圈。而在每个次级文化圈里，又各分为多个文化群落，比喻说，英国文化又可以分为英格兰文化、苏格兰文化、威尔士文化以及北爱尔兰文化等群落，当然，每个文化群落中，还可细分。生物群落通常指，"一群生活在一定区域，并且相互适应的生物体"，一些生物群落之间的活动常常相互重叠，因此很难严格地区分[1]，文化群落亦如此。

　　在生物学领域，英国植物生态学家阿瑟·乔治·坦斯利（Arthur George Tansley，1871～1955）1935年提出生态系统（ecosystem）的概念，而苏联植物生态学家苏卡切夫（V. N. Sukachev，1880～1967）1944年提出生物地理群落（biogeocoenosis）的概念，从1965年以来，这两个概念演变成同义语。生态系统指一定时间和空间范围内，所有生物与非生物环境形成的一个相互影响、相互作用的生物共同体。[2]生态系统的范围可大可小，通常可以根据研究目的和对象而定。地球自然环境中最大的是生物圈，也就是最大的生态系统，可称之为全球生态系统，它包括了地球上的一切生物及其生存条件。当然，小的如一片森林、一块草地、一个池塘都可看作是一个生态系统。根据相应生态隐喻，如果我们把地缘意义上的英国文化自身看成一个生态系统，则可以把其中的英格兰文化、苏格兰文化、威尔士文化以及北爱尔兰文化等称作相应的生物地理文化群落（用艾略特的话说，即是"群体文化"），与其相应的经济、政治等环境彼此相互联系，相互作用。

　　要明确文化生态系统的运作，我们首先应该了解生态系统的主要特征。中国学者蔡晓明认为，生态系统都具有一些重要特征：

---

① George L. Clarke, *Elements of Ecology*, New York: John Wiley & Son; London: Chapman & Hall, 1954, pp. 402-403.

② Herbert C. Hanson, *Dictionary of Ecology*, New York: Philosophical Library, 1962, p. 122.

1．以生物为主体，具有整体性特征。各要素稳定的网络式联系，保证了系统的整体性。2．复杂、有序的层级系统。生态系统是一个极为复杂的、多要素、多变量构成的层级系统。3．开放的、远离平衡态的热力学系统。生态系统变得更大更复杂时，就需要更多的可用能量去维持，经历着从混沌到有序，到新的混沌再到新的有序的发展过程。4．具有明确功能和功益服务性能。5．受环境深刻的影响。6．环境的演变与生物进化相联系。7．具有自维持、自调控功能。生态系统自动调控机能主要表现在三方面：第一是同种生物的种群密度的调控；第二是异种生物种群之间的数量调控；第三是生物与环境之间的相互适应的调控。生态系统调控功能主要靠反馈的作用，通过正、负反馈相互作用和转化，保证系统达到一定的稳态。8．具有一定的负荷力。9．具有动态的、生命的特征。10．具有健康、可持续发展特性。①

当一个生态系统具备了上述特征，就能保持生态平衡，保持生物、环境等各方面的健康发展。那么，以生物的发育、生长和发展作为文化隐喻的艾略特又认为一个健康的文化本体生态系统及其中的文化群体应该是怎样的以及应该具备怎样的特征才能维护文化的健康乃至社会的健康？下面将具体分析他的文化生态学概念中的核心关键词"文化整体性"和"文化星丛"来阐明这一问题。

T. S. 艾略特的文化整体观

艾略特认为，一个健康的文化生态系统首先应该具备整体性。整体性（holism）是生态系统最重要的一个特征。德国著名生态哲学家汉斯·萨克塞（Hans Sachsse，1906～1992）指出："生态学的考察方式是一个巨大的进步，它克服了从个体出发的、孤立的思考方法，认识到一切有生命的物体都是某个整体的一部分"；"我们要尽可能广泛理解生态学这个概念，要把它理解成研究关联的学说。……能够在某种程度上触及到整体"②。萨克

①　蔡晓明：《生态系统生态学》，北京：科学出版社，2000 年，第 35～37 页。
②　汉斯·萨克塞：《生态哲学》，佩云、文韬译，北京：东方出版社，1991 年，第 2、3 页（序）。

塞的观点是艾略特文化整体观的最好注解：一个稳定、健康的文化生态系统的整体性首先源自文化、政治和经济的相互关联性，谈论其中任何一个时，如果不考虑其他两个方面，都是不恰当的，是荒谬的。[①] 整体是个相对性的概念，根据观察对象的涉及面的大小，整体可大可小，如果把世界看成整体，人与自然就是部分；把整个欧洲看成一个整体，从地理分区看，44 个欧洲国家和地区就是部分；把欧洲文化看成整体，从地理文化看，欧洲各国的文化就是部分；把英国文化看成整体，它的各个地理分区的文化就是部分。无论整体的大小，如果没有相应部分的存在和相互影响，整体就不存在。因此：

> 整体的最基本特征就是部分的统一。整体并不是部分的简单相加，部分之间的关系密切，互为一体；整体不仅仅是部分形成的结构，而且使部分融为一体，在这个综合体中，部分的功能发生改变；综合体影响和决定部分，因此它们的功能趋向整体；因此，整体和部分互为影响，互为决定，它们各自的特点融为一体：整体存在于部分中，部分存在于整体中，部分和整体的融合在部分和整体的功能的整体性中得到体现。[②]

可见，部分和整体的关系并不是单向的，不是线性的，而是多向的、相互渗透的。以欧洲文化为例，如果把其中的每一部分即每一种文化看成是整体中的一个变因，那么欧洲文化就是"一个各种变因相互依赖和统一的体系，每一种变因与其它变因都有关系，每种变因影响其它变因，同时被其它变因所影响"[③]。

作为一名诗人，艾略特以诗歌文化为例，阐释了文化本体的整体特性。在他看来，英语是现代欧洲语言中最为丰富的，是诗歌创作的最了不起的

---

① T. S. Eliot, *Christianity and Culture: The Idea of a Christian Society and Notes Towards the Definition of Culture*, New York: Harcourt, Brace and Company, 1949, p. 132.

② Jan Smuts, *Holism and Evolution*, New York: The Macmillan Company, 1926, p. 86.

③ 欧·奥尔特曼、马·切默斯：《文化与环境》，骆林生、王静译，北京：东方出版社，1991 年，第 463 页。

中介，为诗人的诗歌创作提供了无数种变数，英语的这种巨大的魅力源于英语与欧洲其他语言和它们的诗歌，以及欧洲之外的其他语言和它们的诗歌间的相互生发，相互影响。英语原是日耳曼语族的一个小语种，出身并没有什么了不起。在历史发展过程中，它曾经有两次差点儿被消灭，但是今天它却融合了日尔曼语族、法语、拉丁语、盖尔语、凯尔特语等多种语言元素，成了一种全球性的语言，这既与英国的历史有关，更与各种文化之间的交流和影响密不可分。各种语言都有自己的语音和风格特点，英语诗歌吸收和消化这多种不同的特点，形成独特的英语诗歌的韵律节奏，其他语言的诗歌形成也同样离不开对他者语言的借鉴。因为一种完全独立的语言是罕见的，完全可以这样说，如果真有一种完全独立的语言，它只会逐步走向死亡。

艾略特的文化整体观也告诉我们：不同的诗歌文化之间之所以能相互依赖，不断生长发展，保持整体的旺盛生命力，除了它们彼此之间相互渗透形成一些共同的联系外，它们之间的差异性也同样重要，整体体现的是统一与差异的辩证关系。诗歌在发展中不仅仅从外部吸收营养，还必须不断地从自身的文化传统吸收营养，保持自己的文化特色。一种文化没有外部影响，将会衰败，甚至消亡；一种文化没有保持自己的特色，一味地接受外来影响，它将丧失自我，同样死路一条。艾略特自己的诗歌就是最佳的例子，比如，他的 434 行的《荒原》不但使用了包括梵语在内的七种语言，多国的 35 位作家作品、民谣和流行曲，还借用了神话、传说、哲学、心理学、人类学、社会学等成果，看似一锅大杂烩，然而，多种文化元素组成的并不是一件简单的文化百衲衣，而是一个有独立生命力的文化产品：各文化元素的意义和功能已经改变，共同趋向一个统一的诗歌意义；不但诗歌自身浑然一体，而且与欧洲当时的社会状况息息相通。① 不过更重要的是，《荒原》的伟大并不仅仅在于它"在一系列时而现实时而神话的插曲中，景象相互撞击，却又产生了难以形容的整体效果"②，以及其所表达的思

---

① Ezra Pound, *Instigations of Ezra Pound*, together with an essay on the Chinese character by Ernest Fenollosa, New York: Boni and Liveright, 1920, p. 197.

② 安德斯·奥斯特林：《授奖辞》，载艾略特：《四个四重奏》，裘小龙译，桂林：漓江出版社，1986 年，第 278 页。

想的时代关联性①，而且在于它展现了独特的"英语语言表达方式"：复杂的象征性语言、镶嵌的艺术品一般的技巧、博学的隐喻运用、晦涩然而娴熟的文字形式、激进的写作形式，等等。②

艾略特的文化整体观既强调文化之间的关联性以及统一与差异的辩证性，也强调文化的开放性。"生态系统开放性是一切自然生态系统的共同特征"，生态系统不仅是"系统内各要素间不断交流，此时系统内各要素始终处于动态中"，而且还"通过上下左右、方方面面与外界沟通"使系统本身不断发展。③艾略特有关欧洲文化与世界其他文化关系的论述隐含生态系统的开放性特点，即欧洲文化系统不应该与世界其他文化分离，它的边界不应该封闭，应该是开放的。欧洲文化整体的发展不仅仅依赖欧洲各文化要素之间的交流，相互影响，更依赖与世界其他文化系统的各元素之间的交流，相互影响。关于文化的开放性，《荒原》中的印度哲学、佛教和《奥义书》典故、《奥义书》程式式结尾（Shantih Shantih Shantih，平安！平安！平安！），《四个四重奏》中对印度教经典《薄伽梵歌》（*Bhagavad Gita*）的引用都是极好的例证。④在这两首诗歌中，东西文化相互融合，彼此渗透，共同成就了英语诗坛两篇旷世杰作。艾略特的精神导师美国著名的意象派诗人艾兹拉·庞德（Ezra Pound，1885～1972）更是通过翻译中国古典诗歌"获得通过并置安排意象的方法，发现意象与意象间的系词可以省去，而且这样可以产生一种特殊的艺术效果"⑤，中国诗歌艺术促进了庞德的意象诗和意象诗思想以及整个意象派诗歌的发展。

当然，艾略特不仅仅是为了研究文化而阐明文化系统的整体性特征以及保持文化整体性的重要，更是为了由文化而推及社会。艾略特认为，"一

---

①　Jewel Spears Brooker, ed., *T. S. Eliot: The Contemporary Reviews*, Cambridge: Cambridge University Press, 2004, p. 80.

②　安德斯·奥斯特林：《授奖辞》，载艾略特：《四个四重奏》，裘小龙译，桂林：漓江出版社，1986 年，第 280～289 页。

③　蔡晓明：《生态系统生态学》，北京：科学出版社，2000 年，第 30 页。

④　Cleo McNelly Kearns, *T. S. Eliot and Indic Traditions: A Study in Poetry and Belief*, Cambridge: Cambridge University Press, 1987, p. 197.

⑤　彭予：《二十世纪美国诗歌：从庞德到罗伯特·布莱》，开封：河南大学出版社，1995 年，第 15 页。

个伟大的诗人在书写自己的同时书写他所生活的时代"①。作为一名具有强烈忧患意识的诗人、剧作家和社会批评家，当处于一个百废待兴、危机重重的时代，他不会为艺术而艺术，不会为文化批评而批评，他的文化批评是对时代的剖析，是为重建社会秩序所作的苦思冥想。他自己说，在1922～1939 年编辑文学评论杂志《标准》（The Criterion）的一段时间里，为了大家的共同利益，他一直想把欧洲所有的最新的和最好的思想和作品汇集起来，奉献给大家。但是，从 1939 年开始，战火从一个国界蔓延到另一个国界，战争之时，艾略特一边以一名普通公民的身份参与战时伦敦巡逻活动，一边思考用大众化的戏剧以及高雅的诗歌向大众灌输人类应该有的理想，但是，局部的觉醒解决不了整个欧洲的问题，远水也解不了近渴。战争结束之际，艾略特的视野拓展到整个欧洲的文化与社会，因为他意识到，战争引起的经济和政治倒退导致了文化的倒退，文化的倒退是因为枪声、炮声以及飞机的轰鸣声震碎了欧洲的传统，民众的思想还未从这些残酷的声音中醒过来，欧洲各国之间的政治纷争不但使它们之间的地理边界关闭，而且使它们之间的思想边界也同样处于关闭状态。战争使世界政治、经济、文化和心理都发生剧烈的改变，欧洲的文化交流停止。可是，"文化交流是文化发展的基本动力，文化有涵化和整合的能力，在广泛的文化交流中，在不同的文化的剧烈撞击下，通过比较、反思，通过认同、扬弃，各种文化都会从其他文化特质中吸收新的精神，借取新的元素，从而导致文化的变迁"②。逆水行舟，不进则退，战后初期欧洲文化交流暂时停止，不但欧洲文化的整体性不复存在，一切都呈现碎片化之势，而且欧洲的"精神财富陷于急迫的危险之中"③。无论是生态种类的倒退，还是生态系统的破坏，都将给自然和人类带来毁灭性的灾难，文化的倒退以及文化整体性（系统性）的破坏也会造成同样后果。面对危机，艾略特认为，建立稳定和健康的文化而维护社会生态系统应该是能够拯救四分五裂的欧洲的万全之

---

① T. S. Eliot, *Selected Essays*, 3rd ed., London: Faber and Faber, 1951, p. 137.

② 李植枏、高明振、唐希中主编：《从分散到整体的世界史（当代分册）》，长沙：湖南出版社，1991 年，第 402 页。

③ T. S. Eliot, *Christianity and Culture: The Idea of a Christian Society and Notes Towards the Definition of Culture*, New York: Harcourt, Brace and Company, 1949, pp. 195, 202.

策，这也就是艾略特所认识的文化的社会价值。

"一般系统论就是对'整体'和'整体性'的科学探索"①，也就是说系统的核心是整体，依此类推，生态系统的核心是生态的整体性。那么生物生态整体的核心又是什么呢？近年来有关这个问题的答案就是"生物的层级性结构"，即"按照系统各要素特点、联系方式、功能的共性、尺度大小以至能量变化范围等多方面特点划分的等级体系"，在非包含型的层级系统中，高层级与低层级具有不同的实体，而且高级的层级结构对低一级的层级结构具有重大的制约作用，低一级的层级结构是高一级的基础。② 接下来的问题是，生物等级性层级结构的核心又是什么？生物等级性层级结构的核心就是其中的生物以及生物之间的作用方式的多样性，这种多样性既是生态系统间的概念，也是生态系统内概念，它的概念范围包含"从内在的具体基因的多样性，到生物种类的丰富性、关联性，以及所有生态系统在自然的空间组织"③。生物的多样性有利于生态系统内外的稳定，换句话说，生物生态系统的稳定在于整体性与多样性的辩证统一。根据生态学隐喻，艾略特提出了文化星丛的概念来说明文化本体生态的多样性特征以及文化整体与多样性的辩证关系。

T. S. 艾略特的文化星丛概念

生物生态系统的整体性与多样性的辩证统一的文化隐喻意味着，文化整体与文化多样性的辩证统一决定文化生态系统的健康、和谐稳定，这是艾略特的文化生态学的主要含义之一：一个民族的文化要繁荣，就既不能过度地统一，也不能太过分裂。过度的统一导致暴政，过度的分裂会导致腐败，也同样可能导致暴政：两者关系的失衡将阻碍文化的发展。④ 艾略特进一步说明，要保持文化整体与多样性的辩证统一必须遵循一定的原则。

---

① 冯·贝塔朗菲：《一般系统论：基础、发展和应用》，林康义、魏宏森译，北京：清华大学出版社，1987 年，"序"第 3 页。

② 蔡晓明：《生态系统生态学》，北京：科学出版社，2000 年，第 27 页。

③ Sven E. Jørgensen, et al., *A New Ecology: Systems Perspective*, London et al.: Elsevier Science, 2007, p. 237.

④ T. S. Eliot, *Christianity and Culture: The Idea of a Christian Society and Notes Towards the Definition of Culture*, New York: Harcourt, Brace and Company, 1949, p. 132.

　　首先是关于统一的问题，艾略特提到三点原则。其一，一个文化共同体（a community of culture）的组成成分之间必须有一些共有的东西。基督教、古希腊罗马文化以及古以色列文化等共有文化因子使欧洲文化在一定层面上融为一体。其二，一个文化共同体除了共有文化因子外，任何时候还必须具有统一的管理和统一的情感，就像刚过去的"二战"时期那样：服从政府的命令；万众一心，不怕牺牲；全民如同亲兄弟一样，共同抗击法西斯。[①] 其三，统一必须遵循自然发展的规律，是自然的，"无意识的"。[②] "无意识"是指文化共同体（文化整体、文化系统）内各文化群落（按文化地理学的概念就是"地方文化"）自然而然的相对恒定。地方文化的相对恒定取决于社会各级结构的稳定，这基于个体对家庭、地方群体和阶层的忠诚，这种忠诚应该融入每个文化个体的血液，形成类似"集体无意识"的自在意识。艾略特还特地指出，个体对地方的忠诚大概要经历一到两代，也就是说，要建立、维持和发展多样性的地方文化，群体文化中的个体最好固定居住在其出生地，保持文化身份的单纯性和明晰性。文化身份作为"一种共有的文化"，集体的"一个真正的自我"，它给作为"一个民族"的我们提供"在实际历史变幻莫测的分化和沉浮之下一个稳定、不变和连续的指涉和意义框架"[③]。这也许能解释为什么艾略特会回归英国，回归东库克村：回到祖辈的居住地，"肯定家庭传统的统一性和连续性"[④]，回归文化传统，确定自己的文化身份，确保文化的此时此地性。不过，由于各种各样的原因，确定的文化身份不但在艾略特的时代已相当难找回，在他之后的世界并没有像他所向往的那样回到"前-资本主义社会"社会

---

　　① 威廉·詹姆斯（William James，1842～1910）在其著名的反战文章《战争的道德等价物》中曾肯定了战争确实能形成具有积极意义的勇敢、无私、兄弟情谊等情感。当然，他是反对战争的，因此他倡导我们在日常社会中建立目前只能在战争中形成的这种伦理，即建立"战争的道德等价物"，从而避免战争。William James, *William James: Writings 1902-1910*, New York: The Library of America, 1988, pp. 1281-1292.

　　② T. S. Eliot, *Christianity and Culture: The Idea of a Christian Society and Notes Towards the Definition of Culture*, New York: Harcourt, Brace and Company, 1949, pp. 50-51.

　　③ 斯图亚特·霍尔：《文化身份与族裔散居》，载罗钢、刘象愚主编：《文化研究读本》，北京：中国社会科学出版社，2000年，第209页。

　　④ Maurice Halbwachs, *On Collective Memory*, Ed., Trans. and with an introduction by Lewis A. Coser, Chicago and London: The University of Chicago Press, 1992, p. 65.

组织模式①，即主要由大众和贵族两个阶层组成的封建社会组织模式。② 当然，需要说明的是，艾略特所期待的"新的封建社会"的贵族由多种社会群体组成的精英集团取代，农民大众已变成由工人大众组成的复杂群体。不过，由于战争、国际贸易、跨国劳务输出、海外团体、少数民族、移居、放逐和迁徙等各种原因使散居（diaspora，远离想象中的家园）的各种人群不断增加，居民与居住地的有机联系被割断，散居民的文化身份因为散居地的变化而不断更新，而且以美国黑人作家亚历克斯·黑利（Alex Haley，1921～1992）研究横跨七代家族史的长篇小说《根》（Roots，1976）为契机带来了"散居意识的觉醒"③，这些不但没有使文化身份像艾略特所希望的那样保持单纯性和清晰确定性，反而使文化身份演变成了一个问题，一种危机。

文化的统一性是文化黏合剂，各具特色的地方文化是支撑统一原则的具体内容，是艾略特文化生态学的基础。艾略特从文化地理学的角度解释了文化生态系统内文化的多样性问题，即地方文化的问题，而地方文化的问题主要是地方文化的定位问题。关于地方文化的定位，他认为，我们首先要自觉抛弃狭隘的地方主义观点，建立真正的地方文化，保持文化种群的纯洁性、差异性以及文化群体之间的有机联系。他进一步指出，政治的狭隘的地方主义是指少数地方不满分子组成的小集团进行的政治煽动，这些地方主义者试图通过强行恢复本民族或者本地区的正在消亡或者应该消亡的语言以及已经失去其全部意义的旧时代的风俗，以抵制当前公认的社会进步，制造分裂。经济的地方主义往往只关心本地区的利益，甚至不惜伤害其他地方的利益。在批判当时狭隘的政治和经济地方主义观的同时，艾略特提出建立真正的独具特色的地方文化，即与地方政治和经济一同发展的地方文化，与邻里文化协调发展的文化，即从最基本的具体文化实践活动出发实现文化的辩证统一。

---

①　Lesley Johnson, *The Cultural Critics: From Matthew Arnold to Raymond Williams*, London, Boston and Henley: Routledge & Kegan Paul, 1979, p. 125.

②　Charles Seignobos, *The Feudal Regime*, Trans. and Ed. Earle W. Dow, New York: Henry Holt and Company, 1902, p. 2.

③　Tony Bennett, Lawrence Grossberg and Meaghan Morris, eds., *New Keywords: A Revised Vocabulary of Culture and Society*, Malden, MA: Blackwell, 2005, pp. 83-84.

文化的统一性与多样性的辩证关系是艾略特文化本体生态系统的基本内核，其中文化的多样性解释说明各群体文化之间的关系。关于各群体文化之间的关系，艾略特提出了文化星丛（constellation of cultures）的概念，并以英伦三岛上的文化群体为例，说明"任何一种（国家）文化要得以繁荣，都必须与邻近文化构成文化星丛，其中各单个文化将不但互惠互利，而且有利于文化整体"[①]。如此类推，文化星丛的范围适用于任何由多种文化组成的文化系统，不论大小。艾略特的文化星丛论像人类任何其他思想一样，不会凭空自己生长出来，是有其理论渊源的。

星丛（constellation）原本是古代占星术（或者说是天文学）的概念。古代占星术常常沿太阳的轨迹把固定的星星分成 12 个群（groups）或者说星丛，当有新生儿诞生时，观察他 / 她出生那一刻天空中星群中各天体、行星的位置，建构出一幅"天宫图"，预测命运。[②] 占星的过程其实就是观测天象的过程，占星术是原始的天文学。科学革命后，一些科学家认为占星术是迷信，天文学从占星术中独立出来。现代天文学通常把天空分为 88 个不同形状、大小和重要性的星丛，所有的天体（太阳、月亮等其他各种星星）都分布在这 88 个星丛中，星丛中星星有光强和光弱之分[③]，就像一个国家体系中的不同地区有强弱之分一样，譬如，从经济发展角度通常认为中国的东部比西部强大。星星通常分为两种：恒星和行星，恒星就是那些相对固定，组成星丛的星星。星丛中的恒星位置基本稳定，彼此相对而言总是在各自固定的位置上。总而言之，星丛的基本特征有：星丛中的各星星有强弱之分（光），各星星的位置以及相互间的关系相对稳定，等等。无论是占星术概念还是天文学概念，星丛阐释的是星星本体之间以及星星与人之间的关系，这种关系相当稳定，就本体关系而言有强弱之分，尤其是，占星术强调的是一种共时关系，孩子出生一瞬间星星与星星、人与星星之间的关系。

---

① T. S. Eliot, *Notes Towards the Definition of Culture*, London: Faber and Faber, 1948, p. 58.

② Max Heindel, *Simplified Scientific Astrology: A Complete Textbook on the Art of Erecting a Horoscope*, with philosophic encyclopedia and tables of planetary hours, London: L. N. Fowler & Co., 1919, p. 25.

③ Samuel G. Barton and William H. Barton, *A Guide to the Constellations*, New York: McGraw-Hill Book, 1928, p. 4.

　　因为熟知卡尔·曼海姆的著作，并且说自己的文化理念受其影响巨大，所以艾略特的文化星丛概念可以追溯到曼海姆的星丛观。1925年曼海姆在论述知识社会学的问题时借用占星术中星丛隐含的共时共存的关系特点，拓展了星丛的概念，指出"广义上的星丛指特定时间一定因素的具体结合方式，如果我们有理由假定各种因素的共时存在（the simultaneous presence）导致我们所感兴趣的某个因素形态的构成，就要求对此种结合方式进行研究"①。曼海姆的星丛是与研究对象的历史过程相对的概念，表达的是从共时的角度整体地研究对象的内部（对象的内在逻辑）和外部（对象与社会）关系结构（模式），只不过他的知识社会学主要考察知识、文化与社会因素的互动关系，因此当他的知识社会学观点被指责为相对主义时，曼海姆指出，不是"相对主义"，而是"关系主义（关联主义，relationism）"，也就是说："一定知识实体的存在相对性（existential relativity）的观点——现象学以及其他一些学科已经阐述得越来越清晰——远非相对主义，即宣称所有的人都是对的或者没有人是对的；这种观点不如说是一种关联主义，即只有当主体和客体处于存在关联框架（the framework of an existential correlation）中，某些（质的）真理才有可能被把握。"②曼海姆认为，处在星丛中的各关系因素不是静止不动，往往是相互作用，相互充实，然而它们并不融合为"一"，而是从各自一般的法则出发来解释已知实事整体。③

　　说到曼海姆的星丛理论，就不能不谈谈他与德国法兰克福大学的社会研究所以及法兰克福学派的关系，因为国内学者在介绍星丛理论时，常常倾向忽略曼海姆的建树和影响，他们认为："'星丛'是阿尔多诺从本杰明［本雅明］那里借来的一个天文学术语，意指一个由诸种彼此并立而不整合的变动因素构成的集合体，反对把某一因素当作该集合体的本原，阿多尔诺用这一概念说明主体和客体的关系"④；"阿多诺的星丛理论是由他的朋友

―――――――――

①　Karl Mannheim, *Essays on the Sociology of Knowledge*, Ed. Paul Kecskemeti, London: Routledge & Kegan Paul, 1952, p.134.

②　Ibid., p.194.

③　Ibid., p.148.

④　张峰：《中译本序》，载特奥多·阿尔多诺：《否定辩证法》，张峰译，重庆：重庆出版社，1993年，第9页。

本雅明的思想里发展出来的"①；"星丛是阿多诺从本雅明（Walter Benjamin）《德国悲剧的起源》一书中借用来的一个天文学术语，是指一种彼此并立而不被某个中心整合的诸种变动因素的集合体，这些因素不能被归结为一个公分母、基本内核或本源的第一原理"②。

卡尔·曼海姆是古典社会学的创始人之一。1893 年 5 月诞生于匈牙利首都布达佩斯，父亲为匈牙利籍，母亲是德国籍，双亲皆为中产阶级犹太人。早期曼海姆活跃于匈牙利布达佩斯的知识分子圈，与匈牙利著名的文学批评家和西方马克思主义的创始人卢卡奇（Georg Lukacs，1885 ～ 1971）结识，后来两人成为好朋友。受卢卡奇的影响，曼海姆的社会学思想总是与各种政治观点纠结在一起。③ 虽然在卢卡奇的影响下研读和批判马克思主义，但是曼海姆并不赞同无产阶级革命的理念，后来因政治牵连，1919 年前往德国避难。1922 ～ 1925 年曼海姆在德国海德堡大学社会学家阿尔弗雷德·韦伯（Alfred Weber，1868 ～ 1958；社会学家马克斯·韦伯的哥哥）的手下工作，1926 ～ 1929 年在海德堡大学教授社会学，1929 ～ 1933 年在法兰克福大学教授社会学和经济，由于德国纳粹兴起，1933 年被迫离开德国，前往英国避难，而后定居英国，直到生命结束。

法兰克福大学的社会研究所是 1923 年建立的一个以研究马克思主义为宗旨的研究所，主要试图反思并重新认识马克思主义理论，法兰克福学派的成员都先后为研究所工作，或者给研究所主办的杂志撰稿，因此，法兰克福大学的社会研究所是法兰克福学派思想的发源地，法兰克福学派的名称也因此而来。1930 年德国哲学家和社会学家霍克海默（Max Horkheimer，1895 ～ 1973）就任研究所所长之后，以研究"社会哲学"作为研究所的中心任务，并主持创办了《社会研究杂志》，从不同学科领域招揽了一批年轻有为的研究人员，例如，对曼海姆的思想进行过批判的法兰克福学派成员阿多诺（Theodor Adorno，1903 ～ 1969）、马尔库塞（Herbert Marcuse，

① 陈胜云：《阿多诺星丛理论的批判分析》，《内蒙古社会科学（汉文版）》2001 年第 6 期，第 21 页。
② 杨光：《否定辩证法与"星丛"：阿多诺的反思批判精神及其方式》，《石家庄学院学报》2007 年第 2 期，第 39 页。
③ David Kettler and Volker Meja, *Karl Mannheim and the Crisis of Liberalism: The Secret of These New Times*, New Jersey: Transaction Publications, 1995, pp. 30-31.

1898～1979）等，先后被吸收参加了该研究所工作。[①] 法兰克福学派的另一个重要人物沃特·本雅明（Walter Benjamin，1892～1940）虽然不是研究所成员，但是在社会研究所成立那年与阿多诺结识，成为好朋友，1924年他向法兰克福大学递交自己刚完成的论文《德国悲剧的起源》，申请教职，遭到拒绝。然而，1928 年阿多诺发表介绍本雅明的论文，本雅明正式成为社会研究所的圈中人[②]，同年，《德国悲剧的起源》出版。1933 年法西斯上台，法兰克福学派成员大多是持激进马克思主义立场的犹太人，因而无法继续在德国活动。社会研究所被迫于 1933 年迁往美国，先后隶属于纽约的哥伦比亚大学和伯克利的加利福尼亚大学，继续他们的社会学研究。

在 1929 年任教法兰克福大学之前，曼海姆经常参加有法兰克福社会研究所霍克海默和阿多诺等参加的定期讨论会，那时曼海姆和阿多诺同为当时讨论会的主持人哲学家保罗·蒂利希（Paul Tillich，1886～1965）的好朋友，1929～1933 年间蒂利希在法兰克福大学教授神学。曼海姆在 1929年加入法兰克福大学后，更是与霍克海默分在同一办公室。虽然曼海姆也研究马克思思想，但是与社会研究所的研究人员的观点格格不入，正因为如此，霍克海默、阿多诺、马尔库塞等不断地讨论曼海姆的思想，然后加以批判。[③] 其中，与曼海姆私交不错的阿多诺对曼海姆的思想，无论是《知识社会学》（1925）还是《意识形态与乌托邦》（1929），总是进行"苛刻的抨击"（scathing attack）[④]，即便到了思想精熟的晚年，阿多诺依然把曼海姆的"知识社会学"以及"意识形态批判"看成是"臭名昭著的"。[⑤] 这充分说明阿多诺对曼海姆的星丛概念应该是了如指掌的，因此，我们不能简单地说，阿多诺的星丛理论来自本雅明。

的确，本雅明在他 1928 年出版的《德国悲剧的起源》中提出了星丛

---

①　Martin Jay, *The Dialectical Imagination: A History of the Frankfurt School and the Institute of Social Research 1923-1950*, London: Heinemann Educational Books, 1976, p. 313.

②　Ibid., p. 339.

③　Ibid., pp. 24, 63, 288.

④　David Kettler and Volker Meja, *Karl Mannheim and the Crisis of Liberalism: The Secret of These New Times*, New Jersey: Transaction Publications, 1995, pp. 113, 141.

⑤　Theodor W. Adorno, *Negative Dialectics*, Trans. E. B. Ashton, London and New York: Routledge, 2004, p. 138.

（陈永国先生翻译为"星座"，英译本为"constellations"）的概念，《德国悲剧的起源》是 1924 年上交给法兰克福大学的求职论文，在 1924 年之前阿多诺与本雅明就是好朋友，他对本雅明的论文应该是清楚的。本雅明在论述理念世界（主观）与经验现实（客体），以及作为二者中介的概念的关系时，引入星丛（星座）的概念。他认为，理念既是概念中各种因素的构型，而概念也是经验现实的附主：概念剥除客观现实粗糙的表象，仅仅留下一些碎片似的构成因素，于是在这种分化状态下，理念与客体获得统一，因此：

> 理念之于客体正如星座之于群星……现象通过其存在、其共性和其差异性决定着概念的范围和内容，这些概念同时包含着现象，而现象与理念的关系则相反，因为理念即对现象 —— 或对现象因素的阐释 —— 决定其关系。客观理念是永恒的星座，根据在这个星座中作为各个点的诸因素可以对现象进行细部划分，同时恢复其原样。[①]

本雅明不但试图用星丛隐喻阐明主观和客观的相互区别、相互渗透的关系，而且还试图用它解释理念与理念之间的关系 —— 理念的本体关系。他说：

> 理念遵循这样的法则：一切本质都是完整纯洁的独立存在，不仅独立于现象，而且特别相互独立。正好天体的和谐取决于并不相互接触的行星轨道，所以，理念世界的存在取决于纯粹本质之间不可沟通的距离，每一个理念都是一颗行星，都像相互关联的行星一样与其他理念相关联。这种本质之间的和谐关系就是构成真理的因素。[②]

根据本雅明自己的阐释，上述引文中的理念与本质是相同的："理念即本质。"[③] 虽然理念之间是否真的像行星轨道一样不相互接触值得商榷，但是本

---

①　瓦尔特·本雅明：《德国悲剧的起源》，陈永国译，北京：北京师范大学出版社，2001 年，第 7～8 页。

②　同上书，第 10 页。

③　Walter Benjamin, *The Origin of German Tragic Drama*, Trans. John Osborne, London and New York: Verso, 2003, p. 30.

雅明的说明理念的独立性和理念之间的差异性的理念本体星丛论是理解 T. S.艾略特的文化星丛本体论的金钥匙，虽然二者的星丛概念无论从含义，还是从认知对象来看，差异性都是那样的明显。

从上面有关曼海姆、本雅明以及阿多诺之间的个人关系和学术关系的描述可知，以讨论团体、法兰克福大学以及社会学研究为纽带，他们三人对彼此的思想都有着不浅的了解，但是我们不能轻易地下结论说，阿多诺在 1966 年出版的《否定辩证法》中提出的星丛理论源于本雅明，或是源于曼海姆，我们最多可以说，阿多诺的星丛理论受本雅明或／和曼海姆的影响。因为任何一个概念的内涵首先得从它的本义开始追根溯源，正像德国浪漫主义作家让·保尔（Johann Paul Friedrich Richter，1763～1825）说的那样，我们不能轻易地说自己是创造者，"我们只是系谱者"①，不能轻易地下结论说自己或者某个人是一个概念或者理论的首创者。关于星丛隐喻，我们至少还可以上溯到让·保尔。让·保尔曾经在自己的作品中使用星丛隐喻说明内心与外界的相互关系，他说，人的内心就像一个布满星群（星丛）的天空，它不是对外界世界的模仿，它独立于外界世界，是比外部世界更高级的世界，但是能投射到外部的世界，像阳光投射到云层上一样，为人所感知，并往往被误以为是人自己所创造。② 因此，我们不能说是本雅明或者是曼海姆首次从天文学借用了星丛的概念，更何况本雅明是仔细研读过让·保尔的作品的③；曼海姆也说在他之前"星丛"一词早就已经结合进新的世界观的语境中去了，成为他那个时代用来解释世界和人类精神最重要的范畴之一。④

事实上，要理解阿多诺的星丛观还真得从它的天文学或者占星术起源说起。首先，阿多诺的星丛是如同天文学或者占星术一样的分群或者分区概念，说明对象本身的多样性和彼此之间的关联性，阿多诺自己把它称为

---

① Eliza Buckminster Lee, *Jean Paul Richter: Preceded by His Autobiography*, Boston: Ticknor and Fields, 1864, p. 518.

② Ibid., pp. 518-519.

③ Walter Benjamin, *The Origin of German Tragic Drama*, Trans. John Osborne, London and New York: Verso, 2003, pp. 117, 135, 188.

④ Karl Mannheim, *Essays on the Sociology of Knowledge*, Ed. Paul Kecskemeti, London: Routledge & Kegan Paul, 1952, p. 134.

"分类过程"，比如，客体星丛、范畴星丛、要素星丛、权力星丛等等；"主体和客体只有处于它们的星丛之中才是有效的"，才是可以被认知的"存在"（being）。另外，阿多诺认为，星丛是主体和客体的联系纽带，主体和客体（现象与本质）星丛在认知层面通过范畴、概念获得统一，统一于真理——"真理，即主体和客体在其中彼此渗透的星丛，既不能还原于主观性，也不能还原于存在。"阿多诺的星丛理论的第三个关键点是，星丛是动态的，牵一发而动全局，即"当一个范畴变化时，如否定辩证法中的统一性和整体性，所有范畴的星丛将发生变化，反过来又牵动每一个范畴"；同时，这种变化也是历史的。①

以上是对从曼海姆到阿多诺的星丛理论群的简单梳理，接下来我们用群的概念反观在曼海姆影响下发展出来的 T. S. 艾略特的文化星丛观的内涵和特点。按照曼海姆的说法，"星丛"在他那个时代的认知研究领域已经是个流行隐喻。流行在一定程度上意味新颖性和独特性的丧失，要使一个流行的东西重新变得新颖而具独特性，虽然不是一件简单的事，但是并不意味着不可能。通过误读与移植，艾略特使不再新颖的星丛隐喻，获得了新的意义；他把前辈的哲学思辨的星丛隐喻移植到文化本体关系研究，使文化内在运动规律一目了然，使在一个领域行将死去的概念在新的领域复活，顺利为星丛理论群扩容。如能按此推及其他领域，也能形成这一概念本身的星丛。

艾略特的文化星丛首先是像前辈一样强调星丛内各元素之间的关系。他认为，各种文化如同星丛中的各个恒星一样，都是"完整的独立存在"，但是文化并不像天上的恒星那样彼此相距遥远且互不沟通，而是各种有着深厚传统底蕴的文化既相互区别，又相互渗透，相互充实，形成和谐的文化生态，形成和谐的社会生态，呈示"文化的绝对价值"②。语言是文化的载体，独特的语言存在意味着独特的文化，英伦诸岛上的英格兰、威尔士、苏格兰和北爱尔兰文化都是具有相对独立内涵的稳定的群体文化，例

---

① Theodor W. Adorno, *Negative Dialectics*, Trans. E. B. Ashton, London and New York: Routledge, 2004, pp. 162, 99, 127, 166, 306.

② T. S. Eliot, *Notes Towards the Definition of Culture*, London: Faber and Faber, 1948, p. 54.

如：英格兰的英语、英国国教，以及首先具有英语意识的英国诗歌之父乔叟，英国戏剧之父莎士比亚，等等；苏格兰的盖尔语（Gaelic）、褶群、风笛、世界闻名的爱丁堡国际艺术节，以及掀起"苏格兰文艺复兴"的现代诗人休·麦克迪尔米德（Hugh MacDiarmid，1892 ～ 1978），等等；威尔士的威尔士语、三排弦竖琴和游吟诗人、诗歌大会、与英格兰相区别的独立的威尔士历史①，以及具有强烈威尔士民族意识的现代诗人 R. S. 托马斯（Ronald Stuart Thomas，1913 ～ 2000），等等；北爱尔兰的爱尔兰语、新教信仰、不间断地为独立而战争在一定程度上造就的独特的爱尔兰政治和文化传统，以及关注爱尔兰民族的命运和自身文化身份的现代诗人威廉·巴特勒·叶芝（William Butler Yeats，1865 ～ 1939）和西默斯·希尼（Seamus Heaney，1939 ～），等等。英伦诸岛上多样文化不但各具特色而完整独立，而且它们之间相互借鉴，相互渗透，不但各自从他处获得新的增长点，而且共同形成内涵丰富、充满活力的英国文化整体。如果没有英语为传播载体，在有经济和政治霸权就有文化话语权的现当代世界，威尔士、苏格兰以及爱尔兰文化就不仅仅是在减弱那样简单。例如，艾略特最引以为豪的英国诗歌虽然基于众多其他的因素，不可忽略的是："地方色彩也增加了英国诗的丰富性。彭斯的苏格兰民歌为英国诗开辟了一整个新的局面。二十世纪的爱尔兰则提供了叶芝的诗，而叶芝的成就 —— 从象征主义到现代主义而又超越它，不热心于武装斗争而传下民族解放运动中英雄美人的风姿 —— 使他站在二十世纪英文诗坛的最前列。"②

　　从英伦诸岛的文化政治地理现状可知，文化星丛中的各文化并不是像曼海姆以及本雅明星丛论所说的主客体的平等对话，英格兰文化发展史充满着对爱尔兰、苏格兰以及威尔士文化的强制性收编和毁灭，那是强者对弱者的文化殖民。1872 年的教育法禁止在苏格兰学校教授盖尔语，使得现在说盖尔语的人不到百分之一，要不是 20 世纪下半叶有志之士认识到文化生态的失衡而倡导文化多样性，以及众多苏格兰名人的倡导和奋斗使得

---

① E. 霍布斯鲍姆、T. 兰格：《传统的发明》，顾杭、庞冠群译，南京：译林出版社，2004 年，第 89 页。

② 王佐良主编：《英国诗选》，上海：上海译文出版社，1988 年，第 4 页。

2005 年的盖尔语法规承认它与英语享受"同等的尊敬"①，盖尔语也许已不存在，以盖尔语为载体的苏格兰文化也随之消亡，苏格兰文化将全盘英格兰化。这为任何一个或文化或政治或经济大统一思想敲响了警钟。尽管如此，苏格兰语言与爱尔兰语和威尔士语一样，无法逃脱英语主宰下的少数语命运。②"苏格兰民族极端主义者"③休·麦克迪尔米德在诗歌《盘旋的长蛇》（"The Curly Snake"，1930）中对英语霸权进行了无奈的控诉：

> 诅咒我的双重生活，两种语言，
> 好端端的苏格兰语全让英语蹂躏。
> 用英语的词来说苏格兰的诗，
> 就像让吱吱的鸟来唱贝多芬的曲子。④

面对英格兰文化霸权，爱尔兰文化以及威尔士文化生存状况与苏格兰并没有两样。这种削弱他者即削弱自己的"生态破坏"行为⑤已经随着英语的国际化扩大到整个世界，文学评论家和翻译家乔治·斯坦纳（George Steiner，1929～）从国际的高度对这种文化生态破坏的危害性作了深刻的分析，他说：

> 英语的国际化已经开始造成双重的削弱。当今世界许多社会引进了英语，由于必要的综合以及人为强制的词义场，自身的语言文化因为受到英语的侵蚀而丧失独立性。有意或无意地，美国英语和英国英语在向全球渗透的过程里，变成了语言的天生多样性的凶手。这种毁灭性也许是我们这个时代特有的生态破坏中最难恢复的一种。更

---

① Rab Houston, *Scotland: A Very Short Introduction*, New York: Oxford University Press, 2008, pp. 126-127.

② Carl Woodring and James Shapiro, *The Columbia History of British Poetry*, Beijing: Foreign Language Teaching and Research Press, 2004, p. 624.

③ Douglas Bush, *English Poetry: The Main Currents From Chaucer to the Present*, New York: Oxford University Press, 1952, p. 215.

④ 王佐良：《英国文学论文集》，北京：外国文学出版社，1980 年，第 381 页。

⑤ 王佐良：《中楼集》，沈阳：辽宁教育出版社，1995 年，第 56 页。

微妙的是，在英语逐渐转变成为世界商务、技术、旅游的通用语言（Esperanto）的同时，英语本身也正遭到削弱。用现在一句流行的话说，英语的无处不在正在得到消极的反馈。①

以多样性为基本特征的生态系统能够保持稳定主要是由于一定生态系统的物种数量、结构、群落配置或环境的物理特性等具有恒定性，而这种恒定性又主要是由不同的物种在生态系统中能安居各自不同地位决定的，其中"群落中对其他物种发生明显的控制作用，具有强大的生活能力和占有竞争优势的优势种（dominant species）"最为关键。在强壮的优势种的引领下，生态系统自然地趋向多样化。②这说明生物群落是有强弱之分的。

生物群落中物种有强弱之分，天文星丛中各恒星由于光强度不同也有强弱之分，根据生物隐喻以及天文隐喻，艾略特提出，国家文化星丛各元素间如同生物物种和恒星，有强弱之分，而维持这种强弱等级需要一定的"摩擦"，即竞争。艾略特认为一个国家的文化有强弱之分，并把弱势文化（weaker culture）称为卫星文化（satellite culture），也就是说，在英伦诸岛上，苏格兰文化、威尔士文化和北爱尔兰文化是弱势文化，英格兰文化是强势文化（strong culture），或者说是优势文化。他还说，尽管强势文化和弱势文化的位置会有变更，但由于地理以及其他原因，一个国家内的强势和弱势文化的存在关系应该是永恒的，因为它们谁缺了谁或者一味地弱肉强食形成单一文化，从而没有了竞争，没有了竞争对象，于是文化就缺少了"生命力量"③，必将导致文化的倒退或者消亡。艾略特确信，如同生物有保存自身和自身的独特性的本能以及为保存自身而维持多样性一样，弱势文化以及强势文化为了自身的需要也应该同时抗拒融合为"一"的趋势，因为为了保持自己的独特性和独立性，以及获得发展的生命力，呼唤着他者的存在。

从生物系统发展的自源过程（内部的自我调节，autogenic process）

---

①　George Steiner, *After Babel: Aspects of Language and Translation*, Shanghai: Shanghai Foreign Language Education Press, 2001, pp. 494-495.

②　蔡晓明：《生态系统生态学》，北京：科学出版社，2000 年，第 80 ～ 81、297 页。

③　卡尔·曼海姆：《卡尔·曼海姆精粹》，徐彬译，南京：南京大学出版社，2002 年，第 124 页。

看，生物生态系统的多样性在优势种的引领下，相互竞争，优胜劣汰，共同发展。艾略特认为，维持多样文化的内在机制也是如此，即文化生态系统的生存、稳定、创新与发展需要"敌人"（敌对文化）而在相杀中成长。健康的"敌对文化"之间的关系不是"敌对的斗争"，而是"和平的对抗"①，自由的对抗，艾略特把文化间的"和平对抗"称为文化间的"摩擦"（friction），文化间没有硝烟的冲突。因为在艾略特看来，适时的"敌人"和适度的摩擦导致的文化之间的不断冲突使得文化群体内的每一成员更加忠于自己的群体，从而"保持群体的一贯性和统一性，加强群体的独特性和区别性特征，加固群体的组织结构和边界"②，以反抗敌对文化群体的侵袭。文化系统中的交互存在的内向吸引和外向排斥刺激文化各自独立向前发展，确保文化的生态平衡。

艾略特强调文化发展的自源过程隐喻与他的文化不可计划的观点是紧密相连的。他认为，文化计划导致了非自然的文化自觉，过度的文化自觉导致了"纳粹主义、共产主义和民族主义的同时崛起和繁荣"③，从而导致人类的相互杀戮。历经两次世界大战的艾略特充分见证了人类"自觉干预"是如何把人类以及人类文化推入绝望的深渊，因此虽然他认可"文化是人创造的"以及文化政治中"弱肉强食"的基本事实，但是他认为有计划地推行文化，不仅仅会导致文化的"压抑和变形"。更严重的是，把人当成动物一样支配是绝对错误的，这样会导致文化的消亡，人类的消亡，因而他极力反对计划文化，即强制推行文化殖民，因为我们有时不经意的举措就可能在整个文化生态系统中引发蝴蝶效应，给整个文化生态系统带来意想不到的后果。因此可知，艾略特主张达尔文式的文化发展观：自发的生存竞争是文化发展的动力，文化发展是文化自然式生存的一定结果。

然而，文化是人类思维的产物，因而文化的发展不只是内部与外部的自然适应过程，尤其是在自觉意识加强的现当代社会，文化的发展更多的是人类的选择性变革。无论是自然适应还是选择性变革，某些文化成功

① Karl Mannheim, *Essays on the Sociology of Knowledge*, Ed. Paul Kecskemeti, London: Routledge & Kegan Paul, 1952, p. 196.

② Edward Alsworth Ross, *Foundations of Sociology*, New York: Macmillan Company, 1905, p. 285.

③ T. S. Eliot, *Notes Towards the Definition of Culture*, London: Faber and Faber, 1948, p. 90.

地变得体系更复杂、覆盖面更广以及适应能力更强和更加有攻击性，于是他们获得了对其他不发达文化的更多的支配权，即"较高的文化形态有支配或取代较低文化形态的倾向，其优势范围也是与进化程度成比例的"①。例如，美国历史的形成过程归根到底就是通过有选择性地从欧洲移入文化以及最大限度地掠夺新大陆资源，从而不断刷新旧有的欧洲文化模式的过程。② 文化支配可以表现为多种形式，例如：其一，毁灭或同化文化弱者，如英格兰文化对苏格兰、威尔士和爱尔兰文化的同化；其二，对他者推行文化殖民，如"成功的权威建构"③ 造就了英国1858年至1947年间在印度的长期殖民统治。英国小说家乔治·奥威尔（George Orwell，1903～1950）的《在缅甸的日子》中的缅甸本土人维拉斯瓦米医生可谓是英帝国文化殖民成功实施的典范。尽管英国木材商弗洛里自己都明确地说，他们到缅甸是"来挣钱的"，是"来掠夺的"，"是为了自己的利益"，"把自己的污垢传播给了缅甸人"，而被英国文化教育完全驯化的维拉斯瓦米医生却深信"自己的种族是低劣而堕落的"，反过来为压迫自己民族的英帝国大唱赞歌：

> 可是弗洛里先生，真的，您可不能这样讲！您为什么总是辱骂那些白人老爷呢？他们都是世上的精英啊。想想他们的丰功伟绩吧。
>
> 缅甸人靠自己会做生意吗？……没有你们，他们会一事无成……你们的官员则出自纯粹的公德心，使我们得以教化。将我们提升到同他们一样的水平。
>
> 我的朋友，我的朋友，你忘了东方人的性格了，我们这么冷漠和迷信，怎么可能发展得起来呢？你们至少给我们带来了法律和秩序。始终不渝的英国公正，以及英国统治下的和平。
>
> 可是我的朋友，您没有看到的是，你们的文明再不济对我们也是

---

① 托马斯·哈定等：《文化与进化》，韩建军、商戈令译，杭州：浙江人民出版社，1987年，第30页。

② Carroll Quigley, *The Evolution of Civilization: An Introduction to Historical Analysis*, Indianapolis: Liberty Fund, 1979, p. 24.

③ E. 霍布斯鲍姆、T. 兰格：《传统的发明》，顾杭、庞冠群译，南京：译林出版社，2004年，第268页。

一种进步……是进步征程上的领路人。①

综上所述，艾略特的文化生态学（文化本体生态观）主要涉及三方面的内容：一是文化本体生态系统必须保持整体性；二是文化本体生态系统中文化具有多样性；三是文化本体生态系统中文化群体维持相对恒定的等级结构模式。他把一种文化比喻成一个有机体，多个群体文化形成一个文化群落，多个文化群落形成一个文化本体生态系统，整体性是文化本体生态系统的最本质性特征。同时，他指出，文化整体中各种独立的文化星丛般的结构状态和发展逻辑有利于维护文化本体生态系统的整体性和多样性的辩证统一，确保文化生态系统的健康、稳定与和谐发展。他的文化本体生态观折射了他的文化社会价值观：交互丛生、强弱有别、动态发展的文化是人类社会的基础；社会文化的发展应更多地遵循自然生态规律，少些人为干预，文化生态系统的稳定是社会健康、和谐一致与发展的基础。艾略特的文化本体生态观给广大的文化工作者发出了警示：无论是个体文化还是文化整体一旦形成就都有其自身的发生和发展规律，我们只能细心地加以照看和培育，任何个人或者群体都不能随意干预，否则将败坏文化，从而影响人类社会的发展。

二、威廉斯的文化价值观②

第一章通过分析和对比雷蒙德·威廉斯和 T. S. 艾略特的文化定义和文化分类法，揭示威廉斯是如何对艾略特"文化是一整套生活方式"的文化定义以及文化类型三分法进行对偶性续写，以达到反抗前辈、争夺文化话语权的目的。上一节对艾略特的文化价值观进行了简要的分析，这一节将对威廉斯的文化价值观加以分析，揭示他又是如何在艾略特的影响下成就自己独特的文化价值观的。

---

① George Orwell, *Burmese Days · Keep the Aspidistra Flying · Coming up for Air*, with an introduction by John Carey, London: Everyman's Library, 2011, pp. 27-40.

② 此部分前期曾发表相关论文。见李兆前：《雷蒙德·威廉斯的文化价值观》，《绵阳师范学院学报》2014 年第 7 期，第 105 ~ 108 页。

从影响的角度透视文化价值观话语权博弈中艾略特和威廉斯之关系，如果说艾略特是已经手握权柄的"上帝"，那么威廉斯则是弥尔顿笔下的英雄"撒旦"，然而与弥尔顿的英雄有点不同的是，威廉斯最终赢得了胜利，得到了升华，而不是重新坠入地狱。基督教《圣经》中的撒旦（Satan）曾经是上帝座前的六翼天使，负责在人间放置诱惑，后来他堕落成为魔鬼，成为群魔之王，被看作是与光明力量相对的邪恶、黑暗之源。然而，诗人约翰·弥尔顿（John Milton，1608～1674）在《失乐园》（*Paradise Lost*，1667）中改写了撒旦原型，使其从罪孽深重的恶魔转变为勇于反抗权威的英雄。故事开端弥尔顿笔下的撒旦不甘心顺从上帝的权威，企图篡位，失败后笑傲着坠入地狱。在地狱，他没有因为失败而悲伤，相反，他充分发挥自己的智慧和谋略，组织众堕落天使在烈火不断燃烧的地狱建造恶魔殿堂，继续唯我独尊的反抗事业。一心想要在神的宝座上建立他的权柄，在地狱成为至高无上的强者的撒旦面对着上帝的暂时胜利不甘屈服，一边贬斥上帝至高无上的权威为"旧习惯、老名声"，一边抽剑拔刀，召集众堕落天使，于是群情激昂，"对至高无上的君王，发出怒吼，他们用手中的武器猛烈地敲击着铿锵的盾牌，战斗的喧闹在地狱回响，响彻云霄，这是他们挑战的号角"①。就这样《失乐园》最终成就了两位强者，两位英雄：弥尔顿和撒旦②；在《失乐园》中撒旦与上帝的形象发生错位：曾经象征着黑暗的撒旦从众天使和众魔鬼中脱颖而出，成为光明和希望的化身，成为独一无二的英雄和强者，而曾经象征着光明的上帝则被从最高位上拉了下来，退居到阴影之中，成为英雄撒旦的衬托。

在哈罗德·布鲁姆的创造性误读理论视域里，无论是诗人还是评论家都如同弥尔顿的撒旦，在把"旧习惯、老名声"推入"黑暗"，在把昔日的权威妖魔化的过程中，成就自我——使自己成为今日之强者、今日之权威，用雷蒙德·威廉斯自己的话说就是，夺取被前辈们霸占的东西。虽然威廉斯并没有说要把从艾略特、阿诺德以及利维斯等手中夺取来的话语权归自己所有，但不容置疑的是在把前辈们妖魔化的过程中威廉斯成就了自

---

① John Milton, *Paradise Lost*, London: Penguin Books, 1996, pp. 25-26.

② Marjorie Hope Nicolson, *John Milton: A Reader's Guide to His Poems*, New York: The Noonday Press, 1963, p. 186.

我，使自己成为了一定时期的文化批评和文化研究的霸主。具体到有关文化价值的话题，威廉斯忽略艾略特的文化生态观整体价值，而是用"平常文化观"对艾略特的等级价值观加以妖魔化修正：文化应该是大家共建共享的，不是少数人的珍玩，使等级文化观在他之后成为众矢之的而惨遭唾弃，而威廉斯和他的"文化是平常的"成为新的强者和强者之音，被奉为文化研究之开山鼻祖和文化研究之圭臬。

　　T. S. 艾略特认为，文化本身有高低、强弱等级之分，等级文化与等级社会相辅相成，维持社会文化等级的和谐与稳定就等于维持了社会的和谐与稳定，等级文化观是当时的社会情势和他自己的使命感促使他作出的自觉思考和建构。20 世纪上半叶发生了两次世界大战，一些人利用人类科技的进步，用武力打乱了原有的文化等级秩序、社会等级秩序以及世界等级秩序，给包括人类自身在内的整个地球生物圈带来了前所未有的毁灭性打击，这都是艾略特的亲身经历。两次世界大战使 55000000 人丧命，光是欧洲就有 50000000 人流离失所；战争改变了参与国的政治文化，国家凝聚力与战前相比大大减弱，使战后的重建困难重重；战争严重破坏了经济，例如，战争消耗了苏联三分之一的国家财富；战后众多的战犯和敌军合作者受到审判，甚至是被剥夺了生存权，如法国在解放战争的早期，有 9000 敌军合作者被即时处决，后来又有近 7000 人被判决，幸亏仅有 800 人被执行。[1] 还有，"二战"的暴力模式仍然在世界一些局部地区上演。更可怕的是，战争的心理创伤会长期伴随经历过战争的人，战争将是他们永远无法消除的痛。即使对于没有经历战争的人以及无数的后代，战争的各种文本表述和战争直接受害者的证词也会让他们间接地体会到人类自己创造的文明曾经给自身带来无以言说的伤痛，从而对他们造成次级创伤（secondary trauma），成为战争的间接受害者。[2] 两次世界大战表明，人类文明和文化并不总是从原始到发达、从简单到复杂、从低等到高等的向前发展过程，文明和文化的发展有时会停滞，甚至被它的创造者毁灭，人类不得不重新

---

①　Joanna Bourke, *The Second World War: A People's History*, Oxford: Oxford University Press, 2001, pp. 190-215.

②　Dominick Lacapra, *Writing History, Writing Trauma*, Baltimore and London: The Johns Hopkins University Press, 2001, p. 102.

调整思维和行动模式而再次出发。两次世界大战证实人类社会历史并不总是朝着人类渴求的理想方向前进，人类文明带来的可能不是进步而是倒退，甚至是不断闪回的噩梦。也就是说，人们曾经深信不疑的文化和科技的进步带来的不是现实及其未来对于过去的优越性，文化和科技的进步不是使人类没有无法解决的问题，而是有可能使人类文明陷入绝望的泥潭，无法自拔。面对此情此景，人类如何才能自救？在"进步"的道路受阻的情况下，不少人选择有意识地文化退化，即用过去成熟的好的文化来解决当前面临的新问题。这也应被看成是一种"革新的形式"，一种保存现存结构使传统的生活方式在面对变化了环境时有可能持续下去的一种有希望的革新。①

艾略特在欧洲文化危亡的时刻，提出重新回到战争前文化最稳定的时期，即社会大多数并没有觉醒的文化时期，恢复以基督教为共同文化的等级文化制度，他希望退回到文化传统坚实的过去，以此为起点，重新出发，以曾经最好的文化传统为基础，重建战后文化，重建战后社会，因此，我们不能简单地把艾略特在"二战"后的文化思考看成是"悲观的"、"保守的"，而应该看成是"一种有希望的革新"设想。相应地，一心想要反抗艾略特的威廉斯提出抹平文化等级的"平常文化观"也只是不同社会情势下的"一种有希望的革新"设想。为了解决自身面临的社会问题，虽然艾略特和威廉斯提出的文化设想表现的是两种对抗式的文化价值观，但是体现的却是相同的忧国忧民忧天下的道德情操。

（一）威廉斯的文化本体价值观

1946 年，战后准备重建之时，艾略特提出欧洲文化本体应该形成"稳定的以精英文化为主导，各具特色的多样性文化相互渗透、相互竞争的生态系统"的欧洲文化和社会重建计划。20 世纪 50 年代末，英国战后基于混合经济的英国社会民主、福利国家的建设以及主要工业和机构的国有化等重建举措得到广泛的支持，并收到一定成效，转型期的英国社会和谐

---

① E. R. 塞维斯：《文化进化论》，黄宝玮、温世伟、李业甫、金雪鸣译，北京：华夏出版社，1991年，第 11 页。

稳定。社会政治和经济的稳定与和谐促进了文化艺术的发展，尤其是大众传媒获得长足发展，广播、电视和电影等先锋传播系统使以工人阶级为代表的大众价值观在社会大众中广为流传。① 顺应社会发展潮流，1958年雷蒙德·威廉斯在《信念》（*Convictions*）上发表了题为《文化是平常的》（"Culture is Ordinary"）的文章，提出本质上"文化是平常的"②，是日常生活的和大众的，是由下至上而不是艾略特的"由上至下"创造和传播的，是民主的。由于威廉斯认为，无论是社会阶级（或社会阶层）还是社会大众（或者社会少众）的概念只是观察视角的问题，只是出于或经济或政治或文化利益目的而进行的社会分群模式，而实际上人人都应该是平等的，人人都应该有平等的社会和文化参与权，因此，威廉斯的民主并不是"大多数人主导少数人"的现代普遍认可的民主模式，也就是亚里士多德所说的第一种民主，也不是亚里士多德所说的必须有足够资历以及借助法律、精神领袖等维持的其他三种全民平等的民主。③ 虽然威廉斯被称为"欧洲时代（1492～1945）结束之前出生的最后一名伟大的欧洲男性革命社会主义知识分子"④，但是从他的共同文化观来看，他的文化民主不是社会主义的，即便与他自己认为的以"公有、合作和集体主义体制"和"大众权利"为特征的社会主义经济和政治观也不一致⑤，他的平常的以及人人平等的文化观起码在现在看来，是一种虚无的绝对平均主义或者说普世主义平均主义（egalitarian universalism）。当然，如果只是把绝对的平均主义文化当成"一种原则、一种信条、一种信念、一种信仰、一种宗教"⑥ 或者值得追求的

　　① Kenneth O. Morgan, "The Twentieth Century (1914-2000)", *The Oxford History of Britain*, Ed. Kenneth O. Morgan, Beijing: Foreign Language Teaching and Research, 2007, pp. 634-641.

　　② Raymond Williams, *Resources of Hope: Culture, Democracy, Socialism*, Ed. Robin Gable, with an introduction by Robin Blackburn, London and New York: Verso, 1989, p. 4.

　　③ Aristotle, *Politics*, Trans. H. Rackham, London: William Heinemann, 1959, pp. 301-305.

　　④ Cornel West, "In Memoriam: The Legacy of Raymond Williams", *Cultural Materialism: On Raymond Williams*, Ed. Christopher Prendergast, Minneapolis, Minn.: The University of Minnesota Press, 1995, p. ix.

　　⑤ Raymond Williams, "Democracy and Parliament", *Resources of Hope: Culture, Democracy, Socialism*, London and New York: Verso, 1989, pp. 272-273.

　　⑥ 19世纪法国著名的哲学家皮埃尔·勒鲁说现阶段应该把平等看成一种象征，这种象征并不是说"我们试图建立一个全体公民平等的共和国"，而是"一种原则、一种信条、一种信念、一种信仰、一种宗教"。皮埃尔·勒鲁：《论平等》，王允道译，北京：商务印书馆，1991年，第20页。

"一个理想，即便它带有乌托邦色彩"①，也是没有问题的。

威廉斯认为，"文化是平常的"主要因为文化源于生活，遵循从个体到家庭，再到社会以及最终发展成熟成为文化传统的从形而下至形而上的过程，因此文化理所当然是平常的，是全体社会成员个人和社会体验的产物，有全体成员共同创建、共同享有和共同认可的意义、价值和制度，等等。威廉斯以自己祖孙三代为例说明每个社会个体都有其独特的生活体验，包括他们的工作能力、社会关系、语言及思想等，都以其独特性成为形成社会以及社会文化必不可少的元素。威廉斯的祖父，一位勤劳的普通工人，因为面对资产阶级的压迫，无力反抗，最终落得无家可归。而他的父亲，不但接受新的政治理念，即社会主义思想，还在村庄里组织了工会和工党支部，因此，与祖父同样生活在资本主义社会的父亲愉快地度过了一生。威廉斯和父辈们生活在同样的社会体制下，受他们的影响，面对同样的社会制度，虽然对社会他有着和他们同样的问题需要思考，但是他最终得出了与他们完全不一样的看法，走向了完全不一样的生活道路，拥有了全新的社会体验。不管祖孙三代的思想和生活体验如何的不相同，父辈总是影响着晚辈对社会的看法，而且同时每一代又是各自所生活的社会和文化的有机组成成分，是各自所生活的独特文化的参与者、建设者和分享者。

在威廉斯看来，文化源于生活，因为"生活决定了个体意识"②，社会个体意识最终升华为社会意识，即全体社会个体生活体验相互交织、相互融合，最终汇合成社会共同认可的意义和价值等体系，从而形成相对应的文化形态。然而，社会现实是大众的文化参与和建设作用往往被有意屏蔽，文化被错误地认为只是少数精英的创造物和奢侈品，那是因为一种文化形态一旦固定成型往往被社会统治阶级所关注，甚至是收编，成为官方的或者精英文化的一部分而被大肆宣扬和传播，最起码在认知意义上与大众社会生活渐行渐远，而那些未被收编的则被贬低，甚至唾弃。以戏剧的发展为例，尽管戏剧在当今社会比其他文学作品更接近社会，但是通常还是以精英文化的姿态示人。然而，戏剧从最开始是平常的日常生活活动，是大

①　罗纳德·德沃金：《至上的美德：平等的理论与实践》，冯克利译，南京：江苏人民出版社，2003 年，第 1 页。

②　Karl Marx and Frederick Engels, *Literature and Art*, Bombay: Current Book House, 1952, p. 11.

众的。虽然现在已没法确定戏剧真正是如何起源的，但是根据各领域学者的研究成果，神话传说、远古时代公众参与的庆典和仪式活动为戏剧的起源已是共识。无论是神话传说还是庆典和仪式活动最开始都是自发的，是社会个体平常的生活活动，那时为了快乐、权力和责任，全体民众均以不同形式参与其中，以祈求家庭和部落的生存和延续、祈求名誉、防御敌人、融个人于社会之中以及祈求神灵的庇护。[①] 后来，民众的这些活动渐渐改造变形，发展成固定程式，促使戏剧这一文化形态从生活中发芽、生长乃至成熟。从悲剧在大约公元前六世纪下半叶在雅典正式成为一种西方戏剧形式[②] 和以阿里斯托芬（Aristophanes，前 448 ～前 380 ）为首的古希腊喜剧作家的喜剧成为另一种戏剧艺术形式[③] 开始，它们成为古希腊民众酒神节上狂欢以及之后各种节庆日子的必备项目，直到私人剧场真正流行起来之前（这是以英国为例）[④]，戏剧通常都是广场文化，体现着大众意识和大众社会体验。然而，在封闭式剧院形成之后，戏剧逐步与平常大众、平常生活疏离，在很大程度上渐渐成为少数文人的剧院游戏。

不管现代戏剧如何的剧院化、专业化，它的素材必然来源于古代或者现代日常生活，反映社会"情感结构"、社会"体验结构"。[⑤] 因此，在任何时代，戏剧文化像其他文化形态一样其本身都应该是平常的，它们之所以不再平常，虽然与社会经济、政治和其他文化形式的变迁密切相关，但是在一定程度上也可以说是特定群体意识形态操纵的结果。1642 年 8 月，英国国王查理一世向英国国会宣战，发动绵延近十年的英国内战，面向公众的开放剧院（公众剧场）被命令关闭。战争的跨地域性使得很多从前闭锁的英国城镇开始交流，市场和贸易逐步兴起，一个新的社会群体随之形成。这一新的社会群体包含了一些富裕起来的商人、从事专门职业的人、城镇管理者以及土地拥有者，他们是一批能超越财富和以往贵族局限的文

---

① Oscar G. Brockett, *History of the Theatre*, 7th ed., Boston: Allyn and Bacon, 1995, pp. 1-4.

② Alex Preminger and T. V. E. Brogan, eds., *The New Princeton Encyclopedia of Poetry and Poetics*, New Jersey: Princeton University Press, 1993, p. 1296.

③ Phyllis Hartnoll and Peter Found, *Oxford Dictionary of Theatre*, Shanghai: Shanghai Foreign Language Education Press, 2000, p. 100.

④ 何其莘：《英国戏剧史》，南京：译林出版社，1999 年，第 29 页。

⑤ Raymond Williams, *Drama From Ibsen to Brecht*, England: Penguin Books, 1978, pp. 8-12.

化世界主义精英，17 世纪末被统称为贵族阶层。[①] 公众剧场的关闭，既是英国文艺复兴时期戏剧的结束，也是戏剧作为英国全民主要娱乐形式的时代的结束。[②] 当内战结束，钟情于戏剧的英王查理二世复位，重新开张剧院时，私人剧院取代了公众剧院，王室、接近王室的达官贵人以及新的贵族阶层取代大众成为新的观众群体，戏剧成为少数人的享乐形式。戏剧从平常文化演变到精英文化的过程不是个案，而是有社会主流阶层介入的其他各种文化的一般发展模式。

威廉斯认为，文化的平常性不仅仅在于文化源于人类的日常生活，而且在于文化的形成与继承同样是平常的。社会文化的形成不是从个体到社会、从大众生活到寡众智力活动的单一直线运动，而是社会各元素互相影响、互相生发的辩证过程。当社会个体的真实生活经由社会和历史的选择认可后，发展形成相应的思想、概念和意识，并通过制度、艺术和知识把它们表达出来，形成相对稳定的文化传统，指导社会个体以及整个社会的真实生活实践。社会个体通过学习、了解社会形态及其目的和意义，自主或不自主地有选择地继承传统，作为日常生活的行为准则，同时，在日常生活中，根据新的社会体验和体会，修正和发展传统文化，创造新的思想、意义和价值等体系，从而塑造自我，扩充社会文化传统，一代又一代如此反复，形成个体与整体、文化与生活、现代文化与传统文化的对话，造就文化的复调。因而，威廉斯总结说，平常的文化具有可知性和不可知性两面：人类社会已有的形态、目的和意义是可知的，可以通过培养和教育获得知识。显然，可知的文化与威廉斯通常所说的较为稳定的残存文化和主流文化相对应。可是，在生活实践过程中正产生的新的文化意义是不可知的，正在萌芽中的文化更不可知，它们作为威廉斯所说的新兴文化，尚处于不断地被创造和被选择的过程中，因而具有不确定性，有待通过社会历史和大众的检验，或被接受成为文化传统的一部分，或被淘汰。这与艾略特所说的文化的无意识性和不可计划性有异曲同工之妙。由此，威廉斯总结出有关文化发展中过去、现在和未来，社会和个体的辩证关系："文化既

---

① Kenneth O. Morgan, *The Oxford History of Britain*, Beijing: Foreign Language Teaching and Research Press, 2007, pp. 340-341.

② 何其莘：《英国戏剧史》，南京：译林出版社，1999 年，第 231 页。

是传统的，也是创造性的；文化既表达人类社会普遍的共同含义，也表达最出色的个体含义。"① 总而言之，在威廉斯看来，文化本身没有上下、高低之分，也没有大多数人的文化与少数人的文化之分，文化各种等级之分只是人为的价值判断，是强权的建构物。

基于文化发展过程中社会与个体的辩证关系，威廉斯进一步阐明"文化"本质上包含两层含义：一是指整个生活方式，但侧重于生活中可知的共同的含义，强调文化的普遍性；一是指艺术和知识，侧重于它们的发现和创造的过程，强调一定文化的特殊性。威廉斯有关文化的第二层含义的规定显然比在《文化与社会》中的定义更具体，文化在此缩身到是"艺术和知识"，而不是"知性和想象性作品的总和"②，更贴近他自己所生活的学院文化，更侧重他自己的生活体验。因此，他提到在社会现实生活中，在精英主义文化思想的误导下，社会大众往往只注意仰视剑桥和牛津为代表的，相对来说更注重创造性的某些特殊的文化群体以及他们所代表的文化形式，反而忽略了自己每天都在分享的渗透于生活之中的传统文化，忽略了自己的社会实践活动对传统文化进行的阐释、选择、修正，以及新的社会文化活动正同样为文化传统增加新鲜血液，即社会大众往往没有意识到自己的文化创造作用，没有意识到文化本质上是平常的，是民有、民建和民享的，应该是没有等级的。

面对这种社会文化意识的偏差，根据当时社会历史状况，威廉斯提出了三个纠偏补缺的措施，也就是他所说的三个愿望。③ 其一是教育的平常化；其二是加大艺术和成人教育投入；其三是保证报纸和电视等大众文化机构的真正自由和自主。教育的平常化就是说，教育应该突破精英教育模式，尽可能加大覆盖面，从而用于提高国民的整体素质，阻断文化两极分化，增强社会凝聚力。教育应该用于加强民众对社会共同文化传统的认知和增加他们自身的文化建设能力，应该避免使教育成为专业培训机构，良

---

① Raymond Williams, *Resources of Hope: Culture, Democracy, Socialism*, London and New York: Verso, 1989, p. 4.

② Raymond Williams, *Culture and Society 1780-1950*, London and New York: Penguin Books, 1976, p. 311.

③ Raymond Williams, *Resources of Hope: Culture, Democracy, Socialism*, London and New York: Verso, 1989, pp. 14-18.

民制造厂。显然，第二个措施与第一个是紧密相连的，为了使教育平常化，首先国家就必须舍得为平常大众的教育买单，然后教育机构必须打破以往的文化集中制，发展地方文化，培养大众自身建设文化的能力，而不是强制灌输已有文化或者说主流体制认可的文化。同样，威廉斯倡导政府应该加大力度扶持电视和报纸等，保证大众传媒的真正大众性和自主性，要防止它们成为少数人的喉舌而加大文化分化和分裂。总而言之，威廉斯期待通过教育改革消除当时的文化偏见，还文化于大众，恢复文化源于平常生活、用于平常生活的本真状态，彰显文化真实的本体价值。显然，威廉斯实现文化大众化的三种举措对当前中国的文化传播仍然具有指导价值。

虽然威廉斯说的不错，文化源于平常生活，用于平常生活是文化的本真，但是随着社会精英阶层的出现，文化被分裂，他们认可的文化才是文化，是经典，是典范和权威，而平常的文化以及创建文化和文化传统的大众被贬低，被忽略，文化被等级化。同时，统治阶级与精英主义者们往往共谋，通过学院强制教育和倾向性的大众传媒等文化传播方式，从意识上统治和主宰大众。因此，至少迄今为止，威廉斯的"文化是平常的"，文化应该由社会成员共建和共享的观念带有明显的理想化倾向，因为在具体的文化语境中，无处不渗透着不平等。举一个最平常的例子，如今走在物质文化极端丰富的大街小巷上，各式各样的餐馆鳞次栉比，跃入每个人的视野，似乎每个人都有享用的权利。但是，真正平等的只是对建筑的表面视觉享用，由于经济和其他诸多因素的限制，对饮食文化的实质内容的消费则反映着等级森严的骨感现实。显然，在阶级社会里，文化往往是反常的，通常起主要作用的是占统治地位的主流霸权文化，实际上普通大众并没有自由选择和自由创造文化的权力[1]，也没有自由消费文化的权力。威廉斯自己也曾经谈到，在他学生时代的英国，本应共享的文化遗产只是少数人的特权，大多数人被排挤在外，处于无权状态。当然，统治阶级也会恩赐一些被他们认为"值得的"大众以教育权，这也就是他能以"奖学金男孩"的身份，从边缘化的威尔士的边远山区进入剑桥学习，尔后跻身中产阶级的原因。虽然相对威廉斯时代来说，在英国现在越来越多的奖励措施

---

① Marjorie Ferguson and Peter Golding, *Cultural Studies in Question*, London: Sage Publication, 1997, p. 50.

和不断变革的教育法规能让更多的平常人家的孩子享受教育，但是由于经济不平等、公立和私立学校教育的巨大差异，文化的享用和创建依然不平常。全民福利的英国尚且如此，世界其他绝大多数地方就更不用说了。

总而言之，威廉斯的"文化是平常的"文化本体价值观与艾略特的等级制文化本体价值观相互对抗。威廉斯的文化平常价值观所彰显的文化的大众性以及民主性在他的"共同文化"（Common Culture）设想中得到进一步发展。文化平等是他的共同文化的基础，在这种平等、完全民主基础上创立出来的共同文化"将不是往昔梦想中那种一切一致的单纯聚合，而是一种非常复杂的，需要不断调整和重新规划的组织"[1]，他的共同文化是平等理念下建构的剔除了现实文化中的不合理因素，设想一个与当前现实完全不同而又被期望的理想形态下的文化，是一种超越现在、指向未来的文化的"乌托邦"，带有明显的空想色彩。

在梳理和分析从 1780～1950 年以来英国典籍中文化观念演变史的基础上，威廉斯在《文化与社会》的结论部分提出创建共同文化的设想，从另一个角度颠覆了艾略特的文化本体等级价值观。威廉斯说，他的"共同文化"一词直接来源于英国著名的经济史学家和教育家理查德·亨利·托尼（Richard Henry Tawney，1880～1962）的《平等》（1931）一书。在《平等》中，托尼真正关心的是建立一种共同文化和一种"共同体"意识。[2] 托尼的平等观源于他的宗教观：在上帝面前，我们都是平等的。虽然他也强调生活环境和习惯的平等、获得教育和知识权利的平等、安全和独立的平等，然而他坚持注重实效的经济平等为共同文化的基石。早在托尼之前，为威廉斯所反抗的马修·阿诺德（1822～1888）在讲述法国的民众教育时（1861）说，在英国的显赫家族、皇亲国戚、社会名流等之间存在着一种"共同文化"，这种共同文化把他们粘合在一起，形成了英国的贵族群体（贵族阶层）。[3] 在托尼之后，同样为威廉斯所反抗的 F. R. 利维

---

[1]　Raymond Williams, *Culture and Society 1780-1950*, London and New York: Penguin Books, 1976, p. 318.

[2]　Jane Franklin, ed., *Equality*, London: IPPR, 1997, p. 14.

[3]　Matthew Arnold, *The Popular Education of France, With Notice of That of Holland and Switzerland*, London: Longman, Green, Longman and Roberts, 1861, p. xiv.

斯（1895～1978）也提到过"共同文化"的概念，不过，在《我们时代的英国文学和大学：克拉克讲座1967》一书中，利维斯的共同文化概念与T. S. 艾略特的相近[1]，是以等级制为基础的共同文化，是与平等主义相冲突的、"出生即有优先权"的少数人共同拥有和共同高谈的文化。[2] 从20世纪二三十年代（托尼的共同文化观的提出）到20世纪五六十年代（威廉斯的共同文化观的提出），社会贫富差距进一步扩大，显然以经济平等为基础的托氏共同文化梦想破灭。面对战后英国持续的国际地位下滑、经济衰退，各种不平等和阶级分化加剧等社会弊病[3]，威廉斯提出以文化平等为基础的"共同文化"振兴战后英国的政治和文化，利用文化模式改革以促进社会其他方面共同发展，这与艾略特的等级文化观提出的目的是一样的，尽管它们的内涵相对抗。威廉斯的"共同文化"以"个体生命的平等"为最基本的原则，以工人阶级的"联合理念"构建共同文化的行动主体：共同体（community）[4]，共同体中成员间的共同社会体验为共同文化的基础。共同体验源于成员间平等的交流，而平等的交流源于社会传播体制的民主化和教育大众化，即文化覆盖面极大的民主扩张。因此，共同文化的实质是，社会是一个共同体，而这个共同体所有的成员具备"共同参与生活活动的创造，……共同参与意义和价值的建构以及决定它们的取舍"的能力[5]，全体共同体成员团结起来，友好协作，民主地参与、享用和建设社会文化，共同决定人类文化和社会的发展方向。

　　按照威廉斯的说法，共同体是共同文化的创造主体，那么什么是共同体？

　　波兰裔英国社会学家齐格蒙特·鲍曼（Zygmunt Bauman）认为，"共同体"一词没有意义，只不过是一种美好的感觉，因为"它所传递出的所

①　F. R. Leavis, *English Literature in Our Time and the University: The Clark Lectures 1967*, London and New York and Melbourne: Cambridge University Press, 1979, p. 54.

②　T. S. Eliot, *Christianity and Culture: The Idea of a Christian Society and Notes Towards the Definition of Culture*, New York: Harcourt, Brace and Company, 1949, pp. 88-89.

③　Kenneth O. Morgan, *The Oxford History of Britain*, Beijing: Foreign Language Teaching and Research Press, 2007, pp. 634-649.

④　Raymond Williams, *Culture and Society 1780-1950*, New York and London: Penguin Books, 1976, pp. 323, 318.

⑤　Raymond Williams, *Resources of Hope: Culture, Democracy, Socialism*, London: Verso, 1989, p. 36.

有含义都预示着快乐"①。然而，对于威廉斯，共同体至关重要，意义非凡，因为它是共同文化的载体，共同体是共同文化构成和形成的基础，既是一个地理或者社会实体，更代表一种价值观。②共同体（community，或译为群体、社群）一词源于 14 世纪法语，在《关键词》（1976）一书中，威廉斯从实际的社会群体和社会关系两个方面着手，收集了从 14 世纪到 19 世纪以来共同体的五个主要英语意义：（1）平民或普通人，以与达官显贵相互区别，这种意义流行于 14 至 17 世纪；（2）相对而言，比较小的一个国家或社会，如农村社会（rural community）；（3）一个地区的一群人；（4）共同所有权，例如，共同利益、货物的共有权；（5）一种共同身份和共性感，如基督教团体（Christian community）。③美国教育家亚瑟·威廉·邓恩（Arthur William Dunn，1868 ～ 1927）认为，任何一个"共同体"都必须满足一些条件：（1）由一群人组成；（2）居住在同一地方；（3）共同利益把他们捆绑在一起；（4）遵从共同的法律法规。而且这个群体可大可小，大至一个国家，小到一个农庄。④显而易见的是，邓恩的共同体 / 社群更多是一个具体的地理概念。中国学者应奇教授则给出了一个实践的、有机的共同体 / 社群概念。他说，"社群都是有机的，是一个人生于斯长于斯的场所，它基于血缘、亲族、共居处和地域以及一系列共同的态度、经验、感情和气质"⑤。虽然"共同体"是威廉斯共同文化理念中最重要的概念，但是他从来都没有像邓恩和应奇那样明确地界定他的"共同体"的具体所指，他的"共同体"是一个抽象的文化行动整体，一个由能动的文化个体组成的无限量集合，个体间的平等、相识相知和团结一致以及由此而产生的共同社会体验是它的核心，即一种价值意义大于实体意义的想象的新型人际关系以及由此造就的一种新型社会运动模式，与他梳理的共同体意义（4）与（5）较为相似。

---

①　齐格蒙特·鲍曼：《共同体》，欧阳景根译，南京：江苏人民出版社，2003 年，第 1 ～ 2 页。

②　Stanley Cohen, *Vision of Social Control: Crime, Punishment and Classification*, Cambridge: Polity Press, 2007, p. 118.

③　Raymond Williams, *Keywords: A Vocabulary of Culture and Society*, New York: Oxford University Press, 1983 (first edition, 1976), p. 75.

④　Arthur William Dunn, *The Community and the Citizen*, Boston: D. C. Heath & Co., 1907, p. 7.

⑤　应奇：《从自由主义到后自由主义》，北京：生活·读书·新知三联书店，2003 年，第 4 页。

在威廉斯想象的理想的文化共同体里，共同体成员间平等一致的关系以及个体的能动作用是实现共同文化的基础，文化的民主是实现共同文化的最高行动指南，平等的教育权、民主的传播系统等则是共同文化实现的具体途径。总之，有真正广泛的全方位的民主，就有共同文化。在批评现当代多种民主概念意义混淆不清的同时，作为社会主义活动家的威廉斯认为，民主指"大众的权力：大多数人民的利益高于一切，并且实际上这些利益由大多数人执行和控制"①，即他自己总结的"知性的和参与性的民主"（an educated and participating democracy）。② 民主的文化理所当然就是指大多数人知性地参与文化建设，决定社会意义和价值体系，引导文化发展方向。如果说威廉斯在 20 世纪 80 年代描绘的英国民主政治前景是对当时撒切尔倡导的大众资本主义议会民主的对抗，那么他在六七十年代大力宣扬的民主的文化观则是对文化不平等的社会现实批判后的一种替代性社会文化模式建构，一种文化政治策略，尽管他一再强调共同文化内涵复杂多样，但是他的大一统的民主的文化实际上已经烙上了抹煞差异性文化的印记。世间万物"有无相生，难易相成，长短相形，高下相倾，音声相和，前后相随"，事物因对立面的存在而存在，一种文化因有对立文化的存在而存在，大一统的文化终将因为失去竞争和对抗能力而失去发展的动力，走向沉寂。

威廉斯的共同文化作为一种新的文化模式设想，批评和否定了当时他所熟知的两种主要的文化本体价值理念。第一，它否定了以 T. S. 艾略特和 F. R. 利维斯等为代表的前辈们主张的少数人领导多数人、少数文化决定多数文化的等级文化观。第二，它毅然决然地扬弃了以往马克思主义者们由于强调人民利益高于一切以及经济与文化的社会结构二元论而形成的间接文化等级观，即认为资产阶级文化是病态的、没落的、正在消亡的文化③，而社会主义文化是将取代资产阶级文化的面向未来的、进步的、优胜的新

①　Raymond Williams, *Keywords: A Vocabulary of Culture and Society*, New York: Oxford University Press, 1983, p. 96.

②　Raymond Williams, *Resources of Hope: Culture, Democracy, Socialism*, London: Verso, 1989, p. 37.

③　Christopher Caudwell, *Studies in a Dying Culture*, with an introduction by John Strachey, London: The Bodley Head, 1957, pp. xix-25.

型文化。[1] 威廉斯批评和否定既往文化理念后提出的替代性文化理念直接对抗二者的理论内核。首先，他的共同文化强调文化是共同体大众的，大多数人决定实时文化和文化走向，说明文化不是少数人的，以反对精英主义文化观。再者，他的共同体文化观虽然认可马克思主义的有关文化是历史的、文化是发展的等观点，但是拒绝接受文化是阶级的，认为文化既不是少数人的，也不是某一特定阶级的，而是整个民族的，或是整个共同体的，这种不分民族、不分性别、不分阶层的集体主义文化观，虽然有力地回击了当时的官僚主义以及等级文化体制，但是同时也忽略了现实文化活动中确确实实存在的种族主义、性别歧视以及各种等级分化，后来，威廉斯自己也承认这些局限性。[2] 虽说如此，但是他为后来者在这些方面的研究提供了不可或缺的分析工具和历史意识。[3] 最后，共同文化拒绝接受社会文化体验独立于和受制于社会经济物质体验的观点，相反它强调文化体验是大众对社会经济、政治和信仰系统等的整体性体验，经济与文化即马克思主义的经济与上层建筑整合于大众的共同体验之中。

作为必须由共同体大众实现的一种文化设想，威廉斯认为，共同文化的实现依赖许多条件。首先大众必须具备实现这一理想的能力，而民主教育是获得这种能力的唯一的保证。他的民主教育理想主张改革当前的经由少数人决策的精英教育和分裂式教育体制，由大众真正自我管理和大众选择的教育体制取而代之，以确保大众平等地获得社会既有意义和价值理念，认清这些文化传统中所表现的社会关系，以便对其中的意义和价值进行批判和选择，进而获得参与新的意义和价值系统的建构能力，从而真正实现文化民建、民有、民治、民享。教育面前人人平等固然是好的，但是文化机构能覆盖的社会文化必定经过层层筛选，具有一定的局限性，如果把文化传承的责任全部压在教育机构上，传承的只是一些自觉的文化，很多小

---

[1]　Georg Lukacs, *The Meaning of Contemporary Realism*, Trans. from the German by John and Necke Mander, London: Merlin Press, 1972, pp. 100, 111, 115.

[2]　Fazal Rizvi, "Williams on Democracy and the Governance of Education", *Views Beyond the Border Country: Raymond Williams and Cultural Politics*, Eds. Dennis L. Dworkin and Leslie G. Roman, New York and London: Routledge, 1993, p. 153.

[3]　Cornel West, "In Memoriam: The Legacy of Raymond Williams", *Cultural Materialism: On Raymond Williams*, Ed. Christopher Prendergast, Minneapolis: The University of Minnesota Press, 1995, p. xii.

众文化将因此受到排挤甚至由于文化教育的无形渗透而变异，甚至是消亡。教育的覆盖面越广，这种危害将越大，也就是艾略特所说的"教育越是妄自标榜自己的责任，它就会越系统地背叛文化"①。艾略特所指的是社会文化整体，因为教育传播的自觉文化永远只是社会文化整体的一部分，也就是教育覆盖面越大，自觉文化的比例人为地增加，非自觉文化比例将随之减少，文化生态惨遭人为破坏。文化生态失衡的后果就是文化崩溃，社会的崩溃，人类的崩溃。因此，如果一味地强调民主，不考虑制衡力量的话，民主也是有害的。

再者，威廉斯提出，要真正实现和实践民建、民有、民治以及民享的共同文化，必须建立真正民主的传播系统，因为有效的传播系统是大众相互交流、相互理解和团结一致共建社会民主文化的基本途径。他认为，无论是谈论文化还是传播，厘清其中的权力关系是关键。从传播过程中潜在的权力关系来看，他指出，当前社会存在着三种主要的文化传播模式：极权的、家长式的以及商业化的。②极权式的传播系统表现在极少数统治阶级垄断传播权，这极少数人的思想和价值观决定社会所有其他人看世界的方式和方法。家长式的传播系统同样是少数人掌控着传播权，掌控着社会大多数人的思想，但是他们不像极权者那样把自己看成是至高无上的君王，而是扮演着温情脉脉的父母角色，以家长对待子女的方式控制社会大多数人的发言权和决定权。而从 20 世纪 60 年代开始成熟且势如破竹的商业化传播系统依然是少数控制多数，甚至是极少数寡头控制社会绝大多数，只不过这次不再是少数统治者而是少数经济巨头。随着全球经济各方面一体化进程的加剧，市场决定的传播体系正趋向越来越集中在少数的传媒集团手中。要打破这些政府控制、家长式控制和商业控制的文化传播模式，建立真正民主的传播体制势在必行，因此，威廉斯提出分权而治和民治的改革方案。分权而治就是建立多种多样的传播系统，并保证它们的独立性。民治就是治理这些独立的传播系统的人是通过民主教育成长起来的独立的大众群体。也就是说，文化传播权掌握在社会大多数人的手中，大家共同

---

① T. S. Eliot, *Notes Towards the Definition of Culture*, London: Faber and Faber, 1948, p. 107.

② Raymond Williams, *Resources of Hope: Culture, Democracy, Socialism*, London and New York: Verso, 1989, pp. 19, 23.

决定和确保文化的有效传播以及文化教育的平等，从而使共同体验成为可能，使共同文化的建立成为可能。

威廉斯进一步谈到，要实现共同文化，必须首先弄清楚它是什么，这就需要把它与当前一些常见概念区别开来。在《共同文化的概念》（1968）一文中，威廉斯指出，为了更好地理解"共同文化"，必须把它与统一的文化和文化共同体区别开来。他指出，共同文化是训练有素的和参与性民主的产物，是社会主义民主的价值观的体现；共同文化的建构过程体现了自由、贡献、普遍参与的特征。[①] 因此，共同文化（common culture or a culture in common）既区别于统一的文化（a uniform and conformist culture），也不同于文化共同体（community of culture）。共同文化指大多数人共同拥有、共同创建和共同享有的信仰、文本和实践活动，统一的文化往往暗含着少数人利用权力把自己的意义评估系统和价值系统或强加或通过协商手段使大多数人共有，而非大多数人共同自愿参与、共同创建的文化。虽然共同文化也可能指某一特定区域、某一特定历史时期和特定民族的共同文化，但是，它却与文化共同体不同。因为通常意义上的文化共同体排斥文化的多样性和复杂性，强调单一的区域性或团体性，以及"文化传统的强制性共享，提倡文化专制，阻碍任何自由选择"[②]。并且，文化共同体采取严格的监督和审查制度，把共同体建成牢不可破的"封闭的城堡"，无懈可击地抵御外来文化的渗入，严防共同体文化分裂。

最后，威廉斯指出，为了更好地理解和实现共同文化，不仅要从概念上加以区别，而且还必须摈弃常见的"两个错误的等式、一个错误的类比和一个错误命题"[③]。两个错误等式分别是：把大众教育与新的商业文化等同看待（认为后者是前者的必然产物）；把大众文化广泛传播中出现的不良现象夸大为消费者生活质量、思想和情感的真正的导向者，从而指责它们导

---

① Raymond Williams, *Resources of Hope: Culture, Democracy, Socialism*, London and New York: Verso, 1989, pp. 37-38.

② 李兆前：《雷蒙德·威廉斯的"文化"概念透视》，载《文学前沿》（第 10 期），北京：学苑出版社，2005 年，第 62～72 页。Zygmunt Bauman, *Culture as Praxis*, London: Sage Publications, 1999, pp. xli-xlii.

③ Raymond Williams, *Resources of Hope: Culture, Democracy, Socialism*, London and New York: Verso, 1989, p. 10.

致社会标准和文化价值的堕落①，因此对大众教育与大众文化加以排斥，这显然是以偏概全。威廉斯所反对的马修·阿诺德、T. S. 艾略特和 F. R. 利维斯文化精英主义集团都对大众文化持有如此这般的偏见，例如，阿诺德认为，一个实行大众教育的民族将排斥一个民族最优秀的东西和所有最好的公民，以后要想提升公民素质以及提升自己的民族精神就将不是件容易的事。②艾略特认为，美国胶片电影是最低劣的人工产品，极具煽动性而危害巨大，但是它却充当着美国文明的使者，与美国经济扩张共谋干着毁灭它所触及的文化的勾当。③利维斯则说，传统的人文和道德教育逐步被专业技能培训所替代，学生成为教育产品，大众文明正在毁坏大学的理念、教育的理念。④因此，虽然英国一些文人在第一次工业革命之后开始进行文化批评，而且早在 20 世纪 30 年代 F. R. 利维斯以及围绕在他主编的杂志《细察》（Scrutiny，1932—1953）周围的一些撰稿者们就开始大众文化研究⑤，但是由于他们的宗旨与后来的英国学科意识的文化研究相对立，因此当前大家共同认可的学术独立意义上的英国文化研究发轫于霍加特的《识字的用途》（1957）、威廉斯的《文化和社会》（1958）和汤普森的《英国工人阶级的形成》（1963）的出版，以及伯明翰当代文化研究中心的建立（1964），而观点对立的利维斯集团则成为了具有学科意识的文化研究的练功"靶子"。当然我们也可以说，如果没有可供反抗的前辈思想，也就没有作为后辈的威廉斯等的新思想的形成。

威廉斯提到的错误类比是指人们喜好用 400 多年前英国经济学家格雷欣（Sir Thomas Gresham，c. 1519～1579）发现的劣币驱逐良币的"格雷欣法则"（Gresham's Law）衡量文化，认为差文化将驱逐好文化。纵观

---

①　I. A. Richards, *Principles of Literary Criticism*, 3rd ed., New York: Harcourt, Brace & Company, 1928, p. 36.

②　Matthew Arnold, *Thoughts on Education, Chosen From the Writings of Matthew Arnold*, Ed. Leonard Huxley, London: Smith, Elder & Co., 1912, pp. 44-45.

③　T. S. Eliot, *Christianity and Culture: The Idea of a Christian Society and Notes Towards the Definition of Culture*, New York: Harcourt, Brace and Company, 1949, p. 168.

④　F. R. Leavis, *Education and the University: A Sketch for an 'English School'*, London, New York and Melbourne: Cambridge University Press, 1979, pp. 27, 30-31.

⑤　Raymond Williams, *The Politics of Modernism: Against the New Conformists*, Ed. and introduced by Tony Pinkney, London and New York: Verso, 1989, p. 159.

人类历史，不难发现，人们总在抱怨坏的东西在摧毁好的东西，而且坏的总是现在，好的总在过去，于是人们总在怀旧，怀念过去的"黄金时代"。怀旧情绪和怀旧话语一直普遍、持久地存在①，那是因为"我们都注定要通过我们自己的流行形象和关于往昔的套话寻找过去的历史，而过去本身则是永远不可企及的"②。例如，英国一代又一代的文人总在怀恋过去以更幸福、更自由、更自然、更平静的农村为典范的有机共同体（organic community）社会结构模式，似乎当前永远不如从前。但是这种人人向往的幸福、自由、自然、平静总是在过去，那么它到底什么时候存在过，又是什么时候消亡的？

20 世纪 30 年代 F. R. 利维斯和他的学生丹尼斯·桑普森（Denys Thompson，1907～1988）认为，在西方有机共同体的毁灭是"最近历史中最重要的事实 —— 真正是不久前的事"③。那么事实是什么？英国剧作家、诗人本·琼生（Ben Jonson，1572～1637）在 17 世纪初期曾感叹道："我没有贸易可做，没有机会冒险，没有土地可耕种，没有美食可果腹……"④18 世纪下半叶，奥利弗·戈德史密斯（Oliver Goldsmith，1728～1774）在他的长诗《荒芜的村庄》（*The Deserted Village*，1770）感叹道：过去自由、甜美、健康、富足、山水如画、青年男女们享受着诗一般的爱情以及浪漫如同爱情般的乡村，如今都已灰飞烟灭：

> 但是，现在的村庄安静，
> 再没有欢乐的音响在微风中飘动，
> 再没有匆忙脚步践踏长草的小径，
> 因为生命的青春活力全已逃遁。
> 只留下远处寡居的孤独的东西，

① Raymond Williams, *The Country and the City*, New York: Oxford University Press, 1975, p. 12.

② 弗雷德里克·詹姆逊：《文化转向：后现代文论》，胡亚敏等译，北京：中国社会科学出版社，2000 年，第 10 页。

③ F. R. Leavis and Denys Thompson, *Culture and Environment: The Training of Critical Awareness*, London: Chatto & Windus, 1942, p. 87.

④ Ben Jonson, *Volpone; Or, The Fox*, edited with introduction by John D. Rea, New Haven: Yale University Press, 1919, p. 16.

在溅水的泉旁衰弱地弯着身体；

她，可怜的主妇，暮年生活艰辛，

从小溪里采取到处长满的水芹；

从荆棘丛里采集冬季的柴薪，

夜晚归守茅棚，一直哭泣到早晨。

当时那无害的群众只剩下她一人留存，

留下来做这悲惨大地的见证人。①

19世纪上半叶，英国诗人约翰·克莱尔（John Clare，1793～1864）则感叹道：童年美好愉悦的乡村情景都早已成为过去，而年轻人尚不知怎样的痛苦等待着他们；过去自由、愉快的生活、高大的树木、青青的草地、娇艳的各色各样的花儿、潺潺的溪水、随着溪水浅唱低吟的鹅卵石等现在都已经消失，留下的只是一片荒芜。② 从上面的例子可知，17、18以及19世纪都有文人在感叹有机共同体不复存在，看来有机共同体的毁灭并不像利维斯所说的那样是最近的事，更多是一种基于对现实感到悲观失望的以偏概全的想象性建构。在中国，二千多年前，孔子感叹世道衰微，礼崩乐坏。今天，我们还在发出同样的感叹。可是，随着大众传播的发展，学礼乐、懂礼乐和守礼乐的人的增长比例是过去哪个时代都没法比拟的。关于这种错误的类比，我们必须认识到"黄金时代"本身是一种文化建构，它讲述的是现在而不是过去的故事。③ T. S. 艾略特经过几十年的文学和哲学沉思后，在他的巅峰之作《四个四重奏》中确立了自己思辨的最后立足点：现在是永恒的。既然现在是永恒，那么对过去的美好回忆和对现在的批评指责可以看成是当前文化批评的一种辩证思维方式，一种借过去之名的期许和建构。

威廉斯所说的错误的命题是指，对待新生事物人们一开始总是带有怀疑，甚至是仇视，从而对新生事物产生抵触情绪，同理，当新生文化出现

---

① 奥利弗·戈德史密斯：《荒村》，吕迁飞译，载王佐良主编：《英国诗选》，上海：上海译文出版社，1988年，第181～182页。Oliver Goldsmith, *The Deserted Village*, New York: Roycrofters, 1917, pp. 5- 6.

② John Clare, *Poem Descriptive of Rural Life and Scenery*, London: Taylor and Hessey, 1820, pp. 5-9.

③ 陆扬、王毅：《大众文化与传媒》，上海：上海三联书店，2000年，第29页。

时，因循守旧的人们常常指责它带来丑恶乃至祸害而加以排斥。在这点上，利维斯就是这样的守旧派，他对 20 世纪早期出现的电视、电影等带来的媒介文化进行了强烈的抨击，认为它们导致文化标准化、文化质量下降。诚然，利维斯的指责有合理的一面，但是他抉瑕掩瑜，对媒介文化带来的大众启蒙等视而不见。如何处理新旧文化的关系？中国学者郭湛波关于如何处理传统的中国本土文化与相对而言新的外来文化的关系的建议具有一定的指导意义。他说，"中国本位文化的建设，一方面要保存中国固有文化，一方面吸收欧美文化，建设一种以中国为本位的新文化，可说是'合'。这是中国文化发展的一个必然现象"①。郭先生的一番话关键在于"合"字，在处理新旧文化关系时，应该"合"二者之优点，这样就能在面对新生事物时，避免像在泼洗澡水时把婴儿一起倒掉了的悲剧发生。中国在引进和学习西方先进的科学技术和先进的思想的过程中，必然带来一些与中国国情和文化不相适应或者相互冲突的东西，甚至是有害的东西，但是西方科技和思想对中国社会发展的促进作用是大家有目共睹的，是主流的，不适与冲突是次要的和难免的，危害可以想办法清除，我们应该摒弃利维斯们的"畏新心理"，辩证地拥抱新生（外来）文化。

当然，威廉斯的共同文化到目前为止还只是一个以"文化是平常的"文化本体价值为基础的"乌托邦形式和乌托邦愿望"②。沿着这个思路，他曾进一步设想当愿望变成现实后该如何前行。共同文化建立后并不是一劳永逸的，人类历史从来都是一部主宰权争夺史 —— 主宰自然，主宰其他的人类同胞，更何况当前正处于少数主宰多数的历史时期，处于主宰地位的人不会轻易放弃自己的优越权，并且影响着更多的人渴慕爬上金字塔塔尖。所以，威廉斯认为，共同文化的健康发展与其建立同样重要，共同文化既是一种特殊的社会关系理念和社会实践，更是一种"自然生长"以及"对这种生长的管理"理念和实践。③ 共同体中每个人既是共同文化的生产者和

---

① 郭湛波：《近五十年中国思想史》，济南：山东人民出版社，1997 年，第 253 页。

② 著名的美国文论家和文化批评家弗雷德里克·詹姆逊把乌托邦分为乌托邦形式和乌托邦愿望，即文本表征的乌托邦和日常实践的乌托邦。其实两者是相互交融的，因为文本表征的乌托邦总是以现实体验为基础的话语建构。Frederic Jameson, *Archaeologies of the Future: The Desire Called Utopia and Other Science Fictions*, London: Verso, 2005, p. 1.

③ Raymond Williams, *Culture and Society 1780-1950*, New York and London: Penguin Books, 1976, p. 322.

实践者，也是观察者和管理者。共同文化不但必须由共同体成员共同参与建构，而且还必须由他们不断地创造和再创造，形成一个具备多样性、复杂性和机动性的持续发展过程。只有前者，即只有共同体成员团结一致共同创建、决定和享用文化，没有后者，即没有之后共同体成员平等、自由地对共同意义和价值系统的不断选择和再建，使共同文化在没有强权的环境下自由、自然地生长壮大，所谓的共同文化也只是昙花一现，不堪回首的过往将卷土重来：各文化互相残杀，强者统治弱者，少数主宰多数，在此过程中导致相当一部分文化逐步消亡，从而带来交流危机、理解危机、人类自身的生存危机。从此可以看出，威廉斯在一定程度上是认同艾略特的达尔文式的生态文化发展观的。

如果说威廉斯的"文化是平常的"试图除掉社会—历史上社会权力阶层有意地堆积在文化上的淡妆浓抹，发掘其本真的大众特色的话，那么他的共同文化则是在洗尽铅华、还文化本真后，基于文化本真自觉建构的对抗当前文化分裂、文化等级化和阶级化以及文化强权的一种可供选择的社会文化模式，也许称其为一种乌托邦文化更为妥当。根据德国社会学家和知识社会学的创始人卡尔·曼海姆的观点，乌托邦是试图部分或者全部摧毁实时事物秩序，挣脱现实的束缚，超越当前现实，超越社会和历史的思想[1]，结合当时的社会历史现实以及社会历史发展规律，威廉斯的共同文化设想显然只能属于马克思主义意义上的乌托邦自由王国。如果说乌托邦精神指一种"相信未来能够超越现在的观念"[2]，那么，威廉斯的共同文化则是为未来英国社会勾画的一幅发展蓝图，充分体现了20世纪六七十年代文化研究高涨期特有的那种典型的英国式政治乐观主义态度。[3] 然而，作为一个社会活动家，威廉斯的魅力不在于对未来的畅想，而在于对现实社会的批判，更准确地说，他的共同文化在一定意义上还是一个现实批判参照物，以共同文化的完美民主揭露现实社会文化的不平等、现实社会的不平等。

① Karl Mannheim, *Ideology and Utopia: An Introduction to the Sociology of Knowledge*, Trans. Louis Wirth and Edward Shils, Beijing: China Social Science Publishing House, 1999, p. 173.

② 拉塞尔·雅各比：《乌托邦之死》，姚建彬译，北京：新星出版社，2007年，第1页。

③ Peter Brooker, *A Glossary of Cultural Theory*, Trans. Wang Zhihong and Li Genfang, Taibei: Chu Liu Book Company, 2003, p. 86.

　　威廉斯的平常文化本体价值观以及以此价值观为基础建构的共同文化是以等级文化本体价值以及以它为基础建构的统一文化观为对立面提出的，是对艾略特等的高雅的小众文化／低俗的大众文化价值判断的颠覆，而这种颠覆的手段就是妖魔化前辈，从而升华、成就自我。他说：任何支配理论上都是不可思议的。那种认为少数人应该把人类知识的遗产占为己有而不让大多数人分享的观点就像认为少数人应该雇用大多数人或者认为少数人应该雇用一群工资奴隶来牟利的观点一样恶劣，应该抛弃。[①] 如同邪恶的魔鬼坚决地被驱逐出天堂一样，在威廉斯看来，邪恶的不平等应该从我们的生活中消失。威廉斯的妖魔化是成功的，因为在他的平常文化观提出之后，文化研究认定之前的精英文化／大众文化的高低分类是不正确的，尽管高雅／大众文化的高低分类以及以此为准则的实践活动在社会现实体验中依然我行我素，而且自那以后，至少在文艺认知中之前被认为是粗鄙、低俗的大众文化在绝大多数文化研究者的推崇下，长出了天使的翅膀，升入了天堂，而曾经至高无上的高雅文化，坠入了地狱，成了等待遥遥无期的最终审判的妖魔，成了真正需要拯救的对象。显然，无论是持精英文化观者贬低大众文化，还是后来少数的大众文化研究者对精英文化偏激的斥责，二者都有走极端的倾向。从共时的角度来说，高雅文化和低俗文化应该是社会文化的不同组成元素，在竞争和对抗中共同成长；从历时的角度来说，高雅文化和低俗文化的地位更具不确定性，曾被斥责为低级和无聊的伊丽莎白时代的通俗戏剧和 18 ～ 19 世纪的小说，在今天已经成为了经典，成为了文学标准。随着不同社会—历史时期文化价值评判标准的变迁，今日的高雅文化极有可能是明日的低俗文化，而今日的低俗文化很有可能成为明日的高雅文化。当前大众文化研究红红火火的局面何尝不是这种文化发展规律的见证。无论是自然无意的文化进化还是自觉有意的文化生产，其中潜伏的刀光剑影可以说是文化发展的宿命。

（二）威廉斯的文化社会价值观

　　威廉斯有关文化的社会价值的观点是与他的社会信仰密切相关的。

[①]　Raymond Williams, *Culture and Society 1780-1950*, London and New York: Penguin Books, 1976, p. 301.

1921 年 8 月 31 日威廉斯出生在英国威尔士一个有着社会主义传统的乡村工人家庭，父亲是一位铁路信号员。他的父母都是当地工人得力的领导者。父亲参加了从 1926 年 5 月 3 日开始持续了 10 天的英国工人总罢工，这次全国性工人罢工最后以失败告终，那时威廉斯已经五岁，开始能够理解父亲所参加的一些社会活动了。父亲参加过第一次世界大战，曾是铁路工人联盟的支部秘书，具有极强的政治领悟力和责任感。父亲敏锐的、激烈的政治话语，以及父亲与同事和乡里乡亲参加的一些工人阶级活动都深深地烙在了年少的威廉斯的脑海。因此，家庭以及他上大学之前所生活的社会群体所追求的"团结、互助"的社会主义价值观，成就了威廉斯一辈子的信仰和追求。①

如同父辈的社会主义信仰影响了威廉斯一生，他的威尔士身份同样映照着他的成长之路。从英国国王爱德华一世（Edward I，1239 ～ 1307；1272 ～ 1307 年在位）决意要将整个英格兰岛都归属到英格兰的统治之下起，威尔士人民自主和反抗的意愿与行动持续至今。不管威尔士人民曾经如何努力保持独立，威尔士还是于 1535 年被迫与英格兰合并。虽然 1999 年 5 月威尔士国民大会在女王的授权下成立，威尔士首次被认可为英国的一个独特实体，但是相比较而言，无论是威尔士悠久的历史，还是它的丰富的民族音乐与诗歌，都更多是过去传统的代名词。威廉斯时代的威尔士，在强势英格兰政治、经济和文化的侵略下，一如往常那样被边缘化，威尔士的"生活正处于危机，他的整个民族的生命力似乎正在衰竭"②。

纵观威尔士历史，从 1099 年日耳曼人征服部分威尔士领土而开始统治威尔士为起点，到爱德华一世 1282 年征服威尔士，并在 1284 年发布《罗德兰法令》（Statute of Rhuddlan），确立英格兰治理威尔士的新方法以及威尔士法律被取代的范围，再到 1535 年《联合法案》（The Act of Union）颁布，宣布威尔士被正式并入英格兰，废除威尔士惯例和法律以及根除威尔士语言③，最后到 1999 年威尔士成为相对的独立实体，为了捍卫民族的独立

---

① Fred Inglis, *Raymond Williams*, London and New York: Routledge, 1995, pp. 56-57.

② Eric Hobsbawm and Terence Ranger, eds., *The Invention of Tradition*, London and New York: Cambridge University Press, 1984, p. 99.

③ Owen M. Edwards, *Wales*, London: T. Fisher Unwin and New York: G. P. Putman's Sons, 1902, pp. 67, 194-195，311.

性，威尔士人民始终团结一致，千百年来坚强地、百折不挠地斗争着，因此威尔士的政治、经济和文化依然能够部分保持自己的特色。然而与英格兰的成就和强势地位相对比，威尔士则是不折不扣的"失败者"（loser）。

家庭、阶级和民族的边缘角色以及阶级和民族的危机体验深入威廉斯的骨髓，使成年后的他像所有的社会主义者那样坚定地站在"失败者"一边，"失败者"所崇尚的团结（solidarity）、互助（mutuality）、斗争（fight）、反抗（opposition）和分担精神（equal shares in difficulty）等价值观也就是他的价值观 —— 威廉斯特色的社会主义价值观[1]，而且整个下半辈子他都为在一个没有共同体和团结精神的历史时期如何重建这些精神和价值观进行理论探索，并通过发表评论和参加社会活动努力倡导和实践它们。因此，虽然人们对他的马克思主义身份多有异议，但是他的社会主义思想家和活动家的身份却是毋庸置疑的。因此，当 1988 年 1 月 26 日早上威廉斯突然去世，他的传记作者英格里斯（Fred Inglis）在葬礼上说："突然失去威廉斯使得当前任何一个真正的社会主义者以及英国失去了一位父亲。"因为"威廉斯代表着国际主义和社会主义信仰的延续"。威廉斯在剑桥的朋友、学生和同事史蒂芬·希思（Stephen Heath）评价说，"威廉斯延续、质疑和更新了社会主义传统，改变了我们对社会与文化以及与之相关的现实的理解"[2]。因此，我们可以说，威廉斯的文化社会价值观是社会主义的。

"社会主义"一词源于拉丁文，原有社会的、共同的、集体的生活之意。[3] 19 世纪上半叶，"社会主义"在西欧广为流传，当时的社会主义倡导者们主要反对欧洲资本主义自由主义思想，主张用集体主义代替资本主义，主张国际主义而不是民主主义，主张消除社会差别，到 19 世纪的最后 25 年时，一些社会主义运动显然成为了欧洲生活的主要部分。[4] 当时占主导地位的马克思和恩格斯的社会主义主要来源于活跃在 19 世纪上半叶的三位著名的空想社会主义思想家和实践家，他们是法国的克劳德·昂利·圣西

---

①　Fred Inglis, *Raymond Williams*, London and New York: Routledge, 1995, p. 196.

②　Ibid., pp. 2-3, 7.

③　T. F. Hoad, ed., *Oxford Concise Dictionary of English Etymology*, Shanghai: Shanghai Foreign Language Education Press, 2000, p. 447.

④　Massimo Salvadori, *The Rise of Modern Communism: A Brief History of the Communist Movement in the Twentieth Country*, New York: Henry Holt and Company, 1952, pp. 1, 3.

门（Henri de Saint-Simon，1760 ~ 1825）、夏尔·傅立叶（Charles Fourier，1772 ~ 1837）和英国的罗伯特·欧文（Robert Owen，1771 ~ 1858）。三位空想社会主义作家不约而同地揭露了资本主义的罪恶，对未来新社会分别提出了别具一格的设想。他们企图建立"人人平等，个个幸福"的新社会。欧文与傅立叶还相继将自己的设想付诸实践。1824 年欧文到美国创办了"新和谐"（New Harmony）公社，公社实行生产资料公共占有，权利平等，民主管理等原则。1832 年，傅立叶和几个门徒一起创办了一个"法朗吉"（Phalanxes），实践他的理想的"和谐社会"。圣西门、欧文与傅立叶的思想和实践对启发和提高工人觉悟起了重要的作用，他们的空想社会主义学说（Utopian Socialism）为马克思的科学共产主义学说（科学社会主义学说）[①]的诞生，提供了宝贵的思想资料，并与19世纪德国的哲学、英国的政治经济学一起构成了为人类提供了"整体世界观的"马克思主义学说的三个来源。[②]

在 19 世纪 30 和 40 年代，在西欧工业发达的国家，"共产主义"这一术语与社会主义一样流行，而且二者意义差别甚微。[③]英语中现代意义的共产主义一词在 19 世纪 40 年代才由英国空想社会主义家巴姆比（John Goodwin Barmby，1820 ~ 1881）从法国引进，到 1900 年马克思的科学共产主义几乎成为其唯一的所指，并成为 20 世纪工人阶级运动以及马克思主义者们所追求的终极目标。虽然共产主义术语出现的时间并不长，但是共产主义社会却早就存在过或被设想过。私有制出现之前，那种没有压迫和奴役，没有固定的分工和阶级分化，全体社会成员共同占有生产资料的社会形态被称之为"原始共产主义社会"。原始共产主义之后有了"空想共产主义"之说，意大利人托马佐·康帕内拉（Tommaso Campanella，1568 ~ 1639）在他的著作《太阳城》（1602）中建立的社会被认为是"空

---

①　马克思和恩格斯 1848 年的《共产党宣言》是科学共产主义的"最伟大的纲领性文件"（the greatest programmatic document）。Karl Marx and Frederick Engels, *Manifesto of the Communist Party*, Peking: Foreign Languages Press, 1973, p. 78.

②　V. I. Lenin, *The Three Sources and Three Component Parts of Marxism: Karl Marx Frederick Engels*, Moscow: Foreign Language Publishing House, no publishing date stated, p. 8.

③　Massimo Salvadori, *The Rise of Modern Communism: A Brief History of the Communist Movement in the Twentieth Country*, New York: Henry Holt and Company, 1952, p. 4.

想共产主义"的。在康帕内拉的"太阳城"里，居民在一切公有的基础上生活（不过对他们的公妻制度还真不敢苟同），他们建立了公社制度，由公社组织生产和分配。居民之间有着密切的互助关系。在那里，没有贫富之分，没有私有财产，一切产品都由公社的公职人员分配，人人都能从公社里得到自己所需要的东西。没有商品，没有货币。由祭司掌握政权，他是所有负责人中职位最高的。居民在集体食堂里用餐，食谱由医生安排。劳动是全民的义务，人人热爱劳动：每一个人，无论分配给他什么工作，都能将其看作最光荣的工作来完成。因此，康帕内拉在《太阳城》中提出的空想共产主义的体系被认为是后来很多社会主义体系的雏形。沃尔金把《太阳城》所展示的社会思想总体归纳为："作者规定了明确的共产主义的原则。完全没有私有财产，大家从事义务劳动，由社会组织生产和分配，对公民进行劳动教育。"①

　　19 世纪上半叶社会主义思潮在法国流行，共产主义也在法国兴起。19世纪 40 年代，是空想共产主义思想在法国影响最大，传播最广的时代，泰·德萨米（Theodore Dezamy，1808～1850）就是当时这一思潮最著名的代表人物②，其空想共产主义的代表作是 1842 年出版的《公有法典》。在《公有法典》中，他在深刻揭露和批判资本主义制度的社会秩序和政治秩序的基础上认为，给人们带来痛苦和灾难的资本主义私有制必将为包含"至善至美"的公有制代替，资本主义必将被共产主义代替。同时，他详细地论说了建设未来理想社会的一些基本原则并探讨了一些根本问题：基本原则包括幸福、自由、平等、博爱、统一和公有制；基本问题包括：根本法、政治法和过渡性的制度。③ 具体地说，德萨米所认为的未来理想社会将是自由、平等、博爱和统一的联合体，是财产公有、共同劳动、分配按比例的平等或者相称的平等和普及教育的全民公社。同时，他幻想通过社会舆论来促使共产主义的实现，而且在实现共产主义的途径上，主张采用革命手

---

　　① 沃尔金：《康帕内拉的共产主义乌托邦》，载康帕内拉：《太阳城》，陈大维、黎思复、黎廷弼译，北京：商务印书馆，1997 年，第 93 页。

　　② 郭一民：《中译本序》，载泰·德萨米：《公有法典》，黄建华、姜亚洲译，北京：商务印书馆，1985 年，第 i 页。

　　③ 泰·德萨米：《公有法典》，黄建华、姜亚洲译，北京：商务印书馆，1985 年，第 10～12 页。

段，认为存在一个剥夺富人并镇压其反抗的革命专政的过渡时期。

随着社会历史的发展，原始共产主义自然消失了，而空想共产主义由于没有把握资本主义社会的根本矛盾，面对资本主义社会体制束手无策，他们的那些措施根本无法改变旧有的社会秩序，只能流于空想。在既有的空想共产主义的基础上，1848 年马克思和恩格斯发表的《共产党宣言》提出直刺资本主义社会心脏的科学共产主义，即关于无产阶级解放斗争发展规律的科学，关于无产阶级所进行的斗争的性质、条件以及由此产生的一般目的的科学，在这种新原则的指导下，共产主义逐步演变成马克思主义社会主义发展的高级阶段。

马克思在 1842 年写的《共产主义和奥格斯堡〈总汇报〉》一文中，恩格斯在 1843 年写的《大陆上社会改革运动的进展》一文中，分别首次使用了"社会主义"一词，并赋予其科学的含义，作了科学解释，使社会主义由空想变为科学。不过在当时，马克思、恩格斯的社会主义和之后的共产主义是同义语。从此以后，作为思潮的名称，"社会主义"通常是指科学社会主义，科学社会主义与科学共产主义同义。马克思和恩格斯之后的马克思主义思潮通常认为，科学社会主义（Scientific Socialism）是"恩格斯用来描述马克思的社会—经济哲学的术语，后来许多理论家试图用臆测的科学基础（a supposedly scientific basis）来加强马克思主义理论"①。

历史发展至此，社会主义实践和社会主义思潮呈现多样化趋势，因而威廉斯说"因为有众多的民族和文化，必须有多种社会主义"②，他自己的社会主义思想以及社会主义文化观直接来源于对马克思和恩格斯的思想的批判。这也说明不管威廉斯在回答"你是一个马克思主义者，不是吗？"这样的问题时是如何闪烁其词，他的学生兼同事英国著名的马克思主义文论家伊格尔顿在多次摇摆后认定：不管我们给威廉斯的著作贴上什么标签，它们仍然是发人深省的、客观的马克思主义著作。③

---

① Paul Thomas, *Marxism and Scientific Socialism: From Engels to Althusser*, London and New York: Routledge, 2008, p. i.

② Raymond Williams, "Towards Many Socialisms" (1985), *Resource of Hope: Culture, Democracy, Socialism*, London and New York: Verso, 1989, p. 297.

③ 王逢振：《今日西方文学批评理论》，桂林：漓江出版社，1988 年，第 91 页。

不可否认的是，威廉斯对文化与社会的关系的看法在一定层面上说明了他与社会主义、马克思主义的关系，同时也彰显了他的文化的社会价值观。通过几十年的文化和文学研究，到 20 世纪 80 年代初时，威廉斯把由自己与霍加特和 E. P. 汤普森开创的文化研究定位为"普通社会学的一个分支。……一种着重研究所有的意旨系统（all signifying systems），必须且着重研究显性的文化实践和文化生产"①。因此，要发掘威廉斯的文化社会价值观，具体还得从他的文化社会学与马克思、恩格斯的社会学思想中有关文化的论述的比较着手，方能较为清晰地展现出来。

马克思、恩格斯事业和学说的继承者列宁（Vladimir Lenin，1870 ～ 1924）总结说，马克思主义思想包含辩证唯物主义（dialectic materialism）和历史唯物主义（historical materialism）的哲学、探讨剩余价值（surplus value）的政治经济学和探讨阶级斗争（struggle of classes）的社会主义学说三部分。马克思的社会学思想是他的哲学思想的一部分。根据列宁的论述，历史唯物主义是马克思主义社会学的基础，因为历史唯物主义是探讨人类社会的知识，是关于历史和政治的观点；人类的社会知识（例如，各种各样的观点和学说：哲学、宗教、政治，等等）反映社会的经济系统。②

社会学专注一般性地研究人类社会，它集司法学、历史学、政治经济学、宗教史等学科的诸多研究对象于一体。③它试图"说明性地理解社会行为，并由此对这一行为的过程和作用作出因果解释"④。根据萨瑟兰（Robert L. Sutherland，1903—1976）和伍德沃德（Julian Laurence Woodward，1900 ～ 1952）的观点，它主要从以下几个方面调查研究人类社会行为：人类文化遗产、人类社会的基本特征、集体行为的形式、共同体与社会组织、社会互动关系以及社会变迁。⑤马克思社会学则试图用辩

---

① Raymond Williams, *The Sociology of Culture*, Chicago: The Chicago University Press, 1995, p. 14 (first edition, 1981).

② V. I. Lenin, *The Three Sources and Three Component Parts of Marxism: Karl Marx Frederick Engels*, Moscow: Foreign Language Publishing House, no publishing date stated, pp. 7- 12.

③ 帕累托：《普通社会学纲要》，田时纲等译，北京：生活·读书·新知三联书店，2001 年，第1 页。

④ 马克斯·韦伯：《社会学的基本概念》，胡景北译，上海：上海人民出版社，2000 年，第 1 页。

⑤ Robert L. Sutherland and Julian L. Woodward, *Introductory Sociology*, Chicago: J. B. Lippincott, 1937, p. vii.

证法调查研究一些具体的人类社会行为：社会生产力、生产关系、阶级斗争、阶级觉悟、经济基础和上层建筑以及它们之间的关系①，其中有关经济基础和上层建筑之间关系的综合性解释是根本。马克思在《1844 年经济学哲学手稿》中说："宗教、家庭、国家、法、道德、科学、艺术等等，都不过是生产的特殊的方式，并且受生产的普遍规律的支配。"②马克思和恩格斯说，包含了社会"一定阶段上的整个商业生活和工业生活"即经济活动的市民社会"始终标志着直接从生产和交往中发展起来的社会组织，这种社会组织在一切时代都构成国家的基础以及任何其他的观念的上层建筑的基础"③。从上可知，马克思和恩格斯认为：在社会生活领域，人们的一切观念、意识、思维乃至政治、法律、道德、宗教、形而上学，即一切社会上层建筑或者意识形态都建立在一定的经济基础之上，都是现实的物质生产与交往过程的主观反映。同时也不难看出，"意识形态概念及其在上层建筑中的角色就跟文化一样富于争论。有时，文化与意识形态被认为是同一个意思……文化和意识形态是可以相互交换使用"④。马克思之后的有些马克思主义者认为，经济基础决定了上层建筑，当然，这种关系不是绝对唯一的。不管怎样，马克思和恩格斯的上层建筑／意识形态范畴基本对应萨瑟兰和伍德沃德所提到社会学所要调查研究的几个方面，用雷蒙德·威廉斯的话说，"马克思的上层建筑的具体形式包括整个文化活动"⑤。

　　为了与马克思以及既有的马克思主义社会学思想相区别，威廉斯把自己的文学研究和文化研究定位为文化唯物主义（cultural materialism），并解释说，文化唯物主义是历史唯物主义中研究物质文化和文学生产的特性（specificities）的一种理论，是一种马克思主义理论，但是在许多关键点上

　　① 雷蒙·阿隆：《社会学主要思潮》，葛智强、胡秉诚、王沪宁译，北京：华夏出版社，2000 年，第 120 ～ 121 页。

　　② 马克思：《1844 年经济学哲学手稿》，中共中央马克思恩格斯列宁斯大林著作编译局译，北京：人民出版社，2002 年，第 82 页。

　　③ 马克思、恩格斯：《马克思恩格斯选集》（第 1 卷），北京：人民出版社，1973 年，第 41 ～ 42 页。

　　④ 马克·J. 史密斯：《文化：再造社会科学》，张美川译，长春：吉林人民出版社，2005 年，第 49 页。Mark J. Smith, *Culture: Reinventing the Social Science*, Buckingham and Philadelphia: Open University Press, 2000, p. 40.

　　⑤ Raymond Williams, *Marxism and Literature*, Oxford: Oxford University Press, 1977, p. 76.

与公认的马克思主义理论及其众多变体是不一样的。[①] 正是这些不一样的关键点反映了威廉斯不一样的文化社会价值观。

为了更好地理解威廉斯的文化理论思想以及其与马克思主义文化思想的区别，首先必须对威廉斯的文化唯物主义概念和历史唯物主义的概念作个简单的介绍。文化唯物主义并不是威廉斯的首创，因为美国文化人类学家马文·哈里斯（Marvin Harris，1927～2001）在 1965 年开始写作、1968 年出版的《人类学理论的兴起：文化理论的历史》一书中首次使用了"文化唯物主义"这一术语，并且后来在《文化唯物主义：为文化科学而战》（1979 年首次出版）中对其进行了系统的阐述。在《文化唯物主义：为文化科学而战》一书中，哈里斯说："尽管'文化唯物主义'并不是我创造的，但是我给了它一个名称。"虽然与辩证唯物主义在认识论上大不相同，但是它们有相同的理论原则，即物质条件对社会生活的绝对性影响。[②] 在书中，哈里斯从文化唯物主义的认识论、理论原则和理论范围三方面详细地介绍了他的文化唯物主义的体系框架。他提出，文化唯物主义是一种方法策略，是理解不同社会与文化之间的差异性和相似性的原因的最有效的方法策略；文化唯物主义是探讨社会文化现象的原因的更好的科学理论；经验科学是它的认识论基础。马克思的"物质生活的生产方式制约着整个社会生活、政治生活和精神生活的过程。不是人们的意识决定人们的存在，相反，是人们的社会存在决定人们的意识"是它的核心理论原则，即哈里斯所说的"基础决定论"（infrastructural determinism）。文化唯物主义的理论体系具有广阔性和广泛的应用性，处于中心的是研究前-国家（Pre-State）的主要变因、性别歧视、阶级、等级制度、国家和国家级系统的主要变因的起源的一套理论。[③]

根据文化唯物主义的方法策略，哈里斯采取三分法把社会文化系统一分为三：基础结构（包括生产方式和人口再生产方式）、结构（包括家庭经济和政治经济）和上层建筑三个层次，并又分别把它们分成客位行为和主

---

① Raymond Williams, *Marxism and Literature*, Oxford: Oxford University Press, 1977, p. 5.

② Marvin Harris, *Cultural Materialism: The Struggle for a Science of Culture*, New York: Vintage Books, 1980, pp. x-xi, 141.

③ Ibid., pp. ix, 29, 55-56, 78.

位思想两大范畴，代表了客位 / 主位（etic/emic）或者是旁观者 / 参与者两种不同的观察和研究角度。例如，他把上层建筑分为两种：艺术、音乐、舞蹈、文学、广告、仪式、运动、游戏、爱好、科学等为客位（行为）上层建筑；象征、神话、审美标准和哲学、认识论、意识形态、魔术、宗教和禁忌等为主位（思想）上层建筑。同时他认为，在社会文化系统三分法之下，还可以总结出四个主要的元素：客位行为基础结构、结构、上层建筑、思想主位上层建筑。[1] 总而言之，哈里斯的文化唯物主义是人类学在解释人类社会—文化系统进化时，强调物质、行为和他观过程的科学研究策略；它把马克思历史唯物主义中的经济基础和上层建筑统一融合在过程中，这也是雷蒙德·威廉斯文化唯物主义的基本特征之一。

从上可知，虽然"文化唯物主义"一词不是威廉斯首创的，但是他是把"文化唯物主义"一词以及它所包含的部分方法论思想引入文学和文化研究，并加以发展的第一人。威廉斯曾分别在 1976 年发表的论文《1945年之后的英国马克思主义札记》、1977 年出版的著作《马克思主义与文学》的序言、1981 年发表的论文《英语研究的危机》等作品中用文化唯物主义总结自己的文学、文化研究和社会政治追求，但是作为其学术立场和政治立场定位的文化唯物主义的涵义并不始终如一。

1976 年 11 月至 1977 年 1 月，威廉斯在发表于《新左派批评》第 100期的《1945 年之后的英国马克思主义札记》一文中，提出"文化唯物主义"或"文化主义"的概念以概括他所有的文学和文化理论，表明不从属其他任何教条式马克思主义传统的马克思主义立场。[2] 他认为，文化唯物主义"强调演变过程 —— 由特殊的社会形成引起的意义和价值的生产（而不仅仅是再生产）；语言和传播作为构成性社会力量的中心性地位；各种制度、形式、社会关系和形式惯例之间复杂的交互作用。如果有人愿意，也可称之为文化主义（Culturalism），一个文化作为一种社会的和物质的生产

---

① Marvin Harris, *Cultural Materialism: The Struggle for a Science of Culture*, New York: Vintage Books, 1980, pp. 51-54.

② John Higgins, *Raymond Williams: Literature, Marxism and Cultural Materialism*, London and New York: Routledge, 1999, p. 173.

过程的理论"①。从他自己的定义可知，文化唯物主义（1）强调文化是一种社会物质生产过程，一种特殊的社会实践活动，有作为生产物质的社会功用；（2）强调正统马克思主义的原本属于意识形态范畴的语言和意识等的物质真实性、与经济基础等一样的社会的主要构成作用和战略主导地位。②但是不管威廉斯在文中如何强调文化唯物主义与其他马克思主义思想的不同，他使用的术语都是马克思或者说是马克思主义的。

1977 年，他在出版的《马克思主义与文学》一书的序言中重申：

> 经过多年的努力，我已经建立了一种理论立场，尽管与广为人知的马克思主义以及它的一些变体在几个关键点上不一样，但是可以简称为文化唯物主义：一种研究物质文化和文学的生产特征的历史唯物主义。整体上说，文化唯物主义的一些具体论点属于这个理论范畴。在这点上我必须说，它是一种马克思主义理论……最少有一部分属于主要马克思主义思想。③

我们可以从威廉斯以上的言论得出这样的结论：在 1976 年和 1977 年，他认为自己的学术立场和社会政治立场是马克思主义，是一种强调文化和文学的物质性和社会历史生产过程的马克思主义，一种新的学院马克思主义。美国内华达大学历史系教授丹尼斯·德沃金（Dennis Dworkin）则更愿意将这种新的马克思主义与它所产生和生存的大环境通称为"英国文化马克思主义传统"，即"从 20 世纪 40 年代中期到 70 年代晚期的英国文化马克思主义传统，从福利国家的建立到马格里特·撒切尔对福利国家的改革时期"④。

1981 年，在《英语研究危机》一文中，威廉斯再次进行自我定位时

---

① Raymond Williams, "Notes on Marxism in Britain Since 1945", *Problem in Materialism and Culture*, London: Verso, 1980, p. 243.

② 李兆前：《文化研究与"物质性"：威廉斯的文学研究的启示》，《文艺争鸣》2006 年第 4 期，第 12～16 页。

③ Raymond William, *Marxism and Literature*, Oxford: Oxford University Press, pp. 5-6.

④ 丹尼斯·德沃金：《文化马克思主义在战后英国》，李凤丹译，北京：人民出版社，2008 年，第 2 页。

说：众所周知，马克思主义和结构主义这两种文学研究方法在近年来出现了一种融合，这最能说明我的状况。我称它是一种主流文学范式的开端。它有强烈的社会决定意识，依然以文学本体为中心。① 显然，虽然此时威廉斯依旧把自己的文学和文化研究定位为文化唯物主义，但是此时的文化唯物主义显然已经不是 1976 ～ 1977 年的自我标榜的一种马克思主义思想了，它已是一种新的取代了结构主义和马克思主义的文学和文化研究范式，一种改变了原有大部分基础理论假设、研究方法和操作范例等的学科共同体。并且，他声称，虽然彼此之间在一些具体的形式上仍有相当大的不同，但是他的文化唯物主义与一些新的符号学发展倾向相近，甚至可以说文化唯物主义和真正的完完全全的历史符号学基本相同。②

从上可知，威廉斯自己对文化唯物主义的定义和定位表明，文化唯物主义既是一种文化理论思想，也是一种研究方法；既是一种激进的马克思主义理论流派，也是一种超越既有马克思主义的研究方法。

马文·哈里斯一直强调他的文化唯物主义是以马克思的历史唯物主义为理论核心的社会文化研究方法策略，而威廉斯则反反复复强调自己离马克思以及马克思主义的历史唯物主义的文化观有多远，有多么的不一样。马克思的著述中少有系统的文学和文化论述，尽管不同的学者对历史唯物主义范畴有不同的看法，但是通常认为历史唯物主义阐明社会历史发展的一般规律，社会存在决定社会意识是马克思以及马克思主义唯物史观的核心③，以整体论的观点来看，历史唯物主义研究的是自然、社会和思维的世界整体图景。④ 在《马克思主义的三个来源和三个组成部分》中，列宁指出，马克思的历史唯物主义把传统唯物主义的对自然界的认识推广到对人类社会的认识。美国人类学家克鲁伯和帕森斯认为，人类学和社会学在其早期形成阶段，在大部分颇具影响的作品当中，文化和社会区别甚微，苏联学者 V. 克勒和 M. 科瓦尔森干脆说："我们所使用的文化的概念基本和社会的

---

① Raymond Williams, *Writing in Society*, London: Verso, 1984, p. 209.

② Ibid., p. 210.

③ 孙叔平等主编：《辩证唯物主义和历史唯物主义》（试用本），上海：上海人民出版社，1961 年，第 207 页。

④ 俞吾金：《论两种不同的历史唯物主义概念》，《中国社会科学》1995 年第 6 期，第 102 页。

概念是同义词。"① 因此，按照当前广义的文化的概念，我们大致可以将马克思以及马克思主义的社会学观点看作其社会文化观。历史唯物主义的社会存在决定论、反映论、阶级斗争论、意识形态、文化生产等话题贯穿马克思之后的文化批评和文化研究，成为马克思主义文化理论的框架问题，雷蒙德·威廉斯也不例外。

　　雷蒙德·威廉斯有关文化的社会价值的第一个观点来源于他对马克思的"社会存在决定论"的反驳，可以说是颠覆。前面提到过威廉斯认为，社会存在论中的"意识"、意识形态或者上层建筑大抵与文化的范畴相重叠，关于上层建筑的概念，马克思曾在《路易·波拿巴的雾月十八日》（1851～1852）说："在不同的所有制形式上，在生存的社会条件上，耸立着由各种具有显著特征的情感、幻想、思想方式和生活观构成的整个上层建筑。整个阶级在它的物质条件和相应的社会关系的基础上创造和构成这一切。通过传统和教育承受了这些情感和观点的个人，会以为这些情感和观点就是他的行为的真实动机和出发点。"② 关于意识形态，恩格斯在 1893 年 7 月 14 日致弗·梅林的信中明确地指出："意识形态是由所谓的思想家通过意识、但是以虚假的意识完成的过程。推动他的真正动力始终是他所不知道的，否则这就不是意识形态的过程了。因此，他想象出虚假的或表面的动力。因为这是思维过程，所以它的内容和形式都是从纯粹的思维中——不是从他自己的思维中，就是从他的先辈的思维中引出的。"③ 关于上层建筑或者意识形态的社会地位，综合马克思和恩格斯在不同场合的说法，无论是由物质生产决定、支配，还是由物质生产限制，上层建筑／意识形态总是以物质生产为基础的，产生于物质生产。也就是说，在社会发展过程中，马克思、恩格斯的文化始终是相对被动的，最具代表性的是马克思在《政治经济学批判》（1859）序言中的论述：

　　　　人们在自己生活的社会生产中发生一定的、必然的、不以他们的

　　① 　V. Kelle and M. Kovalson, *Historical Materialism: An Outline of Marxist Theory of Society*, Trans. Y. Sdobnikov, Moscow: Progress Publishers, 1973, pp. 125-126.

　　② 　Karl Marx, *The Eighteenth Brumaire of Louis Bonaparte*, New York: International Publishers, 1963, p. 47.

　　③ 　马克思、恩格斯：《马克思恩格斯选集》（第 4 卷），北京：人民出版社，1973 年，第 501 页。

意志为转移的关系，即同他们的物质生产力的一定发展阶段相适合的
生产关系。这些生产关系的总和构成社会的经济结构，即有法律的和
政治的上层建筑竖立其上并有一定的社会意识形式与之相适应的现实
基础。物质生活的生产方式制约着整个社会生活、政治生活和精神生
活的过程。不是人们的意识决定人们的存在，相反，是人们的社会存
在决定人们的意识。①

　　威廉斯对马克思和马克思主义的"社会存在决定论"进行了批判，他
提出，文化是社会的、物质的生产过程，从而从社会本身结构上推翻既有
马克思主义二元论体现的不平等以及分裂式的思维方式。威廉斯认为，文
化与经济同样是"社会的、物质的生产过程"，是"物质的、实际的意
识"，社会文化过程与社会政治、经济过程平等地构成社会整体，而且这些
社会元素本身浑然一体，密不可分，它们的变迁共同推动社会向前发展。②
因此，威廉斯认为，既往马克思主义割裂文化、政治和经济，把文化作为
依附于经济基础的上层建筑或者意识形态，把文化看成是被"存在"决定
的"意识"的观点必须加以修正，也就是说，在一定情势下，"意识"同样
决定"存在"。例如，中国乃至世界历史上有不少统治者通过创造文化传统
奠定社会统一的心理基础，从而文化直接影响了统治者的命运、社会的命
运。现代新型的极权主义国家何尝不是如此，民主国家也不例外。冷战时
期，武力打击异己国家已不可能，因此美国试图通过文化影响世界，通过
文化输出美国的生活方式，因为他们相信美国文化的意识形态力量，相信
这样可以向全世界输送民主价值观，从而摧毁共产主义和其他一些外国意
识形态③，更直白地说，美国通过同化消除他者的反抗意识而畅通无阻地从
他国他地攫取物质利益。还有，给早先以及现当代欧洲人们整体感的不是
经济，而是他们共同的基督教文化信仰，当然还有地理等其他因素，但不

　　① Karl Marx, *A Contribution to the Critique of Political Economy*, Trans. from the second German edition by N. I. Stone, Chicago: Charles H. Kerr & Company, 1904, pp. 11-12.

　　② Raymond Williams, *Culture and Materialism*, London: Verso, 2005, pp. 243-246.

　　③ Jessica C. E. Gienow-Hecht, "How Good Are We? Culture and the Cold War", *The Cultural Cold War in Western Europe, 1945–1960*, Eds. Giles Scott-Smith and Hans Krabbendam, London: Frank Cass & Co., 2005, p. 226.

是主要的。

　　文化的物质性更好理解，没有后母戊鼎、四羊方尊等艺术品作为物质的存在，哪有今天对商周手工业等生产力发展水平的了解。没有书本、广播、电视、电影和因特网等文化的物质性存在，哪有今日全球经济的繁荣昌盛。这些都说明，很多时候并不是经济决定文化或者经济决定社会的发展方向；与存在相比，意识并不总是第二性的，文化是社会的，是实际的社会物质活动，是与其他社会活动不可分割的整体。因此，威廉斯的社会的、物质的、平等社会型构作用的文化唯物主义文化观是对马克思和恩格斯以及与马克思和恩格斯一脉相承马克思主义的社会二元论的直接否认。

　　威廉斯关于文化的社会价值的第二个观点是，文化不是简单地反映社会生活，不只是"客观物体在视网膜上的倒影"，而是发现、转换、革新和创造真正确实的社会—历史生活过程，从而起到社会导向作用。他的这种观点是对马克思主义机械反映论的修正。威廉斯的这种文化创造生活和指导生活的观点在他的小说研究和小说创作中阐释得最为详细。他提出小说"创造和发现"、"转换和革新"社会体验，小说创造生活等观点。① 威廉斯认为，小说不仅仅展现一定时期共同的社会体验，当共同体验存在弊端或不复存在时，小说应当创造新的能够共享的健康的社会体验，这与 T. S. 艾略特面对破碎的现当代社会提出的宗教总体文化论有着异曲同工之妙，他们都试图用一种总体性的思想模式作为社会共同与共通的基础，从而让社会各阶层融合在一起，打造一个井然有序的社会整体，只不过一个是最大限度民主的，一个是等级森严的。

　　从威廉斯和艾略特的文化实践和设想可知，文学和文化不仅要尽可能地反映社会现实，帮助人们认清现实，更重要的是应该根据社会—历史现实发掘社会问题以及创造出理想社会模式等，从而指导现实。艾略特在世界大战造就的"无水"的现代荒原上，最不能忘却的就是文学和文化的这种社会作用，他希望从"神话、神秘主义和原始主义"等普适的理想模式中，寻找"替代性信仰系统"②，在荒漠上打造人工绿洲，在现代荒原上重建

---

① Raymond Williams, *The English Novel From Dickens to Lawrence*, London: The Hogarth Press, 1984, pp. 11, 138.

② Paul Poplawski, ed., *Encyclopedia of Literary Modernism*, London: Greenwood Press, 2003, p. ix.

某种永恒的社会秩序。《边界乡村》中的格林莫尔可以说是威廉斯为以地方为本的生态区域主义者们创建的一个梦寐以求的"生物区"样板。在威廉斯看来，从狄更斯（Charles Dickens，1812～1870）创作高峰期，到哈代（Thomas Hardy，1840～1928）停止小说写作的1895年，以及 D. H. 劳伦斯（David Herbert Lawrence，1885～1930）的某些小说创作时期，工业革命、民主革命和城市化等导致英国社会急剧变化，但是民众尚不至于产生共同社会体验危机，因此他们的小说再现种种反映时代特征的"可知的共同体"（Knowable Community）。然而，从那之后，共同的社会体验发生变化，社会历史进入新的阶段，共同社会体验已不存在，取而代之的是社会整体被割裂成社会与个人、公共和私人等相互独立且对立的世界。面对破碎的社会，威廉斯认为，此时的小说家就应该在已知的社会关系上建构一种超越现在社会局限和危机的社会模式，提供"一种希望，一种未来可能性"[1]，即通过在自己的作品中创造一种社会与个体以及个体之间相互关联、相互影响、互相了解的共同体生活，创建"拥有整体和发展的生活模式的"有机共同体或者有机社群（organic community）。[2]《边界乡村》中的格林莫尔村就是这样的一个有机共同体，因为从整个村庄的人物及其关系可知，他们有着共同的身份和特征，有着相同的社会体验，这也是威廉斯为当代社会设计的理想的替代性社会结构模式。[3] 通过文学作品的交流和传播，这种创建的秩序化了的社会生活将刷新人类的认知能力和社会意识，从而重新阐释、组织和改造现实世界，创造新的生活。通过文学文化传播，影响大众意识，变革社会，这既是小说的社会作用，也是威廉斯有关文化的社会作用之主张。也就是说，"文化不仅仅塑造人的思维，还塑造社会"[4]。

　　事实上，"塑造人的思维和塑造社会"的文化价值观并不是威廉斯的首创，只是他对前辈观点的对抗性续写。威廉斯认为，小说家通过预先感知

---

[1]　李兆前：《范式转换：雷蒙德·威廉斯的文学研究》，北京：外语教学与研究出版社，2011年，第 144～145 页。Raymond Williams, *The English Novel: From Dickens to Lawrence*, London: The Hogarth Press, 1970, p. 94.

[2]　Raymond Williams, *Culture and Society 1789-1950*, London: Chatto and Windus, 1958, p. 253.

[3]　李兆前：《范式转换：雷蒙德·威廉斯的文学研究》，北京：外语教学与研究出版社，2011年，第 176～177、180～181 页。

[4]　Raymond William, *Marxism and Literature*, Oxford: Oxford University Press, 1977, p. 17.

和捕获社会发展动态，把那些看似散漫的新兴社会事件通过他们的文笔凸显、成形，在一定程度上引导社会发展趋势，而以"道德意义"为小说主要评价标准[①]的利维斯在威廉斯之前就倡导小说的社会建构作用。利维斯认为，生活本身是无序的，而伟大的小说家应该"既要令人信服地再现生活图景，又要使其井然有序"。小说描绘"浸淫道德观念的特殊生活情趣"，展现生活积极的一面，帮助人们认识到"生活的各种可能性"，建构社会道德模式。[②] 再者，利维斯说，以广告、电影、流行小说等为代表的大众文化导致生活标准的下降，是一种被动的消遣方式、廉价的煽情等；艾略特也认为，美国的胶片电影等如同其他美国商品一样，在导致它所触及的"文化的解体"方面扮演着并不光彩的角色。无论是利维斯还是艾略特的大众文化言说都说明了大众文化对社会个体以及社会生活有着直接的作用，只不过他们对大众文化的社会价值持有悲观的和否定的态度，而威廉斯的态度是乐观的，是肯定的，他们的观点正好形成正反两方，形成一个硬币的两面，组合成一个矛盾统一体，是"重新拼合好的一块陶瓷片信物"[③]。

威廉斯关于文化的社会价值的第三个观点是，文化批判社会生活。以他的文学文化观为例，他认为，小说从两种不同的角度进行社会批判：一是通过直接抨击现实真实生活实践活动，并以此推导和预设社会未来发展的可能。例如，恩格斯称赞为"比过去、现在和未来的一切左拉都要伟大得多的现实主义大师"的巴尔扎克（Honore de Balzac，1799～1850）的《人间喜剧》使我们"看到了他心爱的贵族们灭亡的必然性以及未来的真正的人"[④]。二是通过有意虚构与现实完全不一样的时间、地点、社会以及生活在其中的人群，更加明显地反衬出当前真实社会的是与非。例如，乔治·奥威尔的反乌托邦小说《1984》有意地虚构了大洋国、欧亚国、东亚国、英社、老大哥、双重思想、新话等社会政治、经济和文化现象。然而，

---

① R. P. Bilan, *The Literary Criticism of F. R. Leavis*, London and New York and Melbourne: Cambridge University Press, 1979, p. 115.

② F. R. Leavis, *The Great Tradition*, New York: Doubleday & Company, 1954, pp. 10, 18.

③ Harold Bloom, *The Anxiety of Influence: A Theory of Poetry*, Oxford and New York: Oxford University Press, 1997, p. 14.

④ Karl Marx and Frederick Engels, *Literature and Art: Selection From Their Writings*, Bombay: Current Book House, 1952, pp. 37-38.

虚构的表面下隐藏的是可怕的真实：他以敏锐的洞察力和犀利的文笔审视和记录着他所生活的那个时代的极权主义，无情地批判了当时的强权政治和个人独裁，并对他之后人类社会中将可能存在的独裁统治作了合乎逻辑的推理与展示，从而提醒人们采取适当的预防措施，警惕那种乌托邦情势的发生。因此，英国小说家普里切特（V. S. Pritchett）在奥威尔的讣闻中总结说："奥威尔是一代人的冷峻良知。"① 奥威尔之后人类历史的发展证明了《1984》的预警并不是无稽之谈。

　　马克思在《德意志意识形态》中说："统治阶级的思想在每一个时代都是占统治地位的思想。这就是说，一个阶级是社会上占统治地位的物质力量，同时也是社会上占统治地位的精神力量。支配着物质生产资料的阶级，同时也支配着精神生产的资料，因此，那些没有精神生产资料的人的思想，一般的是受统治阶级支配的。"② 马克思的这一思想催生了雷蒙德·威廉斯关于文化的社会价值的第四个观点，那就是他认为，尽管会遭遇各方面的反对和抵制，总的说来，社会稳定时期的文化主流是为占统治地位的阶级利益服务的，尽管这种服务只是被统治阶级的意识形态国家机器传唤或者呼唤的主体自由地接受臣服的表现形式之一。因此，在不提倡革命斗争的现当代社会，统治阶级注重文化领导权胜过注重社会政治领导权，换句话说，随着历史的变迁，"马克思社会学中独有的阶级斗争理论（因为马克思从经济过程看阶级斗争问题，所以是独特的）"③ 已经逐步演变成"文化斗争理论"，在当今世界，谁占据了文化优势，谁就是世界的强者，当然这与它的经济和政治等的强势是不可分割的。现当代社会占统治地位的阶级已经把它所代表的文化通过教育、宗教、家庭、政治、工会和大众传媒等渗透到社会主体的每一个细胞，渗透到社会实践活动的每一个细节，从而无处不在，无时不在，就算是再伟大的反抗者或者说革命者也一样，他从小有意无意中就接受着各种主流熏陶，首先倾向于被培养成具备一定服务主流能

---

　　① Jeffrey Meyers, ed., *George Orwell: The Critical Heritage*, London and New York: Routledge, 2002, p. 294.

　　② 马克思、恩格斯、列宁：《马克思、恩格斯、列宁的社会学思想》，北京：人民出版社，1989年，第328页。

　　③ 亨利希·库诺：《马克思的历史、社会和国家学说：马克思的社会学的基本要点》，袁志英译，上海：上海译文出版社，2006年，第389、391页。

力的个体，然后才由于各种原因成长为一名既有社会的超越者。

　　威廉斯的文化价值观启示我们，要建立真正健康的社会主义文化，首先应该培育民众的文化自主能力；要主动建构有利于自身社会发展的文化；在当前世界格局下，要建立强盛的民主的社会主义国家必须实行文化繁荣和经济发展两手都要抓且两手都要硬的战略方针。

　　本章探讨了 T. S. 艾略特和雷蒙德·威廉斯的文化价值观。艾氏和威氏虽然都从文化的本体价值和社会价值两方面对文化进行分析和讨论，但是他们的观点是相互对抗的。艾氏认为，文化本体是具有等级的，高雅文化为标准，引导低俗文化健康发展。社会价值在于等级文化生态的发展是社会稳定与和谐的基础。关于文化本体价值，威氏试图倡导民主的、大众的文化，消除艾略特等的文化等级制。关于文化的社会价值，威氏以他的文化唯物主义为立场，说明文化与经济同样是"社会的、物质的生产过程"，是"物质的、实际的意识"，社会文化过程与社会政治、经济过程平等地构成社会整体；文化发现、转换、革新和创造真正确实的社会—历史生活过程，起社会导向作用；文化尽管批判社会生活，但是一定社会中真正占主导地位的文化是为统治阶级服务的。对比二者的文化社会价值观，我们可以说，艾氏更像一个纯粹的文化思考者，而威氏相比而言更倾向于整体地思考社会过程。

第三章　艾略特与威廉斯文化传播观之比较

传播（communication）古已有之，无论是原始人的一声吆喝，还是现代人的网络视频互动；无论是经典阅读，还是听妈妈讲故事；无论是电台播放音乐，还是一家人坐在一起看电视，大家（谋面的或者未谋面的）都在进行传播交往活动。所有文化都需要通过传播才能成为社会的和世界的，为大家所共享。因此，不存在无文化的传播，也不存在无传播的文化。美国人类学家墨菲曾断言："可以万无一失地说，几乎所有文化百分之九十以上的内容首先都是来自传播。"① 没有传播，就没有文化，没有了文化，人类就会退化返回到兽的阶段。"传播"是一个历史意义丰富的词汇，它的拉丁语意义是告知、分享，于 14 ～ 15 世纪传入英语。② 15 世纪时，传播开始指传输实事或者信息，也就是今天所说的"传播的内容"，17 世纪晚期出现传播的现代意义，即指传送活动，或者指传送信息、思想或者知识等。15 世纪传播还有另外一个意义，那就是对话或者说是人与人之间面对面的交流。在 17 世纪早期，传播也还有另外一个意义，那就是参与和共享的意思③，例如，基督教徒在领圣餐时大家一起分享无酵饼和葡萄汁，表明在外表上虽有许多的不同，教徒却一同领受基督的宝血，一同领受主的身体，在基督里应当合而为一。因为大家：

> 用和平彼此联络，竭力保守圣灵所赐合而为一的心。
>
> 身体只有一个，圣灵只有一个，正如你们蒙召，同有一个指望：

---

① 罗伯特·墨菲：《文化与社会人类学引论》，王卓君、吕迺基译，北京：商务印书馆，1991 年，第 246 页。

② 彼得斯：《交流的无奈：传播思想史》，何道宽译，北京：华夏出版社，2003 年，第 6 页。

③ Tony Bennett, Lawrence Grossberg and Meaghan Morris, eds., *New Keywords: A Revised Vocabulary of Culture and Society*, Malden, MA: Blackwell, 2005, pp. 47-48.

　　一主，一信，一洗，

　　一神，就是众人的父，

　　超乎众人之上，贯乎众人之中，也住在众人之内。（《以弗所书》
4：3—6）①

圣餐的这个意义虽然只是一种文化意义上的交流或者说传播，但是应该是
传播或者说是交流的最高境界：大家通过认同共同的文化理念（这只是本
书作者的一种世俗解释），达到"和、合为一"的境界。此种意义上的传
播，更多的是人与人之间的心灵和精神传播，例如，家庭成员、教会中的
兄弟姊妹、老师学生等之间较少受物质媒介直接控制的面对面交流，是传
播手段意义上的亲身传播，即以人体为媒介（主要以语言和身体为手段）
的信息交流方式。②20 世纪初叶，一些学者开始自觉地将"传播"作为学
术研究对象，给"传播"下定义，如，美国社会学家查尔斯·霍顿·库利
（Charles Horton Cooley，1864 ～ 1929）在他的《社会组织》（1909）一书
中提到："传播指的是人与人关系赖以成立和发展的机制 —— 包括一切精
神象征及其在空间中得到传递、在时间上得到保存的手段。它包括表情、
态度和动作、声调、语言、文章、印刷品、铁路、电报、电话以及人类征
服空间和时间的其他任何最新成果。"③库利之后，传播很快发展成为一门学
科。

　　传播的另外一个更具体的意义是物理意义上的传输，与现代"运输"
（transport）的意义相同，例如，公路、铁路和飞机等的传输，传播的这
种意义现在基本不用了。然而正是从物理意义上的传输发展出了科学技
术意义上的传播概念，即通过科技手段有效地将信号从一端传输到另一
端，包含一个发送者或者信息源、信息、接受者和目标的单向性传播模型，
例如，电话、电报等，这也就是 20 世纪 20 年代出现的大众传播（mass

---

①　*The New Testament, Psalms and Proverbs* (New International Version), Michigan: Zondervan Bible Publishers, 1984, p. 263.

②　吴风：《网络传播学：一种形而上的透视》，北京：中国广播电视出版社，2004 年，第 29 页。

③　Charles Horton Cooley, *Social Organization: A Study of the Larger Mind*, New York: Charles Scribner's Sons, 1924, p. 61.

communication）的最早模型，此时的大众传播主要关注信息如何不受阻碍地、最好地从发送者传输到接受者。随着流行报刊、广告、杂志、广播、电影和电视等大众媒介的迅猛发展，大众传播与我们的日常生活融为一体，大众传播几乎成为传播的代名词，传播研究偏向大众传播，大众传播研究迅速发展。1949 年，美国学者威尔伯·施拉姆（Wilbur Schramm，1907～1987）编辑出版《大众传播学》，第一次搭建了大众传播研究的问题框架，大众传播成为一门独立的学科。时至今日，传播研究从最初的"检验并提高教育、宣传、电信、广告、公共关系和人际关系等领域的传播效率和传播效果"[1] 转向大众传媒"从受众的角度，从编码与译码的角度出发，研究传播的信息的符号功能，来解读传播的意识形态特征"，大众传播学逐步壮大，如今已经成为一门炙手可热的显学，成为世界范围内发展最快的学科之一。与上面提到的直接的亲身传播相比较，大众媒介导引下的传播是间接交流／传播。然而，随着数字化、多媒体和互动式的第四种媒体即网络的兴盛和普及，传播（研究）以及大众传播（研究）进入了又一个新纪元。

　　文化因交流／传播而存在，传播因文化而丰富多彩。在《传播》一书中雷蒙德·威廉斯这样定义传播：传播一方面指传递和接受思想、信息和态度的过程，另一方面指传递和接受思想、信息和态度的体制（机构）和形式（例如社会）[2]，即文化的传输和接收的过程以及媒介。从传播者的角度看，文化传播的过程即是个体与个体、个体与群体、群体与群体之间通过交流，相互理解，促进文化生长以及社会发展的过程。因此，威廉斯说，"任何真正的文化传播理论都是共同体／社群理论（a theory of community）"[3]。不同的社会个体和社会群体组成的社会关系集合（即不同的"社会组织结构"）往往扮演着不同的文化传播者角色。例如，父母和学校是孩子们的主要文化传播者，而这种传播虽然常常会有互动，但是父母

---

　　① 丹尼斯·麦奎尔、斯文·温德尔：《大众传播模式论》，祝建华、武伟译，上海：上海译文出版社，1987 年，第 8 页。

　　② Raymond Williams, *Communication*, London: Penguin Books, 1971, p. 17 (first published in Penguin Books in 1962).

　　③ Raymond Williams, *Culture and Society 1789-1950*, London: Chatto and Windus, 1976, p. 301.

通常处于主导地位，而且以单向传播为主要传播方式。宗教机构、大众传播系统、信息机构和文学艺术机构等同样扮演着文化传播者的角色。其中，威廉斯对于大众传播系统情有独钟，他希望大众传播系统能扮演民主文化传播者的角色，作为精英传播理念的替代者，消除少数精英以及少数精英文化控制社会大众以及大众文化的局面，形成民主和谐的文化与社会。然而，宗教传播是 T. S. 艾略特的最爱。他认为没有了基督教文化的传播，就没有了鲜活的基督教信仰，基督教将不复存在，文化将整体朽坏，世界将崩溃，人类将消亡。

从传播内容来说，文化传播不仅指同一文化内的观念、意义、价值等的传承，也指不同文化间的排斥、交流、借鉴、融合和发展。换句话说，文化不是孤立的，文化之间相互影响，相互渗透，同生死，共存亡。文化之间的影响和渗透并不总是 T. S. 艾略特认为的那样，即达尔文式的选择，文化的影响和渗透通常是积极主动的调适行为（acculturation），于是产生了霸权社会和霸权文化、民主社会和民主文化，等等。另外，威廉斯说，讨论文化也好，讨论传播也好，最终都免不了要谈"权力"①，文化的影响和渗透有时是被胁迫的，是被动的接受或者融入（enculturation）：按照地缘政治中民族—国家的概念，在英国国内，有英格兰文化的文化霸权；在英国与世界其他国家之间，出现了文化帝国主义和文化殖民主义等国家文化之间的文化霸权，文化传播的结果由"文化扩展"和"文化生长"转变成"文化扩张"。需要特别指出的是，文化的主动调适也好，被动融入也好，它们总是同时存在于同一文化内传播和跨文化传播过程中。

从时间维度看，文化的传播既是历时文化传统的传播，即传统文化的传承，也是共时的：以与当前社会生活紧密相连的文化传播为例，主要关注当下的文化以及文化的当下性。通常家庭和教育机构主要担负文化的历时传播任务，即对文化传统的传承负责，这是备受艾略特关注的两种文化传播方式，而威廉斯的侧重点在教育机构的文化传播作用。无论是家庭还是教育机构承担的主要都是下一代的教育，当然现代学院的成人教育规模

① Raymond Williams, *Resources of Hope: Culture, Democracy, Socialism*, Ed. Robin Gable, with an introduction by Robin Blackburn, London and New York: Verso, 1989, p. 16.

也是越来越庞大。相对而言，大众传播系统的横向传播面向整个社会群体，它的教育作用同样不可忽略。英国文学批评家 I. A. 瑞恰慈（Ivor Armstrong Richards，1893～1979）和他的合作伙伴英语语言学家奥格登（Charles Kay Ogden，1889～1957）在他们合著的《意义之意义》（1949）中说：从广义的角度说，传播研究有实用的一面，这就是教育。[①] 顺着前辈的脚印，威廉斯认为，文化传播的最终目的是"文化的生长"，而"文化的生长"是通过文化传播的教育作用而实现。威廉斯根据文化传播机构的不同，将文化教育分为：精英教育（elite education）、大众教育（popular education）和终身教育（permanent education）；精英教育和大众教育通过各式各样的学校教育实现，而终身教育是大众传媒教育的主要功能。同时，他把学院的精英教育和大众教育称为正式教育，把以大众传媒为主的终身教育等其他教育模式称为非正式教育。[②] 所以，从广义的角度说，威廉斯所认为的文化传播即文化教育，或者文化的教育传播。总之，威廉斯文化传播意义上的教育显然包含了通常所说的教育系统中的四个层面（即家庭教育、学校教育、社会教育和自我教育）中的前三个层面。

　　从文化传播方式和手段来说，艾略特和威廉斯共同涉及过的话题有家庭、学校、一些大众传播媒介等，所以下面将逐一进行分析比较研究，阐明威廉斯是如何从前辈那儿"夺回被霸占的文化"的。无论是对家庭、教育机构、宗教机构，还是对大众传媒系统的文化传播的探讨，艾略特和威廉斯的观点都主要基于从"二战"之后至20世纪60年代世界性的以学生为主导的知识分子运动之前这段时间，他们探讨的范围基本局限于第一媒介时代的文化内或者是一定社会内的传播。所谓第一媒介时代是相对第二媒介时代而言的，指在信息制作者少而信息消费者众多的播放型模式占主导地位的大众传播时期，即电视、电话和电影等大众传媒尚没有一体化的时期，在那个时期，存在某种能触犯知识分子作者权威感（sense of authorship）的东西。[③] 关于知识分子作者权威感，艾略特显然是它的拥护者和辩护者，而威廉斯则是它的挑战者和颠覆者。

[①]　彼得斯：《交流的无奈：传播思想史》，何道宽译，北京：华夏出版社，2003年，第1页。

[②]　Raymond Williams, *Communication*, London: Penguin Books, 1971, pp. 13-16.

[③]　马克·波斯特：《第二媒介时代》，范静晔译，南京：南京大学出版社，2000年，第4～5页。

一、家庭的文化传播：威廉斯和艾略特

文化是通过社会传播的，而社会是许多家庭相互联系而形成的一种结构。家庭是人生的第一所学校，父母是人生的第一任老师；家教是整个教育的基石，是人生教育的基础，因而家庭是文化传播不可或缺的方式。父母的知识、修养、品行、言传身教、教育艺术等，对成长中的青少年都起着潜移默化的作用，因此，英国教育学家怀特海（Alfred North Whitehead，1861～1947）说，"至于说到人的培养，人们所受到的最重要的培养是他们12岁以前从母亲那里接受到的培养"①。古往今来世界各国，不论社会制度与意识形态多么不同，都普遍重视青少年的家庭教育。英国作家、教育家阿瑟·米（Arthur Mee，1875～1943）赞美家庭说："在家里，一切良好的事物会被抚育培养起来；在这里面，你的忠诚、热望、同情，以及整个你生命中最诚挚、最有力量的东西，会被发扬光大起来，并将影响你的一生。"② 中国南宋著名的教育家和政治家王应麟（字伯厚，1223～1296）所创作的《三字经》一书，包含了教育、历史、天文、地理、伦理和道德以及一些民间传说等中国传统文化知识，是众多中国传统文化的传播媒介的具体形态之一，书中的"养不教，父之过"更是说明了文化传播者的先头部队应该是家庭。"养不教，父之过"强调的是父母以及家庭中长辈对子孙晚辈的单向性教育，从文化传播的角度看，是文化的传承过程。当然家庭教育不只是从长辈到晚辈的单向文化传播，家庭各成员之间的交流对文化传播所起的作用也同样不容忽略。中国从古至今一直非常重视家庭教育，中国传统家庭教育对"形成民族文化传统和家庭道德观念，乃至对于国家政治、社会生产和生活方式及民族文化学术思想的变迁等都产生过深刻而久远的影响"③。

关于家庭的教育作用，我们可以从德国著名的哲学家和教育家雅斯贝

---

① 怀特海：《教育的目的》，徐汝舟译，北京：生活·读书·新知三联书店，2002 年，第 1～2 页。
② Arthur Mee, *Arthur Mee's Talks to Girls*, London: Hodder and Stoughton, 1910, p. 44.
③ 毕诚：《中国古代家庭教育》，北京：商务印书馆，1997 年，第 2 页。

尔斯（Karl Jaspers，1883 ～ 1969）的亲身经历中得到一定的启示。童年时，雅斯贝尔斯"感到学校是一种威胁"，听说要上学时曾发毒誓"永远不上学"，等到上了学也是公认的学校"反对派"，相反，他一直把父母当成他的楷模，因为父母不但教育他们兄弟姊妹对一切精神活动感兴趣，而且"总是以他们的表率行为教育孩子"：

> 在他的心目中，父亲"以自己的榜样，在一些关键的时刻以自己的判断，教育我，使我具备理性、可靠以及忠诚的精神"；母亲"那无限的爱使我和我的弟妹们的童年生活，以及以后的生活充满了喜悦、幸福，她那无拘无束的性格，为我们打气助威，她那超越一切的世俗之见，深切地理解着我们的目标，并激励着我们，她用她的智慧呵护着我们"。[①]

父母不但给了他无忧无虑的生活，更重要的是他们通过言传身教让他认识到了"灵魂觉醒之本源和根基"。雅斯贝尔斯与父母之间是"主体间的灵肉交流活动"，父母不但传授知识内容，传递文化，让他领悟生命内涵，规范意志行为，更重要的是让他自由地生成，启迪他的自由天性。当然，不是所有父母都具备雅斯贝尔斯父母的教育能力以及雅斯贝尔斯天才般的独立学习能力，所以学校教育对孩子的成长、文化的传承是必不可少的。可以说，雅斯贝尔斯后来的教育理念是对他的父母的教育模式的升华，这从他的教育定义可见一斑，他说：

> 所谓教育，不过是人对人的主体间灵肉交流活动（尤其是老一代对年轻一代），包括知识内容的传授、生命内涵的领悟、意志行为的规范，并通过文化传递功能，将文化遗产教给年轻一代，使他们自由地生成，并启迪其自由天性。因此教育的原则，是通过现存世界的全部文化导向人的灵魂觉醒之本源和根基，而不是导向由原初派生出来的东西和平庸的知识（当然，作为教育基本的能力、语言、记忆内容除

---

① 李雪涛：《奥尔登堡老文理中学前的沉思》，《中华读书报》2005 年 8 月 17 日。

外）。真正的教育决不容许死记硬背，也从不奢望每个人都成为有真知灼见、深谋远虑的思想家。教育的过程是让受教育者在实践中自我练习、自我学习和成长，而实践的特性是自由游戏和不断尝试。[①]

家庭教育以及家庭文化传统塑造了威廉斯一生的发展方向，特别是家庭的社会主义信仰以及威尔士文化传统成为了他一生的追求。由于父母以及童年所生活的村庄里人们是不折不扣的社会主义信仰者，父母与村庄里的人们积极地参与当地为工人阶级争取权利的一切活动，威廉斯在很小的时候就像父母以及村里的前辈们那样，是一名自觉的社会主义者，他自己也坦诚地说，家庭的影响是绝对的。[②]他一辈子像父辈那样信奉社会主义，并为之奋斗了终生，尽管因为社会—文化语境发生了巨大的变化，他的社会主义内涵与父辈的已大不相同。

威廉斯出生在威尔士一个边远的小村庄，从十八岁起离开家乡到剑桥求学，一直在英格兰生活和工作，并跻身英国中产阶级，一度成为英国政府的红人。可以说，他一生大部分时间生活在自己的家庭文化传统之外，成为游走在"文化边缘"[③]的人：主要游走在英国文化和威尔士文化之间。但是年少时家庭以及威尔士的社会生活体验，使他深刻地体会到威尔士的边缘、弱势境况，这成为他一辈子的痛，因此，后来威尔士成为了他的小说、文化探讨以及理论建构的源泉之一。[④]历史回溯到19世纪40年代，由于煤、铁、铜等工业在威尔士的迅速发展，恶劣的工作环境状况迫使威尔士矿工频繁暴动，英国政府的一次次镇压并没有让局势有所好转，再加上当时大部分威尔士人仍然说威尔士语言，使得管理更加困难，于是英国政府下令学校用英语代替威尔士语教学，加上一些家庭认为学好英语，将来

---

① 雅斯贝尔斯：《什么是教育》，邹进译，北京：生活·读书·新知三联书店，1991年，第3～4页。

② Raymond William, *Politics and Letters: Interview With New Left Review*, London: Verso, 1981, p. 27 (first edition, 1979).

③ 滕守尧：《文化的边缘》，北京：作家出版社，1997年，第1页（提要）。在"本书提要"中，滕先生解释了"边缘"与"边界"是完全不同的两个概念。"边界"是将对立双方隔开的界线，隔离、封闭和阻碍双方的交流。"边缘"是将阻碍双方交流的界墙拆除后的边界，可以容纳和包含敌对双方，并促进交流和交融，带来开放、繁荣、多样，容易产生新生事物。

④ Raymond Williams, *Who Speaks for Wales: Nation, Culture, Identity*, Ed. Daniel Williams, Cardiff: University of Wales Press, 2003, p. xvii.

能有更好的发展，孩子们被迫学习英语，在学校说威尔士语一律会受到严厉的惩戒，甚至是鞭笞，这种强迫性英语学习一直持续到 19 世纪末。[①] 威尔士人学习英语虽说在 19 世纪末已经不再是强制性的，威尔士语学习也重新出现在学校的教学课程中，但是半个世纪多的英国化教育，已经彻底地改变了威尔士的文化结构，到威廉斯出生时，对于绝大多数威尔士人来说，已经不知道威尔士语言为何物。除了偶尔学习了一些威尔士诗歌和歌曲外，年少的威廉斯对本民族的文化可谓是一无所知。但是家庭生活中的威尔士文化传统、童年学到的威尔士诗歌和歌曲让他始终怀有一种民族意识，并且在三十多岁时，开始自觉地探索和思考威尔士民族命运，最终成为民族文化的捍卫者之一。

父母言传身教的社会主义信仰贯穿威廉斯的生活和学术生涯，家庭以及童年生活的威尔士体验成为威廉斯晚期的学术追求的底色，然而，除了在"狄更斯式的返乡小说"《边界乡村》（*Border Country*，1960）、《第二代》（*The Second Generation*，1964）、《为马诺德而战》（*The Fight for Manod*，1979）等作品中表现了家庭和童年经历对自己的影响和意义外，在正式的文化传播论述中，威廉斯虽然曾经提到"家庭是一种教育事业，家庭同样是教育的发生之地"[②]，但是他并没有像 T. S. 艾略特那样自觉地大力阐述和提倡家庭的文化传播作用。这也许是他的社会主义信仰中高度的共同体 / 群体意识（或者说集体意识）的体现，这是一种与既往的社会主义的阶级意识以及集体意识不一样的社会意识，因为威廉斯倾向于把社会分为强势的统治阶级与之外的弱势群体两大阶层，而不是阶级，同时站在弱势群体的立场上发言，与一切强权对抗。显然，他试图在当时占主导地位的西方帝国主义和斯大林式的社会主义之间寻找第三个政治空间，寻找第三条道路，发展新的社会主义。

与雷蒙德·威廉斯相比，T. S. 艾略特是个十足的家庭教育倡导者，无论是从他的诗歌创作和批评作品还是从他的生活活动中，都能体会到他对

---

① Stanley Curtis, *History of Education in Great Britain*, London: University Tutorial Press, 1953, pp. 268-269.

② Raymond Williams, *Communication*, London: Penguin Books, 1971, p. 14.

家庭以及家族文化传播作用的重视。① 这与他的保守主义思想是分不开的，因为家庭的模式历来被保守主义者们认为是社会其他机制的首要来源。② 例如，《东库克村》（*East Coker*，1940）中所描述的英格兰萨默塞特郡的东库克村（East Coker，Somerset，England）是艾略特祖先居住并在 17 世纪离开（前往新大陆麻省）的地方，祖先居住地成为开始—结束—开始的文化循环意义的象征。在诗歌中，艾略特自认同姓的英国文艺复兴时期的学者托马斯·艾略特（Sir Thomas Elyot，1490～1546）所生活的英国社会的和谐与强盛为家族精神的起点③、文化的起点；艾略特自己生活的年代饱受战争的摧残，生活以及精神家园已是一片废墟，相比而言可谓是文化的终点。因此，艾略特说，"在我的开始是我的结束"，而在诗歌的结束他又寓意深长地说，"我的结束是我的开始"④。不管诗中东库克村另外有着如何深奥和广泛的寓意，也不管是有意还是无意，家族发源地最终成为 T. S. 艾略特对欧洲战后文化和社会复兴充满期待的起点。

艾略特不仅仅在文学作品中展示了家庭在文化传承方面的重要作用，他更是在谈论文化的传播时说，"文化传播的首要渠道是家庭，因为没有人能完完全全从儿时环境中获得的文化中逃脱出来，或者完完全全超越这一文化层次"；"迄今为止，家庭依然是最重要的文化传播渠道，当家庭没有履行它的职责时，我们的文化将会变质"⑤。要揭示艾略特的家庭文化传播观，弄清楚他有关家庭的含义是必不可少的。

美国人类学家默多克（G. P. Murdock）认为，家庭是具备共居、经济合作和繁殖后代等特征的社会群体，一个家庭起码包含成年男女两性成员，其中一对保持社会允许的性关系，以及一个或多个孩子（婚生的，或者收养的）。从结构上，他把家庭分为三类：核心家庭（nuclear family）、复婚

---

① Tony Sharpe, *T. S. Eliot: A Literary Life*, London: Macmillan Academic and Professional, 1991, pp. 13-14.

② Ruth Levitas, ed., *The Ideology of the New Right*, Cambridge: Polity, 1986, p. 94.

③ Staffan Bergsten, *Time and Eternity: A Study in the Structure and Symbolism of T. S. Eliot's Four Quartets*, Stockholm: Svenska Bokforlaget, 1960, pp. 208-210.

④ T. S. Eliot, "Four Quartets", *T. S. Eliot: The Complete Poems and Plays*, London and Boston: Faber and Faber, 1990, pp. 177, 183.

⑤ T. S. Eliot, *Christianity and Culture: The Idea of a Christian Society and Notes Towards the Definition of Culture*, New York: Harcourt, Brace and Company, 1949, pp. 115-116.

家庭（polygamous family）、扩大家庭（extended family）。核心家庭是由父母及其未婚子女所组成的家庭模式，是其他两种家庭形式赖以扩大的基本单位。复婚家庭是由多婚而形成的两个或者多个核心家庭。例如，夫妇双方其中一位由于两次或者多次婚史，在不同的核心家庭中扮演父或母的角色而形成的家庭群体。"扩大家庭则是由以父母—子女关系为纽带的两个或两个以上核心家庭组成，是已婚父母（和他们的未婚子女）、已婚子女（和他们的子女）组成的家庭结构模式。"[①] 当今社会除了默多克提到的家庭结构模式外，单亲家庭、丁克家庭以及空巢家庭等非传统家庭结构模式也是越来越普遍，成为不可忽视的社会现象。

默多克从共时的角度对现当代家庭模式进行了分门别类的探讨。与默多克的共时概念不同的是，艾略特指出，家庭的概念多种多样，它不仅仅是指家庭成员生活在一起那么简单，家庭不仅仅是共时的结构问题，更是一个历时的谱系问题；家庭不仅仅是传统意义上的共同体／群体，更应该是可以追溯到遥远的过去和延展到无穷的未来的一种纽带、一种意识，一种崇敬、一种责任。[②] 美国社会学家 E. W. 伯吉斯和 H. J. 洛克在《家庭》（1953）一书中提出："家庭是被婚姻、血缘或收养的纽带联合起来的人的群体，各人以其作为父母、夫妻或兄弟姐妹的社会身份相互作用和交往，创造一个共同的文化。"[③] 从伯吉斯等的概念以及艾略特对家庭文化传播功能的强调中，我们不难获得这样的启示，伯吉斯等所说的家庭的"共同的文化"是一种共时概念，而艾略特所说的"纽带和意识"是一种历时概念，漫长而发展的家族文化传统是家庭的纽带，家庭文化传统意识将家庭成员和家庭成员、家庭成员和祖先以及后代紧密联系起来，从而承袭过去，延续将来。同时，对家庭文化传统的崇敬有利于家庭文化传统的传播，乃至社会文化的传播，这是每个家庭成员即每个社会成员的责任。

艾略特把家庭看成是文化传播的基础、文化传承的纽带，那么家庭究竟传播怎样的文化？除了四种常见的通过社会获得知识的途径外，德国社

---

① George Peter Murdock, *Social Structure*, New York: The Free Press, 1967, pp. 1, 2.

② T. S. Eliot, *Notes Towards the Definition of Culture*, London: Faber and Faber, 1948, pp. 43-44.

③ Ernest Watson Burgess, Harvey James Locke and Mary Margaret Thomes, *The Family: From Traditional to Companionship*, New York: Van Nostrand Reinhold, 1971, p. 7.

会学家曼海姆曾经提到个体在"持续的日常体验"（continuum of everyday experience）过程中无意自发地、偶然地或通过模仿获得知识，以及以"秘传"（esoteric stream of transmission）的传统方式获得知识①，在笔者看来，用曼海姆的这两种社会正式体制外的文化传播方式总结大多数家庭的文化传承是妥贴的。艾略特认为，历史悠久的大学传播的是大写的文化（Culture），而家庭传播是小写的文化（cuture/cultures）。大写的文化通常是有文化的人追求和从事的高雅的、知性的工作和实践活动，特别是艺术活动：音乐、文学、绘画、雕刻、戏剧和电影等。②在艾略特眼里，大写的文化是自觉的文化、高层级的文化，大写文化的建设和传播应该是少数优秀的人即少数社会精英的任务。由此类推，在艾略特看来，家庭传播的是大写文化之外的文化，是一种自发而非自觉的传播，正是这种不自觉的文化包含了文化的绝大部分，如果文化丧失了绝大部分，文化的毁坏便无法避免。艾略特还提出，文化传播除了教育机构、家庭的参与外，游戏、工作、报纸、景观、娱乐和体育运动等的作用也不容忽略，而且单独的文化传播方式只是一个社会文化传播有机体的一个部分，文化的顺利传播以及发展需要以家庭为基础，各部分保持各自的特色，坚守各自的位置。艾略特所说的各自的位置当然是它们各自对应的社会等级位置。从保守主义的角度来看，家庭是一种必然的等级权威的结构，而且家庭是权威和等级服从的首要源泉③，所以作为自称和公认的"温和派保守主义者"④，艾略特把家庭文化传播的作用抬到如此高的位置是很好理解的。

关于文化的传播，T. S. 艾略特更注重文化从一代传到另一代，即文化的传承、文化的历史发展，因此他认为，除了家庭外，文化传播的另外一个重要的途径就是学校教育。虽然由于社会主义信仰的集体观偏向使雷蒙

---

① Karl Mannheim, *Essays on the Sociology of Culture*, New York: Routledge, 2003, p. 116.

② Elaine Baldwin, et al., *Introducing Cultural Studies*, London, New York and Toronto et al.: Prentice Hall Europe, 1999, p. 4.

③ Ruth Levitas, ed., *The Ideology of the New Right*, Cambridge: Polity Press, 1986, p. 94.

④ 当代英国文化批评家、哲学家、最具争议的保守主义理论家罗杰·斯克拉顿（Roger Scruton, 1944～）曾说："历史上也有过言之凿凿的保守主义者，如亚里士多德、休谟、T. S. 艾略特。他们影响了政治进程，可这种影响通常是间接的，而且不是由于任何与他们的名字相联系的特定政治思想。"罗杰·斯克拉顿：《保守主义的含义》，王皖强译，北京：中央编译出版社，2005年，第6页。

德·威廉斯并没有正式直接地谈论家庭的文化传播作用，但他对学校教育的重视并不亚于自己的竞争对手：阿诺德、艾略特和利维斯等组成的文化保守主义集团。对手意味着对抗，在文化的学校教育传播方面，威廉斯将又如何反抗前辈集团而成就独立的自我？

二、学校教育的文化传播：从阿诺德到威廉斯

延传（文化）传统的第一个且最明显的实例体现在老师与学生的关系中[①]，学校是文化传统维持、传播和发展不可或缺的机构，因此学校教育是目的明确的文化传播方式，也是当前社会占主导地位的显性文化传播方式。教育在东西方有不同的词源学意义。在西方，最早的与现代意义接近的教育一词是拉丁文 educationem，意指"抚养或养育"以及"引导和发展"。因此，从词源上说，西文"教育"通过"抚养或养育"的方式，"引导和发展"人自身某种本来潜在于身体和心灵内部的东西，也就是说，西文"教育"一词强调教育是一种顺其自然的活动，旨在把人本身具有的或潜在的能力，自内而外引发出来，成为现实的发展状态。[②]中国东汉著名文字学家许慎（字叔重，约 58 ～ 147）在他撰写的中国第一部按部首编排的字典《说文解字》中说："教，上所施下所效也"，"育，养子使作善也"[③]，所以之后的《辞源》解释说，教育就是"教诲培育"的意思。从词源上说，中国的教育更强调施教者的权威性，强调对受教者德性的培养。

伴随着原始社会"人类传授生产经验和社会生活经验的需要"[④]，例如，教育下一代耕种打猎的技巧和如何制造工具等，教育应运而生，尔后随着经济、政治和文化的发展，教育从萌芽状态进入有意识有目的成长状态，随即在不同的历史阶段产生各样不同的教育思想。无论在东方还是西方，系统的教育思想的建立似乎比与现代意义相近的"教育"一词的出现还要

---

① Edward Shils, *Tradition*, Chicago: The University of Chicago Press, 1983, p. 117.
② Raymond Williams, *Keywords: A Vocabulary of Culture and Society*, New York: Oxford University Press, 1983, pp. 111-112.
③ 许慎：《说文解字（附简字）》，北京：中华书局，1978 年，第 69、310 页。
④ 毛礼锐、瞿菊农、邵鹤亭编：《中国古代教育史》，北京：人民教育出版社，1983 年，第 4 页。

早得多。在西方，"从公元前 6 世纪到公元前 4 世纪，希腊世界先后产生了毕达哥拉斯、苏格拉底、柏拉图和亚里士多德等著名的教育家，形成了丰富的教育思想和理论。……几乎涉及到大多数贯穿西方教育思想始终的基本问题"①。

　　古希腊哲学家柏拉图（Plato，前 427～前 347）在《理想国》（*Republic*）、《政治家》（*Satesman*）和《法律篇》（*Law*）中对教学任务、教学目标、教学过程、课程体系、教学方法等进行了系统阐述，而且《理想国》被称为"西方历史上第一部教育理论著作，被认为是西方教育史上的三大里程碑之一"②，柏拉图本人也被认为是西方教育史上第一位系统论述教育的教育家。在东方，在距今几千年的中国原始社会，人们开始开创远古的文化和教育，他们"教育后代怎样制造和使用简单的石器劳动工具，怎样团结互助进行集体的采集和狩猎的生产活动，并怎样与毒蛇猛兽及其它自然界威胁进行斗争以保证集体生活和安全"③。例如，中国长江流域新石器时代的河姆渡文化（位于今浙江余姚）产生于公元前 5000 年至公元前 3300 年，那时的人们已经学会制作耜、鱼镖、镞、哨、匕、锥、锯形器等骨器用于生产和生活，学会种植水稻、饲养畜牧和捕鱼，学会建造通风防潮的干栏氏房屋以及打井，等等。随着生产和生活水平的进一步发展，到春秋战国时期，出现了儒、道、墨、法、兵等主要思想学派，形成了战国时期学术思想上"百家争鸣"的局面，中国古代文化达到空前的繁荣。这时中国出现第一次教育体制变革：官学衰废，私学兴起。随着具有划时代意义的"私学"的建立、发展和繁盛，教育以及教育思想空前繁荣，其中以孔子（名丘，字仲尼，前 551 / 552～前 479）创立的儒家思想贡献最大，并且影响至今。集结了孔子与其弟子的语录的《论语》从施教者修养、教育对象、教育内容、教育方法、教育目标和教育目的等方面阐明了儒家的教育理念。后来，儒家弟子继承发扬孔子的教育思想，到战国末期，出现由孔子的弟子以及再传、三传弟子记录，后由西汉戴圣编辑成书的中国古代也是世界上最早的一篇专门论述教育和教学问题的论著《学记》。《学记》虽然全文只有

---

① 张斌贤、褚宏启等：《西方教育思想史》，成都：四川教育出版社，1994 年，第 39 页。
② 单中惠、杨汉麟主编：《西方教育学名著提要》，南昌：江西人民出版社，2000 年，第 8 页。
③ 毛礼锐、瞿菊农、邵鹤亭编：《中国古代教育史》，北京：人民教育出版社，1983 年，第 5 页。

一千二百二十九个字，但是对教育目的、学校制度、教育原则、教学原则、教学方法，以及教师的作用等问题都作了比较全面的系统的论述。

继孔子与《论语》以及柏拉图和他的《理想国》之后，东西方文明潮起潮落，变幻万千，但不管世事如何的变化，只要文明依然存在，教育便是永远说不完的话题，教育与人类社会、文明、文化等同生死，共存亡。作为教育的受惠者和教育责任的承担者，知识分子历来把人类社会的发展进步作为自己的思想和行动旨趣，即把维护整个人类的利益作为自己的责任。因此，中国知识分子历来推崇"齐家、治国、平天下"，"存天理，去人欲"的社会责任感。[①] 德国著名的主观唯心主义哲学家和教育家费希特（Johann Gottlieb Fichte，1762～1814）说，知识分子的使命是"为社会服务"[②]。卡尔·曼海姆（Karl Mannheim，1893～1947）认为，真正的知识分子不从属于任何阶级和政党，知识分子阶层是"相对自由漂移的"，能够独立地"面对整个世界"，独立地担当社会良知的职能。曼海姆眼中的真正的知识分子既掌握较丰富的专业知识，又能超越个人专业领域，参与自身之外的社会事务，"清醒地批判社会"，发挥引领社会发展进步的作用。

教育是基本的社会活动，众多真正的知识分子（尤其是人文主义者）都会不约而同地关注教育，以不同形式主动承担社会教育工作。对教育发言，这是真正的知识分子的社会职责之一，阿诺德、利维斯、艾略特和威廉斯都是英国现代社会中敢于承担这种社会责任的知识分子。不管从古到今教育理念是如何多得不可胜数，柏拉图和孔子等大教育家早已探讨过的几个基本问题却是任何完整的教育讨论都无法绕开的：教师、学生、教育机构（制度）；教育目的、教育内容、教育目标、教育方法等。但是，除了马修·阿诺德外，利维斯、艾略特和威廉斯等都不是自觉的教育家，因此他们不可能是系统的教育阐述者，不会对所有的教育问题一一发言，他们只是对教育的文化传播的社会过程中最为堪忧的问题发言；由于他们从事于大学教育事业，因此他们更多的是针对大学在文化传播的社会过程中所遭遇的问题发言。

① 徐复观：《中国知识分子精神》，上海：华东师范大学出版社，2003年，第3～6页。
② 费希特：《论学者的使命·人的使命》，梁学志、沈真译，北京：商务印书馆，2008年，第42页。

（一）马修·阿诺德的学校教育文化传播观

德国哲学家康德（Immanuel Kant，1724～1804）认为，教育包含纪律训练（discipline）、传播文化、教导礼仪（discretion）和道德训练（moral training）[①]，而其中传播文化历来都是教育的核心部分。马修·阿诺德有关教育的文化传播的看法，来源于他为期35年以英国皇家督学（Her Majesty's Inspectors of Schools，1851～1886）身份进行的英国以及欧洲大陆的教育体制考察，以及中学任教和在牛津大学十年的诗歌教授（1857～1867）等教学实践活动。教育是阿诺德一辈子的事业，他为了英国的教育事业可谓是废寝忘食，鞠躬尽瘁。工作之余，他不断地进行教育思考，他的教育理念影响至今。虽然人们通常不认为他是一位教育家，但是由于他的才能、对教育的真心和热情，他至少是获得了英国最伟大的督学的口碑。[②] 撇开他主张加强希腊和拉丁语文化、诗歌等经典教育的具体的教学改革，提高老师的文化素养等建议和亲身指导外，他对初等教育最大的贡献莫过于，促进了英国义务教育在社会各阶层全面铺开，因此，英国人民没有、也不会忘记他对公共教育以及对公众教育观的形成所做的贡献[③]，利物浦有以他的名字命名的小学，在牛津和斯泰恩斯（Oxford and Staines）有以他的名字命名的中学。

阿诺德对教育的直接影响是，他日复一日地穿梭于众多公立学校之间的亲自指导和教授，而对于后代的间接影响源于他在35年的皇家督学任职期间所写下的众多教育报告中倡导的教育思想。阿诺德和其他20位督学每年要视察4000多所政府资助的学校，并且一年一次向政府报告所监察的学校的建筑、课程、教材、班级的大小、学校纪律和学生的成绩等，写下了不少的教育报告，后来在众多朋友的要求下，才同意出版。在担任督学期间，他曾三次被派到欧洲大陆考察教育制度（1859，法国、荷兰和瑞士；1865，法国、德国、瑞士和意大利；1885，法国、德国和瑞士），写下了

---

① Immanuel Kant, *Kant on Education*, Trans. Annette Churton, with an introduction by C. A. Foley Rhys Davids, Boston: D. C. Heath & Co., 1906, pp. 19-20.

② G. W. E. Russell, *Matthew Arnold*, New York: Charles Scribner's Sons, 1904, pp. 52, 55-56.

③ Joshua Fitch, *Thomas and Matthew Arnold and Their Influence on English Education*, New York: Charles Scribner's Sons, 1898, p. 157.

一系列教育著作：《英国和意大利问题》（*England and the Italian Question*，1859）、《法国的民众教育》（*Popular Education in France*，1861）、《法国伊顿：中产阶级教育和国家》（*A French Eton; or, Middle Class Education and the State*，1864）、《欧洲大陆的学校和大学》（*Schools and Universities of the Continent*，1868）、《友谊的花环》（*Friendship's Garland*，1871）、《德国的中学与大学》（*Higher Schools and Universities in Germany*，1874）以及《国外初等教育特别报告》（*Special Report on Elementary Education Abroad*，1888）。

从出生到1888年的意外猝死，马修·阿诺德所身处的家庭环境、社会环境以及工作环境都与教育密切相关，因此他"对所有教育问题的研究和启迪性的判断能力是鲜有的"[①]。不过考察阿诺德对所有教育问题的研究和判断不是本著作的目的，这里主要是把他作为雷蒙德·威廉斯所反对的前辈集团中的一分子，从威廉斯所反对的角度透视阿诺德的学校文化教育理念。不管是威廉斯，还是艾略特和利维斯，他们所从事和所关心的主要是已经具备读写、甄别文化等能力的大学学生的教育，而且他们并不想作为一名教育理论家，而是作为一名教师、一名知识分子从社会情势的角度对教育发言。他们所共同关注的社会教育问题可以总结为如下几个：（1）学校教育文化传播的内容是什么？（2）受教育者是哪些人？（3）学校文化传播的目的是什么？（4）宗教教育的问题，这点是阿诺德和艾略特最为关注的。换句话说，下面将主要是对比研究阿诺德、艾略特、利维斯和威廉斯对上面几个问题的回答，一方面对这几个英国伟大的文人的教育思想有所了解，更重要的是彰显前辈和晚辈之间的反抗以及晚辈获得独立的模式。

享有"文化使者"[②]美誉的马修·阿诺德除了通过著书立说"批评生活"而传播文化外，还试图通过具体的教育实践活动"把文化传播给每一个孩子"，因为"无论贫人还是富人，人人都需要文化"[③]。当然，阿诺德认为，

---

① Joshua Fitch, *Thomas and Matthew Arnold and Their Influence on English Education*, New York: Charles Scribner's Sons, 1898, p. 175.

② Leonard Huxley, "Preface", in *Thoughts on Education, Chosen From Writings of Matthew Arnold*, London: Smith, Elder & Co., 1912, p. viii.

③ Matthew Arnold, *Thoughts on Education, Chosen From Writings of Matthew Arnold*, London: Smith, Elder & Co., 1912, p. 216.

教育传播的文化应该是系统的、"最好的文化"，这与他的文化批评的文化观是一致的。"把文化传播给每一个孩子，让每一个孩子都能接受教育"的"强迫性义务"[1] 民众教育理念（popular education）虽然在马修·阿诺德时代欧洲大陆的荷兰等少数国家以及当今世界各发达国家和一些发展中国家已经不是新鲜事，但是在阿诺德生活的 19 世纪下半叶的英国还是一种奢望。阿诺德生活时代的英国教育依然以私学为主，教育尤其是高等教育只是贵族阶层、高等职业阶层、富足的商业阶层即有钱有地位的社会群体的奢侈品。昂贵而稀少的私学教育使占社会人口大部分的中产阶层和贫困阶层处于被正规教育遗忘的状态，因此，马修·阿诺德和父亲托马斯·阿诺德一样呼吁国家加大投资和管理，建立"便宜而能保证人人上得起学"[2] 的公立学校，培训和聘任各级教师，建立包括初等教育、中等教育和高等教育在内的"完整的国民教育体系"[3]，统筹民众教育。其中，马修·阿诺德特别强调国民教育体系的集体性和合作性[4]，所谓集体性，即中央政府在教育中应该扮演公正的"大众的教育意愿"的代言者（agent）而不是专制的教育长官（master）的角色，应该与地方政府和民众密切合作，齐心协力，层层把关，保证民众教育顺利和实实在在地进行。在马修·阿诺德看来，"国家最能代表国民健全理智的力量，因而也是最具统治资格，在形势需要时，最能当之无愧地对我们全体行使权威"；当然，国家必须是"最优秀的自我"而不是"寻常之我"的化身。[5] 中国新儒家的一代宗师徐复观（字佛观，1903 ～ 1982）同样认为，政府在本民族的文化传承和发展过程应起到代言作用。他说，"对中国文化的传承，发展，是政府所以能代表全中国的主要

---

[1] Matthew Arnold, *Reports on Elementary Schools 1852-1882*, Ed. Francis Sandford, London and New York: Macmillan and Co., 1889, p. 27.

[2] Matthew Arnold, *A French Eton; or, Middle Class Education and the State, Which is Added Schools and Universities in France*, London and New York: Macmillan and Co., 1892, p. 111.

[3] Matthew Arnold, *The Popular Education of France, With Notices of That of Holland and Switzerland*, London: Longman, Green, Longman and Roberts, 1861, pp. 74-77.

[4] Matthew Arnold, *A French Eton; or, Middle Class Education and the State, Which is Added Schools and Universities in France*, London and New York: Macmillan and Co., 1892, p. 99.

[5] Matthew Arnold, *Culture and Anarchy: An Essay in Political and Social Criticism*, London: Smith, Elder & Co., 1909, pp. 43, 56.

条件之一"①。

马修·阿诺德认为，与家庭等其他文化传播或者说是文化教育相比，真正的学校教育能更加有计划而自觉、更加系统、更加有效和更加有保障地"将好的、完美的文化，以及每个时代所拥有的最好的东西传输给民众"②。他进一步指出，"完美的文化"是"高雅"和"高度理性"的结合体，二者相辅相成，相互融合，形成一个伟大民族的命脉。③历史发展已经向我们证实，即便是以"诚意求真、求知，热衷理智、热爱优美典雅的"而著称的古希腊文明古国④，即便古希腊拥有荷马、柏拉图、亚里士多德、阿里斯托芬、希罗多德、修昔底德、埃斯库罗斯、索福克勒斯和欧里庇德斯等一大批智者，以及他们的思想所形成的一座座永垂不朽的西方文明之丰碑，当它的精妙的品位和理性之光消失时，这一世界文明也就随之灰飞烟灭，古罗马文明也是如此，而古中国文明之所以能延续至今便主要得益于它的文化和理性能不间断地通过教育持续增长和发展而绵延不断，焕发永久的生命力。

因此，阿诺德认为，具备了高度理性和独特性质的高雅文化是各个阶段的学校教育所应传播的主要内容，而经典"文献 / 文学"（literature）是人类精神史中最具备"优雅和理性"的文化，文献 / 文学经典中又以"诗歌"最佳。大部分时候阿诺德的文献 / 文学的概念与我们通常所认为的"创造或者想象性的作品"相符，并且在所有的文学和诗歌作品中，他又尤为推崇古希腊罗马的杰作，例如，荷马史诗、希腊悲剧、维吉尔史诗，等等。后来在 T. H. 赫胥黎（Thomas Henry Huxley，1825 ～ 1895）等人掀起的科学思想的冲击下，阿诺德 1883 ～ 1884 年在美国游历期间所作的有关教育、民主和拉尔夫·瓦尔多·爱默生的讲座中解释说，他所说的"文献 / 文学"（literature）包含了"文学"（letters）和"科学"（science），即

---

① 徐复观：《中国知识分子精神》，上海：华东师范大学出版社，2003 年，第 120 页。

② Matthew Arnold, *A French Eton; or, Middle Class Education and the State*, London and Cambridge: Macmillan and Co., 1864, pp. 116-117.

③ Matthew Arnold, *The Popular Education of France, With Notices of That of Holland and Switzerland*, London: Longman, Green, Longman and Roberts, 1861, p. xliii.

④ 伊迪丝·汉密尔顿：《希腊精神：西方文明的源泉》，葛海滨译，沈阳：辽宁教育出版社，2003 年，第 67、81 页。

"所有以文字形式记录下来的东西或者是印刷成册的书本"，或者说"所有通过书本传播给我们的知识都是文献／文学"，而不仅仅只是"纯文学"（belles lettres）①，也就是说，荷马的《伊利亚特》和《奥德赛》、柏拉图的《理想国》、亚里士多德的《诗学》、欧几里得的《几何学》、哥白尼的《天体运行论》、牛顿的《自然哲学的数学原理》、达尔文的《物种起源》等都是阿诺德认为的文学经典，是学校教育的主要内容。阿诺德之所以倡导教授和学习古希腊经典文化，主要是他认为，现代的文学杰作无一例外都是在古希腊罗马文学的影响下成长起来的，因此系统的经典古希腊罗马文学知识学习对于理解好的现代文学必不可少，而且无论是古典还是经典现代文献／文学都能够激发我们的情感和想象力以及求真知的能力。值得一提的是，阿诺德提出，应该整体性地把握经典，无论是阅读荷马史诗还是学习希腊文化都应该学习他们的全部，而不是部分的阅读和学习。② 阿诺德尤其倡导诗歌学习也是有他的理由的，因为他认为，"好的诗歌毋庸置疑有助于灵魂和性格的形成，助长对美和真理的热爱；尽管是间接的，好的诗歌提出高尚而又高贵的行为准则，并且激发有助于实践这些行为准则的激情"③。

学校教育是自觉的、有明确目的的教育形式。最为广义地说，学校教育是为了传播文化，促进文化的发展，从而促进个体发展与社会发展。不过，英国哲学家和教育学家 A. N. 怀特海强调说，学校所要传播的并不是作为"一整套的生活方式"的文化，也不是包含了"所有的想象性和创造性的作品"的文化，而是"表征思想活力、美的感知和高尚情感的文化，支零破碎的知识信息或知识与文化无关"。由此可见，怀特海的教育文化观与前辈马修·阿诺德强调的"理智"、"优美典雅"以及整体性的教育文化内涵具有一定的相似性。就教育的个体发展功能来说，怀特海认为教育的主要目的不是为了迎合所谓的校内和校外考试制度，而是"教人们掌握运

---

① Matthew Arnold, *Discourses in America*, London and New York: Macmillan and Co., 1896, p. 90.

② Matthew Arnold, *A Bible Reading for Schools: The Great Prophecy of Israel's Restoration*, London and New York: Macmillan and Co., 1889, pp. vi-vii.

③ Matthew Arnold, *Reports on Elementary Schools 1852-1882*, Ed. Francis Sandford, London and New York: Macmillan and Co., 1889, p. 226.

用知识的艺术"; 是"为了造就既有文化又有专业知识的人才"; 是培养对"风格"(style)—— 艺术的风格、文学的风格、科学的风格、逻辑的风格、实际做事的风格 —— 的鉴赏能力。"既有文化又有专业知识"意味着"文化培养思维能力, 而专业运用这种能力", 意味着"对思想的力量、思想的美、思想的条理有着深刻的认识, 以及对一种与生活密切相关的专业知识有着灵活的把握"[①]。

从怀特海的教育目的观可以知道, 具体的教学的目的与教育的内容主张是密切相关的, 阿诺德在学校传播"完美文化"的基础上认为, 教育不是通常认为的为了把受教育者训练成遵纪守法的良民、虔诚的教徒或者温文尔雅的绅士, 也不是为了把受教育者训练成适应社会的人或者履行社会职责的人。与当时的常识相反, 阿诺德认为, 教育"最首要和最直接的目的是让受教育者认识自己和认识世界"。美国著名的哲学家和教育家亚历山大·米克尔约翰(Alexander Meiklejohn, 1872 ~ 1964)曾说: "认识自己和认识自己所生活的世界是人类最大的愿望。"[②] 阿诺德认为, 教育之所以能起到"认识自己和认识世界"的作用, 那是因为学校教育的文化知识能"唤醒受教育者所有的潜在力量", 从而塑造受教育者, 促使他们认识到自己的这些能力和操作力, 而这些能力和操作力将帮助人们认识整体的人类世界以及自然的运动规则。[③] 例如, 学习文学能够帮助人们认识到人类自身的力量、自由和活动的运作状态; 学习科学能帮助人们认识自然力的运作状态, 以及人类在面对自然时所表现出来的局限性和受自然所牵制的状态。总之, 只有认识了自己, 认识了自己所生活的世界和自然环境, 才有可能把握自己, 把握世界。

除了首要和最直接的目的外, 马修·阿诺德还另外提出了两个教育目的: 其一, 熟知世界上所想和所说过的最好的东西。其二, 在上面所

[①]　Alfred North Whitehead, "The Aims of Education: A Plea for Reform", *Organization of Thought: Educational and Scientific*, London: Williams Norgate, 1917, pp. 3, 9, 10, 23, 24.

[②]　Alexander Meiklejohn, "Inaugural Address", *Essays for College Men: Education, Science and Art*, Eds. Norman Forster, Frederick A. Manchester and Karl Young, New York: Henry Holt and Company, 1913, p. 41.

[③]　Matthew Arnold, *Higher Schools and Universities in Germany*, London: Macmillan and Co., 1882, pp. 155-157.

提到的最好的东西中，古希腊罗马经典中最好的又是主要部分。① 也就是说，作为教育者和受教育者都应该沉浸在最好的东西当中，因为它们具备良好的"塑造"（formative）作用，在反复的阅读和理解经典的过程中，经典"润物细无声"地塑造我们的灵魂、我们的人格，我们由此可以发现自我的价值、自我的重要性，发现世界文明的进程和意义。对于阿诺德来说，世界精神史上没有比古希腊罗马经典更好的东西了，因此他倡导从小学开始就应该开始学习古希腊罗马语言，然后逐步完整地阅读古希腊罗马经典，因为这些经典展示了一些高尚的风格特征。阿诺德尤为推崇的风格特征之一是机智（eutrapelos, eutrapelia / flexibility）：甜美的正义（sweet reasonableness），即优雅和真理（grace and truth）的完美结合。② 因为他认为，"机智"能塑造"思想清澈透明，语言清晰恰当，思维灵活开放、没有偏见等"性格特征。③ 虽然阿诺德多次强调他所指的古希腊罗马的好东西应该包括所有古希腊罗马经典文献，虽然他强调文学和科学教育同样重要，但是他对荷马史诗、古希腊悲剧、维吉尔史诗等少数古希腊罗马文学作品，尤其是荷马史诗的极度偏爱是不可能抹煞的事实。

　　以上从学校文化传播的内容、受教育对象和教育目的等方面阐述了马修·阿诺德的教育观，从这一简单介绍可以看出，阿诺德主张全民教育，强调经典教育。然而，尽管他主张人人享有教育权，但是作为一名推崇传统经典文化的"文化保守主义者"，他依然主张阶层差异教育。阿诺德的阶层差异教育主张与他对当时英国社会阶层的等级划分密切相关。他将英国国民划分成三大阶层——野蛮人（Barbarians，上等的贵族阶层）、非利士人（Philistines，中等的中产阶层）和群氓（Populace，下等的劳工阶层）。事实上，这三个阶层的名称直接表明了阿诺德对他们的不满，分别概括了各自最为显著的缺陷。贵族过于张扬个人自由，过于热爱户外运动，过度关注外部的美丽（容颜、行为举止等），崇尚外显而肤浅的文化，因而"缺乏内在的思想和情感"；中产阶级的缺陷则是崇尚物质，自愿做"商业、教

---

① Matthew Arnold, *Irish Essays and Others*, London: Smith, Elder & Co., 1882, p. 184.

② Matthew Arnold, *Literature and Dogma: An Essay towards a Better Apprehension of the Bible*, New York: Macmillan and Co., 1873, p. 215.

③ Matthew Arnold, *Irish Essays and Others*, London: Smith, Elder & Co., 1882, pp. 187-188.

堂、茶会等的机器"，坚决而异乎寻常地抵制理性以及理性之物，从而成为"理性的敌人或者说思想的奴隶"；而劳工阶层则缺乏"美好的同情心和迅速的行动力"[1]。据此，他主张应该根据社会各个阶层的现实条件，即根据他们目前最紧迫的需要和最有可能的明显去向考虑教育问题。他说："对于上等阶层的子弟，除了书本学习外，应该教导他的家庭出生和成长环境所不具备的东西，即集体友情感、平凡的生活实践、自助的习惯。对于中等阶层，应以塑造伟大的灵魂和个体尊严感为主要目标。对于下等阶层，应当以培养情感、文雅和人性为目标。"作为中产阶级的一员，为了加强中产阶级教育，马修·阿诺德不遗余力地呼吁政府建立"有利于中产阶级的公共教育系统"[2]，使他们能便宜入学，甚至是免费上学，让中产阶级沐浴在充足的文化、广阔的思想、伟大的理念之中，即完美的文化之中；让他们摈弃狭隘的乡土观，接纳异己和慷慨大方；让中产阶级成为自己和社会的主人，成为社会的中流砥柱。同时，他认为，通过政府统筹下的学校教育，中产阶级自身不但能扩大胸襟、解放思想和升华人格，更重要的是，由于教育而变得有文化、变得高贵和转型了的中产阶级将成为工人阶级的榜样，上升为文雅的中产阶级成为工人阶级所追求的理想，成为工人阶级的快乐之源、希望之源。

从上述对马修·阿诺德的教育活动和教育思想的选择性介绍可知，他为英国的教育做出了不可磨灭的贡献。他身体力行，为推进英国的义务教育、平等的初等教育、经典教育和广泛的国民教育向政府上书，要求政府全面统筹管理教育，改革教育系统。他为学校制定课程，提供教学建议和教学理念，指导教学以及检查教学成果，因此，英国著名评论家和文学史家乔治·塞因茨伯里（George Saintsbury，1845～1933）说，作为"教育改革家"的阿诺德比作为诗人和评论家的阿诺德更出名，更受欢迎。[3] 然而，尽管阿诺德为社会各阶层的孩子争取教育权尽心尽力，并且倡导在一定程

---

[1]　Matthew Arnold, *Culture and Anarchy: An Essay in Political and Social Criticism*, London: Smith, Elder & Co., 1909, pp. 61-64.

[2]　Matthew Arnold, *Letters of Matthew Arnold 1848-1888*, Vol. II, collected and arranged by George W. E. Russell, New York: The Macmillan Company and London: Macmillan & Co., 1900, p. 175.

[3]　George Saintsbury, *Matthew Arnold*, New York: Dodd, Mead and Company, 1899, p. 120.

度上根据社会实际情况和社会需要进行教育具有一定进步意义和现实意义，但是他始终认为上层阶级的理想是中产阶级的典范，中产阶级的理想是工人阶级的典范，而"上层阶级理想对于工人阶级是高不可攀的"[①]。这表明了阿诺德虽然口头上希望每一个人都能获得文化，达到完美，但骨子里却拥护等级社会制度，他的人人拥有教育权倡导的是全国范围展开的等级教育，而不是真正平等的教育，有其历史局限性。

（二）F. R. 利维斯的学校教育文化传播观

与马修·阿诺德相比，F. R. 利维斯既不是教育家，也不是教育改革者，只是一位不遗余力推崇英国文学以及从事英国文学批评的大学老师。出于强烈的社会忧患意识，他认为，英国文学（在某种意义上，就是利维斯所认可的文化的代名词）可以拯救正遭受"技术逻辑—边沁主义的功利主义文明"（Technologico-Benthamite civilization）威胁的英国社会[②]，因此，英国文学的教育传播才成为他关注的焦点，文学教育的社会作用成为他的教育思想的核心。F. R. 利维斯有关文化、文学和教育的探讨主要集中在他 20 世纪 30 至 40 年代的著作，例如，《大众文明和少数人文化》（*Mass Civilization and Minority Culture*，1930）、《文化与环境：批判意识的培养》（*Culture and Environment: The Training of Critical Awareness* [with Denys Thompson]，1933）、《文化传承》（*For Continuity*，1933）、《教育与大学：英文学院概略》（*Education and the University: A Sketch for an 'English School'*，1943），等等。1967 年克拉克讲座文集《我们时代的英国文学与大学》（*English Literature in Our Time and the University*，1969）中的《文学和大学：错误的问题》也是谈论文学教育的，不过与前期的观点差别不大。

F. R. 利维斯的学校教育文化传播观主要来源于他从 20 世纪二三十年代开始的对大众文化的批判，即对精英文化的维护。1929 年 10 月 24 日纽约

---

① Matthew Arnold, *A French Eton; or, Middle Class Education and the State*, London and Cambridge: Macmillan and Co., 1864, p. 121.

② F. R. Leavis, *English Literature in Our Time and the University: The Clark Lecture 1967*, London and New York and Melbourne: Cambridge University Press, 1979, pp. 58-60 (first edition, 1969).

股票市场的股价暴跌，整个资本主义世界的经济受到震荡，发生经济危机。在接下来的 20 世纪 30 年代里，英国的社会和文化感知力（sensibility）遭受"结构性贫困"（structural poverty）。中央和地方政府、各种社会团体寻求各种方法减轻民众负担，刺激经济增长。由于政府、社会和个人的努力，英国在 30 年代通货膨胀率控制在相当低的水平，住房便宜，消费增长，足球、电视和电影等大众娱乐形式相对快速发展，使得绝大部分英国民众感觉生活还可以过得下去，与同时期其他在痛苦中挣扎的欧洲国家相比，英国维持着一种"令人惊讶的稳定"。社会稳定，人民生活满意，此时英国社会文化"即便不能说是发生了文化革命，至少可以说得到了长足发展"①。但是，那一时期的发展无论是经济还是文化都延续了"20 世纪早期以来的功利主义"②，因此，在利维斯看来，那时的大众文化充满了商业利益，它们只对"当下的那一刻"负责，从而使得真正的文化发展难以维持，文化亟待拯救，否则文化传统将断裂。

20 世纪 30 年代英国进入大众传播时代。随着在 19 世纪 30 年代"人人都看"的廉价"便士报"（以 19 世纪 30 年代《纽约太阳报》和《先驱报》的创刊为标志）发行流通，报纸开始面向"分散的、异质的、不定量多数的一般大众"③，到了 20 世纪，报纸逐步企业化、产业化，"社会导向和预测以及表征社会不断更新的过程"成为报纸的新特点，报纸成为"一种新的传播系统，一种新的社会体制"，成为一种平常的社会文化形式④，这时，报纸成为真正意义上的大众传播媒介。20 世纪 20 年代收音机生产成为了英美工业生产的一个主要部分，无线广播开始普及，据统计，到了 40 年代，美国家庭收音机的普及率超过 80%，大众文化走进人们的日常生活。雷蒙德·威廉斯把由无线电广播以及后来的电视所带来的"移动的、以家为中心"的新的独特的生活方式称为"移动的私人化形式"（form of mobile

---

①　Kenneth O. Morgan, "The Twentieth Century 1914-2000", *The Oxford History of Britain*, Ed. Kenneth O. Morgan, Beijing: Foreign Language Teaching and Research Press, 2007, pp. 612-615.

②　吴浩：《自由与传统：二十世纪英国文化》，北京：东方出版社，1999 年，第 21 页。

③　郭庆光：《传播学教程》，北京：中国人民大学出版社，1999 年，第 171 页。

④　Raymond Williams, *Television: Technology and Cultural Form*, New York: Schocken Book, 1975, pp. 21-22.

privatisation）。[①]20 世纪 30 到 40 年代，西方电影迅速发展，走向成熟，美国好莱坞是其中的佼佼者，它脱颖而出并从此主导着世界电影的潮流。美国电影以及其他大众商品文化的输出使当时的英国等国家对"美国化"产生了强烈的恐惧和排斥。电影文化的诞生、发展、成熟以及传播和接受速度的超传统状态冲击着传统的文化模式和娱乐方式。[②]20 世纪 20 年代电视节目开始试播，30 年代末期，英美出现公共电视，三四十年代开始商业电视广播，那时的电视节目已经可以被传送到千家万户，近距离地大量提供文化信息、娱乐等。1939 年 9 月第二次世界大战爆发之时，英国 BBC 的伦敦电视台就已经十分成功，当时英国每周可以卖出 500 台电视机，而且据统计在 1939 年 3 月仅伦敦地区就已经有电视机两万台。[③]

    20 世纪三四十年代流行的报刊杂志、无线广播、电影、电视等大众传播系统雨后春笋般的迅速发展必定良莠不齐，但是 F. R. 利维斯似乎陷入了"新的东西必定是坏的而要加以排斥"的怪圈，对这些大众传媒传播的新的文化信息一律加以排斥，认为它们正在败坏和威胁着美好的文化传统，蚕食着人们的文化意识，而拯救处于危机中的传统文化以及维持文化传统的健康生长成为了像他一样的少数精英的当务之急，而解决这种当务之急的方式就是"有意识地"利用学校教育，培养"有能力的和有教养的，能代表文化传统和品位标准、具有鉴别能力的共同读者（Common Reader）"，从而拯救文化，以对抗"当前文化传统的丧失、文化的混乱和社会环境对文化的仇视"[④]。当然，利维斯的文化指他所认为的"文学文化"，而"共同读者"即能"欣赏但丁、莎士比亚、多恩、波德莱尔、康拉德以及他们的继承者"的那么一小撮社会精英。利用文化拯救败坏的文化传统并不是利维斯的首创，它也有自身的传统。例如，第一次工业革命之后的文化批评自觉开始之后，J. S. 密尔（John Stuart Mill，1806 ～ 1873）曾说，文

---

① Raymond Williams, *Television: Technology and Cultural Form*, New York: Schocken Book, 1975, p. 26.

② 李植枬、高明振、唐希中主编：《从分散到整体的世界史（现代分册）》，长沙：湖南出版社，1990 年，第 261 ～ 262 页。

③ 秦瑜明：《电视传播概论》，北京：北京广播学院出版社，2002 年，第 35 ～ 36 页。

④ F. R. Leavis, "How to Teach Reading", *Education and the University: A Sketch for an 'English School'*, London and New York and Melbourne: Cambridge University Press, 1979, pp. 106-107.

学是社会情绪的"启蒙者"和"改进者"。[1]I. A. 瑞恰慈（Ivor Armstrong Richards，1893～1979）认为，"诗可以拯救我们，它完全可能是克服混乱的工具"[2]（1926）。

大学历来被认为是保存文化传统的地方，而 F. R. 利维斯认为，大学不仅仅是保存文化传统，而且应该努力成为保持文化传统的持续性的地方。不管是大学还是其他学校都应该"努力保存和发展文化意识，使其延绵不绝；保存和发展成熟的具有导向作用的价值观，这种价值观通常是传统智慧的结晶"[3]。也就是说，"教育即生长，教育即发展"[4]，大学除了保持和发展文化传统外，还要保持文化传统不断生长和发展，形成生生不息的传统文化之流。关于大学教育的目的，利维斯明确地表明，大学教育应该避免乌托邦倾向，应该"务实"，即教育必须植根于社会，必须从历史—社会的角度思考教育。从利维斯自己当时所处社会情势来说，他认为，教育应该传播"高雅"的文化传统，以对抗大众文明带来的社会邪恶，以及拯救被大众文明败坏了的高雅文化。利维斯心目中的高雅文化就是少数高雅的文学文化，或者说少数作者的为数有限的文学作品。既然文学担负着"拯救危亡之际的文化，保持文化的连续性"的重责，那么学院的文学教育应该如何进行才不辱使命？谁又能接受文学教育，成为社会文化的拯救者？

在利维斯看来，他所生活的社会的技术文明使得标准丧失，文化与社会分裂，高贵的文化被机械文明逼进了死胡同。非人性化的工业机械的发展正一步步弱化人们的自觉意识、人与人之间的合作和制约关系。总而言之，在机械文明的威胁下，人们的"文化感知能力"越来越迟钝，导致知识、道德和人性的滑坡。利维斯之所以认为文学能担负起拯救文化—社会于"破碎和腐败"之时，那是因为他认为，真正的大学尤其是大学的人文教育能够培养出"有文化的人"，大学培养的"有文化的人"不仅仅有

---

[1]　John Stuart Mill, *Dissertations and Discussions: Political, Philosophical, and Historical*, Vol. 1, Reprinted Chiefly from *The Edinburgh and Westminster Reviews*, London: John W. Parker and Son, 1859, p. 187.

[2]　I. A. Richards, *Science and Poetry*, London: Kegan Paul, Trench, Trubner & Co., 1926, pp. 82-83.

[3]　F. R. Leavis, "The Idea of a University", *Education and the University: A Sketch for an 'English School'*, London and New York and Melbourne: Cambridge University Press, 1979, pp. 15-17.

[4]　John Dewey, *Democracy and Education: An Introduction to the Philosophy of Education*, New York: The Macmillan Company, 1930, p. 59 (first edition, 1916).

知识，更重要的是，他具备解决当代文明问题、促进"文化的再生"的能力。[①] 当然，利维斯意义上的真正具备文化再生能力的是"文学—批评"，因为他认为，没有其他学科能够像"文学—批评"学科那样，培养人们的"智力、感悟力、判断力和思考能力"。经过"文学—批评"教育的人将具备"文学头脑"，而"文学头脑"是"文化阶层"所应该具备的。具备"文学头脑"的"文化阶层"不仅对英国文化传统的内容和秩序有着深刻的了解，而且对感情、感觉和意象等微妙结构系统有着敏锐感受力，对现代文明具有成熟的价值判断能力，能够认识到人类的种种可能，从而"确立文化标准"[②]，维护文化的连续性，促进人类社会持续向前发展。不过，雷蒙德·威廉斯评价说，阿诺德和利维斯等通过文学（批评）调控个人和社会体验整体质量的观点是危险的，他们所倡导的这种排他性少数人文化（文学）模式极具伤害性，根本不利于交流[③]，理所当然也是不利于文化传播，不利于文化发展的。

虽然利维斯并不否认学院其他学科教育的重要性，但是他认为，"文学—批评"训练应该是大学教育的中心，大学教育的焦点；应该成为其他各学科研究的基础教育。同时，他认为，能够接受"文学—批评"训练的人应该是能够接受"为精英设计的严格标准"的"少数学生"，而且应该"满足于这一恰当的人数"[④]。他的这种狭隘的文学批评主导的精英主义教育观是与他自身的生活和工作经历分不开的。利维斯生在英格兰的剑桥一个有文化的家庭，长大后就读于剑桥大学，工作在剑桥大学，可以说除了第一次世界大战在公谊救护队（The Friends' Ambulance Unit）的经历外（1914～1919），他一辈子都生活在单一的精英圈子里，从参加工作到生命的结束（1927～1978）一直从事英国文学研究和英国文化批评。利维斯的

---

① F. R. Leavis, "The Idea of a University", *Education and the University: A Sketch for an 'English School'*, London and New York and Melbourne: Cambridge University Press, 1979, p. 19.

② F. R. Leavis, "A Sketch for an 'English School'", *Education and the University: A Sketch for an 'English School'*, London and New York and Melbourne: Cambridge University Press, 1979, p. 59.

③ Raymond Williams, *Culture and Society 1780-1950*, New York: Doubleday & Company, 1960, pp. 272-273.

④ F. R. Leavis, "A Sketch for an 'English School'", *Education and the University: A Sketch for an 'English School'*, London and New York and Melbourne: Cambridge University Press, 1979, pp. 41-42.

妻子 Q. D. 利维斯（Queenie Dorothy Leavis，1906～1981）也是一位文学评论家，夫妻俩共同创办《细察》（*Scrutiny*，1932～1951），试图树立道德严格的文学批评标准，把文学树立为维护文化发展的标准。当然，F. R. 利维斯的英国文学至尊观表现出来的反抗精神也是不容忽略的：对工业革命的反抗，对大众文明（文化）的反抗，对科学技术的反抗，对外来文化尤其是美国文明的反抗。

在 F. R. 利维斯参加工作（1927）开始真正自主意义上的文学研究和文化批评之时，T. S. 艾略特早就已经因诗歌《普鲁弗洛克的情歌》（1915）和《荒原》（1922）以及文学批评论文集《圣林》（1920）而闻名英美文坛，利维斯本身对 T. S. 艾略特作了大量的研究，同时给学生讲授艾略特，除了受马修·阿诺德的影响外，T. S. 艾略特对他的文学思想影响很大。按照历史顺序，艾略特的教育思想应该放在利维斯的前面讨论，但是由于这种影响主要表现在文学思想方面，更重要的是，本著作主要讨论雷蒙德·威廉斯对 T. S. 艾略特的反抗，因此把二者尽量放在一起讨论，如果本著作之前之后的讨论中出现相同的时间顺序安排，都是这个原因，就不再一一解释了。

（三）T. S. 艾略特的学校教育文化传播观 [①]

与马修·阿诺德相比，教书育人只是 T. S. 艾略特的临时职业，出版社编辑才是他的终生职业。1922～1939 年，他担任文学评论杂志《标准》（*The Criterion*）的编辑，从 1925～1965 年他一直是伦敦的法伯与法伯出版社（Faber & Faber）的编辑，在做编辑之前，1917～1925 年供职于伦敦的劳埃德银行（LIoyd Bank），担任评估员。他 1909 年从哈佛大学哲学系毕业后，1909～1910 年在哲学系担任哲学助教，1914～1917 年间陆续在英国的一些学校教过书，1932～1933 年曾受邀主持哈佛大学有名的"诺顿讲座"（Charles Eliot Norton Lectures），这些大致就是艾略特的教学活动的全部。教育活动的多寡与一个具有忧患意识的知识分子对教育关注的程度和深度并没有必然关系。作为国家的教学督察，马修·阿诺德必须面面

---

① 此部分前期曾发表相关论文。见李兆前：《试论艾略特的文化传播观》，《社会科学论坛》2014 年第 7 期，第 89～94 页。

俱到；对于以大学教育为生的利维斯来说，大学文化传播是他的焦点；而作为一名有机知识分子，艾略特面向社会整体发言，他找出一些当时流行且占主导地位的教育观念，加以批判，然后提出自己的见解，以完善学校文化传播过程，促进文化发展。

艾略特认为，他所生活时代的教育观点存在一定的问题。首先是关于教育的定义问题。教育可以从本质、内容、手段、方法、目的、制度、意义等角度进行定义，艾略特则主要从教育内容的角度定义教育。他认为当时的教育定义存在过宽和过窄两种倾向：过窄是指教育局限于"能教授的东西"；过宽意味着把一切值得保存的东西都当作教育的内容。[①] 在艾略特眼里，过窄或者过宽的教育内容都应该加以反对，因为他认为人类最有意识的那部分文化的教授才是教育，所谓"人类最有意识的那部分文化"是指经过社会—历史淘洗后公认的经典，如古希腊罗马文学作品、莎士比亚戏剧、基督教经典等，在这一点上他与阿诺德和利维斯一脉相承。当然，根据艾略特的动态文化传统观，他心目中的"最有意识的那部分文化"始终在形成中，因此他所说的教育的内容也会随着社会—历史环境的改变而发生相应的变化。同时，他一再强调学校的那部分文化教育应该与校外（社会的和家庭的等）的各种形式的教育（俄国教育家乌申斯基[②] 把它们统称为广义的教育，即无意识的教育）紧密结合，组成完整的文化传播体系，才能保证文化的健康发展、社会的健康发展。关于教育的内容古今中外众说纷纭，中国古代儒家经典四书之一的《中庸》称"修道之为教"，即认为"道"为教育之内容，这大概是最为宽泛、最为抽象、最为崇高的教学内容说了。美国教育家、哲学家杜威（John Dewey，1859～1952）曾说，教育是人类文明的传递，教育是社会生活延续的工具，这是艾略特所批判的过宽的教育（内容）定义之一。也许杜威的"学校即社会"的观点让艾略特更不爽吧，毕竟在精英主义者们的眼中，把学校定义为"分别为圣"的地方都不为过。事实上，上面谈到的杜威的一些观点是一种形而上的教

---

① T. S. Eliot, *Christianity and Culture: The Idea of a Christian Society and Notes Towards the Definition of Culture*, New York: Harcourt, Brace and Company, 1949, p. 120.

② 康斯坦丁·德米特里耶维奇·乌申斯基（Konstantin Dmitrievich Ushinsky，1824～1871）：19世纪俄国著名的教育家，被称为"俄国教育科学的创始人"。

育哲学思考，艾略特则是面对当时社会教育具体实践活动发言，二者不是同一范畴，与定义的宽窄无关。

艾略特指出，当时值得商榷的第二个教育观点与教育的目的问题相关。他一口气例举了当时流行的六种教育目的论①，并一一加以点评。艾略特提到的第一个教育目的论是 1937 年牛津"教会、教区②和国家"研讨会出版的论文专集《教会工作调查》中所提出的：

> 教育是教区寻求将它的生活向教区内所有成员敞开，并使他们能参与其中的过程。它试图向教区成员传递文化（包括它要求教区成员必须遵守的准则）。在教区文化被认为是终极文化的地方，就会试图把它强加给年轻人。在教区文化被认为只是发展的一个阶段的地方，就会训练年轻人，让他们接受它，并对其进行批评和改进。
>
> 文化由各种成分组成。从基本的技能和知识到解释共同体赖以生存的宇宙和人类的知识。③

专集编撰者进一步指出，这里的教育不特指宗教教育，因为宗教教育与一般教育已经没有明显的分界线。艾略特认为，此种教育目的论有些地方值得商榷。其一，教育不应该仅仅局限于体制性教育系统，比如，艾略特以及众多教育家从来都把家庭教育放在首位，这在前面已经讨论过，此处不再赘述。其二，此目的论中的文化的概念仅仅限于技能和解释，太过狭窄。其三，专集中提出的文化传播主体即人格化了的"教区"只不过是"权威"的"聚合体"而已，不会是合格的教育文化传播者。

---

① T. S. Eliot, *Notes Towards the Definition of Culture*, London, Faber and Faber, 1948, pp. 95-99.

② 杨民生和陈常锦先生的艾略特的《基督教与文化》中译本中，将此处的"community"译为"共同体"不太恰当，因为在研讨会的专集中明确地表明了"community"就是"Christian community"的意思，并说："家庭、教区、民族和国家是上帝给予的基础单位，是人类生活的组织结构方式。"教区是一个地理意义上的教众划分单位，指称范围可大可小，如一个村庄、一个国家、整个欧洲，等等。J. H. Oldham, et al., *The Churches Survey Their Task: The Report of the Conference at Oxford, July 1937, On Church, Community and State*, with an introduction by J. H. Oldham, London: George Allen & Unwin, 1937.

③ Joseph Houldsworth Oldham, et al., *The Churches Survey Their Task: The Report of the Conference at Oxford, July 1937, On Church, Community and State*, with an introduction by J. H. Oldham, London: George Allen & Unwin, 1937, p. 130.

　　艾略特批判的第二种教育目的论是英国教育家兼记者登特（Harold Collett Dent，1894 ～ 1995）在他的《英国教育新秩序》（1942）中提出的教育理想：完全的民主，即通过教育建立理想的民主社会：

> 　　自导、自治、自律的共同体，在保证共同利益的基础上，赋予每个成员尽可能多的个人自由，共同体的健康、活力和动力有赖于这种有秩序的自由完全的实现。在个体为了整体，整体为了个人的基础上，由于自愿和睦地生活在一起，作为整体以及个体成员都能获得幸福。他们共同的目的是通过快乐地合作，不断丰富人类生活，它的发展方向是，对任何一个自由、积极和进步的社会所应具备的有持久精神价值的东西有着越来越详细、越来越深的理解。[①]

对于这样的教育目的论，艾略特提出了自己的疑惑。其一，登特并没有告诉大家什么是"完全民主"；其二，即便我们实现了"完全民主"，那么教育的下一个理想又是什么？从艾略特对登特英国战后教育目标的批判可以看出，他需要的是一个具有长久意义的教育目的观，而不是某一具体社会—历史时期的目的。

　　艾略特所批判的第三种和第四种教育目的论是英国诗人、文学艺术评论家里德（Sir Herbert Edward Read，1893 ～ 1968）提出的"教育的目的是为了获得幸福"，以及"个人独特性和社会统一性的调和"，即里德所选择的自由主义民主。里德在《通过艺术实施教育》一书中说，教育的目的是为了"保存人以及他的思维能力的有机整体性"，从而"保持意识的整体性，这既是社会和谐也是个人幸福的源泉"[②]。艾略特认为，里德有关"教育的目的是获得幸福"的观点是老生常谈，是把过去"没有当作或者偶尔才当作真正的教育目的的观点加以系统阐述，用来作为指导未来发展的目的"[③]。因为，早在 19 世纪英国政治哲学家和小说家戈德温（William

---

①　Harold Collett Dent, *Education in Transition: A Sociological Study of the Impact of War on English Education 1939-1943*, London: Kegan Paul, Trench, Trubner & Co., 1945, p. 183.

②　Herbert Read, *Education Through Art*, London: Faber and Faber, 1948, p. 68.

③　T. S. Eliot, *Notes Towards the Definition of Culture*, London: Faber and Faber, 1948, p. 96.

Godwin，1756～1836）就提出过相同的观点："像任何其他道德过程一样，教育的真正目的是产生幸福。"①在19世纪下半叶另一位英国哲学家斯宾塞（Herbert Spencer，1820～1903）论述教育的目的时也说："学识给与行动良好的影响——防止邪恶或者说保证善行，帮助产生幸福。"②另外，艾略特所批判的里德的"个人独特性和社会统一性的调和"与"幸福目的论"是一致的，因为里德认为，审美导向的教育目的不是为了培养艺术家，而是为了培养一些意识，这些意识对保持个体整体性和社会整体性都是必不可少的，而且二者密切相关，同生死，共存亡③，是社会和谐与个人幸福的保证。

　　艾略特批判的第五种教育目的论是哈波尔德博士（Frederick Crossfield Happold，1893～1971）在他的《迈向新贵族：教育计划论稿》（*Towards a New Aristocracy: A Contribution to Educational Planning*，1943）提出的"培养时代所需要的男男女女"。艾略特认为，哈波尔德博士没有界定"所需要的男男女女"的所指，因而这种教育目的不完整。④其实，哈波尔德博士的主张是一种典型的"社会本位论"的教育目的论，即根据社会发展需要来制定教育目的和建构教育活动的一种教育目的论⑤，强调教育的社会作用。这种教育目的论在东方可以追溯到中国的孔子，在西方可以追溯到古希腊的苏格拉底和柏拉图师徒二人，自那以后，"社会本位论"成为了教育目的论两种主要模式中的一种。例如，柏拉图的《理想国》在一定程度上谈论的就是，如何为社会"教育和培养统治阶级：一方面教育他们如何成为具备管理自己的国家的特质以及为它而战斗的精神的公民，另一方面教育他们成为文雅和见多识广的哲学家"⑥。与"社会本位论"教育目的相对应的就

---

① William Godwin, *The Enquirer: Reflections on Education, Manners, and Literature*, London: G. G. and J. Robinson, 1797, p. 1.

② Herbert Spencer, *Education: Intellectual, Moral, and Physical*, New York: D. Appleton and Company, 1896 (first edition, 1860).

③ Solomon Fishman, *The Interpretation of Art*, Berkeley and Los Angeles: University of California Press, 1963, p. 186.

④ T. S. Eliot, *Christianity and Culture: The Idea of a Christian Society and Notes Towards the Definition of Culture*, New York: Harcourt, Brace and Company, 1949, p. 173.

⑤ 顾明远主编：《教育大辞典》（第6卷），上海：上海教育出版社，1992年，第107页。

⑥ Allan Bloom, "Preface", Plato, *The Republic of Plato*, Trans. with notes and an interpretive essay by Allan Bloom, New York: Basic Books, 1991, p. xvii.

是"个人本位论"，即主张教育目的应"以个人为本位，强调根据个人自身完善和发展的需要来制定教育目的和建构教育活动"①，强调教育对个人的影响。法国哲学家卢梭（Jean Jacques Rousseau，1712～1778）的《爱弥尔：论教育》（写于 1757 年，1762 年出版）被称为现代最伟大的教育著作，在书中，他首开教育目的论的"个人本位论"之先河。②卢梭认为，教育的目的要么是造就"人本身"，要么造就"社会公民"，二者不可能同时造就。③

艾略特批判的第六种教育目的论是英国哲学家、作家 C. E. M. 乔德（Cyril Edwin Mitchinson Joad，1891～1953）的多种目的观。在《论教育》一书中，乔德提出了三个教育目的，并阐明三者之间相辅相成，任何令人满意的教育都必须三者兼顾。这三个目的是："1. 让男女具备自食其力的能力；2. 让他们具备作为民主社会的公民而发挥作用的能力；3. 使他们能发展一切潜力和天赋，从而拥有和享受美好的人生。"④乔德的教育目的观可谓是综合了教育的"社会本位"和"个人本位"双重目的。艾略特不仅赞扬乔德的书可读性很强，而且称赞他把"让男女具备自食其力的能力"列入教育目的，简单明了，令人欣慰。当然，艾略特对乔德的观点也提出了批评。首先，艾略特认为，应该对每一种目的加以限制，各种目的之间要相互制约，要把握每一种目的的"度"。例如，关于第二个目的，如果处理不好个人与社会的关系，个人将沦为"工具"。关于第三个目的，如果把握不好个体之间的关系，只知一味地发展自我，就有可能伤害到其他个体。其次，教育的目的不仅仅局限于上面几种，艾略特提出，任何教育都不应该忽略"获取智慧，为了满足好奇心而探求知识，以及尊重学识，等等"⑤。

T. S. 艾略特所批评的当时流行的第三个教育观点是："教育使人更幸福。"他认为，接受过正规教育（学校教育）的比没有受教育的要幸福是没有根据的，而且他举出两种教育情况不但不能使受教育者更幸福，反而导

---

① 顾明远主编：《教育大辞典》（第 6 卷），上海：上海教育出版社，1992 年，第 46 页。

② 蔡国春：《西方教育目的理论的若干命题探讨》，《徐州师范大学学报（哲学社会科学版）》第 29 卷第 2 期，2003 年 4 月，第 148 页。

③ Jean Jacques Rousseau, *Emile, or, Treatise on Education*, abridged, translated and annotated by William H. Payne, New York and London: D. Appleton, and Company, 1918, p. 5.

④ Cyril Edwin Mitchinson Joad, *About Education*, London: Faber and Faber, 1945, p. 23.

⑤ T. S. Eliot, *Notes Towards the Definition of Culture*, London: Faber and Faber, 1948, p. 99.

致不幸。其一，他指出，如果有人自我意识到，教育能给自己带来更好的就业机会，而又没办法获得教育，他是不幸福的，在这种情况下如能获得教育应该是更幸福的，除此以外，别无其他证据足以显示教育能让人更幸福。其二，与教育幸福观相反，艾略特认为，"教育可能使人不幸"。例如，如果一个人所受的教育高于他的社会地位和品位，会导致他的人格分裂，导致不幸，尽管他可能因为具备较多的知识而生活得更充实，对社会更有用。另外，艾略特提出，"教育本身是一种劳心劳力的事"，如果教育超过一个人本身的能力和体力，会摧残受教育者的身心，结果带来的不仅不是幸福，反而是灾难。他总结说，过多的教育和过少的教育带来的都不是幸福，教育应该因人制宜，量体裁衣，教育不能标准化。当前中国在普适教育语境的催生下，社会认知单一，家长望子成龙（望女成凤），统一的普通大学教育成为人人追逐的目标，没有谁真正思考如何根据孩子的实际情况创造和鼓励不同层次的（专业）教育，因而教育在中国目前个体和社会整体的幸福指数下降过程中扮演着并不光彩的角色。

亚里士多德说，"幸福来源于我们自己"，源于个体的自我感受。幸福"既是个体的一种思想状态，也是一种情感，是个体能维护完整的自我所产生的共鸣，是你维持自我时达到的和谐，是营造外界和家庭关系网过程中的满足感"①。也就是说，幸福是一种个体的内在感受，是一个追求的过程，幸福是个人的，更是社会的，真正的幸福是个人的和社会的幸福结合在一起的幸福②，即个体周围的人和他一样感到幸福。在艾略特看来，通常所说的"教育幸福观"只是一种外在的看法和教育目的设想，教育真正能否带来幸福，应该视教育过程中受教育者的感受而定，而不应作单一的规定。虽然总的来说，生活的终极目标是追求幸福（个人的和社会的），但追求幸福的过程往往是痛苦的，"不同的人在不同的时候对幸福会有不同的定义"③，幸福指数因个人的感受强度、要求、目标的多寡和高低，以及对幸福

①　R. M. Maciver, *The Pursuit of Happiness: A Philosophy of Modern Life*, New York: Simon and Schuster, 1955, p. 20.

②　Jean Finot, *The Science of Happiness*, Trans. Mary J. Safford, New York and London: G. P. Putman's Sons, 1914, p. 326.

③　Gordon Rattray Taylor, *Conditions of Happiness*, London: Bodley Head, 1949, p. 12.

感知的差异性等因素的不同而不同，例如，喝酒对于一个人来说是幸福的事情，而对另外一个人来说可能是痛苦的；攻克一个难题对一个人来说是稍有幸福感的事情，而对另外一个人来说可能是人生最大的幸福。幸福与否不能用外界标准确定，因此，正如艾略特所评价的那样，笼统地说"教育使人更幸福"是没有根据的，是不科学的，我们最多只能推测说，教育可能带来幸福或者可能使人更幸福，幸福不可能是教育的终极目标，更不能武断地说"教育使人更幸福"。

T. S. 艾略特所批评的当时流行的第四个教育观点是：教育应该加以组织以至于"机会均等"。① 他认为，理想的教育体系应该是"机会均等"与"优势"、"有意"的管理与"自动"的发展、学校教育与家庭教育相结合的产物；完全有组织的"机会均等"的教育体制，将使教育贬值，降低教育标准。他从以下几个方面对"机会均等"论进行了分析和思考。

其一，"机会均等"否认由于家庭地位、父母自身的能力和努力所导致的家庭教育的差异性，抹煞了家庭教育以及家庭教育的重要性，然而，家庭教育的重要性是谁也不能否定的事实。

其二，"机会均等"是社会阶级分裂所导致的对有钱、有势家庭的嫉妒。以有钱的家庭为例，这类家庭希望自己的孩子能上更昂贵的学校，接受比普通大众更好的教育（虽然并不是交钱多，教育质量就会更好），而且他们的目的也许并不是出于让孩子学习更多的知识，而是为了让自己的孩子接触更多的像自己一样有钱和/或有势的孩子，为日后的发展打下坚实的关系基础。而且不可否认的是，有条件的话，谁都想自己的孩子能待在一个只有 15 ～ 20 名学生，而不是 40 ～ 50 名学生的班级，因为班级太大必定影响教育质量。如果一味地强调对所有人"机会均等"以及由国家提供同等水平的教育，那么对有财力而愿意多付出的家庭是不平等的。因此，艾略特认为，"机会均等"应该加以限制，让有能力的人建立私立学校和享受私立学校带来的好处是合理的，是不平等中的公正。前一阵子传出中国湖北部分公立学校中出现私设大约 10 ～ 20 人的贵族班的事，这体现的是一种教育的不平等，且违反公平原则，因为这些贵族班中的学生是在利用

---

① T. S. Eliot, *Notes Towards the Definition of Culture*, London: Faber and Faber, 1948, p. 101.

和掠夺国家的公共教育资源牟取私利，而不是在公共教育之外，利用自己的能力而获取教育优势。

其三，"机会均等"只是权宜之计。因为现代工业社会的生活状况令人担忧，道德约束力的衰弱，使我们不得不通过延长在校时间来保护青少年。根据同时期美国历史学家、教育家贝斯特（Arthur Eugene Bestor，1908～1994）的观点，这样一来，"学校实际上变成了一个巨大的收容所"，教学效率下降，这样的教育对社会简直是没有价值的。① 艾略特这种担忧在三四十年之后的英国并没有好转，1980 年，英国知名的文化评论家、哲学家罗杰·斯克拉顿（Roger Scruton）在他的《保守主义的含义》中说，国家财政部门把大笔的公共资金投入理工专科学校里，目的是"希望鼓励同样的一批孩子在此后短短数年中不再逗留在街道上。换言之，教育制度在很大程度上被当成降低失业率的一个手段"②。由于政府的干预，教育无法自治，教育的价值被人为篡改。贝斯特所描绘的 20 世纪 50 年代的美国公共教育情势是否正在今天的中国重演？

其四，现代文明的发展，使家庭在孩子的教育方面不但丧失责任，而且有时候甚至是无能和无助，于是，"机会均等"使学校成了唯一的教育机构，也因此造就了大批的"半罐子教育"。所谓"半罐子教育"，是指"除了有关体育或者犯罪报道外，受教育者只能阅读报纸标题的教育"。"半罐子教育"造就大批的新文盲，加之收音机和电影院的影响以及文字杂志发展成为读图式的大众杂志，进一步加重了这种新文盲或者说二度文盲（new illiteracy/secondary illiteracy）现象。③

其五，彻底的"机会均等"有赖于国家政府介入，教育最终往往倾向于服务国家政府目的，甚至是国家政府几个头头脑脑的目的，这必定以牺牲教育自主为代价。

基于上述原因，从文化教育传播的角度来看，艾略特认为，"机会均等"极大地伤害了我们的文化，因为"机会均等"的教育体制实际上是把

---

① 单中惠、杨汉麟主编：《西方教育学名著提要》，南昌：江西人民出版社，2000 年，第502～503页。

② 罗杰·斯克拉顿：《保守主义的含义》，王皖强译，北京：中央编译出版社，2005 年，第139页。

③ T. S. Eliot, *To Criticize the Critic and Other Writings*, London: Faber and Faber, 1965, p. 94.

学校当成是文化创造和传播的唯一机构，从而把"文化阶级和文化精英"所认为的"自觉的文化"或者说主流文化当成文化的全部，当成文化教育的全部，这必定残害很多的"自发文化"，长此下去，文化最终将退化，教育将以"背叛文化"收场。另外，"机会均等的民主教育方针"所实施的"统一的教育模式"，导致文化中最有意识的部分或者说教育共享的文化成为人类联系的唯一纽带，先前多种多样、层次不一的无形文化的社会黏合剂作用在统一教育中被清空，从而消解了社会的内聚力，打断了社会的连续性。① 艾略特反对"机会均等"的教育观是与他的文化等级观直接相连的。首先，他把文化的家庭传播作用放在首位，"机会均等"的教育体制抹煞了家庭教育的重要性，甚至是无形中削弱了家庭的文化教育责任。而且，他一再强调，学校传播的只是一部分文化，并且这部分文化的有效传播还得依赖家庭、周围的环境、工作和娱乐、报纸、电影电视和体育等各种传播手段的共同努力。再者，他认为，文化的大部分是无意识的、非自觉的，学校只能传播有意识的、自觉的文化，而这部分文化只占社会文化整体的少数。"机会均等"使得少部分的文化代替文化整体说话，虽然政府是希望通过教育挽救处于危亡之际的文化，但是最终将适得其反。最后，他认为，文化的大部分是无意识的而具有不可计划性，现代教育的"机会均等"最终将导致文化被"统一计划"而危害文化。因此，艾略特提出（1950），与其让所有的人都能在低质量的教育中均分一杯羹，不如让"少数人应该受到良好的教育，而其他的人只要接受基础教育就行了"；世界上所想、所说、所行、所创造的最好的东西只能为能通过非专业化教育的高级阶段的人所拥有。②

　　T. S. 艾略特对他那个时代流行的教育观点进行批判并不只是为了批判而批判，而是为了在充分了解当时教育状况的基础上，推陈出新。他认为，教育的目的应该是多元的，他的多元论表现在他对英国哲学家、作家 C. E. M. 乔德的个人的、职业的和社会的三种教育观的分析和赞扬。早在他们之前，近代德国著名的教育家约翰·弗里德里希·赫尔巴特（Johann Friedrich

---

① T. S. Eliot, *Notes Towards the Definition of Culture*, London: Faber and Faber, 1948, p. 47.

② T. S. Eliot, *To Criticize the Critic and Other Writings*, London: Faber and Faber, 1965, pp. 119-120.

Herbart，1776 ～ 1841）就提出过教育目的的多重性。赫尔巴特说，教育目的不是单一的，教育不但有"道德"终极目标，还有"培养各方面兴趣"、"形成好的人格"等其他目标，以及每一门学科又有各自具体的目标。"教育的终极目标蕴含在道德的概念之中……道德不仅仅是个人的、主观的性情，也是社会的、客观的行为"①，教育既为了个人，也为了社会，教育为了培养有良好品行的人，从而确保良好的社会秩序。

同时，艾略特认为，多元的教育目的的具体含义不但依托具体的"社会情势"，而且各目的相互制约，维持一定的"度"，保持目的平衡，促进教育的健康发展。②艾略特以战后的英国和美国的教育为例说明了教育目的失范将给教育、个人和社会带来危害。他说，据他观察，战后的英美学生比任何时候都更如饥似渴地学习，然而，他们大多都是为了毕业后能找到一份好的工作而勤奋学习自己不一定感兴趣的东西。这种教育太过注重职业目的，忽略了个人潜在能力的发掘和培养，虽然是为社会情势所迫，但是太过功利，最终教育出来的是"工作机器"，而不是有教养的人，有思想的人，这既是个人悲哀，也是社会的悲哀。功利性教育不仅仅是指个人过于追逐经济等外在利益，当教育只是被用来培养遵纪守法的公民时，同样也是功利的，是有害的。艾略特所说的战后的英美状况又何尝不是中国今天的现状呢？艾略特所担忧的又何尝不是中国教育者今天应该担忧的呢？

艾略特还谈到了教育系统与社会的关系问题，即教育是"生长"与"建造"构成的和谐体，还是社会力量的"建造"（construction）多于教育体系自我的"生长"（growth）。③国家的教育体系是历史的产物，反映了一定历史时期的一定社会的需求，但是这种需求是谁的？是社会统治阶级的，是人民大众的，还是教育自身的？他认为，事实上，在他那个时代教育体系反映的是统治阶级、教育官员的意愿，是少数人的自觉，是他们把一定的教育形式、教育方法、教育内容和教育目的等强加给人民，甚至强加给其他国家的人民，在此种情况下，教育更多是一种建造物，而不是能

① John Frederick Herbart, *Outlines of Educational Doctrine*, Trans. Alexis F. Lange, annotated by Charles De Garmo, New York: The Macmillan Company and London: Macmillan & Co., 1913, pp. 44-143.
② T. S. Eliot, *To Criticize the Critic and Other Writings*, London: Faber and Faber, 1965, pp. 77-78.
③ Ibid., pp. 95-96.

够自我生长、具有生命的有机体；教育更多的是一种"社会压力"，而不是自身的自然成长。当教育屈服于社会力量，受制于政府的控制时，教育体系的作用更多是"建造"，教育将被普遍标准化，教育生产的是"顺从"（conformity），而不是"个性"，如同产品的标准化一样，在英国生产的螺帽可以很容易在美国找到匹配的螺栓，"标准化"教育模式下的受教育者将是没有生命的通用产品。社会力量过多地介入教育，个人的生活、个人的自由以及责任逐渐被以社会的名义剥夺，个体逐渐丧失个性，甚至是人性。从此可知，艾略特主张教育体系应该有相对的自主性和自发性，就像他所认为的文化需有一定的自发性一样，如果一切都成为自觉，必将损害事物的完整性和有机性，有机性和／或整体性丧失的最终结果就是事物的衰败，甚至死亡。教育最终的目标是培养能自力更生、充分发展自我的活生生的社会的人，而不是工作机器、投票机器等。用德国著名哲学家康德的话说就是："教育就是让人变成人，教育造就人"①，人，而不是其他的什么是教育的最终目标。

　　虽然艾略特谈论的是半个多世纪之前的英美教育的弊端，但是对今天的中国仍然是一个警示：行政不应过多地干预教育，教育需要自主生长的空间。教育重在塑造能很好地服务社会的、有个性的人，而不是生产纯粹服务社会的机器。"在教育里，个人（主义）和社会（主义）是一体的，只有组成社会的所有个体真正完全地成长，社会才有可能是真正的社会。"② 无论是偏重个人，还是偏重社会，教育都会带来危害，只有将二者有机地结合起来，教育才算根基稳固，才能枝繁叶茂。

　　谈论艾略特的教育理念，不提宗教与教育的关系是不可能的，因为在他看来，在一定意义上，"宗教和文化是同一的"："一种宗教的形成意味着一种文化的形成"；"基督教是保持欧洲统一的共同文化"；"基督教在，欧洲文化在；基督教亡，欧洲文化亡"等等③，所以"任何排除宗教问题的教

---

　　① Immanuel Kant, *Kant on Education*, Trans. Annette Churton, with an introduction by C. A. Foley Rhys Davids, Boston: D. C. Heath & Co., 1906, p. 6.

　　② John Dewey, *The School and Society: Being Three Lectures*, Chicago: The University of Chicago Press, 1913, pp. 19-20.

　　③ T. S. Eliot, *Notes Towards the Definition of Culture*, London: Faber and Faber, 1948, pp. 68, 73, 122.

育理论都是不完全的"，更何况"宗教的真理是关于人的绝对真理"①。"造就好人"和"造就好公民"是教育的两个主要目标，但是什么是"好人"，什么是"好公民"？"好人"一定是"好公民"？"好公民"一定是"好人"？"好人"和"好公民"的判断标准是什么？谁又有资格对他们下判断？艾略特认为，"好人"和"好公民"是公说公有理，婆说婆有理，但是宗教能给出最终答案，而且不管有无信仰，人们最终都会不知不觉地以此为标准，因为"宗教是人生最美好的部分。每个正常的人都有意识地追求最美好的东西，也就是说每个人都具有潜在的宗教性"；宗教教育"使生活尽可能充满真善美"。②"爱你的邻居如爱自己"是耶稣的山上圣训之一，有人即使只能做到这一点，他也必定是一个好人，好的公民。这就意味着宗教教育是必不可少的，更何况世界上最伟大的艺术往往来源于宗教，宗教是欧洲和亚洲文明的基础也是不可否认的事实；"《圣经》自然是向学生传达文学知识的伟大工具"③，因此，在 T. S. 艾略特为世界大战之后的世界重建设计的基督教社会中，教育必须是宗教的，当然这不是说由牧师管理教育，或者说学生必须学习神学，而是指教育的目的应该接受基督教生活哲学的指导。④

综上所述，虽然 T. S. 艾略特并没有就学校教育进行系统的研究，但是他也提出了一些具体的建议，例如，教育应该是多方式的；教育应该是有等级的；教育目的应该是多元的，教育应该促进个人和社会的共同有机成长；教学应该实行小班制：一个班级的学生最佳数量是 15～20 人；教育应该是宗教意义上的。他还说，课程表所列科目不宜太庞杂，因为教育不仅仅是获取信息、技术能力和肤浅的文化⑤，应该有所教，有所不教，以确保自觉文化的有效传播。

---

① T. S. Eliot, *To Criticize the Critic and Other Writings*, London: Faber and Faber, 1965, p. 116.

② Charles E. Rugh, *The Essential Place of Religion in Education*, Michigan: Ann Arbor, 1916, pp. 14, 18.

③ Matthew Arnold, *A Bible Reading for Schools: The Great Prophecy of Isreal's Restoration*, London and New York: Macmillan and Co., 1889, p. vi.

④ T. S. Eliot, *The Idea of a Christian Society*, London: Faber and Faber, 1948, p. 37.

⑤ Ibid., p. 75.

（四）雷蒙德·威廉斯的学校教育文化传播观

雷蒙德·威廉斯说，他要把被马修·阿诺德、T. S. 艾略特和 F. R. 利维斯等文化保守主义者所霸占的文化和文学夺过来，教育是文化传播即获得文化的主要途径之一，因此可以换句话说，要从他们手里把文化和文学夺过来，就要把教育从他们手里夺过来，因为虽然他们并不否认大众的教育机会，但是他们始终认为，只有少数人才有资格获得高雅文化教育，他们倡导精英式教育，从而维护文化的等级秩序。面对对手，威廉斯选择偏离，他说（1958）："教育应该是平常的"，应该打破高、中、低之分的等级教育模式和思维定式，让人人都有平等接受正规教育的机会，即让更多的人享有大学教育、文法学校教育或者全面的人文教育，所谓的因为生理和心理的差异，只有少部分人能享受更好的教育纯属无稽之谈。[①] 因为在威廉斯看来，只有教育平常化了，文化成为人人可以获得的东西，文化才能平常，从而打破文化的高低等级之分；只有教育平常化了，文化才能成为人人自觉交流和传播之物，从而达到共同拥有文化和共同创建文化的目的。

威廉斯提出"平常教育"（或者说是"民主教育"，1958 年）与艾略特选择"等级教育"（1950）言说相隔仅仅八年，在这期间，英国的教育并没有实质性的改变，面对相同的教育问题，威廉斯表达了对真正的民主教育的赞赏和期待，而艾略特则否定人们的民主的教育诉求，试图折回到传统教育模式，从传统中寻找问题解决方案。如果说威廉斯是敲开未来之门的约瑟夫·康拉德，那么 T. S. 艾略特则是挖掘过去的乔治·艾略特，传统是 T. S. 艾略特的装备。[②] 不言自明的是，社会—历史在前进，过去的对现在和未来有影响，但是不适应现在，更不适应未来，平等的教育权是社会发展和个人发展的必需，是世界发展的潮流。当然，未来源于传统，因此挖掘传统教育中能为平等教育服务的元素也是每个教育者义不容辞的职责。

雷蒙德·威廉斯像他的老师 F. R. 利维斯一样，当了一辈子的大学老

---

① Raymond Williams, "Culture is Ordinary", *Resources of Hope: Culture, Democracy, Socialism*, Ed. Robin Gable, London and New York: Verso, 1989, p. 14.

② Jonah Raskin, *The Mythology of Imperialism: Joyce Cary, E. M. Forster, Joseph Conrad, Rudyard Kipling, D. H. Lawrence*, New York: Random House, 1971, pp. 4-6.

师，与其说威廉斯谈论教育理念是为了教育自身，不如说他关心的是教育的文化传播对文化的影响，他与利维斯在这一点上也是一致的。与 T. S. 艾略特一样，威廉斯也不赞成"教育是为培养工人，培养有用的公民"的观点，但是他不像艾略特那样认为这样会影响教育其他目的的完成，从而影响"受教育者的个体发展"这个教育终极目标，他关心的是这样会加剧文化的分裂，使得文化不再平常而导致不能"人人拥有文化"，文化会因此远离大众生活，远离真正的大众体验。值得一提的是，通读威廉斯的著述可知，他提到的文化行为主体任何时候都是名为"大众"的"抽象的集体"，让人感觉活生生的个体只不过是集体的影子，看不到完全独立的个体。虽然真正的"集体主义（社会主义）最大限度地保证个体的自由，而且也并不允许干涉个体的自由，只要这种自由不妨碍他人的自由或者权利"①，但是绝大多数社会主义信仰者都有一个不可避免的缺点：过度地迷信集体主义，苏联等以集体主义的名义压迫"个人"以及"个人自由"是有目共睹的事实。因此，在论及受教育主体时，艾略特注重个体发展，威廉斯更偏向用抽象的集体论事。

另外，威廉斯认为，如果教育仅仅是"培养工人，培养有用的公民"的话，社会将会分裂为一系列的专业部门，国家将只是一个巨大的公司，因此他倡导建立能"使社会融为一体"的全民教育、民主教育，而不是服务社会的单一教育模式。威廉斯主张的全民教育的内容应该包括全面的人文教育和全面的专业教育，从而让人人具备认知和建设文化的能力，使文化来源于生活，来源于平常大众，不断生长，不断壮大；文化的不断生长必定为教育提供更多鲜活的实质内容，促进教育的生长。虽然威廉斯并不想就教育谈论教育，他只是想从文化传播、文化建设能力的获得等方面谈论教育；他也不想谈论文化教育对个人潜在能力发展的作用，他只是想谈论文化教育的团结作用，但是"教育即传播"②，他的文化传播论就是他的教育内容发展论和教育目的论。

关于学校文化传播的内容，阿诺德和艾略特都认为《圣经》、古希腊罗

---

① Robert Dell, *Socialism and Personal Liberty*, New York: Thomas Seltzer, 1922, p. 13.

② John Dewey, *Democracy and Education: An Introduction to the Philosophy of Education*, New York: The Macmillan Company, 1930, p. 11.

马经典、莎士比亚等历来公认的经典是首选，而且也认为只有通过对这些经典的阅读和学习，方能培育健全的人，拯救处于危机中的西方文化。与阿诺德和艾略特不同，利维斯的眼中只有英国的传统文化才是值得学习的，只有通过学习本国的文学才能保持英国文化的连续性，才能拯救日益败坏的英国文化。阿诺德、艾略特和利维斯对学校文化有一个共同的期待，那就是希望学校培养出文化精英，挽救对于阿诺德来说是由于流行报纸、科学技术的片面发展导致的文化危机，对于艾略特和利维斯来说是由于大众报纸、电影和广播等大众传媒的泛滥导致的文化败坏，因此，新兴的大众文化被他们看成是危害文化的洪水猛兽。作为一名社会主义者，虽然威廉斯并不主张革命的马克思主义社会主义，但是马克思主义社会主义革命者的反抗精神在他的身上从来就没有缺少过，他并不认可他的对手集团所认为的传统文化在教育中的重要性，因为他认为"很多'不朽'的英国传统文化都是杜撰出来的"，因而传统并不那么重要，"我们的教育能做的就是制定真正的 20 世纪的教学大纲"①。至于"真正的 20 世纪的教学大纲"的内容是什么，威廉斯并没有说，不过可以肯定的是，阿诺德、艾略特和利维斯所否定的利用大众传媒传播大众的、民主的文化，在他看来本身既是一种正式和非正式的教育方式，也是学校教育的内容和研究领域，是终身教育模式的决定性因素②，而且他自己在成人教育学院就开设了大众传播课程，并将授课所用的方法和材料集结成《传播》一书于 1962 年出版，出版后大受欢迎，一版再版。

　　无论是艾略特还是威廉斯，都是由谈论文化传播而论及教育，他们的教育理念都只是他们的文化观的副产品，因此在教育研究领域，无论是反抗者还是被反抗者都没有成为独立的强者的能量。然而，从工业革命以来，大众文化逐步自觉，人们对大众文化观的否定、贬斥和抵制也一步步明朗和公开化，与威廉斯同属马克思主义阵营的法兰克福学派文化理论家霍克海默（Max Horkheimer，1895 ～ 1973）和阿多诺（Theodor Adorno，1903 ～ 1969）认为，在资本主义体制中，大众文化都是一致的，大众

---

①　Raymond Williams, "Culture is Ordinary", *Resources of Hope: Culture, Democracy, Socialism*, Ed. Robin Gable, London and New York: Verso, 1989, p. 15.

②　Raymond Williams, *Communications*, London: Penguin Books, 1971, pp. 14-16.

文化变为了商品，成为控制大众和使大众非个性化的文化工业（cultural industry），整个世界都必须通过文化工业的过滤，整个文化工业把人类塑造成能够在每个产品中都能进行不断再生产的类型，文化工业导致了文化的腐败，把人当成了没有任何价值的可以互换的类存在（species being）。[1] 面对百余年来一些学者以及同时代的同行们对大众文化的贬斥，威廉斯奋起反抗，他对大众文化加以肯定，加以赞扬[2]，认定大众文化与既往高雅文化具有同等价值，而且认定大众文化在空间覆盖面和时间长度上有略胜一筹的教育功能。他为自己在大众传播史上赢得了一席之地，这不仅仅是对艾略特他们而言的强者的胜出，而且是基于对整个过去的大众文化观点的成功对抗。威廉斯之后，电视、电影、广播、报纸和广告等大众传媒的文化传播和文化启蒙作用渗透到生活的方方面面，相应的研究也成为学校的热门学科，正如威廉斯所倡导的那样，文化传播和教育应该相辅相成，共同生长，不断扩容；要善于利用传统走向未来，但不因循守旧。

---

[1]　Max Horkheimer and Theodor Adorno, *Dialectic of Enlightenment: Philosophical Fragments*, Trans. Edmund Jephcott, Ed. Gunzelin Schmid Noerr, Stanford: Stanford University Press, 2002, pp. 95, 99, 100, 114, 116-117, 131.

[2]　王一川主编：《大众文化导论》，北京：高等教育出版社，2005 年，第 7 页。

下篇　文化与政治

第四章　艾略特的保守主义政治文化思想

　　雷蒙德·威廉斯在他自己涉足的各个领域都旗帜鲜明地表明了自己的社会主义政治立场；T. S. 艾略特也曾说政治是他"知之甚少但是感兴趣的科目"①。因此，艾略特和威廉斯有关文化的另外一个共同话题就是文化与政治的关系问题。要弄清楚他们在这个问题上的瓜葛，首先必须弄清楚几个基本的概念，因为文学、文化、政治、意识形态等一些大词在 20 世纪 60 年代后不断泛化而令人捉摸不透。前面的章节对文化的概念已经作了一些介绍和说明，接下来我们要探讨的问题是：政治是什么呢？文化与政治又有着怎样的关系？流行关键词"政治文化"（political culture）、"文化政治"（cultural politics）、"文化的政治"（the politics of culture）指什么？对这些关键词艾略特和威廉斯各自又有何见解？

　　政治（politics）源于古希腊语"polis"一词，一开始它就有多种相关含义：其一，城市或者国家；其二，此城市或者国家的人民；其三，由一定的阶层实施的城市或者国家恰当的组织和管理。②"政治"一词于 15 世纪进入英语，16 世纪时政治获得"关于政府的科学和艺术"的现代含义，17 世纪出现"政治事务或者生活"的说法。③英国作家约瑟夫·艾迪生（Joseph Addison，1672 ～ 1719）把"政治学"定义为"关于政府的科学，管理公共事务的艺术或者实践"④。尽管不同的学者给政治下过不同的定义，

---

　　①　Louis Menand, *Discovering Modernism: T. S. Eliot and His Context*, New York: Oxford University Press, 1987, p. 160.

　　②　Plato, *The Republic of Plato*, Trans. with notes and an interpretive essay by Allan Bloom, New York: Basic Books, 1991, pp. 439-440.

　　③　T. F. Hoad, *Oxford Concise Dictionary of English Etymology*, Shanghai: Shanghai Foreign Language Education Press, 2000, p. 360.

　　④　Samuel Johnson, *A Dictionary of the English Language: In Which the Words are Deduced From Their Originals, Explained in Their Different Meanings, and Authorized by the Names of the Writers in Whose Works They are Found. To Which is Prefixed, a Grammar of the English Language*, Vol. 2, London: Printed for J. Knapton; C. Hitch and L. Hawes; A. Millar, R. and J. Dodsley; and M. and T. Longman, 1756. See: political, politically, politick, politicks.

但现代早期大致由古希腊最初的政治含义发展而来的古典政治含义（"作为政府艺术的政治，作为公共事务的政治"）广为人们接受，经久不衰。尽管随着 20 世纪 60 年代各种思潮的众声喧哗景观（尤其是结构主义和后现代主义思潮）带来概念的泛滥和泛化（所谓泛化是指概念的无限延伸），使得原本已经"含义暧昧"的"政治"这个名词从通常指"君主、国会、部长们的活动，还包括那些帮助或者阻碍这些人物取得权力的政治参与者的活动"[①]或者说"指包括会议、主席和政党的含义"扩展到"指一群人用于支配另一群人的权力结构关系和组合"[②]。然而，随着政治概念的泛化，"权力无处不在，……不是因为它包含每一事物，而是它来源于每一个地方"[③]。按此逻辑，政治来源于传统政治，来源于经济，来源于文化等各个社会领域。当代社会整体由政治、经济和文化盘根错节的关系网构成，用当前泛化了的政治概念透视社会整体，政治关系成为了人类社会最基本的关系之一，似乎没有了政治关系，人类将不复存在。当然，政治关系的广泛性古已有之，虽然古今之间意义相差较大，古希腊哲学家亚里士多德的观点在当今社会仍能引起共鸣："城邦是自然生长物，人本质上是政治动物"；"政治共同体模式是一个民族追求最理想生活方式的所有模式中最好的模式"。[④]

有关政治与社会其他元素的关系，美国社会学丹尼尔·贝尔（Daniel Bell，1919 ～ 2011）提出了自己的观点，他认为社会可分为社会结构、政体和文化三个部分。社会结构包括经济、技术和职业制度，政体则调整权力的分配和评价个人之间和集团之间发生矛盾的权利和要求，文化是指表达象征和涵义的领域。按照这种方式来划分社会是有益的，因为每一个方面都有一个不同的中轴原理起支配作用；过去这三个领域是由一个共同的

①　Henneth Minogue, *Politics: A Very Short Introduction*, Oxford: Oxford University Press, 2000, p. 6.

②　米利特：《性政治》，宋文伟译，南京：江苏人民出版社，2000 年，第 32 页。Kate Millet, *Sexual Politics*, Urbana: University of Illinois Press, 2000, p. 23.

③　Michel Foucault, *The History of Sexuality, Volume I: An Introduction*, Trans. from French by Robert Hurley, New York: Pantheon Books, 1978, p. 93.

④　Aristotle, *Politics*, with an English translation by H. Rackham, London: William Heinemann and Massachusetts: Harvard University Press, 1959, pp. 9, 69.

价值体系来联系的；但在当代，这三个方面正日益趋于分裂。① 之后，不少学者借用贝尔的经济、政治和文化三分法研究社会整体。英国学者约翰·汤林森博士（John Tomlinson）为了更好地阐明"文化帝国主义"的概念，曾"粗糙"以及"具有争议性"地从定义上对上述社会三元素作过简单的区分，使我们能从"最为普通的层次"上掌握经济、政治和文化的一般特点。他说：

> 我们所认为是一种普通意义上的文化，指人们赋予他们的行为与经验"种种意义"（meanings）以及使他们的生活具有意义的情景（context）。"如何生活"的这个层面（在一定范围内）截然不同于人们设法满足其物质需要的各种行为，我们不妨将后者泛称为经济行为。再者，文化层面也不同于集体生活之内以及之间的权力分配，后者我们不妨称之为政治行为。②

汤林森博士的区分显示：文化在于意义，经济在于物质，政治在于权力。

尽管实际上文化、经济和政治既相互区别，又相互渗透相辅相成，构成社会整体，但是出于研究的方便，人们把社会分为经济、政治和文化三个相对独立的社会领域，互为参照，凸现各自的区别性特征和三者之间的关系特征。例如，英国社会学教授弗里斯拜（David Frisby）认为，现代社会出现危机或者说现代生活出现问题是因为个体、文化以及资产阶级经济之间的关系出了问题。德国的社会学家和哲学家齐美尔（Georg Simmel，1859～1918）认为，"经验事实告诉我们，更多的钱意味着更多的交易，更多的财富，意味着有权力和有文化"③。一些西方马克思主义者认为，经

---

① 丹尼尔·贝尔：《后工业社会的来临——对社会预测的一项探索》，高铦等译，北京：商务印书馆，1986 年，第 18 页。

② John Tomlinson, *Cultural Imperialism: A Critical Introduction*, London: Continuum, 2002, p. 7. 国内冯健三译本与原文有一定的出入。汤林森：《文化帝国主义》，冯健三译，郭英剑校订，上海：上海人民出版社，1999 年，第 13 页。冯译本中赵修艺先生的《解读汤林森的〈文化帝国主义〉》是一篇不错的导读性文章。

③ Georg Simmel, *The Philosophy of Money*, Beijing: China Social Sciences Publishing House Chengcheng Books, 1999, pp. 17, 162.

济、政治和文化之间的关系是一种决定和被决定的关系，即经济基础决定文化生产、政治法律、意识形态等上层建筑。然而，三者之间不存在简单的决定关系，三个领域由不同的甚至是相互冲突的轴心原则和轴心结构加以调节，从而三者相互作用，相互制约，共同推动社会向前发展。① 从学院研究的角度看，以政治为中心词，透视它与经济和文化的关系，除了对政治本身的各种研究外，政治经济和政治文化等关系领域的研究必不可少；以经济为中心词，除了对经济本身的各种研究外，经济政治和经济文化等关系领域的研究同样重要；以文化为中心词，除了对文化本身的各种研究外，文化经济和文化政治等关系领域的研究同样至关重要。

一、政治文化和文化政治的概念

T. S. 艾略特和雷蒙德·威廉斯对于社会组成成分关系的研究的交叉点主要集中在政治与文化的关系。对于学院意义上的政治与文化的关系，由于中心点不同，人们通常贴上"政治文化"（political culture）和"文化政治"（cultural politics）的概念和分类标签，按照 T. S. 艾略特的说法，它们分别是：（1）文化在一定意义上成为了政治的一个分部；（2）文化内和不同的文化典型之间所追求的政治活动。② 从学院研究来说，"政治文化"通常被认为是"当代政治学的重要概念和研究对象。它是指政治系统的基本倾向或心理方面，包括一个民族在特定时期普遍奉行的一整套政治态度、信仰、情感、价值等基本取向。政治文化是政治系统的深层结构，是深藏于政治显秩序之下的隐秩序"③。"政治文化"事实上是一种旧的政治研究领域的新术语。一直以来，文化与政治水乳交融，T. S. 艾略特曾说，"当我们把文化与宗教、政治和哲学孤立开来，剩下的将是并不比去年的玫瑰花香味更可感知、更可理解的东西"④，孤立的、没有文化的宗教、政治、哲学将如同枯萎的花朵，没有了生命，没有了存在价值。文化一直影响着政治制

---

① Daniel Bell, *The Cultural Contradictions of Capitalism*, New York: Basic Books, 1978, pp. xvi-xvii.
② T. S. Eliot, *Notes Towards the Definition of Culture*, London: Faber and Faber, 1948, p. 83.
③ 潘小娟主编：《当代西方政治学新词典》，长春：吉林人民出版社，2001 年，第 431～432 页。
④ T. S. Eliot, *The Idea of a Christian Society*, London: Faber and Faber, 1948, p. 77.

度和政治行为，对政治思想、意识形态、民族性格、国民性和公民性等话题的研究也不是当代才有的，在"政治文化"成为政治学科分支之前，众多学者事实上已经关注它所包含的话题："亚里士多德曾描述过促成政治稳定或变革的'心态'，伯克则认为'习惯凝聚'会影响政治机构的运行。托克维尔、戴西和白哲特都将政治价值观和情感置于他们政治稳定和变革的理论中的显著位置。人类学家和历史学家直到最近还在论述'民族特性'和'传统'在决定人类行为中的重要作用。"①

　　真正让政治文化成为政治学科的一个重要分支的是美国政治学家阿尔蒙德（Gabriel A. Almond，1911～2002），他是当代政治文化研究的开拓者和理论奠基人。1956年，他在《政治学季刊》发表《比较政治体系》一文，首次使用"政治文化"一词，并将"政治文化"定义为"一个政治系统（国家或者民族）的基本政治倾向"。据统计，在20世纪80年代末，政治文化的定义就有25种之多。②1966年阿尔蒙德在《比较政治学：体系、过程和政策》一书中对政治文化的含义作了进一步的阐发和界定，他说："政治文化是一个民族在特定时期流行的一套政治态度、信仰和感情。这个政治文化是由本民族的历史和现在社会、经济、政治活动过程所形成。人们在过去的经历中形成的态度类型对未来的政治行为有着重要的强制作用。政治文化影响各个担任政治角色者的行为、他们的政治要求内容和对法律的反应。"③从那之后，阿尔蒙德的定义成为他之后的各种政治文化定义的基础。如今，政治文化通常被认为是以社会心理层面上的政治态度为研究对象的④，因此，政治态度又被认为与政治文化属同义词，可以相互变换⑤。在《公民文化：五个国家的政治态度和民主制》一书中，阿尔蒙德与西德尼·维伯共同提出："一个民族的政治文化是政治对

---

　　① 戴维·米勒、韦农·波格丹诺编：《布莱克维尔政治学百科全书》，中国问题研究所等译，北京：中国政法大学出版社，1992年，第550页。

　　② 闵琦：《中国政治文化：民主政治难产的社会心理因素》，昆明：云南人民出版社，1989年，第2～3、7页。

　　③ 加布里埃尔·A.阿尔蒙德、小G.宾厄姆·鲍威尔：《比较政治学：体系、过程和政策》，曹沛霖、郑世平等译，上海：上海译文出版社，1987年，第29页。

　　④ 王乐理：《政治文化导论》，北京：中国人民大学出版社，2000年，第27页。

　　⑤ 加布里埃尔·A.阿尔蒙德、西德尼·维伯：《公民文化：五个国家的政治态度和民主制》，徐湘林等译，北京：华夏出版社，1989年，第14页。

象的取向模式在该民族成员中的特殊分布"，它包含三方面的内容：（1）认知取向（cognitive orientation，对政治客体的认识和意识）；（2）情感取向（affective orientation，对政治客体的情感和感觉）；（3）评价的取向（evaluational orientation，对政治客体的评判）。① 他们根据对美国、英国、德国、意大利和墨西哥等国家的政治文化所进行的类型分析，把政治文化分为村民型（parochial）、臣民型（subject）、参与型（participant）以及村民—臣民型、臣民—参与型、村民—参与型等几种类型。② 从学理上说，不管政治文化的定义、内容、研究对象和分类模式如何，它始终是政治科学的一部分，中心词是"政治"，关注的是党派组织、国家机构和司法机关等传统政治领域（或者说正式政治领域）的策略、运作和实践活动，是政治学者或者政治学家以及政治家（或者政客）关注的焦点。

　　文学和文化研究是 T. S. 艾略特和雷蒙德·威廉斯终身职业的一部分，他们自然关注文化中的政治呈现（即文化政治）。"文化政治"是一个学术上的批判术语，是发端于 20 世纪 60 年代极具学科意识的文化研究的关键词之一，它后来扩展到其他众多领域，如哲学、神学、法律、经济等。"文化政治"研究着重于作为政治载体的文化自身的政治性以及文化的政治目标和效果，而不是通常意义上的正式政治活动。中国学者汪民安把"文化政治"定义为：

　　　　把文化与政治结合起来的一种理论立场和批评方法。它广泛表现在各种非形式主义批评话语中，譬如马克思主义批评、新历史主义、文化研究、后殖民主义、女性主义、身份研究、性别研究等批评理论和流派，都具有文化政治特点，只是具体的政治取向不同和对政治的强调程度不同，例如新左派和新右派之分。③

---

　　① Gabriel A. Almond, Sidney Verba, *The Civic Culture: Political Attitudes and Democracy in Five Nations*, London: Sage, 1989, pp. 13-14.

　　② 加布里埃尔·A. 阿尔蒙德、西德尼·维伯：《公民文化：五个国家的政治态度和民主制》，徐湘林等译，北京：华夏出版社，1989 年，第 17、23 页。中国学者燕继荣把前三种纯粹的类型译为地域型、顺从型和参与型，此版本更直接地反映了政治文化类型的特点。燕继荣：《政治学十五讲》，北京：北京大学出版社，1994 年，第 265 页。

　　③ 汪民安主编：《文化研究关键词》，南京：江苏人民出版社，2007 年，第 359 页。

从上面的定义不难发现，"文化政治"主要是学院的一种当代话语分析策略，探究各种话语形式（各种文化表征形式）中的权力关系，因此，价值、权力、意识形态等是文化政治研究的关键词，例如，斯图亚特·霍尔的新种族和黑人大众文化研究，托尼·本尼特的文化政策研究，等等。虽然从20世纪60年代以来文化政治研究一直热度不减，但是"文化政治"研究只是"丰富和改变了人文研究的面貌"[1]，是文化研究参与者对广义上的文化进行的学院式深描和建构。英国现代文学和文化学者彼得·布鲁克（Peter Brooker）把文化政治研究归纳为三个方面的内容：

> 文化的研究，特别是作为学院学科的文化研究，由于牵涉了价值、意识形态和权力问题，因而不可避免是政治的。下面三者之间的差别有必要指出来：1）文化作品或者文本本身的政治特性和影响；2）与正式政治党派可能有关联或者密切接触的文化政策制定者、资助机构或者管理者的政治特性和影响；3）文化理论和文化分析的政治目的。第一种可以描述为"文化的政治"。文化政治在学术研究中扮演角色是因为它致力于对建制或主导文化的批判（或捍卫）。[2]

布鲁克的文化政治主题分类同时定义了"文化的政治"，即文化本体呈现的价值、意识形态和／或权力关系。

对T. S. 艾略特而言，雷蒙德·威廉斯绝对不是一个俄狄浦斯式的无意的"弑父者"，而是一个高度自觉的颠覆者。关于政治文化，艾略特依然倡导等级社会制，大力抨击自由主义、民主制、集权制等政治意识形态形式，而威廉斯倡导的却是艾略特大力抨击的社会主义民主制。关于文化政治，艾略特偶有对帝国主义文化渗透的批判，例如，他说：美国为了经济扩张强行向外推行自己的生活方式、电影等自认为的文明和文化产物，导致它所触及的文化解体[3]；而威廉斯更多地关注文化形式中的权力关系运作。无

---

[1]　汪民安主编：《文化研究关键词》，南京：江苏人民出版社，2007年，第360页。
[2]　Peter Brooker, *A Glossary of Cultural Theory*, London: Arnold, 2003, p. 57.
[3]　T. S. Eliot, *Notes Towards the Definition of Culture*, London: Faber and Faber, 1948, p. 92.

论是帝国主义的文化渗透批判还是文化内外的权力运作分析，都可以归结为广义的以及文化的不同形式的意识形态批判。因此，此处对 T. S. 艾略特和雷蒙德·威廉斯的有关"文化与政治的关系"的对比研究可以大致说成是有关他们的政治意识形态和文化意识形态的对比研究。他们的文化意识形态（即文化观）已在前面进行了比较，接下来两章将主要分析、研究和比较他们的政治意识形态的同与异。在此之前，弄清楚意识形态的概念及其发展史将有助于我们更好地理解他们的政治意识形态思想。

曾有学者说，有多少人对意识形态发言就有多少种意识形态的概念。英国学者迈克尔·弗里登认为，"政治意识形态无所不在"①。他还说，"在过去的半个世纪中，意识形态概念成为最复杂、最可争辩的政治概念之一"②。在他看来，意识形态是政治的。德国社会学家卡尔·曼海姆曾总结说：意识形态这个词语自出现之日起它的各种新意义一直在不断出现，因而它的意义多且杂。③ 英国文化理论家特里·伊格尔顿在他的《意识形态入门》开篇，信手拈来，随便就列举了 16 种当时流行的意识形态定义。④ 事实上，"意识形态"一词的历史仅有两百多年，它由法国哲学家、政治家和意识形态学说的奠基人德·托拉西（Destutt de Tracy，1754 ～ 1836）在 1796年创造。托拉西当时用"意识形态"指称一种新的"思想的科学"，一种研究有意识的思想与观念来源的科学（托拉西时代的科学是指系统的知识或者有组织的学问）。另外，托拉西在他的《意识形态的要素》（四卷本，1801 ～ 1815）的第一卷的序言中指出，"意识形态是动物学的一部分，探讨有关人的智力的那一部分"⑤。中国学者复旦大学哲学教授俞吾金评论说，"在托拉西那里，意识形态的概念不仅有着理论上的、哲学认识论上的意义，而且也具有实践的意义，因为它也是真正的经济学、政治学、伦理学

---

①　Michael Freeden, *Ideology: A Very Short Introduction*, Oxford: Oxford University Press, 2003, p. 1.

②　Michael Freeden, *Ideologies and Political Theory*, Oxford: Clarendon Press, 1996, p. 13.

③　Karl Mannheim, *Ideology and Utopia: An Introduction to the Sociology of Knowledge*, Trans. Louis Wirth and Edward Shils, London and Henley: Routledge and Kegan Paul, 1979, p. 49.

④　Terry Eagleton, *Ideology: An Introduction*, London: Verso, 1991, pp. 1-2.

⑤　Destutt de Tracy, *Elemens D' Ideologie. Primiere Partie. Ideologie Proprement Dite*, Paris: Courcier, 1817, p. xiii. 特拉西的《意识形态的要素》阐释了他的意识形态概念和理论，主要内容涉及哲学、语法、逻辑和政治经济学。

和教育学的基础"①。在托拉西那里，意识形态的意义是积极的、进步的。

在托拉西首次使用意识形态一词的六年之后（1802），法国意识形态学家们曾经的支持者，后来的反对者和镇压者拿破仑·波拿巴（Napoleon Bonaparte，1769～1821）指责说："意识形态这种模糊不清的形而上学，巧妙地寻找第一原因，希望在此基础上确立人民立法，而不是从关于人类心灵的知识和历史的教训中获取法则，我们必须把我们可爱的法兰西的一切不幸归罪于它。"②

从拿破仑起，意识形态开始出现贬义的、否定的意义。贬义的意识形态概念随着马克思和恩格斯在《德意志意识形态》一书中阐述的马克思主义意识形态理论而广为人们接受，成为政治分析中炙手可热的核心词。从此意识形态的研究得以流行。对于马克思和恩格斯来说，意识形态就是阶级社会中统治阶级的社会意识形式，是统治阶级为了维护它们的自身利益和统治而欺骗和迷惑被剥削者的虚假的"道德、宗教、形而上学和其它意识形态"，因为"统治阶级的思想在每一个时代都是占统治地位的思想。这就是说，一个阶级是社会上占统治地位的物质力量，同时也是社会上占统治地位的精神力量。支配着物质生产资料的阶级，同时也支配着精神生产的资料。因此，那些没有精神生产资料的人的思想，一般地是受统治阶级支配的"③。意识形态的概念从拿破仑到马克思虽然在内容上发生了变化，但它作为虚假的、对人民不利的思想的本质却一直未变。

虽然众多学者认为，意识形态概念史的特点是它总是摇摆于肯定与否定的含义之间④，但是马克思和恩格斯事业和学说的继承者列宁（Vladimir Lenin，1870～1924）在《怎么办？》（*What is to be Done*，1902）中说："既然谈不上工人大众在运动过程中发展了独立的意识形态，唯一的选择就是：要么是资本主义意识形态，要么是社会主义意识形态，没有中间道路（还没有人创造第三种意识形态，而且在因阶级对抗而分裂的社会中，从来

---

① 俞吾金：《意识形态论》，上海：上海人民出版社，1993 年，第 24 页。

② Raymond Williams, *Marxism and Literature*, Oxford: Oxford University Press, 1977, p. 57.

③ 马克思、恩格斯：《马克思恩格斯全集》（第 3 卷），中共中央马克思恩格斯列宁斯大林著作编译局，北京：人民出版社，1960 年，第 52 页。

④ 大卫·麦克里兰：《意识形态》，孔兆政、蒋龙翔译，长春：吉林人民出版社，2005 年，第 8 页。

就没有非阶级或者超越阶级的意识形态）。所以，任何轻视和任何脱离社会主义意识形态就意味着资本主义意识形态的加强。"① 列宁阐明 "意识形态是某一特定阶级的思想体系"，虽然有很强的阶级政治性，但是意识形态已经不必是 "虚假的意识形态"，而是一个中性的概念，而且这一概念为后来的西方马克思主义者广为接受。

但是，真正使意识形态概念中性化的是德国知识社会学创始人卡尔·曼海姆，他也是 "把意识形态理论系统化的第一人"②。他在 1929 年发表的《意识形态与乌托邦》（*Ideology and Utopia*）一书中把思想分为两大类：一是专门知识领域，例如，数学、物理学、社会学等，一是在公共生活和政治中作为集体行为的工具实际发生作用的思想。③ 与此相对应，他从社会学和历史学的角度提出了意识形态概念的两层不同而又可区分的含义：特殊含义和整体含义（the particular and the total）：

> 当 "意识形态" 这一术语表示我们怀疑我们的论敌所提出的观点和陈述时，这一概念的特殊含义便包含其中。那些观点和陈述被看作是对某一状况真实性的有意无意的伪装，而真正认识到其真实性并不符合论敌的利益。这些歪曲包括：从有意识的谎言到半意识和无意识的伪装，从处心积虑愚弄他人到自我欺骗。这一意识形态概念只是逐渐才变得有别于关于谎言的常识性概念，它在几种意义上是特殊的。当与范围更广的意识形态的整体概念相对照时，它的特殊性就变得更为明显。在此我们指的是某个时代或某个历史—社会集团（例如阶级）的意识形态，前提是我们关心的是这一时代或这一集团的整体思维结构的特征和组成。④

---

① V. I. Lenin, *What is to be Done?* Peking: Foreign Languages Press, 1973, p. 48.

② Martin Seliger, *The Marxist Conception of Ideology: A Critical Essay*, London and New York and Melbourne: Cambridge University Press, 1979, p. 128.

③ Karl Mannheim, *Ideology and Utopia: An Introduction to the Sociology of Knowledge*, Trans. from the German by Louis Wirth and Edward Shils, with a preface by Louis Wirth, London: Routeldge & Kegan Paul; New York: Harcourt, Brace & Co., 1954, p. 1.

④ 卡尔·曼海姆：《意识形态与乌托邦》，黎鸣、李书崇译，北京：商务印书馆，2000 年，第 56～57 页。

曼海姆所说的特殊意识形态和整体意识形态并不是截然分开的两种思维方式，而是相互关联和互相融合的，整体意识形态概念是特殊意识形态概念的发展和结果，不是特殊意识形态的简单的累加。考察时代和社会团体的整体意识形态是解决社会问题的关键。从曼海姆的意识形态分类以及论述，我们不难发现马克思意识形态理论对他的影响，但是他试图建立一门超阶级、超党派的意识形态学说即知识社会学，从而背离了马克思意识形态的阶级政治原则，抛弃了他之前的意识形态概念或肯定或否定的价值判断。曼海姆试图建构一种"与价值无涉的意识形态"，一个中性的意识形态，不过令人遗憾的是，"社会科学还没有发展出一套真正的非价值取向的（nonevaluative）意识形态概念"[1]。

真正把意识形态概念的中性企图发挥到极致的是文化研究的兴起以及强调多元差异性的后现代思潮的广泛传播，由此也带来所谓的"意识形态的终结"论。20世纪具有学科意识的文化研究大致是西方马克思主义的以及后马克思主义的，因此，可以笼统地说，现代意识形态理论源于马克思或者说正统的马克思主义，兴盛于西方马克思主义，终结于后马克思主义。前面提到了正统马克思主义的理论强调意识形态的阶级性、虚假性和被决定性。虽然作为西方马克思主义的真正创始人卢卡奇、柯尔施和葛兰西都曾投身革命，是当时革命群众斗争的直接参与者和组织者，但是他们的理论在"孤立和失望的"政治环境中开始转向哲学，转向文化，他们以及他们之后的西方马克思主义思想家们从战场转战到大学，从政治和革命实践转向话语实践，从传统的直接探讨"阶级斗争问题"转向探讨"文化和意识形态问题"[2]。尤其是意识形态逐步成为西方马克思主义的核心社会文化批判武器，曾经革命的和实践的马克思主义演变成内容丰富的学院学术流派：法兰克福学派、精神分析的马克思主义、存在主义的马克思主义、结构主义的马克思主义、文化马克思主义、后马克思主义，等等，政治的意识形态转化为文化的意识形态：经典的革命马克思主义意识形态理论终结，解构的、文本主义、话语分析的文化马克思主义意识形态（后马克思主义意

---

[1]　克利福德·格尔茨：《文化的解释》，韩莉译，南京：译林出版社，1999年，第234页。
[2]　佩里·安德森：《西方马克思主义探讨》，高铦、文贯中、魏章玲译，北京：人民出版社，1981年，第96、100页。

识形态）兴起。

　　当政治的意识形态堕落为文化的意识形态时，"所有的思想都被认为是意识形态的，都只是冲突的利益和欲望的理性表达……甚至这种观点本身也被认为是一种意识形态"①，意识形态成为了人文社科知识分子的玩物——成为他们的行业术语，被用来分析科学、技术、文化、大众文化、大众传媒、心理、日常生活，以及所有权和控制、体制结构、工作与休闲的条件、专业符码、影像与再现的符号学、阅读人的建构、接受与阅读惯例。于是，以美国著名学者和重要思想家丹尼尔·贝尔为代表，意识形态终结论问题的争论在 20 世纪 50 至 60 年代开始热闹起来（学科自觉的文化研究也在此时发轫），标志着西方一些学者认为的具有强烈传统政治意义的意识形态走向穷途末路。从政治思想的角度来看，丹尼尔·贝尔认为，这时人们普遍接受"福利国家、权力分散、混合经济和多元政治概念"，普世性的、人道主义的意识形态终结，地区性的、工具主义的新意识形态形成。② 按照日裔美国学者弗朗西斯·福山（Francis Fukuyama）的说法，这一终结实际上是极权主义、社会主义、马克思列宁主义、共产主义、自由主义等政治意识形态的终结，自由民主（liberal democracy）政治意识形态的兴盛。③ 从社会状况的角度看，这是 20 世纪 50 至 60 年代西方发达资本主义进入"后现代社会"的必然，所谓"后现代社会"即革命马克思主义理论家曼德尔（Ernest Ezra Mandel，1923 ～ 1995）、马克思主义政治理论家弗雷德里克·詹姆逊（Fredric Jameson，1934 ～）所说的与先前的垄断资本主义和帝国主义资本主义相对的"晚期资本主义社会"④，丹尼尔·贝尔所说的与前工业社会和工业社会相对的"后工业社会"⑤，以及多国资本主义、全球资本主义、信息时代，等等。

---

　　①　Terry Eagleton, *Ideology: An Introduction*, London: Verso, 1991, p. 165.

　　②　丹尼尔·贝尔：《意识形态的终结：五十年代政治观念衰微之考察》，张国清译，南京：江苏人民出版社，2001 年，第 462 ～ 463 页。

　　③　Francis Fukuyama, *The End of History and the Last Man*, New York: The Free Press, 1992, p. 211.

　　④　Fredric Jameson, *Postmodernism or Cultural Logic of Late Capitalism*, London and New York: Verso, 1992, pp. xviii-xx, 1.

　　⑤　丹尼尔·贝尔：《后工业社会的来临——对社会预测的一项探索》，高铦等译，北京：商务印书馆，1986 年，第 2 页。

从文化体验的角度来看，后现代意味着"进步意识形态的死亡"①，后现代社会里的后现代主义文化意味"与过去的文化彻底'决裂'：无论从美学观点或从意识形态角度来看，后现代主义表现了我们跟现代主义文明彻底决裂的结果"②，反思、反传统、反主流、反单一、反二元对立、反理性、反整体性等成为后现代主义文化思潮的标志性特点，"批判、颠覆、反叛、扭曲、反动、分裂、中断、终结、消解（分解）、否定、拒绝、抵制、挑战、反-（如反文化）、非-（如非中心化）或无-（如无深度）"等反抗性词语充斥后现代话语。在后现代社会，"深信技术万能"（技术理性）是晚期资本主义社会资产阶级意识形态的特殊形式，技术统治代替传统的阶级统治，政党政治变成了肤浅的、与假想对手所展开的拳击赛，生产、消费、娱乐、文化、艺术、教育以及个人关系领域成为了"统治者"，文化成为晚期资本主义社会"技术理性"等各种意识形态的根源和特点③，文化成为意识形态的载体，文化的才是政治的，政治活动的实现往往必须向文化借力。因此，抵抗的文化政治成为后现代主义文化体验的主要特征，边缘群体（他者）的话语权力成为后现代主义文化政治的合法主题，"从下至上、从边缘至中心"的有关话语和权力的关系分析被广泛地运用在女权主义、民族主义、后殖民主义等后现代文化研究领域。

作为缔造了现代意识形态理论的马克思主义的当代发展，后马克思主义与后现代（主义）一样导演了"意识形态终结"论。后马克思主义思潮紧随着后现代社会的后现代主义思潮出现，与晚期资本主义／后工业／后现代社会大致同时发生。英国著名物理化学家和哲学家迈克尔·波兰尼（Michael Polanyi，1891～1976）1958 年出版的《个人知识：迈向后批判哲学》一书的一个小节标题首次明确地使用了"后马克思主义"一词（完整小节标题是"后马克思主义的自由主义"），他的后马克思主义的自由主

---

① 查尔斯·詹克斯：《什么是后现代主义？》，载江怡主编：《理性与启蒙：后现代经典文选》，北京：东方出版社，2004 年，第 534 页。

② 詹明信：《晚期资本主义的文化逻辑：詹明信批评理论文选》，陈清桥等译，北京：生活·读书·新知三联书店，1997 年，第 421 页。

③ Ernest Mandel, *Late Capitalism*, Trans. Joris De Bres, London: Lowe & Brydone Printers, 1976, pp. 501-502, 513 (first edition in German, 1972).

义是指"在维护某种文化权威和某种价值信念正统性的同时贯彻思想的独立性"[1]。在美国，像罗伯特·达尔（Robert Dahl）、西摩·马丁·利普赛特（Symour Martin Lipset）和丹尼尔·贝尔（Daniel Bell）这样的社会科学家早在 20 世纪 50 年代冷战初期就发展出他们的"'后马克思主义'政治理论"："那里竞争不是在阶级之间而是在多样化的利益群体之间展开。"[2]虽然通常认为，后马克思主义理论直到 1985 年欧内斯托·拉克劳（Ernesto Laclau）和詹托尔·墨菲（Chantal Mouffe）的《领导权和社会主义策略：迈向激进民主政治》（*Hegemony and Socialist Strategy: Towards a Radical Democratic Politics*）的出版才算根深蒂固，但是事实上在 20 世纪 60 至 70 年代各种后马克思主义理论就已经纷纷登场。[3]丹尼尔·贝尔在 1973 年出版的《后工业社会的来临》一书中自称"我们都已经成为后马克思主义者了"。

德国学者 H. 弗莱舍尔（Fleischer）将"二战"后逐步发生多元化演变的马克思主义均称作"后马克思主义"。他把整个马克思主义分成三大块：一是早期马克思主义或原始马克思主义，它的历史时期从 19 世纪 80 年代延伸到 1914 年世界大战爆发；二是 20 世纪世界大战时期的马克思主义；三是第二次世界大战以后的正在多元化的"后马克思主义"。[4]英国学者斯图亚特·西姆（Stuart Sim）借用拉克劳和墨菲的"后马克思主义"二分法（既是 Post-Marxism［post 为斜体］，又是 Post-Marxism［Marxism 为斜体］[5]）提出：

> "后-"为斜体的后马克思主义是抛弃马克思主义传统的马克思主义思想；"马克思主义"为斜体的后马克思主义指称像拉克劳和墨菲那样把马克思主义与后结构主义、后现代主义以及第二次浪潮语境下的

---

① 迈克尔·波兰尼：《个人知识：迈向后批判哲学》，许泽民译，贵阳：贵州人民出版社，2000年，第 372 页。周凡、李惠斌主编：《后马克思主义》，北京：中央编译出版社，2007 年，第 5 页。

② 道格拉斯·拉米斯：《激进民主》，刘元琪译，北京：中国人民大学出版社，2002 年，第 23 页。

③ Stuart Sim, "Spectres and Nostalgia: Post-*Marxism* / *Post*-Marxism", *Post-Marxism: A Reader*, Ed. Stuart Sim Edinburgh: Edinburgh University Press, 1998, pp. 1-2.

④ H. 弗莱舍尔：《关于马克思的历史地位》，宁跃译，《国外社会科学》1992 年第 2 期，第 3～7 页。

⑤ Ernesto Laclau and Chantal Mouffe, *Hegemony and Socialist Strategy: Towards a Radical Democratic Politics*, London and New York: Verso, 1985, p. 4.

女权主义相结合而重新建立的马克思主义理论。……人们就可以把后马克思主义概括为一系列与经典的马克思主义相敌对，以及／或者对经典的马克思主义进行修正的反应。①

而且他认为，卢卡契（Georg Lukacs）、法兰克福学派（the Frankfurt School）、萨特（Jean-Paul Sartre）、阿尔都塞（Louis Pierre Althusser）等是后马克思主义先驱，也就是说，早期的后马克思主义是与通常认为的西方马克思主义交织在一起的，是西方马克思主义的思想倾向之一。多种马克思主义思潮相互纠缠的局面过去是如此，现在和未来也将如此。

英国学者保罗·雷诺兹（Paul Reynolds）认为，后马克思主义是"一出戏剧，一种理论运动"，而各种后马克思主义理论的共同点在于："对马克思主义理论的某一个或更多主要特征的习惯性拒斥，这些特征包括：唯物史观，作为社会动力和方法的辩证法，作为人类社会的主要组织特征的阶级与生产方式，作为现代社会发展中的宏大叙事的资本主义和阶级政治，以及可以产生超越主观立场的真知灼见的单一的科学分析的概念。"② 斯图亚特·西姆总结说，后马克思主义者崇尚多元、差异、政治的自发性，质疑权威和追求新的社会运动事业③，在后马克思主义语境里，意识形态的概念已经泛化而发生质变。

中国学者季广茂曾将斯洛文尼亚哲学家和后现代理论大师斯拉沃热·齐泽克（Slavoj Zizek）之前的意识形态理论分为五个阶段：特拉西阶段、马克思阶段、曼海姆阶段、列宁阶段、西方马克思主义阶段④，如果加上包括了后马克思主义意识形态、后现代主义意识形态的"后意识形态阶段"，迄今为止，意识形态概念的发展大致经历了六个阶段。

从上面简短勾勒的现代意识形态概念发展史可以看出，意识形态包括

---

①　Stuart Sim, *Post-Marxism: An Intellectual History*, London and New York: Routledge, 2001, p. 1.

②　P. 雷诺兹：《后马克思主义是超越马克思主义的激进政治理论和实践吗?》，张明仓译，《世界哲学》2002 年第 6 期，第 56、58 页。

③　Stuart Sim, *Post-Marxism: An Intellectual History*, London and New York: Routledge, 2001, p. 3.

④　斯拉沃热·齐泽克：《意识形态的崇高客体》，季广茂译，北京：中央编译出版社，2001 年，第 12 页（译者前言）。

了社会上各种系统化的思想、观念，且与社会实践活动紧密相连。意识形态虽然不总是政治的①，但总是"具有政治企图的观念体系"②，政治（的）意识形态一直都存在，是社会运行和发展不可或缺的一部分，而且大众依然习惯将政治意识形态简称为意识形态。澳大利亚学者安德鲁·文森特在《政治意识形态》中谈到现代主要的政治意识形态包括自由主义、保守主义、社会主义、无政府主义、法西斯主义、女权主义、生态主义、民族主义，等等。按此分类，大致可以说，T. S. 艾略特的政治意识形态思想属于保守主义的，而雷蒙德·威廉斯的政治意识形态思想是社会主义的。

无论是艾氏的保守主义意识形态思想还是威氏的社会主义意识形态思想，都蕴含着二者各自的政治、文化和社会思想并体现在他们相应的社会实践活动中；他们的意识形态思想折射的意识形态概念完全没有了早期的否定意义，变成强调差异性语境里的中性术语，思想的代名词。

"文学上的古典主义者，政治上的保皇党，宗教上的英国天主教徒"是T. S. 艾略特曾经的自我评价和定位，他进一步解释说，所谓政治上的保皇党是指一种"温和的保守主义"③。艾略特不是政治家，也并不热心政治实践活动，但是他有颗忧国忧民忧世之赤心：针砭现实政治意识形态，建构和畅谈自己理想的政治意识形态，为战后欧洲重建提供可供参考的理论依据。综观他的社会批评，他对自由主义/激进主义（liberalism / radicalism）、民主（democracy）、极权主义（totalitarianism）大加贬斥，对社会秩序、社会等级、基督教社会等大加赞扬，因此，"保守主义者"对于他也可谓是实至名归。

二、保守主义的概念：从柏克到迪斯累利

现代政治可以说是在保守主义（conservatism）、自由主义（liberalism）、社会主义（socialism）三大主要政治思潮及运动之间无休止的争吵和对话中

---

① Terry Eagleton, *Ideology: An Introduction*, London & New York: Verso, 1991, p. 6.

② 中国大百科全书出版社编：《简明不列颠百科全书》（第 9 卷），北京：中国大百科全书出版社，1986 年，第 101 ～ 102 页。

③ T. S. Eliot, *For Lancelot Andrewes: Essays on Style and Orders*, London: Faber and Faber, 1928, pp. ix-x.

形成的[1]，因而保守主义是近现代西方主要政治思潮之一。笼统而言，"保守主义"一词源于拉丁语动词"conservare"，意思是"保存"（to preserve）。英文"保守主义"一词是一个相当新的术语，19 世纪上半叶才出现。不过保守主义政治思想的源头可以一直追溯到古希腊哲学家亚里士多德和柏拉图、古罗马哲学家西塞罗等。现代社会的政治保守主义产生于英国革命和法国大革命。那些反对激烈变革，反对革命的人，被称为保守分子。由于当时的革命对象是君主和贵族，所以保守分子又被称为王权分子或者保皇党人，因此，T. S. 艾略特称自己是"政治上的保皇党"。英国政论家和议会活动家埃德蒙·柏克（Edmund Burke，1729 ～ 1797）通常被认为是系统性的保守主义政治意识形态的缔造者，是"温和保守主义"（moderate conservatism）的开山鼻祖。[2]柏克的《对法国大革命的反思》（*Reflections on the Revolution in France*，1790）被公认为是自觉的保守主义诞生的标志。柏克的保守主义思想一直以来影响着英国以及其他一些西方国家的政治传统、各种思潮以及主流意识形态，"可以说，英语国家的政治制度和政治思想无不打上了保守主义的烙印"，例如，"主张渐进、迂回的费边社会主义可以说就是打上了保守主义烙印的社会主义，远不及世界其他各地的一些社会主义运动激进"[3]。

柏克之后，保守主义在 19 世纪发展为三个不同学派。其一是法国的正统主义，也称拉丁派，属于保守主义的极右翼，它的创始人和主要代表是两位法国贵族约瑟夫·德·梅斯特尔（Joseph de Maistre，1753 ～ 1821）和德·波纳德（Louis de Bonald，1754 ～ 1840）。如果说柏克保守的是传统的自由（traditional liberties），那种与秩序紧密相连的自由，受智慧和美德制约的自由[4]，以及德国社会学家卡尔·曼海姆所说的"一个人根据他内心的原则实现惟独于他自己的发展规律的状态"[5]，那么德·梅斯特尔

---

① Adam Kuper and Jessica Kuper, eds., *The Social Science Encyclopedia*, 2nd ed., London and New York: Routledge, 2005, p. 225.

② Bertram Newman, *Edmund Burke*, London: G. Bell & Sons, 1927, p. 219.

③ 刘军宁：《保守主义》，北京：中国社会科学出版社，1998 年，第 7 页。

④ 埃德蒙·柏克：《自由与传统：柏克政治论文选》，蒋庆等译，北京：商务印书馆，2001 年，第 95、108 页。

⑤ 卡尔·曼海姆：《保守主义》，李朝晖、牟建君译，南京：译林出版社，2002 年，第 84 页。

之流保守的是"传统精英的权威"（traditional authority），具有权威主义（authoritarian）性质。[1] 其二是德国的政治浪漫派：反动和复辟的意识形态、反动的绝对王权主义的意识形态[2]，主要代表有弗里德里克·冯·施莱格尔（Friedrich von Schlegel，1772～1829）、亚当·穆勒（Adam Muller，1779～1829）等。其三是英国的温和派。其主要代表除埃德蒙·柏克外，还有柯勒律治（Samuel Taylor Coleridge，1772～1834）、罗伯特·塞西尔（Robert Arthur Talbot Gascoyne- Cecil，1830～1903）、迪斯累利（Benjamin Disraeli，1804～1881）等。[3] 中国学者刘建飞根据英国保守党的执政和发展状况将保守主义分为五个阶段：第一阶段是托利主义（从 17 世纪末至 19 世纪初）；第二阶段是柏克主义（19 世纪初至 19 世纪末）；第三阶段是迪斯累利主义（19 世纪末至 20 世纪 40 年代）；第四阶段是新保守主义（20 世纪 50 年代至 70 年代）；第五阶段是撒切尔主义（20 世纪 70 年代至今）。[4] 柏克之后，以英国温和派影响最大、最持久，是早期保守主义的主流。显然，T. S. 艾略特认为自己的保守主义与柏克以及早期英国温和派保守主义是一脉相承的。

　　柏克是首位法国大革命的批判者，他的《对法国大革命的反思》被认为是"迄今为止最具影响力的册子，以及最好的保守主义论文"[5]，书中展示的对法国大革命的批判立场成为了现代保守主义思想的核心，因此一般说来，法国大革命（the French Revolution，1789～1794）催生了现代保守主义在英国的诞生，而现代保守主义是对法国大革命"民主、平等、激进"等思想和行为的的反动。英国保守党政论家休·塞西尔（Hugh Cecil，

---

[1]　Peter Viereck, *Conservatism: From John Adams to Churchill*, New York: D. Van Nostrand Company, 1956, p. 11.

[2]　卡尔·施米特：《政治的浪漫派》，冯克利、刘锋译，上海：上海人民出版社，2004 年，第 9、19 页。政治的浪漫派似乎要"遁入过去"，赞美属于遥远过去的古代状态，要回归传统。这反过来又导致了另一种概括：凡没有无条件地认为现在比过去更美好、更自由、更进步的人，就被贴上浪漫派的标签。

[3]　T. S. 艾略特把英国政治家博林布鲁克（Henry St. John，1st Viscount Bolingbroke，1678～1751）称为前-保守主义者，艾略特把他与柏克、迪斯累利归类于理论和实践意义上的保守主义者，而把自己和柯勒律治归类于没有政治实践的保守主义者。T. S. Eliot, *To Criticize the Critic and Other Writings*, London: Faber and Faber, 1965, p. 138.

[4]　刘建飞：《英国保守主义的主要特性》，《国外社会科学》1997 年第 6 期，第 18～20 页。

[5]　Peter Viereck, *Conservatism: From John Adams to Churchill*, New York: D. Van Nostrand Company, 1956, p. 27.

1864～1958）指出，《对法国大革命的反思》一书阐释了六大主题，这些主题成为了保守主义思想永远的基础，它们是：

> 第一，柏克强调了宗教的重要性以及宗教被国家承认的意义。第二，他真心实意地憎恨和谴责政治或者社会变革过程中对个人的不公平。第三，他攻击革命的平等观，坚持认为等级和地位的差别是现实的，也是必要的。第四，他支持私有制，认为它是对社会幸福至关重要的神圣的体制。第五，他认为人类社会是一个有机体而不是一个机械体，这个有机体有很多神奇的地方。第六，与社会的有机特性密切相关，他坚持认为与过去保持连续性是必须的，尽可能使变革逐步进行，并尽可能不扰乱原来的正常秩序。①

塞西尔所总结的柏克的六大主题也就是后来普遍接受的保守主义的基本原则或者基本特征的基础。美国政治思想家塞缪尔·亨廷顿（Samuel P. Huntington，1927～2008）在20世纪50年代末保守主义复兴之际，重申了以柏克的保守主义为核心的保守主义六大要义：

> 其一，人总的说来是宗教动物，并且宗教是市民社会的基础。
> 其二，社会是缓慢的历史增长造就的自然有机物。现存制度体现了前辈们的智慧。
> 其三，人是直觉和情感以及理性动物。谨慎、偏见、经验和习惯是比理性、逻辑、抽象以及形而上学更好的指导原则。真理不存在于普遍的见解中，而是存在于具体实践中。
> 其四，共同体高于个人。人的权利源于他的责任。恶是人之本性，而非植根于任何特定的体制中。
> 其五，除了绝对的道德感，人是不平等的。社会结构是复杂的，总是包含各种各样的阶级、等级和群体。差异、等级制和领导权是任

---

① Hugh Cecil, *Conservatism*, London: Williams & Norgate and New York: Henry Holt & Co., 1912, pp. 47-48.

何市民社会不可避免的特征。

其六，总是存在着"偏爱固定的政府体系，反对任何没有尝试的规划"的推测。[①]

从柏克的保守主义诞生（1790）到 T. S. 艾略特的保守主义立场申明（1928），时隔一百多年，如此算来，"保守主义"作为一种自觉的政治思潮的历史并不长，不过其间保守主义随着社会—历史的变迁而发展，其定义也见仁见智，莫衷一是。塞缪尔·亨廷顿在《作为一种意识形态的保守主义》一文中根据历史过程的不同总结并且辨析了三种广义且相互冲突的作为意识形态的保守主义本质概念：

其一，贵族理论意义上的保守主义（aristocratic）。这种保守主义是一个单一具体且独一无二的历史运动意义上的意识形态。即封建贵族地主阶级对法国大革命、自由主义以及从 18 世纪末期到 19 世纪上半叶兴起的资产阶级的反动。如同自由主义是资产阶级意识形态，社会主义和马克思主义是无产阶级意识形态，保守主义则是贵族阶级意识形态。

其二，自动意义上的保守主义（autonomous）。这种保守主义既不与任何社会群体利益相关，也不依附于任何社会力量的具体历史构造，它只是指称一些普适的价值观：正义、秩序、平衡和温和（中庸）。

其三，情景意义上的保守主义（situational）。这种保守主义意识形态指为既有社会秩序辩护的观念系统，不管何时何地，当既有的社会体制遭遇根本性挑战，它的拥护者们都将以这种保守主义意识形态作为武器奋起反抗。[②]

早在塞缪尔·亨廷顿之前，休·塞西尔指出，保守主义（Conservalism / conservalism）可以按两种意思理解：一种是大写的，指保守党的信条；一

---

① Samuel P. Huntington, "Conservatism as an Ideology", *The American Political Science Review* 51.2 (Jun., 1957): 454-473.

② Ibid.

种是小写的，指人们思想中纯粹的或者说天然的守旧倾向。[1] 中国学者王皖强进一步分析了塞西尔的两种保守主义含义，他说，小写的保守主义指"人们自身的一系列态度、观念、倾向，即所谓自然的保守主义或人们心目中的守旧思想"。大写的保守主义指"政治上的保守主义和保守主义哲学，指与保守党直接或间接相关的一整套连贯一致的政治信仰和意识形态"。他还同时指出，保守主义者指具备保守主义政治信念的政治家和政治思想家。[2] 值得一提的是，德国社会学家卡尔·曼海姆认为"自然"是个危险的词，更愿意用"传统主义保守主义"这个表达方式代替塞西尔的"自然保守主义"。[3] 根据塞西尔的说法，埃德蒙·柏克是具备了上述两种含义的保守主义者：他的保守主义部分是政治的，更大一部分是伦理道德的。[4] 英国当代最著名的保守主义哲学家迈克尔·奥克肖特（Michael Oakeshott，1901～1990）继承和保守了柏克的政治与伦理相结合的保守主义传统[5]，只不过他更愿意用"保守的气质"[6] 概括这两种意义上的保守主义。

事实上，柏克自己并没有使用"保守主义"或者"保守党"一词，在英国通常认为是爱尔兰作家和政治家约翰·威尔森·克洛克（John Wilson Crocker）在 1830 年首次使用了"保守主义"一词[7]，他在 1830 年 1 月的《每季评论》（Quarterly Review，创办于 1809 年的文学政治期刊，1967 年停刊）发文建议把当时的"托利党"改称为"保守党"，认为那样能更确切

---

[1]　Hugh Cecil, *Conservatism*, London: Williams & Norgate and New York: Henry Holt & Co., 1912, pp. 1, 3.

[2]　罗杰·斯克拉顿：《保守主义的含义》，王皖强译，北京：中央编译出版社，2005 年，第 3 页（中译者序）。

[3]　卡尔·曼海姆：《保守主义》，李朝晖、牟建君译，南京：译林出版社，2002 年，第 56 页。

[4]　John Morley, *Burke*, London: Macmillan and Co., 1885, p. 66.

[5]　Elizabeth Campbell Corey, *Mickael Oakeshott on Religion, Aesthetic, and Politics*, Columbia and London: University of Missouri Press, 2006, p. 125.

[6]　迈克尔·欧克肖特：《论保守》，《政治中的理性主义》，张汝伦译，上海：上海译文出版社，2004 年，第 126～154 页。

[7]　关于保守主义一词的渊源，德国社会学家卡尔·曼海姆说：首先给与这个词以明确意义的是夏多勃里昂（François-René de Chateaubriand，1768～1848），他把自己旨在宣传僧侣和政治复辟观念的期刊取名为《保守主义》（*Le Conservateur*）。这个词直到 19 世纪 30 年代才被德国采用，直到 1835 年才在英国获得正式的认可。卡尔·曼海姆：《保守主义》，李朝晖、牟建君译，南京：译林出版社，2002 年，第 61 页。

地表达托利党的原则。^①事实上，1833 年，托利党在经历了一次分裂之后正式更名为保守党。作为一种政治意识形态来看，保守主义的诞生标志是 1834 年英国政治家、英国保守党奠基人小罗伯特·皮尔（Sir Robert Peel，1788～1850）发表的"塔姆沃斯宣言"（Tamworth Manifesto）。^②

　　沿着保守主义作为一种社会思潮和政治思想的线索，柏克之后，T. S. 艾略特之前，柯勒律治、卡莱尔、迪斯累利和马修·阿诺德都是艾略特所熟悉的保守主义文人，本书将简要地介绍他们的保守主义思想，以梳理清楚艾略特保守主义思想的渊源关系。要了解艾略特的保守主义政治意识形态的渊源，著名的英国浪漫主义诗人塞缪尔·泰勒·柯勒律治（Samuel Taylor Coleridge，1772～1834）是柏克之后的一个不错的起点，因为他是 T. S. 艾略特极力赞赏的一位保守主义者。也许是因为柯勒律治的文学才华太过耀眼，以至于人们通常忘记他还是那个时代最伟大的政治思想家之一。柯勒律治的散文写作是从政治小册子开始的，正是他的那些政治论文为保守主义信条找到了新的基础，给保守主义注入了新鲜血液^③，因此，他被称为"柏克高贵、庄严的保守主义的信奉者"^④。

　　T. S. 艾略特自认为，无论是从诗人—评论家的双重身份，还是从保守主义政治思想的角度看，他和柯勒律治都是一类型的人。^⑤柯勒律治与柏克一样崇尚君主立宪主导的传统社会等级体制、基督教信仰等传统秩序框架下的个人自由，反对法国大革命那种暴政式试图摧毁一切传统而建立一个全新社会的革命所倡导的平等基础上的自由，他的《法国颂》（1797）表达了他对传统自由的渴求，和对法国革命式自由的恐惧和批判。柯勒律治虽然反对法国大革命式的社会变革模式，但是他并不否认社会变革的必要性，并且认为只有变革社会才会进步，只不过这种变革和进步必须是在原来基

---

　　①　John Gibson Lockhart, ed., *The Quarterly Review Vol. XLII* (January & March, 1930), London: John Murray, 1830, p. 276.

　　②　1834 年皮尔对塔姆沃斯 596 名选民发表名为"塔姆沃斯宣言"的政治演说，支持 1832 年改革，提出保守党新的改革政策，成为保守党领袖。

　　③　Richard Garnett, *Coleridge*, London: G. Bell & Sons, 1910, pp. 54, 56.

　　④　Russell Kirk, *Randolph of Koanoke: A Study in Conservative Thought*, Chicago: The University of Chicago Press, 1951, p. 12.

　　⑤　T. S. Eliot, *To Criticize the Critic and Other Writings*, London: Faber and Faber, 1965, p. 138.

础上的逐渐和连续不断的扩充和发展，是除去和修正原有社会各种弊端后的内在生长。①

　　除了维护国家社会等级体制下的个人自由以及基督教信仰所倡导的国家社会秩序等之外，柯勒律治还认为，国家社会应该是一个统一的秩序井然的有机整体（organic whole），而不是功利主义或者法国大革命民主制下的机械体，有机体是一切，像人一样生长，是生存；独立的个体像一扎玉米，整体只是没有生命的独立部分的集合，是死亡。② 社会个体组成的国家共同体是像生物一般的有机组织，其中各局部之间、各局部和整体之间存在一种相互依赖关系，局部不可离开整体而独立生存。具体到英国社会，个人的自由、个人的权力在上帝的旨意、国家体制、普世的伦理道德的基础上运行；社会语言、传统、习惯、法律、秩序、宗教信仰和个人自由在国家整体中相互依存，并随着社会的变迁而相互调整，达到新的平衡，创造新的和谐，然后在这种稳定状态下个人和社会、个人和国家自然生长。个体自身融入社会传统、习惯、法律、秩序、宗教信仰，而且个体与个体之间相互影响、相互制约、协调生活有如一个生物体的不同部分。更重要的是，对于柯勒律治来说，上帝以及上帝的旨意是第一位的③，国家的宪法、世俗的历史悠久的法律法规、道德伦理等逐一地排在其后，因此，国家社会有机体是按照造物主的旨意行在地上的，是上帝以及他的旨意让国家成为有机体的。

　　英国著名历史学家、19 世纪 30 年代和 40 年代最有影响的社会政治思想家托马斯·卡莱尔（Thomas Carlyle，1795 ～ 1881）是柯勒律治之后的一位主要的保守主义者。卡莱尔像柏克、柯勒律治一样崇尚传统、崇尚社会有机性、敬畏上帝（所有的人都必须遵从上帝的旨意，个人自由是必不可少的，但是都必须以此为先决条件④）、赞扬精英统治等，但是他的保守

　　① Samuel Taylor Coleridge, *On the Constitution of the Church and State, According to the Idea of Each With Aids Toward a Right Judgment on the Late Catholic Bill*, London: Hurst, Chance and Co., 1830, pp. 13, 61.

　　② Samuel Taylor Coleridge, *The Political Thought of Samuel Taylor Coleridge*, London: Jonathan Cape, 1938, pp. 105, 139.

　　③ Samuel Taylor Coleridge, *On the Constitution of the Church and State, According to the Idea of Each With Aids Toward a Right Judgment on the Late Catholic Bill*, London: Hurst, Chance and Co., 1830, pp. 14, 16.

　　④ Thomas Carlyle, *Past and Present*, London: Chapman and Hall, 1843, p. 347.

主义更具人性①，因为他认为，不论贫富，也不论地位和信仰如何，每个人都有其自身的价值。他虽然崇拜强人领袖，认为应把他们奉为榜样，但是对自私的个人主义表现出强烈的痛恨。1843 年在他的《过去与现在》一书中称赞保守主义是英国人的伟大的特性，对保守主义大加褒奖。他说，所有的英国人都是保守主义的，一切伟大的民族都是保守主义的。保守主义真正所要保守的是真理和正义，而非真理非正义以及不符合上帝的旨意的就要坚决地抛弃。②他还说，保守主义者崇尚历史悠久、一直以来公认的法律法规、习俗和伦理道德；注重实践而不是理论，能容忍实践中的错误；不崇拜新奇的东西；不盲目地追求改革。

　　另外，卡莱尔对以法国大革命为起点的现代民主运动并不像其他保守主义者那样一味持反对意见，他虽然反对激进运动，认为社会变革应该是逐步进行，稳扎稳打，因为社会弊端和邪恶不是一天形成的，因而也不可能一下子除去，但是他认为，激进的民主运动也有它积极的一面，以至于有学者认为，"卡莱尔的社会阐释在一定程度上的确具有民主精神"③。一方面，卡莱尔批判激进的民主运动会带来混乱、苦难、暴动，乃至毁灭等其他邪恶的东西，指责那些认为通过投票选举或者竞选就能保证大众权利的民主鼓吹者是可悲的。另一方面，他又认为，激进的民主运动确实能发掘真正的贵族、真正的领导者或者说是最好的统治者，同时他认为这才是民主的真正内涵以及人类的本性。④还有，卡莱尔认为，虽然到 1795 年 5 月时法国大革命的激进运动随着雅各宾党主要首领的惨死已经彻底消失，但是它的摧枯拉朽之作用是不容忽略的，而且它所倡导的精神已播散到世界各地，并将永存。⑤这与柏克一味指责法国大革命野蛮地扰乱社会秩序、阻碍自由以及毁灭国家的态度是不同的。不管你赞不赞成卡莱尔有关"民主

①　Peter Viereck, *Conservatism: From John Adams to Churchill*, New York: D. Van Nostrand Company, 1956, p. 38.

②　Thomas Carlyle, *Past and Present*, London: Chapman and Hall, 1843, pp. 203, 205-206.

③　Frederick William Roe, *The Social Philosophy of Carlyle and Ruskin*, New York: Harcourt, Brace and Company, 1921, p. 73.

④　Thomas Carlyle, *Latter-Day Pamphlet*, London: Chapman and Hall, 1870, pp. 270, 370.

⑤　Thomas Carlyle, *The French Revolution: A History*, Vol. III, with an introduction notes and appendices by John Holland Rose, London: George Bell and Sons, 1902, p. 367.

的真正内涵"的观点，有一点是不容置疑的，即虽然他所谓的民主观依然是为社会等级秩序辩护的，但是他至少在一定程度上是站在民主一边说话。卡莱尔保守主义的民主色彩把他与之前的保守主义者区别开来。

如果说卡莱尔在柏克保守主义的基础上朝民主迈出了一小步的话，那么另外一位保守主义者迪斯累利则善观形势变化，迎合时代潮流，铆足了劲，向前尽可能地朝民主迈了一大步，为英国保守主义注入了新的活力。在 1872 年 6 月 24 日的水晶宫演说中，他提出了保守主义的三个目标：（1）维护国家制度（to maintain the institutions of the country）；（2）捍卫英帝国（to uphold the Empire of England）；（3）改善人民的生活状况（the elevation of the condition of the people）。[1] 他是英国保守党发展史上鲜有的为保守主义意识形态增添了新内容的政治家之一，因为"他主张由一个民主化的保守党来引领社会改革"[2]。迪斯累利的保守主义与民主的亲密接触只是对英国国内的人民而言，而对外他依然推行帝国主义强权政策。迪斯累利虽然也像以前的保守主义者一样维护国家、国家宪法、宗教惯例以及社会的有机性，从而抵制民主和激进的社会变革模式，他甚至说应该像抵制寡头政治一样抵制民主，因为寡头政治导致个人暴政，而民主意味着财产贬值、自由受限、民众暴动，等等[3]，但是他同时无处不表现出对普通民众的"福利和幸福"的关心，并把它作为自己、政党以及政府的使命。[4] 在他著名的"政治三部曲"小说之一《康宁思比，或新的一代》（1844）中将他的这种思想进行了实例化表述：康宁思比与祖父蒙茅斯勋爵辩论时说，"我们所需要的不是打造新的公爵，也不是更新老成员，而是建立能稳定国家和使人民幸福的伟大原则"[5]。

---

[1]　Benjamin Disraeli, *Selected Speeches by the Late Honourable the Earl of Beaconsfield*, Vol. II, arranged and edited with introduction and explanatory notes by T. E. Kebble, London: Longman, Green and Co., 1882, pp. 525-531.

[2]　罗兰·N. 斯特龙伯格：《西方现代思想史》，刘北成、赵国新译，北京：中央编译出版社，2005 年，第 252 页。

[3]　George Earle Buckle, *The Life of Benjamin Disraeli, Earl of Beaconfield, Volume IV 1855-1868*, New York: The Macmillan Company, 1916, pp. 209, 379.

[4]　Henry Bentinck, *Tory Democracy*, London: Methuen & Co., 1918, p. 3.

[5]　Benjamin Disraeli, *Coningsby; Or, The new Generation*, Leipzig: Bernhard Tauchnitz, 1844, p. 382.

迪斯累利在参政期间 ① 发表过一系列政论性文章和文学作品，为民众的生活、社会和政治权利进行辩护，并在任英国首相前后，设法通过一系列的法规，赋予民众权利并使这些权利得到保障，例如，《选举改革法案》（将选举权扩展到城市和城镇中的工人，首次形成了由工人阶级组成的选区，1867）、《公共卫生法》（1875）、《工人住宅法》（1875）、《工厂与工作场所法》（1878），等等。还有，他认为，社会各阶级、各种秩序应该形成有机整体，在宪法制度下保持平衡。这种思想在他的小说《西比尔，或两个国家》（1845）中可见一斑。小说所描写的两个"国家"（两个截然不同的社会阶层）不管是多么的不同、多么的互不相关、多么的水火不相容："两者之间没有交流，没有同情；彼此不了解对方的习惯、思想和情感，就好像他们居住在不同的区域，或者说居住在不同的星球上；他们的教养不同，食物不同，风俗不同，甚至所遵循的法律也不同" ②，但是，最后代表富裕阶层的艾格里蒙特（Charles Egremont）和代表贫困阶层（人民大众）的西比尔（Sybil）结合，旧有的社会在没有硝烟的情况下恢复社会团结，达到一种新的社会平衡，一种贵族主导的平衡（最后西比尔恢复了贵族身份）。尽管迪斯累利的这种平衡是"痴人说梦" ③，但是他的社会批评以及对代表社会绝大多数的普通民众的关注和同情体现了新一代保守主义者的民主倾向。因此，后来者认为他的保守主义是"民主托利主义"（亨利·本廷克认为，迪斯累利为托利党开启了民主之门）④、"工人阶级保守主义" ⑤，以及"社会主义封建思想"、"社会（主义）托利主义"和"新托利主义" ⑥，

---

① 迪斯累利 1804 年 12 月 21 日生于伦敦的犹太人家庭。1832 年投身竞选活动。1835 年加入托利党，1837 年当选议员。1848 年当选为保守党领袖。1852、1858、1865 年，迪斯累里连任 3 届德比伯爵内阁的财政大臣。1867 年提出新的议会改革法案。1868 年，1874 ～ 1880 年两度出任首相。

② Benjamin Disraeli, *Sybil or the Two Nations*, London: Longman, Green and Co., 1920, p. 76.

③ Patrick Brantlinger, *The Spirit of Reform: British Literature and Politics 1832-1867*, Cambridge, Mass. and London: Harvard University Press, 1977, p. 195.

④ Standish O' Grady, *Toryism and the Tory Democracy*, London: Chapman and Hall, 1886, p. 114. J. M. Kennedy, *Tory Democracy*, London: Stephen Swift & Co., 1911, p. 119. Henry Bentinck, *Tory Democracy*, London: Methuen & Co., 1918, p. 21.

⑤ T. E. Kebbel, *A History of Toryism: From the Accession of Mr. Pitt to Power in 1788 to the Death of Lord Beaconsfield in 1881*, London: W. H. Allen & Co., 1886, p. 338.

⑥ Louis Cazamian, *Le Roman Social En Angleterre (1830-1850) Dickens-Disraeli-Mrs Gaskell-Kingsley*, Paris: Société Nouvelle de Librairie et D' édition, 1904, pp. 6, 315, 326.

等等。

总结既往的保守主义思想，英国保守党政治家休·塞西尔（1864～1958）认为：

保守主义由三个有史可循的思潮结合而成，是由法国大革命以及它所激起的对抗形成的一股有组织的力量。这三个思潮是：其一，自然保守主义（natural conservatism），所有人所固有的一种思想，即对不知事物的不信任以及对熟悉事物的眷恋；其二，托利主义（Toryism），护卫教会和国王，尊敬宗教和权威；其三，帝国主义（目前还没有更好的名称，imperialism），一种认为国家伟大以及因为团结而使其伟大的爱国之情。[①]

因此，英国保守党历来就有以"国家的理由"（reason of Sate）或者说是所谓的爱国主义推行殖民以及对殖民地政治经济干预的惯例（自由党以及英国的主流意识形态也都这样认为），只不过自由党人在一定程度上还站在他国以及他国公民的角度思考道德、权力、公平等问题。虽然英国保守党都倾向于把英国本土以及它的殖民国看成是不同的有机个体，宗主国和附属国的关系被简化为一个整体中不同等级的个体间的关系，并以"国家的理由"认可帝国统治，但是具体到每一个著名的保守主义者，他们对帝国主义和殖民国又有着不同看法。现代保守主义开山鼻祖柏克虽然并没有提出撤销英国海外殖民地，但他不是帝国主义者，他公开指责英帝国东印度公司的贪婪、对印度的肆意掠夺以及对殖民地所犯下的种种罪行，指责东印度公司破坏印度传统，在北美殖民地独立事件中，他反对战争，认为英美骨肉相连，倡导英国政府给殖民地更多的自治权和更多的自由，并要求与他们和解。[②] 柏克之后的卡莱尔主张不惜一切代价，即使是使用武力也行，要把其他国家当成英国过剩的人口的遣散地以及商品销售市场。[③] 迪斯累利

[①]　Hugh Cecil, *Conservatism*, London: Williams & Norgate; New York: Henry Holt & Co., 1912, p. 244. 着重号为本书作者所加。

[②]　John Morley, *Burke*, London: Macmillan and Co., 1885, pp. 79-80, 126-128.

[③]　John Nichol, *Thomas Carlyle*, London and New York: Macmillan and Co., 1892, p. 212.

与之前的保守主义者在这一点上最大的不同之处在于他认可英国的对外帝国主义行为，宣扬建立有形的帝国主义，主张加强对殖民地的统治以及扩大殖民疆域，关税制度、印度、阿富汗以及苏伊士运河等事件无不彰显了他的有形帝国主义思想。总而言之，作为政治家，迪斯累利确确实实把扩张和统治英属殖民地"作为一种事业"，把征服东方乃至世界看成是"一种信仰"，而且是"值得为此而生的"①，因此，他被封为"帝国主义的创始人"（founder of Imperialism）②。

上面简要论述的柏克、柯勒律治、卡莱尔以及迪斯累利等英国保守主义者的保守思想大致涵盖了以下几个方面的内容。第一，保守传统；第二，保守基督教信仰；第三，保守社会等级制；第四，保守国家等级制，赞同英国的帝国主义行径；第五，反对激进的社会变革（革命、战争），等等。T. S. 艾略特自称为英国温和保守主义的继承者，他的政治保守主义主要体现在哪些方面？与前辈们相比，他的保守主义有着怎样的特征？下面就来回答这些问题。

三、艾略特保守主义思想的构成③

无论是 T. S. 艾略特的诗歌、戏剧、文学批评还是他的社会批评无不渗透着他的保守主义思想，《为兰斯洛特·安德鲁斯而作：风格与秩序》（1928）、《追异神：现代异教入门》（1934）、《基督教社会的构想》（1939）、《文化定义札记》（1948）等批评文集都有关于保守主义的论述，

---

① Benjamin Disraeli, *Tancred: or, The New Crusade*, Vol. I, Leipzig: Bernhard Tauchnitz, 1847, pp. 161, 292-293.

② William Flavelle Monypenny, *The Life of Benjamin Disraeli, Earl of Beaconsfield, Volume I, 1804-1837*, 6 vols., with portraits and illustrations, New York: The Macmillan Company, 1910, p. 119.

③ 此部分前期曾发表相关论文《论 T. S. 艾略特的保守主义传统观》、《T. S. 艾略特的保守主义政治文化观》。两篇文章有一些相同之处。作者最开始是研究艾略特的传统观，后来深一步研究了艾略特的保守主义思想，而其传统观是其保守主义思想的一部分，所以 2013 年发表在《江苏广播电视大学学报》的《T. S. 艾略特的保守主义政治文化观》一文与 2011 年发表在《山东文学》上的《论 T. S. 艾略特的保守主义传统观》有些相同之处。2013 年文章审稿过程中与编辑商讨过两篇文章相同的问题，考虑到《论 T. S. 艾略特的保守主义传统观》在《山东文学》发表时应杂志要求没有作注，为了方便后来研究者，给相同部分加注后文章发表。见李兆前：《论 T. S. 艾略特的保守主义传统观》，《山东文学》2011 年第 1 期，第 83～86 页；《T. S. 艾略特的保守主义政治文化观》，《江苏广播电视大学学报》2013 年第 6 期，第 61～64 页。

他的政治诗歌《克里奥兰》（*Coriolan*）以及《传统和个人天才》、《政治文学》、《现代教育与经典》等一些论文更是较为直接和集中地表明了他的保守主义的社会、政治和文化主张。在 T. S. 艾略特所有的散文中，《传统与个人天才》（1919）最为著名，虽然文中只是从文学的角度论述文学创作过程中传统（文学共识）与个人才能的关系，但是其中的"动态传统"观构成了他的保守主义思想的基础，概言之，T. S. 艾略特的保守主义思想内涵主要就是保守传统：保守社会传统、政治传统以及文化传统，等等。更具体地说，艾略特所保守的社会政治传统主要为社会等级制以及基督教传统，反对激进的自由主义以及它所倡导的变革、绝对自由、平等和民主等。

英语"传统"（tradition）一词源于拉丁语"traditum"。拉丁语"传统"是一个名词，通常有四种含义：（1）传送；（2）传递知识；（3）传递教义；（4）屈服或者背叛。意义（2）和（3）（传递知识和教义）成为英语"传统"含义演变的主流。[1] 通常，延续两代或者两代以上的被人类赋予价值和意义并且"从伦理道德上能够接受的所有事件和经验教训"[2] 都可以看成是传统的。按此意义，传统是人类智慧的象征，是值得称道的美好事物。但是，随着反抗传统的法国大革命烈火的蔓延，"传统"成为了"传统主义的"、"传统性的"，成为了崇尚"以迅雷不及掩耳之势扫除既有体制、匆促而彻底地变革为特征"的革命激进主义者[3] 坚决要毁灭的旧的、落后的惯例、信仰和制度的代名词，传统以及推崇传统的保守主义思想被烙上了"因循守旧"、"抱缺守残"、"无知"、"迷信"、"反动"等标签。

传统被称为是保守主义者的社会天性不可或缺的终极概念。[4] 作为一位自觉的保守主义者、曾经的哲学博士生和哈佛大学的哲学助教以及"哲学问题的终生探索者"，T. S. 艾略特不但对"传统"进行了简要的本体分析，

---

① Raymond Williams, *Keywords: A Vocabulary of Culture and Society*, New York: Oxford University Press, 1983, pp. 318-319.

② Peter Viereck, *Conservatism Revisited*, New York: The Free Press, London: Collier-Macmillan, 1966, p. 32.

③ 革命激进主义的坚决反抗者、现代保守主义创始人埃德蒙·柏克认为革命激进主义者的社会变革是"疯子"领导的"暴政"和"民众骚乱"导致的"毁灭"，从而坚决加以抵制。大致从法国大革命起，传统的好坏（褒贬义）之争成为了保守主义和（激进主义）自由主义的对抗性辩论话题之一。Edmund Burke, *Reflections on the French Revolution*, London: J. M. Dent Sons; New York: E. P. Dutton & Co., 1951, pp. 45-46, 108-109, 255.

④ 罗杰·斯克拉顿：《保守主义的含义》，王皖强译，北京：中央编译出版社，2005 年，第 25～26 页。

还在逆境中著书立说，从文化、宗教和社会制度等方面为传统进行辩护。在此过程中，他秉承他的博士论文研究对象英国新黑格尔学派哲学家 F. H. 布拉德利（Francis Herbert Bradley，1846～1924）的"黑格尔式整体主义：一种强调任何事物的意义源于更大范围内的其位置功能以及与其他事物的关系的有机理论"[1]，形成了自己的保守主义传统理论。

"同一个术语或者同一个概念，在大多数情况下，由不同情境中的人来使用时，往往意义悬殊。"[2] 秉着对"词语的谨慎的怀疑"，T. S. 艾略特首先对"传统"一词进行了辨析。当传统社会向现代社会转变时，当理性主义、个人至上原则、线性的社会进步史观被封为至高无上的思想权威，自由、民主和平等成为衡量和判断一切的标准以及成为人们的精神支柱时，"传统"即便不总是贬义词，但受到轻视也是肯定的，艾略特深谙其道，但是他反其道而行之，对传统赞美有加，把它推到至高无上的地位。他认为，传统不是通常认为的简单的"代代相传"，也不是简单的因循守旧、"回到过去"或者"原地停留"，因为这种"仅限于追求前一代，或者仅仅盲目地或胆怯地墨守前一代成功的地方"的传统形式是重复，是死路一条。[3] 真正的传统应该是历代具体社会—历史语境和具体时空中的人类体验以及其智慧的结晶，是被证明是有效的经验、思想、制度、风俗、艺术等，是美好的过去与现在形成的"此在"，是"实质性的"，因而传统是伟大的，应该竭力加以守护。对艾略特而言，最具体的传统是，"在地点和时间上：现在，英格兰"[4]。他说：

> 我所认为的传统包含所有的习惯性行为，生活习惯和风俗，从最具意义的宗教仪式到我们问候陌生人的传统方式，它表达了"居住在同一地方的相同的人们"之间的血缘关系。它甚至包含了许多可以称

---

① Richard Shusterman, "Eliot as Philosopher", *The Cambridge Companion to T. S. Eliot*, Ed. A. David Moody, Shanghai: Shanghai Foreign Language Teaching Press, 2000, p. 31.

② Karl Mannheim, *Ideology and Utopia: An Introduction to the Sociology of Knowledge*, Trans. Louis Wirth and Edward Shils, New York: Harcourt, Brace & Co.; London: Routledge & Kegan Paul, 1954, p. 245.

③ T. S. Eliot, *Sacred Wood: Essays on Poetry and Criticism*, New York: Alfred A. Knopf, 1921, p. 43.

④ T. S. Eliot, "Four Quartets" (Little Gidding, I), *T. S. Eliot: The Complete Poems and Plays,* London and Boston: Faber and Faber, 1990, p. 192.

之为"禁忌"（taboo）的东西：虽然这个词在我们这个时代绝对是一个贬义词，但是对我来说是充满意义的珍品。只不过我们通常是在这些传统被废弃后，才意识到它们以及它们的意义，就像秋天的树叶，只有当它们被风吹落，失去生命的时候，我们才觉察到它们的存在。

……传统……我希望用这个词尽可能涵盖我们生活中称为习惯、教养和环境的东西。①

因而，艾略特的传统既不是抽象的，更不会是静态的继承，而是一代代人不断变换的并且经受住了时间考验的生活体验的见证，它最能代表人们的需要；传统是世世代代实实在在的辛勤栽培，是"劳动所得"，是过去与现在在"劳动"中的融合，是认知与创造的结晶，是活生生的"遗传传递和文化传递的结果"。艾略特的传统对"此在"的强调折射出了保守主义最本质的特征之一：传统是具体的②，是通过实用方式对直接事物和具体事物的坚持。③

传统是"过去与现在的融合"的观点展示了 T. S. 艾略特的传统理论的另外一个主要内容：传统让人类经验形成一个连续体。这种传统观蕴涵着保守主义的"社会连续性的原则"。④ 从时间维度看，这个整体既是循环的，也是前行的。所谓循环的，是指尽管他一再强调我们的生活、文化以及社会活动等的具体时空性，但是有些东西是绝对的，是我们永远的行动标准，也就是说无论我们如何努力地试图改变，应该而且也正在改变，但是改变是暂时的，受制于永恒的标准；改变是暂时的，标准是绝对的，是传统的。在他的巅峰之作《四个四重奏》中，艾略特用诗歌表达了他的这种循环传统论：

We shall not cease from exploration（我们将不会终止我们的探索）

And the end of all our exploring（我们所有的探索的终结）

---

① T. S. Eliot, *After Strange God: A Primer of Modern Heresy*, the Page-Barbour Lectures at the University of Virginia 1933, London: Faber and Faber, 1934, pp. 18, 31.

② Karl Mannheim, *Essays on the Sociology of Knowledge*, London: Routledge & Kegan Paul, 1952, p. 21.

③ 卡尔·曼海姆：《保守主义》，李朝晖、牟建君译，南京：译林出版社，2002年，第77页。

④ 刘军宁：《保守主义》，北京：中国社会科学出版社，1998年，第24页。

Will be to arrive where we started（将来到我们出发的地点）

And know the first place for the first time（而且将第一次真正认识这个地点）

Through the unknown, remembered gate（通过这不可知的，却记住了的门——）

When the last of earth left to discover（那是最后让人发现的那片土地）

Is that which was the beginning（就是人们曾经开始的地点）;①

　　T. S. 艾略特的"传统是前行的"的观点说明他并不"守旧拒新"，他强调的是人人该有的"历史感"（the historical sense），代表着"一种理想秩序"（an ideal order），因而他提倡"变化的传统"，而不是"传统主义的传统"。以作家为例，他认为，历史感意味着作家们的艰难创新、惊险的些许突破始终是在前辈作家作品所形成的传统中的"非逃脱过去的向前行去"："这种历史感是一种对于永恒的意识，也是对于暂时的意识，以及二者合在一起的意识。这个意识使一名作家具有传统性，使他最敏锐地意识到自己在时间中的位置以及自己的当代性。"②"理想的秩序"与"历史感"是密切相关的，历史感让"我们"意识到传统的存在，秩序感让"我们"意识到传统会变迁，同一传统在历史的长河中会不断发生变化（尽管艾略特认为这种变化非常小），不同的时代铸就不同的传统，"我们"的传统只是历史之流、传统之流中的遵循时间秩序的具体链接之一，按照 T. S. 艾略特的崇拜者美国社会科学家希尔斯（Edward Shils，1910 ～ 1995）的说法，我们只是"传统的传播变体链"（chain of transmitted variants of a tradition）③ 中的一个变体。正因为不同的传统间的区别很小，在它们之间始终都能找到"一股主流"，一些共同的东西，一些绝对的永恒。艾略特强调传统的改变，不拒绝进步，但是他认为，这些改变和进步应该是自然发展的结果，这体现

---

　　① T. S. Eliot, *T. S. Eliot: The Complete Poems and Plays*, London and Boston: Faber and Faber, 1990, p. 197. 艾略特：《四个四重奏》，裘小龙译，沈阳：沈阳出版社，1999 年，第 221 页。

　　② T. S. Eliot, "Tradition and Individual Talent", *Selected Prose of T. S. Eliot*, Ed. with an introduction by Frank Kermode, London: Faber and Faber, 1975, p. 38.

　　③ Edward Shils, *Tradition*, Chicago: The University of Chicago Press, 1983, p. 13.

了典型的保守主义对"自然法则"的尊重和"审慎与渐进"式发展观。①

艾略特的传统秩序观展现的是一种关系论,是"集体力量的呈现"②,即传统不是由孤立的单子组成的,传统是一个由相互关联的集体形成的连续体,大致说来,是一个你中有我、我中有你的历时线性集合,是一种关系存在。这与保守主义把各种社会义务的纽带扩展成为关系的原则是一致的。③以诗歌创作为例,他认为,一部诗作中最好而且最具个性的部分往往是"前辈诗人作品中最使前辈诗人们获得永恒的东西",而且"诗人,任何艺术的艺术家,谁也不能孤立地获得完整意义。他的重要性以及我们对他的赏识蕴含于对他与其他前辈诗人和艺术家的关系的赏识之中。你不能孤立地评判他;你必须把他放入前辈之间,与他们进行对比和比较"④。从此可见,T. S. 艾略特虽然不赞同"背离过去、奔向未来"的激进的进步主义观点和"脱离社群 / 社会,强调个人首创精神"⑤的激进的个人主义思想,但是他也绝对不是"强调人民共同集体控制或者组织管理生产等社会事务"⑥的社会主义集体主义思想的赞同者,他认为在社会发展过程中,人类体验和智慧的积淀以及人们对此达成的共识主宰着社会和个体生活以及发展模式。他提出,"共同的理解"、"共同的假设"⑦、"共同的行动"、"共同的伦理道德"、"共同的宗教信仰和行为"、"共同的文化"、"共同的社会传统"、"共同的利益"、"共同的标准"⑧等社会共性超越和制约个人首创精神,社会共同传统比个人首创对社会以及人类发展的贡献更大。因此,他认为,一个西方作家的创作不仅仅应该承载他自己那一个时代的人类体验,同时

---

① 刘军宁:《保守主义》,北京:中国社会科学出版社,1998 年,第 76、200、204、205 页。

② John Stuart Mill, *On Liberty*, London: Longmans, Green, Reader and Dyer, 1880, p. 67.

③ 罗杰·斯克拉顿:《保守主义的含义》,王皖强译,北京:中央编译出版社,2005 年,第 98 页。

④ T. S. Eliot, "Tradition and Individual Talent", *Selected Prose of T. S. Eliot*, Ed. with an introduction by Frank Kermode, London: Faber and Faber, 1975, p. 38.

⑤ Charles W. Eliot, *The Conflict between Individualism and Collectivism in a Democracy: Three Lectures*, 1910, p. 1.

⑥ Sidney Webb, Bernard Shaw, Sidney Ball and Sir Oliver Lodge, *Socialism and Individualism*, New York: John Lane Company, 1911, p. 71.

⑦ T. S. Eliot, *After Strange God: A Primer of Modern Heresy*, the Page-Barbour Lectures at the University of Virginia 1933, London: Faber and Faber, 1934, p. 13.

⑧ T. S. Eliot, *Christianity and Culture: The Idea of a Christian Society and Notes Towards the Definition of Culture*, New York: Harcourt, Brace and Company, 1949, pp. 51, 72, 144, 160, 192, 201.

也应该承载从荷马以来欧洲整个的文学以及其本国的文学曾经展现和提炼过了的体验，让它们在他的作品中形成一个新的整体。显然，艾略特这种有关个人与集体关系的看法反映了保守主义对传统和过去智慧的尊重。

保守主义思想家们向来把社会看成是长期发展而形成的有机体。他们把社会发展比喻成植物的自然和无意识的生长，只不过它的生长之根是已经达成共识的传统（不管采取何种方式），例如，柏克把英国宪法比喻成一株植物，他不欢迎革命，不仅仅是它会带来"厌恶和恐惧"，更重要的是他不希望革命给"这株植物"嫁接任何不属于它的枝条。[①] 国家法律源于惯例是"传统"的"根"之作用的典型。对于 T. S. 艾略特来说，传统应该是一棵自然生长的植物，能够生死交替，推陈出新。首先，他认为，传统是鲜活的传统（a living tradition），是有生命的。生命总是在新陈代谢，有生命的传统也必然如此，因此，艾略特认为，对待传统，第一步我们应该分清楚哪些是即将衰老失却生命的传统，哪些是依然具有生命力并能长出新叶的传统，然后不要感情用事，要果敢地抛弃没有生命、不能适应改变以及发生改变的"死的传统"，同时应该努力发现和发展具有生命的传统，使其自然、稳定地生长。再者，既然传统是有生命的，那么它必定要生长／成长。以文化传统为例，他表明"任何未来的文化只会从它的传统文化中生根发芽"[②]。同时，他认为，我们应该让以传统为根而发芽的文化遵循自然规律，不断生长，不应该让它受到经济、政治等外界人为的机械因素的操纵，因为"我们只能栽种一棵树苗，不能建造一棵树。我们只能对它进行照料，等待它在适当的时候长成大树，而且当它从一粒橡子长成一棵橡树，而不是榆树时，我们不能抱怨"[③]。

上面的引文并非说我们对生长中的文化无能为力，艾略特只不过是想告诉我们文化大部分是无意识的，我们所能意识到的文化只是文化整体中的一部分，我们不应当过多地计划和介入文化，而且"我们也不可能计划

---

① Edmund Burke, *Reflections on the French Revolution*, London: J. M. Dent Sons; New York: E. P. Dutton & Co., 1951, p. 29.

② T. S. Eliot, *Christianity and Culture: The Idea of a Christian Society and Notes Towards the Definition of Culture*, New York: Harcourt, Brace and Company, 1949, p. 133.

③ T. S. Eliot, *Notes Towards the Definition of Culture*, London: Faber and Faber, 1948, p. 119.

它，因为文化还是我们据以制订计划的无意识背景"①。过多的计划和介入将破坏文化的完整性，从而破坏文化。还有毕竟不是每棵树都能长成参天大树，成为栋梁之材，在生长过程中，有些树生长态势好，能成良材，有些树则生长态势不好，长成劣木，或者终成朽木；劣木不可能再长成良木，良木在生长过程中可能变坏。艾略特认为，鲜活的传统也如此，有好坏之分，曾经良好的传统也可能会变坏，因此，必须辨明哪些传统值得保守和延传，哪些不值得保守，应当抛弃。②显然，在这里，T. S. 艾略特清楚地表明了传统的延传应该有选择性，只不过他没有像雷蒙德·威廉斯那样分析选择性传统形成过程中所蕴含的政治权力关系，这也表明雷蒙德·威廉斯独具特色的"选择性传统"（selective tradition）的概念正好印证了艾略特的传统的"根"喻以及传统的保守与发展的辩证关系，同时，也从一个侧面阐释了雷蒙德·威廉斯声称的对 T. S. 艾略特的反抗的涵义之一：有针对性地续完（complete）前辈的观点，刷新和扩充既有的观念。

　　从上可知，T. S. 艾略特把"传统比喻成一个有机体"，从而进一步表明了他的传统理论的保守主义特征。

　　保守主义意识形态的历史是以保守传统而开始的，也就是说，保守主义首要的任务就是保守传统，没有了传统，保守主义也就不存在了。但是，我们究竟要保守怎样的传统？保守主义是对社会的巨大变化的反应，变化是永恒的，因此保守主义要保守的东西会随着特定的历史时期和特定的环境而变化，对于 T. S. 艾略特来说，传统是社会存在之根，在社会结构和文化政治发展方面，我们有必要保守的传统主要有社会等级制、基督教传统。在艾略特所生活的时代，与其说是保守，不如说是重建。在《诗歌的作用和批评的作用：英国批评与诗歌关系研究》（1933，由他 1932～1933 年冬天在哈佛大学所作的查尔斯·艾略特·诺顿讲座③演讲稿集结而成）一书

---

①　T. S. Eliot, *Christianity and Culture: The Idea of a Christian Society and Notes Towards the Definition of Culture*, New York: Harcourt, Brace and Company, 1949, p. 170.

②　T. S. Eliot, *After Strange God: A Primer of Modern Heresy*, the Page-Barbour Lectures at the University of Virginia 1933, London: Faber and Faber, 1934, pp. 19, 29.

③　查尔斯·艾略特·诺顿讲座：是美国哈佛大学以美国学者、文学家，原哈佛艺术史教授查尔斯·艾略特·诺顿（Charles Eliot Norton）的名字命名，成立于 1925 年的人文学术讲座系列，被称为"最广泛意义上的诗的年度讲座"。

的序言中，他说：他所生活的时代，文明正遭遇衰落、塌陷和毁坏，亟待"重生"（revival），但是出路在哪儿呢？因为一路鼓吹进步的文明社会带来的是灭绝人性的世界级战争，带来的是没有意义的"一堆堆支离破碎的意象"，有如玻璃碎片；是片片荒原，有如所多玛城和蛾摩拉城（Sodom and Gomorrah）的毁灭以及毁灭了的所多玛城和蛾摩拉城。① 因此，基于"当前的社会基础并不值得保守"②，曾经令人神往的"前进 / 进步"带来的是幻灭和绝望，T. S. 艾略特转身求助于维持了千余年并带来了无数文明以及创造了无数文化的社会等级制和基督教信仰是他深思熟虑后的选择，即对于他来说，重建 / 复活过去的传统，而不是保守当前或者盲目地憧憬美好的未来，才是解除当前世界（人类）危机的良药，因为"传统是秩序的保证，是文明质量的保证"③。等级制和基督教社会结构模式是艾略特保守主义政治文化思想的本质。

等级制度（hierarchy）一词源于古希腊语，意指：（1）宗教事务法则（rule in sacred matters）；（2）管理宗教事务的人员；（3）神职人员团体。④ 再后来被用于指耶稣基督给予他的门徒以及他们的后继者的建立和管理教会的权力。现在用来表述任何权力、特权和权威分配系统。等级制度具有系统性和不平等性两个主要特征。按照权力、特权以及权威的高低大小组织和管理的社会就是等级制社会。⑤ 宗教通常是按等级制度进行管理的。基督教分天主教、东正教和新教三大教派，它们各自都有简繁不一的教职等级制度，其中天主教神职人员具有严格的按照等级制度组成的教职体系和教会管理体制，即教阶制。天主教教阶制的主体由主教、神父和助祭三个品位组成。更详细点说，主教品位又分作教皇（pope）、枢机主教

---

① 请参阅圣经的《创世记》13：10；14：2，10，11；18：20；19：24，28。《申命记》的29：23；32：32。《以赛亚书》的13：19。《耶利米书》的23：14；49：18；50：40。《西番雅书》的2：9。《路加福音》的17：29。《犹大书》的1：7，等等。

② Charles Eliot Norton, *Letters of Charles Eliot Norton*, Volume I with biographical comment by his daughter Sara Norton and M. A. De Wolfe Howe, Boston and New York: Houghton Mifflin Company, 1913, p. 372.

③ Edward Shils, *Tradition*, Chicago: The University of Chicago Press, 1983, p. 19.

④ James Donald, ed., *Chambers's Etymological Dictionary of the English Language*, London and Edinburgh: W. & R. Chambers, 1872, p. 232.

⑤ Roger Scruton, *The Palgrave Macmillan Dictionary of Political Thought*, 3rd ed., New York and Hampshire: Palgrave Macmillan, 2007, p. 299.

（cardinals，红衣主教）、首主教（archbishops，即首席主教，大主教，一国教会组织之首或首都所在地的主教）、主教（bishops，某个教区的主要管理者）和主持牧师（deans）等级次。[①]助祭之下还设有一些其他较低品位。教会管理体制则依照这一等级层次，由上至下逐级行使管理权。罗马教廷把整个西欧的基督教组织及神职人员，按着这一等级森严的教阶制度，统统纳入一个巨大而完整的组织体系之中。世俗社会等级制度中各级之间一般是比宗教明确得多的统治与被统治关系，它起着稳定社会和政治秩序以及保证统治集团利益的作用。在不同国家以及同一国家的不同历史时期，等级划分方式会各不相同。在欧洲的古罗马有贵族、骑士、平民和奴隶等等级之分。在中国的周代有天子、诸侯、卿、大夫、士和庶人等等级之分。

　　人与人之间以及人类所生活的社会并不是自古以来就是有等级的、不平等的，人在自然的未开化的状态中是平等的，也就是说，在每个民族都必须经历的原始社会或者说原始共产主义社会里，生产资料共有，人们共同劳动，共同消费，互相帮助，全体成员享受着古代氏族的自由、平等和博爱。按照美国人类学家和社会理论家刘易斯·亨利·摩尔根（Lewis Henry Morgan，1818～1881）的说法，现代管理上的民主、社会上的博爱、权利的平等和普及的教育只不过是试图在更高级形式上复活古代民族（即他所说的蒙昧时代和野蛮时代的人类）的自由、平等和博爱。[②]但是当人类社会迈进文明时代的门槛后（大概是原始社会末期），生产力逐步提高，财富开始积累，随即私人财产和私有制出现。伴随私有制的出现产生了社会不平等现象，社会不平等意味着原本平等的人被分成三六九等，社会等级

---

①　刘泓：《欧洲天主教与文化》，北京：中央民族大学出版社，1999年，第25～29页。Nicholas Atkin and Frank Tallett, *Priests, Prelates and People: A History of European Catholicism Since 1750*, London: I. B. Tauris & Co., 2003, pp. 22-23.

②　Lewis H. Morgan, *Ancient Society or Researches in the Lines of Human Progress From Savagery through Barbarism to Civilization*, New York: Henry Holt and Company, 1907, p. 52. 摩尔根在《古代社会》（1877）一书中将人类社会划分为蒙昧时代（period of savagery）、野蛮时代（period of barbarism）和文明时代（period of civilization）。蒙昧时代始于人类的幼稚时期，终于陶器的发明。摩尔根认为蒙昧时代的主要成就是分节语的形成、家族和氏族组织的建立。野蛮时代始于制陶术的发明和实践，终于标音字母的出现和文字使用。摩尔根指出：家畜的饲养、谷物的栽培、石材建筑、冶铁是野蛮时代的主要成就。文明时代始于标音字母的使用和文献记录的出现，直至现代。文明时代分为古文明阶段与现代文明阶段。古代文明的标准有城市、贸易、简单的机械出现、古代艺术、科学、国家、军队、基督教等。（见英文版第10～13页）

制确立。伴随着人类文明的进程，人成为"人所形成的人"，而非"自然人"。[①] 等级制度从确立到逐步广为人们接受，以至于渗透到社会以及生活的各个层面，深入到每个人的毛孔和骨髓，直至发展为集体无意识，并在很多层面上由于时时使用而司空见惯，成为长期稳定社会的结构模式。当前大学里的教授、副教授、讲师、助教等职称级别之分以及博士、硕士、本科、高中、初中、小学等教育层次之分所伴随的等级差异意识以及相应的等级特权，基本上已经深入每一个教育工作者以及每一个教育参与者的灵魂，成为一种无意识，身在其中的人根本没有意识到其中所隐含的极大不平等。以当前中国学术论文发表为例，有权威杂志明确表示，他们只刊发教授、副教授以及博士的文章；而且前几年不少学术杂志在作者介绍一栏，常常会出现"某某大学校长"等字眼，而且一般都放在学术职称介绍之前，其中的等级之分以及暗含的权力关系已经昭然若揭。当前在中国依然盛行的官本位制度[②] 信奉"惟官是尊"、"学而优则仕"等观点本身已经是一种严格的上下等级之分，意味着高度的不平等，更重要的是，一些官僚（官员）以及官僚组织根本没有把他们的职位看成是一种职业，是一种责任和义务，而是一种官位，一种权力，从而尽可能地扩大和利用官位所附带的大小不一、高低不等的"利益、价值和权力"，为了自身的或者特定群体的利益，滥用权力，实施权钱交易、权色交易，以至于出现了面对公众，面对大众媒体，一些官员也能官味十足，居高临下地质问和咆哮："是准备替党说话，还是准备替老百姓说话？""你是哪个单位的？""我就是法！"等等。

---

① Jean Jacques Rousseau, *The Confessions of Jean Jacques Rousseau*, Vol. II, now for the first time completely translated into English without expurgation, privately printed, 1896, p. 123.

② 官本位制度是中国特色的官僚制度。按照中国学者刘永佶的看法，官本位制度包含两方面的意思：官本位和官至尚。官本位体制最初是用来描述中国特有的官文化，现在则发展到社会的众多层面，例如，学术官本位、大学官本位等等。刘永佶认为：所谓官本位，是从权力上说的。"官者管也，职者值也。"一个官，从他的生理构成上看，也不比普通的秀才、举人这些未仕者高明多少。那么他的权力来自何处？只能来自他的官职；凡一定的官职，都有相应的权力；权与官、与位是同一的，在位即有权，不在位，则无权。所以在中国两千多年的历史上，也就形成了这种特有的官本位权力观。所谓有权，也就是在官位，争权也就是保官与夺位。官至尚，则是由官本位引发的价值观。既然官的权力是由其位确定的，他的社会作用、个人的名誉、财富，也都取决于其官位；官位、官品就成了衡量人社会地位和价值的尺度。见刘永佶：《中国官文化的奠基者与批判家——孔子与毛泽东》，济南：山东人民出版社，1999年，第232、234页。注：引文中的举人、秀才相当于现在的一般知识分子。现在人们通常把刘先生所说的官本位和官至尚统称为官本位。

　　第一次世界大战爆发时，T. S. 艾略特正在英国牛津大学研读希腊哲学，虽然 1916 年就完成了研究英国新黑格尔派布拉德莱哲学思想的哈佛大学博士论文，但是由于战争使他无法穿越大西洋回美国进行博士论文答辩，他第一次亲身体会到了战争的危险和残酷。他的《荒原》（1922）表达了一个保守主义者对战争的绝望心境，对人类将从胜利走向胜利的理念的绝望。①在第二次世界大战中，在德军空袭伦敦时，他作为一名防火员，亲身体验和亲眼目睹战争带来的毁灭、恐惧、绝望和死亡："This is death of air（这是空气的死亡）"；"This is the death of earth（这是土地的死亡）"；"After the dark dove with the flickering tongue（当黑色的鸽子吐着闪亮的舌头）"，"This is the death of water and fire（这是水和火的死亡）"（*Little Gidding, II*）；"The dove descending breaks the air（俯冲的鸽子以白炽的）/With flame of incandescent terror（恐惧之焰划破天空）"（*Little Gidding, IV*）。②

　　目睹人们顶礼膜拜的文明、进步以及民主制度在两次世界大战中带给人类的毁灭性打击，T. S. 艾略特没有站在一直以来的"人定胜天"、"人类无所不能"、"进步至善"等共识一边，宣扬未来的文明毋容置疑是更美好的，必定带给人类以新的希望，而是反复呼吁重建被称为"腐朽没落"而应该彻底废弃的社会等级制和基督教文化，逆当时的正统观念而行，因而饱受抨击。③不过回过头来看，T. S. 艾略特的保守主义代表了"二战"后

---

　　①　戴维·米勒、韦农·波格丹诺编：《布莱克维尔政治学百科全书》，中国问题研究所等译，北京：中国政法大学出版社，1992 年，第 158 页。

　　②　T. S. Eliot, *T. S. Eliot: The Complete Poems and Plays*, London and Boston: Faber and Faber, 1990, pp. 192-193, 196. 艾略特：《四个四重奏》，裘小龙译，沈阳：沈阳出版社，1999 年，第 212～213，219 页。引文中"黑色的鸽子"以及"俯冲的鸽子"指德国轰炸机。1940 年 6 月至 1941 年 5 月间英德之间在英国本土上展开了激烈的不列颠空战。1940 年 8 月 13 日，德军实施"鹰日"计划，开始对英国实施大规模轰炸。"9 月 6 日至 10 月 5 日间，伦敦经历了 38 次严重的昼间空袭和几次胡乱投弹的夜间空袭。"在伦敦空袭期间，伦敦遭受极大破坏，但是城市秩序并没有乱，英国人出现前所未有的"和睦和融洽"，因为民防体系起到了不容忽视的作用。那时，伦敦人万众一心，"自发组织对空监视工作，5 万居民日夜监视空情，及时发出空袭警报"；伦敦还组织了 24 小时义务消防队和紧急医疗等，为减轻空袭造成的伤害做出了不可磨灭的贡献。T. S. 艾略特就是"二战"时伦敦监视德国空袭的一名民防队员，此处的引文记录了他巡逻时的亲身经历，即可感可触的文明碎裂瞬间。参见马塞尔·博多等主编：《第二次世界大战历史百科全书》，曹毅风等译，北京：解放军出版社，1988 年，第 100～111 页。伦纳德·莫里斯：《不列颠战役》，曾诚、赵鹏译，北京：解放军文艺出版社，1992 年。石家庄机械化步兵学院编著：《世界经典战例·空袭与反空袭作战卷》，北京：解放军出版社，2010 年，第 45～59 页。

　　③　例如，20 世纪美国著名评论家埃德蒙·威尔逊（Edmund Wilson, 1895～1972）就说艾略特没有基于当时的社会现实，所以提出的建议并没有什么作用。Edmund Wison, *The Shores of Light: A Literary Chronicle of the Twenties and Thirties*, New York: Farrar, Straus and Young, 1952, p. 441.

保守主义思想（即新保守主义）①复兴的先声。"二战"结束带给以美国为首的一些资本主义国家前所未有的经济繁荣前景，以苏联为代表的社会主义国家更是开始蓬勃发展，与资本主义国家在经济、政治、军事、外交、文化等方面形成对抗的状态，冷战开始。冷战与马克思主义在社会主义运动中的崛起确实激活了沉寂的政治和社会保守主义，②但这只是保守主义在战后复兴的一个方面的原因。像埃兹拉·庞德、T. S. 艾略特、乔治·奥威尔等一大批文人并没有盲目地追随各种主义、各种政党以及各种社会体制、社会思潮所承诺的"美好未来"，相反他们对人类的前途和命运深感不安，因为他们并不认为未来就是天堂，因为按照世界大战之时社会发展的逻辑，未来的人类以及他们所生活的社会的发展趋势很可能将是俄国作家叶夫根尼·扎米亚京（Yevgeny Ivanovich Zamyatin，1884 ～ 1937）《我们》（*We*，1921 年写成，1924 年出版）中的"我们"，英国作家奥尔德斯·赫胥黎（Aldous Huxley，1894 ～ 1963）在《美丽新世界》（*Brave New World*，1932）中描绘的"美丽新世界"，以及英国小说家乔治·奥威尔（George Orwell ／ Eric Arthur Blair，1903 ～ 1950）的小说《1984》中的"1984"，即声称民主、自由、进步、平等的未来美好社会必将无可避免地陷入极权控制与支配（以国家的名义）、一致化和 ／ 或者绝对平等化（把人之多元性压缩成单调如一的集体同一性）等邪恶之中，政治、经济、文化等"大一统"的世界将破坏维持人类社会秩序的伦理道德，否定个体独立性，使人类丧失自我、自由乃至人性。因此，战后一批像艾略特一样的有识之士回避激进主义者以及自由主义者所倡导的虚幻的美好未来，希望通过恢复曾经证明切实可行的传统的社会秩序和信仰，以重建被既有的社会文明摧毁了的社会秩序和道德体系，重建希望，促进人类社会向前发展，这也是战后保守主义复兴不容忽略的原因之一。

---

①　新保守主义是保守主义在当代的新的发展，是对保守主义自身的一个发展和修正。首先使用新保守主义一词的是美国的迈克尔·哈林顿。在美国，新保守主义的思想由两组观念组成：一组是反对国家主义的自由主义思想，强调个人主义、受到严格限制的政府与自由市场经济。这一组是对古典自由主义思想的回归。另一组是秉持传统的保守主义如柏克的思想。传统保守主义关心的焦点是社会而非个人，注重社会整体的道德与权威秩序。参见潘小娟主编：《当代西方政治学新词典》，长春：吉林人民出版社，2001 年，第 379 ～ 380 页。

②　朱德米：《自由与传统：西方保守主义政治思想研究》，天津：天津人民出版社，2004 年，第 88 页。

对任何保守主义者而言，维护传统的目的是为了维护特定的既有社会秩序，"个人从属于某种持续、先在的社会秩序"①，而社会等级制一直是保守主义所认可的社会秩序，T. S. 艾略特也不例外。因此，他呼吁重建有机的等级社会：个人在不同的等级群体中占据一个位置，各种等级群体从上至下形成一个有机的总体结构（国家），个人、群体按照各自的等级位置履行不同的职能，还社会和个人以健康，还已经病入膏肓的西方社会以健康。我们不能仅仅从保守主义认同的社会和政治角度谈论艾略特对既有等级社会秩序的偏爱，同样不可忽略的是，他是一名虔诚的基督徒。太初之时，上帝首先创造的就是井然有序的等级世界，而且耶稣基督之后的教会基督教（Church Christianity）以等级制、圣礼仪式和僧侣制度为特征，所谓教会等级制简单地说就是教会基督教信奉从天至地的等级权力结构，即遵循圣父、圣子、教皇、牧师（牧师又根据管辖范围不一样分出一些等级）、普通基督徒（教会兄弟姊妹）、非基督徒这样从上至下的等级组织形式。另外，基督徒偏爱稳定和不变，因为他们通常认为上帝是不变的，上帝创造的世界是圆满的，即便在发展的过程中会有曲折，但是结局将会和开始一样：天堂将会再现。

更重要且与艾略特密切相关的是，社会保守主义（social conservatism）是教会基督教的另外一个主要特征。②艾略特坚持认为，恢复和维护等级社会（a graded society）是必须的，也是可能的。社会越是发达，社会越应该遵循上下高低之分的等级秩序，任何试图消灭上层阶级而实施完全平等的做法都将割断人与人之间长久以来的一种自然纽带，导致社会分崩离析。莎士比亚曾借助尤利西斯的嘴说，等级秩序是一切伟大计划的阶梯，等级秩序一旦动摇，伟大的事业将摇摇欲坠；等级秩序一旦废除，所有的事物将相互对抗；等级秩序一旦遭到破坏，世界将一片混乱。③因此，只有维护了等级社会，才能有效地维护社会权力等级，然后拥有不同权力的群体以

---

① 罗杰·斯克拉顿：《保守主义的含义》，王皖强译，北京：中央编译出版社，2005 年，第 7 页。

② Linda Woodhead, *Christianity: A Very Short Introduction*, New York: Oxford University Press, 2004, pp. 48, 44, 50, 58.

③ William Shakespeare, "Troilus and Cressida", *The Global Illustrated Shakespeare: The Complete Works*, Ed. Howard Staunton, New York: Gramercy Books, 1979, p. 1798.

及不同群体中的个人才能各自承担相应的社会责任，创建和谐一致的社会。因此艾略特说，他那个时代占据主流的民主制意识形态倡导每个人享有平等权以及平等地承担责任是普遍的不负责任，是对谨慎者的压制，对其他人的放纵。① 两次世界大战摧毁了旧有的世界秩序，使得人们精神上的无家可归达到了前所未有的规模，漂泊无根的心绪达到了前所未有的深度，对未来的不确定感达到了前所未有的高度，从历史远见和政治思想的层面上来看，世界大战以及其间从未中断的局部战争造就了一种说不清道不明的共识：一切文明的本质结构已经到了崩溃的临界点。② 面对文明社会在前进的路上遭遇毁灭性打击而处于混乱、无政府状态，艾略特选择了"回返"而不是"缓行"，更不是"激进"，倡导重建虽然不占主导地位但是已历经无数风雨依然存在的社会等级制，倡导重建在历史过程中形成的代表了自然稳定的社会秩序的贵族、宗教以及君主制等传统（显然艾略特是在针对英国的重建而发言），尽管激进主义者和民主鼓吹者们认为那是腐朽没落的旧事物，而且事实上那些旧事物已经基本被他们打得落荒而逃，但是它们是从源远流长的历史事物这一土壤中生长出来的，体现了人类世世代代的智慧，依然具有一定的连续性和生命力，具有一定的存在价值，至于真正具有多大的实际意义和实践意义，历史自会作出裁决。

　　T. S. 艾略特主张保守的第二个主要社会政治传统就是基督教传统。宗教是一种社会意识，是社会总体系中的一部分，因此，社会的变化必然影响宗教，宗教的变化同样必定影响社会。③ 当然，对于艾略特来说，基督教并不仅仅是影响社会那么简单，在他看来，基督教原则应该是社会生活的准则，是社会运行的基础。但是，他所生活的社会早已经不再是基督教社会，而是一个丧失了信仰、基本世俗化了的社会，基督徒已经成为了社会的极少数。在这样一个"宗教不再是社会文化的凝聚力量、传统和道德的保守者"④ 的社会里，基督教道德不再是人们生活的基本准则，行动没有了

① T. S. Eliot, *Notes Towards the Definition of Culture*, London: Faber and Faber, 1948, p. 48.

② Hannah Arendt, *The Origin of Totalitarianism*, Cleveland and New York: The World Publishing Company, 1962, p. vii.

③ 戴康生、彭耀主编：《宗教社会学》，北京：社会科学文献出版社，2000 年，第 201 页。

④ Christopher Dawson, *Religion and Culture*, Gifford lectures delivered at the University of Edinburgh in 1947, Cleveland and New York: The World Publishing Company, 1965, p. 50.

普遍的、永恒的、真正的价值和标准，个性成为尺度，物质繁荣成为个人和社会的唯一目标。在追求同样目标的过程中，人们手段各异，自以为是，谁也不比别人高明，谁也不能说服谁，一切都成为了权宜之计，一切个体、教会、世俗社会以及教会与社会之间的关系均处于分裂状态，井然有序的社会成为了可望不可即的幻境，因为西方文明的精神基础遭到破坏，西方文明踏上毁灭之路。

　　千百年来，宗教是西方社会的黏合剂，因此西方保守主义把"宗教"看成社会的主要支柱之一不足为奇。"宗教在本质上是一支保守主义的力量"①，维护宗教和教会的地位是保守主义的基本原则之一。英国保守党政治家休·塞西尔把维护英国国教的地位作为保守主义的首要任务，反对任何对教会的攻击。②作为 20 世纪目睹社会以及人类濒临毁灭境地的卓越的保守主义思想家，T. S. 艾略特把基督教传统当成他驳斥空虚的自由主义和僵化的保守主义的武器。同时也是他为堕落的 20 世纪开出的救世良方。他提出以基督教作为人与人、人与社会的黏合剂，重建社会秩序，恢复社会政治和社会价值体系，从而救赎分裂的社会以及频临毁灭的西方文明，使社会、文明得以繁荣和延续。现代保守主义诞生于轰轰烈烈的法国大革命之际，在与社会变革派的斗争中逐步发展壮大，社会变革或者变化越是激烈，保守主义的号角就越是嘹亮。换句话说，保守主义是以传统的框架维护现在和未来，而不是像激进的社会变革者那样，试图以一种体制代替另一种体制，导致社会总是在毁灭，总是处于混乱之中，人类世世代代形成的智慧结晶惨遭中断和抛弃，文明无法延续。不过纵观人类历史，社会变革的暴风雨过后，总会有部分传统以各种方式复活，因为没有传统的人类社会不可能有明天。与其他保守主义者一样，艾略特最为关注的是当前的、具体的文化、社会、国家以及它们的未来。他的文化之忧与他对未来文化的设计在前面的章节已有谈论，而他的国家和社会之忧与他的文化之忧密切相关，他用西方传统的宗教文化为那时处于混乱，期待重建的西方社会设计了未来的国家和未来的社会发展模式：拥有新的基督教文化的基督教

---

　　① 罗杰·斯克拉顿：《保守主义的含义》，王皖强译，北京：中央编译出版社，2005 年，第 152 页。

　　② Hugh Cecil, *Conservatism*, London: Williams & Norgate, New York: Henry Holt & Co., 1912, pp. 100-102.

国家以及基督教社会，替代当前对各种极权主义所鼓吹的功名利禄等世俗的东西（totalitarian worldliness）不知不觉地适应的堕落社会。[①] 如此说来，与其说艾略特保守的是基督教传统，不如说他保守和期待的是基督教信仰带给社会的"控制与平衡"、"和谐与张力"，因为他认为，当基督教信仰成为社会的基础时，宗教与世俗社会之间恰到好处的张力将使个体与社会和谐一致，从而使被世界大战、被极权主义、被现代自由和民主摧毁的社会秩序得以重建，实现将当前地狱般的社会救赎入炼狱的初级目标。在艾略特之前，美国杰出的公理会牧师、"社会福音派的先知"华盛顿·格拉登（Washington Gladden，1836～1918）更加直接地道出了基督教信仰对于"濒临崩溃的社会和濒临崩溃的文明"的意义：现代社会宗教信仰的丧失，使我们与上帝分离，削弱了社会的联系，给我们世俗之人带来了地狱的实质。恢复信仰，相信耶稣基督，上帝将与你同在，爱上帝和上帝之爱将使我们彼此相爱而相连，使我们以及我们的社会远离道德沦丧、暴力、仇恨、罪恶以及随之而来的毁灭，使我们的灵魂获得拯救，从而恢复社会的关联，实现社会救赎，最终带给我们这些世俗的人以及我们所生活的世俗社会以天堂之实质。[②]

对于新的基督教社会，艾略特设计了它的结构、本质特征和作用。艾略特认为，未来新的基督教社会（the Christian Society）由基督教国家（the Christian State）、基督教社团（the Christian Community）和基督徒团体（the Community of Christian）等基本元素构成。所谓基督教国家是指有立法、公共行政、法律传统和法律形式的基督教社会。在基督教国家中，所有成员并不一定都是虔诚的基督徒，统治者也不一定非得是基督徒，但是

---

① T. S. Eliot, *The Idea of a Christian Society*, London: Faber and Faber, 1948, pp. 13, 20-21. 西方学界一般认为，20 世纪常见的极权主义思想包括德国纳粹主义、苏维埃共产主义以及意大利法西斯主义。Paul Corner, ed., *Popular Opinion in Totalitarian Regimes: Fascism, Nazism, Communism*, Oxford: Oxford University Press, 2009, pp. 1-2. 艾略特的极权主义概念更加宽泛，从他对"极权民主"（totalitarian democracy）一词的反复使用以及对它的谴责中可见一斑，而且他认为，极权民主在包括美国、英国在内的任何正在非基督教化的国家和社会都可能或者说正在倾向于发生，具体的表现为：人们生活在严格的社会组织和规章制度下，完全忽视个人灵魂的需要；为了效率，实行清教徒式的卫生道德；通过宣传取得舆论一致；鼓励迎合当时官方理论的艺术。

② Washington Gladden, et al., *The Atonement in Modern Religious Thought: A Theological Symposium*, New York: Thomas Whittaker, 1901, p. 236.

无论是个体还是国家和社会，都得把基督教原则作为信念来指导行动，基督教必须融入社会生活各层面之中，在基督教信仰体系里管理社会，也就是说，社会必须在基督教的框架下运行。另外，基督教社会中的所有成员有着共同的自然目的，即追求美德和幸福，其中还有一些有心人能达到超然的目的：至福（beatitude）。关于基督教社团，他认为，它是具有一种统一的宗教—社会行为模式的社区，宗教信仰成为有利于社会结合和内聚的无意识的行为和习惯。而且他认为，英国传统的教区之分（parish）是比较理想的基督教社团模式，遗憾的是，这种模式在教派分立、都市化以及市郊化的过程中正日渐衰落，至于在未来的基督教社会中，基督教社团具体应该是怎样的，艾略特也难以确定。不过，有一点是肯定的，那就是它必定是宗教—社会的，而不是宗教组织与社会组织两相分离的状态，因为宗教准则将成为所有成员的习惯，指导他们的行为思想情感。关于基督徒团体，他认为，它是由一些有意识地奉行基督教的人组成的团体。虽然称之为基督徒团体，但是被艾略特纳入这个团体的成员并不一定是基督徒，而是具有卓越的智力和／或精神天赋的牧师和俗人，以及一些知识分子。显然，艾略特的基督徒团体的名称与它的所指范围不太匹配，有些名不副实。艾略特在承认他的"基督徒团体"与柯勒律治的"知识阶层"（the clerisy）具有一定的相似性后，又说它们是相对的。然而，不管"基督徒团体"和"知识阶层"如何相异，二者所蕴含的精英意识是一致的，也是不容忽略的。柯勒律治后期思想中提出建立新型民族教会的主张，即由思想和实践的各个领域中的杰出人物来领导 —— 不是专门的"教士阶层"（clergy），而是全部由最优秀、最出色的人组成的"知识阶层"（clerisy）来给民族指引方向。而艾略特的基督徒团体中的成员是智力和精神上超群的具有自觉意识的一批人，他们有着共同的信仰和抱负、共同的教育和文化背景；他们相互影响，共同造就"自觉的心灵和民族的良知"。更具体地说，"基督徒团体"能够引导基督教国家摆脱犬儒主义的操纵控制，帮助基督教社团中的人们破除迷信，唤醒他们沉睡的智性思考能力。[1] 从它对个体、社会和文化的导向功能来看，"基督徒团体"与他自己的社会精英团体、F. R. 利维

---

[1] T. S. Eliot, *The Idea of a Christian Society*, London: Faber and Faber, 1948, pp. 35, 42.

斯的"少数人"以及柯勒律治的"知识阶层"确实具有异曲同工之妙。

　　对于新的基督教社会，T. S. 艾略特以正确处理基督教与国家、基督教与异教、个人与基督教社会等三对关系为例，谈论了它的一些本质特征。首先是国家与教会的关系。教会和国家通常被认为是两个相对独立的社会组织，具有不同的原则和作用范围：一个源于人自身的力量，一个源于耶稣基督即神的力量；一个主宰世俗生活，一个主宰精神生活。[①]事实上教会与国家的关系问题可以追溯到基督教会成立之前。耶稣基督说：恺撒的物当归给恺撒，神的物当归给神（《马太福音》，22：21），寓示教会和国家应该互不干预，和谐相处。然而，事情的发展要复杂得多，从历史上看，是政教合一还是政教分离的争论和斗争成就了一部充满火药味的教会与国家关系史。基督教发展的早期阶段一直受到罗马帝国的压制和迫害，直到公元 313 年，罗马帝国君士坦丁大帝（Constantine the Great，272 / 280 ～ 337）为了利用基督教的日益加强的重要地位来巩固其权力，颁布"米兰敕令"（Edict of Milan），承认基督教的合法性，但是他自己始终被尊为神，凌驾于基督教之上。公元 391 年，帝国皇帝狄奥多西（Theodosius the Great，约 346 ～ 395）颁布法令正式确立基督教为国教，利用基督教来统一和治理罗马帝国，基督教也从罗马帝国得到各种特权，于是展开了两种权力此消彼长的政教合一的基督教教会与世俗国家之间的关系史。1517 年新教路德宗的创始人马丁·路德（Martin Luther，1483 ～ 1546）在维滕贝格城堡大教堂张贴了他反对赎罪券的九十五条论纲，发动宗教改革运动，公开反对教皇，反对教会的世俗化，提倡"因信称义"，提倡以《圣经》以及耶稣基督为中心，回归福音，恢复基督教的原初形式以及"恺撒的物当归给恺撒；神的物当归给神"的教导，提出"两个国度（神的国度和世界的国度）"的原则[②]，试图确立一种新型的教会和国家关系，即政教分离。[③]

　　16 世纪宗教改革运动之后，宗教自由作为一种个人权利深入人心，政教分离成为现当代社会的主流运作模式。例如，美国在宪法第一修正案中

---

①　Edward Miller, *The Church in Relation to the State*, London: C. Kegan Paul & Co., 1880, pp. 95-96.

②　路德：《关于世俗权力：对它的顺服应到什么程度？》，载路德、加尔文：《论政府》，吴玲玲译，贵阳：贵州人民出版社，2004 年，第 7 页。

③　Donald K. Mckim, ed., *The Cambridge Companion to Martin Luther*, Cambridge and New York etc.: Cambridge University Press, 2003, p. 181.

规定"国会不得制定确立国教的法律","不得制定禁止自由信仰宗教的法律",从而确定"政教分开"的国策。[1]1534 年,英国国会通过了《至尊法案》(Act of Supremacy),宣布英国国王是"英国教会在地上之唯一最高首脑",从而使以神权为主导的政教合一走向以王权为主导的世俗化社会。随着欧洲宗教改革运动的兴起,新教力量得以壮大,英国国王查理二世 1671 年颁布《宗教宽容法案》(Royal Declaration of Indulgence),国王詹姆士二世 1687 年、1688 年先后两次发布《宗教宽容法案》,尽管初衷各不相同,宗教宽容以及宗教信仰自由的种子从此自上而下在英国人民的言行中生根发芽。英国议会 1689 年、1701 年又先后颁布《权利法案》和《王位继承法》,明文规定政教分立,但是国王对国家宗教事务仍然具有最高发言权,这种状况一直持续到 18 世纪末期。如同英美,宗教信仰自由已经是很多国家的一项基本国策。

1927 年 T. S. 艾略特接受洗礼,背离家庭宗教信仰(唯一神教),皈依基督教,并公开发表声明,表明自己是一名英国圣公会信徒,之后他成为伦敦格洛斯特路圣史蒂芬教堂教区的监护人,殉道国王查理会(the Society of King Charles the Martyr)的终身成员,成了一名虔诚的基督徒。艾略特的皈依在当时震惊了他的同行以及读者,颇受非议。例如,艾略特同时代的美国作家及文学评论家埃德蒙·威尔逊(Edmund Wilson,1895 ～ 1972)称皈依基督教后的艾略特的观点是"极端保守的"或者"反动的"(reactionary)。他认为,艾略特"并不真正地信仰耶稣基督,只不过与一些同时代的作家一样认为信仰是一件有益的事情罢了"[2]。的确,艾略特并不单纯为了信仰而信仰,美国心理分析学者谢尔曼(Murray H. Sherman)曾从心理分析的角度分析说,婚姻生活的不如意产生的"孤独、强烈的情感依靠需要、本能的防护"使得艾略特皈依基督教。[3]从他的文化社会思想角度看,在很大程度上可以说,他相信耶稣基督是因为他相信宗教信仰的

---

[1]　卡尔威因·帕尔德森:《美国宪法释义》,徐卫东、吴新平译,北京:华夏出版社,1989 年,第 177、182 页。

[2]　Edmund Wilson, *Axel's Castle: A Study in the Imaginative Literature of 1870-1930*, New York: Charles Scribner's Sons, 1959, p. 126.

[3]　Murray H. Sherman, "T. S. Eliot: His Religion, His Poetry, His Role", *Modern Psychoanalysis* 32. 2 (2007): 258-294.

社会作用，他因为确信唯有基督教信仰才能拯救西方正在衰败的文化以及正在因过度世俗化而堕落的社会而信仰上帝，因此，他提出重建基督教社会，在欧洲重建共同的基督教文化的设想。

　　作为一名虔诚的传统教派信徒 T. S. 艾略特并不守旧，他不赞同宗教与国家之间的简单宽容，也不认可二者之间的契约性关系；他不倾向于既有的政教分离，也不倾向于既有的政教合一。他认为，当前的政教关系必须因时间、地点以及具体的社会情势而有所变化，即建立适应社会—历史变迁的新的基督教国家、基督教社会：在这个新的基督教社会中，"基督教生活与社会生活应该成为一个自然的整体"，未来的社会是统一的，是社会—宗教性的统一。① 重建的基督教社会是以基督教信仰为基础、以当前的社会情势为参照而建立起来的适应未来发展态势的社会组织形式。基督教信仰本身应该能塑造未来的社会形态，重建的基督教社会不是、也不可能是中世纪、其他过去某个时代或者是某个地方的基督教社会模式的翻版。艾略特进一步具体地说，在新的基督教社会里，基督教原则应该发挥精神和伦理道德的权威作用，为社会和个人提供精神和道德导向，对社会问题进行审查，例如，应该根据基督教原则对在商业社会里盈利目的膨胀为社会理想、混淆对自然资源的利用与对自然资源的掠夺的区别、混淆利用劳动力与剥削劳动力的区别、金融机构的误导等社会问题进行监督和审查，促其改进。同时，"代表了一个特定国家广大人民群众的基督教信仰和崇拜的传统形式"的教会应当形成与当前国家组织形式一样的等级制，从各种层面上对国家事务进行监督。他还强调，在基督教的社会里，教育应该是基督教的，应该让每一位学习者懂得基督教的生活哲学，但是不必强迫每个人必是基督徒，更不必要让每一个人都去学习神学，因为他认为，在当前的社会—历史情势下，基督教伦理道德最终应该成为普通老百姓生活、行为、习惯以及情感的一种无意识活动，成为人与人、人与社会之间的互动纽带。简言之，在 T. S. 艾略特设计的新基督教社会里，基督教信仰是社会结构支柱，基督教的精神原则、基督教的积极文化将基督教国家、基督

---

① T. S. Eliot, *Christianity and Culture: The Idea of a Christian Society and Notes Towards the Definition of Culture*, New York: Harcourt, Brace and Company, 1949, pp. 23-24.

教社团、基督教团体以及信奉基督教者和非信奉者统一和联系起来，形成一个井然有序的基督教社会有机整体，从而恢复当时已经碎片化了的社会秩序，使西方文化和文明以及西方社会得以延续。

T. S. 艾略特提出，新的基督教社会应该正确地处理基督教正统与异端的关系。"异端"一直是基督教神学所关心的话题。"异端"一词来源于希腊文"hairesis"，其含义是"作出选择"[①]。后世所谓异端（heresy），广义地说，是指那些不被大多数人认可，并认为必须加以抵制的少数人观点（即通常所说的异端邪说），简单点说，就是与当前主流思想不一致的少数人观点。从宗教意义上说，异端就是与正统宗教教旨相左的教义。在古犹太法利赛教派和撒都该教派的眼中，初期的基督教就是异端。具体到基督教，异端就是指与基督教会普遍认可的教义和《圣经》相异的观点。[②] 教会普遍认可的教义通常被称为正统，异端与正统形成一对反义词，那么什么是正统的基督教信仰呢？答案并不唯一，天主教、东正教、圣公会以及很多其他的基督教信仰者都认为，基督教真理就像活的不断生长的有机物，会随着时间、文化、文明以及环境的变化而发展而不同。[③] 基督教异端史是随着基督教的产生而产生，基督教会的圣经最初文本即《使徒行传》中指名道姓地称"行邪术的"撒玛利亚的西门是异端。基督教异端随着基督教的发展而发展，也就是说，不同的时代以及不同的地点可能奉行不同的基督教传统，在一个时代是正统的，在另一个时代也许就是异端；在一个地方是正统的，在另外一个地方就可能是异端，反之亦然。天主教教徒占了全世界基督徒的一半之多，但是在摩门教的基地（美国的盐湖城），一向以基督教正统自居的天主教被视为异端。作为基督教三大分支之一的新教在 16 世纪宗教改革之时被称为异端。在英国情况更复杂，以亨利八世（1509～1547 年在位）、爱德华六世（1547～1553 年在位）、血腥玛丽（1553～1558 年在位）和伊丽莎白一世（1558～1603 年在位）四位君王之间的王位更替为例，其间新教经历了从异端走向正统，又从正统走向异

---

① G. R. Evans, *A Brief History of Heresy*, Oxford: Blackwell Publishing, 2003, p. xii.

② William Benham, ed., *A Dictionary of Religion*, London, Paris, New York and Melbourne: Cassell & Company, 1887, p. 512.

③ David Christie-Murray, *A History of Heresy*, Oxford and New York: Oxford University Press, 1989, p. 4.

端，最终走向正统的反复过程。在 1870 年梵蒂冈大公会议颁布"教皇无误论"之前，罗马天主教教会只是认为，任何不认可教皇为教会的最高首领的基督徒是教会分裂者，而在那之后，通常被认为是异端。

从 16 世纪宗教改革运动到 19 世纪末叶，形形色色的基督教宗派纷纷产生，现已经分裂出一百多个大小不等的教派，异端之说逐步让位给各教派之间的相互容忍，宗教的多样性得到承认。1910 年世界不同会派的传教士在英国爱丁堡召开以谋求"一个联合教会"为目的的普世宣教会议，以此为转折点①，之后全世界范围展开的普世教会运动表明，世界各基督教派之间谋求达成和解的努力开创了包容共生的宗教自由的局面，如今"异端"不再是有关宗教真理之间的分歧和冲突，而是"面对世界的需要而自满是犯实际上的异端罪"②。

20 世纪 30 年代普世教会运动进行得轰轰烈烈，各种联合活动相继展开，此时 T. S. 艾略特提出了个宽泛的"异端"概念，他说："'异端'通常被定义为坚持半截子真理；它也可能是一种简化真理的企图：把真理缩减至我们普遍能够理解的范围，而不是扩展我们的理性，以便于理解真理，如一神论或三神论就比三位一体说更容易掌握。"③ 从他的概念可知，艾略特并没有认为异端是错误的，更没有认为异端应该加以惩治。相反，他认为异端有其积极的一面。在谈论现代英国文学时，他把古典主义文学类比成神学的"正统"，把浪漫主义类比成"异端"，他赞赏像这样拥有部分真理的异端，称其往往具有超乎寻常的、敏锐的感受力，或者说有深刻的远见，具备不可忽略的价值。④ "异端"对于艾略特来说只不过是给一些看法、思想或者是事实贴的标签而已。但是，我们不能因此推断艾略特是一位宗教自由的拥护者。当回到基督教以及基督教社会问题上时，他只不过是从异端所包含的积极意义的角度主张极有限的容忍。他提出，在新的基督教社

---

① 威利斯顿·沃尔克：《基督教会史》，孙善玲、段琦、朱代强译，北京：中国社会科学出版社，1992 年，第 672、675 页。

② Norman Goodall, ed., *The Uppsala Report 1968* (official report of the Fourth Assembly of the World Council of Churches, Uppsala July 4-20, 1968), Geneva: World Council of Churches, 1968, p. 15.

③ T. S. Eliot, *Christianity and Culture: The Idea of a Christian Society and Notes Towards the Definition of Culture*, New York: Harcourt, Brace and Company, 1949, p. 41.

④ T. S. Eliot, *After Strange God: A Primer of Modern Heresy*, London: Faber and Faber, 1933, pp. 24-25.

会可以像英国那样建立国家教会，这样国家教会应该能包容整个民族，只允许有限的少数人不信奉国教；国家教会是国家正式承认的宗教信仰，它必须是个人信仰的基础以及社区的普遍信仰。[①] 在论述教会与国家的关系时，艾略特强调二者必须根据当时社会情势发展成为一个自然的整体，当然宗教占据主导位置是可取的，只是已经不再可能；然而，他认为国家占据主导位置对宗教指手画脚是万万不能的，这样会导致"异端的重新抬头"。他还强调，国家教会应该是世界普世教会的一个肢体，真正的基督徒应该避免坠入狭隘的民族主义基督教的泥潭当中。

对于新的基督教社会，T. S. 艾略特还提到了应该处理好个体与社会的关系。对于基督徒来说，耶稣基督象征"绝对的整一"，十字架受难以及十字架上张开的双臂意味着耶稣基督在那一刻将整个世界融合在了一起。因此，耶稣基督的"整一"是团体的整一，是众生（全体人类）的精神上的合一[②]，个体将因为在这团体的整一，在天与地、神与人的等级秩序中而得到拯救。教会乃是耶稣基督的团体的表现，随着基督教会的发展，"绝对整一"和"神与人之间的等级制"逐步具体化为各种教会共同体（团体）形式和等级森严的教阶制度。因此，在基督教社会里，个人始终从属和服从于团体（集体），服从某一高高在上的权威统一体（社会、国家、君主等），从而形成有机、稳定、和谐的等级社会秩序。这种基督教的社会关系原则一直以来影响着西方社会结构和社会发展，只不过随着（自由主义的）自由、民主和平等的呼声的日益高涨，才逐步被边缘化了。在英国，个人主义被看成是自由主义的本质特征[③]，作为一名虔诚的基督徒和崇尚权威的保守主义者，无论是他的文学、文化批评还是社会政治批评，艾略特始终表现出对个人主义的不信任，更准确地说是对消极的个性概念意义上的个人主义的不信任，即对极端颂扬个人天才和创造力，强调个人与社会的冲突，以及以主观、独处和内省为无上价值的个人主义的坚决排斥，因为在

[①]　T. S. Eliot, *Christianity and Culture: The Idea of a Christian Society and Notes Towards the Definition of Culture*, New York: Harcourt, Brace and Company, 1949, pp. 36, 40- 41.

[②]　*The Bible: Designed to be Read as Living Literature, the Old and the New Testaments in the King James Version*, New York: Simon and Schuster, 1936, p. 1131.

[③]　卢克斯：《个人主义》，阎克文译，南京：江苏人民出版社，2001 年，第 30 页。

他看来这种个人主义是一种灾难，是对社会内聚性和连续性的威胁。[1] 与此极端个人主义相反，艾略特有时表现为极端的个人主义否定者。为了达到和谐、统一，他认为，我们必须完全清空自我，才能与许多个体（过去和现在的个体）连接和沟通，形成"混合的灵魂"，共同等待"整一"的光明。[2] 浪漫主义是个性化个人主义的自觉追求者，这也能解释艾略特对浪漫主义时而亲近时而排斥的态度，亲近他认可的浪漫主义积极的一面，排斥他不认可的浪漫主义消极的一面。

关于个体与社会的关系，艾略特认为，无论是从文化、社会的角度还是从宗教的角度，都不存在一种纯粹的个体：人只有融入一定的整体时，他才能成为一个个体。当"个人成为权利上的绝对独立者，成为本人自己、自己的身心的最高主权者"[3] 时，整体将分裂为"一片混乱的、反社会反文明的、互不相干的基本元素"[4]。个体因此成为孤立的原子，远离公共生活，社会失却凝聚力，文化和文明崩溃，等级制社会秩序坍塌，社会因处于无政府状态而解体。在分析个人、群体和社会三种意义上的文化关系时，艾略特说，无论是个体文化还是群体文化，只有在社会文化整体中才是完整的，离开社会而独立的个体文化只是"一个幻象"（a phantasm）。[5] 再者，艾略特认为，个体存在于社会关系纽带之中，因有他者的存在而存在，因有集体（社团、共同体、教会、国家、阶级）的存在而存在，因社会的存在而存在。早在艾略特之前，马克思表达过相同的观点，他说："人就是人的世界，就是国家，社会"[6]。在基督教社会中，教区（parish）是最小的社会团体，其中所有人都应以教区为中心，也就是说，共同的信仰系统将个体与个体团结在教区之下，这也是教区与教区、教区与国家教会、国家教

---

[1]　T. S. Eliot, *Christianity and Culture: The Idea of a Christian Society and Notes Towards the Definition of Culture*, New York: Harcourt, Brace and Company, 1949, p. 120.

[2]　参考他的《四个四重奏》中《东库克》的第三部分和《小吉丁》的第二部分等。

[3]　John Stuart Mill, *Utilitarianism and On Liberty*, including Mill's "Essay on Bentham" and selections from the Jeremy Bentham and John Austen, Ed. with an introduction by Mary Warnock, MA: Blackwell, 2003, p. 95.

[4]　Edmund Burke, *Reflections on the French Revolution*, London: J. M. Dent & Sons; New York: E. P. Dutton & Co., 1951, p. 94.

[5]　T. S. Eliot, *Christianity and Culture: The Idea of a Christian Society and Notes Towards the Definition of Culture*, New York: Harcourt, Brace and Company, 1949, p. 95.

[6]　马克思、恩格斯：《马克思恩格斯全集》（第 1 卷），北京：人民出版社，1960 年，第 452 页。

会与世界教会之间的联系纽带。这种联系纽带的终级目标就是天堂。中国学者刘小枫教授认为，由于关注基督教与社会群体生活和国家政制的关系，T. S. 艾略特发展了基督教社会主义。[①] 笔者认为，更合理的说法是艾略特对共同体生活、社会纽带以及社会和谐一致的崇尚使他设计的基督教社会具有社会主义性质，尽管它们并不是建立在平等的基础之上。

　　崇尚传统和权威，倡导等级制社会秩序和基督教社会模式的社会政治思想决定了 T. S. 艾略特是个货真价实的保守主义者。保守主义通常被简单地认为是对自由主义的反动，T. S. 艾略特也不例外，笼统地说，他也是反对自由主义的。但是，自由主义的含义随社会—历史情境的变化而变化，内涵复杂，歧义众多，意大利著名政治思想家萨托利（Giovanni Sartori，1924 ~ 2017）曾这样写道[②]：

　　　　自由主义、民主主义，以及社会主义和共产主义，都是概括 19、20 世纪政治斗争的标签，在这四个标签中，只有"共产主义"还比较清楚……什么是自由主义。遗憾的是，没有过足堪此任的完备答案，"自由主义"好像容易诱发狂想。……由于自由主义的历史本质不易辨认，因而变成了一个任人抢购的术语。……各种各样的自由主义——不能给我们提供理解自由主义的可靠线索。

鉴于自由主义意义众多，它与保守主义的关系应该是多层面的，我们无法简单地用"二者相互对立"来概括。英国保守主义政论家塞西尔曾说，如果把自由主义和保守主义纯粹作为社会思潮考察，二者并不必定是相对的，例如，尊崇自由是自由主义思潮的区别性特征，但是保守主义并不否定自由；可是"从政治实践上看，保守主义的的确确是与自由主义和社会主义相对抗的"[③]。更有一些西方学者认为，现代西方只有一种意识形态，那就是

---

　　① 里尔克、勒塞等：《〈杜伊诺哀歌〉与现代基督教思想》，林克译，上海：上海三联书店，1997 年，第 1 ~ 2 页（编者前言）。

　　② 乔·萨托利：《民主新论》，冯克利、阎克文译，北京：东方出版社，1998 年，第 414 ~ 416 页。

　　③ Hugh Cecil, *Conservatism*, London: Williams & Norgate and New York: Henry Holt & Co., 1912, p. 246.

自由主义，而保守主义本质上只不过是"保守"自由主义的成果①，不过这种说法未免太过极端。艾略特自己也认为，保守主义和自由主义虽然在一定层面上是对立的，但有时二者相互渗透，他举例说，19 世纪的保守党有自己的自由主义思想，而自由党也有自己的保守主义思想。② 那么他究竟要反对怎样的自由主义或者说怎样的自由主义理念？

　　"自由"一词最早起源于拉丁文"liber"，意指"自由人"（free man），14 世纪出现在英语里。日常生活中的自由概念简单清晰，譬如，如果在日常生活中说某一个人是自由的，就是指他（她）的行为或选择不受他者的限制或阻碍。但是当上升为一种理论和实践体系，成为一种基本的文化、哲学和政治信念，一种社会体制建构和政策取向以及一种社会运动之时，自由就失去了它的单一性和纯洁性。1816 年英国的托利党人首先用带有蔑视的口吻使用"自由主义"一词来贬低对手。1822 年，英国浪漫主义诗人拜伦和雪莱等创办了名为《自由主义》的杂志，讴歌自由，他们与华兹华斯、司各特、柯勒律治和济慈等成为英国文学界的自由主义运动代言人。③ 19 世纪 30 年代"自由主义"被广泛应用，到了 19 世纪晚期，自由主义成了几乎所有发达国家的主要意识形态。纵观自由主义发展史，各种自由主义者或者以不同的用词来叙述同一种概念，或者以相同的用词来叙述不同的概念。面对复杂的自由主义思想体系，人们倾向于从政治、经济、文化和社会等不同的层面阐述自由主义理念，分别被称为政治自由主义、经济自由主义、文化自由主义、社会自由主义。就英国而言，政治自由主义主张个人为社会和法律的基础，社会和制度的存在便是为了推进个人的目标，通常认为始于约翰·洛克（John Locke，1632 ~ 1704）；经济自由主义是一种支持个人财产和契约自由权利的意识形态，通常认为始于亚当·斯密（Adam Smith，1723 ~ 1790）；文化自由主义注重个人在道德观和生活方式上的权利，通常认为始于约翰·斯图尔特·密尔（John Stuart Mill，1806 ~ 1873）；社会自由主义强调个人是社会的基础，通常认为始

---

　　① 李强：《自由主义》，北京：中国社会科学出版社，1998 年，第 4 页。

　　② T. S. Eliot, *Christianity and Culture: The Idea of a Christian Society and Notes Towards the Definition of Culture*, New York: Harcourt, Brace and Company, 1949, p. 13.

　　③ Aidan Day, *Romanticism*, London and New York: Routledge, 2001, pp. 88, 92.

于杰里米·边沁（Jeremy Bentham，1748～1832）和密尔。

T. S. 艾略特说他关注的只是在一定情况下的一种普遍的自由主义思想状态，即自由主义的态度和信念，既影响它的反对者也影响它的拥护者的自由主义社会思想，而不是某一特定的自由主义理念。[①] 尽管不同社会—历史语境造就不同意义的自由主义，不同的学者对这些自由主义又有不同的理解，因而自由主义歧义众多，但是不少学者还是从普遍意义上总结了自由主义的核心的理论倾向与价值导向。美国学者约翰·凯克斯（John Kekes）总结说，"多元主义（pluralism）、自由（freedom）、权利（rights）、平等（equality）和分配正义（distributive justice）是自由主义的基本价值"，而"自主"（autonomy）是自由主义的真正核心。[②] 美国自由主义理论家斯蒂芬·霍尔姆斯（Stephen Holmes）指出，自由主义包含四方面的核心规范或价值观：

> 个人的安全（由国家机构垄断的合法暴力，这些机构自身由法律监控和管制）；公正（单独的法律体系，平等地适用于所有人）；个人自由（免于集体和政府监督的、范围广泛的自由，包括宗教的自由、拥有可以与众不同的权利、追求邻人认为是错误的理想的权利、旅行和迁徙的自由，等等），以及民主或通过选举和在自由出版物上公开讨论与参与法律制定的权利。[③]

英国保守主义政治理论家约翰·格雷（John Gray）概括说，现代自由主义具有四个共同的特征或视野：

> 它是个人主义的（individualist），因为它主张个人对于任何社会集体之要求的道德优先性；它是平等主义的（egalitarian），因为它赋

---

① T. S. Eliot, *Christianity and Culture: The Idea of a Christian Society and Notes Towards the Definition of Culture*, New York: Harcourt, Brace and Company, 1949, pp. 13-14.

② 约翰·凯克斯：《反对自由主义》，应奇译，南京：江苏人民出版社，2002 年，第 19 页。John Kekes, *Against Liberalism*, New York: Cornell University Press, 1999, pp. 6-12, 15.

③ 斯蒂芬·霍尔姆斯：《反自由主义剖析》，曦中等译，北京：中国社会科学出版社，2002 年，第 4—5 页。

予所有人以同等的道德地位，否认人们之间的道德价值上的差异与法律秩序或政治秩序的相关性；它是普遍主义的（universalist），因为它肯定人类种属的道德统一性，而仅仅给与特殊的历史联合体与文化形式以次要的意义；它是社会向善论（meliorist），因为它认为所有的社会制度和政治安排都是可以纠正和向善的。①

作为一名保守主义者，T. S. 艾略特并不是要反对所有的自由主义和所有的自由主义信念，而是反对和抵抗自由主义消极的一面。艾略特说的"消极"指的是"不好的"，应该注意与自由主义思想家以赛亚·柏林（Isaiah Berlin，1909～1997）著名的两种自由（消极自由与积极自由）概念中消极自由的概念区别开来。柏林的消极自由是指一种被动的自由，与主动的积极自由相对，这只是对自由的分类，没有必然的好与坏之分。奥地利著名经济学家路德维希·冯·米瑟斯（Ludwig von Mises，1881～1973）1927年曾说："我们所处的时代，是一个反自由主义思想统治的时代，所有人的思维方式都是反自由主义的。"② 斯蒂芬·霍尔姆斯也曾说，20世纪二三十年代的欧洲，无论是左派还是右派对自由主义都怀有难以平抑的敌意。他进一步解释说，从法国大革命时期极端保守的思想家梅斯特尔、德国魏玛共和国及纳粹时期的著名法学家施密特、德裔美国保守主义政治哲学家施特劳斯，到当代美国社群主义者麦金太尔、左派学者昂格尔以及保守主义评论家拉什等，对自由主义有着"一种共同的、根本的感受"，采取了"一种共同的处理方法"，因而形成了独特的反自由主义传统。他认为反自由主义者指责的自由主义的罪过大致有：自由主义个人主义导致社会原子化；自由主义捍卫平等地享有与众不同的行事权，因而对共同利益不关心；自由主义泛权利思潮导致权威的消蚀；自由主义怀疑和蔑视公共领域而夸大私人领域；自由主义经济至上，追求物质享受，使人成了机器，成了工具；自由主义的平等权利是抽象和虚构的；自由主义平等地强调价值判断的主观性，从而怀疑道德；自由主义理性主义破坏了

---

① 约翰·格雷：《自由主义》，曹海军、刘训练译，长春：吉林人民出版社，2005年，第2页。

② 冯·米瑟斯：《自由与繁荣的国度》，韩光明等译，北京：中国社会科学出版社，1995年，第54页。

宗教，导致了专业化，从而导致文明的衰落和进步的结束，等等。反自由主义者的这些观点让霍尔姆斯大为光火，认为他们犯了"反义词置换的错误"[①]，并一一加以驳斥。

20 世纪 30 年代正是 T. S. 艾略特发表反自由主义思想的年代。[②] 身处反自由主义思想盛行的年代，T. S. 艾略特对自由主义的反对和批判虽然不是系统的，但也算直言不讳。总而言之，他认为，自由主义是一种腐蚀力量，不会给人们带来积极的东西；一个自由的社会是消极的、没有目标的社会，因此"自由主义的态度和信念是注定要消失的，而且已经正在消失的过程中"[③]。究其原因，从他的论述中，大致可以归纳为以下几点[④]：其一，艾略特认为，自由主义反抗传统，消除了人们的传统社会习惯，而他自己认为传统是社会的黏合剂，是社会凝聚力和统一的基础，没有传统的社会就像无根之木，无源之水，终将死亡。

其二，艾略特认为，自由主义把"自然的集体意识分解成个人成分"。个人主义是自由主义理论的基础，也就是说自由主义把个人自由作为一个社会最基本的出发点，判断社会政策和价值观的最终目标只能是个人。[⑤] 而且自由主义者相信，只有以"个性的自我指导力量"为基础的社会才是安全的，只有建立在这个基础上的社会才是一个真正的社会。[⑥] 因此，自由主义者通常认为个人性质决定集体性质，个人利益高于集体利益。然而，在艾略特看来，社会群体（家庭、基督教社团、文化群体等）才是社会的最基本出发点，社会政策和价值观的最终目标通常是由特定的集团（精英集团、基督徒团体等）所判定的，因此社会群体决定个人，群体利益高于个人利益。

其三，艾略特认为，自由主义否认权威的作用，试图把人从权威底

---

① 斯蒂芬·霍尔姆斯：《反自由主义剖析》，曦中等译，北京：中国社会科学出版社，2002 年，第363 页。

② T. S. 艾略特反自由主义的思想主要出现在 1939 年首次出版的《基督教社会的概念》（*The Idea of a Christian Society*）一书中。

③ T. S. Eliot, *Christianity and Culture: The Idea of a Christian Society and Notes Towards the Definition of Culture*, New York: Harcourt, Brace and Company, 1949, p. 14.

④ Ibid., pp. 11-17, 32-33.

⑤ 顾肃：《自由主义基本理念》，北京：中央编译出版社，2003 年，第 4 页。

⑥ L. T. Hobhouse, *Liberalism*, London: Williams & Norgate; New York: Henry Holt & Co., 1919, p. 123.

下解放出来，以至于既使是"最蠢的人"的想法也应予以认可，从而导致"教育"让位于"培训"，"智慧"让位于"聪明机巧"，智人让位于"暴发户"等消极社会现象，从而引发文化的衰败，社会的衰败。① 于是，T. S. 艾略特坚持认为能领导社会以及文化前进的只是少数"举世皆浊我独清，众人皆醉我独醒"的人组成的精英集团，而社会的大多数对于生活、社会、文化和政治等应该都处于自然的非自觉状态，应该接受少数人的指导。

其四，艾略特强调少数人的权威，换句话说，就是对自由主义平等观念的不满。"自由主义是平等主义的，因为它认为平等是一种基本的价值。"② 英国政治思想家霍布豪斯（Leonard Trelawney Hobhouse，1864～1929）曾说：自由意味着平等；完全的自由意味着完全的平等；为争取自由而奋斗实质上是为争取平等而奋斗；平等是通向自由之途；如果没有了平等，自由将只是一个高贵的名称，结果却会是卑劣的。③ 美国当代著名法理学家罗纳德·德沃金（Ronald Myles Dworkin，1931～2013）认为，"平等的关切是政治社会至上的美德：没有这种美德的政府，只能是专制的政府"④。英国保守主义政论家休·塞西尔则说："平等是一个不真实的幻觉，它从来就没存在过，也决不可能存在。"⑤ 事实上，平等更多是自从法国大革命以来人们拥有的一种口号，一种信念，法律提倡的一种原则，一种乌托邦理想，而且从古至今，社会不平等一直广泛存在。艾略特对平等主义的批判可谓是脚踏实地，以当时教育为例，他强烈反对平均主义的教育体制和平等的文化观。他认为，人不可否认地具有体力、自然天赋、智力特质以及精神素质等方面的差异，因而应该根据各自自身的特点自主地选择教育层次，而不是一味强调教育平等；一味地强调和执行教育平等将使教育丧失智慧性，退化为培训，从而导致社会混乱，教育水平下降而堕

---

① T. S. Eliot, *The Idea of a Christian Society*, London: Faber and Faber, 1948, pp. 16, 25.

② 约翰·凯克斯：《反对自由主义》，应奇译，南京：江苏人民出版社，2002 年，第 116 页。

③ L. T. Hobhouse, *Liberalism*, London: Williams & Norgate; New York: Henry Holt & Co., 1919, pp. 24, 29, 32, 86.

④ 罗纳德·德沃金：《至上的美德：平等的理论与实践》，冯克利译，南京：江苏人民出版社，2003 年，第 1 页（导论）。

⑤ Hugh Cecil, *Liberty and Authority*, London: Edward Arnold, 1910, p. 54.

落。[1] 因此，教育应该尊重个人天赋的差异以及个人自然权利的等级，赋予受教育者更多的自主选择权。由此可见，保守主义也有它自己的自由观，休·塞西尔曾说，自由的本质是促进人类进步、成长，以及最终到达完美[2]，这是一个普适的价值观，不过对于保守主义来说，自由是等级制和国家权威等框架下的自由。

其五，艾略特指责自由主义既没有像它所说的那样"要求社会生活所必要的对个人自由的种种限制应当减少到最低限度"，也没有真正做到使"拥有必要权力的当局机构"的强制只是为了给"私人领域"提供保障[3]，相反，在实际的发展过程中，"在不知不觉中，自由主义国家和社会强迫性措施使私人生活的范围正日渐缩小，以致最终可能消失殆尽"。他举例说，生育本是极端私密和个人的事情，但是一些自由主义政府由于害怕人口的减少引起恐慌，便通过立法实行强迫生育，这实际上是对自由的践踏。

其六，艾略特不认可自由主义的平等观，自然对民主持批判态度，因为民主的本质就是平等及其敢于追求平等的精神。他说："我不否认民主制是最好的社会形式"[4]，原因在于毕竟民主不是自由主义才提倡，也不是自由主义社会才有的，除了自由主义民主，还有社会主义民主、极权主义民主；除了议会制民主，还有总统制民主，等等。因此，他指出，我们既不能把自由主义与民主等同起来，但也不能认为它们是彼此分离，也就是说他并不是反对所有的民主，他只是反对自由主义民主可能导致的消极的一面。他担心自由主义民主最终会演变成独裁主义民主（authoritarian democracy），极权主义民主（totalitarian democracy），以及民族主义（nationalism），最终导致整个社会堕落为中下阶级的社会（lower middle class society）以及社会文化组织形式也成为中下阶级的，即社会和文化向下拉平。同时，他指出，这在德国以及苏联已经是事实。而且他还批评说，当时西方实际运作的民主只是欺骗和愚弄公众的伎俩，并不是真正意义上

---

[1]　T. S. Eliot, *Christianity and Culture: The Idea of a Christian Society and Notes Towards the Definition of Culture*, New York: Harcourt, Brace and Company, 1949, pp. 177-179.

[2]　Hugh Cecil, *Liberty and Authority*, London: Edward Arnold, 1910, p. 54.

[3]　弗里德利希·冯·哈耶克：《自由秩序原理》（上），邓正来译，北京：生活·读书·新知三联书店，1997年，第171～172页。

[4]　T. S. Eliot, *Notes Towards the Definition of Culture*, London: Faber and Faber, 1948, p. 98.

的民主。

英国哲学家霍布豪斯曾说，"民主是自由思想的必要基础"，"民主统治，不管是直接民主或者是代议制民主，都意味大多数人的统治，而不是全体同意的统治；它的决定是大多数人作出的，而不是全体人民作出的"。[1] 因此，民主顾名思义就是社会大多数（群众）当家作主，即按照平等和少数服从多数原则来共同管理国家事务的国家制度，它遵循以多数决定、同时尊重个人与少数人的权利的原则。艾略特对民主的批评，究其原因，终归在于他把社会整体分为少数精英和社会大多数"群氓"，把社会大多数（群众）的政治等同于"群氓"政治，而且在他看来，即使他们的物质水平以及精神水平再怎么提高，群氓终归是群氓[2]，他们只应该承担社会低下层的责任，不足以承担治理国家和发展社会的重任。因为"实际上并没有'群众'，只有把人看成'群众'的视角"[3]，所以艾略特把社会大多数（群众）等同于群氓是没有道理的。等级制与民主本质是相背离的，因此，他反对民主只是在为自己认可的等级制辩护。

T. S. 艾略特的保守主义政治文化思想不是党派政治思想，更多是一种倾向于用文化救赎社会的构思，更具体地说，是一种号召以基督教信仰为社会结构基础、强调传统和社会等级制、倡导社会整体幸福与秩序井然的稳定和谐，反对个人主义和平等主义等的社会意识形态；由于其中主张集体利益高于个人利益，因而被认为是一种带有社会主义性质的思想。总而言之，这构成了艾略特针对"二战"后的欧洲文化和社会重建的所思所想所盼。

---

① L. T. Hobhouse, *Liberalism*, London: Williams & Norgate; New York: Henry Holt & Co., etc., 1919, pp. 227, 242.

② T. S. Eliot, *Christianity and Culture: The Idea of a Christian Society and Notes Towards the Definition of Culture*, New York: Harcourt, Brace and Company, 1949, p. 17.

③ Raymond Williams, *Culture and Society 1780-1950*, New York: Doubleday & Company, 1960, p. 319.

第五章　威廉斯的社会主义政治文化思想

人们常常禁不住问雷蒙德·威廉斯：你是不是一名马克思主义者？为了消除大家的怀疑，他于 1975 年撰文《你是一名马克思主义者，不是吗？》，一次性回答了这个问题。虽然不时有人怀疑威廉斯的马克思主义信仰，但是没有人怀疑他的社会主义信仰。他曾撰写多篇论文探讨社会主义理论和实践，例如：《英国左派》（"The British Left"，1964）、《超越既有的社会主义》（"Beyond Actually Existing Socialsim"，1980）、《社会主义和生态学》（"Socialism and Ecology"，1982）、《社会主义者和联合论者》（"Socialists and Coalitionists"，1984）、《走向多种社会主义》（"Towards Many Socialisms"，1985）、《电影与社会主义》（"Film and Socialism"，1985）、《在社会主义面前的迟疑》（"Hesitations before Socialism"，1986），等等。而他的论文集《奔向 2000 年》（*Towards 2000*，1983）以及他和 E. P. 汤普森编辑的《五一宣言》（*May Day Manifesto*，1968）具体而系统地勾勒了他的社会主义建设蓝图。英国社会主义历史学家罗宾·布莱克本（Robin Blackburn，1940～）1988 年给雷蒙德·威廉斯的文集《希望之源泉：文化、民主和社会主义》一书作序时评价说：雷蒙德·威廉斯是英语世界中最权威、始终如一和最具原创性的社会主义思想家。[1] 当代著名的美国文化地理学家大卫·哈维（David Harvey）也曾称赞说，威廉斯是英国最杰出的社会主义思想家之一。[2]

虽然威廉斯以反抗 T. S. 艾略特等精英主义分子为己任，而且艾略特的保守主义政治意识形态与威廉斯的社会主义政治意识形态在很多层面上是水火不相容，但是我们不能把二者之间的这种政治意识形态上的不同看

---

① Robin Blackburn, "Introduction", Raymond Williams's *Resources of Hope: Culture, Democracy, Socialism*, Ed. Robin Gable, London and New York: Verso, 1989, p. ix.

② David Harvey, *Justice, Nature and the Geography of Difference*, Massachusetts: Blackwell, 1996, p. 26.

成是威廉斯有意识地反抗的结果，因为他的社会主义意识在接触艾略特之前就已经形成，并成为一种自觉，当然他的社会主义思想成形和成熟于反抗过程中。威廉斯自己曾说：在四岁的时候，即 1926 年他的父亲参加全国工人大罢工的时候，他就已经能从父辈们的活动中自觉地意识到社会主义是怎么回事了。然而，政治意识形态是文化的一部分，威廉斯和艾略特的政治文化观是与各自的其他文化观缠绕在一起形成的，他们的政治文化观是整合了的政治文化观，因而从内容上来看，其继承与反抗关系是不言而喻的，只不过从发展过程来看，二者又相对独立：T. S. 艾略特的政治文化观更多开始于他从小接触的基督教信仰，也终结于基督教信仰，而雷蒙德·威廉斯的政治文化观更多开始于从小接触的英国社会主义运动，也终结于社会主义思想建构。

一、英国社会主义传统

按照英国唯心主义哲学家、改良社会主义者伯特兰·罗素（Bertrand Russell，1872 ～ 1970）的说法，虽然在英国、法国很早就存在着社会主义思想，但是那只是一些乌托邦梦想；社会主义真正作为一种相对世界性的社会力量开始于马克思，因为在马克思的社会主义思想的指导下，建立了强大或者说稳固的政治党派。[①] 罗素把马克思思想指导下的社会主义称为"正统的社会主义"（Orthodox Socialism）或者"马克思主义的社会主义"（Marxian Socialism），而之外的社会主义，被他分别称为"无政府主义的社会主义（Anarchism）"和"工团主义的社会主义（syndicalism）"。

无政府主义的词源可以追溯到古希腊文的"anarkia"（无政府）一词。通常认为"无政府"一词最早出现在著名的古希腊悲剧家埃斯库罗斯的戏剧《七雄大战底比斯》（*The Seven against Thebes*）中的女主角安提戈涅之口。在剧中，她说，她将不顾禁令，勇敢葬兄，以对抗统治者的无政府行为。无政府（Anarchy）作为一个英语词汇于 16 世纪中叶从法语演变而

---

　　① 　Bertrand Russell, *Proposed Roads to Freedom: Socialism, Anarchism and Syndicalism*, New York: Henry Holt and Company, 1919, p. 3.

来。1605 年，英国哲学家弗兰西斯·培根（Francis Bacon，1561 ～ 1626）
在《论学术的进展》（*Advancement of Learning*）中说：人类野蛮而且欲望
无边。但是，如果人们能遵守箴言、法律、宗教等，那么社会与和平就得以
维持；但是，当箴言、法律、宗教等不再发挥作用，或者说骚乱和暴动取代
了它们，所有的一切将陷入混乱和无政府状态（confusion and anarchy）。[①] 不
难看出，早期的"无政府"一词是贬义的，是混乱、无序的同义词。然而，
随着法国政论家、经济学家蒲鲁东（P. J. Proudhon，1808 ～ 1865）的《什
么是所有权》（1840）的出版，"无政府"获得积极的意义，成为一个褒义
词。他说：如同人在平等中寻求正义，社会应该在无政府中寻求秩序；无
政府是没有主宰者的政府形式；自由就是平等，就是无政府；最完美的社
会是秩序与无政府的结合，而且他骄傲地宣称自己是一名无政府主义者
（anarchist）。[②] 他是自称为无政府主义者的第一人，因而被称为"无政府主
义之父"。

　　蒲鲁东之后，无政府主义发展成为一个内容驳杂的社会和政治意识形
态收集器，包含了众多哲学体系和社会运动实践。无政府主义的核心原理
是：可以而且应该在没有国家强制性权威的条件下组织社会。它强调个体
的自由和平等；提倡个体之间的自助和互助关系。对大多数无政府主义者
而言，理想的社会是一种由自由的个体们自愿结合，互助、自治、反独裁
主义的和谐社会。在早期的社会主义阵营里，像倡导互助式无政府主义社
会主义的蒲鲁东等以及俄国革命家巴枯宁（Mikhail Bakunin，1814 ～ 1876）
等坚决反对马克思主义的无产阶级专政的科学社会主义，因为他们认为无
产阶级专政的社会同样是独裁的。[③] 第一国际建立之时，蒲鲁东与马克思同
为第一国际九人总委员会中的成员，后来巴枯宁也加入了第一国际，他们
的思想分别代表了其中两个不同的社会主义流派：蒲鲁东的无政府主义社

[①]　Francis Bacon, *The Advancement of Learning*, Ed. William Aldis Wright, Oxford: The Clarendon Press, 1869, pp. 52-53.

[②]　P. J. Prudhon, *What is Property? An Inquiry Into the Principle of Right and of Government*, Trans. from French by Benj R. Tucker with an introduction by George Woodcock, New York: Dover Publications, 1970, pp. 277, 281, 286, 272.

[③]　戴维·米勒、韦农·波格丹诺编，《布莱克维尔政治学百科全书》，中国问题研究所等译，北京：中国政法大学出版社，1992 年，第 22 ～ 23 页。

会主义；马克思的科学社会主义。蒲鲁东的无政府主义社会主义"反对一切组织、制度、权威和国家"①，"否认任何形式的统治和服从"，因为"人对人的权力是不公正的"，"是不合法的，是荒谬的"，"是压迫"。②深受蒲鲁东影响的巴枯宁说③："任何国家权力和任何政府就其实质和地位来说，都是被置于人民之外和凌驾于人民之上的，必然要力图使人民服从那种与己无关的制度和目的，所以我们宣布自己是任何政府权力、国家权力的敌人，是一切国家制度的敌人"；"革命专政和国家政权之间的全部差别仅仅在外观上。实质上两者都是由少数人管理多数人……它们都是反动的"；"摧毁一切国家，消灭资产阶级文明，通过自由联盟自下而上地建立自由的组织——无所约束的普通工人和解放了的全人类的组织，建立一个新的全人类的世界"。而马克思和恩格斯在《共产党宣言》中说，"工人革命的第一步就是让无产阶级上升为统治阶级，争得民主"④，并且在《1848 年至 1850 年的法兰西阶级斗争》中首次提出了"推翻资产阶级！工人阶级专政！"的社会主义国家理念。⑤显然，这两种社会主义思想是对立的。无政府主义社会主义和科学社会主义的对立到巴枯宁加入第一国际时达到顶峰，虽然随着巴枯宁以及巴枯宁主义的失败，无政府主义社会主义失去了直接抗衡的能力，但是无政府主义社会主义一直以来依然通过批评中央集权主义和国家观念影响着社会主义传统的形成和发展。

　　工团主义（syndicalism），在英语中被称为工联主义（trade unionism）。工团主义者常常自称为"革命工团主义"，指法国劳工联合会书记费南德·佩卢蒂埃（Fernand Pelloutier，1867～1901）的理论，以及该联合会在 1902 年并入法国总工会（Confédération Générale du Travail，CGT）后，

　　① 马句、俞清天、王巨才编著：《民主社会主义的由来和演变》，北京：北京工业大学出版社，1991 年，第 20 页。

　　② P. J. Prudhon, *What is Property? An Inquiry Into the Principle of Right and of Government*, Trans. from French by Benj R. Tucker with an introduction by George Woodcock, New York: Dover Publications, 1970, pp. 38, 275, 286.

　　③ 巴枯宁：《国家制度和无政府主义状态》，马骧聪、任允正、韩延龙译，北京：商务印书馆，1982 年，第 147、148、149、214 页。

　　④ Karl Marx, Frederick Engels, *Manifesto of the Communist Party*, Peking: Foreign Languages Press, 1973, p. 59.

　　⑤ 马克思、恩格斯：《马克思恩格斯选集》（第 1 卷），北京：人民出版社，1972 年，第 417 页。

由后者所制定的原则。工团主义（工联主义）是一种主张经济斗争，但反对政治斗争的政治主张。它反对建立无产阶级专政，主张消灭一切国家和政权，以工会为基础代替国家机器来管理社会（同时反对建立工人阶级的国家机器），因为又被称为"无政府主义工团主义"。随着 20 世纪 20 年代工人阶级接二连三遭到失败，工团主义逐渐受到排斥，被认为是社会主义、共产主义和工会正统观念的大敌①，因此，"工团主义"不被社会主义阵营所接纳。俄国革命家普列汉诺夫（Plekhanov，1856～1918）曾评论说，"其实真正的工团主义，即彻头彻尾的工团主义，跟真正的社会主义，即跟同样彻头彻尾的社会主义，是水火不相容"②。

在马克思和恩格斯创建科学社会主义之前，英法等欧洲国家有过不同的社会主义思想以及局部的实践尝试，但是都没有能够发展成为广泛的社会实践活动，更不用说获得政治权力，建立自己的党派了。但是科学社会主义思想形成之前，代表工人阶级利益的欧洲各社会民主党派所倡导的社会主义实践活动已是轰轰烈烈，那时马克思和恩格斯更是亲自指导德国社会民主党的各种活动。马克思占有主导地位的第一国际和第二国际的主要参与者事实上都属于不同的社会民主党派。那些活动后来被定位为"民主社会主义（democratic socialism）或者说社会民主主义（social democracy）"的社会实践活动。因此，根据中国学者王捷和杨祖功的观点，从 1869 年德国社会民主党诞生至 1895 年恩格斯逝世，民主社会主义和科学社会主义是同义语。③ 如果说罗素提到的"无政府主义"和"工团主义"的社会主义在第二次世界大战之后，逐步退出历史的舞台，成为社会主义发展过程中伸出的细枝末节，渐渐枯萎，那么民主社会主义从一开始就是与马克思主义的科学社会主义并驾齐驱的一种社会主义，并且在与科学社会主义不断较量的过程中，逐渐发展壮大，成为一个足以抗衡资本主义和科学社会主义的政治力量和思想流派，并在一些欧洲国家取得了一定程度的成功，而且现在依然活跃在世界政治舞台。

---

① 汤姆·博托莫尔：《马克思主义思想辞典》，陈叔平、王谨译，郑州：河南人民出版社，1994 年，第 578 页。

② 普列汉诺夫：《工团主义和社会主义》，王荫庭译，北京：人民出版社，1984 年，第 1 页。

③ 王捷、杨祖功：《欧洲民主社会主义》，北京：社会科学文献出版社，1996 年，第 4 页。

　　实践活动往往先于概念以及相应思想的形成。建立民主社会主义的社会和政治活动虽然在19世纪40年代就已经轰轰烈烈，并在欧洲得以强劲发展，但是民主社会主义的概念直到1899年才由德国政治家爱德华·伯恩斯坦（Eduard Bernstein，1850～1932）在《社会主义的前提》一书中首次提出。他说，"民主既是手段又是目的。它既是争取社会主义的武器，又是实现社会主义的形式"①，从而确立了民主社会主义和科学社会主义的对抗，即在民主体制里进行社会主义运动，逐步和平地实现社会主义，从而反对通过武装革命夺取政权，因为他认为，任何战争都意味着灾难，带来负面影响。这种对抗随着俄国布尔什维克党（共产党）的建立转为对立，民主社会主义在共产国际以及各国共产党人的眼中，变成了修正主义和右倾机会主义的代名词，从而形成当代社会主义阵营中的两股人为的敌对力量。

　　在第二次世界大战期间，社会民主党代表的民主社会主义和共产党代表的科学社会主义两大阵营相互合作，共同抵抗法西斯。战后，欧洲各国社会民主党计划重建社会党国际，两大阵营矛盾突出，冷战更是加剧了二者的分歧。1951年6月，社会党国际第一次代表大会在德国的美因河畔法兰克福召开，大会通过了民主社会主义原则声明：民主社会主义的任务与目标。声明指责共产党说："自从俄国布尔什维克革命以来，共产主义分裂了国际工人运动，因此在许多国家，社会主义的实现被推迟了几十年"；"国际共产主义是一种新帝国主义的工具。凡是在它获得政权的地方，它彻底消灭了自由，或者说，消灭了争取自由的机会"。声明同时提出了民主社会主义的任务与目标：

　　　　民主社会主义是一场国际运动。它绝对不要求一种僵化的千篇一律的见解，无论社会主义者的信仰是从马克思主义或其他理论为基础的社会分析的结果中，还是从宗教或人道主义的基本原则中推导出来的，反正都一样，大家都努力追求一个共同的目标：一种实现社会公正、高度福利、自由与世界和平的社会制度。

　　　　社会主义并不是强制实现的。它的实现要求它的所有拥护者付出

---

①　Eduard Bernstein, *The Preconditions of Socialism*, Cambridge: Cambridge University Press, 1993, p. 142.

努力。与使人民仅仅充当一种被动消极角色的极权主义制度相反，社会主义要求人民积极参与它的实现。所以它是一种最高形式的民主。①

从上述简单的历史梳理可知，国际社会主义先后出现了工团社会主义、无政府主义社会主义、科学社会主义、民主社会主义等形态。除了按历史顺序划分各种不同形态的社会主义外，人们常常用"左"与"右"的概念谈论社会主义，尤其是冷战开始之后。根据意大利政治科学哲学家诺伯托·博比奥（Norberto Bobbio，1909 ～ 2004）的看法，人世间政治思想和政治行动可以用"左"与"右"这两个对立的术语彻底地进行分门别类，即世间的政治不是左就是右。② 且不说他的说法是否太武断，自从 1789 年法国资产阶级革命爆发时用"左"与"右"划分政治阵营以来③，尽管它们的意义范畴也多有变迁，但是一直以来都是政治领域中的主要分类话语，社会主义作为一种政治意识形态也常常有左派和右派之分（也称为左翼、右翼）。1920 年在他的《共产主义运动中的"左派"幼稚病》一书中，列宁不但批评了共产党内的"右倾"机会主义，更主要的是批判了左派共产党的"左"倾机会主义，他说：共产主义所面临的主要问题是，要使每个国家的共产党人准备同孟什维克主义（Menshevism）作斗争，即同机会主义（opportunism）、社会沙文主义（social-chauvinism）以及左翼共产主义（Left-wing communism）作斗争。他更进一步指出，共产党人更是要自觉地把与机会主义和左派教条主义（Left Doctrinairism）作斗争当成最基本的任务，把战胜工人运动内部的机会主义和左倾教条主义，推翻资产阶级统治，

---

① 《德国社会民主党纲领汇编》，张世鹏译，殷叙彝校，北京：北京大学出版社，2005 年，第 61、62 页。

② Norberto Bobbio, *Left and Right: The Significance of a Political Distinction*, Trans. and introduced by Allan Cameron, Chicago: The University of Chicago Press, 1996, p. 1.

③ 左和右的概念起源于法国大革命时期。在 1789 年法国国民大会（the French National Assembly）时，拥护激进革命的人恰好坐在主持人的左边，而保守派恰好坐在主持人右边，从此人们习惯上将革命的一派称为左派，反对革命的保守主义一派称为右派。Norberto Bobbio, *Left and Right: The Significance of a Political Dictinction*, Trans. Allan Cameron, Chicago: The University of Chicago Press, 1996, p. x.William Doyle, *The French Revolution: A Very Short Introduction*, New York: Oxford University Press, 2001, p. 87. 马克思、恩格斯在创立科学社会主义理论时从这一含义中引申出右派即资产阶级反动派，左派即无产阶级革命派。

建立无产阶级专政当成统一的国际任务。[①] 虽然列宁以及他的共产主义继承者们都认为左派是一种"错误"，但是随着冷战的开始，以俄国斯大林主义为代表的马克思主义的科学社会主义以及共产主义思想在西方遭受前所未有怀疑、指责和反思，西方的进步学生和知识分子更是积极地寻求新的社会以及新的社会主义出路，于是以他们为代表的"新左派"运动在 20 世纪 60 年代前后诞生，此时，左派成为先锋的代名词，获得积极意义。

雷蒙德·威廉斯常常被尊称为"新左派"之父，被看成是英国新左派的"领导者和名流，以及道德榜样"。[②] 新左派运动从 20 世纪 50 年代开始，到六七十年代成熟，其间西欧和北美一些知识分子和青年学生展开了一场激进的思想文化运动，他们期待通过文化革命而不是以往的经济和政治革命以实现"新的自由和新的社会主义发展"[③]，由于与以往的左派的思想相差甚远，法国左派作家克劳德·布尔代（Claude Bourdet，1909 ～ 1996）在 20 世纪 50 年代开始把他们称为"新左派"，并沿用至今。[④] 在英国，1956 年苏联入侵匈牙利和英法联军入侵苏伊士运河时，一些激进的知识分子对工党领导的英国政府和一直以来坚信不疑的苏联社会主义模式感到失望，开始寻求新的马克思主义和社会主义道路，新左派运动就此兴起。E. P. 汤普森、雷蒙德·威廉斯和拉尔夫·密利班德（Ralph Miliband，1924 ～ 1994）等成为早期新左派运动的核心人物。其中威廉斯的《文化与社会》、《漫长的革命》和汤普森的《英国工人阶级的形成》中对文化和工人阶级文化的探讨以及期待通过文化介入发展马克思主义和社会主义的思想成为了新左派运动的指导思想和行动指南。当然，威廉斯对新左派的影响不仅仅是通过文本实现的，他曾多次与青年学生们一起上街参加核裁军运动、和平运动、生态运动和绿党运动游行，为探索新的社会主义道路躬身实践。

从上可知，雷蒙德·威廉斯正是在俄国的科学社会主义和欧洲的民主

---

① V. I. Lenin, *V. I. Lenin: Collected Works, Vol. 31, April-December 1920*, Ed. Julius Katzer, Moscow: Progress Publishers, 1966, pp. 90, 91, 92.

② Fred Inglis, *Raymond Williams*, London and New York: Routledge, 1995, pp. 2, 164, 197.

③ Herbert Marcuse, *The New Left and the 1960s: Collected Papers of Herbert Marcuse*, Vol. 3, Ed. Douglas Kellner, New York: Routledge, 2005, pp. 189-190.

④ Lin Chun, *The British New Left*, Edinburgh: Edinburgh University Press, 1993, p. xviii.

社会主义相互抗衡，以及新左派运动兴起的社会主义历史背景下（20 世纪 50 年代末 60 年代初）开始他的社会主义思考和写作的。他的学生兼剑桥同事特里·伊戈尔顿曾对他的社会主义思想进行过总结性评价，在 20 世纪 70 年代中期他给作为社会主义思想家的老师贴的标签是："社会主义人文主义（socialist humanism）、浪漫的民粹主义（romantic populism）和政治渐进主义（political gradualism）"等。[①] 而早在 60 年代初期，威廉斯就被冠以"主要的英国左派社会主义者"（a leading British left socialist）和"真正的社会主义者"[②] 的称号。结合前面提到的"欧洲时代（1492～1945）结束之前出生的最后一名伟大的欧洲男性革命社会主义知识分子"（1995）、"新左派之父"（1995），"最具权威和原创性、最杰出的社会主义思想家"（1989/1996）等头衔，众多学者给威廉斯如此高的评价，那么他的社会主义思想的魅力究竟在哪里呢？

　　虽然众多学者以及威廉斯自己都认为，他的社会主义思想是马克思主义的或者与马克思主义有着千丝万缕的联系，但是出生于英联邦的特立尼达和多巴哥共和国的社会主义理论家和历史学家詹姆斯（Cyril Lionel Robert James，1901～1989）批判说，威廉斯的社会主义思想来源于既有的英国社会主义，然而不管是既有的英国社会主义思想，还是威廉斯的社会主义思想都基于英国经验[③]，也就是说，尽管当代社会的社会主义信仰群体似乎无不在卡尔·马克思的旗帜下行进，但其实作为马克思和恩格斯的"第二故乡"的英国并非如此。虽说马克思的思想（当然包括他的科学社会主义思想）是在英国走向成熟和丰富，进而走向世界的，然而正统的马克思主义思想从来都没有在英国真正扎根。因为，随着约翰·格雷（John Gray，1798～1850）、威廉·汤普森（William Thompson，1775～1833）、托马斯·罗·埃德门兹（Thomas Rowe Edmonds，1803～1889）等社会主义者的著作的相继出版，英国已经早在 1820～1830 年间（在马克思流亡

①　Terry Eagleton, *Criticism and Ideology: A Study in Marxist Literary Theory*, London: Verso, 1985, pp. 23-27 (first edition, 1976).

②　J. R. Johnson (pen-name of Cyril Lionel Robert James), *Marxism and the Intellectuals*, Detroit: Facing Reality Publishing Committee, 1962, pp. 1, 5.

③　Ibid., p. 6.

英国之前），建立了英国社会主义思想内核①，而且 1827 年《合作社杂志》（*Co-operative Magazine*）的 11 月一期首次使用了"社会主义"一词。当 1849 年马克思被迫流亡英国且于次年获得大英博物馆②的阅览证而成为那儿的常客之时，大英博物馆的藏书让他意识到英国已经有了自己独特的本土社会主义。③

　　马克思意识到的英国独特的本土社会主义是以罗伯特·欧文（Robert Owen，1771～1858）为首发展起来的合作社社会主义（或者说欧文主义社会主义），以及与欧文主义有着千丝万缕的联系的工团主义社会主义。欧文先后在英国和美国建立了社会主义合作社模范区"新拉纳克"（1799 年，苏格兰）以及"新和谐"（1825 年，美国印第安纳州），实践和宣传自己的社会主义理论和方案，并取得了一定的成功，以致当他还在美国建立"新和谐"村时，他已经成为国内各种工人运动的精神领袖。当在美国的共产主义实验失败回到英国后，他又重新积极投身于英国合作社和工会运动。1833 年 10 月和 1834 年 2 月，欧文主持了英国工会和合作社的代表会议，成立了英国工会运动史上第一个全国性的总工会——"全国大统一工会"（Grand National Consolidated Trades Union），并确定"以和平的社会革命为基础的合作性质和全国大团结精神"。至此，他的思想广泛地融进了当时的工人运动，形成英国特色的社会主义体系。前面提到约翰·格雷、威廉·汤普森等都是 19 世纪 20～30 年代传播和实践"正统欧文主义"的英国社会主义作家和活动家，只不过他们是利用欧文的正统思想为工人阶级以及工会服务，并试图将工会转变为合作社社会主义团体。他们

---

　　① 英国工党政府的首相威尔逊曾说：英国的社会主义是以一望便知的英国的思想和英国的制度为基础的。它的思想是英国激进主义的伟大传统的现代表现。英国的社会主义的本质是民主和渐进的。在它的整个历史中，它一向拒绝在革命方面使用武力或采取工业行动来达到政治目的。哈罗德·威尔逊：《英国社会主义的有关问题》，李崇淮译，北京：商务印书馆，1966 年，第 5～6 页。

　　② 大英博物馆（British Museum），又名不列颠博物馆，于 1759 年 1 月 15 日在伦敦市区附近的蒙塔古大楼（Montague Building）成立并免费对公众开放。1823 年博物馆决定在蒙塔古大楼北面建造一座新馆，并在 1840 年代完成。新馆建成后不久，又在院子里建了对公众开放的圆形阅览室。马克思曾经长期在大英博物馆的圆形阅览室里阅读、写作。由于空间的限制，1881 年大英博物馆将自然历史标本与考古文物分离，大英博物馆专门收集考古文物。1973 年，博物馆再次重新划分，将书籍、手稿等内容分离，组成新的大英图书馆。（英国国家图书馆，The British Library）

　　③ Max Beer, *A History of British Socialism*, introduced by R. H. Tawney, London: G. Bell and Sons, 1923, p. xviii.

的思想直接激发和发展了倡导以社会主义和劳工为基础变革英国社会的英国工人阶级的思想以及宪章运动。[①] 这里值得进一步说明的是，英国宪章运动（1836～1848）虽然曾被列宁评为"世界上第一次广泛的、真正群众性的、政治性的无产阶级革命运动"[②]，但最终还是因为领导者选择"道德力"而非"武力"主张，最终失败。[③] 总的说来，欧文的社会主义思想倡导消灭私有制，实行财产公有，权利平等和共同劳动，更具体地说，是"联合劳动，联合消费，联合保有财产和特权均等的原则"[④]，从而通过各阶级的生产合作改革资本主义社会，而不是通过政治革命消灭资本主义，建立社会主义。欧文拒绝革命斗争的改良思想成就了到目前为止的英国社会主义传统的铁定规律。理所当然这也是雷蒙德·威廉斯社会主义思想的基本原则之一，因此詹姆斯（Cyril Lionel Robert James）评说威廉斯的社会主义思想来源于本土和基于本土经验是有根有据的。对于19世纪上半叶社会主义性质的英国社会运动，恩格斯曾总结说："当时英国的有利于工人的一切社会运动、一切实际成就，都是同欧文的名字联在一起的。"[⑤]

当历史的车轮进入19世纪下半叶，随着马克思主义思想在欧洲大陆兴起，1850年马克思和恩格斯的《共产党宣言》第一个英文译本在销路并不大好的《红色共和党人》杂志上发表，因此他们的社会主义思想并没有引起英国工人阶级的注意，对英国工人阶级领导也没有产生什么影响。而与此同时，当马克思的科学社会主义在欧洲大陆蓬勃发展之时，除了与欧文有关的合作社社会主义和工团社会主义，英国其他各种新兴的本土社会主义思想和组织也相继登场，如社会民主联盟、费边社（社会主义）、社会主义同盟、劳工社会主义，等等。

1881年 H. M. 海因德曼（Henry Mayers Hyndman，1842～1921）在

---

① Max Beer, *A History of British Socialism*, introduced by R. H. Tawney, London: G. Bell and Sons, 1923, pp. 184, 280, 341.

② V. I. Lenin, "The Third International and Its Place in History", *V. I. Lenin: Collected Works*, Vol. 29, Ed. George Hanna, Moscow: Progress, 1965, p. 309.

③ John Walton, *Chartism*, London and New York: Routledge, 2001, pp. 65-68.

④ Robert Owen, *Report to the County of Lanark of a Plan for Relieving Public Distress, and Removing Discontent*, Glasgow: Glasgow University Press, 1821, p. 25.

⑤ 马克思、恩格斯：《马克思恩格斯选集》（第3卷），北京：人民出版社，1972年，第415页。

英国成立第一个马克思主义社团"社会民主联盟"（the Social Democratic Federation），他同年发表的《人人享有的英格兰》（*England for All*），在英国第一次介绍了马克思的思想，但是并没有提到马克思的名字。① 社会民主联盟成为第一个在英国公开宣传马克思的政治团体，极大地促进了马克思主义社会主义思想在英国的传播。② 社会民主联盟曾加入 1900 年建立的劳工代表委员会，后因政见不同很快脱离。1907 年社会民主联盟改名为英国社会民主党，1911 年英国社会民主党与其他左翼社会主义团体一道建立了不列颠社会党，海因德曼任首届主席。不列颠社会党支持俄国十月社会主义革命，1919 年加入共产国际，正式成为宣传科学社会主义阵营中的一分子。1920 年，不列颠社会党与共产主义团结小组、社会主义工党、南威尔士社会主义协会等左翼社会主义组织联合建立了英国共产党。1951 年首次公布党纲《英国走向社会主义的道路》，主张"和平过渡"，不提无产阶级专政，认为英国可以通过议会斗争和平过渡到共产主义。

　　1884 年，肖伯纳（George Bernard Shaw，1856 ～ 1950）和悉尼·韦伯（Sidney James Webb，1859 ～ 1947）等知识分子成立"为了所有人的幸福，缓步前进、谋而后动"③ 的社会主义团体：费边社（the Fabian Society）。费边社会主义遵循的基本原则是：社会主义是英国前进的唯一方向④，由资本主义到社会主义的实现，是一个渐进而必然的转变过程。费边社倡导不是通过灾难性的革命或者乌托邦式的幻想，而是通过缓慢和逐渐的变革，使英国成为一个崇尚"集体主义"的社会民主联邦（Social Democratic Commonwealth）。⑤ 与其他费边社成员一样，肖伯纳主张"自觉的渐进主义"，因为他认为，"暴力同样是混乱的产婆，而混乱却又是戒严的产婆"⑥。雷蒙德·威廉斯的《悲剧与革命》一文中对革命暴力性和悲剧性的论

---

　　① Edward R. Pease, *The History of the Fabian Society*, New York: E. P. Dutton, 1916, pp. 23-24.

　　② David Walker and Daniel Gray, *Historical Dictionary of Marxism*, Maryland: Scarecrow Press, 2007, pp. 285-286.

　　③ Edward R. Pease, *The History of the Fabian Society*, New York: E. P. Dutton, 1916, p. 39.

　　④ George Bernard Shaw, ed., *Fabian and the Empire: A Manifesto by the Fabian Society*, London: Chriswick Press, 1900, p. 101.

　　⑤ Sidney Webb, "Socialsim: True and False" (1894), *The Basis and Policy of Socialism*, by Sidney Webb and Fabian Society (Great Britain), London: A. C. Fifield, 1908, pp. 51, 59, 60.

　　⑥ 肖伯纳主编：《费边论丛》，袁继藩、朱应庚、赵宗熠译，北京：生活·读书·新知三联书店，1958 年，第 35 页。

述[1]，可以说是与肖伯纳的暴力观如出一辙。因此，特里·伊格尔顿的评说
"威廉斯政治上是渐进主义的"点明了威廉斯的社会主义思想与费边主义社
会主义的内在联系，再次印证了威廉斯社会主义思想属于英国传统。费边
社在 1900 年以集体成员身份加入了劳工代表委员会，以至于工党议员以及
许多工党领导人都是费边社成员，例如，在历届英国首相中，詹姆士·拉
姆齐·麦克唐纳（James Ramsay MacDonald，1866～1937）、克莱门特·理
查·艾德礼（Clement Richard Attlee，1883～1967）、哈罗德·威尔逊
（Harold Wilson，1916～1995）、托尼·布莱尔（Tony Blair，1953～）、戈
登·布朗（Gordon Brown，1951～）都是费边社成员。因此，第一次世界
大战之后费边社的社会主义思想逐步成为英国工党的理论和政策基础。由
于费边社的基本成员以"资产阶级和知识界的人为主"，使得该社历来人数
都较少，2009 年该社网站显示当时的会员数是 6286 人次。

1885 年，威廉·莫里斯（William Morris，1834～1896）、卡尔·马
克思最小的女儿艾琳娜·马克思（Eleanor Marx，1855～1898）及其丈夫爱
德华·艾威林（Edward Aveling，1849～1898）等坚定的马克思主义者退出
"社会民主联盟"，成立"社会主义同盟"（the Socialist League），并由莫里
斯出资和主编出版发行该同盟的机关杂志《公共福利》（Commonweal），以
"宣传社会主义"为目的。与莫里斯充满激情的宣传社会主义的诗歌和散文
作品不同，爱德华·艾威林主要为该刊撰写解释科学社会主义的文章，宣
传马克思主义思想。在该杂志的第一期发表由莫里斯执笔的《社会主义同
盟宣言》，提出实现"一切生产资料必须公有化，按劳分配，消灭阶级和民
族界限的革命国际社会主义"[2]。后来由于加入成员思想混杂，除了马克思
主义革命社会主义者，还有费边主义信奉者、基督教社会主义者以及无政
府主义者等，而且他们之间根本无法达成政治统一，到 1887 年时，无政府
主义思想逐步主宰社会主义同盟，早期的领导人陆续退出。1901 年社会主
义同盟解散。马克思主义社会主义思想在英国的传播再次受挫，英国社会
主义思想依然在坚持和发展自己的传统中前进。

---

[1] Raymond Williams, *Modern Tragedy*, California: Stanford University Press, 1966, pp. 74-84.

[2] William Morris, "The Manifesto of the Socialist League", *Commonweal* (Feb. 1885): 1-2.

1893 年一个新的英国社会主义党派形成：独立劳工党（the Independent Labour Party）。在成立之初，独立劳工党就有意寻求工会支持和信奉"劳工联盟"策略，甚至被认为从政治竞选目的来说，它的基本原则与当时并不明确倡导社会主义的工联主义（工团主义）思想是一致的。[①] 1900 年 2 月 27 日它与 1868 年成立的全国性总工会组织英国职工大会、费边社和社会民主同盟等结盟建立英国"劳工代表委员会"（Labour Representation Committee），顾名思义，它代表工人阶级，为工人阶级谋利益，自称为"社会主义政党"。1906 年"劳工代表委员会"正式更名为工党，即工人阶级的党，以"改善英国工人的社会和经济命运"[②] 为己任，倡导"保护和提高工人阶级的当前和实际利益"，实行"这种或那种的工业公有制"，"通过政府行为改善工作条件"，"监督劳工市场，增加工薪阶层的安全感和讨价还价的能力"，等等。工党的这种意识形态立场就是通常所说的"劳工主义（labourism）"[③]，即劳工社会主义，它被认为是"英帝国文化特有的"[④]。

至此，上面提到的这些组织虽然各有特色，或独立或联合，但都以奔向"社会主义"社会为己任，共同形成了当代英国社会主义传统，其中以联合和吸收众家之长的工党社会主义思想为主导。美籍奥地利经济学家熊彼特（Joseph A. Schumpeter，1883 ～ 1950）1943 年将这种英式社会主义命名为"正统的社会主义"（orthodox socialism），即劳工主义的社会主义[⑤]，也就是英国工党倡导的民主社会主义的早期形态，而不是马克思的科学社会主义。从工党的起源可知，成立之初，工会在党内占有绝对的主导地位，早期的劳工主义是工联主义性质的，这种状态一直持续到第一次世界大战之后的重建早期。然而，随着 1926 年由于全国工会领导的妥协等原因导致全国工人大罢工失败，1929 年纽约证券交易市场崩溃导致的世界经济大萧

---

① Gordon Phillips, *The Rise of the Labour Party, 1893-1931*, London and New York: Routledge, 2001, pp. 5-6.

② J. H. Steward Reid, "Preface", *The Origin of British Labour Party*, Minneapolis: University of Minnesota Press, 1955.

③ Gordon Phillips, *The Rise of the Labour Party, 1893-1931*, London and New York: Routledge, 2001, p. 15.

④ George Ritzer, *The Blackwell Encyclopedia of Sociology*, Malden and Oxford: Blackwell, 2007, p. 2526.

⑤ Joseph A. Schumpeter, *Capitalism, Socialism and Democracy*, with an introduction by Richard Swedberg, London and New York: Routledge, 2003 (first edition, 1943), p. 376.

条，以及由于没有可靠的策略解决工人阶级的高失业率、低收入等国内和国际困难，由拉姆塞·麦克唐纳（Ramsay MacDonald，1866～1937）领导的工党政府1931年8月23日辞职，工党与工会的分歧进一步加大。在工党与工会的磕磕碰碰中，费边社会主义思想开始在工党内壮大起来。1918年工党颁布第一个纲领性文件《工党和新社会秩序》，其中被视作工党的基石、象征和灵魂的党章第四条款是由费边社发起者和著名领导人悉尼·韦伯夫妇撰写，该条款规定：要确保从事体力或脑力劳动的工人享受他们劳动的全部成果，要在生产、分配和交换手段的公有制以及在能够获得民众管理对行业或服务业进行控制的最佳体制基础上对劳动成果进行最公平的分配。当然，"《工党和新社会秩序》倡导的社会主义完全是渐进主义和非革命的"[①]，符合传统的英式社会主义精神。1945年工党再次成为执政党，费边社成员克莱门特·艾德礼成为首相，大刀阔斧地推行产业公有、福利国家和计划经济等社会主义目标和原则，费边主义社会主义思想从理论和实践上代替工联主义成为工党的主流意识形态，成为区别于马克思和马克思之后的科学社会主义的具有英国特色的社会主义。

二、威廉斯生态社会主义思想的形成

雷蒙德·威廉斯的威尔士同乡罗伯特·欧文曾说，一个人的出生、成长和工作的社会环境和社会情势决定了一个人的性格和品性。[②]如果用这位英国社会主义前辈思想家的话来解释威廉斯的社会主义思想的形成和发展，还真是恰如其分。威廉斯的社会主义信仰和工人阶级背景是他的作品的源泉。[③]前面的论述从大的层面上零星地说明了威廉斯的社会主义思想与欧文社会主义以及费边主义社会主义的关联性，下面将从具体的生活实践和社

---

①　G. D. H. Cole, *Communism and Social Democracy 1914-1931*, London: Macmillan and Co. & New York: St. Martin's Press, 1958, pp. 420-422.

②　Max Beer, *A History of British Socialism*, introduced by R. H. Tawney, London: G. Bell and Sons, 1923, p. 163.

③　Martin Ryle, "Raymond Williams: Materialism and Ecocriticism", *Ecocritical Theory: European New Approaches*, Ed. Alex Goodbody, Kate Rigby, Charlottesville and London: University of Virginia Press, 2011, pp. 43-54.

会体验说明威廉斯社会主义思想与英国传统、马克思主义传统之间的联系，以及独具特色的威氏社会主义思想的形成过程。

　　威廉斯的父亲是一个忠实的工党和工会价值信仰者、追随者和实践者，而且总是不遗余力地将自己的政治观灌输给周围的人[①]，自己的儿子当然是"近水楼台"。威廉斯就这样在 20 世纪 20 ～ 30 年代英国独有的工党思想与实践活动熏陶下成长起来。因此，1987 年接受特里·伊格尔顿的采访时，威廉斯说：我毕生绝大部分的政治追求完全是由父辈而来的那种工人阶级团结一致并相互支持的早年人生经历潜在地培养起来的。[②]1939 年春天，刚成年的威廉斯开始独立地全身心投入到帮助当时工党候选人弗兰克·汉考克（Frank Hancock）的地方补缺选举活动当中，成为一名名副其实的工党拥护者。同年的十月，威廉斯获得国家奖学金，进入剑桥的三一学院就读，并很快地加入了剑桥的社会主义俱乐部，加入共产党（1942 年因为和非党员妻子结婚的事与党组织意见相左，从此非正式退党）。在社会主义俱乐部里，他通过电影、书籍以及成员间的交流开始接触和了解当时各种前沿、激进的政治思想、政治实践活动，同时在多种激进刊物上发表文章讨论当时世界局势。1941 年在党组织的要求和党组织纪律的约束下，威廉斯还与后来成为著名历史学家的艾瑞克·霍布斯鲍姆（Eric Hobsbawm，1917 ～ 2012）被安置在一间屋子里，不怎么情愿地合写了为苏联进攻波兰进行辩护的宣传册。[③]威廉斯在此期间的马克思和马克思主义著作阅读以及共产党经历为他的社会主义思想增添了马克思主义的元素。

　　如果说在剑桥学习的前两年威廉斯还坚持从父辈以及工党那儿继承而来的只有无产阶级才能拯救世界的话，那么从 1942 年结婚事件而非正式离党开始，到响应国家号召入伍参加第二次世界大战，亲身体会到战争对世界以及人性的摧残，再到 20 世纪五六十年代苏联社会主义国家的崛起以及雄霸世界野心的张扬，他像其他许多有志于改变社会现状的社会主义拥护者一样，转而试图在当时英国占主流地位的英国工党社会主义和苏联共

---

①　Fred Inglis, *Raymond Williams*, London and New York: Routledge, 1995, p. 21.

②　Terry Eagleton, ed., *Raymond Williams: Critical Perspective*, Cambridge and Maiden: Polity Press, 2007, pp. 182-183.

③　Fred Inglis, *Raymond Williams*, London and New York: Routledge, 1995, p. 78.

产党社会主义之外保持一种独立姿态，寻找另外一条社会主义道路。对另外道路的探索，使得英国社会主义阵营中出现了拥护马克思主义思想但并不主张革命的劳工左派，即改良社会主义民主派，而在党派之外，则由众多知识分子、学者、艺术家、教师以及其他专业人员发起了新左派思想运动，积极寻求一种新的社会主义思想，其中威廉斯以及 E. P. 汤普森被尊称为新左派的非官方领袖。[①] 这种新的社会主义思想期待"重构'民主社会主义'理论，以反对此前存在的各种形式的马克思主义政治学理论（如当时在英国国内外占主导地位的斯大林主义）与工党内部主要派系的观点"[②]。在20 世纪六七十年代，雷蒙德·威廉斯在对既有社会主义的批判的基础上，开始追求、思考以及理论建构替代性社会主义，并积极响应和 / 或参加各种新社会运动[③]，并把这些运动作为未来社会发展的希望之源。[④] 例如，他多次参加 20 世纪 50 至 60 年代的英国核裁军运动游行；60 年代末期他参加越南团结运动（the Vietnam Solidarity Campaign）；70 年代他为坚持社会主义公有制和公平分配的工党大选工作，但是之后以及随着保守党首相马格丽特·撒切尔的上台，他像其他许多中年社会主义者一样，退出了工党，开始思考有别于工党的新社会主义道路。于是，威廉斯退出社会主义实践活动，重新开始他的社会主义理论思考，也就是在此时他开始"思索自然的未来（文化中的自然）"[⑤]，并于 1981 年接受"社会主义环境和资源协会"

① Fred Inglis, *Raymond Williams*, London and New York: Routledge, 1995, p. 197.

② 迈克尔·肯尼：《第一代英国新左派》，李永新、陈剑译，南京：江苏人民出版社，2010 年，第 3 页。

③ "新社会运动"最开始是指西方国家在 20 世纪六七十年代兴起的生态运动（the Ecology Movement）、女权运动（the Women's Movement）、和平运动（the Peace Movement）、美国的民权运动（the US Civil Rights Movement）、印第安人权（Indian Power）或红权（Red Power）运动、反殖民运动（Anti-Colonialism）、同性恋运动（Gay and Lesbian Struggles）、占屋运动（the Squatters' Movement）、新反核运动（the New Anti-Nuclear Movement），或者说是一系列的学生运动、反战运动、反文化运动以及民族解放运动等非暴力的、具有一定文化倾向性的运动。请参考 Hanspeter Kriesi, et al., *New Social Movements in Western Europe: A Comparative Analysis*, Minneapolis: The University of Minnesota Press, 1998, pp. xvii-xviii; Richard J. F. Day, *Gramsci is Dead: Anarchist Currents in the Newest Social Movements*, London: Pluto Press, 2005, p. 4; Cyrus Ernesto Zirakzadeh, *Social Movements in Politics: A Comparative Study*, New York: Palgrave Macmillan, 2006; Herbert Marcuse, *The New Left and the 1960s: Collected Papers of Herbert Marcuse*, Vol. 3, Ed. Douglas Kellner, London and New York: Routledge and Taylor & Francis Group, 2005, p. 6。

④ 有学者认为，在《奔向 2000 年》中，威廉斯暗示一种新社会主义形式可能围绕着生态运动、女权运动和和平运动建立起来。 Gareth Stedman Jones, "Reviews", *Marxism Today*, July (1984): 38-40.

⑤ Fred Inglis, *Raymond Williams*, London and New York: Routledge, 1995, p. 272.

（the Socialist Environment and Resources Association，SERA）的邀请，出任该组织的副主席，同时发表了有一百多名生态社会主义者参加的就职演说，之后整理成文章《生态学与社会主义》（"Socialism and Ecology"），于次年发表在 SERA 的宣传册上。

　　威廉斯少年时期受父亲的影响而遵循富有民族传统的社会主义。[①] 在大学时期，他受剑桥一批激进的老师和同学的引导和影响，积极了解和部分接纳苏联模式的社会主义，并积极宣扬马克思主义社会主义。在"二战"之后的青年时期，由于苏联对东欧的霸权、波兰事件、苏伊士事件等使威廉斯以及大批英国社会主义者对苏联模式的社会主义彻底失望，从而思索重新接纳、审视和批判英国工党的社会主义道路，希望在英国能找到一条新的社会主义道路。经过十多年的思考和探索，在步入中壮年时，威廉斯的确找到了一条新的道路，一条通向生态社会主义的道路，他的长女（也是他唯一的女儿）梅里恩（Merryn Williams）将他的这种新的政治意识形态总结为"绿色政治的、生态的；盖亚的"[②]。也就是说，威廉斯成熟的政治意识形态从之前探讨政治场中人与人、人与社会、阶级与阶级之间的关系，拓宽到对人类社会自身各种关系、人类社会与自然之间的关系的思考和探讨。他所思考和探讨的这种新型的政治理念从 20 世纪 70 年代兴起之后便成为世界众多政党和社会趋之若鹜的香饽饽，因此他与德国政治理论家鲁道夫·巴罗（Rudolf Bahro，1935 ～ 1997）、法国左翼思想家安德烈·高兹（Andre Gorz，1924 ～ 2007）等被尊称为生态社会主义的主要理论先驱。[③]美国富兰克林与马歇尔学院（Franklin and Marshall College）管理学教授凯利·怀特赛德（Kerry H. Whiteside）在《分割的自然：法国人对政治生态学的贡献》一书中直呼威廉斯为英国生态社会主义者。[④] 中国生态批评学者王诺教授更是将雷蒙德·威廉斯称为生态社会主义的代表人物之一。[⑤]

　　牛顿说他的成就是站在巨人的肩膀上取得的，实际上任何人类成就都

① 迈克尔·肯尼：《第一代英国新左派》，李永新、陈剑译，南京：江苏人民出版社，2010 年，第 4 页。
② Fred Inglis, *Raymond Williams*, London and New York: Routledge, 1995, p. 14.
③ Michael Lowy, "What Is Ecosociolism", *Capitalism, Nature, Socialism* 16. 2 (2005): 15-24.
④ Kerry H. Whiteside, *Divided Natures: French Contribution to Political Ecology*, London and Massachusetts: MIT Press, 2002, p. 198.
⑤ 王诺：《欧美生态批评研究》，山东大学 2007 年博士学位论文，藏中国国家图书馆，第 103 页。

是人类知识的积累加上个人的勤奋与智慧得来的，而人类成就也好，人类知识也好，都有其形成史。具体到威廉斯，他的生态社会主义思想（或者说生态社会主义政治意识形态）自然也有其形成过程。从 20 世纪 70 年代初期的文学生态批评开始，经过之后大约十年的进一步探索，到 80 年代初期明确地提出生态社会主义的概念以及一些观点为止，威廉斯的生态社会主义思想经过了发端、探索以及成熟的过程，尽管他的成熟思想相对于发展至今的整个生态社会主义思想体系来说并不完善，但是他提出了这种生态政治思想的基本框架。如果按照从文学生态批评到生态社会主义思想的形成过程将威廉斯具体的著述按发表或者出版的时间脉络进行分类和梳理，那么大致可以分为如下两类：

其一，属于生态批评的论文和著作大致有：

（1）论文：《自然的概念》（"Idea of Nature"），1970 年发表在《泰晤士报文学评论副刊》（*Times Literary Supplement*），1971 年收录入 J. Benthall 编辑的《生态学：成形调查》（*Ecology: The Shaping Inquiry*）一书，后又收录入 1980 年威廉斯论文集《唯物主义与文化中的一些问题》（*Problems in Materialism and Culture*）。

（2）论文：《社会达尔文主义》（"Social Darwinism"），1972 年发表在杂志《听者》（*The Listener*）上，后收录于 1973 年 J. Benthall 编辑的《人类本性的局限性》一书（*The Limits of Human Nature*）。

（3）专著：《乡村与城市》（*The Country and the City*），1973 年出版。

（4）专著：《关键词：文化与社会词集》（*Keywords: A Vocabulary of Culture and Society*, 1976），其中的一些词条，例如"资本主义"、"民主"、"共同体"、"生态学"、"平等"、"进化"、"自然主义"、"自然"、"社会主义"，等等。

（5）论文：《社会环境与戏剧环境：英国自然主义》（"Social Environment and Theatrical Environment: The Case of English Naturalism"，1978），收录入 1980 年威廉斯论文集《唯物主义与文化中的一些问题》。

（6）《约翰·克莱尔诗歌与散文选》（*John Clare: Selected Poetry and Prose*, 1986）序言，威廉斯与女儿梅里恩共同编辑。

其二，属于探讨、思考和论说生态社会主义思想的论文与著作有：

（1）论文：《反核运动的政治》（"The Politics of Nuclear Disarmament"），1980 年刊登于《新左派评论》第 124 期，后收录入 1989 年罗宾·盖布尔（Robin Gable）编辑的威廉斯论文集《希望之源泉》（*Resources of Hope*）。

（2）论文：《超越既有的社会主义》（"Beyond Actually Existing Socialism"），1980 年刊登于《新左派评论》第 120 期，同年收录入《唯物主义与文化中的一些问题》。

（3）论文：《替代性政治》（"An Alternative Politics"），1981 年发表在《社会主义年鉴》（*Socialist Register*）上，后收录入《希望之源泉》。

（4）论文：《社会主义与生态学》，1982 年 SERA 以宣传册形式出版，后收录入《希望之源泉》。

（5）论文：《红与绿》（"The Red and the Green"，评论鲁道夫·巴罗的《社会主义与生存》），1982 年刊登于《社会主义年鉴》，1983 年刊登于《伦敦书评》第 5 期。

（6）专著：《奔向 2000 年》（*Toward 2000*, 1983）。

（7）论文：《分权与地方政治》（"Decentralism and the Politics of Place"），1984 刊登于《激进威尔斯》（*Radical Wales*），后收录入他的论文集《希望之源泉》。

（8）论文：《民族主义与大众社会主义》，1984 刊登于《激进威尔斯》第 2 期。

（9）论文：《社会主义者与联合论者》，1984 年刊登于《新社会主义者》（*New Socialist*）第 16 期，后收录入《希望之源泉》。

（10）论文：《走向多种社会主义》（"Towards Many Socialisms"，1985），后收录入《希望之源泉》。

（11）论文集：《希望之源泉》，该书收录了威廉斯 20 世纪 80 年代之后有关社会主义的一些论文（上面已经提到一些）。

（一）雷蒙德·威廉斯的生态批评

通常认为文学生态批评肇始于 20 世纪 70 年代。1974 年，美国人类生态学家约瑟夫·密克尔（Joseph W. Meeker, 1923 ～ 2004）出版专著《幸存的喜剧：文学生态学研究》，提出"文学生态学"（1iterary ecology）这一术语，主张通过探讨文学对"人类与其他物种之间的关系"的揭示，"细致并真诚地审视和发掘文学对人类行为和自然环境的影响"。[①]1978 年，鲁克尔特（William Rueckert）在《衣阿华评论》发表题为《文学与生态学：一次生态批评实验》的文章，首次使用了"生态批评"（Ecocriticism）一词，明确提倡"将文学与生态学结合起来"，强调批评家"必须具有生态学视野"，文艺理论家应当"构建出一个生态诗学体系"。[②]1991 年。英国利物浦大学教授贝特（Jonathan Bate）出版了《浪漫主义的生态学；华兹华斯与环境传统》，在书里，他明确地使用了"文学生态批评"（literary ecocriticism）一词。[③]1996 年美国生态批评的主要倡导者和发起人、美国第一个文学与环境教授彻丽·格洛特费尔蒂（Cherry Glotfelty）与当代美国著名文学批评家弗洛姆（Harold Fromm）将（文学）生态批评定义为："文学和物理环境关系的研究"（the study of the relation between literature and the physical environment）[④]。从 20 世纪 70 年代初期到 90 年代初期，历经二十多年的发展，文学生态批评在英美国家成为了大家认可的批评流派。2004 年英国学者格雷格·格拉尔德（Greg Garrard）给（文学）生态批评下了一个自认为最广泛的定义："生态批评研究人类文化发展史中人类与非人类之间的关系，包含对'人类'这个词自身的批判性分析。"[⑤]随着生态批评在英美的繁荣，受其影响，生态批评在世界其他国家也迅速兴盛起来。

虽然雷蒙德·威廉斯并没有用文学生态批评总结自己的一些文学研究，也没有用该术语评论他人的作品，但是他的《乡村与城市》（*The Country and the City*, 1973）以及美国学者利奥·马克思（Leo Marx）的《花园里的

---

① Joseph W. Meeker, *The Comedy of Survival: Studies in Literary Ecology*, New York: Scribner, 1974, pp. 3-4.

② William Rueckert, "Literature and Ecology: An Experiment in Ecocriticism", *The Ecocriticism Reader: Landmarks in Literary Ecology*, Eds. Cherry Glotfelty and Harold Fromm, Athens and London: The University of Georgia Press, 1996, pp. 114-115.

③ Jonathan Bate, *Romantic Ecology: Wordsworth and the Environmental Tradition*, London: Routledge, 1991, p. 11.

④ Cherry Glotfelty and Harold Fromm, eds., *The Ecocriticism Reader: Landmarks in Literary Ecology*, Athens and London: The University of Georgia Press, 1996, p. xviii.

⑤ Greg Garrard, *Ecocriticism*, New York: Routledge, 2004, p. 5.

机器》（*The Machine in the Garden*，1964）通常被认为是（文学）生态批评的发轫之作。[1] 在《花园里的机器》中，利奥·马克思主要探讨了美国 19 世纪文学作品中的一个主要主题：美国的田园理想与飞速发展的机械技术之间的辩证对立关系。当时美国文学作品中不断出现"花园里的机器"意象，即机器突然侵入田园美景之中，于是"花园"常常成为一个抑制和批判工业技术（"机器"）的强有力意象。《乡村与城市》则主要通过分析从 16 世纪以来英国文学（主要为田园诗）中城市和乡村、城市与乡村的自然环境描写，阐明城市与乡村、城市与乡村的自然环境是如何被社会——历史性地建构出来的。在他们之后，文学生态批评得以长足发展，各种流派林立，各有各的方法和立场，各有各的思想，彻丽·格洛特费尔蒂根据美国生态文学批评的发展过程，参照"女性批评学"创始人伊莱恩·肖瓦尔特（Elaine Showalter）的女性主义批评三个发展阶段的研究模式[2]，将美国生态文学批评划分为三个阶段。[3] 第一阶段主要研究文学是怎样再现自然与环境的。第二阶段重点放在努力发掘到目前为止被忽视的自然书写（nature writing）文类（即具有自然倾向的非小说类文学作品），以及一些表现出生态意识的小说和诗歌。第三阶段分析文学作品中物种的象征性建构，试图创建一种生态诗学，开始关注一些相关的哲学问题（现在称之为深度生态学）。

后来，美国华盛顿大学英语与美国研究教授里德（T. V. Reed）在《环境正义生态批评》一文中根据当前生态批评的流派、方法以及倾向类型学

——

[1] Lawrence Buell, *The Future of Environmental Criticism: Environmental Crisis and Literary Imagination*, Malden, MA and Oxford and Victoria: Blackwell, 2005, pp. 13-14. Greg Garrard, *Ecocriticism*, London & New York: Routledge, 2004, pp. 36-37. Diminic Head, "Beyond 2000: Raymond Williams and the Ecocritic's Task", *The Environmental Tradition in English Literature*, Ed. John Parham, Aldershot: Ashgate, 2002, pp. 24-36.

[2] 在《她们自己的文学——从勃朗特到莱辛的英国女性小说家》一书中，肖瓦尔特把女性文学发展划分为三个历史阶段：第一阶段，"女性化"（feminine）阶段（1840～1880），模仿主流传统以及内化主流价值观和标准的阶段；第二阶段，"女权主义"（feminist）阶段（1880～1920），反抗与主张少数群体的权利的阶段；第三阶段，"女性"（female）阶段（1920 年至今），摆脱依赖对立面与自我发现的阶段。Elaine Showalter, *A Literature of Their Own: British Women Novelists From Brontë to Lessing*, Beijing: Foreign Language Teaching and Research Press and Princeton University Press, 2004, p. 13.

[3] Cherry Glotfelty and Harold Fromm, eds., *The Ecocriticism Reader: Landmarks in Literary Ecology*, Athens and London: The University of Georgia Press, 1996, pp. xxii-xxiv.

把（文学）生态批评分成五大类，分别为：

（1）**自然环境保护论的生态批评（preservationist ecocriticism）** 它探讨如下几个典型问题：文学 / 自然书写及批评能否增强人对自然的欣赏态度，以及改善此态度；文学及批评能否帮助保护和扩大荒野、保护濒危物种，以及在保护自然环境中有所帮助；文学及批评能否加强人 / 自然精神关系的超验维度。

（2）**生态学的生态批评（ecological ecocriticism）** 它探讨如下几个典型问题：生态系统观（或隐喻）如何拓展至一种与自然相关的文学系统诗学；如何将文学及批评置入生态体系，或者说如何运用文学及批评阐明生态体系的意义以及需求；检视文学作品时应该如何突出地方、特定生态体系、生态区域等的根源意识；在对文学文本及其他表现自然世界的作品进行分析时应如何应用生态科学的一些真知灼见。

（3）**生物中心论 / 深度生态批评（biocentric / deep ecocrititicism）** 它探讨如下几个典型问题：如何应用文学及批评，让生物圈代替"人"，成为关注的中心；如何应用文学及批评呈现人文主义的局限；如何透过文学及批评保护和扩展非人生物和非生物王国的生存和利益；文学及批评能否使深层生态主义更深，使生物中心主义的精神更进一步。

（4）**女性主义生态批评（ecofeminist ecocriticism）** 它探讨如下几个典型问题：在文学及文学批评中女性和自然的关系；自然是如何被女性化的；女性是如何被自然化的；自然性别化的方式及效果；女性和自然的解放之间的关系；族群、阶级、性的相互关系如何使女人和自然之间关系的想象和真实变得更加复杂的；女性自然书写和其他自然书写是否各自为政，具有差异性。

（5）**环境正义生态批评（environmental justice ecocriticism）** 它探讨如下几个典型问题：文学及批评如何强化环境正义运动的效果，使大众关注环境恶化和环境危害是如何更多地影响了穷人以及有色人种；在何种程度上以及以何种方式，其他生态批评流派表现出种族主义倾向，漠视他者种族和他者阶级；穷人以及有色人种的自然书写是否呈现出断裂的、不同的传统；文学和文学批评中像有毒废物，垃圾焚化、铅中毒、铀开采以及其尾渣、环境公平等问题能否得到更充分地展示。①

　　无论是格洛特费尔蒂生态批评发展史的分期还是里德的生态批评分类，都是基于有意而为之的文学生态批评活动之上，由于雷蒙德·威廉斯的文学生态批评可以说是无意而为之，因此用作为一种文学流派的文学生态批评的分期或者分类方法评判都不太妥当。但是往往有意栽花花不发，无心插柳柳成荫，他的《乡村与城市》确实研究了"文学是怎样再现自然与环境的"，与格洛特费尔蒂的第一阶段文学生态批评的主题不谋而合。只不过威廉斯的文学中的环境不仅仅指称外在的物理环境，也指人类景观环境和社会环境，因而他的生态批评不仅仅是文学生态批评，更是间接的社会生态批评。要弄清楚威廉斯的文学生态学批评，即他认为文学是如何再现自然与环境的以及他的观点的深意，我们首先要了解他的自然／环境观。

雷蒙德·威廉斯的自然观念史 ②

　　人类在大自然中活动，大自然总是以不同的方式影响着每个人的生活，"人类既是他的环境的创造物，又是他的环境的塑造者"③。"荒野是一个伟大的生命之源，我们都是由它产生出来的。这生命之源不仅产生了我们人类，而且还在其他伟大的生命形式中流动。"④ "天地与我并生，而万物与我为一（《庄子内篇·齐物论》）"⑤，"天人合一"。凡此种种的自然、大自然、环境、荒野、天地都在述说着同一个观念，包含人类在内的世间万物相互关联，密不可分。然而，一直以来，人类唯我独尊，一味地向大自然（自然、环境、荒野、天地）宣战，想要征服大自然，盲目乐观地相信"直线社会进步论（无限进步论）"，无度地从中攫取自己的所需，并认为这一切都是

---

　　① T. V. Reed, "Environmental Justice Ecocriticism: Race, Class, Gender, and Literary Ecologies", *The Art of Protest: Culture and Activism From the Civil Rights Movement to the Streets of Seattle*, Minneapolis and London: University of Minnesota Press, 2005, pp. 218-239.

　　② 此部分前期曾发表相关论文，参见李兆前：《雷蒙德·威廉斯自然观对生态文明建设的启示》，《渤海大学学报（哲学社会科学版）》2013 年第 6 期，第 25～29 页。

　　③ 万以诚、万岍选编：《文明的路标：人类绿色运动史上的经典文献》，长春：吉林人民出版社，2000 年，第 1 页。

　　④ 霍尔姆斯·罗尔斯顿：《哲学走向荒野》，刘耳等译，长春：吉林人民出版社，2000 年，第 214 页。从罗尔斯顿书中前面的论述可知，这里的荒野是指没有被人加以改造的自然。

　　⑤ 孙通海译注：《庄子》，北京：中华书局，2007 年，第 39 页。

理所当然的。当历史的车轮驶入 20 世纪下半叶，当人们面对全球升温、生物多样性减少、物种灭绝、臭氧层损耗、自然资源减少、空气污染、水源污染、农药危害、化学性污染、核能威胁、酸雨等人为灾难，当意识到如果长期照此下去，不但鲜花盛开、百鸟齐鸣的春天将寂静无声，而且人类将没有合宜之地可以居住，没有无害的事物可吃，没有新鲜的空气可供呼吸，当危机出现，大自然开始反击时，人类才不得不开始思考"什么是自然？""我们应该保护怎样的自然？""如何（才能）保护自然环境？"等等。

　　面对种种危机和困惑，威廉斯认为，首先我们应该搞清楚"什么是自然"，然后才能谈论其他。从观念史来看，"自然"是个宏大的词语①，中西方自古有之。美国研究观念史和知识论的哲学家洛夫乔伊（Arthur O. Lovejoy，1873 ～ 1962）认为，自然是所有标语口号中最有力、最普及、最持久的，因此，"'自然'一词在西方思想的所有规范领域的术语系统中是一个意蕴丰厚的词，这个词的多重含义使它多少容易从一个含义滑到另一个含义，不易觉察，而这种现象是普遍的，最终在名义上表示遵循同样的法则，而从伦理的或美学的标准走向它的对立面"②。威廉斯认为，"自然"一词可以说得上是语言中最复杂的词语③，与"自然"一词相比，即便是语义史相当复杂的词汇（文化、社会、个体、阶级、艺术和悲剧）都只是小巫见大巫，因此要回答"自然是什么"，并不是一个简单的问题。因为虽然仅从名称上说，自然一词从古至今确实一直存在，而且大自然、环境、荒野、天地等词语时不时模棱两可与它同义，并且交换使用，但由于自然概念的发展是与人类史缠绕在一起的，你中有我，我中有你，这就注定了自然的概念以及与其相关的思想复杂且不断变化着。④"自然是什么"的复杂性还表现在，作为概念（观念）的自然是一个范畴，一个概念容器⑤，不同

---

　　① Holmes Rolston III, "Nature for Real: Is Nature a Social Construct?" *The Philosophy of the Environment*, Ed. T. D. J. Chappell, Edinburg: University of Edinburg Press, 1997, p. 41.

　　② 洛夫乔伊：《观念史论文集》，吴相译，南京：江苏教育出版社，2005 年，第 6、66 页。

　　③ Raymond Williams, *Keywords: A Vocabulary of Culture and Society*, New York: Oxford University Press, 1983, p. 219.

　　④ Raymond Williams, "Ideas of Nature", *Problem in Materialism and Culture*, London: Verso, 1980, p. 67.

　　⑤ Neil Evernden, *The Social Creation of Nature*, Baltimore: The Johns Hopkins University Press, 1992, p. 89.

历史时期、不同的群体以及不同领域的人们根据各自的理解和需要，放入这个容器的东西具有一定的差异性。也就是说，自然／自然的观念具有多面性，能从不同的角度进行思考，加以判断。[①] 因为自然概念的复杂性，因此对于威廉斯以及他之后的环保主义者也好，对于生态（主义）批评者也好，"什么是自然"成了首要问题，也是必答的问题。

　　威廉斯斯认为，回答"什么是自然"的问题，重要的不是恰当的自然含义，而是必须考虑"自然含义的历史及其复杂性：自觉的变化着的含义或者说是自觉的不同用法。尽管变化或不同的自然含义表达了未被注意但确实已经彻底变化的体验和历史，然而这种现象常常被名称的连续性所掩盖"[②]。也就是说，自然的含义因社会—历史语境的变化而变化，要回答"什么是自然"需从不同的社会—历史语境出发；而且自然的含义是人的自觉产物，要回答"什么是自然"需从人类社会发展史的角度进行考察。总而言之，在威廉斯看来，自然含义有其社会性和历史性，既是共时的也是历时的，而这种观念史必须从人类社会发展史中寻找答案。

　　通过梳理自然的语义史，威廉斯认为，不管其含义如何复杂，相对来说，有三种含义还是比较容易区分的：其一，指某一事物基本的性质和特征；其二，支配世界或／和人类的内在力量；其三，物质世界本身，包括或者不包括人类。[③] 威廉斯之后，英国地理学教授诺埃尔·卡斯特利（Noel Castree）从人类（社会）与自然的关系的角度定义"自然"时，用了三个词概括"自然"定义的特性，即复杂、难以捉摸、混乱（complexity, elusiveness, and promiscuity），他同时也提出了三种主要的自然定义：外在的自然、内在的自然和万有的自然（external nature, intrinsic nature, universal nature）。[④] 不难看出，二者的自然特性论和自然分类法具有一定的相似性，

---

　　① Jozef Keulartz, *Struggle for Nature: A Critique of Radical Ecology*, London and New York: Routledge, 2003, p. 18.

　　② Raymond Williams, "Ideas of Nature", *Problem in Materialism and Culture*, London: Verso, 1980, p. 67.

　　③ Raymond Williams, *Keywords: A Vocabulary of Culture and Society*, New York: Oxford University Press, 1983, p. 219.

　　④ Noel Castree, *Social Nature: Theory, Practice and Politics*, Oxford and New York: Blackwell, 2001, pp. 6-8. 卡斯特利的第一个定义与"环境"的定义相当，第二个定义与威廉斯的第一种定义一样，第三个定义指包含了世间万物，而人类只是整体的、有机的和一体的自然／生态系统／盖娅的一部分。

大致框架性地总结了既有的自然定义。根据威廉斯的历史语义学梳理，英语世界里自然的第一个含义从 13 世纪开始出现，不过事实上，应该更早，因为在完成于公元八世纪的用古英语记载的英雄叙事长诗《贝奥武夫》（或译为《贝奥武甫》、《贝武夫》）中，自然一词多次被用来描述人的基本性质和特征，例如：

He was numb with grief, but got no respite（不给喘息的空隙，）

for one night later merciless Grendel（第二天夜里，那怪物又犯下加倍的凶杀。）

struck again with more gruesome murders.（它一意孤行，毫不怜惜，）
Malignant by nature, he never showed remorse.（在罪恶中深陷不拔。）

（第 134 ～ 137 行）

They extolled his heroic nature and exploits（高尚武德，丰功伟绩——）

and gave thanks for his greatness; which was the proper thing,（他们责无旁贷：在主公和挚友）

for a man should praise a prince whom he holds dear（抛下肉身的寄寓，告别尘世之时，）

and cherish his memory when that moment comes（一个人有义务用言辞，）

when he has to be convoyed from his bodily home.（用整颗心，将他牢记。）

（第 3173 ～ 3177 行）①

上面诗行中的自然一词分别指怪兽格兰戴尔和英雄贝奥武夫的本质特征，属于第一种含义。

威廉斯认为，在英语世界中，第二种相对明确的自然含义大约出现在

---

① Seamus Heaney, *Beowulf: A New Verse Translation*, London & New York: W. W. Norton & Company, 2001, pp. 11, 213. 引文中着重号为本书作者加。中译文完全丧失了原文中 "nature" 的含义。冯象（译）：《贝奥武甫》，北京：生活·读书·新知三联书店，1992 年，第 8、163 页。1999 年陈才宇的译本同样没有翻译出 "nature" 原有含义。佚名：《贝奥武甫·罗兰之歌·熙德之歌·伊戈尔出征记》，陈才宇等译，南京：译林出版社，1999 年，第 22、140 页。

14 世纪，而第三种含义出现于 17 世纪，不过在 16 世纪时，第二种和第三种含义就出现很大的重叠性。在英国诗歌之父乔叟（Geoffrey Chaucer，1342～1400）的《坎特伯雷故事集》的开端使用的就是自然的第二种含义。

> And smale fowles maken melodye
>
> That sleepen al the night with open yĕ——
>
> So priketh hem Nature in hir corages——
>
> Thanne longen folk to goon on pilgrimages.
>
> （小鸟唱起曲调，通宵睁开睡眼，是自然拨动它们的心弦：这时，人们渴望着朝拜四方名坛，游僧们也立愿跋涉异乡。）
>
> （Line 9～12）①

在诗歌中，四月的甘霖、和风、山林莽原、小鸟等拨动了人们内心的自然，即一种推动人们去云游四方的内在力量，于是才有了香客们的朝圣之旅，才有了流芳百世的序曲和 24 个故事。之后，在众多的传记和评论书中，都有乔叟为不同的听众朗读他的作品的插图，说明《坎特伯雷故事集》在当时就颇受欢迎，广为流传。而在中世纪末及文艺复兴初期，更是出现了 80 多种较为有名的手抄本，更进一步说明了它的普及性。② 乔叟的例子可以证实自然的第二种含义在 14 世纪末期应该具有普遍性。而埃德蒙·斯宾塞（Edmund Spencer，1552～1599）诗歌中的例子能很好地说明第二种与第三种含义在 16 世纪的重叠性使用以及第一种含义的延续。例如，1590 年首次出版的《仙后》第一卷第二章第 33 节中的自然指人性的脆弱，是第一种含义。

> But once a man Fradubio, now a tree（我是人，弗拉杜比奥，如今是棵树，）

---

① M. H. Abrams, ed., *The Norton Anthology of English Literature*, Vol. 1, 6th ed., New York and London: W. W. Norton & Company, 1993, p. 81. 杰弗雷·乔叟：《坎特伯雷故事》，方重译，上海：上海译文出版社，1983 年，第 1 页。

② Harold Bloom, ed., *Bloom's Guides: Geoffrey Chaucer's The Canterbury Tales*, New York: Infobase Publishing, 2008, pp. 18, 21.

Wretched man, wretched tree; whose nature weake（可怜人，可怜树；一个残忍的巫婆）

A cruell witch her cursed will to wreake（立意要使他脆弱的本质泯没）①

与上面的诗行不一样的是，《仙后》第一卷第十一章第 47 节中的自然催生了世界万物，是支配万物生长的力量，为第二种含义。

In all the world like was not to be fownd（全世界找不到与此相同的树），

Save in that soile, where all good things did grow（除了在这片土地上，万物美好），

And freely sprong out of the fruitfull grownd（都从这一片沃土里自由长出），

As incorrupted Nature did them sow（纯净的大自然播下了它们，直到），

Till that dredd Dragon all did overthrow（TFQ 1, p. 188）（那条可怕的恶龙把一切毁掉）.

（胡家峦译，第 217 页）

包括或者不包括人类的物质世界的含义在斯宾塞的诗歌中很常见，更准确地说，威廉斯提到的三种常见含义在斯宾塞的诗歌中重叠出现。下面引用的《仙后》第二卷第十二章第 59 节中的自然在斯宾塞的眼中，是低劣和粗糙的非人的外部物质世界，与人类艺术的精致优美形成对比。

One would have thought, (so cunningly the rude（人们大概会想到［低劣和粗糙），

And scorned partes were mingled with the fine)（同精致优美巧妙地融合起来］），

---

① Edmund Spenser, *The Faerie Queene: Book One*, Ed. with introduction by Carol Kaske, Indianapolis: Hackett Publishing Company, 2006, p. 34. 后面引用仅在正文中注明，缩写为 TFQ 1. 埃德蒙·斯宾塞：《斯宾塞诗选》，胡家峦译，桂林：漓江出版社，2007 年，第 185 页。

That nature had for wantonesse ensude（自然肆无忌惮地胡乱仿效）

Art, and that Art at nature did repine（艺术、艺术对自然也抱怨责怪）；

So striving each th'other to undermine（彼此都力图把对方的工程破坏），

Each did the others worke more beautify（彼此又增添对方工程的美丽）；

So differing both in willes agreed in fine（志趣虽不同，最终却和睦相待）：

So all agreed, through sweete diversity（双方通过多样性而取得一致），

This Gardin to adorne with all variety ①（共同把这座乐园丰富多彩地装饰）.

（胡家峦译，第 267 ～ 268 页）

从上面自然效仿艺术的诗行以及整个十二章不难发现，斯宾塞对人类改造自然的成就进行了高度赞扬，他的这种人造胜于自然的观点面世十多年后在他的英国同胞弗朗西斯·培根（Francis Bacon，1561 ～ 1626）那里发展为"人定胜天的观点"："战胜自然"（to subdue nature，*The Advancement of Learning* ［《论学术的进步》］，1605）②；"征服自然"（conquer nature）、"人是自然的代理以及阐释者"（Man is nature's agent and interpreter）、"掌控和改造自然"（to master or modify nature）、"指挥自然"（to command over nature）（*Novum Organum* ［《新工具》］，1620）③。

从 16 世纪斯宾塞有关自然三种含义的重叠运用，到 17 世纪初期自然的第三种含义在培根著作中的广泛运用，以及 17 世纪的科学革命使征服和改造人之外的外部世界的观点以及行动滥觞和兴盛，说明在英语中，上面提到的自然的第三种含义并不是像威廉斯说的那样在 17 世纪出现，而应该是在 17 世纪已广泛传播。

---

① Edmund Spencer, *The Second Book of The Faerie Queene*, Ed. Thomas J. Wise, London: George Allen Rusking House, 1895, p. 376.

② Francis Bacon, *The Advancement of Learning*, Oxford: Oxford University Press, 1926, p. 49.

③ Frncis Bacon, *The New Organon*, Eds. Lisa Jardine, Michael Silverthorne, New York: Cambridge University Press, 2003, pp. 30, 33, 107, 109.

上面简单地谈论了威廉斯总结的英语中从 16 世纪以来自然的三种普遍含义，然而这种总结与自然含义在历史上事实上的含混性、意义的多样性、复杂性形成鲜明的对比，具有"精神简单化"倾向。[①]实际上，除了一直以来这种简单的肤浅的相似性外，威廉斯自然观的重点是：自然有其自己的历史，并与人类史密切相关，这与洛夫乔伊对"自然"的解释和分析是一脉相承的。洛夫乔伊总结说，"自然"一词在发展过程中，往往帮助改变时代的信仰、价值标准以及品位，由于不同时代信仰、价值标准以及品位的不同，因而其所指多种多样，各种意义往往难以清楚地界定和区分，形成其独特的"哲学语义史"。在概括有史以来"自然"的三种较为普遍和清晰的概念后，在抛开确切的时空、确切的社会—历史语境的情况下，从人与自然的关系演变的角度，威廉斯对从中世纪以来意指外部物质世界的"自然"一词的抽象概念演变过程做了一个大纲式的总结，指出"自然"主要经历了"上帝的代理者→专制君主→立法者→选育者→为人所控的客体→荒野"的观念变化过程。

威廉斯指出，最早时期人们对自然的阐释是唯心的、形而上的以及宗教的，直到唯一真神的出现。随着唯一真神的出现，原本多样的自然被单一化、抽象化和拟人化，自然被比拟为女神、神圣母亲（a goddess, a divine Mother），与一神论两相呼应。例如，古埃及的母性与生育之神伊希斯（Isis）被描绘为自然的化身。[②]自然观到中世纪发生了进一步变化，神被认为是唯一君主，而自然是他的助手，他的代理人（His minister and deputy）。圣公会的神学家胡克（Richard Hooker，1554～1600）在他的《教会政体法则》（1594）中论述道：唯一真神创造了自然，自然本身没有能力和知识，唯一真神是自然的指导者，自然是唯一真神的工具。[③]紧接着，自然被类比为专制君主（the absolute monarch）。当历史的车轮驶入 17 世纪，在欧

---

①　Arthur O. Lovejoy, *The Great Chain of Being: A Study of the History of an Idea*, Massachusetts and London: Harvard University Press, 2001, p. 7. 在书中，洛夫乔伊指人们在习惯上倾向于假设可以找到所处理的问题的简单的解决办法，但是事实上所要解决的问题是复杂的，简单的方法是无济于事的。

②　Carolyn Merchant, *The Death of Nature: Women, Ecology and the Scientific Revolution*, New York: HarperCollins, 1990, p. 1.

③　Richard Hooker, *Of the Laws of Ecclesiastical Polity: The First Book*, London: John W. Parker, West Strand, 1851, pp. 14, 15, 33.

洲民众的思想中，自然显然成为了立法者，这种状况一直持续到 19 世纪。这也就是说，外部世界的运行法则被用来作为人类行为的准则。莎士比亚的《李尔王》（写于 1603 ～ 1605 年间）中自然（自然的、反自然）一词一共出现四十几次，既涵盖了威廉斯所总结的三种普遍含义，还表述了多种其他的观念，如在第一幕第二场开端埃德蒙（Edmund）称自然为女神，又将她的法则作为自己的行为准则[①]，因此在这里自然既是唯一的神灵，又是立法者，人类的君主。人的命运与自然密切相关。

事实上，在《李尔王》（1606 年第一次上演）上演之前，即在伊丽莎白一世（Elizabeth I，1533 ～ 1603）在位时期（1558 ～ 1603），已经出现自然是一架机器的观点，人可以对它进行测量和研究，只不过这架机器依然还是由神发动，然后才自转的。[②] 人与自然两相分离。伊丽莎白一世之后的 17 世纪，随着科学革命的来临，自然被认为是与人相对的客体（an object），先前认为自然是一个有机体的观点彻底被自然是一架机器（a machine）的观点所替代。[③] 完全独立于人以及神的科学研究的物质自然成为了占主导地位的自然观念，影响至今。自然是一架机器的观念不仅出现在英国，在法国、意大利等欧洲国家也同样随着科学革命而兴起。例如，法国哲学家勒内·笛卡尔认为，自然是机械的，自然界的动植物都是机械的，因而有思想、有情感的人类可以拆解它们，研究它们，成为"支配自然的主人翁"。[④] 至此以后，人与自然的二元对立真正、彻底地在西方社会的方方面面以及民众的心中烙下了一个永不磨灭的印记。

而从 18 世纪末叶到 19 世纪，自然作为"选育者"（the selective breeder）的形象出现，即 1859 年查尔斯·达尔文在《物种起源》（*On the Origin of Species*）中首次使用自然选择（natural selection）一词所展现的自然形象以及自然发展过程或者说自然史。外部世界的自然万物在自发的"适者生存"

---

① "Thou, Nature, art my goddess; to thy law /My services are bound." William Shakespeare, *The Tragedy of King Lear*, Ed. Jay L. Hallo, New York and Cambridge: Cambridge University Press, 2005, p. 115.

② 杨周翰选编：《莎士比亚评论汇编》下册，北京：中国社会科学出版社，1981 年，第 239 页。

③ R. G. Collingwood, *The Idea of Nature*, Oxford: Oxford University Press, 1945, p. 95.

④ René Descartes, *A Discourse on the Method of Correctly Conducting One's Reason and Seeking Truth in the Sciences*, Trans. with an introduction and notes by Ian Maclean, New York: Oxford University Press, 2006, pp. xix, 46–8, 51. 笛卡尔：《谈谈方法》，王太庆译，北京：商务印书馆，2001 年，第 xxv、49 页。

的自然运行机制下存在、演进和发展。在以达尔文思想为主导的自然观念中，仅从自然选择的视角来看，人类只是自然众多物种的一员，受制于自然机制，没有主动权，更没有主导权。值得注意的是，达尔文并没有因为自然的选择性而否认人类对自然的选择。不可否认的是，人类对自然的干预能产生更显著的结果，但是人类只能干预外在的和可见的东西，而自然能对每一个内在器官、每一个即使是微不足道的差异性构成乃至生命机制产生影响，因而面对内在的、全面的、高效率的自然选择，人类的干预是微弱的、可怜的。[1] 必须提到的是，在这一时期还有一种与自然作为选育者的观念相抗衡的自然观，即在欧洲与美国盛行的浪漫主义自然观，也可以说成是科学自然观与审美自然观之间的对抗。英国浪漫主义运动中的自然是有机的、整体的，是美丽而快乐的，是奇异的、充满灵性的、健康的、有血有肉的，是承载了真善美而能够诗意栖居之地。英国浪漫主义诗人威廉·华兹华斯赞美大自然蕴含着"无所不在的宇宙精神和智慧"，是"永生的思想"（Wisdom and Spirit of the universe!/ Thou Soul, that art the Eternity of thought!）。[2] 因此，欧美浪漫主义反机械论的有机自然观常常被认为影响和鼓励了早期的生态主义者[3]，而且从 20 世纪下半叶起已有不少学者开始关注浪漫主义自然观与生态主义自然观的关联性[4]，他们通过研究浪漫主义时期的文学作品（特别是诗歌）中的自然环境和生态理念，以期从浪漫主义文学呈现的对自然的崇敬以及有机、和谐的人与自然关系中得到启示和支持，为生态主义运动和生态主义批评寻求精神资源和思想基础，特别是在当前价值结构中前置生态伦理，唤醒人们对大自然的热爱。[5]

---

[1]　Charles Darvin, *The Origin of Species by Means of Natural Selection or the Preservation of Favoured Races in the Struggle for Life*, New York: Oxford University Press, 2008, pp. 64-66.

[2]　William Wordsworth, "Influence of Natural Objects in calling forth and Strengthening the Imagination in Boyhood and Early Youth", *The Poems of William Wordsworth*, Vol. 1, 3vols, London: Methuen and Co., 1908, p. 134.

[3]　Carolyn Merchant, *The Death of Nature: Women, Ecology and the Scientific Revolution*, New York: HarperCollins, 1990, p. 100.

[4]　例如，雷蒙德·威廉斯的《乡村与城市》（1973），乔纳森·贝特（Jonathan Bate）的《浪漫主义的生态学》（*Romantic Ecology: Wordsworth and the Environmental Tradition*, 1991），詹姆斯·麦库西克的（James C. McKusick）的《绿色写作：浪漫主义与生态学》（*Green Writing: Romanticism and Ecology*, 2000），等等。

[5]　Jonathan Bate, *Romantic Ecology: Wordsworth and the Environmental Tradition*, New York: Routledge, 1991, pp. 10-11.

　　从 19 世纪的后十年到 20 世纪 60 年代，随着人口的急剧增加、工业和城市的飞速发展，人类对自然生态环境的掠夺与破坏史无前例。[1] 人们为了满足自身不断膨胀的欲求，恣意开发、改变、利用和掠夺自然，原本自给自足、自发发展的自然成为满足人类欲望以及科技研究的工具和对象，可以肆意虐待的无生命的客观物质，有机的、整体的、和谐的、有血有肉的自然主体死了。人与自然本是共生共存、和谐共荣，一损俱损，一荣俱荣，因此自然的堕落就是人类自身的堕落，自然的死亡就是人类的死亡；有血有肉的自然死了，有血有肉的人也终将随之消亡。工业、农业、科技、城市等人类文明原本是为了保护人类，使人类免遭各种苦难，然而如今文明却成为导致人类苦难的罪魁祸首。[2] 人类对自然的残害使原本和谐一体的人与自然相互对立，从而把自己孤立起来，成为灵与肉、外部与内在、客观与主观相互分离的无根之人，美好未来的希望和理想破产，对自身以及自身价值的信仰土崩瓦解，于是现代人成为了没有灵魂的行尸走肉。[3] 当人们意识到自然正在堕落、终结和死亡，意识到人类对自然界的每一次胜利都将受到自然界在不同时间、不同程度上的报复时，人们开始思考自然（环境）、人与自然的关系，开始为改善自然（环境）、改善人与自然关系采取措施，诉诸行动，因此，资源保护运动、自然保护运动以及生态运动相继兴起，地球人的自然环保意识、生态意识正逐步加强，人们以各自不同的方式轰轰烈烈地投入到保护自然、保护人类共有家园的活动当中。如今保护环境已是全球人的共识，重现永久美丽自然需要的是具体有效的修复和持续保护措施以及精准的相应实践。

　　如果以作为"生态运动"和"环保运动之起源"[4] 的美国现代环保运动先驱蕾切尔·卡森（Rachel Carson，1907—1964）的《寂静的春天》（*The Silent Spring*，1962）的出版为界，那么它之前的无论是资源保护主

---

　　[1]　Johnson Donald Hughes, *An Environmental History of the World: Humankind's Changing Role in the Community of Life*, New York: Routledge, 2001, p. 141.

　　[2]　Sigmund Freud, *Civilization and Its Discontent*, newly translated from German and Ed. James Strachey, New York: W. W. Norton & Company, 1962, p. 33.

　　[3]　C. G. 荣格：《寻求灵魂的现代人》，苏克译，贵阳：贵州人民出版社，1987 年，第 221～249 页。

　　[4]　Linnie Marsh Wolfe, *Son of the Wilderness: The Life of John Muir*, Wisconsin: The University of Wisconsin Press, 2003, p. xiv.

义（conservationism）还是自然保护主义（preservationism）的自然观都是
以人与自然二元对立为基础，人优于自然，有能力主宰自然。不过，这两
种主义或者说两种运动的自然观具有显著的差异。资源保护主义或者资源
保护运动（The conservation movement / nature conservation）强调保护自然
资源（水、渔业、土地、森林、矿产、能源等）以供人类持续使用，自然
是没有生命、没有本体价值的人类工具。资源保护主义倡导保护环境，保
护自然资源，更多体现的是人类的经济、政治以及社会诉求。美国著名
的自然资源保护运动的早期开创者之一吉福特·平肖（Gifford Pinchot，
1865 ~ 1946）认为，"在防止浪费和毁坏的条件下，所有国家森林的所有
资源应对合理使用者开放，更应保障所有人的利益"[1]；"地球上的自然资源
是供我们使用的，为了我们自己，为了我们的子孙后代，我们应该对它加
以保护"；"人类征服和控制了地球，人类是它的主人，地球上的万物是为
人类服务的"；"美国的第一职责就是有计划、有秩序地保护我们的自然资
源"；"资源保护的首要原则是开发，是利用已有的自然资源造福人民"；
"我们这一代的首要职责是开发自然资源，充分加以利用"；"人类的首要
职责就是控制他们生活在其上的地球"；"资源保护的原则是开发、保护、
造福人类"[2]；"明智的利用"和"科学的管理"大自然。因此，平肖被认为
是"对美国自然资源保护做出最大贡献的一位"[3]。

　　美国著名的自然资源保护运动最早的开创者之一，也是声名最为显赫
的一位，就是美国第 26 任总统西奥多·罗斯福（Theodore Roosevelt，又
译狄奥多·罗斯福，人称老罗斯福，昵称泰迪［Teddy］，1858 ~ 1919）。
由于从小热爱自然，他大量阅读过各种有关自然的书籍，在哈佛大学求学
时接受过多门自然科学课程的正规教育和训练，进行过大量的野外科学考

---

[1]　George Henry Paine, *The Birth of the New Party or Progressive Democracy, A Complete Official Account of the Formation and Organization of the Progressive Party.* The Candidates, the Platform, the Principles and the Political, Moral and Industrial Issues fully Discussed; with special contributions by a dozen Great Americans, including Theodore Roosevelt, Gifford Pinchot, etc., New York, 1912, p. 156.

[2]　Gifford Pinchot, *The Fight for Conservation*, New York: Doubleday, Page & Company, 1911, pp. 5, 27, 43-45, 49.

[3]　Theodore Roosevelt, *Theodore Roosevelt: An Autobiography*, New York: The Macmillan Company, 1913, p. 429.

察，有经营农场的经历和经验，与自然学家乔治·格林内尔（George Bird Grinnell，1849～1938）共同建立布恩—克罗克特俱乐部（the Boone and Crockett Club），并创办《森林与河流》（*Forest and Stream*）刊物，努力倡导保护森林和野生动物，还常给户外生活杂志撰稿，昭示自然保护理念和报告国家公园进展。因此，罗斯福与当时盛行的资源保护运动以及下面将要论述的自然保护运动都有较深层次的联系。不过由于在资源保护问题上受吉福特·平肖的影响颇深，他认为人类是自然的征服者，人类"应该保护自然资源，以供民众使用"[1]；应该"为了建立和维持一个繁荣富强的美国而保护自然资源"[2]。因而他在任总统期间（1901～1909）制定了一系列的资源保护措施并把它们付诸行动。例如，在任内，为了保护自然资源，他共收回约一亿多英亩土地归国有；建立了五处国家公园、四处供狩猎的大型野生动物保护区和 51 个国家野生动物保护区，使美国在野生动物保护方面走在世界前列；倡导和主持参与了一系列国内外自然资源保护大会，等等。美国有组织的自然资源保护运动和系统的政策始于西奥多·罗斯福执政时期。因此，从西奥多·罗斯福开始，环境资源保护成为了一个主要的政治和政府议题，影响整个世界至今，环境资源保护运动成为罗斯福任期内最伟大的成就。[3] 他的执政时期被称为"环境保护的黄金时期"[4]。

在《为保护自然资源而战》一书中，吉福特·平肖提到资源保护的三个原则。第一个原则是为了现在生活于这块大陆上的人们的利益而开发和利用现存自然资源。这一代人的首要责任是为了当代人的利益开发和利用自然资源，然后才考虑后代人的利益。第二个原则是避免浪费。第三个原则是必须为多数人的利益开发和保护自然资源，而非少数人或者每一个人。[5] 平肖是西奥多·罗斯福在任期间自然资源保护方面最主要的顾问和助

---

[1]　Theodore Roosevelt, *American Problems*, New York: The Outlook Company, 1910, pp. 98-99.

[2]　Theodore Roosevelt, *Theodore Roosevelt: An Autobiography*, New York: The Macmillan Company, 1913, p. 444.

[3]　Judson King, *The Conservation Fight: From Theodore Roosevelt to the Tennessee Valley Authority*, with an introduction by Clyde Ellis and a foreword by Benton J. Stong, Washingdon D. C.: Public Affairs Press, 1959, pp. xvi, 9-10.

[4]　威廉·坎宁安：《美国环境百科全书》，张坤民、黄润华等译，长沙：湖南科学技术出版社，2003 年，第 218 页。

[5]　Gifford Pinchot, *The Fight for Conservation*, New York: Doubleday, Page & Company, 1911, pp. 42-47.

手，两人在保护自然资源方面是志同道合的朋友。综合这两位自然资源保护运动发起者及领导者的观点可知，自然资源保护运动倡导者眼中的自然只是供人使用的一些资源，是人类的经济、政治和道德工具，保护自然目的在于人类开发，在于人类利益，而不在于自然本体的健康，不在于自然生态系统本体的稳定与和谐。在他们的眼中，人类始终是万物的中心。显然这一运动是当前环境保护运动和生态运动所争辩的"人类中心主义（人类中心论）"思想的典型实例。

环境资源保护运动（conservationism）与自然保护运动（preservationism）血肉相连，因为自然资源是大自然的一部分，呼吁保护自然必定包含保护自然资源，只不过二者保护的目的不同而已：资源保护是为了经济、政治、休闲等目的，而自然保护是为了保存自然本身。[①]美国早期的自然保护主义被美国生态批评重要的开拓者和领军人物劳伦斯·布伊尔（Lawrence Buell）称之为"传统的自然保护主义"（traditional preservationism），并被用梭罗—缪尔传统（Thoreau-Muir tradition）一语概之。[②]亨利·戴维·梭罗（Henry David Thoreau，1817～1862）通常被尊称为第一个环境保护主义者，他是一位自然保护主义者，呼吁保护因为工业和农业文明发展、因为人类的贪婪和自私惨遭蹂躏的大自然以及日渐减少的自然资源。梭罗及他的著作在生前并没有受到重视，但是在他去世后没多久，随着环保意识的萌芽以及环保运动的兴起，从19世纪末叶，人们对他和他的作品的关注逐步升温，现在他被奉为"环保圣徒"、"绿色圣徒"，成为测试美国绿色思想律动、局限性以及前景的晴雨表。[③]而他的《瓦尔登湖》（*Walden*，1854）被称为"英语世界中最经典的自然之书"、"美国非小说类环境作品中最经典的文本"[④]。美国文豪约翰·厄普代克（John Updike，1932～2009）更是

---

① Peter Dauvergne, *Historical Dictionary of Environmentalism*, Maryland and Toronto and Plymouth: The Scarecrow Press, 2009, p. 146.

② Lawrence Buell, *Writing for an Endangered World: Literature, Culture, and Environment in the U.S. and Beyond*, Cambridge, Mass.: The Belknap of Harvard University Press, 2001, pp. 8, 38.

③ Lawrence Buell, *The Environmental Imagination: Thoreau, Nature Writing, and the Formation of American Culture*, Massachusetts and London: The Belknap Press of Harvard University Press, 1995, p. 24. Lawrence Buell, *Writing for an Endangered World: Literature, Culture, and Environment in the U. S. and Beyond*, 2001, p. 7.

④ Lawrence Buell, *The Future of Environmental Criticism: Environmental Crisis and Literary Imagination*, Malden, MA and Oxford and Victoria: Blackwell, 2005, p. 42.

称《瓦尔登湖》是"返回自然"、自然保护主义者、反商业、公民不服从思想的图腾，但同时又担心它因受到《圣经》般的尊崇而不被阅读。[①]

梭罗的自然观和自然保护思想源于他与自然面对面的交流。在瓦尔登两年两个月又两天的生活、考察和思考使他深刻地感受到[②]：

（1）自然使我的生活简单而又纯洁。（《我为何而生活》）

（2）在自然中，我感到一种奇异的自由，感到自己是它的一部分。（《寂寞》）

（3）在大自然的任何事物中，都能找到最甜蜜、最温柔、最天真、最鼓舞人的伴侣，即使是对于愤世嫉俗的可怜人和最忧郁的人也一样。（《寂寞》）

（4）我突然感觉到能跟大自然做伴是如此甜蜜如此受惠……我屋子周围的每一个声音和景象都有着无穷尽无边际、难以言说的友爱，形成支持我的气氛。（《寂寞》）

（5）自然拥有人类难以描述的纯洁和恩惠，如源源不断地提供健康、快乐！（《寂寞》）

（6）自然的粗旷华丽之美。（《湖》）

（7）自然是人类的母亲。（《春天》）

（8）世间万物都是有机的，大地是活生生的。（《春天》）

（9）自然中动植物自我调节，保持平衡。（《春天》）

（10）旷野（荒野）滋润着我们。（《春天》）

（11）自然决不会使我们感到厌倦……它使我们精神焕发……使我们突破我们的局限……自由地生活……使我们快乐……使我们得到健康和精力……大自然充满了生命。（《春天》）

[①]　John David Thoreau, *Walden*, 150th anniversary edition, with an introduction by John Updike, Princeton and Oxford: Princeton University Press, 2004, p. ix.

[②]　Ibid., pp. 88, 129, 131, 132, 138, 200, 308, 308-309, 313, 317, 318. 这里的相关译文参考了徐迟的中译本。亨利·戴维·梭罗：《瓦尔登湖》，徐迟译，上海：上海译文出版社，1982 年。

梭罗作为"天地之子"（the toughest son of earth and of heaven）、"自然之子"、"诗人一自然主义者"（poet-naturalist）①，对自然充满深深热爱。自然或者人的自然本性是梭罗每一部作品的主题，《野苹果及自然史散文》（*Wild Apples and other Natural History Essay*）②、《在康科德与梅里马克河上一周》（*A Week on the Concord and Merrimack Rivers*，1849）③等作品中都有大量他有关自然、人与自然关系的言说。

总结梭罗著作中有关自然的话语，可以说，梭罗眼中的自然是美丽的、粗旷华丽的、无边无垠的、丰裕的、富足的；自然是慷慨大方的、纯洁的、温和宜人的、安全的、亲切的、正直的、公正无私的、宁静的、文雅的、健康和健全的、自由的、道德的；自然是有机的、有生命的，是统一和连续的，是和谐稳固的。这些从本体构成、本体特征、整体性质、人与自然的关系等方面说明了自然是什么。同时，在谈论自然时，梭罗流露出了对荒野的热爱和向往。他说"荒野是没有被人类开发的地方"、"荒野是尚未被人类征服的自然"（《麻省自然史》），这与雷蒙德·威廉斯在梳理自然观念史时所描述的荒野观念在英语里出现的时间以及基本定义是一致的。④在谈论人与自然的关系时，他认为，大自然是人类的母亲，是人类的恩人，是人类的保护者。自然不仅为人类提供物质资源，还是人类精神的家园：给人提供美的享受、道德情操的陶冶。人应回归自然，"成为它的一部分"（《寂寞》），从而获得自由、平静、健康和快乐。梭罗的观念与他之后兴起的利奥波德（Aldo Leopold，1887～1948）、奈斯（Arne Dekke Eide Naess，1912～2009）、罗尔斯顿（Holmes Rolstons，1932～）等的"生态

---

①　William Ellery Channing, *Thoreau, the Poet-naturalist: With Memorial Verses*, Boston: Charles E. Goodspeed, 1902, pp. 238; 266; 99, 212.

②　Henry D. Thoreau, *Wild Apples and other Natural History Essay*, Ed. William Rossi, Athens and London: The University of Georgia Press, 2002, pp. 3, 4, 5, 11, 18, 19, 37, 40, 45, 59, 68, 69, 75, 76, 82, 84, 91, 148, 188, 195, 200.

③　Henry David Thoreau, *A Week on the Concord and Merrimack Rivers*, with an introduction by Nathan H. Dole, New York: Thomas, Y. Crowell & Co., 1900, pp. 20, 36, 43, 48, 50, 86, 105, 121, 169, 173, 258, 287, 292, 319, 319-320, 320, 322, 354, 367, 384, 386. 亨利·戴维·梭罗：《梭罗集》（上），罗伯特·塞尔编，陈凯等译，北京：生活·读书·新知三联书店，1996 年。

④　Raymond Williams, "Ideas of Nature", *Problem in Materialism and Culture*, London: Verso, 1980, p. 77.

中心主义"（ecocentrism）[1] 的环境伦理不谋而合。

　　布伊尔用梭罗—缪尔传统概括"传统的自然保护主义"是无可置疑的。在威斯康星大学求学期间，约翰·缪尔（John Muir，1838 ～ 1914）接触到了爱默生和梭罗有关自然的著作，对他日后的思想产生了深远的影响。[2] 如果说梭罗是早期自然保护运动的思想源泉，那么缪尔则是早期自然保护思想和自然保护运动的实践者和领袖，是缪尔身体力行地将自然保护运动变成社会现实、政治现实，将梭罗等的个人主义的自然保护理念灌输到社会的最高层和社会大众，从而将自然保护运动及其理念拓展和提升到整个社会，乃至整个人类世界。在有生之年，缪尔帮助保护了约塞米蒂山谷（the Yosemite Valley）等荒原；1892 年创建了美国最重要的环保组织塞拉俱乐部（the Sierra Club，或译作山岳协会、山峦俱乐部、山岭俱乐部和山脉社），该俱乐部现拥有百万多会员，分会遍布美国，以"保护国家森林和海洋生物多样性，倡导和推动环境正义、地球可承受之消费、人口管理以及有责任的贸易"[3] 为己任；1889 年缪尔借助铁路主管哈里曼（E. H. Harriman）的政治影响力，促使国会通过了环保法令。美国总统西奥多·罗斯福评价缪尔说："他也是极少数的真正爱护自然的人，一个能够用他的一生影响同时代人们思想和行动的人。他是伟大的影响加利福尼亚和整个国家的思想实践者。"[4]

　　与亨利·梭罗一样，约翰·缪尔是自然之子；与梭罗不一样的是，缪尔更是"荒野之子"[5]。缪尔自己也曾视自己大学毕业之后的自然之旅为"荒

---

　　① 生态中心主义（生态中心论）是环境伦理学的一种研究视角。它提出环境伦理学的中心问题应该是生态系统或生物共同体本身或它的亚系统，而不是它所包括的个体成员。它与与它意义部分重叠的生物生态主义一样与人类中心主义相对立，只不过生物生态主义特指有机世界，而关注有机物与无机物之间的联系。总的说来，生态中心论认为"世界本质上是动态的、相互连接的关系网，从而在生物和非生物之间没有绝对的分界线"。现代生态中心论伦理观可以追溯到利奥波德的"土地伦理"观。Lawrence Buell, *The Future of Environmental Criticism: Environmental Crisis and Literary Imagination*, Malden, MA and Oxford and Victoria: Blackwell, 2005, pp. 137-138.

　　② 约翰·缪尔：《我们的国家公园》，郭名倞译，长春：吉林人民出版社，1999 年，第 2 页。

　　③ Peter Dauvergne, *Historical Dictionary of Environmentalism*, Maryland and Toronto and Plymouth: The Scarecrow Press, 2009, p. 159.

　　④ Theodore Roosevelt, "John Muir: An Appreciation", *Outlook* 109 (Jan. 1915): 27-28.

　　⑤ 1939 年沃尔夫（Linnie Marsh Wolfe）应缪尔之女邀请为缪尔写传记，1945 年成书出版，标题为《荒野之子：约翰·缪尔传》（*Son of the Wilderness: The Life of John Muir*）。

野大学"之旅^①，称自己为"荒野之热爱者"^②、"一个无可救药的山野之人"。虽然梭罗对荒野同样充满向往，但是二者对于荒野的态度是有差别的，美国历史和环境研究学者纳什（Roderick Frazier Nash）教授认为，"梭罗却步于对荒野的过度开发并满足于理想的半开发状态，缪尔倡导的则是完整的荒野保护"^③。关于缪尔的自然观和荒野观，他的《我们的国家公园》（*Our National Parks*，1901）、^④《夏日走过山间》（*My First Summer in the Sierra*，1911）、^⑤《走向海湾的一千英里》（*A Thousand-Mile Walk to the Gulf*，1916）^⑥等著作中的一些言说是最好的阐释。

　　缪尔基本上用"荒野"一词代替梭罗的"自然"，以强调突出尚未被人类与人类文明触及的自然。缪尔的荒野除了具备梭罗笔下的自然内涵、特征和关联外，缪尔一直强调荒野中的万物像人类一样具有自己的性格特征，心跳、喜怒哀乐等情感，它们与人一样都是宇宙整体的某一部分，相互联系，相辅相成，共同组成一个和谐的有机整体，因而它们与人类同等重要，人类对其他物种负有保护的责任，而不能任意地践踏。又由于在他看来，"荒野是人类精神健康和健全的来源"^⑦，所以荒野有时甚至比人类更重要。文明化了的人已不如荒野健康、安全、真实、自由、美丽、快乐、慷慨大方、好客，因而人类应该像敬重生命一样敬重荒野，而不应该野蛮地介入，从而保存它原来伊甸园式的自由、独立、纯净和美好。缪尔之后兴起的多种生态意识和生态思想都能从缪尔的自然观和荒野观中找到源头，例如，

---

① John Muir, *The Story of My Boyhood and Youth*, Boston and New York: Houghton Mifflin Company, 1913, p. 287.

② John Muir, *Our National Parks*, Boston and New York: Houghton Mifflin Company, 1909, pp. 11, 12. John Muir, *My First Summer in Sierra*, Boston and New York: Houghton Mifflin Company, 1911, p. 342.

③ Roderick Frazier Nash, *Wilderness and the American Mind*, New Haven: Yale University Press, 1982, p. 127.

④ John Muir, *Our National Parks*, Boston and New York: Houghton Mifflin Company, 1909, pp. 1, 6, 22, 28, 30, 37, 38, 56-57, 70, 73, 78, 90, 98, 100-101, 240, 267, 300, 304, 316, 328, 332-333. 约翰·缪尔：《我们的国家公园》，郭名倞译，长春：吉林人民出版社，1999 年。

⑤ John Muir, *My First Summer in Sierra*, Boston and New York: Houghton Mifflin Company, 1911, pp. 17, 22, 54, 78, 80, 98, 177, 189, 208, 211, 242, 250, 319, 320, 324, 325, 326. 约翰·缪尔：《夏日走过山间》，陈雅云译，北京：生活·读书·新知三联书店，1999 年。

⑥ John Muir, *A Thousand-Mile Walk to the Gulf*, Boston and New York: Houghton Mifflin Company, 1916, pp. 138-139, 142.

⑦ Joy A. Palmer, ed., *Fifty Key Thinkers of the Environment*, London and New York: Routledge, 2003, p. 133.

"生物间的相互依存、相互合作的共生"、"生物的权利"、"生物间的相互尊重"、"生态学意识"、"人与土地的和谐"、"生物共同体的和谐、稳定和美丽"的土地伦理观①；"生态的多样性、关联性和复杂性、生态自我、生态平等与生态共生"等深度生态学的生态哲学理念②；承认生态整体性、尊重生态系统的每一个成员及其权益，尊重大自然，尊重大自然的生生不息，尊重大自然的价值创造性、多样性、完整性、动态稳定性、自发性、生物的反抗和顺从等自然价值观。③

　　在《关键词》一书中，雷蒙德·威廉斯对自然观念史作了简短的大纲式梳理之后，他谈到，"自然观包含极大一部分人类史，尽管这常常没有被觉察到"④；"任何完整的自然词义史必定囊括了大部分人类思想史"；"长期以来，自然一词承载了许多主要的人类思想"⑤。人类史的另一个名称就是世界史，英国著名社会学家和历史学家 H. G. 韦尔斯（1866～1946）在编写世界史时说，世界史应该是涵盖各时代、各种族、各国家，以及科学、知识、观念、经济和宗教等众多话题的历史。⑥ 美国史学教授斯塔夫理阿诺斯（Leften Stavros Stavrianos，1913～2004）的《全球通史》被视为近年"全球史"的代表作⑦，他采用的是法国年鉴派的史学方法，即对某一整体地区的一定历史进行地理、社会、经济、思想、政治、文化等方面的综合研究，以反映历史整体。⑧ 美国天体物理学家哈特（Michael H. Hart，1932～）在他 2007 年出版的《理解人类史》中提到，世界史/人类史的写作往往有不

---

　　① Aldo Leopold, *A Sand County Almanac: With Essays on Conservation From Round River*, New York: Ballantine Books, 1970, pp. 238, 240-243, 262.

　　② Freya Mathews, "Deep Ecology", *A Companion to Environmental Philosophy*, Ed. Dale Jamieson, Malden, Massachusetts: Blackwell, 2001, p. 218.

　　③ 罗尔斯顿：《环境伦理学：大自然的价值以及人对大自然的义务》，杨通进译，北京：中国社会科学出版社，2000 年，第 338、340～341、199、221～222 页。

　　④ Raymond Williams, "Ideas of Nature", *Problem in Materialism and Culture*, London: Verso, 1980, p. 67.

　　⑤ Raymond Williams, *Keywords: A Vocabulary of Culture and Society*, New York: Oxford University Press, 1983, pp. 221, 224.

　　⑥ H. G. Wells, *The Outline of History: Being a Plain History of Life and Mankind*, New York: The Macmillan Company, 1921, p. vi.

　　⑦ 杰弗里·巴勒克拉夫：《当代史学主要趋势》，杨豫译，上海：上海译文出版社，1987 年，第 245～246 页。

　　⑧ Peter Burke, *The French Historical Revolution: Annales School, 1929-1989*, Cambridge, UK: Polity Press, 1990, p. 42.

同的侧重点，有的主要关注国王、战争以及其中谁赢谁输；有的侧重经济和社会的发展；而最近则主要描写科学技术的发展对人类的影响。然而，他认为，不管如何书写人类史，人类智力的发展应该是人类史书写必备的共同元素。[①] 人与自然从来都是缠搅在一起的，由此类推，不管人类如何书写人类史，作为人类智力活动产物的自然观念也必定包含其中。

　　从韦尔斯、斯塔夫理阿诺斯、哈特的世界史书写可知，人类思想史是人类世界史／人类史重要且必不可少的一部分。思想史（history of mind／intellectual history）研究有文字记载的人类思想发展史，或者说是研究知识分子、观念、知识模式的发生和发展史。现在思想史可谓是五花八门，思想史的书写常常从社会、学科、观念、地域、时间等不同的视角切入，观念史（history of ideas）是思想史写作的视角之一，美国历史学家多米尼克·拉卡普拉（Dominick LaCapra，1939～）把观念史的视角总结为思想史的三种研究视角之一，即内部视角。[②] 英国思想史学家彼得·沃森就常常采用观念史视角研究思想史，如他在《二十世纪思想史》中说，"这部书将考察决定 20 世纪发展方向的伟大观念（the great ideas）"[③]，他也因他的观念史研究而闻名。更具体地说，观念史研究某一大的观念的起源和变化的历史过程，因而思想史和观念史是相互区别的，但是有时观念史和思想史也会被互换着使用，造成混乱。然而不管怎样，威廉斯称自然观念史包含了一大部分人类思想史，说明了自然对于人类举足轻重的地位，以及二者密切的关系。我们可以说，没有了自然，人类将无法生存；没有了人类，自然也许会更平静地存在下去，因而是人类离不开自然，而不是自然离不开人类。生态批评和研究正是认识到在人类与自然的关系网中，人类并不是像自己曾经想象的那么重要而具有权威性而发生、发展和壮大的。雷蒙德·威廉斯则在生态批评和研究兴起之前意识到人类根据自己的需求和欲

---

①　Michael H. Hart, *Understanding Human History: An Analysis including the Effects of Geography and Differential Evolution*, Augusta, GA: Washington Summit Publishers, 2007, p. 1.

②　Dominick Lacapra, "Rethinking Intellectual History and Reading Texts", *Modern European Intellectual History: Reappraisals and New Perspectives*, Eds. Dominick Lacapra and Steven L. Kaplan, Ithaca and London: Cornell University Press, 1982, p. 48.

③　Peter Watson, *The Modern Mind: An Intellectual History of the Twentieth Century*, New York: Perennial, 2002, p. xi.

望，建构了各式各样的自然观（环境观）、人与自然的关系，因而通过考察与分析从古希腊到 20 世纪的一些文学作品中有关"家园—处所—空间—大地—自然"关系的表述，对隐含其中的人类霸权（人对人的霸权、人对自然的霸权）进行了批判。

自然观念史是人类发展过程中点点滴滴的想法的总结、整合、凝炼，并在运用中不断阐释和更新的过程，与人类史、人类思想史密不可分，由此在不同的自然观的形成过程中，必定会烙上人类具体社会—历史时期的政治、经济和文化印记，也就是说，自然观是具体的社会—历史的，是政治的、经济的和文化的。政治性是威廉斯文化和文学批评以及研究的关键词之一，无可置疑的是"观念可以有政治含义"[①]；"任何自然观察必然会带有社会偏见和政治兴趣"[②]；"生态批评公开宣布它的政治分析模式"[③]；"生态批评更多是审美的、伦理的和社会政治的，而不是科学的"[④]，自然观念史中的政治含义理所当然成为威廉斯的关注焦点。在《乡村与城市》中，威廉斯通过思考和分析从古至今的一些文学作品中的自然描述，凸现了这些文学作品中的自然观所隐含的具体社会、政治和文化等关系。下面将聚焦威廉斯从文学作品表征中挖掘出的形形色色的自然以及自然与人和人类社会之间的各种关系，揭示文学生态批评在他的生态社会主义形成过程中的作用。

《乡村与城市》：文学中的自然

尽管人类镶嵌于自然当中，与自然共同生活在一个不可分割的生态系统（地球／环境／世界）中，然而雷蒙德·威廉斯认为，为了一定的目的，我们常常不得不将人类（社会）与自然一分为二，以便我们能客观地描述和了解自然与自然过程。[⑤]他如是说，在文学生态批评时他也如是做了。在

---

① 杨周翰选编：《莎士比亚评论汇编》下册，北京：中国社会科学出版社，1981 年，第 225 页。

② Noel Castree, *Social Nature: Theory, Practice and Politics*, Oxford and New York: Blackwell, 2001, p. 8.

③ Greg Garrard, *Ecocriticism*, New York: Routledge, 2004, p. 3.

④ Lawrence Buell, *The Future of Environmental Criticism: Environmental Crisis and Literary Imagination*, Malden, MA and Oxford and Victoria: Blackwell, 2005, p. 12.

⑤ Raymond Williams, "Ideas of Nature", *Problem in Materialism and Culture*, London: Verso, 1980, pp. 76-77.

阐述自然观念史时，威廉斯只是从时间的维度梳理了自然观念连续体上的几个发展节点，在把自然作为谈论对象时，自然是被隔离的客体，是从社会、经济、政治和文化等语境中抽离出来的研究对象，是静态历史的；而在研究文学作品中的自然环境表述时，自然是镶嵌在具体的社会、经济、政治和文化等语境中的，既是动态历史的，也是社会的，存在于具体的时空之中。

　　然而，无论是在观念史的梳理过程中，还是在进行文学生态批评的过程中，威廉斯的"自然"更多指外在的非人类的物质世界。更具体地说，在对文学作品中的自然进行描述和批评时，他的"自然"更偏重缩小为"环境"的概念。[①]环境是一个比自然更为具体、与人类关系更为紧密的词语，相对自然来说，环境指环绕人类个体周围的社会世界和自然物质世界，或人或物，或时间或场所（国家、家乡、住所），等等，环境通常在个体的感知范围内。也就是说，此处的环境既是个体可感知的世界中的自然环境，也是人造环境，即为人类认知和／或实践所改变了的自然环境。人类所认识到的外在自然／环境、所接触的外在自然／环境已被打上了人的烙印，成为人化的、人类社会化的自然／环境。按照英国地理学教授诺埃尔·卡斯特利的说法，这种人（社会）与环境（自然）的二分法蕴含着乡村与城市、野蛮与文明的二元对立，从而与英国环境史教授彼特·科茨（Peter Coates）的自然观两相呼应，即自然是具有意义和价值的物质场所，是人们了解人类社会、政治、文化等方方面面的指导性原则。[②]威廉斯正是通过分析此种自然／环境在不同社会—历史时期的文学作品（尤其是充满诗意的、浪漫的、审美的、神秘的田园文学作品）中的表征（表述）差异性，挖掘乡村与城市的二元对立（或者说人类社会与自然环境）所呈现的社会、文化和政治寓意，而挖掘"自然环境的社会和政治价值，这对于人

---

　　① 借用美国生态批评重要的开拓者和领军人物劳伦斯·布伊尔的"环境的想象"概念，我们可以将文学作品中表征的环境称为"想象的环境"。布伊尔的生态批评三部曲《环境的想象》（1995）、《为濒危的世界写作》（2001）、《环境批评的未来》（2005）分别对文学作品中的环境／自然、人与环境／自然的关系进行了挖掘、分析和批评，从而建构了一些生态批评话语。

　　② Peter Coates, *Nature: Western Attitudes Since Ancient Times*, Berkeley: University of California Press, 1998, p. 3.

类与自然环境关系是至关重要的"①。

在论述人类社会与自然的关系时，美国生态社会学家默里·布克钦（Murray Bookchin，1921～2006）在《走向生态社会》（1980）一文中说，"所有时代的人们都把他们的社会结构投射到自然世界"，其中最为显著的是，有文字记载后的人类社会逐步割断了人类社会与自然世界相互之间互助合作、共生共存的有机联系，把人类社会人与人之间的主宰关系（例如，男人主宰女人、老人主宰年轻人等）投射到自然社会，形成人类主宰自然的思想。②当具体讨论这种存在于人类社会与自然世界的主宰关系时，他选择了性别、种族和阶级等三个主要的视角。布克钦三个视角的人与自然关系透视法在《乡村与城市》都有涉及，后文将逐一加以分析。

在《乡村与城市》中，威廉斯通过讨论乡村与城市的二元对立，阐明人（社会）与环境（自然）关系的文学表征特点和含义。他认为，尽管在实际的人类历史发展过程中，乡村与城市的概念在不断地变化，但是一定的形象及相关的联想持续存在，脱颖而出。而这种脱颖而出的乡村与城市形象及其联想历经千锤百炼，终究汇集成一部关于"社会的、文学的和思想的历史"。以乡村为例，与乡村有着不同联系的作家们在他们的乡村文学作品中所描述的乡村生活为城里人、学究们所接受，并加以传播，成为最具影响力的文化模式，然而，这种文化模式往往承载的是一种"有备而来的和着重说服力的文化史"，是上等社会人为建构的文化史，而非下里巴人真正的、名副其实的现实生活。于是乎，乡村与城市的关系不仅仅是自然乡村和文明城市的观念对比，更是蕴含着随着时空变化的各种各样的"宗教、人道主义、政治和文化"思想的发展过程。③

长期以来乡村是自然的隐喻，而城市是人类社会的隐喻，与此相关而广为流传的观念是，乡村代表自然的生活方式：平静、纯洁和简单；相反，也可能代表落后、无知和局限。城市是知识、交流和光明之中心；相反，

---

① John M. Meyer, *Political Nature: Environmentalism and the Interpretation of Western Thought*, Massachusetts and London: The MIT Press, 2001, p. ix.

② Murray Bookchin, "Towards an Ecological Society", *Environmentalism: Critical Concepts*, Vol. III, Eds. David Pepper, George Revill, Frank Webster, New York: Routledge, 2003, pp. 34-36.

③ Raymond Williams, *The Country and the City*, New York: Oxford University Press, 1975, pp. 3, 12.

它也可能是嘈杂、世俗和贪婪之地。文学作品常常以各种方式演绎着人类社会各个层面的行与思，"乡村象征自然，城市象征世俗的（人类世界）"的大众共识再现于文学作品中理所当然[①]，只不过文人们不是为了共识而写作，而是为了揭示共识下所掩盖的是是非非，因此威廉斯从文化、社会——历史和政治等层面有选择地分析了一些西方文学作品中乡村与城市描写所凸显的人类对人与自然关系认知的变迁及意义。

通过分析田园诗中表述的乡村，威廉斯认为，从文化的角度来看，文学作品中"因为平静、纯洁和简单而井然有序和快乐的乡村"首先表达的是人类的怀旧情绪，是以过去美好的人与自然关系来抨击糟糕的现在。例如，从第一次世界大战以来"传统的英国乡村正在消亡（1912）"[②]；"英国自然的有机共同体已经不复存在（1933）"[③]，这些无不表现了对过去的向往。在西方，怀旧（nostalgia）是一个复合词，源自希腊文中"nostos"（返回家乡）及"algos"（痛苦）之组合，字面上的意思是因思慕家乡而引起的痛苦。现如今，怀旧不再简单地意味着乡愁，许多研究者将怀旧视为一种日常心理状态，一种情绪体验。在日常生活中，人们习惯把怀旧视为保守、陈腐的近义词，似乎是一种应该否定的情绪。然而，英国南安普敦大学人格研究中心主任康斯坦丁·塞迪基德斯（Constantine Sedikides）等学者倾向将怀旧定义为一种与自我相关的、社会的、积极的情绪体验，如减轻压力、促进成功，改善心情、避开令人不快的现在和未来，保持自我的连续性，增进人际关系、增强人们的社会支持感、促进社会融合，等等。[④] 怀旧也可用于和服务于身份建构和个体的个性完善。[⑤] 威廉斯提到的文学作品中的怀旧常常是经过选择后的一种正面情绪，是对理想化过去

---

① Raymond Williams, *The Country and the City*, New York: Oxford University Press, 1975, pp. 1, 46.

② George Bourne (George Sturt's pseudonym), *Changes in the Village*, New York: George H. Doran Company, 1912, p. 7.

③ F. R. Leavis and Denys Thompson, *Culture and Environment: The Training of Critical Awareness*, London: Chatto & Windu, 1933, pp. 93-97.

④ Constantine Sedikides, et al., "Buffering Acculturative Stress and Facilitating Cultural Adaptation: Nostalgia as a Psychological Resource", *Understanding Culture: Theory, Research, and Application*, Eds. Robert S. Wyer, Chi-yue Chiu and Ying-yi Hong, New York and London: Psychology Press, 2009, pp. 361-378.

⑤ 吉尔·利波维茨基、塞巴斯蒂安·夏尔：《超级现代时间》，谢强译，北京：中国人民大学出版社，2005年，第94页。

（存在或不存在 / 真实的或想象的）的思念和渴求，对过去美好、纯洁与和谐的人与自然关系的缅怀，因而"夸大过去的美好和幸福，从而忘却现在的不堪"①。人们还常常给怀旧贴上不同的标签，赋予不同的意义，例如，寻根式的怀旧"作为一种疗伤和修复的手段"②，为与自然相分离的现代人提供可供休憩的精神家园，提供向未来进发的理想范本，提供期盼和奔向未来的动力。回顾性的怀旧（restorative nostalgia）塑造某一具体地方身份，以及与之密不可分的地理归宿感③，使读者形成身份认同感和归宿感。按照威廉斯有关文学作品的社会功能的观点，作者"能自觉而又敏锐地捕捉生活中新兴的情感和各种关系、新的生活脉搏……新的体验不但赋予小说新的生命和意义，带来小说形式的变革。同时捕捉新兴社会体验的小说预示了社会的发展倾向。"④ 我们可以说，文学作品中怀旧式的自然美景描述其实在一定程度上为当代社会如何恢复已经惨遭破坏的自然提供了可供参考的蓝本。

通过细读和分析自古以来的英语田园诗歌文本，威廉斯证明人们对美好的过去、美好的田园、美好的人与自然的关系的怀念古今有之，普遍存在，可以追溯到历史的尽头，也就是说，怀旧是在为未来想象和建构美好的过去。乔治·斯特尔特（George Sturt，1863 ～ 1927）在 20 世纪初期、利维斯（F. R. Leavis）和汤普森（Denys Thompson）在 20 世纪 30 年代感叹美好的田园风光、人与自然关系已经消失，然而如果我们沿着历史向后倒退着走，会发现这种论调一直存在于英国田园诗歌中，真正美好的过去，真正美好的人与自然只有在田园诗的源头 —— 古希腊才能找到。下面我们将沿着威廉斯的文学生态批评足迹，有选择性地向后追溯人与自然关系在

---

① Johanna Lindbladh, "The Poetics of Memory in Post-Totalitarian Narration: Introduction", *The Poetics of Memory in Post-Totalitarian Narration*, Ed. Johanna Lindbladh, Lund: The Centre for European Studies at Lund University, 2008, p. 5.

② 中国学者周宪说："通过对过去的重构和再创，怀旧作为一种'疗伤'或'修复'的手段，已经承担起了对人类所遭受的文化伤害的文化救赎功能，它真正体现了作为一种幻想文化在真实与想象之间的文化冲突。"周宪：《文化现代性与美学问题》，北京：中国人民大学出版社，2005 年，第 30 页。

③ Stephen Legg, "Memory and Nostalgia", *Cultural Geographies* 11.1 (Jan 2004): 99-107.

④ 李兆前：《范式转换：雷蒙德·威廉斯的文学研究》，北京：外语教学与研究出版社，2011 年，第 149 页。

英语田园文学写作中的表述，一直追溯到中古英语时期[①]，以呈现作者们的期许。

19世纪30年代　1830年，英国在法国大革命、工业革命、声势浩大的群众运动的推动下，正处于历史的一大转折点。[②]1821～1830年间威廉·科贝特（William Cobbet，1763～1835）骑马游历了苏格兰、英格兰各地，写下了不少随笔文章，陆续发表在他创办的抨击政府的报纸《政治纪事报》（*Political Register*）上，在1830年集结成《骑马乡行记》（*Rural Rides*）。在《骑马乡行记》中，他不但描绘农村的生产和经济现状、农民生活的疾苦，揭露社会弊端，而且栩栩如生地再现了大自然和乡村的美景，以及现代工业给大自然和乡村带来的巨大破坏。因而面对正在被改变和毁坏的自然和乡村，科贝特时不时感叹美好的田园、快乐的英格兰已是昨日黄花：

> 原有的乡村秩序已经被整个儿毁坏。
> 曾经快乐和高尚的英格兰已不复存在。
> 曾经快乐无比的乡村如今穷困不堪。[③]

> 一切都已改变，昔日的英格兰已不复存在。
> 古老的英格兰是位受人尊重的母亲，但如今却饿殍满地。
> 不久前还是一个快乐的地方，现如今却一幅破落衰败景象。
> 这曾是一片充满欢乐的土地。
> 与现在相比，过去的英格兰是一个要强大得多和富裕得多的国家。
> 必须采取必要的措施使我们的国家恢复往日的伟大、自由和快乐。[④]

---

① 中国英国文学研究专家王佐良在研究英国诗歌史时，将英国诗史分为三个大的时期：（1）古英语时期，从五世纪到12世纪；（2）中古英语时期，从12世纪到15世纪；（3）近代英语时期，从15世纪到今天。王佐良：《英国诗史》，南京：译林出版社，1997年，第1页。

② 王佐良：《照澜集》，北京：外国文学出版社，1986年，第78页。

③ William Cobbett, *Rural Rides*, Vol. 1, London and New York: Everyman's Library, 1966, pp. 158, 266, 295.

④ William Cobbett, *Rural Rides*, Vol. 2, London and New York: Everyman's Library, 1967, pp. 80, 88, 130, 178, 229, 298.

18世纪70年代　在19世纪二三十年代，科贝特感叹不久前（他童年时）美好的乡间风光、快乐的英格兰尚在，果真如此吗？1763年科贝特生于英格兰法纳姆郡的萨里，他的童年时期应该是18世纪六七十年代，那么我们看看这个时期的奥利弗·戈德史密斯（Oliver Goldsmith，1730～1774）是怎么说的。18世纪60年代戈德史密斯亲眼目睹了一座古村庄以及其农场被富人拆除建花园的事，于是1770年他写下《荒芜的村庄》（*The Deserted Village*）以表达自己的恐慌：摧毁村庄、变耕地为享乐的花园带给农民的是毁灭。在《荒芜的村庄》的开端，戈德史密斯说，他年轻时候生活的村庄郁郁葱葱，一切都是甜美可爱的，乡民们健康、富足、纯朴、安逸、欢乐无比（第1～31行）。但是，他笔锋很快一转，"这所有的美好的东西如今都已烟消云散"（第32行）。① 可见科贝特所感知的美好的人、人与自然，只是一种对想象中的过去的感慨和怀念。

17世纪60年代　18世纪60年代，戈德史密斯在悲悯感伤往日的美丽家园不再，那么早他一个世纪的约翰·弥尔顿（John Milton，1608～1674）在《失乐园》（*Paradise Lost*）中又说了什么？《失乐园》发表于1667年，史诗开端便唱到："我们已经失去了伊甸园，只有等到更伟大的人出现，幸福的时光才会再现"（I，第1～5行）。伊甸园是"快乐的园地，喜悦永在的地方"（I，第249～250行）②，是人美、自然美，天人合一的理想福地，不过如今已不复存在。尽管弥尔顿在1667年感叹美丽的伊甸园已是昨日黄花，然而在差不多时间段（据研究1658～1663年间弥尔顿创作了《失乐园》，而且在1642年就已经开始构思③），玄学派诗人马维尔（Andrew Marvell，1621～1678）在他的诗歌《百慕大》（1653）中高度赞扬当时的英属地百慕大物产丰富，花果飘香，是"上帝给我们这个永恒的春天"，是人间天堂。④ 既然总有人感叹幸福、美好、快乐的人与自然在19世纪、18

---

① Oliver Smith, *The Deserted Village*, London: Walton and Maberly, 1865, pp. 1-2.

② John Milton, *Paradise Lost*, Vol. 1, London: Printed for J. and R. Tonson and S. Draper in the Strand, 1749, pp. 3-5, 28.

③ Barbara Kiefer Lewalski, *The Life of John Milton: A Critical Biography*, Oxford: Blackwell Publishing, 2003, pp. 416, 442-444.

④ Andrew Marvell, *The Poetic Works of Marvell, with a Memoir of the Author*, Boston: Little, Brown and Company & Cincinnati: Moore, Wilstach, Keys and Co., 1857, p. 39.

世纪、17 世纪都成为过去，美好的过去是否存在于 16 世纪呢？

16 世纪 20 年代　1515 年至 1516 年间托马斯·莫尔（Thomas More，1478～1535）写了几百年来仍享有盛名的《乌托邦》（*Utopia*）。在书的第一部分，莫尔借他人之口谈到当时的英国农村因为圈地运动，"所有的耕地都种不成了，房屋和城镇都给毁了"，"农庄被摧毁，农业趋于萧条"，人民被迫与土地分开，流离失所。然而，书的第二部分提到"符合自然的生活"、"遵循自然的指导"的乌托邦是一个"不知地处何时和何方的虚无缥缈之地"。①如此看来，15 世纪的英国也不可能是一个人美、自然美、人与自然更美的快乐的过去。

14 世纪 60 至 90 年代　既然 19 世纪、18 世纪、17 世纪、16 世纪的英国的人与自然都是悲苦的，那么再往前推又如何？威廉·兰格伦（William Langland，ca. 1332～ca. 1386）的《农夫皮尔斯》（*Vision of Piers Plowman*，ca. 1360～1387）成书于 14 世纪 60 至 90 年代。在诗歌的开端，诗人描写了农夫汗流浃背不停地耕种，然而却是为他人做嫁衣："有人忙于耕作，无暇寻欢作乐，/ 而是汗流浃背地插秧又播种，/ 为饕餮之辈准备享用的食物。"虽然兰格伦在诗中也提到了只要遵循真理，"大地将造福人类"，"人类将丰衣足食"，然而现实中的人们只是追逐名利，对"超尘拔俗的天堂"丝毫不感兴趣。美好的生活只有在人们彻底地归顺和尊崇"人类创造者"才有可能。②照此看来，快乐的人与自然真的只有在亚当和夏娃居住的伊甸园才有，这也难怪人类堕落之后的文学作品中怀旧情绪"普世且连绵不绝"③，因为人们是在通过"宣泄"怀旧情绪，诉说自己对自然美景的渴求以及对自然美景般的人类社会的期待，文学中"伊甸园"式的人和 / 或自然更多是人的神来之笔。

文学作品绝大多数出自一人之笔，为一人之言，一人之视角，而能动的阅读者必有自己的视角，所以文学作品的理解和阐释首先是"视角问题"，任何一部经得起时间淘洗的文学作品必定是"横看成岭侧成峰，远近

---

①　Thomas More, *Utopia*, Eds. George M. Logan and Robert M. Adams, Beijing: China University of Political Science and Law Press, 2003, pp. 19-20, 69, 5.

②　W. 兰格伦：《农夫皮尔斯》，沈弘译，北京：中国对外翻译出版公司，1999 年，第 1～2、11 页。

③　Raymond Williams, *The Country and the City*, New York: Oxford University Press, 1975, p. 12.

高低各不同"；随着文学学科跨学科理论和方法的形成，阅读者也可以借用多种视角和方法加以研读和分析，自主地发掘文本中隐含着的多重意义。单个的文学文本如此，历史地纵观整个文学发展史的作品亦然。因此，从社会现实的角度，威廉斯认为，"因为平静、纯洁、简单而井然有序和快乐的乡村"不仅仅是作为精神追求的怀旧行为，它同时是一些人有意建构出来的，因为"所有的传统都是有选择性的，田园文学传统也不例外"①。

　　奥利弗·戈德史密斯曾在《荒芜的村庄》中极力称赞自己年轻时所生活的乡村如同人间仙境。按时间推算，戈德史密斯的青年时代应该大约在1750～1760之间，那么这个时间段的英国田园真的美若天堂吗？虽然由于羊毛工业的发展，英国圈地运动从13世纪开始，15世纪末开始大规模展开，但是英国政府颁布法律，公开支持圈地是1688年光荣革命之后的事，从那时起才开始了"议会圈地"时期，最终在法律上使圈地合法化。到18世纪中叶，议会法令已经成为一种频繁使用的圈地手段，英国自给自足的"自耕农已基本上消灭了"②，乡村人们要么沦为佃农，要么不得不到城市寻找生计，因而一些农村人口被迫离开祖祖辈辈耕种的土地，颠沛流离，无家可归，显然戈德史密斯所谓的天堂般的乡村是他用生花妙笔通过想象建构出来的，实际上是不存在的。无独有偶，同时期的一些作家也同样高度赞扬当时的乡村美如画，例如，亨利·菲尔丁（Henry Fielding，1707～1754）在他的代表作《弃儿汤姆·琼斯传》（*The History of Tom Jones, a Foundling*，1749）中说，乡村、乡村的人们"朴素、自然，符合人性"，"即使是相隔两三英里的人们就像隔壁邻居一样"；"乡下人更崇尚荣誉，更勇敢"③，多么美妙！尽管面对着不断凋敝的农村、农业以及一些流离失所的乡民，为了突出工业革命带来的城市的腐败和邪恶，菲尔丁怀旧式地美化农村以及农村生活，可谓不惜笔墨，大肆渲染。④ 由此可见，在透视文学作品的人与自然关系时，如果把它还原到具体的社会—历史时期，就

---

① Raymond Williams, *The Country and the City*, New York: Oxford University Press, 1975, p. 18.

② 蒋孟引：《英国史》，北京：中国社会科学出版社，1988 年，第 415 页。

③ Henry Fielding, *The History of Tom Jones, a Foundling*, Ed. R. P. C. Mutter, Maryland: Penguin Books, 1966, pp. 53, 188, 236.

④ 刘意青、刘炅：《简明英国文学史》，北京：外语教学与研究出版社，2010 年，第 143 页。

会发现文学作品不是现实，作者往往会出于种种原因，对其中所展现的各种体验、经历和关系进行目的鲜明的想象、构思和创造。然而，不难发现，菲尔丁书写出来的美好自然、美好的人与自然关系正反映了人、自然、人与自然之间应该有的状态，彰显了作者对未来的憧憬。

　　文学作品中的自然、人与自然的关系的描绘不管是怀旧，还是作者的妙笔生花，有意建构，都是事出有因的，这就涉及到雷蒙德·威廉斯文学生态学批评的第三个方面，即文学作品中的人与自然（自然环境）总是或有意或无意地表述了一定的社会—历史、政治、经济以及文化的变化，"自然被描绘为人类事件的战场"①。艺术本质上是对宇宙（客观世界）方方面面的模仿，模仿品与被模仿者之间存在某种对应。②"一个时代的各种艺术作品会相互影响，受相同的社会因素制约。"③文学是艺术的一部分，它首先反映人类实际的各种生活体验（日常的、文化的、政治的、社会的），因而文学与人类社会各种事件之间存在一定的对应。从古希腊柏拉图、亚里士多德的文学模仿客观世界论，到莎士比亚的镜子论④，再到马克思主义的反映论，时至今日，文学与社会的某种对应关系已成为共识。例如，英国小说兴起之时，作家们无一不强调他们的作品只是记录真实的社会事件，甚至不惜否定自己的作家身份，即否定主观创造性。当然，我们可以说那时的笛福、理查生等作家这样做，是为了逃避"道德诘难"，或者说，把自己的创作伪装成社会—历史事实是为了使他们的作品因为强调非个人创造而更客观和真实。⑤现如今小说已成为主流文学类型，它的社会历史性以及社会批评功能更加明显。不管原因如何，文学作品源于社会生活，在一定

---

① Lawrence Buell, *The Environmental Imagination: Thoreau, Nature Writing, and the Formation of American Culture*, Massachusetts and London: The Belknap Press of Harvard University Press, 1996, p. 52.

② M. H. Abrams, *The Mirror and the Lamp: Romantic Theory and the Critical Tradition*, London, Oxford and New York: Oxford University Press, 1971, p. 8.

③ Jean Paul Sartre, *"What is literature?" and Other Essays*, Cambridge, Massachusetts: Harvard University Press, 1988, p. 25.

④ 哈姆莱特在与剧团演员讨论如何表演时说道：戏剧的目的是要给自然照一面镜子；给时代和社会看一看自己的形象和印记；模仿人类（社会）。William Shakespeare, *Hamlet, Prince of Denmark*, Cambridge and New York: Cambridge University Press, 2003, pp. 165-166.

⑤ Lennard J. Davis, "A Social History of Fact and Fiction: Authorial Disavowal in the Early English Novel", *Literature and Society*, Ed. Edward W. Said, Baltimore and London: The Johns Hopkins University Press, 1986, pp. 120-121.

程度上或直接或隐含地记录社会事件，是作家也是阅读者的共识，这是不容置疑的。没有社会生活作为基础，文学就成为无源之水，无本之木。

广义上说，人是生活在自然中，是自然的一部分，自然承载着人类的一切活动和实践，因而文学作品的即时自然环境描写必然在某种程度上承载当时的社会—历史、政治、经济和文化情势以及它们的变迁。通过分析和研究查尔斯·詹纳（Charles Jenner，1736～1774）、詹姆斯·汤普森（James Thompson，1700～1748）、威廉·贺加斯（William Hogarth，1697～1764）、威廉·布莱克（William Blake，1757～1828）、威廉·华兹华斯（William Wordsworth，1770～1850）等作家的作品，雷蒙德·威廉斯说，18 世纪文学作品中"伦敦"（自然景观和人工景观）呈现了农业和商业资本主义社会下的众生相。① 例如，布莱克的诗歌《伦敦》是他 1794 年出版的《经验之歌》中的一篇，诗中专用的伦敦街道（charter'd street）以及专用的泰晤士河（the charter'd Thames）与当时英国商业资本家在政府许可下，控制着社会绝大部分经济、政治、文化和自然的社会史实相对应。

18 世纪末叶，工业革命使英国经济发生了翻天覆地的变化，由于工业的飞速发展，以及在城市里煤作为家庭和工业燃料广为使用，因而作为工业革命摇篮的伦敦大小烟囱林立，成为"烟雾之都"、"黑烟之都"，布莱克的《伦敦》中熏黑的教堂（black'ning Church）说明象征着纯洁、仁慈的教堂也不例外。更重要的是，为了保证这些烟囱的正常运转，大批的童工（一般从六岁开始跟着师父学习扫烟囱）被迫参与扫烟囱，由于长年裸体在烟囱中出入，以及睡在黑色烟灰袋或者用来接烟囱灰的黑布上，他们不但浑身乌黑，在恶劣的工作环境和残暴的师父训斥下易于患上相关疾病，如后天身体畸形（在烟囱中膝盖、背部、胸部等不正常的弯曲）、烧伤、擦伤、肺炎、烂疮、阴囊癌等等，而且时不时要么在烟囱中窒息而亡，要么被烧死，最后竟然被鉴定为"意外死亡"。② 18 世纪下半叶的伦敦没有任何

---

① Raymond Williams, *The Country and the City*, New York: Oxford University Press, 1975, pp. 142-152.

② Henry Mayhew, *London Labour and the London Poor; Cyclopeadia of the Condition and Earnings of Those That Will Work, Those That Cannot Work, and Those That Will Not Work*, Vol. 2, London: Griffin, Bohn and Company, 1861, pp. 338-352.

人为社会下层正处于成长阶段的孩子们的生与死负责任，更不用说相同境遇的成年人了。当时的教会与社会其他机构一样干着诸如此类的迫害民众的黑良心勾当，因而现实中的教堂像其他社会上层一样，不仅仅是外面被黑煤烟熏黑了，里面也已经烂黑了。

再者，《伦敦》中流血的宫墙（blood down Palace walls）是布莱克亲身所见和所闻的国内外战争和冲突导致无数英国平民流离失所、英国士兵战死沙场或者是在战场上受伤后因得不到妥善安排而流落街头的悲惨命运的真实写照。最近一些国外历史学家倾向于将 18 世纪的英国称为"战争时代（age of war）"。布莱克的《伦敦》发表之前的 18 世纪下半叶，虽然英国由于国内实行工业革命和农业改革，海外实行拓展殖民地和掠夺，使其经济以及政治地位节节攀升，然而国内冲突不断，例如，从光荣革命之后持续不断的雅各宾运动、80 年代末期到 90 年代初期的废奴运动和请愿等。在这些冲突中虽然伤亡人数并不多，但是社会底层生活不但没有改善，反而更加艰难。英国在海外的大肆扩张必然遭遇其他利益相关国以及被殖民国家的反抗而不断陷入战争，在这期间主要有 1756 ～ 1763 年间英国与法国等之间的七年之战（the Seven Years' War），最后导致各国加起来总共 90 万到 140 万人员死亡，据统计，其中英国海军伤亡就高达 13.3 万人。[1]1775 ～ 1783 年间在英国、法国以及新大陆等之间展开的美国革命战争（或称美国独立战争），英国丧失的不仅仅是美国殖民地，战争期间有 1240 名士兵死于战场，18500 名士兵死于疾病。[2] 而 1789 年爆发的法国革命对英国政治的影响远远超出其他国内外政治事件[3]，法国大革命爆发后，伦敦成立激进的"伦敦通信社"，响应和支持法国革命，布莱克则戴上红帽子（当时法国革命志士头戴红帽）表示支持。

布莱克的《伦敦》中的伦敦既是自然景观、人工景观，也是社会现实的隐喻。的确，上面列举的特权控制下的专用街道和泰晤士河、熏黑的教堂以及流血的宫墙是 18 世纪下半叶伦敦市下层人民悲惨生活的真实写照，

---

① H. V. Bowen, *War and British Society 1688-1815*, Cambridge, New York, Melbourne: Cambridge University Press, 1998, pp. 1, 17.

② 数据源于维基百科。

③ H. T. Dickinson, *A Companion to Eighteenth-century Britain*, MA, Oxford: Blackwell, 2002, p. 109.

都与一定的社会历史事件相对应，但是写实不是文学的全部，重要的是，文学还必须承担应有的社会责任，即言说人类的自由、民主等理想价值观的责任和义务；作为一位作家，他应该用他的作品为现实社会生活中真正的公众，他同时代的人、他的阶级和种族同胞说话。^①因而，布莱克对"特权控制下的专用街道和泰晤士河、熏黑的教堂以及流血的宫墙"等的自然描写是他代表他受苦的千千万万同胞向社会经济、文化和政治上层说话，控诉上层社会的压迫、强权、黑暗和残酷；《伦敦》"既是社会抗议书，也是政治抗议书"^②，也是被掠夺受控制的大自然的抗议书。

文学作品中的人与自然（自然环境）总是或有意或无意地表述了一定的社会—历史、政治、经济以及文化的变化，反映了文学的写实性。然而，更重要的是，文学作品中建构的人与自然（自然环境）关系反映了社会"意识形态的重写"（ideological palimpsest）；"自然兼起意识形态战场的作用，各种欲望在其中交错"，"自然是意识形态之幕"^③。英国社会学者 J. B. 汤普森在他的《意识形态理论研究》中提到尽管历时长久而复杂的意识形态的各种定义以及内涵界定意见众多，充满争议，甚至是相互冲突，但是大致可以归纳为两类：一是中性的意识形态概念，一是批判性的意识形态概念。中性的意识形态只是一个描述性的术语，指"思想系统"、"象征性实践活动（与社会活动以及政治行动有关的）所呈现的信仰系统"。批判性的意识形态概念是指与维护不平等权力关系过程相关的意识形态概念。^④作为中性意识形态的思想系统以及社会信仰系统并不是黏合社会的水泥，因为不同的社会历史时期的不同阶级或者群体会有不同的价值观、思想、信仰、观点、态度、感受、行为准则，等等，用威廉斯的话说，即不同的情

---

① Jean Paul Sartre, *"What is literature?" and Other Essays*, Cambridge, Massachusetts: Harvard University Press, 1988, pp. 69, 77, 70.

② Harold Bloom, ed., *William Blake*, New York: Infobase Publishing, 2003, p. 56.

③ 劳伦斯·布伊尔在谈到美国文学作品中的自然环境在错综复杂的意识形态重写中有过三次大的建构，首次是旧世界期待的形象，再者是美国文化民族主义意识形态影响下的重建，最后就是美国例外主义（American Exceptionalism，又译"美国卓异主义"、"美国优越主义"）意识形态影响下的再次重建。Lawrence Buell, *The Environmental Imagination: Thoreau, Nature Writing, and the Formation of American Culture*, Massachusetts and London: The Belknap Press of Harvard University Press, 1996, pp. 5, 35, 36.

④ John B. Thompson, *Studies in the Theory of Ideology*, Los Angeles: The University of California Press, 1984, pp. 1-5.

感结构。显然，意识形态是社会生活的创造性和构成性元素，文学作品必然包含着或反映或（创造性）重写社会意识形态，无论是中性或是批判性的。由于批判性的意识形态呈现的是社会的统治与被统治关系，更多与社会政治有关，这里让我们先讨论中性意识形态即一般意识形态在文学作品的自然环境描写中的表征，下面将以文学浪漫主义运动为例加以说明。

欧洲浪漫主义运动是由一个特征鲜明的社会群体引导的"改变了西方的生活和思想的近代史上规模最大的一场运动"①。浪漫主义思想影响了整个欧洲的艺术、文学、哲学、政治等领域，影响了人们的自然观，从而在一定程度上影响了自然本身。不同的学者对它有不同的认识和定义，然而，不管这场运动所表现出来的浪漫主义精神如何复杂且难以界定，著名文学理论家雷纳·韦勒克（René Wellek，1903～1995）还是总结出评判欧洲浪漫主义文学的三个共同标准，即想象力之对于诗歌特点，自然之对于世界观，象征与神话之对于诗歌风格。其中，自然是一个有机的整体。② 当然，自然观不仅仅局限于文学，它是整个浪漫主义运动思想（意识形态）的核心关键词之一。

文学浪漫主义运动的"回归大自然"、"回归人之自然本性"是最具包容性和最能引起感情共鸣的。"回归人之自然本性"表现为自由发挥自己的想象力、创造力，抒发自己的最为朴实的情感。浪漫主义者通常认为，大自然与人之自然本性，即客体与主体、世界与自我、自然与人，非意识与意识，是相互协调的，是一个有机整体。浪漫主义的自然观在一些英国浪漫主义文学作品的自然写作中比比皆是，换句话说，浪漫主义运动时期文学作品中一方面阐明了作者以及那个时代的自然（自然环境）观、精神和情感等，充当了"意识形态之幕"；另一方面展现了那个时代真实的自然景观。例如，英国湖畔派诗人威廉·华兹华斯（William Wordsworth，1770～1850）的《孤独的刈麦女》中刈麦女与麦田浑然一体，人与自然有机地融合在一起。同样，他在《我孤独地漫游，像一朵云》（或译为《咏水仙》）的第一个诗节中，把人比喻为云，而把成群的水仙花比喻为人群，人

---

① 伯林：《浪漫主义的根源》，吕梁等译，南京：译林出版社，2008年，第9～10页。

② 雷纳·韦勒克：《文学思潮和文学运动的概念》，刘象愚选编，中国社会科学出版社，1989年，第143页。René Wellek, *Concepts of Criticism*, New Heaven and London: Yale University Press, 1963, p. 161.

与自然你中有我，我中有你，实则为一个有机整体。

一定历史时期的意识形态不是单一的，而是多元的，其间的文学作品展现的意识形态应该也是多元的。通常认为英国（文学）浪漫主义运动起于1798年止于1832年[①]，纵观英国历史，从1688年英国资产阶级革命到英国浪漫主义时期，英国资本主义历经百余年的发展，英国近代意义的资本主义制度得以定型和完善，外在的、客观的社会经济、科学技术、文化和政治等得以飞速发展，在社会物质密度和精神密度同时增加的基础上诞生的社会分工使原有的社会联结机制不复存在，而新的基于个体主义的社会联结并没有确立起来，传统的社会共同体崩溃。用马克思的话说，在资产阶级社会：

> 生产的不断变革，一切社会条件不停的动荡，永远的不安定和骚动使资产阶级时代不同于过去一切时代。一切固定的古老关系以及与之相适应的被尊崇的观念和见解都被消除了，一切新形成的关系等不到固定下来就陈旧了。一切固定的东西都烟消云散了，一切神圣的东西都被亵渎了。人们终于不得不用冷静的眼光来看他们的真实的生活状况以及他们的相互关系。[②]

人们在冷静观察和思考后发现，"资本主义的'资产积累'的生产方式与不断扩张的原则造就了西方现代社会一大群'孤单'、自觉'多余无用'，以及跟生活世界疏离的'群众'"[③]；个人与自然、个人与社会、个人与个人之

---

① 1798年华兹华斯与柯勒律治合著出版《抒情歌谣》，华兹华斯在序言中发表了新诗歌原则的宣言，宣告一个新的文学时期的到来，即后来定义的英国文学的浪漫主义时期，因而，《抒情歌谣》是"英国浪漫主义运动的里程碑，是新时期的开端"（Margaret Drabble, ed., *The Oxford Companion to English Literature*, 5th ed., Oxford: Oxford University Press, 1985, p. 596），而1832年是浪漫主义诗人和历史小说家沃尔特·司各特去世的年份，在这一年之前主要的浪漫主义诗人雪莱、拜伦、济慈等已过世，而在世的其他重要浪漫主义诗人的作品已失去浪漫主义文学所具有的锋芒，所以一些学者把这一年视为英国浪漫主义结束的时间点。不过要注意的是，今天我们所谈论的英国浪漫主义运动是迟到的术语，当时的诗人们从没有自认为是"浪漫主义诗人"，浪漫主义诗人以及浪漫主义（文学）运动只是后来的研究者对这一文学现象的总结性冠名。

② Karl Marx, *Economic and Philosophic Manuscripts of 1844*; and Karl Marx, Frederick Engels, *Communist Manifesto*, Trans. Martin Milligan, New York: Prometheus Books, 1988, p. 212.

③ 蔡英文：《政治实践与公共空间：汉娜·鄂兰的政治思想》，北京：新星出版社，2006年，第20页。

间相互疏离，而不是联结起来，"说不准谁一觉醒来便被分割开来，不知身在何处，'有共同兴趣'的观念越发模糊不清，最后变得不可理解"①，共同体概念消失，社会以及个体倾向原子化，"每个个体都能意识到自我，但是无法进行集体意识"，个体成为没有依靠的彻底的孤独者。因此，孤独成为资本主义社会发展的必然，孤独成为现代人必定的自觉、情绪、认知和意识，孤独成为现代社会的必不可少的一种情感结构，一种中性意识形态。

华兹华斯的诗歌不仅表达了浪漫主义运动本身的意识形态，"现代人的孤独意识以及与此相应的认知"也是华兹华斯诗歌反复咏叹的主题之一。首先，从他的一些诗歌题目就能体会到这种孤独，例如，《孤独的收割者》、《她住在人迹罕到的路边》、《露西·葛雷——孤独》、《被遗弃者》、《没孩子的父亲》、《我孤独地漫游，像一朵云》、《我曾在海外的异乡漫游》。再者，他经常直接使用一些表现孤独或寂寞的词汇表达孤独，例如，在《孤独的收割者》中用了孤独（solitary）、形单影只（single）、一个人（by herself）、独自（alone）、寂静（silence）、最远的地方（the farthest Hebrides），等等，这些词语强化了一位高地姑娘的孤寂，诗人自己的孤寂，工业时代人们的孤寂。诗人不仅仅用题目、独立的词汇表现孤独，更重要的是他让诗歌整体弥散的孤独意识，例如在他的《丁登寺旁》中，大自然的澹泊清幽、恬静和谐与尘世中的"我"的"孤寂"、"疲惫"、"烦闷"、"孤独"等形成鲜明的对比，渲染了诗人意欲退出令人孤独的"江湖"，从山水之间自然之中寻求慰藉的忧伤——从孤独走向与世隔绝；走出一个孤独的时代，投身于与世、与人隔绝的自然，做一名隐逸之士，自主地选择永恒的孤独。②当然自主选择的孤独与为工业社会所迫而被动陷入的孤独是大相径庭的，一种是幸福，是快乐，是福泽，而另一种是痛苦，是悲伤，是灾难；一种是主动寻求的人与自然的和谐相处，另一种是意识到人与自然被迫分离后的遁世。

在威廉斯看来，文学作品中的自然描写不但表征了中性的意识形态，同时也表征了具体的批判性意识形态，大致可以说是政治意识形态，更直

①　Zygmunt Bauman, *Liquid Modernity*, Cambridge: Polity, 2006, p. 148.
②　Robert Woof, ed., *William Wordsworth: The Critical Heritage, Vol. 1, 1793–1820*, London and New York: Taylor & Francis e-Library, 2004, p. 78.

白地说，文学作品中的自然并非总是洁白无暇的，有时它是政治的，有意或无意地表征了一定的政治事件、政治过程、政治意图和政治理念等等；有意或无意地成为政治武器，为各自的利益群体服务。在具体的作品分析中，威廉斯以生态帝国主义和女性生态隐喻等为例阐明了英国文学作品中表述的政治意识形态特征，阐明了人与人、人与自然之间的关系特征同构性和意识形态一致性：有生态的人际关系才能确保生态的人与自然关系。在大自然及大自然过程面前保持谦逊才是我们人类的生存之道。①

英国经济学家及帝国主义批评家 J. A. 霍布森称帝国主义是"西方政治史上最强有力的运动"，他在《帝国主义论》中使用"帝国主义"这个概念来表述大英帝国及欧洲列强通过直接兼并或政治上的控制，瓜分大部分亚洲和非洲、太平洋上无以数计岛屿以及其他地方，从而在世界范围内大肆扩张的活动。② 大致说来从 19 世纪下半叶到 20 世纪初叶，这种政治控制出现的前提是，帝国主义国家垄断和金融资本建立起了自身的统治地位，自己已无法解决所面临的政治、经济、社会问题和自然（资源）问题，于是开辟海外市场和扩大海外投资，将国内问题转嫁到海外殖民地。以英国为例，大英帝国在 19 世纪末 20 世纪初不断向殖民地倾销或输出国内卖不出去的商品，掠夺式开采和掠夺殖民地的自然资源，进行海外投资等。与此同时，大英帝国不断向殖民地输出国内多余的劳工、罪犯以及其他不受欢迎的人。英国历史学家艾瑞克·霍布斯鲍姆总结说，西方帝国主义时期（1875～1914）创造了单一的世界经济，并延伸到世界最远的角落，从而经济贸易，商品、金钱和人力的交流和流动等将帝国主义与帝国主义以及帝国主义与其殖民地附属国紧密地连接起来，如同一张密织的网。在这张不断密集的网中，在 19 世纪七八十年代，"英国成为世界最大的工业产品输出国"③。

帝国主义的凡此种种行径，在同时期的许多文学作品中均有表述。阅读维多利亚时期的小说，不难发现小说家无法为作品中的角色找到走出

---

① Konrad Z. Lorenz, "Foreword", *The Comedy of Survival: Study in Literary Ecology*, By Joseph Meeker, New York: Charles Scribner's Sons, 1974, p. xvi.

② J. A. Hobson, *Imperialism: A Study*, London: James Nisbet & Co., 1902, pp. v, 15.

③ E. J. Hobsbawn, *The Age of Empire 1875-1914*, New York: Vintage Books, 1989, pp. 39, 62.

困境的方法时，就直接让他们出走英国殖民地，最后故事圆满结尾。例如，伊丽莎白·盖斯凯尔（Elizabeth Gaskell，1810～1865）的《玛丽·巴顿》最后让男女主人公移住加拿大以缓解劳资关系。在查尔斯·狄更斯（Charles Dickens，1812～1870）的《远大前程》（又译《孤星血泪》）中，当年皮普在墓地里帮助过的罪犯马格韦契在海外殖民地发了财，后来为了防止罪犯的不正当财产被充公而祸及自己，皮普首先想到和做到的是带着朋友赫伯斯冒险帮助罪犯逃到外国，逃跑不成功而入狱的皮普出狱后也最终到海外找到了立足之地：与朋友建立了自己的公司，虽然获利不多，但是已经建立了良好信誉，很有起色。[①]海外殖民地在盖斯凯尔和狄更斯的作品中成为缓解国内政治矛盾，逃避惩罚和羞辱，攫取财富等的天堂。

　　帝国主义对殖民地的掠夺不仅仅是政治的、经济的、文化的，还是生态的。帝国主义国家为了一己的科学和经济目的抢占土地，肆意掠夺殖民地的自然资源，以及根据自己的经济和资本需求，利用政治、军事、文化和经济发展等各种手段强制性随意改变殖民地土地的利用模式，把"遥远的殖民地变成工业英国的乡村"[②]，根据英国国内的经济、贸易、资本等需求而种植和生产，"给殖民地的人民和环境以毁灭性的影响"，从而迅速地改变了当地的环境和生态。"神速地改变殖民地环境成为了帝国主义扩张的必然结果"[③]，宗主国对殖民地环境的这种毁灭性或者说是灾难性的破坏植根于帝国主义政治和经济等意识形态之中。[④]在把殖民地当成乡村进行开发、利用和掠夺的同时，英国自己的乡村因此而凋敝，在改变别人的环境和生态时，也改变了自己。因而，帝国主义对殖民地的控制和掠夺既是政治的、经济的、文化的，也是（反）环境的、（反）生态的，欧洲帝国主义的成功不可否认地含有生物和生态成分，而不是英国历史学家克罗斯比所说的"也许有生物和生态的成分"[⑤]。后殖民主义学者爱德华·萨义德（Edward

---

①　查尔斯·狄更斯：《孤星血泪》，罗志野译，南京：译林出版社，2001年，第510页。

②　Raymond Williams, *The Country and the City*, New York: Oxford University Press, 1975, p. 280.

③　Richard H. Grove, *Green Imperialism: Colonial Expansion, Tropical Island Edens and the Origins of Environmentalism, 1600-1860*, New York: Cambridge University Press, 1996, pp. 3, 4, 70.

④　Donald Worster, *Nature's Economy: A History of Ecological Ideas*, Cambridge: Cambridge University Press, 1977, pp. 29-55.

⑤　Alfred W. Crosby, *Ecological Imperialism: The Biological Expansion of Europe, 900-1900*, 2nd ed., Cambridge: Cambridge University Press, 2003, p. 7.

Said，1935～2003）在论及政治与生态的关系时指出：

> 欧洲人无论走到哪里，都立即改变当地的住所。他们自觉的目的
> 是，把领地改变成我们家乡的样子。这个过程是无尽无休的。许许多
> 多植物、动物和庄稼以及建筑方式逐渐把殖民地改变成一个新地方，
> 包括新的疾病、环境的不平衡和被压服的土著悲惨的流离失所。生态
> 的改变也带来了政治制度的改变。在后来的民族主义诗人与预言家看
> 来，改变了生态环境使人民脱离了他们真正的传统、生活方式和政治
> 组织。①

在一定的程度上可以说，帝国主义过去对殖民地土地的破坏性掠夺影
响至今，更为可耻的是，这种行为在当今世界依然明目张胆地在我们周围
存在和发生着。我们可以将霸占、破坏、掠夺以及改变殖民地土地、自然
资源、动植物等各种生态环境的帝国主义行为称为生态帝国主义。由于英
帝国曾强占过北美大部、南非、澳大利亚、新西兰、印度、亚洲以及太平
洋上众多岛屿和其他地方，所以我们可以称其为"生态帝国主义之首"②。

在《乡村与城市》一书的《新都市》一文中，威廉斯指出，英国等
帝国主义利用政治力量不仅改变了殖民地农村与城市环境、农业、经济模
式、文化思想和农村城市观，同时在相应领域也极大程度上改变了帝国自
身，而且帝国以及其附属的殖民地国家的一些文学作品都不同程度和在不
同层面上诉说了帝国主义政治、经济、文化、心理和意识形态等给宗主国
以及殖民地带来的或好或坏的变化，其中当然包括环境和生态的改变。③宗
主国掠夺其附属国的自然财富、剥削它们的生态资源从而改变附属国赖以
生存的生态系统的行为，由于资源的攫取和转移引起大量的人口和劳动流
动，利用一些欠发达社会的生态脆弱性而达到帝国主义控制的行为，倾倒

---

① 爱德华·W. 萨义德：《文化与帝国主义》，李琨译，北京：生活·读书·新知三联书店，2003
年，第 320 页。

② Serpil Oppermann, "Ecological Imperialism in British Colonial Fiction", *H.U. Journal of Faculty of Letters* 24. 1 (June 2007): 179-194.

③ Raymond Williams, *The Country and the City*, New York: Oxford University Press, 1975, pp. 279-288.

生态废物加大中心与边缘的裂痕等，这些通常被称为"生态帝国主义"，资本主义社会和环境的这种关系往往导致全球"新陈代谢断裂／人与自然物质交换关系的断裂（metabolic rift）"。^① 值得一提的是，"生态帝国主义"和通常所说的"绿色帝国主义"是大不相同的。"生态帝国主义"是从生态学的角度揭露和批判帝国主义国家在其殖民地乃至全球的环境破坏行为。而格罗夫（Richard Grove）在他的《绿色帝国主义》一书中对 1600～1860 年英国、法国、荷兰等主要帝国主义国家在圣赫勒拿、圣文森特、毛里求斯、印度等热带岛屿上的砍树、种树、动植物的破坏、植物移植以及动物、人的移居等进行研究和分析时，用"绿色帝国主义"指称殖民地的环境危机唤醒了帝国主义国家的环境意识，从而在殖民地呼吁以及立法保护自然资源，并在一定程度上付诸行动，在一定时期收到了一定的成效。简而言之，"绿色帝国主义"主要阐释帝国主义国家在其殖民地所进行的环境保护倡议和环境保护行动。通读《绿色帝国主义》，不免让人感觉格罗夫似乎想用正义的话题掩盖和漂白帝国主义可耻的海外自然资源掠夺等环境破坏行为。

　　帝国主义的扩张行为带来了宗主国和附属国乡村、城市、土地、生活等的实际状况和观念变迁（从而导致环境和生态的变化），不仅宗主国（英国）文学作品能带给我们这种切身体验，更重要的是，当我们阅读印度、非洲、西印度群岛等殖民地作家的文学作品，从他们的视角也可以体会这种（环境和生态）变化过程。^② 相关的宗主国文学作品，威廉斯列举了 E. M. 福斯特的《印度之行》、奥威尔的《缅甸岁月》，康拉德的《黑暗的心脏》，等等，而附属国的文学作品，他主要提到的有非洲现代文学之父钦努阿·阿契贝（另译：齐诺瓦·阿切比，Chinua Achebe）的《崩溃》（*Things Fall Apart*，1958）、印度英语作家姆克·莱伊·安南德（Mulk Raj Anand）的《乡村》（*The Village*，1939）和《两片叶子和一个花蕾》（*Two Leaves and a Bud*，1937），牙买加作家雷德（V. S. Reid）的小说《新日子》（*New Day*，1949），等等。

---

① John Bellamy Foster, Brett Clark, "Ecological Imperialism: The Curse of Capitalism", *Socialist Register 2004: The New Imperial Challenge*, Eds. Leo Panitch and Colin Leys, London: The Merlin Press, 2003, pp. 186-201.

② Raymond Williams, *The Country and the City*, New York: Oxford University Press, 1975, p. 280.

　　总结雷蒙德·威廉斯有关自然的概念，自然、人与自然关系的文学表征研究可以发现，在他眼中，大自然应该是整体的、有机的、动态发展的、有生命而美丽的；人与人、人与自然应该在不断发展中和谐相处；人类社会要抛却压迫、剥削和征服他人和自然的观点，恢复人与人之间和人类与自然之间正常的网络关系，确保建立平等和民主的人类社会，从而促进人类社会以及自然稳定和健康发展。威廉斯从概念的历史语义学研究以及文学生态学批评获得的这些感悟为他的生态社会主义思想打下了坚实的基础。

（二）威廉斯的生态社会主义思想 [①]

　　雷蒙德·威廉斯在 1977 年第一次出版的文学和文化理论著述《马克思主义与文学》序言中评价自己的理论研究成果说："这本书不是没有关联的理论作品，而是基于我以前的所有研究，从而与马克思主义形成一种新的、自觉的关系。" [②] 综合他的社会主义传统成长环境以及在此之前和之后的马克思主义理论研读和批评，尽管在 1942 年左右不明不白地脱离了英国共产党，并从此以后没有沿着党的政治和文学的指导路线走，但是威廉斯的文学、文化以及社会研究在批评资本主义社会的同时，"总是间接地试图推动社会主义事业向前发展"，并"坚信未来会有一个更好的社会主义社会"。 [③] 他的各种批判实践和活动在一定程度上都是马克思主义的，而且他从没有质疑过社会主义以及社会团结、大众民主、共享、建立共同体、合作关系等社会主义核心价值观和美德 [④]，并一直在探索具备这些社会主义基本特征而又与既有社会主义不同的一种社会主义，那就是生态社会主义。1971 年

---

①　此部分前期曾发表相关论文，参见李兆前：《雷蒙德·威廉斯的生态社会主义思想》，《理论月刊》2014 年第 5 期，第 184～188 页（人大复印资料《世界社会主义运动》2014 年第 5 期全文转载，第 69～74 页）。

②　Raymond Williams, *Marxism and Literature*, Oxford: Oxford University Press, 1977, p. 6.

③　Chris Nineham, "Raymond Williams: Revitalising the Left", *International Socialism* 2.71 (1996): 117-130.

④　Don Milligan, *Raymond Williams: Hope and Defeat in the Struggle for Socialism*, published by Studies in Anti-Capitalism at, www.studiesinanti-capitalism.net, 2007, pp. 9-10, 12. 威廉斯在《阅读与批评》中说：文学作品准确和自觉地组织了社会体验，那么我们阅读时，应该总是首先从这个角度考虑，所有的批评和所有关联尝试都应该从作品中的事实开始。我们完全可以认为《呼啸山庄》陈述了阶级意识的兴起，Heathcliffe 代表无产阶级。Raymond Williams, *Reading and Criticism*, London: Frederick Muller, 1950, pp. 102-103.

在当代艺术中心的讲座《自然的概念》是威廉斯真正开始把社会主义和生态学放在一起进行理论思考的开端，从此以后，社会主义和生态或者说生态社会主义思考登上了他政治思考的中心舞台。[①] 总括起来说，威廉斯的生态社会主义思想源于他对文学和文化中的资本主义的批判和对无产阶级的认同和赞美，形成于他对马克思主义思想的批判和发展，成熟于自觉运用西方马克思主义思想探讨解决当代社会问题的理论和实践途径。他对"生态社会主义运动的代言人"鲁道夫·巴罗（Rudolf Bahro）的《社会主义与生存》所作的评价，同样适用于评判他自己的生态社会主义思想，即虽然暂时对社会主义体制和思想主体还没有产生长远的影响，但是生态的社会主义试图重新定义整个社会主义事业。[②]

学术界一般将生态社会主义的发展划分为三个阶段 ——"从红到绿"（20 世纪 60、70 年代，主张生态人道主义和民主社会主义）、"红绿交融"（80 年代，主张马克思主义和生态思想相结合的政治）、"绿色红化"（90 年代以后，在对现实社会进行批判和反思的基础上逐步体系化生态社会主义思想和理论）。[③] 威廉斯有关生态社会主义的探讨纵贯前两个阶段，这说明他的生态社会主义探讨并不是面面俱到，而基本是对当时社会的自然生态危机发言，当然其中最重要的是人类社会生态的危机，以及提出一些相应的解决方案。下面将从社会主义的生态以及生态的社会主义两个维度阐明威廉斯的生态社会主义思想。社会主义的生态主要从社会主义应该有的生态特征说明威廉斯所倡导的替代性社会主义的特征，这些是他从各方面对既有的社会体制批判总结而来。生态的社会主义主要从社会主义结构模式以及社会主义社会中各社会元素之间、人与自然的关系说明他所设计的新的社会主义范式，这是他对未来社会的设想。

在批评既有的社会主义模式的同时，威廉斯所建构的替代性社会主义模式强调了它自身的有机整体性、多样性、开放性、共生性等生态特征。

---

① H. Gustav Klaus, "Williams and Ecology", *About Raymond Williams*, Eds. Monika Seidl, Roman Horak and Lawrence Grossberg, Eds, London and New York: Routledge, p. 145.

② Raymond Williams, *What I Came to Say*, London: Hutchinson Radius, 1989, p. 167.

③ 俞吾金、陈学明：《国外马克思主义哲学流派新编》（西方马克思主义卷），上海：复旦大学出版社，2002 年，第 573 ～ 579 页。

在威廉斯看来，首先替代性的新型社会主义社会应该是整体的，而不是碎裂的，社会各元素本身复杂多变，具有一定的自主性；各元素相互影响，因受内外因素影响，它们的关系复杂而不定，因而马克思主义的社会经济基础、政治和文化上层建筑之分作为社会分析形式之用是无可厚非的，但是构成社会整体的政治、经济和文化等元素是一个不可分割的"整体物质社会过程"①，也就是说，社会文化和政治等上层建筑并不是像一些马克思主义者所认为的"经济基础决定上层建筑"，而是经济基础和上层建筑都各有相对的自主性，它们相互影响，有时互为因果。

在文学和文化研究过程中，他对全民参与共建"创造性的、民主的社会文化"，"情感结构"、"可知共同体"等文化和社会模式的建构和探讨，从不同的侧面反映了他有关社会的有机整体性的思想。同时，无论是民主文化建设，还是反映社会整体经验的情感结构，还是作为社会理想模式的可知共同体，威廉斯总是强调它们的整体可生长性，有机性。他认为，作为民建民享的共同文化应该自然生长②；反映社会整体经验的情感结构是一个不断变动的形成过程③；可知共同体随着社会结构、社会体验的变化而变化，是动态发展的。④ 因此，在威廉斯看来，整体生长性即开放性是社会主义生态的又一基本特征。

还有，威廉斯提出社会主义应该是多元共生的。从历时的角度来看，社会主义已经是多元的，现当代已经出现过圣西门、傅立叶和欧文的空想社会主义、马克思恩格斯的科学社会主义、肖伯纳等的渐进社会主义、巴枯宁和蒲鲁东的无政府主义、考茨基等的民主社会主义、列宁斯大林的共产主义社会主义，等等。而在威廉斯生活的时代，中国特色的社会主义、俄国和古巴的共产主义社会主义、瑞典的民主社会主义、英国工党的社会主义等正如火如荼地开展，与资本主义形成对抗之势。不过，威廉斯更多强调的是共时角度社会主义的多元性，即一个社会主义体制中社会主义理

---

① Raymond Williams, *Marxism and Literature*, Oxford: Oxford University Press, 1977, pp. 75-94.

② Raymond Williams, *Culture and Society 1780-1950*, London: Penguin, 1976, p. 320.

③ Raymond Williams, *Marxism and Literature*, Oxford: Oxford University Press, 1977, pp. 128-135.

④ 参见李兆前：《范式转换：雷蒙德·威廉斯的文学研究》，北京：外语教学与研究出版社，2011年，第 180 页。

论和实践的多样性，以及一个社会主义体制同一理论和实践的复杂性和多样性，例如，1945年左右仅英国工党右派所倡导的马克思主义社会主义就糅合了费边主义的计划经济和公共管理、凯恩斯主义的政府介入，自由劳工的福利国家、反帝国主义、反资本主义等理论和实践。战后的英国工党新左派尝试过民粹主义、文化主义以及改革主义等马克思主义社会主义理论和实践探索。虽然这些右派和左派的社会主义探索都没有取得显著的效果，但是威廉斯认为，之前的经验能激励我们超越既有的社会主义，进行更开放、更切合实际的实践性的多样性新探索。[①]当然20世纪70年代开始崭露头角的生态社会主义就是这种探索的产物。

威廉斯倡导抛弃单一性和线性的现有社会主义运作模式，主张社会主义体制运行中各方面理论和实践的复杂性和多样性，这种倡导和主张贯穿他的社会主义思想的始终。他的有关社会主义计划的论述充分说明了这种复杂性和多样性。谈到社会主义计划经济，他认为，由于理性计划的多样性特征、市场意义多元以及实际操作过程中各种因素导致的物质的和实践的不对等，任何计划都应该多样而具备可供选择性，而且还必须根据阶段的不同而不断进行调整。

威廉斯所设计的未来社会主义就是把社会主义和生态运动相结合，即在发现和批判工业革命以来工业化生产模式所崇尚的非节制性生产（观）和消费（观）、人类的扩张实践和扩张主义思想等既有社会体制和思想所固有弊端的基础上，为人类发展找到一条既能消除社会（生态）危机（自然的、人类社会的；能源问题、工业污染问题、核能问题、贫困问题等）又能走向社会主义的道路，走向一种缩减商品生产、不再使劳动和闲暇异化、民众直接自治的，非极权的、分散的和非官僚化的社会主义。

在威廉斯看来，要将生态思想与社会主义思想有机地结合起来，建立生态的社会主义社会，首先要解决工业革命等人类活动所带来的一些问题，即人类社会过度地介入自然彻底地改变了整个世界，破坏了自然规律，打乱了正常的社会和经济秩序，改变了人与自然、人与人之间的关系，这

---

① Raymond Williams, *Problem in Materialism and Culture: Selected Essays*, London: Verso, 1982, pp. 233-251.

些都是人类自身"对土地和动物的失控的商业剥削，以及由此及人的无情压迫和剥削"[1]导致的后果。威廉斯认为，工业革命对环境的破坏史无前例，尤其是对农村土地和人民的伤害令人发指。被认为"恰当地从多方面建构了绿色社会主义（生态社会主义）图景"[2]的威廉·莫里斯（William Morris，1834～1896）在《乌有乡消息》中借哈德蒙之口谴责了19世纪资本主义社会的工业革命对农村的摧残："接近19世纪的末期，乡村都差不多被全部消灭了，除非它们成了制造业区域的附属地带，或者本身变成了较小的制造业中心。人们听任房屋损坏倾覆；为了粗劣的木柴能换到几个先令，人们肆意砍树。建筑物变得难以形容的丑陋难堪。……农场和田野到处都是令人难以置信的贫困和艰苦的情况。"[3]

　　当然威廉斯也意识到，工业发展对自然秩序乃至人类社会秩序的破坏并不是工业革命才有的，前工业时期在一定的程度上也发生着同样的事情。托马斯·莫尔就曾描写了16世纪初期由于纺织业的发展需求给英国农民带来了前所未有的灾难："你们的绵羊本来是那么驯服，吃得那么少，现在据说变得很贪婪很凶蛮，甚至要把人吃掉。它们要毁灭你们的田地、家园、城市及其人民"；"田地和城镇毁了"；"用于居住和耕种的土地变成了荒地"[4]。

　　威廉斯进一步指出，工业革命破坏自然秩序和人类秩序的主要根源在于其抽象的和量化的"生产观"。[5]19世纪以来，随着科技的发展，人类生产能力逐步提高，生产越来越不是为了满足人们的实际需求，而是为了追求更多：更多的利润，更多的方便，从而相信生产能够无极限增长。"人们时时刻刻想着赚钱这个词。他们把周围的所有东西——土地、自然资源、自身劳力——视为能在市场上换来利润的潜在商品。……赤裸裸的工具论

---

①　Raymond Williams, *Resources of Hope: Culture, Democracy, Socialism*, London: Verso, 1989, pp. 211-213.

②　David Pepper, *Eco-Socialism: From Deep Ecology to Social Justice*, London and New York: Routledge, 2003, p. 123.

③　威廉·莫里斯：《乌有乡消息》，黄嘉德译，北京：商务印书馆，1981年，第88～89页。William Morris, *News From Nowhere*, Ed. Krishan Kumar, London and New York: Cambridge University Press, 2002, pp. 73-74.

④　Thomas More, *Utopia*, Eds. George M. Logan and Robert M. Adams, London and New York: Cambridge University Press, 2003, pp. 18-19.

⑤　Raymond Williams, *Resources of Hope: Culture, Democracy, Socialism*, London: Verso, 1989, pp. 215-216.

成为人与人之外的自然之间的唯一纽带。"① 生产劳动对象和劳动者都成为了商品，利润成为了衡量商品的唯一标准，劳动的价值被量化。人之外的自然成为人类获取更多量利润的工具，利润成为了对人和对自然无节制地掠夺的根本原因。然而，无论是人力资源还是自然资源都不是无限量的，不可能无限量地供给，因而增长是有极限的。如果人类依然无节制地追求发展，人类世界的生产及其增长依然以"过冲模式"（overshoot mode）行进，地球资源将最终枯竭，人类活动终将超出地球的承载能力，增长必定下降，甚至停止，更严重的是，社会可能全面崩溃。② 因此，反思和改变工业革命以来的生产（发展）模式和生产（发展）观势在必行，如果听之任之，等到被迫采取行动时，对于人类来说就意味着更为严重的破坏和灾难，甚至是一切都将无法挽回。由此可见，威廉斯在 20 世纪 80 年代所说的并不是危言耸听，威廉斯之后人类社会生产增长的下降、停止以及崩溃或在局部地区或在全球范围的不同领域时有发生，而环境污染、某些自然资源的枯竭等生态危机已是全球性问题。

戴维·佩珀认为，传统马克思主义认为生态危机和剥削人与自然的资本主义生产关系紧密相连。③ 赫伯特·马尔库塞（Herbert Marcuse，1898～1979）也曾说，"蹂躏自然是资本主义经济必然"，"资产阶级通过统治自然来统治人，因此解放自然和解放人一脉相承"④。但是，威廉斯指出，造成生态以及社会危机的抽象化和量化"生产观"以及发展观并不只是资本主义社会才有，既有的社会主义社会也一样。他还指出，在 20 世纪 60 年代，英国的社会主义已经退化到"为了利润而不是使用"而生产，工党已经抛弃了它的社会主义使命，英国社会主义基本失去有组织的反抗能力，清空了其实际意义。⑤ 因而，无极限的增长观已经是整个人类社会的生

① Donald Worster, ed. *The Ends of the Earth: Perspectives on Modern Environmental History*, London and New York: Cambridge University Press, 1989, pp. 11-12.

② Donella Meadows, Jorgen Randers and Dennis Meadows, *Limits to Growth: The 30-Year Update*, London and Sterling, VA: Earthscan, 2006, pp. v-xv.

③ David Pepper, *Eco-Socialism: From Deep Ecology to Social Justice*, London and New York: Routledge, 2003, p. 66.

④ Herbert Marcuse, *Counter-Revolution and Revolt*, Boston: Beacon Press, 1972, p. 61.

⑤ Raymond Williams, *Toward 2000*, London: Chatto & Windus, The Hogarth Press, 1983, pp. 34-36.

产误区，走出误区，寻找全新的替代性社会模式已是必然。

除了要批判和抛弃由工业革命带来的无极限增长生产观念外，威廉斯认为，人们应该相应地改变由无极限增长观派生的需求观，也就是说生产（量）应该是满足人们的实际需求，而不是"虚假需求"和过度消费。我们生产和买卖的应该只是"美丽的和实用的东西（这应该是生产的准则）"，而不是当今消费社会所营销和所推广的让人脑残（让产品使用者成为消费者，让消费者"没有脑袋、没有眼睛、没有感觉"）或成为消费机器的量化消费品。[①] 威廉斯启示我们：应该为实际需求而生产而消费，而不是为了利润而生产而被迫消费，这与奥康纳从劳动过程、使用价值、需要（消费）的结构等方面所定义的生态社会主义相吻合，即"需求使交换价值从属于使用价值，使抽象劳动从属于具体劳动，这也就是说，按照需要（包括工人的自我发展的需要）而不是利润来组织生产"[②]。

威廉斯认为，建立新的替代性生态社会主义社会还必须批判和摈弃从19 世纪发展而来的"人定胜天的思想"以及其所包含的"典型的扩张主义逻辑"。扩张主义思想者怀着"人类必胜的信念"，打着通过增加生产增加财富以消除贫困的旗帜，为所欲为地"征服自然"和"主宰自然"，以及在征服和主宰自然的同时，征服和主宰他人。[③] 实际上，从"人定胜天"思想产生以来，人类社会始终没有消除贫困，"今天贫困依然是一个重大的公共问题"，一个亟待解决的社会和个人问题[④]，一个世界性的问题。即便是位居世界上最富有国家之一的美国在 20 世纪最后三十年，扩张和增长并没有使贫困减少，更不用说消除了，而且在进入 21 世纪后贫困问题变得更为严峻。[⑤] 更为严重的是，旧的贫困没有解决，新的贫困不断涌现。人与自然之间、人与人之间的征服与主宰实践已经使人类受到了一次又一次的报复

---

① Raymond Williams, *Resources of Hope: Culture, Democracy, Socialism*, London: Verso, 1989, p. 216.

② 詹姆斯·奥康纳：《自然的理由：生态学马克思主义研究》，唐正东、臧佩洪译，南京：南京大学出版社，2003 年，第 525 ~ 526 页。James O'Connor, *Natural Causes: Essays in Ecological Marxism*, New York and London: The Guilford Press, 1998, pp. 255-278.

③ Raymond Williams, *Resources of Hope: Culture, Democracy, Socialism*, London: Verso, 1989, pp. 214-215.

④ Rose D. Friedman, *Poverty: Definition and Perspective*, Washington, DC: American Enterprise Institute for Public Policy Research, 1965, p. 1.

⑤ Edward Royce, *Poverty and Power: A Structural Perspective on American Inequality*, Plymouth and Maryland: Rowman & Littlefield Publishers, 2009, pp. 11-13.

（人类生存环境的不断恶化，不同人类群体之间绵绵不断的战争）。因此，威廉斯指出，人定胜天和扩张主义思想的基本出发点是错误的，我们应该认识到人只是自然的一部分，人不应该是自然的征服者和主宰者，而应该只是有机的参与者，人与自然相处的原则同样适用于人类社会自身。

　　面对当前主要的社会危机（生态危机），有志之士提出过一些解决方案，从理论和实践上为缓解危机作出了一定的贡献，但是在威廉斯看来，这些方案都有明显的局限性，没有为解救人类社会（生态）危机找到一条切实可行的道路，其中他主要指责了"开倒车"的未来社会模式设想和"无政治生态观"。所谓"开倒车"的未来社会模式是指20世纪初生态运动所倡导的世界拯救模式：建立"自然、干净和简单的社会"，即没有工业和机械生产模式的社会，以农业和手工业为主的社会。威廉斯认为，强调"简单即美"的设想不是面对眼前的社会问题（生产问题）发言，是威廉·莫里斯式的想象[①]，与一些崇尚"小即美"[②]的人们一样，是有意简单化，甚至是倒退。另外，威廉斯指出，面对社会问题发言的一些生态运动自称或者被认为是"无政治运动"纯粹是无稽之谈，因为"'无政治'也是政治，没有政治立场就是一种政治立场形式，并且往往是非常有效的一种"[③]。

---

　　①　Raymond Williams, *Resources of Hope: Culture, Democracy, Socialism*, London: Verso, 1989, pp. 216-217.

　　②　在所有形形色色的"小即美"的设想和实践中，世界十大环保人物之一舒马赫（E. F. Schumacher，1911—1977）1973年出版了《小的是美好的》，最为直接和系统地阐明了一种"小即美"生产模式。该书从1973年到1979年的6年间再版12次，形成了广泛的影响。书中列举了发达国家的大规模生产与扩大消费的罪恶，例如，"大量生产帮不了世界上的穷人……大量生产的体系建立在资金高度密集、高度依赖能源投入及劳力节省的技术基础上，先决条件是已经富有，因为设立一个工作场所需要有大量投资……大量生产的技术是暴力的，破坏生态的，从非再生资源的角度来说，是自我毁灭的，并且使人失去作用"（第104页）。在此基础上，他提出"小即美"（第106页）的概念，即以中间技术为基础的小规模生产模式，例如，"在工业方面，我们可以把注意力放在发展小型技术、比较非暴力性的技术、'具有人性的技术'上"；"小规模生产，不论为数如何多，总不及大规模生产对自然环境的危害，这完全是因为它们个别的力量相对于自然的再生产能力来说是很微小的……况且，小团体的成员对他们那小块土地或其他自然资源的爱护程度显然超过那些隐去所有者姓名的大公司或那些患有自大狂、把整个宇宙都看成是自己的合法采石场的政府"；"人的身量很小，因此小型技术最好。追求巨大无异追求自我毁灭"（第8、18～19、108页）。然而，纵观全书，舒马赫并没有回答"多小才是美的？"这一问题。虽然他的思想从出版到现在风靡世界，但是实际的世界发展并没有趋向更小，而是更大。E. F. 舒马赫：《小的是美好的》，虞鸿钧、邓关林译，北京：商务印书馆，1984年。

　　③　Raymond Williams, *Resources of Hope: Culture, Democracy, Socialism*, London: Verso, 1989, pp. 218-219.

中国学者郇庆治将生态社会主义的理论观点概括为"对生态环境问题成因的阐释、对人与自然辩证关系的阐述、对未来绿色社会的设想和关于走向绿色社会的道路四个方面"[①]。上面已经就前两个方面对威廉斯的生态社会主义进行了简单的分析，下面将从后两个方面作进一步探讨。关于如何从既有资本主义和社会主义所引起的环境和社会危机中走出来，威廉斯以英国为例从环境保护、政治、经济、社会、文化与科技、国际事务等方面讨论了在未来的生态社会主义社会中人与自然、人与人、人与社会之间的关系模式以及相应的实践应对。

在未来生态社会主义社会里，威廉斯倡导"弱人类中心主义"的人与自然关系。所谓"弱人类中心主义"，以环境伦理为判断标准，美国哲学家布赖恩·诺顿（Bryan Norton）认为，与满足人类的"感性偏好"（felt preferences）而剥削自然的"强人类中心主义"相比，满足人类的"理性偏好"（considered preferences）而善待和保护自然的"弱人类中心主义"同时具备两个基本条件：（1）强调人与自然的完美和谐，禁止任何任意破坏其他物种或者生态系统的行为；（2）人类是价值的主体，人与自然接触是形成和认识价值的基础。弱人类中心主义非个人主义的价值论包含两个层面：（1）同时代人的公正分配；（2）代际之间的环境资源合理处置，以保证资源的稳定和可持续性。[②]

在人与资源、人与动物等之间，威廉斯认为首先考虑的应该是人的利益。如果某种美丽的或者濒临灭绝的动物破坏当地的庄稼，甚至威胁到人的生命时，我们就不能说：要不惜一切代价让某种濒临灭绝的动物活下去，因为人的生存是最重要的。他斥责说，面对生存为了动物利益而牺牲人类利益的人是痴人说梦，这种人是所有人的敌人。[③]他以某些英国工业家或者银行家为例说这样的人是伪善的，因为在工作日时，他们通过压榨，以"污秽"的手段获取大量的钱财，并且同时制造大量的污染，可是到了周末，他们摇身一变，成为环保主义者，满嘴的仁义道德："我们必须拯救这

---

① 郇庆治：《国内生态社会主义研究论评》，《江汉论坛》2006 年第 4 期，第 13 ～ 18 页。

② David Clowney and Patricia Mosto, eds., *Earthcare: An Anthology in Environmental Ethics*, Lanham: Rowman & Littlefield Publishers, 2009, pp. 159-172.

③ Raymond Williams, *Resources of Hope: Culture, Democracy, Socialism*, London: Verso, 1989, p. 220.

种美丽的野生动物"、"环境是我们的珍贵遗产，应该好好保护"，他们之所以这样，更多的是为了给自己开辟周末度假的好出处。威廉斯倡导，所有的生态社会主义者应该坚决抵制这种伪善之人以及伪善之行为。

面对生死存亡时，威廉斯倡导我们应该把人的生存放在首位，但是这并不意味着为了人的利益可以随便破坏自然，随便掠夺自然资源。任何时候人类都应该理性和科学地分析自己的生态，合理地利用自然资源[①]，而科学和理性就意味着对各种生态假设和项目的良好甄别能力，从而知晓哪些是可以协商的，哪些不利于环境的生产和消费是坚决要减少或者放弃的，例如，汽车的拥有量是可以减少的，而南威尔士的煤矿开采应该与矿工们在平等的基础上进行协商，逐步减少，因为尽管大量的开采既破坏自然又伤害你的身体，但那是当地人的收入来源，关系到一些人的生死存亡，所以只能通过发展其他生存方式逐步替代，而不是仅从资源的存有量、环境污染和人类身体伤害衡量，骤然坚决喝令停止。

威廉斯的弱人类中心主义思想和倡议成为后来生态社会主义政治思想理论的基本原则，他的同胞戴维·佩珀曾精辟地总结说：人类为了生存必定猎杀动物和剥削自然；人类总是从人类意识角度感知自然，因而任何人都不可能是非人类中心主义的。[②]

由于"人统治自然的想法源于人对人的统治"[③]，要消除当前"人定胜天"的思想和实践活动，实现人与自然的和谐共处，首先必须实现人与人、人与社会和谐共处，即首先建立生态的人与人、人与社会关系。下面将从政治、经济和社会组织等方面总结威廉斯对未来生态社会主义社会中人与人、人与社会关系运作模式的思考。

在政治方面，威廉斯认为，未来生态的社会主义政治主力应该是工党、工会、工人阶级团结一致形成的工党政府，要坚决摈弃目前的分裂状态，而由此形成的政治力量的首要目标就是要清楚认识到当前为极不平等社会或者说为特权和剥削系统服务的各种版本的普世利益都是错误的，也就是

①　Raymond Williams, *Resources of Hope: Culture, Democracy, Socialism*, London: Verso, 1989, p. 221.

②　David Pepper, *Eco-Socialism: From Deep Ecology to Social Justice,* London and New York: Routledge, 2003, p. 31.

③　Murray Bookchin, *The Ecology of Freedom,* Stirling: AK Press, 2005, p. 65.

要从根本上挑战当前主流社会价值和发展模式，然后通过新的工人阶级和新的劳工运动，利用新的可操作性民主，通过复杂多样的政治协商，从各种具体的利益中建构实际的和可能的普世利益，力争各方真正和平等地掌控社会实践活动和社会新秩序。其中最为重要的是团结一致以及根据实际运作情况不断地进行调整。

　　威廉斯曾经批判从"二战"以来英国的共产党和马克思主义者和新左派、工会和劳工运动推动者等都是无可救药的改革主义者，即在资本主义制度下，倡导激进地改革社会体制和社会关系；没有倡导变革社会秩序，有的只是一些具体方面的改革斗争和妥协，而不是革命斗争，最终也只不过是为资本主义改革鞠躬尽瘁而已，这也是 1966 年他退出工党的原因（"Notes on Marxism in Britain Since 1945"，1976）。① 但是，他为未来社会主义的建构勾画的政治策略也是非暴力斗争以及各方的平等协商，也可以说是改革主义的，带有明显的人道主义印记，并没有就如何从资本主义社会转换为社会主义社会提供切实可行的方案。这应该也是当前生活在资本主义国家的生态社会主义倡导者必须面临的问题：在没有实现资本主义社会向社会主义社会的真正政体转化的基础上谈论如何建设生态的社会主义更多只是设想，虽然具有生态社会主义的理论意义，但是要在本土真正付诸实践操演依然面临很多问题，还有很长的路要走。当然，它对目前的一些社会主义国家发展的指导作用不容忽略。

　　在经济方面，威廉斯认为，生态的社会主义经济理性在任何层面上都应该是生态的，因此它应该摈弃传统工业资本主义社会以物为本的生产方式（即以社会和环境为代价而不断获得增长和利润的生产），在公共拥有和管理基础上重建以人为本的生产方式（即为满足人的需求和实现人与自然和谐相处而生产）。② 以人为本的生产方式铸就的生态社会主义社会将是一个共享型的社会（a sharing society），是一个充满关怀的社会（a caring society）。他从如下几个方面论述了以人为本的生产方式的具体内涵。③

　　① Raymond Williams, *Problem in Materialism and Culture: Selected Essays*, London: Verso, 1982, pp. 246-250.

　　② Raymond Williams, *Resources of Hope: Culture, Democracy, Socialism*, London: Verso, 1989, pp. 156, 269.

　　③ Raymond Williams, *Toward 2000*, London: Chatto & Windus, The Hogarth Press, 1983, pp. 87-101.

其一，实行人人有工作的产业结构模式。由于科技的发展，工业和农业劳动力的需求急剧减少，大量劳动力可以转入服务业，从事培养和照看民众的工作，而且此方面能源源不断地产生工作机会，因为这是为民众提供终生关怀的社会必然，从而摒弃当前社会缺乏人性的工作和生产观，即生产体现的是片面追求国民生产总值的增长，把利润的大小作为衡量经济发展的主要杠杆，是人和自然对立的价值观。

其二，发展真正减轻劳动者机体负担、缩短工作时间的科学技术和生产工具。过去省力科技的发展往往是为了为雇主节省劳动力，减少雇佣，从而节约生产成本，赚取更多的利润，而以人为本的省力科技应该通过"分配和调控"为大众服务，因为省力科技将节省出劳动力，从而让他们有更多的机会投入到人—人互动，而不是人—机互动的工作中去，因此省力科技成为大众的福利，而不是造就大量失业和延续资本主义生产宝训"更多的产出，更少的工人"。

其三，发展需求型国内生产与有计划的国际贸易相结合的生产方式和经济模式，经济只是为了维护社会的正常健康运转，要避免市场决定社会的局面。也就是说，在生产和经济的发展过程中人始终是主导，而不是客观经济做主导。

其四，应该根据社会成员的整体生活需求（而不是利润）而生产而贸易，实现生产资料的社会成员民主控制，从而保护环境。根据利于环境的民众合理需求决定生产的模式、规模和节奏等，从而保持经济的稳定和持续有效发展。

其五，建立共享型经济，即完全由社会管理和统筹生产，以家庭为单位，通过分配调控，实现收入的社会共享，让老幼病残等没有劳动能力的人同样能够共享社会财富。显然，威廉斯的社会分配调控策略与罗尔斯的所说的"给那些最少受惠的社会成员带来补偿利益"的公平正义不谋而合，即尽量通过某种补偿或者再分配减少社会和经济的不平等（如财富和权力的不平等），使一个社会的所有成员都有一种公平的正义感，从而促进社会成员团结合作。[①] 可见威廉斯更强调未来社会的公平正义，而不是"既有社

---

① John Rawls, *A Theory of Justice*, a revised edition, Cambridge, MA: Harvard University Press, 1999, p. 13.

会主义理论上倡导的分配正义或是生产正义"①。

在社会组织方面，威廉斯认为，未来社会主义应该实行"以良好教育为基础的参与型民主"（educated and participating democracy），即具备良好教育的所有公民直接参与的民主。在古希腊到现当代的西方社会中，民主含义经历了复杂的演变：从贬义到褒义、从直接民主到代议制民主，从资本主义民主到社会主义民主，等等。通过梳理民主语义史，他指出，当前盛行的两种主要意义的民主（社会主义传统的人民民主和资本主义的代议制民主）相互对抗，而且在实践中表现出"无数有意地扭曲"：将"群众力量"、"为民谋利的政府"等民主设想简约为掩饰他们的"官僚统治"或"寡头政治"真面目的象征性口号；将"选举"、"代表制"与"授权"等民主设想简约为处心积虑的形式或者说是被操弄的形式。② 面对各种变质的民主，威廉斯提出在基于公社、合作和集体制的未来社会里，应该贯彻完全民主：言论自由、结社自由、选举自由、决策透明，并且各项民主制都应该经得起审查，在法律上有保障，在技术上便于灵活操作。

威廉斯的能够灵活操作的真正完全民主首先必须是直接民主，即所有直接相关的居民应该平等接受合宜的教育，以便能够主动直接参与、讨论、决定和管理公社事务，即埃里克·艾格拉德总结的"面对面的民主自我管治"③，而直接民主的实践保障是小规模自治公社（和小企业）。规格多样的自治公社通过公民授权形成各具特色的政治单元，以及相应的直选代表，而且公民参与和公民授权的最大程度的自治和直选在以邦联主义连接起来的公社、地区、国家、国际等各级人类社会结构中并行不悖。④

威廉斯认为，要在当前充满压迫和剥削的国家—民主主义、爱国主义、国际主义政治、经济和文化框架中实现小规模自治公社的人类社会结构模式及其直接民主，首先可以发动两股积极且相互联系的力量，这两股

---

① 詹姆斯·奥康纳：《自然的理由：生态学马克思主义研究》，唐正东、臧佩洪译，南京：南京大学出版社，2003 年，第 514～515 页。

② Raymond Williams, *Keywords: A Vocabulary of Culture and Society*, New York: Oxford University Press, 1983, pp. 93-98.

③ 埃里克·艾格拉德：《作为一种政治选择的"生态公社主义"》，郇庆治译，《鄱阳湖学刊》2011年第 1 期，第 110～125 页。

④ Raymond Williams, *Toward 2000*, London: Chatto & Windus, The Hogarth Press, 1983, pp. 124-127.

力量是："真实社会身份的文化斗争"和"有效自治社会的政治界定"。①
社会身份反映了一个人在国际、国家—民族、种族、族群、性别、阶级、
宗教等中的位置。在威廉斯看来，像英国人之类的国家—民族身份定位是
最不能忍受，也是不真实的，因为大一统的英国国家—民族身份，掩盖了
各民族间发展过程中不断出现的征服、镇压，取代和相应的融合等文化和
社会事实，因而这种统一的身份是政治想象，是统治阶级强加于民的政治
联合。因此，在未来的社会中，应该充分认识到真正的社会身份应该基于
切实体验和长期形成的社会关系，即基于实际生活居住地的身份认知，从
而排除种族和民族等分裂性意识形态社会身份界定。基于实际生活居住地
而形成的"完全的积极的社会身份"与真正有效的自治社会构成缺一不可。
真正有效的自治社会是由各种地方特色的可知公社和可知地区构成的，其
中所有居民能够以多种形式有效地和直接地参与管理，从而通过民主协商
等方式由大众自主维护自己的实际利益。

　　不少学者将威廉斯对未来社会主义社会的方方面面言说归结为生态社
会主义的思想，但是也有不少学者提出了不同的看法。威廉斯的未来社会
中的人们自由、自主、平等、相知、相助，共同组成稳定而和谐的多元化
集体，多元化集体进而形成多元化社会主义。由各具特色的小规模公社组
成的人类社会不再有私有制，不再有阶级、种族、性别和国家等之间的剥
削和压迫，因为小公社的社会自治模式以及实在的社会身份促使人们自己
当家作主，没有了统治阶级，各级自治集体通过直接民主协商，团结一致，
互助合作。各公社居民按生活地特色从自然获取所需，基本自给自足；公
社一切事物根据可知的共同生活体系进行调节，人与自然、人与人、人与
社会和谐一致。尽管威廉斯并不认可自己与无政府主义有何联系②，但是他
的未来生态社会主义社会的构想反对中央集权制的社会管理模式，反对国
家社会结构模式，倾向"公社导向的自由社会"③，具有明显的社会无政府主

---

①　Raymond Williams, *Toward 2000*, London: Chatto & Windus, The Hogarth Press, 1983, pp. 193-199.

②　Alan O'Connor, *Raymond Williams*, Maryland: Rowman & Littlefield Publishers, 2006, p. 110.

③　美国自由社会主义者墨里·布克金认为倡导"公社导向的自由社会"是一个真正的社会主义者
的使命。Murray Bookchin, *Social Anarchism or Lifestyle Anarchism: The Unbridgeable Chasm*, Edinburgh,
Scotland and San Francisco, CA: AK Press, 1995, p. 2.

义特征，而且他的"将一切问题都留给直接受影响的本地人自己解决"的分权自治策略显然是生态无政府主义的，是生态自治主义的。① 威廉斯不但强调未来社会政治和经济的直接民主运作模式，强调基层民主应该得到充分发展，而且他的文化唯物主义的文化思想核心之一就是民主文化，因此米尔纳将他的未来社会思考总结为"民主社会主义"② 也不无道理。

威廉斯认为，既有的马克思主义以及与其相关的社会主义思想和实践因为自身的一些局限性而没有实现真正的社会主义，而他有关未来社会的设想更多基于对资本主义和传统社会主义生产关系和生产方式等的批判，没有明确说明如何从当前资本主义主导的社会转向生态的社会主义社会。他提出的倾向"小即美"的人类社会政治、经济和文化运作模式在他之后并没有实现，反而是全球化以及地球村的趋势愈演愈烈，而生态的人类社会、生态的人与自然关系的梦想依然还只是不断被关注、提及且时不时在局部加以试验的美好愿望，因为导致自然、人类社会生态危机的掠夺性生产方式以及认知方式依然盛行。那么，生态梦的实现离我们到底还有多远？

如果说威廉斯的生态的社会主义还在无政府主义、民主社会主义、生态自治主义之间徘徊而难以定位的话，那么威廉斯的时代以及他之后，确实有一大批社会主义者旗帜鲜明地致力于建构、倡导和实践生态社会主义，例如，20 世纪 70 年代的鲁道夫·巴罗和亚当·沙夫，80 年代的威廉·莱易斯、本·阿格尔和安德列·高兹，90 年代后的瑞尼尔·格伦德曼和戴维·佩珀和劳伦斯·威尔德，等等。然而，现实真如奥康纳说的那样"生态学社会主义已经来临，它们形态迥异，而且丰富多彩"吗？③ 还是生态社会主义还仅仅是一种不太完备的理论，还有待在实践中得到完善？这是每个有志于生态社会主义理论研究和实践者应该弄清楚的问题。

尽管威廉斯的"生态的社会主义"更多的是理论思考，而且难以定位，但是它最起码已经具备了中国学者汤传信总结的威廉斯以及他之后的生态

① Robyn Eckersley, *Environmentalism and Political Theory: Toward an Ecocentric Approach*, New York: State University of New York Press; London: UCL Press, 2003, pp. 145, 173.

② Andrew Milner, *Re-imagining Cultural Studies: The Promise of Cultural Materialism*, London: Sage, 2002, p. 64.

③ 詹姆斯·奥康纳：《自然的理由：生态学马克思主义研究》，唐正东、臧佩洪译，南京：南京大学出版社，2003 年，第 529 页。

社会主义的理论意义与实践价值：

> 第一，它探索了一种新的社会主义模式；第二，提出了一种新的
> 社会主义发展途径；第三，重新审视了资本主义社会的社会现状，提
> 出了许多值得探讨的理论和实践问题；第四，指出了传统社会主义的
> 弊端和失误，有助于我们进一步总结社会主义实践的经验教训；第五，
> 基于对生态危机和环境问题的深切关注，确立了一种新的社会发展观，
> 完善和发展了可持续发展理论；第六，提供了理解社会主义和资本主
> 义社会关系的新方法和新视角。[①]

至于威廉斯的"生态的社会主义"思考的社会现实意义目前并不明确，起
码在当前的人类世界并不具备实践可行性，因为为利润而生产的全球化趋
势锐不可当，没有人愿意停下脚步真正实践生态生产模式，尽管当前无论
是资本主义社会还是社会主义社会都已经认识到生态平衡的重要性，也都
在努力从认知和实践上实行各种生态变革，但是没有决心从根源上着手解
决生态危机，一切都将是枉然，全球生态环境恶化将继续在各种不绝于耳
的"保护环境，维护生态平衡"的口号中愈演愈烈。

---

① 汤传信：《生态社会主义析评》，《江淮论坛》2002 年第 4 期，第 67 页。

结论　影响与独创性

　　独创性是个人才能的体现，是文人独立身份形成的标志，是文艺发展的尺度，因此对于文人来说，独创性的形成至关重要，独创过程中后辈与前辈关系更是引起了不少学者的关注和思考。艾德华·杨（Edward Young，1683～1765）曾说：前辈能够滋养我们的思想，他们的优点点燃我们的想象力；独创源于个体的内在天才；天才的影响往往是"卓越且良好的"[1]。但是，更多的学者认为，独创不是纯粹个人内在的自发流露，而是与其他同类人有着千丝万缕的联系，而且这种联系带来的影响可能是积极的，也可能并不那么美好。不那么美好的影响即是具有强烈自我意识的受影响者急切想要摆脱而与之进行殊死搏斗的东西，这样一来，"前辈老师成为了后辈艺术家的敌人"，A. 赫胥黎（Aldous Leonard Huxley，1894～1963）和H. G. 威尔斯（H. G. Wells，1866～1946）之间的影响和敌视就是很好的例证。[2] 雷蒙德·威廉斯曾毫不掩饰地说要与 T. S. 艾略特、F. R. 利维斯等进行抗争，摆脱他们的影响，从他们手中夺取文学和文化优先权。[3] 根据哈罗德·布鲁姆的观点，影响是无法摆脱的，也是无须摆脱的，需要的是为抵御强势影响而采取的自我强势立场。因为影响的存在，威廉斯著作中对手文学和文化观幽灵般的对立存在之处往往是因打破传统而最具独创性和最卓越的地方，因为文学与文化的"力量和意义藏匿于新老碰撞之中"[4]；"天资一定在抗争中形成"[5]。

　　① Edward Young, *Conjectures on Original Composition*, Ed. Edith J. Morley, Manchester: The University Press; London and New York: Longmans and Green & Co., 1918, pp. 10, 30, 44.

　　② Krishan Kumar, *Utopia and Anti-utopia in Modern Times*, Oxford and New York: Blackwell, 1987, p. 226.

　　③ Raymond Williams, *Politics and Letters, Interviews With New Left Review*, London: Verso, 1981, p. 112.

　　④ Harold Bloom, *Agon: Towards a Theory of Revisionism*, New York: Oxford University Press, 1982, p. 24.

　　⑤ Friedrich Wilhelm Nietzsche, "Homer's Contest", *Early Greek Philosophy & Other Essays*, Trans. Maximillian A. Mügge, New York: Macmillan, 1911, p. 58.

　　关于文人如何创新而成就自我，可谓是智者见智，仁者见仁。例如，与亚里士多德等创作理论巨擘的现实世界摹仿论不同的是，崇尚学习古希腊罗马作品的古典主义理论代表布瓦洛（Nicolas Boileau，1636～1711）在《诗的艺术》中提出，作家首先要以古典作品作为创作典范，伟大作家们创作的成功之处归于他们对于古人的模仿、继承与吸收。立体画派创始人巴布罗·路易兹·毕加索（Pablo Ruiz Picasso，1881～1973）宣称"艺术和自由，就像普罗米修斯之火，必须偷窃"，"一旦有可偷窃之物，我就偷窃"，因此搞得同行们都害怕向他展示自己的作品，以免被他"偷窃"加工后弄得比原作好很多，反而被认为自己是复制他。① 这些都与哈罗德·奥格登·怀特（Harold Ogden White）的文学原创性观点不谋而合。怀特认为，"真正的独创性是通过模仿实现的——该模仿精心地选择其模本，进而对模本加以个性化地重述，最终努力对模本实现超越"②。T. S. 艾略特也说："不成熟的诗人模仿，成熟的诗人偷窃；坏诗人糟蹋他取来的东西，好诗人则使之成为更好的东西，或者至少变得不一样了。好诗人会把他的偷窃物融进某种情感的整体之中，那情感是独特的、迥然不同于那被掠取的对象；坏诗人则把它丢进没有某种凝聚力的东西。"③

　　这里的模仿也好，偷窃也罢，哈罗德·布鲁姆把它们统称为文学前辈巨擘对后辈强者的影响；不管是"盗窃后的加工品"、"对模本的个性化重述得到的超越物"也好，还是"偷窃后融合的情感整体"也罢，理查德·波斯纳（Richard Allen Posner，1939～）称它们为"创造性模仿"之产物。④ 然而，布鲁姆称它们为"卓有成就的焦虑"，影响的焦虑下的创造性误读之产物⑤；是影响下的艰难创新，因而布鲁姆眼中的影响不是受影响的后来者所喜爱的⑥，是"非良好的传递"；创造性误读是有意的反常阅读：

　　① Francoise Gilot, Carlton Lake, *Life With Picasso*, New York and Toronto and London: McGraw-Hill, 1964, pp. 197, 317.

　　② Harold Ogden White, *Plagiarism and Imitation During English Renaissance: A Study in Critical Distinctions*, New York: Harvard University Press, 1965, p. 18.

　　③ T. S. Eliot, *The Sacred Wood: Essays on Poetry and Criticism*, New York: Alfred A. Knopf, 1921, p. 114.

　　④ 理查德·波斯纳：《论剽窃》，沈明译，北京：北京大学出版社，2010年，第63页。

　　⑤ Harold Bloom, *The Western Canon: The Books and School of the Ages*, New York and London and San Diego: Harcourt Brace & Company, 1994, p. 8.

　　⑥ Harold Bloom, *Anatomy of Influence: Literature as a Way of Life*, New Haven: Yale University Press, 2011, p. 6.

清除前辈，为自我开拓新的文学和文化空间。[1] 不管如何命名文艺批评家的这些真知灼见，他们都从自己的角度阐释了一种文学（文化）经典形成方式与方法，一种文学（文化）名家长成的过程和途径。

布鲁姆的诗学理论把他自己的这种方法和过程解释为：影响→误读→修正→创新，即后辈强者为了廓清自己的想象空间，以坚忍不拔的毅力向威名显赫的前代巨擘进行至死不休的挑战，如果这是一场势均力敌的强者之间的战争，后辈强者必定能通过各种误读抵御前辈的影响，创造性修正前人之所有为己用。虽然后辈会由于习得前辈成就感到受人恩惠而产生负债的焦虑和 / 或因为无法超越前辈而产生永无出头之日的焦虑，但只有这样才能在伟大中生根，尔后抽新芽、长新叶、开新花、结新果，最终成功淹没传统，树立新的经典；成功淹没前辈，成为新一代伟大者。雷蒙德·威廉斯之所以成长为文化研究名家以及他的文化著述之所以成为经典正是遵循着这样的方式和方法，即他之所以能在与"艾略特、利维斯以及在他们周围形成的文化保守主义"的殊死斗争中成为胜者，是因为他在熟知阿诺德的《文化与无政府状态》、艾略特的《文化定义札记》和《基督教社会的概念》、利维斯的《大众文明与少数人文化》等的基础上，通过误读和利用各种方法修正这些前辈作品中最具特色的概念和观点，取前辈最卓越的东西为己用，从而创造出《文化与社会》、《漫长的革命》等风靡全球的新一批文化研究经典著作，这些作品的胜利是他"已经取得成功的焦虑"的表征。

布鲁姆的诗学理论中的"误读以及修正前辈的经典而创新"是指，潜在的后辈文学（文化）强者以或这样或那样的方式"盗窃"和利用前辈作品中之经典，作为自己的"伟大原作"（great original）（自己作品）的基点，而这个基点是"原始教导场景"，是后辈诗人偏离或者说误读的关键点，"误读产生洞见"[2]，误读成为创作，因此这是自我创作的起点，是作品不朽性的温床[3]，"是每一位强者诗人的理性准则"[4]，是影响与创新的交锋地

---

① Harold Bloom, *Agon: Towards a Theory of Revisionism*, New York: Oxford University Press, 1982, p. 64.

② Paul de Man, *Blindness and Insight: Essays in the Rhetoric of Contemporary Criticism*, New York: Oxford University of Press, 1971, p. 116.

③ Harold Bloom, *A Map of Misreading*, London: Oxford University Press, 2003, p. 57.

④ Harold Bloom, *The Anxiety of Influence: A Theory of Poetry*, London and Oxford and New York: Oxford University Press, 1975, p. 80.

带。艾略特曾更为通俗地解释说这是后辈"作品最好的部分，最个人的部分，也是前辈诗人最有力地表明他们的不朽的地方"①。显而易见的是，布鲁姆强调的是后辈对前辈经典的逆向对抗性误读创新：俄狄浦斯式创新，而艾略特更注重后辈对前辈经典的继承性创新，即将前辈的伟大之处与后辈现在的经验、感情等有机地融合，形成新的整体而达到创新：子承父业顺向接受式创新；艾略特强调创作的客体性思维，布鲁姆却对抗性地强调主体创造性。对于熟知艾略特的布鲁姆来说，不知他如何阐释他自己在伟大作品的源头这点上（或者说是对待传统上）与艾略特的英雄略同之见，按照他自己的阐释逻辑，这是否可以解读为是他受艾略特前辈影响的焦虑之产物？根据布鲁姆的观点，后辈诗人正是在这种新老相互碰撞的基点上进行各种批判、修正、变革和重构，从而借助前辈的名气成就独立而又辉煌的学术自我。因此，由于这种先破而后立的策略，在任何一部经典中总能发现传统的踪迹、经典的延续；在任何一个伟大的文学（文化）家的身后总能发现前辈的投影，即文学（文化）家个体中的共同体特性。接近百年的阅读和接受事实已经证明 T. S. 艾略特的《荒原》因对经典作品的修正性"盗窃"而举世无双，这应该是能够阐释布鲁姆诗学理论视角最好的文本。而雷蒙德·威廉斯作为一代文化巨擘的成长过程无不彰显着 T. S. 艾略特对他的影响以及他对艾略特的认同、反抗、修正、创新以及不断的自我修正。

上大学时，威廉斯认真学习了马修·阿诺德、克莱夫·贝尔（Clive Bell，1881～1964）、T. S. 艾略特和 F. R. 利维斯的文化思想，之后又在成人教育课堂上为学生阐释和讲解这些人以及他们的思想，因此他对"这群文化保守主义者"可谓了如指掌，他对他们的喜爱和他们对他的影响也不言而喻，然而他对他们的恐惧同样不言而喻。由于"对一个人施加影响等于把你的灵魂给了他。（一旦受到影响）他的思想就不再按照原有的天生思路而思维……他成了别人音乐的回声，一位扮演着为他人而设计的角色的演员"②。想要独步文坛的威廉斯绝对不愿意背负艾略特等前辈们的影响和庇

---

① T. S. Eliot, *Selected Essays*, London: Faber and Faber, 1932, p. 14.

② Oscar Wilde, *The Picture of Dorian Gray*, London: Penguin Books, 1994, pp. 24-25.

护、压迫和控制，不愿意生活在前辈的阴影之下而沦落为一个普通的读者，因此经过了早期主动追求的蜜月期后，执着于个性化的他开始进入了与前辈们的冲突期，他公开申明：我要反抗，我要从他们手中夺取文学和文化大权。① 此时前辈们的影响就成了一种压抑，但也构成反抗压抑的催化剂；从反抗自觉的开始，就已经播下了创新的种子。"斗争或者说反抗是成就崇高或者伟大文学作品必不可少的条件"②，因此他要抗争，从而扭转乾坤，倒转自己与前辈们的关系，要成为影响的施动者，而不是接受者。显然，最终他成为了胜者，成为了新一代强者。不过，前辈们的命运现在已经同样在他自己身上重演，这就是文学和文化的发展轨迹。

　　在反抗的过程中，当威廉斯开始以一名后辈文化研究者身份出现时，首先选择从前辈最具传统最伟大的地方开始。在接受艾略特的"文化是一整套生活方式"③的文化定义的基础上，威廉斯有意地矫正了艾略特的定义，指出："文化不仅包含知识和想象作品，它本质上也是一整套生活方式"④，实际上此定义的前半部分综合了他极力批评的阿诺德和利维斯的文化定义，可见威廉斯的文化定义是完全"取前辈之最伟大的东西为己用"。这种称不上"创造性修正"而只是重复和杂糅前辈力量的文化定义却成功地妖魔化他所申明要反抗的前辈们，使他们的文化定义失去理论光辉。威廉斯之后，阿诺德、艾略特和利维斯的精英主义文化观为学界所诟病，而他那全然向前辈们敞开的文化定义产生了奇异的效果：他更新了文化的定义；"父辈们"的光芒似乎因为他才显现出来，他们的不朽似乎是依赖于他的成就，似乎是他的努力造就了"父辈"⑤。现如今，不管存在怎样的非议和批评，威廉斯所努力创造的这个文化定义与他的其他文化思想一道被认为是颇具特

---

① Raymond Williams, *Politics and Letters, Interviews With New Left Review*, London: Verso, 1981, p. 112.

② Harold Bloom, *Anatomy of Influence: Literature as a Way of Life*, New Haven: Yale University Press, 2011, p. 20.

③ T. S. Eliot, *Christianity and Culture: The Idea of a Christian Society and Notes Towards the Definition of Culture*, New York: Harcourt, Brace and Company, 1949, p. 198. 在艾略特之前，柯勒律治和卡莱尔等也曾提出"文化是一整套生活方式"的看法，艾略特对前辈的概念进行了那么一点点的修正。

④ Raymond Williams, *Culture and Society: 1780-1950*, Garden City and New York: Doubleday Anchor Books and Doubleday & Company, 1960, p. 344.

⑤ Søren Kierkegaard, *Fear and Trembling; Repetition*, Eds. and Trans. with introduction and Notes by Howard V. Hong and Edna H. Hong, New Jersey: Princeton University Press, 1983, p. 27.

色的理论创新而被广泛引用、传播和接受，从而证明了他的反抗卓有成效，尽管此时他的文化概念还不是真正意义上的创造性误读。

可是，事实上前辈们的文化定义并非如此狭隘而不堪一击，以艾略特为例，单纯从定义来说，他的文化定义实际上比威廉斯更全面，更具体。因为他认为，文化是一整套生活方式，包含了一个民族一切有特色的活动和兴趣爱好；包含了他们的艺术、社会体系、风俗和习惯、宗教。[①] 只是由于威廉斯对艾略特的文化定义进行了削足适履式"削缩"误读：把前辈的核心定义弄得"是我而非我"[②]，使自己的定义反过来似乎更完整、更合理、更独特，前辈们的观念似乎成为了"迟来者"，而他的观念的"优先性"使其成功地立足于文化研究领域，成为当前文化研究之圭臬。

雷蒙德·威廉斯的"文化是一整套生活方式"的文化定义阶段，是《文化与社会》之于《文化定义札记》的反抗，而且威廉斯本人对弗洛伊德的精神分析理论对于文化艺术的意义是非常了解的[③]，如果说在此威廉斯对艾略特的反抗还是犹抱琵琶半遮面的"俄狄浦斯式影响焦虑"阶段的话，那么他的文化分类发展过程最终成为俄狄浦斯弑父式的误读：创造性误读，通过彻底颠覆"父亲"的影响而成就了自己在文化研究中的"父辈"身份。艾略特采取三层次结构的文化分类：个体的文化、社群或阶级的文化、整体社会的文化，这是一种静态的普世的从社会群体划分的角度展开的单一分类法。在《文化与社会》之后的文化研究过程中，威廉斯多次尝试了艾略特的文化三分法，在反复的过程中，用世俗社会的具体元素（社会历史、政治等）一次次贬抑和清空了艾略特前辈因普世而具神性的文化分类法，从而使前辈的分类法相形见绌。威廉斯采用的多层次的三结构文化分类法包括：本体的（理想文化、文献文化和社会文化）、社会历史的（亲历的文

---

① 　T. S. Eliot, *Christianity and Culture: The Idea of a Christian Society and Notes Towards the Definition of Culture*, New York: Harcourt, Brace and Company, 1949, pp. 104, 198.

② 　威廉斯在评论艾略特的文化定义时说：艾略特的定义往往处于崩溃的边缘；艾略特有关文化是一整套生活方式的定义举例范围只是运动、食物以及一点点艺术，等等。Raymond Williams, *Culture and Society: 1780-1950*, Garden City and New York: Doubleday Anchor Books and Doubleday & Company, 1960, pp. 247, 250.

③ 　Raymond Williams, *Politics and Letters, Interviews With New Left Review*, London: Verso, 1981, pp. 97-100.

化、记录的文化和选择性的文化传统）和政治的（残存文化、主流文化和新兴文化；文化传统、文化制度和文化形态）。他的这种多层次多角度对文化的整体性宏观把握，尤其是对文化传统的选择性和主流文化的政治性、文化霸权等概念的提出和阐释，不但使文化与政治秤不离砣，更使谈论文化必谈威廉斯成为金规铁律。至此，威廉斯已经成为布鲁姆意义上的"强诗人"。在艾略特普世文化说的基础上，威廉斯试图挖掘各种具体文化的形态和类型，通过重复和具体扩容而与传统文化分类模式决裂，至此威廉斯战胜影响的焦虑，在文化分类层面上颠覆了艾略特的普世模式，其中最突出的是转向了文化的具体社会历史性和政治性，坚持文化"本质上的政治"性，由此推导出"文化是多样的、相互冲突的、发展的和不可预测的"文化观，卓然独立于文化研究之前沿。

威廉斯对艾略特的"弑父式误读"和修正还体现在他对文化传统、文化价值、文化传播和文化政治等方面的理解上。文化传统是文化之本，没有无传统之文化，就像没有无源之水、无本之木一样。威廉斯与前辈艾略特一样强调传统的重要性，但是威廉斯同样通过"偏离"艾略特的概念而改变了传统概念的方向，自创了一个新的传统概念。在艾略特眼中，传统是有机的、自然而然地向前流动的，并随着后来者传统的不断增加而越来越复杂。在艾略特的概念中，传统几乎是丰富性、历史厚重性不断递增的秩序化的连续性客体，而人类主体是离场的。像约翰·弥尔顿笔下有意反抗上帝的撒旦一样，不甘心为"臣"，就必须偏离上帝之道，威廉斯因为不甘心受艾略特的束缚，从被艾略特嫌弃的人类主体作为偏离的起点，尔后极力张扬主体在文化传统中的决定性作用，即他认为连续性文化传统是人为选择的结果，尤其是主流利益群体的选择结果，是主体能动的产物，而非纯客体。威廉斯之后，选择性文化传统的概念广为流传，选择性的概念被借用到众多的文化研究概念之中，就连艾略特传统观的拥护者爱德华·希尔斯也认为"传统是一个选择性过程"①，只不过希尔斯的选择性传统观又偏离了威廉斯的轨道，选择性地去掉了威廉斯传统观中的政治旨趣。尽管布鲁姆把威廉斯等倡导和实践的文化研究看成是女性主义、马克思主

---

① Edward Shils, *Tradition*, Chicago: The University of Chicago Press, 1983, p. 151.

义和新历史主义等"憎恨学派"之流，但是对威廉斯的选择性传统观还是认可的。[①]

在文化价值方面，艾略特始终坚持，文化本身是分等级的，有高雅与低俗之分，而高低不同的众多文化由不同的社会群体拥有和创建，呈现出各色各样的社会价值；高雅的文化应该作为社会运作和前行的标准，有能力拥有和发展高雅文化的社会精英以及精英群体应该成为普通大众的典范和行为指南。在这一方面，威廉斯采取彻底清空艾略特的反抗模式，完全抛弃众多前辈们富有"神性"的思想，把它们拉下圣坛，把高雅与低俗文化统一在一种文化当中，即平常文化或者说民主文化，也因此威廉斯的文化应该是社会大众平等参与、享用和建构的。虽然威廉斯的民主文化还只是一个遥不可及的梦，但是"所有的伟大事物都只能从伟大发端，甚至可以说其开端总是最伟大的"[②]，通过对伟大的精英主义文化观的颠覆性误读，威廉斯最终将自己的名字永远与艾略特等早已功成名就的前辈们捆绑在一起，与伟大捆绑在一起，成为文化研究史中不可或缺的一环，成为伟大之巨链中的一个节点，因而从此与前辈们一同在文化殿堂里面扮演着让后辈焦躁万分的庇护天使的角色。

在文化传播方面，艾略特主要谈论了文化的家庭和学校教育传播，并且像许多其他文化名家一样将家庭置于首要地位。为了彻底地反抗和成功地获得"优先权"，威廉斯一方面完全忽略从古至今世界著名文化前辈们所关注的家庭文化传播的首要作用，屏蔽现实中父亲社会主义信仰一直以来对他的影响，毅然决然地撇开家庭的文化传播角色，从而极大地削减艾略特的文化传播观，弱化其重要性。另一方面，关于文化的学校教育传播，他对艾略特等级制学校教育的合理性的一面（如根据学生的能力和意愿决定给予高层次的精英教育或者低层次的技能教育等）视而不见，因而忽略因材施教教育原则所包含的教育文化传播特殊性，抽象地呼吁全民普适教育和民主教育，利用大众模式对抗精英模式。威廉斯的教育文化传播模式迄今为止还没有能够通过实践和时间的考验，从根本上呈现"强势"状态，

---

① Harold Bloom, *The Western Canon: The Books and School of the Ages*, New York and London and San Diego: Harcourt Brace & Company, 1994, p. 20.

② 海德格尔：《形而上学导论》，熊伟、王庆节译，北京：商务印书馆，1996年，第17页。

现如今威廉斯和艾略特所代表的教育文化传播模式依然只是各有千秋，难以从根本上分辨出孰优孰劣。

艾略特有关文化的家庭传播和学校教育传播观点具有深厚的传统底蕴、崇高的目标性和社会实践性，可圈可点，而威廉斯虽然使用断裂传统和直接对抗等方法试图摆脱前辈的影响，但是没有建构足够自立的影响焦虑之产物——理论创新物。从这一方面来说，威廉斯的反抗是失败的，没有成就独立的文化传播自我。然而，在当今文化传播领域享有盛名的是威廉斯而不是艾略特，那是因为"后辈要想崭露头角，唯一的办法就是把前人的某些次要的、不突出的特点在'我'身上加以强化从而造成一种错觉——似乎这种风格是我首创的"①。相对艾略特，威廉斯选择了一条逆崇高的道路，他抛却前辈崇高的少数人文化研究，向外向下研究传播"多数人"文化的报纸、杂志、广播和电视等媒介以及外在的社会历史、经济和政治等对它们的影响和操控。他对前辈们深感忧虑、十分反感的一些社会现象（电影、电视、通俗报刊等）大唱平等对待的赞歌。威廉斯选取了一个被艾略特所忽略或者说不愿谈论的领域切入他的文化传播研究，试图挖掘其中存在的活力和意义，因而使自己独一无二，"迫使"艾略特的文化传播研究向后退却，失去"优先性"和独特性。

文化的政治和政治的文化可谓是威廉斯挣脱艾略特的庇护、相对艾略特来说最具独立性和原创性的文化理念了。二者迥然不同的文化类型说和文化社会价值观已经足以阐释他们的文化政治观之间的影响、反抗与创新关系，而他们的政治文化观（即他们的政治意识形态观）虽说各有其深厚的家族传统以及社会背景，但是威廉斯对民主、平等和大众的深层次和多方面的理论探索和建构无不体现了他对艾略特的等级制、宗教观和精英观的偏离和重构。然而，看似水火不相容的威氏生态社会主义意识形态和艾氏保守主义意识形态却在一定程度上英雄所见略同，因为艾略特的保守主义意识形态倡导建立基督教社会主义国家，与威廉斯的社会主义一样关注社群生活，认同集体力量及其重要性。由上可知，由于影响后辈脱颖而出的"前辈被理想化，

---

① 徐文博：《一本薄薄的书震动了所有人的神经（代译序）》，载哈罗德·布鲁姆：《影响的焦虑》，徐文博译，南京：江苏教育出版社，2005年，第4页。

而且常常是多位作家形成的聚合体"①，成功独立的后辈作品必定是"内化"
众家之理路，并以此为基点另辟蹊径，为自己开辟独树一帜的空间——蕴
含多种可能的发展空间，对未来一代产生强有力的影响。

　　对比雷蒙德·威廉斯和 T. S. 艾略特的文化研究可知，作为后辈的威廉
斯自主地经历了布鲁姆总结的"选择、认同、抗争、'化身'、重新解读和
修正"②的强者自我成长过程。具体说来，首先是威廉斯选择艾略特等值得
超越的前辈作为自己文学和文化学习的对象，从而深受他们的影响，之后
他对他们进行深入的研究和解读，开始思考他们的伟大之处，并尝试对这
些伟大之处进行利用和修正，最后当完全把握他们时，他勇敢出手，点对
点地彻底突破前辈们的障碍，在前辈的伟大基础上另起炉灶，成为新一代
强者。③

　　前辈的影响对于具有高度创新自觉的后辈来说是把双刃剑：是前进路
上的障碍，更是成功创新的必要阶梯，因为"通过前辈认知，通过误读前
辈创新，从而拓宽人类体验范围是创造性思维能力的决定性因素"④。也就是
说，创造力或者说独创源于前辈（们）培植的某一片土壤（前辈作品中的
伟大之处），后辈（们）从中发芽，尔后独立成长为一个与前辈地位相当或
者超越前辈的新有机体，并且为下一代强者准备可供选择的土壤。"任何诗
都是与其他诗歌互文的……诗歌不是创作，而是再创作，并且就算强势诗
是一个新的开端，亦只是再次开始。"⑤任何一个强者此一时是前驱强势文本
的误读主体，彼一时又成了后一个强者的误读客体，如此形成的强强斗争

---

　　① Harold Bloom, "The Breaking of Form", Harold Bloom et al. eds., *Deconstructionism and Criticism*, London and Henley: Routledge & Kegan Paul, 1979, p. 14.

　　② Harold Bloom, *Poetry and Repression: Revisionism From Blake to Stevens*, New Haven and London: Yale University Press, 1976, p. 27.

　　③ 哈特曼曾说："在艺术的领域，没有自然意义上的父辈，只有找到值得超越的父辈障碍才能达到伟大。如果没有文学前辈，那么他一定要创造一个。想象需要阻碍它的东西才能提升自身，要不然就会陷于沉迷自我。"（Geoffrey Hartman, *The Fate of Reading and Other Essays*, Chicago and London: University of Chicago Press, 1975, pp. 48-49）威廉斯是幸运的，从学生时代起，值得自己超越的前辈就在身边，因为 F. R. 利维斯曾是他的老师，为他讲解 T. S. 艾略特等精英文学和文化，尔后他们更是成为同事。

　　④ Virginia Jackson, Yopie Prins, eds., *The Lyric Theory Reader: A Critical Anthology*, Maryland: JHU Press, 2014, p. 286.

　　⑤ Harold Bloom, *Poetry and Repression: Revisionism From Blake to Stevens*, New Haven and London: Yale University Press, 1976, p. 3.

之关联流，不断前行，为文学和文化传统等提供永不枯竭的生命之源。俄国形式主义者迪尼亚诺夫早就从文学形式演变的角度谈论过创新的斗争性，因为他认为，"文学上的一切延续首先是一场斗争，也就是摧毁已经存在的一切，并且从旧的因素开始进行新的建设"[①]。然而，创造性误读过程中成长的新文艺有机体最终赢在在一定程度上与母体相互对抗，而不仅仅是斗争，因为它是卓越的原创性作者为摆脱前辈的影响有意或者下意识进行否定、修正和势不两立地反抗的结果。

　　上述影响与创新的关系说明，文艺作品首先是"人书写和思考"[②]的产物，而不是"文本之外别无他物"[③]。文艺作品是具有高度自觉意识的文艺人通过个人独创意志否定、修正、反抗传统与前辈而实现超越后的逆向创新物。成为拥有流芳百世的文艺作品的伟大者之有效途径是通过强大的权力意志（即在文艺领域求生存的欲望和创造的本能）吸收并用活前辈而赢得强者所创造的强者文本之间的战争，或者说赢得作为后辈个体的自己与前辈个体或者与前辈群体之间的潜在的意志之战以及由此而生的显在的文本之战。总而言之，前驱经典文本幽灵般存在于新的强势文本之中是文艺新人得以脱颖而出的法宝，新的强势文本不断产生并经典化又是文艺传统蓬勃发展的法宝。影响之下的创造性误读不失为实现文艺独创性的一条有效途径，这既是文艺批评者的福音，也是文艺创作者的福音。这对于改变中国在当前世界文艺理论领域没有话语权的现状是有启示作用的，因为中国并不缺乏经典的文学理论概念、术语和思想，缺乏的是勇于用现代性话语和世界性话语创造性误读中国经典而自成一派的强者。

---

　　① 茨维坦·托多罗夫编选：《俄苏形式主义文论选》，蔡鸿滨译，北京：中国社会科学出版社，1989 年，第 51 页。

　　② Harold Bloom, *A Map of Misreading*, London: Oxford University Press, 2003, p. 60.

　　③ Jacques Derrida, *Of Grammatology*, Trans. Gayatri Chakravorty Spivak, Baltimore and London: The Johns Hopkins University Press, 1976, p. 158.

参考文献

Abrams, M. H. *The Mirror and the Lamp: Romantic Theory and the Critical Tradition*. London, Oxford and New York: Oxford University Press, 1971.

——, ed. *The Norton Anthology of English Literature*. Vol. 1. 6th ed. New York and London: W. W. Norton & Company, 1993.

Adorno, Theodor W. *Negative Dialectics*. Trans. E. B. Ashton. London and New York: Routledge, 2004.

Agger, Ben. *Cultural Studies as Critical Theory*. New York: Routledge, 2014.

Almond, Gabriel A., and Sidney Verba. *The Civic Culture: Political Attitudes and Democracy in Five Nations*. California: Sage, 1989.

Arendt, Hannah. *The Origin of Totalitarianism*. Cleveland and New York: The World Publishing Company, 1962.

Aristotle. *Aristotle's Poetics, Literally Translated, With Explanatory Notes and an Analysis*. London: G. & W. S. Whittakers, 1819.

——. *Politics*. With an English translation by H. Rackham. London: William Heinemann and Massachusetts: Harvard University Press, 1959.

Arnold, Matthew. *A Bible Reading for Schools: The Great Prophecy of Israel's Restoration*. London and New York: Macmillan and Co., 1889.

——. *A French Eton; or, Middle Class Education and the State*. London and Cambridge: Macmillan and Co., 1864.

——. *A French Eton; or, Middle Class Education and the State, Which is Added Schools and Universities in France*. London and New York: Macmillan and Co., 1892.

——. *Civilization in the United States: First and Last Impressions of*

America. Boston: Cupples and Hurd Publishers, 1888.

——. *Culture and Anarchy*. Ed. J. Dover Wilson. Cambridge: Cambridge University Press, 1963.

——. *Culture and Anarchy: An Essay in Political and Social Criticism*. London: Smith, Elder & Co., 1909.

——. *Culture and Anarchy and Other Writings*. Ed. Stefan Collini. Beijing: China University of Political Science and Law Press, 2003.

——. *Discourses in America*. London and New York: Macmillan and Co., 1896.

——. *Higher Schools and Universities in Germany*. London: Macmillan and Co., 1882.

——. *Irish Essays and Others*. London: Smith, Elder & Co., 1882.

——. *Letters of Matthew Arnold 1848-1888*. Collected and arranged by George W. E. Russell. New York: The Macmillan Company and London: Macmillan & Co., 1900.

——. *Literature and Dogma: An Essay Towards a Better Apprehension of the Bible*. New York: Macmillan and Co., 1873.

——. *Reports on Elementary Schools 1852-1882*. Ed. Francis Sandford. London and New York: Macmillan and Co., 1889.

——. *Sweetness and Light*. New York and Boston: Thomas Y. Cromwell & Company, 1890.

——. *The Popular Education of France, With Notice of That of Holland and Switzerland*. London: Longman, Green, Longman and Roberts, 1861.

——. *Thoughts on Education, Chosen From the Writings of Matthew Arnold*. Ed. Leonard Huxley. London: Smith, Elder & Co., 1912.

Atkin, Nicholas, and Frank Tallett. *Priests, Prelates and People: A History of European Catholicism Since 1750*. London: I. B. Tauris & Co., 2003.

Bacon, Francis. *The New Organon*. Eds. Lisa Jardine, Michael Silverthorne. New York: Cambridge University Press, 2003.

——. *The Advancement of Learning*. Ed. William Aldis Wright. Oxford:

The Clarendon Press, 1869.

——. *The Advancement of Learning.* Oxford: Oxford University Press, 1926.

Baldwin, Elaine, et al. *Introducing Cultural Studies.* London, New York and Toronto: Prentice Hall Europe, 1999.

Barber, Nathan. *The Complete Idiot's Guide to European History.* London: Penguin Books, 2006.

Barton, Samuel G., and William H. Barton. *A Guide to the Constellations.* New York: McGraw-Hill Book, 1928.

Bate, Jonathan. *Romantic Ecology: Wordsworth and the Environmental Tradition.* London: Routledge, 1991.

Bauman, Zygmunt. *Culture as Praxis.* London: Sage Publications, 1999.

——. *Liquid Modernity.* Cambridge: Polity, 2006.

Beer, Max. *A History of British Socialism.* Intro. R. H. Tawney. London: G. Bell and Sons, 1923.

Beer, Patricia. *An Introduction to the Metaphysical Poets.* London: The Macmillan Press, 1980.

Bell, Daniel. *Cultural Contradictions of Capitalism.* New York: Basic Books, 1978.

Bell, Michael. *F. R. Leavis.* London and New York: Routledge, 1988.

Benedict, Ruth. *Patterns of Culture.* With a new preface by Margaret Mead. Boston: Houghton Mifflin, 1959.

Benham, William, ed. *A Dictionary of Religion.* London, Paris, New York and Melbourne: Cassell & Company, 1887.

Benjamin, Walter. *The Origin of German Tragic Drama.* Trans. John Osborne. London and New York: Verso, 2003.

Bennett, Tony, Lawrence Grossberg and Meaghan Morris, eds. *New Keywords: An Revised Vocabulary of Culture and Society.* Malden, MA: Blackwell, 2005.

Bentinck, Henry. *Tory Democracy.* London: Methuen & Co., 1918.

Bergsten, Staffan. *Time and Eternity: A Study in the Structure and Symbolism of T. S. Eliot's Four Quartets*. Stockholm: Svenska Bokforlaget, 1960.

Bernstein, Eduard. *The Preconditions of Socialism*. Cambridge: Cambridge University Press, 1993.

Bilan, R. P. *The Literary Criticism of F. R. Leavis*. London and New York and Melbourne: Cambridge University Press, 1979.

Bloom, Harold. *Agon: Towards a Theory of Revisionism*. New York: Oxford University Press, 1982.

——. *A Map of Misreading*. London: Oxford University Press, 2003.

——. *Anatomy of Influence: Literature as a Way of Life*. New Haven: Yale University Press, 2011.

——, ed. *Bloom's Guides: Geoffrey Chaucer's The Canterbury Tales*. New York: Infobase Publishing, 2008.

——, et al. eds. *Deconstructionism and Criticism*. London and Henley: Routledge & Kegan Paul, 1979.

——. *Poetry and Repression: Revisionism From Blake to Stevens*. New Haven and London: Yale University Press, 1976.

——. *The Anxiety of Influence: A Theory of Poetry*. London, Oxford and New York: Oxford University Press, 1975.

——. *The Anxiety of Influence: A Theory of Poetry*. Oxford and New York: Oxford University Press, 1997.

——. *The Western Canon: The Books and School of the Ages*. New York and London and San Diego: Harcourt Brace & Company, 1994.

——, ed. *William Blake*. New York: Infobase Publishing, 2003.

Bobbio, Norberto. *Left and Right: The Significance of a Political Distinction*. Trans. and introduced by Allan Cameron. Chicago: The University of Chicago Press, 1996.

Bookchin, Murray. *Social Anarchism or Lifestyle Anarchism: The Unbridgeable Chasm*. Edinburgh, Scotland and San Francisco, CA: AK Press, 1995.

——. *The Ecology of Freedom: The Emergence and Dissolution of Hierarchy.* Stirling: AK Press, 2005.

——. "Towards an Ecological Society." *Environmentalism: Critical Concepts.* Vol. III. Eds. David Pepper, George Revill, Frank Webster. New York: Routledge, 2003. 31-41.

Bourke, Joanna. *The Second World War: A People's History.* Oxford and New York: Oxford University Press, 2001.

Bourne, George (George Sturt's pseudonym). *Changes in the Village.* New York: George H. Doran Company, 1912.

Bowen, H. V. *War and British Society 1688-1815.* Cambridge, New York and Melbourne: Cambridge University Press, 1998.

Brantlinger, Patrick. *The Spirit of Reform: British Literature and Politics 1832-1867.* Cambridge, Mass. and London: Harvard University Press, 1977.

Brockett, Oscar G. *History of the Theatre.* 7th ed. Boston: Allyn and Bacon, 1995.

Brooker, Jewel Spears, ed. *T. S. Eliot: The Contemporary Reviews.* Cambridge: Cambridge University Press, 2004.

Brooker, Peter. *A Glossary of Cultural Theory.* London: Arnold, 2003.

Buckle, George Earle. *The Life of Benjamin Disraeli, Earl of Beaconfield, Volume IV 1855-1868.* New York: The Macmillan Company, 1916.

Buell, Lawrence. *The Environmental Imagination: Thoreau, Nature Writing, and the Formation of American Culture.* Massachusetts and London: The Belknap Press of Harvard University Press, 1995.

——. *The Future of Environmental Criticism: Environmental Crisis and Literary Imagination.* Malden, MA and Oxford and Victoria: Blackwell, 2005.

——. *Writing for an Endangered World: Literature, Culture, and Environment in the U.S. and Beyond.* Cambridge, Mass.: The Belknap Press of Harvard University Press, 2001.

Burgess, Ernest Watson, Harvey James Locke, Mary Margaret Thomes. *The Family: From Traditional to Companionship.* New York: Van Nostrand Reinhold,

1971.

Burke, Edmund. *Reflections on the French Revolution*. London: J. M. Dent & Sons; New York: E. P. Dutton & Co., 1951.

Burke, Peter. *The French Historical Revolution: Annales School, 1929-1989*. Cambridge: Polity Press, 1990.

Bury, J. P. T., ed. *The New Cambridge Modern History*. Volume X: *The Zenith of European Power, 1830-70*. Cambridge: Cambridge University Press, 1960.

Bush, Douglas. *English Poetry: The Main Currents From Chaucer to the Present*. New York: Oxford University Press, 1952.

Bushman, Richard Lyman. *Mormonism: A Very Short Introduction*. New York: Oxford University Press, 2008.

Cazamian, Louis. *Le Roman Social En Angleterre (1830-1850) Dickens-Disraeli-Mrs Gaskell-Kingsley*. Paris: Société Nouvelle de Librairie et D' édition, 1904.

Carl, Frederick R. *A Reader's Guide to the Contemporary English Novel*. Beijing: Foreign Language Teaching and Research Press, 2005.

Carlyle, Thomas. *Latter-Day Pamphlet*. London: Chapman and Hall, 1870.

——. *Past and Present*. London: Chapman and Hall, 1843.

——. *The French Revolution: A History*. 3rd vol. With an introduction notes and appendices by John Holland Rose. London: George Bell and Sons, 1902.

——. *The Works of Thomas Carlyle,* Vol. 14, 15. New York: Peter Fenelon Collier, 1897.

Carroll, Joseph. *The Cultural Theory of Matthew Arnold*. Berkeley: University of California Press, 1982.

Castree, Noel. *Social Nature: Theory, Practice and Politics*. Oxford and New York: Blackwell, 2001.

Caudwell, Christopher. *Studies in a Dying Culture*. With an introduction by John Strachey. London: The Bodley Head, 1957.

Cecil, Hugh. *Conservatism*. London: Williams; Norgate and New York:

Henry Holt & Co., 1912.

──. *Liberty and Authority*. London: Edward Arnold, 1910.

Childs, Peter, and Mike Storry, eds. *Encyclopedia of Contemporary British Culture*. London: Routledge, 1999.

Channing, William Ellery. *Thoreau, the Poet-naturalist: With Memorial Verses*. Boston: Charles E. Goodspeed, 1902.

Chardin, Pierre Teilhard de. *On Love and Happiness*. New York: Harper & Row Publishers, 1973.

Christie-Murray, David. *A History of Heresy*. Oxford and New York: Oxford University Press, 1989.

Chun, Lin. *The British New Left*. Edinburgh: Edinburgh University Press, 1993.

Clare, John. *Poem Descriptive of Rural Life and Scenery*. London: Taylor and Hessey, 1820.

Clarke, George L. *Elements of Ecology*. New York: John Wiley & Son; London: Chapman & Hall, 1954.

Clowney, David, and Patricia Mosto, eds. *Earthcare: An Anthology in Environmental Ethics*. Lanham: Rowman & Littlefield Publishers, 2009.

Coates, Peter. *Nature: Western Attitudes Since Ancient Times*. Berkeley: University of California Press, 1998.

Cobbett, William. *Rural Rides*. Vol. 1. London & New York: Everyman's Library, 1966.

──. *Rural Rides*. Vol. 2. London & New York: Everyman's Library, 1967.

Cohen, Stanley. *Vision of Social Control: Crime, Punishment and Classification*. Cambridge: Polity Press, 2007.

Cole, G. D. H. *Communism and Social Democracy 1914-1931*. London: Macmillan and Co. & New York: St. Martin's Press, 1958.

Coleridge, Samuel Taylor. *On the Constitution of the Church and State, According to the Idea of Each With Aids Toward a Right Judgment on the Late Catholic Bill*. London: Hurst, Chance and Co., 1830.

——. *The Political Thought of Samuel Taylor Coleridge*. London: Jonathan Cape, 1938.

Cooley, Charles Horton. *Human Nature and the Social Order*. New York and Chicago and Boston: Charles Scribner's Sons, 1922.

——. *Social Organization: A Study of the Larger Mind*. New York: Charles Scribner's Sons, 1924.

Cooper, John Xiros. *The Cambridge Introduction to T. S. Eliot*. Cambridge: Cambridge University Press, 2006.

Corey, Elizabeth Campbell. *Michael Oakeshott on Religion, Aesthetic, and Politics*. Columbia and London: University of Missouri Press, 2006.

Corner, Paul, ed. *Popular Opinion in Totalitarian Regimes: Fascism, Nazism, Communism*. Oxford: Oxford University Press, 2009.

Cox, C. B., and Arnold P. Hinchliffe, eds. *The Waste Land: A Casebook*. London: The Macmillan Press, 1978.

Crosby, Alfred W. *Ecological Imperialism: The Biological Expansion of Europe, 900-1900*. 2nd ed. Cambridge: Cambridge University Press, 2003.

Curtis, Stanley. *History of Education in Great Britain*. London: University Tutorial Press, 1953.

Darwin, Charles. *The Origin of Species*. With introduction, notes and illustrations. New York: P. F. Collier & Son, 1909.

——. *The Origin of Species by Means of Natural Selection or the Preservation of Favoured Races in the Struggle for Life*. New York: Oxford University Press, 2008.

Dauvergne, Peter. *Historical Dictionary of Environmentalism*. Maryland and Toronto and Plymouth: The Scarecrow Press, 2009.

Davis, Lennard J. "A Social History of Fact and Fiction: Authorial Disavowal in the Early English Novel." *Literature and Society*. Ed. Edward W. Said. Baltimore and London: The Johns Hopkins University Press, 1986. 120-148.

Dawson, Christopher. *Religion and Culture*. Gifford lectures delivered at the University of Edinburgh in 1947. Cleveland and New York: The World

Publishing Company, 1965.

Day, Aidan. *Romanticism.* London and New York: Routledge, 2001.

Day, Richard J. F. *Gramsci is Dead: Anarchist Currents in the Newest Social Movements.* London: Pluto Press, 2005.

Dell, Robert. *Socialism and Personal Liberty.* New York: Thomas Seltzer, 1922.

Dent, Harold Collett. *Education in Transition: A Sociological Study of the Impact of War on English Education 1939-1943.* London: Kegan Paul, Trench, Trubner & Co., 1945.

Derrida, Jacques. *Of Grammatology.* Trans. Gayatri Chakravorty Spivak. Baltimore and London: The Johns Hopkins University Press, 1976.

Descartes, René. *A Discourse on the Method of Correctly Conducting One's Reason and Seeking Truth in the Sciences.* Trans. with an introduction and notes by Ian Maclean. New York: Oxford University Press, 2006.

Dewey, John. *Democracy and Education: An Introduction to the Philosophy of Education.* New York: The Macmillan Company, 1930.

——. *The School and Society: Being Three Lectures.* Chicago: The University of Chicago Press, 1913.

Dickinson, H. T. *A Companion to Eighteenth-century Britain.* Oxford: Blackwell Publishers, 2002.

Disraeli, Benjamin. *Coningsby; Or, The New Generation.* Leipzig: Bernhard Tauchnitz, 1844.

——. *Selected Speeches by the Late Honourable the Earl of Beaconsfield.* Vol. 2, Arranged and edited with introduction and explanatory notes by T. E. Kebble. London: Longman, Green and Co., 1882. 2 vols.

——. *Sybil or the Two Nations.* London: Longman, Green and Co., 1920.

——. *Tancred: or, The New Crusade,* Vol. I. Leipzig: Bernhard Tauchnitz, 1847. 2 vols.

Donald, James, ed. *Chambers's Etymological Dictionary of the English Language.* London and Edinburgh: W. & R. Chambers, 1872.

Doyle, William. *The French Revolution: A Very Short Introduction.* New York: Oxford University Press, 2001.

Drabble, Margaret, ed. *The Oxford Companion to English Literature.* 5th ed. Oxford: Oxford University Press, 1985.

Dunn, Arthur William. *The Community and the Citizen.* Boston: D. C. Heath & Co., 1907.

Dworkin, Dennis. "John Higgins—Raymond Williams: Literature, Marxism and Cultural Materialism." *Left History* 8. 1 (2002): 112-117.

Eagleton, Terry. *Criticism and Ideology: A Study in Marxism Literary Theory.* London: Verso, 1985.

——. *Ideology: An Introduction.* London: Verso, 1991.

——. *The Idea of Culture.* Massachusetts: Blackwell Publisher, 2000.

——, ed. *Raymond Williams: Critical Perspective.* Cambridge and Maiden: Polity Press, 2007.

Edwards, Owen M. *Wales.* London: T. Fisher Unwin; New York: G. P. Putman's Sons, 1902.

Eckersley, Robyn. *Environmentalism and Political Theory: Toward an Ecocentric Approach.* New York: State University of New York Press, London: UCL Press, 2003.

Eliot, Charles W., ed. *John Stuart Mill: Autobiography, Essay on Liberty & Thomas Carlyle: Characteristics, Inaugural Address, Essay on Scott.* New York: P. F. Collier & Son, 1909.

——. *The Conflict between Individualism and Collectivism in a Democracy: Three Lectures.* New York: C. Scribner's Sons, 1910.

Eliot, T. S. *After Strange God: A Primer of Modern Heresy.* The Page-Barbour Lectures at the University of Virginia 1933. London: Faber and Faber, 1934.

——. *Christianity and Culture: The Idea of a Christian Society and Notes Towards the Definition of Culture.* New York: Harcourt, Brace and Company, 1949.

————. *For Lancelot Andrewes: Essays on Style and Orders*. London: Faber & Gwyer, 1928.

————. *Notes Towards the Definition of Culture*. London: Faber and Faber, 1948.

————. *Selected Essay*. London: Faber and Faber, 1951.

————. *Selected Prose of T. S. Eliot*. Ed. with an introduction by Frank Kermode. London: Faber and Faber, 1975.

————. *The Complete Poems and Plays*. London and Boston: Faber and Faber, 1990.

————. *The Idea of a Christian Society*. London: Faber and Faber, 1948.

————. *The Letters of T. S. Eliot*. Vol. I, 1898-1922. Ed. Valerie Eliot. San Diego and New York and London: Harcourt Brace Jovanovich, 1988.

————. *The Sacred Wood: Essays on Poetry and Criticism*. New York: Alfred A. Knopf, 1921.

————. *The Varieties of Metaphysical Poetry*. New York: Harcourt Brace & Company, 1993.

————. *The Waste Land and Other Writings*. Introduction by Mary Karr. New York: The Modern Library, 2001.

————. *To Criticize the Critic and Other Writings*. London: Faber and Faber, 1965.

Engels, Friedrich. *Dialectics of Nature*. Trans. Clemens Dutt, New York: International Publishers, 1973.

Evans, G. R. *A Brief History of Heresy*. Oxford: Blackwell Publishing, 2003.

Evernden, Neil. *The Social Creation of Nature*. Baltimore: The Johns Hopkins University Press, 1992.

Fanon, Frantz. *Black Skin, White Masks*. London: Pluto, 1986.

Foucault, Michel. *The History of Sexuality, Volume I: An Introduction*. Trans. from French by Robert Hurley. New York: Pantheon Books, 1978.

Ferguson, Marjorie, and Peter Golding. *Cultural Studies in Question*. London: Sage Publication, 1997.

Finot, Jean. *The Science of Happiness.* Trans. Mary J. Safford. New York and London: G. P. Putman's Sons, 1914.

Fishman, Solomon. *The Interpretation of Art.* Berkeley and Los Angeles: University of California Press, 1963.

Fiske, John. *Reading the Popular.* London and New York: Routledge, 2000.

——. *Understanding Popular Culture.* London and New York: Routledge, 1992.

Fitch, Joshua. *Thomas and Matthew Arnold and Their Influence on English Education.* New York: Charles Scribner's Sons, 1898.

Foster, John Bellamy, and Brett Clark, "Ecological Imperialism: The Curse of Capitalism." *Socialist Register 2004: The New Imperial Challenge.* Eds. Leo Panitch and Colin Leys. London: The Merlin Press, 2003. 186-201.

Franklin, Jane, ed. *Equality.* London: IPPR, 1997.

Freeden, Michael. *Ideology: A Very Short Introduction.* Oxford: Oxford University Press, 2003.

——. *Ideologies and Political Theory.* Oxford: Clarendon Press, 1996.

Freud, Sigmund. *Civilization and Its Discontent.* Newly translated from German and Ed. James Strachey. New York: W. W. Norton & Company, 1962.

Friedman, Rose D. *Poverty: Definition and Perspective.* Washington, DC: American Enterprise Institute for Public Policy Research, 1965.

Fukuyama, Francis. *The End of History and the Last Man.* New York: The Free Press, 1992.

Garnett, A. Campbell. *Reality and Value: An Introduction to Metaphysics and an Essay on the Theory of Value.* London: George Allen and Unwin, 1937.

Garnett, Richard. *Coleridge.* London: G. Bell & Sons, 1910.

Garrad, Greg. *Ecocriticism.* New York: Routledge, 2004.

George, A. G. *T. S. Eliot: His Mind and Art.* London: Asia Publishing House, 1962.

Gienow-Hecht, Jessica C. E. "How Good Are We? Culture and the Cold War." *The Cultural Cold War in Western Europe, 1945–1960.* Eds. Giles Scott-

Smith and Hans Krabbendam. London: Frank Cass & Co., 2005. 269-282.

Gilot, Francoise, and Carlton Lake. *Life With Picasso.* New York and Toronto and London: McGraw-Hill, 1964.

Gisborne, Thomas. *An Inquiry Into the Duties of Men in the Higher and Middle Classes of Society in Great Britain.* Vol. 1. London: B. & J. White, 1797.

Gladden, Washington, et al. *The Atonement in Modern Religious Thought: A Theological Symposium.* New York: Thomas Whittaker, 1901.

Glotfelty, Cherry, and Harold Fromm, eds. *The Ecocriticism Reader: Landmarks in Literary Ecology.* Athens and London: The University of Georgia Press, 1996.

Godwin, William. *The Enquirer: Reflections on Education, Manners, and Literature.* London: G. G. and J. Robinson, 1797.

Goldsmith, Oliver. *The Deserted Village.* New York: Roycrofters, 1917.

Goodall, Norman, ed. *The Uppsala Report 1968.* Official report of the Fourth Assembly of the World Council of Churches, Uppsala July 4-20, 1968. Geneva: World Council of Churches, 1968.

Gramsci, Antonio. *Gramsci: Pre-Prison Writings.* Ed. Richard Bellamy. Beijing: China University of Political Science and Law Press, 2003.

——. *Prison Notebooks.* Vol. II. Joseph A. Buttigieg. Ed. and Trans. New York: Columbia University Press, 1996. 2 vols.

Grove, Richard H. *Green Imperialism: Colonial Expansion, Tropical Island Edens and the Origins of Environmentalism, 1600-1860.* New York: Cambridge University Press, 1996.

Halbwachs, Maurice. *On Collective Memory.* Ed., Trans. and with an introduction by Lewis A. Coser. Chicago and London: The University of Chicago Press, 1992.

Hall, Stuart, and Tony Jefferson, eds. *Resistance Through Ritual: Youth Subculture in Post-war Britain.* London: Hutchinson, 1976.

Hanson, Herbert C. *Dictionary of Ecology.* New York: Philosophical Library, 1962.

Harris, Marvin. *Cultural Materialism: The Struggle for a Science of Culture.* New York: Vintage Books, 1980.

Hart, Michael H. *Understanding Human History: An Analysis Including the Effects of Geography and Differential Evolution.* Augusta, GA: Washington Summit Publishers, 2007.

Hartman, Geoffrey. *The Fate of Reading and Other Essays.* Chicago and London: University of Chicago Press, 1975.

Hartnoll, Phyllis, and Peter Found. *Oxford Dictionary of Theatre.* Shanghai: Shanghai Foreign Language Education Press, 2000.

Harvey, David. *Justice, Nature and the Geography of Difference.* Massachusetts: Blackwell, 1996.

Head, Diminic. "Beyond 2000: Raymond Williams and the Ecocritic's Task." *The Environmental Tradition in English Literature.* Ed. John Parham. Aldershot: Ashgate, 2002. 22-36.

Heaney, Seamus. *Beowulf: A New Verse Translation.* London; New York: W. W. Norton & Company, 2001.

Heindel, Max. *Simplified Scientific Astrology: A Complete Textbook on the Art of Erecting a Horoscope.* With philosophic encyclopedia and tables of planetary hours. London: L. N. Fowler & Co., 1919.

Herbart, John Frederick. *Outlines of Educational Doctrine.* Trans. Alexis F. Lange. Annotated by Charles De Garmo. New York: The Macmillan Company and London: Macmillan & Co., 1913.

Higgins, John. *Raymond Williams: Literature, Marxism and Cultural Materialism.* London and New York: Routledge, 1999.

Hoad, T. F., ed. *Oxford Concise Dictionary of English Etymology.* Shanghai: Shanghai Foreign Language Education Press, 2000.

Hobbes, Thomas. *Leviathan.* Reprinted from the edition of 1651 with an essay by the late W. G. Pogson Smith. Beijing: China Social Sciences Publishing House Chengcheng Books, 1999.

Hobhouse, L. T. *Liberalism.* London: Williams & Norgate; New York:

Henry Holt & Co., 1919.

Hobsbawn, E. J. *The Age of Empire 1875-1914.* New York: Vintage Books, 1989.

Hobsbawm, E. J., Terence Ranger, eds. *The Invention of Tradition.* London and New York: Cambridge University Press, 1984.

Hobson, J. A. *Imperialism: A Study.* London: James Nisbet & Co., 1902.

Hoffman, John. *The Gramscian Challenge: Coercion and Consent in Marxist Political Theory.* New York: Basil Blackwell, 1984.

Hooker, Richard. *Of the Laws of Ecclesiastical Polity: The First Book.* London: John W. Parker, West Strand, 1851.

——. *The Works of That Learned and Judicious Divine Mr. Richard Hooker: With an Account of His Life and Death by Isaac Walton.* Oxford: Oxford University Press, 1845.

Horkheimer, Max, and Theodor Adorno. *Dialectic of Enlightenment: Philosophical Fragments.* Trans. Edmund Jephcott. Ed. Gunzelin Schmid Noerr. Stanford: Stanford University Press, 2002.

Houston, Rab. *Scotland: A Very Short Introduction.* New York: Oxford University Press, 2008.

Huggan, Graham, and Helen Tiffin. *Postcolonial Ecocriticism: Literature, Animals, Environment.* London and New York: Routledge, 2010.

Hugh, Robert. *Culture of Complaint: The Fraying of America.* Oxford: Oxford University Press, 1993.

Hughes, Johnson Donald. *An Environmental History of the World: Humankind's Changing Role in the Community of Life.* New York: Routledge, 2001.

Huntington, Samuel P. "Conservatism as an Ideology." *The American Political Science Review.* Jun. 1957: 454-473.

——. *The Clash of Civilizations and the Remaking of World Order.* New York: Simon and Schuster, 1996.

Huxley, Leonard, "Preface." in *Thoughts on Education Chosen From Writings of*

Matthew Arnold. London: Smith, Elder & Co., 1912.

Huxley, Thomas H. *Science and Culture: Essays.* New York: D. Appleton and Company, 1899.

Inglis, Fred. *Raymond Williams.* London and New York: Routledge, 1995.

Jackson, Leonard. *The Dematerialization of Karl Marx: Literature and Marxist Theory.* London and New York: Longman, 1994.

Jackson, Virginia, and Yopie Prins, eds. *The Lyric Theory Reader: A Critical Anthology.* Maryland: JHU Press, 2014.

James, William. *William James: Writings 1902-1910.* New York: The Library of America, 1988.

Jameson, Frederic. *Archaeologies of the Future: The Desire Called Utopia and Other Science Fictions.* London: Verso, 2005.

——. *Postmodernism or Cultural Logic of Late Capitalism.* London and New York: Verso, 1992.

Jay, Martin. *The Dialectical Imagination: A History of the Frankfurt School and the Institute of Social Research 1923-1950.* London: Heinemann Educational Books, 1976.

Joad, Cyril Edwin Mitchinson. *About Education.* London: Faber and Faber, 1945.

Johnson, J. R. (pen-name of Cyril Lionel Robert James). *Marxism and the Intellectuals.* Detroit: Facing Reality Publishing Committee, 1962.

Johnson, Lesley. *The Cultural Critics: From Matthew Arnold to Raymond Williams.* London, Boston and Henley: Routledge & Kegan Paul, 1979.

Johnson, Samuel. *A Dictionary of the English Language: In Which the Words are Deduced From Their Originals, Explained in Their Different Meanings, and Authorized by the Names of the Writers in Whose Works They are Found. To Which is Prefixed, a Grammar of the English Language.* Vol. 2. London: Printed for J. Knapton; C. Hitch and L. Hawes; A. Millar, R. and J. Dodsley; and M. and T. Longman, 1756. 2 vols.

——. *A Dictionary of the English Language: In Which the Words are*

Deduced From Their Originals, and Illustrated in Their Different Significations by Examples From the Best Writers. To Which are Prefixed, a History of the Language, and an English Grammar. Vol. 1. London: J. F. and C. Rivington, 1785. 2 vols.

Jones, Ernest. *Hamlet and Oedipus.* New York and London: W. W. Norton & Company, 1976.

Jones, Gareth Stedman. "Reviews." *Marxism Today.* July (1984): 38-40.

Jones, Steve. *Antonio Gramsci.* London and New York: Routledge, 2006.

Jonson, Ben. *Volpone; Or, The Fox.* Ed. with introduction by John D. Rea. New Haven: Yale University Press, 1919.

Jørgensen, Sven E., et al. *A New Ecology: Systems Perspective.* London et al.: Elsevier Science, 2007.

Judt, Tony. *Postwar: A History of Europe Since 1945.* New York: The Penguin Press, 2005.

Kant, Immanuel. *Kant on Education.* Trans. Annette Churton. With an introduction by C. A. Foley Rhys Davids. Boston: D. C. Heath & Co., 1906.

Katz, Adam. *Postmodernism and the Politics of "Culture".* Colorado: Westview Press, 2000.

Kearns, Cleo McNelly. *T. S. Eliot and Indic Traditions: A Study in Poetry and Belief.* Cambridge: Cambridge University Press, 1987.

Kebbel, T. E. *A History of Toryism: From the Accession of Mr. Pitt to Power in 1788 to the Death of Lord Beanconsfield in 1881.* London: W. H. Allen & Co., 1886.

Kekes, John. *Against Liberalism.* New York: Cornell University Press, 1999.

Kelle, V., and M. Kovalson. *Historical Materialism: An Outline of Marxist Theory of Society.* Trans. Y. Sdobnikov. Moscow: Progress Publishers, 1973.

Kennedy, J. M. *Tory Democracy.* London: Stephen Swift & Co., 1911.

Kettler, David, and Volker Meja. *Karl Mannheim and the Crisis of Liberalism: The Secret of These New Times.* New Jersey: Transaction Publications, 1995.

Keulartz, Jozef. *Struggle for Nature: A Critique of Radical Ecology*. London and New York: Routledge, 2003.

Kierkegaard, Søren. *Fear and Trembling; Repetition*. Eds. and Trans. with introduction and notes by Howard V. Hong and Edna H. Hong. New Jersey: Princeton University Press, 1983.

King, Judson. *The Conservation Fight: From Theodore Roosevelt to the Tennessee Valley Authority*. With an introduction by Clyde Ellis and a foreword by Benton J. Stong. Washington D. C.: Public Affairs Press, 1959.

Kirk, Russell. *Randolph of Koanoke: A Study in Conservative Thought*. Chicago: The University of Chicago Press, 1951.

Klaus, H. Gustav. "Williams and Ecology." *About Raymond Williams*. Eds. Monika Seidl, Roman Horak and Lawrence Grossberg. London and New York: Routledge, 2010. 141-152.

Kriesi, Hanspeter, et al. *New Social Movements in Western Europe: A Comparative Analysis*. Minneapolis: The University of Minnesota Press, 1998.

Kumar, Krishan. *Utopia and Anti-utopia in Modern Times*. Oxford and New York: Blackwell, 1987.

Kuper, Adam, and Jessica Kuper, eds. *The Social Science Encyclopedia*. 2nd ed. London and New York: Routledge, 2005.

Lacapra, Dominick. *Writing History, Writing Trauma*. Baltimore and London: The Johns Hopkins University Press, 2001.

Lacapra, Dominick, and Steven L. Kaplan, eds. *Modern European Intellectual History: Reappraisals and New Perspectives*. Ithaca and London: Cornell University Press, 1982.

Laclau, Ernesto, and Chantal Mouffe. *Hegemony and Socialist Strategy: Towards a Radical Democratic Politics*. London and New York: Verso, 1985.

——. *Hegemony and Socialist Strategy: Towards a Radical Democratic Politics*. 2nd ed. London and New York: Verso, 2001.

Leavis, F. R. *Education and the University: A Sketch for an 'English School'*. London, New York and Melbourne: Cambridge University Press, 1979.

——. *English Literature in Our Time and the University: The Clark Lectures 1967*. London, New York and Melbourne: Cambridge University Press, 1979.

——. *For Continuity*. Cambridge: The Minority Press, 1933.

——. *For Continuity*. New York: Books for Libraries Press, 1968.

——. *The Great Tradition*. New York: Doubleday & Company, 1954.

Leavis, F. R., and Denys Thompson. *Culture and Environment: The Training of Critical Awareness*. London: Chatto & Windus, 1942.

——. *Culture and Environment: The Training of Critical Awareness*. Connecticut: Greenwood Press, 1977.

Leavis, Q. D. *Fiction and the Reading Public*. London: Chatto & Windus, 1939.

Lee, Eliza Buckminster. *Jean Paul Richter: Preceded by His Autobiography*. Boston: Ticknor and Fields, 1864.

Legg, Stephen. "Memory and Nostalgia." *Cultural Geographies* 11.1 (Jan. 2004): 99-107.

Leitch, Vincent B. *Cultural Criticism, Literary Theory, Poststructuralism*. New York: Columbia University Press, 1992.

Leitch, Vincent B., et al. *The Norton Anthology of Theory and Criticism*. New York and London: W. W. Norton & Company, 2001.

Lenin, V. I. *The Three Sources and Three Component Parts of Marxism: Karl Marx. Frederick Engels*. Moscow: Foreign Language Publishing House, no publishing date stated.

——. *V. I. Lenin: Collected Works*. Vol. 29. Ed. George Hanna. Moscow: Progress, 1965.

——. *V. I. Lenin: Collected Works*. Vol. 31 April-December 1920. Ed. Julius Katzer. Moscow: Progress Publishers, 1966.

——. *What is to Be Done? Burning Questions of Our Movement*. Peking: Foreign Languages Press, 1973.

Lentricchia, Frank, and Thomas McLaughlin, eds. *Critical Terms for*

Literary Study. Chicago: University of Chicago Press, 1995.

Leopold, Aldo. *A Sand County Almanac: With Essays on Conservation From Round River.* New York: Ballantine Books, 1970.

Lerner, Daniel. *The Nazi Elite.* With the collaboration of Ithiel de Sola Pool and George K. Schueller. Intro. Franz L. Neumann. California: Stanford University Press, 1951.

Levitas, Ruth, ed. *The Ideology of the New Right.* Cambridge: Polity, 1986.

Lewalski, Barbara Kiefer. *The Life of John Milton: A Critical Biography.* Oxford: Blackwell Publishing, 2003.

Lindbladh, Johanna, ed. *The Poetics of Memory in Post-Totalitarian Narration.* Lund: The Centre for European Studies at Lund University, 2008.

Lockhart, John Gibson, ed. *The Quarterly Review Vol. XLII* (January & March, 1930). London: John Murray, 1830.

Lovejoy, Arthur O. *The Great Chain of Being: A Study of the History of an Idea.* Massachusetts and London: Harvard University Press, 2001.

Lowie, Robert H. *Culture and Ethnology.* New York: Douglas C. McMurtrie, 1917.

Lowy, Michael. "What Is Ecosociolism." *Capitalism, Nature, Socialism.* 16. 2 (2005): 15-24.

Lukacs, Georg. *The Meaning of Contemporary Realism.* Trans. from the German by John and Necke Mander. London: Merlin Press, 1972.

Maciver, R. M. *The Modern State.* London: Oxford University Press, Humphrey Milford, 1932.

——. *The Pursuit of Happiness: A Philosophy of Modern Life.* New York: Simon and Schuster, 1955.

Makaryk, Irena R. *Encyclopedia of Contemporary Literary Theory: Approaches, Scholars, Terms.* Toronto: University of Toronto Press, 1993.

Man, Paul de. *Blindness and Insight: Essays in the Rhetoric of Contemporary Criticism.* New York: Oxford University of Press, 1971.

Mandel, Ernest. *Late Capitalism.* Trans. Joris De Bres. London: Lowe &

Brydone Printers, 1976.

Mannheim, Karl. *Essays on the Sociology of Culture.* New York: Routledge, 2003.

———. *Essays on the Sociology of Knowledge.* London: Routledge & Kegan Paul, 1952.

———. *Ideology and Utopia: An Introduction to the Sociology of Knowledge.* Trans. from the German by Louis Wirth and Edward Shils. With a Preface by Louis Wirth. London: Routledge & Kegan Paul; New York: Harcourt, Brace & Co., 1954.

———. *Ideology and Utopia: An Introduction to the Sociology of Knowledge.* Trans. Louis Wirth and Edward Shils. London and Henley: Routledge and Kegan Paul, 1979.

———. *Ideology and Utopia: An Introduction to the Sociology of Knowledge.* Trans. Louis Wirth, and Edward Shils. Beijing: China Social Science Publishing House, 1999.

———. *Man and Society in an Age of Reconstruction: Studies in Modern Social Structure.* Trans. Edward Shils. London: Kegan Paul, Trench, Trubner & Co., 1946.

Marcuse, Herbert. *Counter-Revolution and Revolt.* Boston: Beacon Press, 1972.

———. *Soviet Marxism: A Critic Analysis.* New York: Columbia University Press, 1969.

———. *The New Left and the 1960s: Collected Papers of Herbert Marcuse.* Vol. 3. Ed. Douglas Kellner. New York: Routledge, 2005.

Marvell, Andrew. *The Poetic Works of Marvell, with a Memoir of the Author.* Boston: Little, Brown and Company; Cincinnati: Moore, Wilstach, Keys and Co., 1857.

Marx, Karl. *A Contribution to the Critique of Political Economy.* Trans. from the second German edition by N. I. Stone. Chicago: Charles H. Kerr & Company, 1904.

──. *Economic and Philosophic Manuscripts of 1844*; Karl Marx, Frederick Engels, *Communist Manifesto*. Trans. Martin Milligan. New York: Prometheus Books, 1988.

──. *The Eighteenth Brumaire of Louis Bonaparte*. New York: International Publishers, 1963.

Marx, Karl, Frederick Engels. *Literature and Art*. Bombay: Current Book House, 1952.

──. *Manifesto of the Communist Party*. Peking: Foreign Languages Press, 1973.

Marx, Leo. *Machine in the Garden: Technology and the Pastoral Ideal in America*. New York: Oxford University Press, 2000.

Mathews, Freya. "Deep Ecology." *A Companion to Environmental Philosophy*. Ed. Dale Jamieson. Massachusetts: Blackwell Publishers, 2001. 218-232.

Matthiessen, F. O. *The Achievement of T. S. Eliot: An Essay of the Nature of Poetry*. 3rd ed. London, Oxford, New York: Oxford University Press, 1976.

Mayhew, Henry. *London Labour and the London Poor; Cyclopeadia of the Condition and Earnings of Those That Will Work, Those That Cannot Work, and Those That Will Not Work*. Vol. 2. London: Griffin, Bohn and Company, 1861.

McCallum, Pamela. *Literature and Method: Towards a Critical of I. A. Richards, T. S. Eliot and F. R. Leavis*. Dublin: Gill and Macmillan, 1983.

Mckim, Donald K. ed. *The Cambridge Companion to Martin Luther*. Cambridge and New York: Cambridge University Press, 2003.

McKusick, James C. *Green Writing: Romanticism and Ecology*. New York: St. Martin's Press, 2000.

Mead, Margaret, ed. *Cooperation and Competition Among Primitive Peoples*. New York and London: McGraw-Hill Book Company, 1937.

Mead, Margaret. *Culture and Commitment: A Study of the Generation Gap*. N.Y.: Natural History Press, 1970.

Meadows, Donella, and Jorgen Randers and Dennis Meadows. *Limits to*

Growth: The 30-Year Update. London and Sterling, VA: Earthscan, 2006.

Mee, Arthur. *Arthur Mee's Talks to Girls.* London: Hodder and Stoughton, 1910.

Meeker, Joseph W. *The Comedy of Survival: Studies in Literary Ecology.* New York: Scribner, 1974.

Meiklejohn, Alexander. "Inaugural Address." *Essays for College Men: Education, Science and Art.* Eds. Norman Forster, Frederick A. Manchester and Karl Young. New York: Henry Holt and Company, 1913. 28-37.

Memmi, Albert. *The Colonizer and the Colonized.* London: Earthscan, 2003.

Menand, Louis. *Discovering Modernism: T. S. Eliot and His Context.* New York: Oxford University Press, 1987.

Merchant, Carolyn. *The Death of Nature: Women, Ecology and the Scientific Revolution.* New York: HarperCollins, 1990.

Meyer, John M. *Political Nature: Environmentalism and the Interpretation of Western Thought.* Massachusetts and London: The MIT Press, 2001.

Meyers, Jeffrey, ed. *George Orwell: The Critical Heritage.* London; New York: Routledge, 2002.

Mill, John Stuart. *Dissertations and Discussions: Political, Philosophical, and Historical.* Vol. 1. Reprinted Chiefly from *The Edinburgh and Westminster Reviews.* London: John W. Parker and Son, 1859. 2 vols.

——. *On Liberty.* London: Longman, Green, Reader and Dyer, 1880.

——. *Utilitarianism and On Liberty.* Ed. with an introduction by Mary Warnock. MA: Blackwell, 2003.

Miller, Edward. *The Church in Relation to the State.* London: C. Kegan Paul & Co., 1880.

Millet, Kate. *Sexual Politics.* Urbana: University of Illinois Press, 2000.

Milligan, Don. *Raymond Williams: Hope and Defeat in the Struggle for Socialism,* published by Studies in Anti-Capitalism at, www.studiesinanti-capitalism.net, 2007.

Milner, Andrew. *Re-imagining Cultural Studies: The Promise of Cultural*

Materialism. London: Sage, 2002.

Milton, John. *Paradise Lost*. Vol. 1. London: Printed for J. R. Tonson, S. Draper in the Strand, 1749. 2 vols.

Milton, John. *Paradise Lost*. London: Penguin Books, 1996.

Minogue, Henneth. *Politics: A Very Short Introduction*. Oxford: Oxford University Press, 2000.

Monypenny, William Flavelle. *The Life of Benjamin Disraeli, Earl of Beaconsfield, Volume I, 1804-1837*. 6 vols. With portraits and illustrations. New York: The Macmillan Company, 1910.

Moody, Paul Amos. *Introduction to Evolution*. New York: Harper & Brothers, 1962.

More, Thomas. *Utopia*. Ed. George M. Logan and Robert M. Adams. Beijing: China University of Political Science and Law Press, 2003.

Morgan, Kenneth O. *The Oxford History of Britain*. Beijing: Foreign Language Teaching and Research Press, 2007.

Morgan, Lewis H. *Ancient Society or Researches in the Lines of Human Progress From Savagery through Barbarism to Civilization*. New York: Henry Holt and Company, 1907.

Morley, John. *Burke*. London: Macmillan and Co., 1885.

Morris, William. *News From Nowhere*. Ed. Krishan Kumar. London and New York: Cambridge University Press, 2002.

Morris, William. "The Manifesto of the Socialist League." *Commonweal*, Feb. 1885: 1-21.

Mosca, Gaetano. *The Ruling Class*. Trans. Hannah D. Kahn. New York and London: McGraw Hill Book Company, 1939.

Mowat, C. L., ed. *The New Cambridge Modern History*. Volume XII: *The Shifting Balance of World Forces, 1898-1945*. London and New York: Cambridge University Press, 1968.

Muir, John. *A Thousand-Mile Walk to the Gulf*. Boston and New York: Houghton Mifflin Company, 1916.

——. *My First Summer in Sierra.* Boston and New York: Houghton Mifflin Company, 1911.

——. *Our National Parks.* Boston and New York: Houghton Mifflin Company, 1909.

——. *The Story of My Boyhood and Youth.* Boston and New York: Houghton Mifflin Company, 1913.

Mulher, Fancis. *Culture / Metaculture.* London and New York: Routledge, 2000.

Mumford, Lewis. *The Brown Decades: A Study of the Arts in America, 1865-1895.* New York: Harcourt Brace, 1931.

Murdock, George Peter. *Social Structure.* New York: The Free Press, 1967.

Nadel, Siegfried Frederick. *The Foundations of Social Anthropology.* London: Cohen and West, 1951.

Nash, Roderick Frazier. *Wilderness and the American Mind.* New Haven: Yale University Press, 1982.

Newman, Bertram. *Edmund Burke.* London: G. Bell & Sons, 1927.

Nichol, John. *Thomas Carlyle.* London and New York: Macmillan and Co., 1892.

Nicolson, Marjorie Hope. *John Milton: A Reader's Guide to His Poems.* New York: The Noonday Press, 1963.

Nietzsche, Friedrich Wilhelm. "Homer's Contest." *Early Greek Philosophy & Other Essays.* Trans. Maximillian A. Mügge. New York: Macmillan, 1911.

Nietzsche, Friedrich Wilhelm. *The Dawn of Day.* Trans. J. M. Kennedy. London: G. Allen and Unwin, 1924.

Nineham, Chris. "Raymond Williams: Revitalising the Left." *International Socialism* 2.71 (1996): 117-130.

Norton, Charles Eliot. *Letters of Charles Eliot Norton.* Vol. 1. With biographical comment by his daughter Sara Norton and M. A. De Wolfe Howe. Boston and New York: Houghton Mifflin Company, 1913. 2 vols.

O'Connor, Alan. *Raymond Williams.* Maryland: Rowman & Littlefield

Publishers, 2006.

O' Connor, James. *Natural Causes: Essays in Ecological Marxism.* New York and London: The Guilford Press, 1998.

O' Grady, Standish. *Toryism and the Tory Democracy.* London: Chapman and Hall, 1886.

Oldham, Joseph Houldsworth, et al. *The Churches Survey Their Task: The Report of the Conference at Oxford, July 1937, On Church, Community and State.* With an introduction by J. H. Oldham. London: George Allen & Unwin, 1937.

Oppermann, Serpil. "Ecological Imperialism in British Colonial Fiction." *H. U. Journal of Faculty of Letters* 24. 1 (June 2007): 179-194.

Orwell, George. *Burmese Days • Keep the Aspidistra Flying • Coming up for Air.* With an introduction by John Carey. London: Everyman's Library, 2011.

Owen, Robert. *Observations on the Effect of the Manufacturing System: With Hints for the Improvement of Those Parts of It Which are Most Injurious to Health and Morals.* London: Hurst, Rees, Orme and Brown, 1817.

——. *Report to the County of Lanark of a Plan for Relieving Public Distress, and Removing Discontent.* Glasgow: Glasgow University Press, 1821.

Paine, George Henry. *The Birth of the New Party or Progressive Democracy, A Complete Official Account of the Formation and Organization of the Progressive Party.* The Candidates, the Platform, the Principles and the Political, Moral and Industrial Issues fully Discussed; with special contributions by a dozen Great Americans, including Theodore Roosevelt, Gifford Pinchot, etc., New York, 1912.

Palmer, Joy A., ed. *Fifty Key Thinkers of the Environment.* London and New York: Routledge, 2003.

Pareto, Vilfredo. *The General Form of Society.* Vol. four of *The Mind and Society.* Ed. Arthur Livingston. Trans. Andrew Bongiorno and Arthur Livingston. New York: Harcourt, Brace and Company, 1935.

Pease, Edward R. *The History of the Fabian Society.* New York: E. P. Dutton

& Company Publishers, 1916.

Pepper, David. *Eco-socialism: From Deep Ecology to Social Justice.* London and New York: Routledge, 1993.

Perry, Ralph Barton. *General Theory of Value: The Meaning and Basic Principles Construed in Terms of Interest.* Massachusetts: Harvard University Press, 1950.

Phillips, Gordon. *The Rise of the Labour Party, 1893-1931.* London and New York: Routledge, 2001.

Pinchot, Gifford. *The Fight for Conservation.* New York: Doubleday, Page & Company, 1911.

Plato. *The Republic.* Trans. Benjamin Jowett. Cleveland: Fine Editions Press, 1946.

——. *The Republic of Plato.* Trans. with notes and an interpretive essay by Allan Bloom. New York: Basic Books, 1991.

Pope, Alexander. "Preface." *The Iliad of Homer.* Trans. Alexander Pope. London: W. Bower, 1715.

Poplawski, Paul, ed. *Encyclopedia of Literary Modernism.* London: Greenwood Press, 2003.

Popper, Karl R. *Objective Knowledge: An Evolutionary Approach.* New York: Oxford University Press, 1994.

Pound, Ezra. *Instigations of Ezra Pound.* Together with an essay on the Chinese character by Ernest Fenollosa. New York: Boni and Liveright, 1920.

Preminger, Alex, and T. V. E. Brogan, eds. *The New Princeton Encyclopedia of Poetry and Poetics.* New Jersey: Princeton University Press, 1993.

Proctor, R. E. *Education's Great Amnesia: Reconsidering the Humanities From Petrarch to Freud With a Curriculum for Today's Students.* Bloomington: Indiana University Press, 1988.

Prudhon, P. J. *What is Property? An Inquiry Into the Principle of Right and of Government.* Trans. from French by Benj R. Tucker with an introduction by George Woodcock. New York: Dover Publications, 1970.

Quigley, Carroll. *The Evolution of Civilization: An Introduction to Historical Analysis.* Indianapolis: Liberty Fund, 1979.

Raskin, Jonah. *The Mythology of Imperialism: Joyce Cary, E. M. Forster, Joseph Conrad, Rudyard Kipling, D. H. Lawrence.* New York: Random House, 1971.

Rawls, John. *A Theory of Justice.* Cambridge, MA: Harvard University Press, 1999.

Read, Herbert. *Education Through Art.* London: Faber and Faber, 1948.

Reed, T. V. *The Art of Protest: Culture and Activism From the Civil Rights Movement to the Streets of Seattle.* Minneapolis and London: University of Minnesota Press, 2005.

Reid, J. H. Steward. *The Origin of British Labour Party.* Minneapolis: University of Minnesota Press, 1955.

Richards, I. A. *Principles of Literary Criticism.* New York: Harcourt, Brace & Company, 1928.

——. *Science and Poetry.* London: Kegan Paul, Trench, Trubner & Co., 1926.

Ritzer, George. *The Blackwell Encyclopedia of Sociology.* Malden and Oxford: Blackwell, 2007.

Rizvi, Fazal. "Williams on Democracy and the Governance of Education." *Views Beyond the Border Country: Raymond Williams and Cultural Politics.* Eds. Dennis L. Dworkin, Leslie G. Roman. New York and London: Routledge, 1993. 133-157.

Roe, Frederick William. *The Social Philosophy of Carlyle and Ruskin.* New York: Harcourt, Brace and Company, 1921.

Rolston III, Holmes. "Nature for Real: Is Nature a Social Construct?" *The Philosophy of the Environment.* Ed. T. D. J. Chappell. Edinburg: University of Edinburgh Press, 1997. 38-64.

Roosevelt, Theodore. *American Problems.* New York: The Outlook Company, 1910.

——. *Theodore Roosevelt: An Autobiography.* New York: The Macmillan Company, 1913.

Ross, Edward Alsworth. *Foundations of Sociology.* New York: Macmillan Company, 1905.

Rousseau, Jean-Jacques. *Discourse on the Origins and the Foundations of Inequality Among Men.* Trans. with an introduction and notes by Maurice Cranston. Beijing: China Social Sciences Publishing House, 1999.

——. *Emile, or, Treatise on Education.* Abridged, translated, and annotated by William H. Payne. New York and London: D. Appleton, and Company, 1918.

——. *The Confessions of Jean Jacques Rousseau.* Vol. II. Now for the first time completely translated into English without expurgation, privately printed. 1896. 2 vols.

Royce, Edward. *Poverty and Power: A Structural Perspective on American Inequality.* Plymouth and Maryland: Rowman & Littlefield Publishers, 2009.

Rugh, Charles E. *The Essential Place of Religion in Education.* Michigan: Ann Arbor, 1916.

Russell, Bertrand. *Proposed Roads to Freedom: Socialism, Anarchism and Syndicalism.* New York: Henry Holt and Company, 1919.

Russell, G. W. E. *Matthew Arnold.* New York: Charles Scribner's Sons, 1904.

Ryle, Martin. "Raymond Williams: Materialism and Ecocriticism." *Ecocritical Theory: European New Approaches.* Ed. Alex Goodbody, Kate Rigby. Charlottesville and London: University of Virginia Press, 2011, pp. 43-54.

Said, Edward W. *Orientalism.* London and Henley: Routledge & Kegan Paul, 1978.

Saintsbury, George. *Matthew Arnold.* New York: Dodd, Mead and Company, 1899.

Salvadori, Massimo. *The Rise of Modern Communism: A Brief History of the Communist Movement in the Twentieth Country.* New York: Henry Holt and Company, 1952.

Sartre, Jean Paul. *"What Is Literature?" and Other Essays.* Cambridge,

Massachusetts: Harvard University Press, 1988.

Schumpeter, Joseph A. *Capitalism, Socialism & Democracy.* With a new introduction by Richard Swedberg. London and New York: Routledge, 2003.

Scott, Eugenie C. *Evolution vs. Creation: An Introduction.* Foreword by Niles Eldredge. Connecticut and London: Greenwood Press, 2004.

Scruton, Roger. *The Palgrave Macmillan Dictionary of Political Thought.* 3rd ed. New York and Hampshire: Palgrave Macmillan, 2007.

Sedikides, Constantine, et al. "Buffering Acculturative Stress and Facilitating Cultural Adaptation: Nostalgia as a Psychological Resource." *Understanding Culture: Theory, Research, and Application.* Eds. Robert S. Wyer, Chi-yue Chiu, Ying-yi Hong. New York and London: Psychology Press, 2009. 361-378.

Seignobos, Charles. *The Feudal Regime.* Trans. and Ed. Earle W. Dow. New York: Henry, Holt and Company, 1902.

Seliger, Martin. *Ideology and Politics.* London: Allen and Unwin, 1976.

Shakespeare, William. *Hamlet, Prince of Denmark.* Cambridge and New York: Cambridge University Press, 2003.

——. *The Global Illustrated Shakespeare: The Complete Works.* Ed. Howard Staunton. New York: Gramercy Books, 1979.

——. *The Tragedy of King Lear.* Ed. Jay L. Hallo. New York and Cambridge: Cambridge University Press, 2005.

Sharpe, Tony. *T. S. Eliot: A Literary Life.* London: Macmillan Academic and Professional, 1991.

Shaw, George Bernard, ed. *Fabian and the Empire: A Manifesto by the Fabian Society.* London: Chriswick Press, 1900.

Sherman, Murray H. "T. S. Eliot: His Religion, His Poetry, His Role." *Modern Psychoanalysis* 84. 1 (1997): 73-107.

Shils, Edward. *Tradition.* Chicago: The University of Chicago Press, 1983.

Showalter, Elaine. *A Literature of Their Own: British Women Novelists From Brontë to Lessing.* Beijing: Foreign Language Teaching and Research Press;

Princeton University Press, 2004.

Shusterman, Richard. "Eliot as Philosopher." *The Cambridge Companion to T. S. Eliot.* Ed. A. David Moody. Shanghai: Shanghai Foreign Language Teaching Press, 2000. 31-47.

Sim, Stuart, ed. *Post-Marxism: A Reader.* Edinburgh: Edinburgh University Press, 1998.

Sim, Stuart. *Post-Marxism: An Intellectual History.* London and New York: Routledge, 2001.

Simkhovitch, Valdimir G. *Marxism versus Socialism.* New York: Columbia University Press, 1930.

Simmel, Georg. *The Philosophy of Money.* Beijing: China Social Sciences Publishing House Chengcheng Books, 1999.

Small, Albion W. *General Sociology: An Exposition of the Main Development in Sociological Theory From Spencer to Ratzenhofer.* Chicago: The University of Chicago Press, 1905.

Smith, Mark J. *Culture: Reinventing the Social Science.* Buckingham and Philadelphia: Open University Press, 2000.

Smith, Oliver. *The Deserted Village.* London: Walton and Maberly, 1865.

Smuts, Jan. *Holism and Evolution.* New York: The Macmillan Company, 1926.

Sorokin, P. A. *Society, Culture and Personality, Their Structure and Dynamics: A System of General Sociology.* New York: Harper, 1947.

Spenser, Edmund. *The Faerie Queene: Book One.* Ed. with introduction by Carol Kaske. Indianapolis: Hackett Publishing Company, 2006.

——. *The Second Book of The Faerie Queene.* Ed. Thomas J. Wise. London: George Allen Rusking House, 1895.

Spencer, Herbert. *Education: Intellectual, Moral, and Physical.* New York: D. Appleton and Company, 1896.

——. *Facts and Comments.* New York: D. Appleton and Company, 1901.

Spengler, Oswald. *The Decline of the West: Vol. 1 Form and Actuality.*

Trans. Charles Francis Atkinson. New York: Alfred A. Knopf, 1928.

Stead, C. K. *Pound, Yeats, Eliot and the Modernist Movement.* London and Basingstoke: The Macmillan Press, 1986.

Steiner, George. *After Babel: Aspects of Language and Translation.* Shanghai: Shanghai Foreign Language Education Press, 2001.

Stern, Alfred. *Philosophy of History and the Problem of Values.* The Hague: Mouton & Co., 1962.

Sutherland, Robert L., and Julian L. Woodward. *Introductory Sociology.* Chicago: J. B. Lippincott, 1937.

Taylor, Gordon Rattray. *Conditions of Happiness.* London: Bodley Head, 1949.

Taylor, Victor E., and Charles E. Winquist, eds. *The Encyclopedia of Postmodernism.* London and New York: Routledge, 2001.

The Bible: Designed to be Read as Living Literature, the Old and the New Testaments in the King James Version. New York: Simon and Schuster, 1936.

The New Testament, Psalms and Proverbs. New International Version. Michigan: Zondervan Bible Publishers, 1984.

Thomas, Paul. *Marxism and Scientific Socialism: From Engels to Althusser.* London and New York: Routledge, 2008.

Thompson, John B. *Studies in the Theory of Ideology.* Los Angeles: The University of California Press, 1984.

Thoreau, Henry D. *A Week on the Concord and Merrimack Rivers.* With an introduction by Nathan H. Dole. New York: Thomas, Y. Crowell & Co., 1900.

——. *Walden.* 150th anniversary edition. With an introduction by John Updike. Princeton and Oxford: Princeton University Press, 2004.

——. *Wild Apples and other Natural History Essay.* Ed. William Rossi. Athens and London: The University of Georgia Press, 2002.

Tomlinson, John. *Cultural Imperialism: A Critical Introduction.* London: Continuum, 2002.

Toynbee, Arnold J. *A Study of History.* Beijing: China Social Sciences

Publishing House Chengcheng Books, 1999. 2 vols.

Tracy, Destutt de. *Elemens D' Ideologie. Primiere Partie. Ideologie Proprement Dite.* Paris: Courcier, 1817.

Tylor, Edward B. *Primitive Culture: Researches Into the Development of Mythology, Philosophy, Religion, Language, Art, and Custom.* Vol. 1. London: John Murray, 1920. 2 vols.

Viereck, Peter. *Conservatism: From John Adams to Churchill.* New York: D. Van Nostrand Company, 1956.

——. *Conservatism Revisited.* New York: The Free Press; London: Collier-Macmillan, 1966.

Walker, David, Daniel Gray. *Historical Dictionary of Marxism.* Maryland: Scarecrow Press, 2007.

Walton, John. *Chartism.* London and New York: Routledge, 2001.

Warren, Karen J. "The Power and the Promise of Ecological Feminism." *Environmental Ethics* 12.2 (1990): 125-146.

Watson, Peter. *The Modern Mind: An Intellectual History of the Twentieth Century.* New York: Perennial, 2002.

Webb, Sidney, Bernard Shaw, Sidney Ball and Sir Oliver Lodge. *Socialism and Individualism.* New York: John Lane Company, 1911.

Webb, Sidney and Fabian Society (Great Britain). *The Basis and Policy of Socialism.* London: A. C. Fifield, 1908.

Weber, Alfred. *Farewell to European History or the Conquest of Nihilism.* London: K. Paul, Trench, Trubner, 1947.

Wellek, Rene. *Concepts of Criticism.* New Heaven and London: Yale University Press, 1963.

Wells, H. G. *The Outline of History: Being a Plain History of Life and Mankind.* New York: The Macmillan Company, 1921.

West, Cornel. "In Memoriam: The Legacy of Raymond Williams." *Cultural Materialism: On Raymond Williams.* Ed. Christopher Prendergast. Minneapolis, Minn.: The University of Minnesota Press, 1995. ix-xii.

White, Harold Ogden. *Plagiarism and Imitation During English Renaissance: A Study in Critical Distinctions.* New York: Harvard University Press, 1965.

Whitehead, Alfred North. *Organization of Thought: Educational and Scientific.* London: Williams Norgate, 1917.

Whiteside, Kerry H. *Divided Natures: French Contribution to Political Ecology.* London and Massachusetts: MIT Press, 2002.

Wilde, Oscar. *The Picture of Dorian Gray.* London: Penguin Books, 1994.

Williams, Raymond. *Communication.* London: Penguin Books, 1971.

——. *Culture and Materialism.* London: Verso, 2005.

——. *Culture and Society 1789-1950.* London: Chatto and Windus, 1958.

——. *Culture and Society 1780-1950.* New York: Doubleday & Company, 1960.

——. *Culture and Society 1780-1950.* London and New York: Penguin Books, 1976.

——. *Drama From Ibsen to Brecht.* London: Penguin Books, 1978.

——. *George Orwell.* New York: The Viking Press, 1971.

——. *Keywords: A Vocabulary of Culture and Society.* New York: Oxford University Press, 1983.

——. *Marxism and Literature.* Oxford: Oxford University Press, 1977.

——. *Modern Tragedy.* California: Stanford University Press, 1966.

——. *Politics and Letters: Interviews With New Left Review.* London: Verso, 1981.

——. *Problem in Materialism and Culture.* London: Verso, 1980.

——. *Reading and Criticism,* London: Frederick Muller, 1950.

——. *Resources of Hope: Culture, Democracy, Socialism.* Ed. Robin Gable. With an introduction by Robin Blackburn. London and New York: Verso, 1989.

——. *Television: Technology and Cultural Form.* New York: Schocken Book, 1975.

——. *The Country and the City.* New York: Oxford University Press, 1975.

——. *The English Novel From Dickens to Lawrence.* London: The Hogarth Press, 1984.

——. *The Long Revolution.* New York: Columbia University Press, 1961.

——. *The Politics of Modernism: Against the New Conformists.* Ed. and introduced by Tony Pinkney. London and New York: Verso, 1989.

——. *The Sociology of Culture.* Chicago: The Chicago University Press, 1995.

——. *Toward 2000.* London: Chatto & Windus, The Hogarth Press, 1983.

——. *What I Came to Say.* London: Hutchinson Radius, 1989.

——. *Who Speaks for Wales: Nation, Culture, Identity.* Ed. Daniel Williams. Cardiff: University of Wales Press, 2003.

——. *Writing in Society.* London: Verso, 1984.

Wilson, Edmund. *Axel's Castle: A Study in the Imaginative Literature of 1870-1930.* New York: Charles Scribner's Sons, 1959.

——. *The Shores of Light: A Literary Chronicle of the Twenties and Thirties.* New York: Farrar, Straus and Young, 1952.

Wissler, Clark. *The American Indian: An Introduction to the Anthropology of the New World.* 2nd ed. New York: Oxford University Press, 1922.

Wolfe, Linnie Marsh. *Son of the Wilderness: The Life of John Muir.* Wisconsin: The University of Wisconsin Press, 2003.

Woodhead, Linda. *Christianity: A Very Short Introduction.* New York: Oxford University Press, 2004.

Woodring, Carl, and James Shapiro. *The Columbia History of British Poetry.* Beijing: Foreign Language Teaching and Research Press, 2004.

Woof, Robert, ed. *William Wordsworth: The Critical Heritage, Vol. 1, 1793–1820.* London; New York: Taylor & Francis e-Library, 2004.

Wordsworth, William. *The Poems of William Wordsworth.* Vol. 1. London: Methuen and Co., 1908. 3 vols.

Worster, Donald. *Nature's Economy: A History of Ecological Ideas.* Cambridge: Cambridge University Press, 1977.

Worster, Donald, ed. *The Ends of the Earth: Perspectives on Modern Environmental History.* London and New York: Cambridge University Press, 1989.

Yeats, W. B. "The Second Coming." *An Anthology of English Verse.* Ed. Wang Zuoliang. Shanghai: Shanghai Translation Publishing House, 2000.

Young, Edward. *Conjectures on Original Composition.* Ed. Edith J. Morley. Manchester: The University Press; London and New York: Longmans, and Green & Co., 1918.

Zirakzadeh, Cyrus Ernesto. *Social Movements in Politics: A Comparative Study.* New York: Palgrave Macmillan, 2006.

阿尔贝特·史怀泽：《敬畏生命》，陈泽环译，上海：上海社会科学院出版社，1995 年。

爱德华·萨义德：《文化与帝国主义》，李琨译，北京：生活·读书·新知三联书店，2003 年。

爱德华·汤普森：《共有的习惯》，沈汉、王加丰译，上海：上海人民出版社，2002 年。

埃德蒙·柏克：《自由与传统：柏克政治论文选》，蒋庆等译，北京：商务印书馆，2001 年。

埃德蒙·斯宾塞：《斯宾塞诗选》，胡家峦译，桂林：漓江出版社，2007 年。

埃里克·艾格拉德：《作为一种政治选择的"生态公社主义"》，郇庆治译，《鄱阳湖学刊》2011 年第 1 期，第 110 ～ 125 页。

艾略特：《四个四重奏》，裘小龙译，桂林：漓江出版社，1985 年。

艾略特：《四个四重奏》，裘小龙译，沈阳：沈阳出版社，1999 年。

艾略特：《基督教与文化》，杨民生、陈常锦译，成都：四川人民出版社，1992 年。

埃内斯特·曼德尔：《社会进化和人类出路》，向青译，香港：新苗出版社，2001 年。

艾瑞克·霍布斯鲍姆：《帝国的年代：1875 ～ 1914》，贾士蘅译，南京：江苏人民出版社，1999 年。

安德鲁·桑德斯：《牛津简明英国文学史》（上、下），谷启楠译，北京：人民文学出版社，2000年。

安德斯·奥斯特林：《授奖辞》，载艾略特：《四个四重奏》，裘小龙译，桂林：漓江出版社，1986年。

奥利弗·戈德史密斯：《荒村》，吕迁飞译，载王佐良主编：《英国诗选》，上海：上海译文出版社，1988年。

奥威尔：《我为什么写作》（汉英），刘沁秋、赵勇译，南京：南京大学出版社，2008年。

巴枯宁：《国家制度和无政府主义状态》，马骧聪、任允正、韩延龙译，北京：商务印书馆，1982年。

毕诚：《中国古代家庭教育》，北京：商务印书馆，1997年。

彼得·布鲁克：《文化理论词汇》，王志弘、李根芳译，台北：巨流图书有限公司，2003年。

彼得斯：《交流的无奈：传播思想史》，何道宽译，北京：华夏出版社，2003年。

伯林：《浪漫主义的根源》，吕梁等译，南京：译林出版社，2008年。

蔡国春：《西方教育目的理论的若干命题探讨》，《徐州师范大学学报（哲学社会科学版）》第29卷第2期，2003年4月，第146～150页。

蔡晓明：《生态系统生态学》，北京：科学出版社，2000年。

蔡英文：《政治实践与公共空间：汉娜·鄂兰的政治思想》，北京：新星出版社，2006年。

查·帕·斯诺：《对科学的傲慢与偏见》，陈恒六、刘兵译，成都：四川人民出版社，1987年。

查尔斯·狄更斯：《孤星血泪》，罗志野译，南京：译林出版社，2001年。

查尔斯·詹克斯：《什么是后现代主义？》，江怡主编：《理性与启蒙：后现代经典文选》，北京：东方出版社，2004年。

查理德·波斯纳：《论剽窃》，沈明译，北京：北京大学出版社，2010年。

陈胜云：《阿多诺星丛理论的批判分析》，《内蒙古社会科学（汉文版）》2001年第6期，第21～25页。

茨维坦·托多罗夫编选：《俄苏形式主义文论选》，蔡鸿滨译，北京：

中国社会科学出版社，1989 年。

大卫·麦克里兰：《意识形态》，孔兆政、蒋龙翔译，长春：吉林人民出版社，2005 年。

戴康生、彭耀主编：《宗教社会学》，北京：社会科学文献出版社，2000 年。

戴维·米勒、韦农·波格丹诺编：《布莱克维尔政治学百科全书》，中国问题研究所等译，北京：中国政法大学出版社，1992 年。

丹尼尔·贝尔：《后工业社会的来临——对社会预测的一项探索》，高铦等译，北京：商务印书馆，1986 年。

——：《意识形态的终结：五十年代政治观念衰微之考察》，张国清译，南京：江苏人民出版社，2001 年。

——：《资本主义的文化矛盾》，赵一凡、蒲龙、任晓晋译，北京：生活·读书·新知三联书店，1989 年。

丹尼斯·德沃金：《文化马克思主义在战后英国》，李凤丹译，北京：人民出版社，2008 年。

丹尼斯·麦奎尔、斯文·温德尔：《大众传播模式论》，祝建华、武伟译，上海：上海译文出版社，1987 年。

道格拉斯·拉米斯：《激进民主》，刘元琪译，北京：中国人民大学出版社，2002 年。

笛卡尔：《谈谈方法》，王太庆译，北京：商务印书馆，2001 年。

丁伟志：《儒学的变迁》，载李绍强主编：《儒家学派研究》，北京：中华书局，2003 年。

董欣宾、郑奇：《魔语：人类文化生态学导论》，北京：文化艺术出版社，2001 年。

恩斯特·拉克劳、查特尔·莫菲：《领导权与社会主义的策略：走向激进民主政治》，尹树广、鉴传今译，哈尔滨：黑龙江人民出版社，2003 年。

费尔南·布罗代尔：《15 世纪至 18 世纪的物质文明、经济和资本主义（第一卷）》，顾良、施康强译，北京：生活·读书·新知三联书店，1997 年。

弗雷德里克·詹姆逊：《文化转向：后现代文论》，胡亚敏等译，北京：中国社会科学出版社，2000 年。

H. 弗莱舍尔:《关于马克思的历史地位》,宁跃译,《国外社会科学》1992 年第 2 期,第 3 ～ 7 页。

弗里德利希·冯·哈耶克:《自由秩序原理》(上),邓正来译,北京:生活·读书·新知三联书店,1997 年。

弗里德里希·尼采:《权力意志:重估一切价值的尝试》,张念东、凌素心译,北京:商务印书馆,1991 年。

费希特:《论学者的使命·人的使命》,梁志学、沈真译,北京:商务印书馆,2008 年。

冯·贝塔朗菲:《一般系统论:基础、发展和应用》,林康义、魏宏森译,北京:清华大学出版社,1987 年。

冯·米瑟斯:《自由与繁荣的国度》,韩光明等译,北京:中国社会科学出版社,1995 年。

冯象(译):《贝奥武甫》,北京:生活·读书·新知三联书店,1992 年。

葛兰西:《葛兰西文选(1916 ～ 1935)》,中共中央马克思恩格斯列宁斯大林著作编译局国际共运史研究所编译,北京:人民出版社,1992 年。

顾明远主编:《教育大辞典》(第 6 卷),上海:上海教育出版社,1992 年。

顾肃:《自由主义基本理念》,北京:中央编译出版社,2003 年。

郭庆光:《传播学教程》,北京:中国人民大学出版社,1999 年。

郭湛波:《近五十年中国思想史》,济南:山东人民出版社,1997 年。

哈罗德·威尔逊:《英国社会主义的有关问题》,李崇淮译,北京:商务印书馆,1966 年。

海德格尔:《形而上学导论》,熊伟、王庆节译,北京:商务印书馆,1996 年。

汉斯·萨克塞:《生态哲学》,佩云、文韬译,北京:东方出版社,1991 年。

何其莘:《英国戏剧史》,南京:译林出版社,1999 年。

亨利·戴维·梭罗:《梭罗集》(上),罗伯特·塞尔编,陈凯等译,北京:生活·读书·新知三联书店,1996 年。

亨利·戴维·梭罗:《瓦尔登湖》,徐迟译,上海:上海译文出版社,1982 年。

亨利希·库诺：《马克思的历史、社会和国家学说：马克思的社会学的基本要点》，袁志英译，上海：上海译文出版社，2006 年。

胡适：《胡适文集（4）》，欧阳哲生编，北京：北京大学出版社，1998 年。

胡晓（记者）：《男子掌掴阎崇年 接受采访称打人为引起外界关注》，2008 年 10 月 21 日，http://www.chinanews.com.cn/cul/news/2008/10-21/1419102.shtml，来源：四川在线-华西都市报。

黄育馥：《20 世纪兴起的跨学科研究领域：文化生态学》，载杨雁斌、薛晓源编选：《流变与走向：当代西方学术主流》，北京：社会科学文献出版社，2001 年。

霍布斯鲍姆、T. 兰格：《传统的发明》，顾杭、庞冠群译，南京：译林出版社，2004 年。

霍华德·威亚尔达主编：《民主与民主化比较研究》，格远译，北京：北京大学出版社，2004 年。

霍尔姆斯·罗尔斯顿：《哲学走向荒野》，刘耳等译，长春：吉林人民出版社，2000 年。

怀特海：《教育的目的》，徐汝舟译，北京：生活·读书·新知三联书店，2002 年。

加布里埃尔·阿尔蒙德、西德尼·维伯：《公民文化：五个国家的政治态度和民主制》，徐湘林等译，北京：华夏出版社，1989 年。

加布里埃尔·阿尔蒙德、小 G. 宾厄姆·鲍威尔：《比较政治学：体系、过程和政策》，曹沛霖、郑世平等译，上海：上海译文出版社，1987 年。

加塔诺·莫斯卡：《统治阶级》（《政治科学原理》），贾鹤鹏译，南京：译林出版社，2002 年。

蒋孟引：《英国史》，北京：中国社会科学出版社，1988 年。

吉尔·利波维茨基、塞巴斯蒂安·夏尔：《超级现代时间》，谢强译，北京：中国人民大学出版社，2005 年。

杰弗雷·乔叟：《坎特伯雷故事》，方重译，上海：上海译文出版社，1983 年。

杰弗里·巴勒克拉夫：《当代史学主要趋势》，杨豫译，上海：上海译文出版社，1987 年。

金莉：《生态女权主义》，《外国文学》2004 年第 5 期，第 57 ～ 64 页。

卡尔·曼海姆：《保守主义》，李朝晖、牟建君译，南京：译林出版社，2002 年。

——：《重建时代的人与社会：现代社会结构的研究》，张旅平译，北京：生活·读书·新知三联书店，2002 年。

——：《卡尔·曼海姆精粹》，徐彬译，南京：南京大学出版社，2002 年。

——：《意识形态与乌托邦》，黎鸣、李书崇译，北京：商务印书馆，2000 年。

卡尔·施米特：《政治的浪漫派》，冯克利、刘锋译，上海：上海人民出版社，2004 年。

卡尔威因·帕尔德森：《美国宪法释义》，徐卫东、吴新平译，北京：华夏出版社，1989 年。

康帕内拉：《太阳城》，陈大维、黎思复、黎廷弼译，北京：商务印书馆，1997 年。

克利福德·格尔茨：《文化的解释》，韩莉译，南京：译林出版社，1999 年。

拉塞尔·雅各比：《乌托邦之死》，姚建彬译，北京：新星出版社，2007 年。

劳伦斯·哈里森：《文化为什么重要》，载塞缪尔·亨廷顿、劳伦斯·哈里森主编：《文化的重要作用：价值观如何影响人类进步》，北京：新华出版社，2002 年。

兰格伦：《农夫皮尔斯》，沈弘译，北京：中国对外翻译出版公司，1999 年。

雷蒙·阿隆：《社会学主要思潮》，葛智强、胡秉诚、王沪宁译，北京：华夏出版社，2000 年。

雷纳·韦勒克：《文学思潮和文学运动的概念》，刘象愚选编，北京：中国社会科学出版社，1989 年。

雷诺兹：《后马克思主义是超越马克思主义的激进政治理论和实践吗?》，张明仓译，《世界哲学》2002 年第 6 期，第 53 ～ 64 页。

里尔克、勒塞等：《〈杜伊诺哀歌〉与现代基督教思想》，林克译，上海：上海三联书店，1997 年。

李强：《自由主义》，北京：中国社会科学出版社，1998 年。

李雪涛：《奥尔登堡老文理中学前的沉思》，《中华读书报》2005 年 8 月 17 日。

李兆前：《文化研究与"物质性"：威廉斯的文学研究的启示》，《文艺争鸣》2006 年第 4 期，第 12 ～ 16 页。

——：《范式转换：雷蒙德·威廉斯的文学研究》，北京：外语教学与研究出版社，2011 年。

——：《论 T. S. 艾略特的保守主义传统观》，《山东文学》2011 年第 1 期，第 83 ～ 86 页。

——：《论 T. S. 艾略特的文化本体生态观》，《外语与外语教学》2011 年第 6 期，第 83 ～ 86 页。

——：《论雷蒙德·威廉斯的文化分类》，《河南科技大学学报（社会科学版）》2013 年第 3 期，第 38 ～ 42 页。

——：《雷蒙德·威廉斯的"文化"概念透视》，《文学前沿》（第 10 期），北京：学苑出版社，2005 年，第 62 ～ 72 页。

——：《雷蒙德·威廉斯自然观对生态文明建设的启示》，《渤海大学学报（哲学社会科学版）》2013 年第 6 期，第 25 ～ 29 页。

——：《T. S. 艾略特的保守主义政治文化观》，《江苏广播电视大学学报》2013 年第 6 期，第 61 ～ 64 页。

——：《雷蒙德·威廉斯的生态社会主义思想》，《理论月刊》2014 年第 5 期，第 184 ～ 188 页（人大复印资料《世界社会主义运动》全文转载，2014 年第 5 期，第 69 ～ 74 页）。

——：《雷蒙德·威廉斯的文化价值观》，《绵阳师范学院学报》2014 年第 7 期，第 105 ～ 108 页。

——：《试论艾略特的文化传播观》，《社会科学论坛》2014 年第 7 期，第 89 ～ 94 页。

李兆祥主编：《儒家教育思想研究》，北京：中华书局，2003 年。

李植枬、高明振、唐希中主编：《从分散到整体的世界史（现代分册）》，长沙：湖南出版社，1990 年。

李植枬、高明振、唐希中主编：《从分散到整体的世界史（当代分册）》，长沙：湖南出版社，1991 年。

刘恒：《中国书法史：清代卷》，南京：江苏教育出版社，2002 年。

刘泓：《欧洲天主教与文化》，北京：中央民族大学出版社，1999 年。

刘建飞：《英国保守主义的主要特性》，《国外社会科学》1997 年第 6 期。

刘进：《文学与"文化革命"：雷蒙德·威廉斯的文学批评研究》，四川：巴蜀书社，2007 年。

刘军宁：《保守主义》，北京：中国社会科学出版社，1998 年。

刘永佶：《中国官文化的奠基者与批判家 —— 孔子与毛泽东》，济南：山东人民出版社，1999 年。

刘涛：《中国书法史：魏晋南北朝卷》，南京：江苏教育出版社，2002 年。

刘绪贻、韩铁、李存训：《战后美国史 1945—2000》，北京：人民出版社，2002 年。

刘意青、刘炅：《简明英国文学史》，北京：外语教学与研究出版社，2010 年。

路德：《关于世俗权力：对它的顺服应到什么程度？》，载路德、加尔文：《论政府》，吴玲玲译，贵阳：贵州人民出版社，2004 年。

卢克斯：《个人主义》，阎克文译，南京：江苏人民出版社，2001 年。

卢梭：《论人类不平等的起源和基础》，李常山译，北京：商务印书馆，1997 年。

陆扬、王毅：《大众文化与传媒》，上海：上海三联书店，2000 年。

伦纳德·莫里斯：《不列颠战役》，曾诚、赵鹏译，北京：解放军文艺出版社，1992 年。

罗伯特·路威：《文明与野蛮》，吕叔湘译，北京：生活·读书·新知三联书店，1992 年。

罗伯特·墨菲：《文化与社会人类学引论》，王卓君、吕迺基译，北京：商务印书馆，1991 年。

罗尔斯顿：《环境伦理学：大自然的价值以及人对大自然的义务》，杨通进译，北京：中国社会科学出版社，2000 年。

洛夫乔伊：《观念史论文集》，吴相译，南京：江苏教育出版社，2005 年。

罗杰·斯克拉顿：《保守主义的含义》，王皖强译，北京：中央编译出版社，2005 年。

罗兰·斯特龙伯格：《西方现代思想史》，刘北成、赵国新译，北京：中央编译出版社，2005 年。

罗纳德·德沃金：《至上的美德：平等的理论与实践》，冯克利译，南京：江苏人民出版社，2003 年。

马格丽特·米德：《文化与承诺》，周晓虹、周怡译，石家庄：河北人民出版社，1987 年。

马句、俞清天、王巨才编著：《民主社会主义的由来和演变》，北京：北京工业大学出版社，1991 年。

马克·波斯特：《第二媒介时代》，范静晔译，南京：南京大学出版社，2000 年。

马克·史密斯：《文化：再造社会科学》，张美川译，长春：吉林人民出版社，2005 年。

马克思：《1844 年经济学哲学手稿》，中共中央马克思恩格斯列宁斯大林著作编译局译，北京：人民出版社，2002 年。

马克思、恩格斯：《马克思恩格斯全集》（第 1 卷），北京：人民出版社，1960 年。

马克思、恩格斯：《马克思恩格斯选集》（第 1、3 卷），北京：人民出版社，1972 年。

马克思、恩格斯：《马克思恩格斯选集》（第 1、3、4 卷），北京：人民出版社，1973 年。

马克思、恩格斯、列宁：《马克思 恩格斯 列宁的社会学思想》，北京：人民出版社，1989 年。

马克斯·韦伯：《社会学的基本概念》，胡景北译，上海：上海人民出版社，2000 年。

马凌诺斯基：《文化论》，费孝通译，北京：华夏出版社，2001 年。

马塞尔·博多等主编：《第二次世界大战历史百科全书》，曹毅风等译，北京：解放军出版社，1988 年。

马闪龙：《苏联文化体制沿革史》，北京：中国社会科学出版社，1996 年。

马修·阿诺德:《文化与无政府状态:政治与社会批评》,韩敏中译,北京:生活·读书·新知三联书店,2002年。

迈克·克朗:《文化地理学》,杨淑华、宋慧敏译,南京:南京大学出版社,2003年。

迈克尔·波兰尼:《个人知识:迈向后批判哲学》,许泽民译,贵阳:贵州人民出版社,2000年。

迈克尔·肯尼:《第一代英国新左派》,李永新、陈剑译,南京:江苏人民出版社,2010年。

迈克尔·欧克肖特:《政治中的理性主义》,张汝伦译,上海:上海译文出版社,2004年。

毛礼锐、瞿菊农、邵鹤亭编:《中国古代教育史》,北京:人民教育出版社,1983年。

米利特:《性政治》,宋文伟译,南京:江苏人民出版社,2000年。

米歇尔·博德:《资本主义史:1500～1980》,吴艾美、杨慧玫、陈来胜译,北京:东方出版社,1986年。

闵琦:《中国政治文化:民主政治难产的社会心理因素》,昆明:云南人民出版社,1989年。

欧·奥尔特曼、马·切默斯:《文化与环境》,骆林生、王静译,北京:东方出版社,1991年。

帕累托:《普通社会学纲要》,田时纲等译,北京:生活·读书·新知三联书店,2001年。

潘小娟主编:《当代西方政治学新词典》,长春:吉林人民出版社,2001年。

佩里·安德森:《西方马克思主义探讨》,高铦、文贯中、魏章玲译,北京:人民出版社,1981年。

彭予:《二十世纪美国诗歌:从庞德到罗伯特·布莱》,开封:河南大学出版社,1995年。

皮埃尔·安德烈·塔吉耶夫:《种族主义源流》,高凌翰译,北京:生活·读书·新知三联书店,2005年。

皮埃尔·勒鲁:《论平等》,王允道译,北京:商务印书馆,1991年。

普列汉诺夫：《工团主义和社会主义》，王荫庭译，北京：人民出版社，1984 年。

齐格蒙特·鲍曼：《共同体》，欧阳景根译，南京：江苏人民出版社，2003 年。

乔·萨托利：《民主新论》，冯克利、阎克文译，北京：东方出版社，1998 年。

乔治·麦克林：《传统与超越》，干青松、杨凤岗译，北京：华夏出版社，2000 年。

钱乘旦、陈晓律：《在传统与变革之间：英国文化模式溯源》，杭州：浙江人民出版社，1996 年。

秦瑜明：《电视传播概论》，北京：北京广播学院出版社，2002 年。

让·卡泽纳弗：《社会学十大概念》，杨捷译，上海：上海人民出版社，2003 年。

荣格：《寻求灵魂的现代人》，苏克译，贵阳：贵州人民出版社，1987 年。

萨缪尔·亚历山大：《艺术、价值与自然》，韩东晖、张振明译，北京：华夏出版社，1999 年。

塞缪尔·亨廷顿：《文明的冲突与世界秩序的重建》，周琪、刘绯、张立平、王圆译，北京：新华出版社，1998 年。

塞维斯：《文化进化论》，黄宝玮、温世伟、李业甫、金雪鸣译，北京：华夏出版社，1991 年。

莎士比亚：《莎士比亚悲剧四种：哈姆莱特、奥瑟罗、里亚王、麦克白斯》，卞之琳译，外国文学名著丛书编辑委员会编，北京：人民文学出版社，1997 年。

单中惠、杨汉麟主编：《西方教育学名著提要》，南昌：江西人民出版社，2000 年。

沈卫威：《回眸"学衡派"：文化保守主义的现代命运》，北京：人民文学出版社，1999 年。

石家庄机械化步兵学院编著：《世界经典战例·空袭与反空袭作战卷》，北京：解放军出版社，2010 年。

史密斯：《文化：再造社会科学》，张美川译，长春：吉林人民出版社，

2005 年。

史徒华：《文化变迁的理论》，张恭启译，台北：源流出版事业股份有限公司，1989 年。

E. F. 舒马赫：《小的是美好的》，虞鸿钧、邓关林译，北京：商务印书馆，1984 年。

斯蒂芬·霍尔姆斯：《反自由主义剖析》，曦中等译，北京：中国社会科学出版社，2002 年。

斯拉沃热·齐泽克：《意识形态的崇高客体》，季广茂译，北京：中央编译出版社，2001 年。

斯图亚特·霍尔：《文化身份与族裔散居》，载罗钢、刘象愚主编：《文化研究读本》，北京：中国社会科学出版社，2000 年。

孙通海译注：《庄子》，北京：中华书局，2007 年。

孙儒泳、李博、诸葛阳、尚玉昌编：《普通生态学》，北京：高等教育出版社，1993 年。

孙叔平等主编：《辩证唯物主义和历史唯物主义》（试用本），上海：上海人民出版社，1961 年。

泰·德萨米：《公有法典》，黄建华、姜亚洲译，北京：商务印书馆，1985 年。

汤传信：《生态社会主义析评》，《江淮论坛》2002 年第 4 期，第 60 ～ 67 页。

汤林森：《文化帝国主义》，冯健三译，郭英剑校订，上海：上海人民出版社，1999 年。

汤姆·博托莫尔：《马克思主义思想辞典》，陈叔平、王谨译，郑州：河南人民出版社，1994 年。

唐晓忠：《斯皮瓦克的后殖民生态批评解析》，《当代外国文学》2012 年第 3 期，第 25 ～ 32 页。

滕守尧：《文化的边缘》，北京：作家出版社，1997 年。

田丰：《文化进步论：对全球进程中的文化的哲学思考》，广州：广东高等教育出版社，2002 年。

托马斯·哈定等：《文化与进化》，韩建军、商戈令译，杭州：浙江人民出版社，1987 年。

瓦尔特·本雅明：《德国悲剧的起源》，陈永国译，北京：北京师范大学出版社，2001 年。

万以诚、万岍选编：《文明的路标：人类绿色运动史上的经典文献》，长春：吉林人民出版社，2000 年。

王逢振：《今日西方文学批评理论》，桂林：漓江出版社，1988 年。

王捷、杨祖功：《欧洲民主社会主义》，北京：社会科学文献出版社，1996 年。

王乐理：《政治文化导论》，北京：中国人民大学出版社，2000 年。

汪民安主编：《文化研究关键词》，南京：江苏人民出版社，2007 年。

王诺：《欧美生态批评研究》（博士论文），藏中国国家图书馆，2007 年。

王晓华：《西方生态批评的三个维度》，《鄱阳湖学刊》2010 年第 4 期。

王一川主编：《大众文化导论》，北京：高等教育出版社，2005 年。

王佐良主编：《英国诗选》，上海：上海译文出版社，1988 年。

王佐良：《中楼集》，沈阳：辽宁教育出版社，1995 年。

——：《英国文学论文集》，北京：外国文学出版社，1980 年。

——：《英国诗史》，南京：译林出版社，1997 年。

——：《照澜集》，北京：外国文学出版社，1986 年。

韦尔弗雷多·帕累托：《精英的兴衰》，刘北成译，上海：上海人民出版社，2003 年。

威利斯顿·沃尔克：《基督教会史》，孙善玲、段琦、朱代强译，北京：中国社会科学出版社，1992 年。

威廉·亨利：《为精英主义辩护》，胡利平译，南京：译林出版社，2000 年。

威廉·坎宁安：《美国环境百科全书》，张坤民、黄润华等译，长沙：湖南科学技术出版社，2003 年。

威廉·莫里斯：《乌有乡消息》，黄嘉德译，北京：商务印书馆，1981 年。

吴风：《网络传播学：一种形而上的透视》，北京：中国广播电视出版社，2004 年。

吴浩：《自由与传统：二十世纪英国文化》，北京：东方出版社，1999 年。

齐美尔：《文化的本质论》，《桥与门》，周涯鸿、陆莎等译，上海：上海三联书店，1991 年。

西美尔：《现代人与宗教》，曹卫东等译，北京：中国人民大学出版社，2003 年。

夏建中：《文化人类学理论学派：文化研究的历史》，北京：中国人民大学出版社，1997 年。

肖伯纳主编：《费边论丛》，袁继藩、朱应庚、赵宗熠译，北京：生活·读书·新知三联书店，1958 年。

徐复观：《中国知识分子精神》，上海：华东师范大学出版社，2003 年。

徐文博：《一本薄薄的书震动了所有人的神经（代译序）》，载哈罗德·布鲁姆：《影响的焦虑》，徐文博译，南京：江苏教育出版社，2005 年。

许慎：《说文解字（附简字）》，北京：中华书局，1978 年。

郇庆治：《国内生态社会主义研究论评》，《江汉论坛》2006 年第 4 期，第 13 ～ 18 页。

雅斯贝尔斯：《什么是教育》，邹进译，北京：生活·读书·新知三联书店，1991 年。

燕继荣：《政治学十五讲》，北京：北京大学出版社，1994 年。

杨光：《否定辩证法与"星丛"：阿多诺的反思批判精神及其方式》，《石家庄学院学报》，2007 年第 2 期，第 37 ～ 42 页。

杨周翰选编：《莎士比亚评论汇编》下册，北京：中国社会科学出版社，1981 年。

伊迪丝·汉密尔顿：《希腊精神：西方文明的源泉》，葛海滨译，沈阳：辽宁教育出版社，2003 年。

佚名：《贝奥武甫·罗兰之歌·熙德之歌·伊戈尔出征记》，陈才宇等译，南京：译林出版社，1999 年。

殷晓蓉：《网络传播文化：历史与未来》，北京：清华大学出版社，2005 年。

应奇：《从自由主义到后自由主义》，北京：生活·读书·新知三联书店，2003 年。

余谋昌：《生态伦理学：从理论走向实践》，北京：首都师范大学出版社，1999 年。

俞吾金：《论两种不同的历史唯物主义概念》，《中国社会科学》1995
年第 6 期，第 96 ～ 107 页。

——：《意识形态论》，上海：上海人民出版社，1993 年。

俞吾金、陈学明：《国外马克思主义哲学流派新编》（西方马克思主义
卷），上海：复旦大学出版社，2002 年。

约翰·菲斯克：《解读大众文化》，杨全强译，南京：南京大学出版社，
2001 年。

约翰·费斯克：《理解大众文化》，王晓珏、宋伟杰译，北京：中央编
译出版社，2001 年。

约翰·格雷：《自由主义》，曹海军、刘训练译，长春：吉林人民出版
社，2005 年。

约翰·凯克斯：《反对自由主义》，应奇译，南京：江苏人民出版社，
2002 年。

约翰·缪尔：《我们的国家公园》，郭名倞译，长春：吉林人民出版社，
1999 年。

——：《夏日走过山间》，陈雅云译，北京：生活·读书·新知三联书
店，1999 年。

约翰·索利：《雅典的民主》，王琼淑译，上海：上海译文出版社，
2001 年。

约翰·汤普森：《意识形态和现代文化》，高铦等译，南京：译林出版
社，2005 年。

詹明信：《晚期资本主义的文化逻辑：詹明信批评理论文选》，陈清桥
等译，北京：生活·读书·新知三联书店，1997 年。

詹姆斯·奥康纳：《自然的理由：生态学马克思主义研究》，唐正东、
臧佩洪译，南京：南京大学出版社，2003 年。

张斌贤、褚宏启等：《西方教育思想史》，成都：四川教育出版社，
1994 年。

张峰：《中译本序》，载特奥多·阿多尔诺：《否定的辩证法》，张峰
译，重庆：重庆出版社，1993 年。

张世鹏译：《德国社会民主党纲领汇编》，北京：北京大学出版社，

2005 年。

中国大百科全书出版社编：《简明不列颠百科全书》（第 9 卷），北京：中国大百科全书出版社，1986 年。

周凡、李惠斌主编：《后马克思主义》，北京：中央编译出版社，2007 年。

周宪：《文化现代性与美学问题》，北京：中国人民大学出版社，2005 年。

周一良、吴于廑：《世界通史：近代部分》（上册），北京：人民出版社，1972 年。

朱德米：《自由与传统：西方保守主义政治思想研究》，天津：天津人民出版社，2004 年。

朱迪斯·巴特勒、欧内斯特·拉克劳、斯拉沃热·齐泽克等：《偶然性、霸权和普遍性：关于左派的当代对话》，胡大平等译，南京：江苏人民出版社，2004 年。